노을진 들녘

박경리 장편소설

다산
책방

차
례

1. 태풍

우뚝 솟은 바위 위에 앉아서 건너편 산마루를 열심히 바라보고 있던 주실朱實은 벌떡 일어섰다. 입이 절로 벙실거린다.

"오빠! 오빠아!"

고함을 치며 구르듯이 쫓아 내려간다. 노오란 분말처럼 부서져 흩어지는 태양 아래 메아리가 둥글게 둥글게 번져나간다. 뛰어가는 주실의 짧은 머리카락이 바람에 마구 흩어진다. 볼품 사나운 내리닫이―원피스라 하기에는 너무나 어처구니없는 디자인이다―는 단추가 하나 뜯어져서 터질 듯 부푼 앞가슴이 보일락 말락 했다.

주실이네 침모 영천댁의 양복 짓는 솜씨는 말이 아니다.

산허리를 끌어안은 듯 빙 둘려진 백토 길을 지금 윤영재尹英在가 오고 있었다. 푸른 남방셔츠를 입은 모습은 멀리에서도 성큼

하게 커 보였다.

영재는 숨을 할딱거리며 뛰어오는 주실의 모습을 아직 발견
하지 못하는 모양이다.

"오빠! 영재 오빠아!"

사슴처럼 날씬한 주실의 종아리는 민첩하게 율동하며 땅을
구른다. 영재는 비로소 손을 쳐들었다. 환하게 웃어 보인다. 주
실은 탄환처럼 영재에게 가서 부딪쳤다. 상큼한 풀 냄새, 땀
냄새.

"이, 이거, 이거 좀 비켜."

하마터면 떨어뜨릴 뻔했던 보스턴백을 고쳐 잡으며 영재는
주실의 환영공세를 피했다.

"오빠 왜 늦었수? 할아버지가 얼마나 기다렸다고."

"응, 그래그래."

어린애처럼 매달리려는 주실을 떠밀어낸다.

"벌써 그저께부터 여기 나와서 죽 기다렸어요."

푸른 하늘이 어린 듯 푸르게 흔들리는 눈을 크게 벌리며 주실
은 불만스럽게 입술을 쫑긋거렸다.

"아, 덥다. 할아버진 안녕하셔?"

"응, 가방 내가 들게."

"괜찮아. 그보다 목이 마르다."

영재는 보스턴백을 길 언저리에 내버려두고 나뭇가지를 휘
어잡으며 언덕으로 훌쩍 뛰어 올라간다. 싸리나무를 헤치고 들

10

어가며 눈 익은 샘을 찾았다. 바위 옆에 맑은 샘이 솟고 있었다. 영재는 손을 씻고 두 손을 모아 연거푸 물을 떠 마셨다. 그리고 우득우득 얼굴을 씻는다.

"어, 시원타!"

"아이, 이 땀 좀 봐."

젖은 셔츠를 집으며 주실이 까르르 웃는다. 영재는 바지 주머니 속에서 손수건을 꺼내어 얼굴을 닦으며 주실을 바라본다. 굵직하게 굽슬어진 머리카락이 반듯한 이마 위에 쏟아져 상쾌한 젊음을 발산하고 있는 영재의 얼굴은 청수했다. 짙은 눈썹 아래 눈꼬리가 긴 눈은 병적으로 날카롭고 재기가 넘쳐 있었다.

영재는 주실에게 단 하나밖에 없는 사촌 오빠였다. 서울 K공대 건축과를 지난봄에 졸업했으며 주변에서 많은 기대를 걸고 있는 청년이었다. 그는 해마다 여름이면 외할아버지하고 주실이 있는 송화리松花里 과수원으로 찾아오는 것이었다.

잠시 동안 땀을 식힌 그들은 길로 내려와서 타박타박 걷기 시작했다. 송화리 과수원까지 가려면 아직도 삼십 분은 더 걸어야 했다.

"오빠, 이번에 오빠 아버지는 높은 사람이 됐다면서요?"

참밀빛으로 그을린 주실의 작은 얼굴이 영재를 올려다보았다.

"높은 사람? 하하핫……."

한바탕 웃었다. 유쾌해서 웃는 웃음은 아닌 것 같았다.

"왜 웃어요?"

"높으면 얼마나 높을까? 저 산만치 높을까?"

주실은 멍청히 영재를 본다.

"주실이는 대체 높은 사람이 뭔지 알기나 해?"

"내가 어떻게 알어, 영천댁이 그러니까 물어봤지."

고집이 세게 보이는 코허리가 실룩하고 움직였다. 골이 난 것이다.

"모르는 자에게는 죄가 없나니, 자, 어서 가자."

영재는 높은 사람에 대한 설명도 하지 않고 토라져서 늑장을 부리는 주실의 등을 민다. 주실이가 말하는 높은 사람, 그 높은 사람인 아버지와 영재는 사이가 좋지 않다.

"송아지는 많이 컸겠지."

"응, 어른이 됐어요."

주실은 이내 성이 풀어졌다. 바른편 숲속에서 뻐꾸기가 운다.

영재는 작년 여름, 헛간에 팽개치고 간 낚싯대 생각이 났다. 마음이 설렌다.

"영천댁 양복 짓는 솜씨는 영 그만이구나."

영재는 주실을 힐끗힐끗 쳐다보며 웃는다. 우스꽝스럽다기보다 어릿광대 같은 모습이었다.

"서울 바닥에 널 데려다 놓았음 동물원의 원숭이만큼 구경꾼이 모여들겠다."

"치이……."

눈을 흘긴다. 그러나 주실은 자기 몸에 걸치고 있는 옷을 조금도 우습게 여기지는 않았다. 그뿐만 아니라 단추가 뜯어져서 걸음을 옮길 때마다 발육이 좋은 앞가슴이 보일락 말락 하는데도 전혀 무관심이다. 나이 열여덟이면 그만한 것 헤아릴 때도 되었건만. 하기는 재작년까지만 해도 은행나무에 기어 올라가곤 했으니, 그래서 송 노인宋老人은 우리 집 원숭이 새끼라 불렀다.

주실은 송화리 과수원 밖의 세계를 구경한 일이 없다. 그의 친구는 거반이 동물이요, 산과 들과 물이 그가 사는 세계였다. 이를테면 일종의 원시적인 소녀라 할까, 송 노인이 의식적으로 그렇게 길러놓은 것이다. 물론 거기에는 깊은 곡절이 있었다.

"할아버지는 집에 계셔?"

"으응, 들에 나가셨을 거야."

"여전하시군."

"오빠?"

"……"

"지난겨울에 말야, 할아부지 이만한 노루 잡아오셨어."

팔을 크게 벌려 보인다.

"그런데 말야, 그만 우리 마루가 죽었잖우."

주실의 눈에 그늘이 확 모여들었다. 너무 맑은 눈이었기 때문에 그 변화는 두드러졌다. 마루는 주실이가 사랑하던 사냥개였었다.

"늙었으니 죽을 때도 됐지."

"나 막 울었어."

"할머니 돌아가셨을 땐 안 울었지."

"불쌍하거든."

"할머니는?"

"그땐 아무렇지도 않았는데 지금은 생각이 나요."

산마루를 또 하나 돌았다. 아무도 지나가는 사람이 없는 백토 길 저편에서 늙은이가 한 사람 나타났다. 꾸부정한 허리에 거지처럼 남루한 옷을 입고 있었다.

그쪽에서도 이편 젊은이들을 보았음인지 북을 덩! 더덩! 하고 쳤다. 그리고 입을 벙실 벌리며 알은체를 한다.

북소리의 여음을 물고 숲에서 뻐꾸기가 또 울었다.

"저이 등짐장수 할아버지예요."

주실이 가르쳐준다.

서로가 가까워졌을 때 등짐장수 할아버지는 더욱 신나게 북을 쳤다.

"아씨, 어디 갔다 오시오?"

염소처럼 순하게 생긴 얼굴에 온통 주름을 모은다.

"저어기요."

주실은 오던 길을 손가락질했다.

"서울서 오빠가 왔거든요."

"나도 과수원에 다녀옵네다."

이가 빠져서 말이 어눌다. 빨간 걸빵을 걸어 짊어진 나무 상자가 몹시 무거워 보였다.

"멀리서 오시느라고……."

등짐장수 할아버지는 귀빈을 맞이하듯 깍듯이 허리를 꾸부리며 영재에게 인사를 했다.

"할아버지, 안녕히 가세요."

"네, 안녕히 갑쇼, 아씨."

영재는 묘한 기분이 들었다. 언젠가 본 일이 있는 〈애인 줄리에트〉란 영화 장면이 생각났다. 망각의 나라, 우산을 들고 숲속 길을 오던 노인의 모습을 연상한 것이다. 저만큼 가서 영재는 돌아본다. 유리를 끼운 나무 상자 후면에 울긋불긋한 크림통, 기름병이 내비쳤다. 그리고 그 나무상자 위에 고무신 한 켤레가 동그마니 놓여 있었다. 영재의 눈은 무심히 아래로 흘렀다. 늙은이는 맨발이었다.

"저 노인 왜 신발을 벗구 가니?"

"길이 좋으니까, 자갈이 많은 데 가면 신발 신어요."

"음…… 신발 떨어질까 봐 그래?"

"응."

"이렇게 뜨거운데 발바닥이 아프겠다."

아스팔트 길 같으면 물씬물씬 늘어날 지경으로 햇볕은 강렬하였다.

영재가 또다시 돌아보았을 때 늙은이의 모습은 산마루에서 사라지고 북소리도 들리지 않았다.

"오빠."

"왜?"

"나 그저께 할아버지한테 매 맞았어."

"……?"

"분 발랐다구…… 성삼이 엄마두 분 바르는걸 뭐."

영재는 어이가 없었다. 새까맣게 그을린 얼굴에 분을 발랐다면 대체 어떤 꼴이었을까 싶어 물끄러미 주실을 바라본다.

"성삼이가 말예요."

큰 비밀인 양 목소리를 낮추며 주실은 영재 옆으로 바싹 다가섰다.

"성삼이가 말예요, 서울서 올 때 사다 주었어요."

"뭐? 성삼이가?"

영재는 오만상을 찌푸리며 풀섶에 침을 탁 뱉는다.

"뱀 같은 녀석!"

증오에 찬 표정으로 다시 중얼거렸다.

"오빠는 성삼일 미워하지?"

오만상을 찌푸린 채 대답이 없다.

"할아부지도 참 미워해. 그리고 영천댁도 보기 싫어 죽겠대요."

눈앞에 굽어져 흐르는 강이 나타났다. 언덕 위에 빨간 벽돌집이 보이기 시작한다.

"이제 다 왔다!"

"아주머니이!"

주실이 목청을 뽑는다. 그리고 뛰어간다. 영재는 천천히 구릉진 길로 올라섰다.

"아, 이제 오십니까."

박 서방이 휘청휘청 걸어 내려오더니 영재로부터 보스턴백을 받아 든다.

"그간 별일 없었어요?"

"네."

황량했던 영재 마음속에 따스한 애정이 배어온다.

언덕을 올라섰을 때 창문가에 중년 부인이 밖을 내다보고 서 있었다. 중년 부인은 쪽 진 머리에 바늘을 꽂고 얼른 돌아 나왔다.

"오셨구먼요. 어른께서 몹시 기다리시던데……."

침모 영천댁이었다. 말씨도 조용하거니와 몸가짐이 차분하고 깨끗해 보이는 고풍古風의 여자다.

"그새 안녕하셨어요?"

영재는 응석 부리는 표정을 하고 빙긋이 웃는다.

"오시느라고 욕보셨수."

"덥더군요."

영재는 손수건을 꺼낸다.

"그거 인 주세요. 젖었구먼."

17

영천댁은 안으로 들어가더니 빨아놓은 수건을 가지고 와서 영재에게 준다.

"잠깐 기세요. 미숫가루 시원하게 타드릴게."

영천댁은 또 부리나케 안으로 들어갔다.

영재는 은행나무 밑에 나무 의자를 끌어다 놓고 앉아서 박 서방과 이런저런 이야기를 주고받는다.

"오빠? 나 할아부지 데리구 올게요."

주실은 깡충깡충 뛰어 나간다. 멀어지는 주실을 바라보며,

"온 할아버지두 어쩌자구 주실을 저 모양으로 만들어놓았는지. 저래 가지구 시집이나 보내겠어요?"

"글쎄올시다. 돌아가신 할머니께서는 공부시킬려고 무척 애를 쓰셨지만 어르신께서……."

박 서방도 난처한 얼굴이었다.

"비가 와도 못 간다, 바람이 불어도 못 간다, 대체 한글이나 읽을 줄 아는지…… 할아버지 고집 땜에 멀쩡한 아일 병신 만들어놓았으니 참 딱하지요."

송화리 과수원에서 이십 리가량 떨어진 곳에 국민학교가 있었다. 주실이 그 학교에 다닐 때의 이야기다.

"어르신께서도 그러셨지만 아가씨도 공부하기를 참 싫어했죠. 어릴 때 제가 업고 학교에 가곤 했는데 애먹었습니다. 어떤 때는 제 손을 꽉 물어버리고 그냥 달아나지 않겠어요? 산에 들어가면 못 찾거든요. 어찌나 날쌔던지……."

박 서방은 주실의 어린 시절을 회상하며 고소한다.

뜰에는 빨간 채송화가 햇빛에 이글이글 타고 있었다.

닭장에서 빠져나온 흰 닭 두 마리가 맨드라미를 쪼아 먹는다.

닭의 벗과 맨드라미 꽃이 함께 흔들거리고 있었다.

"자아, 마시세요. 시원합니다."

미숫가루를 푼 사발을 영천댁이 가지고 왔다.

영재는 고소하고 차가운 미숫가루를 단숨에 마신다.

"시원합니다."

영천댁은 사발을 받아 들고 대견한 듯 영재를 바라보며,

"올해는 졸업도 하구 해서 못 오시지나 않을까 싶었어요."

"안 오구 배깁니까. 아주머니가 보구 싶어서도 못 견딜걸요.
하하핫⋯⋯."

"아이구, 고마워라. 말만이라두⋯⋯."

집 나갔던 주인이 오래간만에 돌아온 듯 박 서방이나 영천댁
의 표정은 흥겨워 보였다.

"어른께서도 봄에 몇 번이나 들먹입디다."

"왜요? 학교 졸업 때문에요?"

"네."

"그놈의 공분 해서 뭐 하느냐구 늘 하시더니."

"글쎄⋯⋯ 다 가슴에 피가 맺혀서 하시는 말씀이죠."

영천댁의 얼굴이 어두워진다.

"오셨어요?"

굵은 목소리가 뒤에서 났다. 영재는 고개를 돌렸다.

런닝셔츠에 작업복 바지를 입은 사나이가 슬그머니 다가왔다.

"아……."

영재는 별로 내키지 않는 대답을 하고 도로 얼굴을 돌렸다.

"성삼이는 언제 왔어."

마지못해 물어본다.

"일주일 됐어요."

쌍꺼풀이 굵게 진 눈이 빙글 돌았다. 중키에, 어깨가 딱 바라진 체격은 매우 완강했다. 얼굴빛은 검붉고 두꺼운 입술은 가라앉은 푸른 색소를 연상시켰다. 흐린 눈동자 속에는 엷은 향수 같은 것이 있는 듯도 했으나 잔인한 조소가 더욱 짙었다. 하여간 인상은 좋지 않았다.

그는 송화리 과수원의 일을 보아온 김판수金判守의 외아들이다. 김판수는 선량한 사람으로서 송 노인이 이 송화리 과수원을 시작했을 때부터 고생을 같이해온 사람이다. 그는 작년에 가슴앓이로 죽었지만 성삼成三이와 그의 모친은 여전히 송 노인의 비호를 받으며 이곳에 살고 있었다. 성삼은 그의 부친의 소원으로 고등학교를 마친 후 그들에게는 분수에 넘는 짓이지만 대학에 들어갔다. 그는 모 삼류대학 법과에 적을 두었다. 그러나 그것은 명색일 뿐 연극을 하느니 시나리오를 쓰느니 하며 서울서 다방순례로 소일하고 있는, 말하자면 건달 대학생이었다.

성삼은 영재 옆에 우두커니 서 있다가 바지 주머니를 부시럭 부시럭 뒤지더니 담배를 꺼내어 붙여 문다.

"어른 오실 때까지 목욕이나 하고 오시지."

영천댁은 성삼에게 곁눈질을 하며 영재에게 권한다.

"그럴까요?"

영재는 일어섰다. 그는 아까 영천댁이 주던 수건을 들고 나섰다. 성삼이 말없이 그의 뒤를 따랐다.

영재는 천천히 강변으로 이르는 내리막길을 내려간다.

강 건너편 멀리 마을이 보였다. 강 이쪽은 모두 송정주宋正周 노인이 경영하는 송화리 과수원의 영역에 속한다. 완전히 격리된 하나의 별천지였다.

윤영재가 걸어가는 내리막길 왼편에는 지금 해바라기가 한창이었다.

해바라기 꽃은 해를 따라가다가 지쳤는지 그 무거운 고개를 수그리고 있었다. 널찍한 이파리 사이로 알른알른 보이는 초가집이 김성삼 모자가 살고 있는 곳이다. 그 뒤편에는 창고와 닭의 장이 있고 나머지 일대는 초원이다. 산양들이 풀을 뜯어 먹고 있는 한가로운 풍경이었다.

이곳과 마주 보이는 곳의, 그러니까 붉은 벽돌집 오른편 펑퍼짐한 지대가 과수원이다. 수천 그루의 사과나무가 정확한 간격을 두고 그 가지를 뻗치고 있었고 과수원과 초원의 녹지대 속에 있는 붉은 벽돌집, 서른 평 남짓한, 이미 낡은 양식의 건물이다.

그러나 이런 골짜기에서는 매우 색다르며 아담한 주택이었다. 이십 년 전에 송 노인은 외아들 진규鎭圭 신혼부부를 위해 증축한 집이었다. 그 양옥집 바로 옆에 몸채인 한식 고옥이 붙어 있고 좀 떨어진 곳에 송 노인이 거처하는 사랑이 있었다.

송 노인은 농과 출신이었다. 순전한 서울 토박이인 그는 학교를 마치자 부모가 남겨준 가산을 모조리 팔아버리고 아내와 같이 이 골짜기로 찾아들어 과수원을 시작했던 것이다.

영재는 휘파람을 불면서 강가로 나갔다.

한낮인데도 강변 바람은 시원하다. 강변 벼랑의 잡목 숲 위에는 여전히 강렬한 태양이 부서지고 있었다.

"미스 강은 대천 내려갔어요?"

묵묵히 따라오던 성삼이 돌연 말을 걸었다.

"내가 어떻게 알아."

퉁명스러운 어조다.

"요즘 안 만나세요?"

영재는 성삼의 묻는 말에 대답을 하지 않았다. 불쾌한 표정이다. 성삼의 입가에는 조소가 번지고 있었다.

그들은 모래밭으로 내려갔다. 따끈한 모래의 열기가 구두를 벗고 양말을 벗은 발바닥에 짜릿하게 스며들었다. 옷을 후딱후딱 벗어 던지고 강물에 뛰어든다. 심장에 밀려드는 물의 압력이 쾌적했다.

영재는 사지를 쭉 뻗고 앞으로 나갔다. 건너편의 바위가 솟은 강 기슭을 향하여 헤어 간다.

물은 맑고 수량은 풍부하였다.

건너편 바위 위에 올라선 영재는 태양이 그득히 쏟아진 강물을 내려다본다.

"이봐 성삼이! 낚시 생각이 간절하군."

천천히 헤엄쳐 오는 성삼을 보고 소리를 친다. 여태까지와 달리 목소리에 친근미가 있었다. 영재는 낚시질에는 각별한 취미가 있었고 따라서 낚시 친구로서만이 성삼에게 친밀을 느낀다.

"오늘은 푹 쉬고 내일부터 하죠."

굵은 목소리가 돌아왔다.

그들은 실상 코 흘리던 시절부터의 친구다. 한 사람은 주인댁 외손자요, 한 사람은 사용인의 아들이었지만. 그래서 그러한 조건은 그들 사이에 무수한 감정의 장벽을 쌓아올리기도 했었다.

얼마 후, 그들은 물에서 올라왔다. 강변의 오후는 고요했다.

"미스 강은 나보구 대천 간다 하던데요?"

옷을 주워 입고 담배를 찾으면서 성삼은 다시 말을 걸었다. 영재가 힐끗 쳐다본다.

"왜 그리 관심이 많아? 네가 원한다면 그 여잘 양도해도 좋다."

영재는 능청을 부리며 머리를 닦는다.

"갖고 싶은 흥미까진 없는데요."

"건방진 소리 하지 마."

"미안하지만 난 형님의 쓰레기통은 아닙니다."

"쓰레기라도 감지덕지하고 받는 법이야."

영재는 자신도 모르게 잔인하게 뇌까렸다.

"주는 것도 자유, 받는 것도 자유, 안 그래요?"

영재는 헛웃음을 웃는다. 완연한 패색이다. 성삼은 실눈을 뜨고 영재의 웃는 모습을 넌지시 바라보고 있었다.

'뱀 같은 녀석!'

영재는 돌아서서 슬그머니 언덕으로 올라간다.

영재는 성삼을 철두철미 경멸했다. 그리고 어디서나 방약무인하게 그를 하인 다루듯 대하였다. 서울에 있을 때도 간혹 다방 같은 곳에서 마주치면 그를 완전히 무시하려 들었다. 그러나 영재의 마음은 오히려 억압을 당한다. 자기의 위치를 과시하면 할수록 뒷맛은 쓰디쓴 것이었다. 대등한 처지가 아닌 그에게 횡포하다는 것은 비열한 짓임을 알고 있었다. 영재의 지성은 성삼의 위치가 얕은 것이 자기 양심의 약점이 된다는 것을 알고 있었다. 그러나 가면으로 그에게 너그러이 대하기는 싫었다. 그는 성삼이란 인간 자체를 미워했다. 송충이처럼 싫어한다는 비유가 그의 감정에 들어맞는다. 여러 가지 잠재의식 때문인지도 몰랐다.

성삼은 영재보다 한 살 아래였다. 그는 어릴 때부터 완력이 세고 자존심이 강하였다. 그는 주인댁 도련님에게 굴복하기를 싫어했다. 그뿐만 아니라 방학이면 나타나서 마치 왕자처럼 송화리 과수원에 군림하는 영재를 미워하고 시기했다.

그는 기회 있을 때마다 영재에게 완력을 행사하였고, 끔찍스러운 장난을 했다. 심통이 나면 성삼은 사람 없는 곳에서 돌멩이로 영재의 뒤통수를 까고 달아났다. 무심코 걷고 있는 영재 다리를 획 감아서 쓰러뜨리기도 했다. 그러나 그러한 일보다 영재에게는 도저히 잊어버릴 수 없는 무서운 기억이 있었다. 지내놓고 보면 어린 시절의 한갓 철없는 장난이라고도 할 수 있는 일이지만 그때의 성삼의 잔인한 얼굴을 생각할 때마다 오싹 소름이 끼친다.

그날은 의논이 맞아서 둘은 산에 놀러 갔다. 앞서가던 성삼은 별안간 걸음을 멈추며,

"야! 이것 봐라. 기둥만 하다!"

하며 번쩍 치켜든 것은 뱀이었다. 영재의 얼굴은 새파래졌다.

"흐흐흣…… 으흐흣핫……."

성삼은 기묘하게 웃으며 뱀의 꼬랑지를 쥐고 빙빙 돌리며 도망치는 영재를 쫓아왔다.

영재는 결사적으로 뛰었으나 산을 타는 데는 성삼을 당할 수가 없었다.

"악!"

써늘한 뱀이 목덜미에 철버덕 떨어졌다.

"으흐흣, 으하하핫……."

성삼은 신이 나서 손뼉을 치며 웃어젖혔다. 영재는 크게 벌리고 웃어젖히는 성삼의 입속으로 자신이 먹혀들어가는 것을 느

끼며 언덕에서 데굴데굴 구르다가 그냥 낭떠러지에 떨어지고 말았다.

깨어났을 때에는 어두컴컴한 방 안이었다. 할머니가 근심스럽게 앉아 있었다. 그 일로 해서 영재는 오랫동안 앓았다. 그러나 영재는 아무에게도 그 말을 하지 못했다. 어린 마음에도 자기의 위신이 깎일 것만 같았던 것이다.

목욕을 하고 영재가 돌아왔을 때 내다보고 서 있던 영천댁이,

"옷 갈아입으세요. 방에 내려놨습니다."

영재는 잠자코 방으로 들어갔다. 옛날 주실의 아버지가 쓰던 방이었다.

책장에는 문학과 철학 서적이 가득 꽂혀 있었다. 그리고 방임자의 손때가 묻은 물건들이 고스란히 그대로 놓여 있었다. 벽에는 색이 바래서 누렇게 된 결혼 사진도 걸려 있었고.

영재는 시골에 오면 늘 이 방을 사용했다. 고등학교, 대학 시절에는 이 방에서 그 많은 서적을 탐독하였고, 한때는 문학을 해보겠다는 생각도 가졌다. 그는 지금도 책이 많은 이 방에 큰 매력을 느낀다.

영재는 영천댁이 갖다놓은 모시 고의적삼을 입었다. 작년에 입다가 버리고 간 것을 영천댁이 진솔처럼 손질해 두었다가 내어놓은 것이다. 이리저리 하숙방으로 굴러다니며 삭막하기 그지없는 생활을 해온 영재에게 있어서 한결같이 변함이 없는 영천댁의 친절이 고맙지 않을 수 없었다.

"훤하군요. 시골 구석이 훤해지는 것 같습니다."

밖에 나온 영재를 바라보며 영천댁은 만족한 미소를 띠었다.

"아주머니 덕택에 호사합니다."

영재의 흰 얼굴에 흰 모시옷은 잘 어울렸다. 깨끗하고 슬기롭게 보였다. 팔짱을 끼고 뒤에 서 있던 성삼은 선망과 시기심에서 눈을 번뜩이고 있었다. 그는 도전하듯 입가에 그 특징 있는 조소를 머금고 있었다. 영천댁이 얼굴을 찌푸리며 성삼을 흘겨본다. 성삼은 더욱 노골적인 조소를 띠며 슬슬 아래로 내려간다.

그렇게 작열하던 햇볕이 고개를 수그린다. 황혼은 멀지 않았다. 영천댁은 영재에게 시선을 돌렸다.

"젊은 사람이 왜 저리 게을러빠졌는지 모르겠어요? 무슨 사대부 자식인 줄 아나 봐요. 심술만 잔뜩 차가지고."

"……."

"김 서방이 죽을 때……."

성삼이 걸음을 멈추었다. 한 번 휙 돌아보더니 다시 걷는다.

"김 서방이 죽을 때 자식 놈 하나 있는 것 공부 끝도 맺어주지 못하고 차마 눈을 감고 못 가겠다 하며 한을 합디다. 어른께서도 김 서방의 정리를 생각하셔서 돌봐주고 계시는데 세상에 그걸 좀 알아줘야지. 공부는커녕 손가락 하나 까딱하지 않고 빌빌 돌아다니면서 망측스러운 노래나 부르고…… 그 어질고 부지런한 아바니를 서 푼어치도 안 닮았어요. 하기사 지 못나면 지 불쌍하지만."

영천댁은 딱하다는 듯 혀를 끌끌 찬다.

"할아버지는 웬일일까요? 아직도 안 오시니."

"곧 오실 겝니다. 아, 저기 오시누만."

키가 훤칠하니 큰 노인이 개 두 마리를 앞세우고 천천히 걸어온다.

머리는 반백이다. 그러나 기골이 장대하고 눈은 황황히 빛나고 있었다.

영재는 얼른 자세를 고치며 앞으로 나섰다.

"할아버지."

"음, 이번에는 왜 늦었는고?"

심상한 말투였다. 그러나 송 노인 눈에는 일순간 가벼운 전율 같은 것이 지나갔다.

"볼일이 좀 있어서 늦었습니다."

"이번에는 안 올 줄 알았다."

마루에 걸터앉으며 작업복 바지 가랑이를 툭툭 턴다. 몹시 기다렸다고 했는데 송 노인의 표정은 덤덤했다.

"주실이는 어디 갔냐?"

"어르신 뵈시러 갔는데요. 못 만나셨습니까?"

영천댁이 수건을 빨아다 주며 되물었다.

"못 만났는걸…… 박 서방!"

"예."

박 서방이 얼른 쫓아왔다.

"거 란스 다리 좀 들여다보게. 가시가 들었는지 쩔룩거리는구먼. 그리고 내일은 풀 좀 베도록 하지."

"예."

박 서방은 개들을 몰고 뒤로 돌아갔다.

송 노인은 겨우 신발을 벗고 마루로 올라가서 수건으로 얼굴을 닦는다.

"할아버지."

영재는 무릎을 꿇고 절을 올린다.

"음…… 학교 졸업은 했지."

"네."

"고생했다."

송 노인은 지그시 외손자를 바라본다. 그의 눈에는 아까처럼 그 전율에 가까운 그늘이 지나갔다. 비통한 그림자다.

"그래, 너 애빈 여전한가?"

"네."

"요즘 듣자니까 무슨 감투를 썼다면……."

"그런 모양입니다."

"허, 그런 모양이라……."

송 노인은 비로소 빙그레 웃는다.

"어지러운 세상에 하던 일이나 하지, 지각없게스리……."

"왜요, 할아버지? 치안국장 님의 아들, 치안국장 님의 부인,

과히 나쁘지도 않습니다."

영재는 시니컬하게 웃는다.

"그거는 그렇구, 너는 학교를 마쳤으니 뭘 할 작정이냐?"

"집이나 짓죠. 고급 목공 아닙니까."

"좋아."

"할아버지 별장이나 설계해 드릴까요?"

"음, 농사꾼이 무슨 별장인고……."

송 노인의 마음은 차츰 가라앉는 듯 보였다.

"아이 숨차 죽겠네. 성삼아, 할아버지 오셨니?"

종다리 같은 주실의 목소리가 밖에서 울려왔다.

"싫어잇! 또 한 번 놀렸다만 봐라, 할아부지한테 일러줄 테야!"

성삼이 주실을 집적이는 모양이다.

"할아버지, 어느 산에 가셨댔어요? 막 찾아다녔는데."

주먹으로 땀을 닦으며 주실은 입술을 쫑긋거렸다.

어느덧 사방에 황혼이 왔다.

정성껏 장만한 저녁상을 영천댁이 들여왔다. 송 노인은 영재와 주실이 주고받는 이야기에 귀를 기울이다가 얼굴을 들었다.

"성삼이 에미는 어디 갔소?"

"몸이 좀 아프다 합니다."

음식 시중은 늘 성삼의 모친인 김 서방댁이 들어왔기 때문이다. 송 노인은 술을 들면서 불쑥 하는 말이,

"거 얼굴에 회칠 좀 하지 말라고 일러요. 다 늙은 게……."

영천댁은 자기 잘못이기나 한 듯 송구스럽게 여기며 얼굴을 붉힌다. 주실이 힐끗 송 노인을 훔쳐본다. 며칠 전에 분을 발랐다고 매 맞은 생각이 났기 때문이다.

이날 밤, 송 노인은 잠을 이루지 못하였다. 달이 휘영청 밝았다. 송 노인은 뜰로 나왔다. 아들이 쓰던 방문에는 불이 환하게 켜져 있다. 영재가 책을 읽고 있는 모양이다. 송 노인은 마치 아들 진규가 돌아와서 그 방에 앉아 있는 듯 착각한다.

"흐음……."

길게 한숨을 쉰다. 골짜기의 여름밤은 써늘하다. 풀섶에서 귀뚜라미가 구성지게 울고 있었다.

"그놈은 지 외삼촌을 꼭 닮았단 말이야. 흐음……."

송 노인은 또다시 크게 한숨을 내뿜는다.

낮에도 송 노인은 착각을 일으켰다. 모시 고의적삼을 입고 은행나무 밑에 영재가 서 있을 때 송 노인은 지난 십팔 년이란 세월이 확 접어들어 눈앞에 선명하게 다가선 것을 느꼈다. 진규도 그 나이 또래였었다. 방학이 되면 일본에서 돌아와 그렇게 모시 고의적삼을 입고 은행나무 밑에 서 있었던 것이다.

긴 세월이 흘러갔다. 기다리는 마음은 한결같이 사라지지 않는다. 보다 강한 집념으로 송 노인을 지배하고 있는 것이다. 소위 대동아전쟁의 말기였었다. 진규는 동경 경응대학慶應大學 철학과에 재학하고 있었고 결혼한 지 얼마 되지 않았을 때 학병으로 나간 것이다. 그가 학병으로 나간 지 일 년이 지났다. 가을이었다. 과수원에서는 피땀 흘려 가꾼 사과를 공출하기에 바빴던 시기였었다. 서울 친정에서 주실을 낳은 며느리는 시가로 돌아가기 위하여 기차를 탔던 것이다. 그때 영재의 어머니도 마침 소학교에 들어간 영재를 서울에 남겨놓고 올케와 같이 기차를 탔다. 공습이 심한 캄캄한 밤을 기차는 달렸다. 불안을 안은 승객들은 제각기 목적지에 닿기를 고대하면서 침묵에 싸여 있었다. 그러나 기차는 공습에 의한 사고 아닌 사고를 일으켰다. 열차 충돌 사건이 벌어졌던 것이다.

딸과 며느리를 송 노인은 동시에 잃었다. 기적처럼 살아남은 아기, 그 아기가 주실이다.

송 노인은 그 일을 당한 후, 송화리 과수원에서 밖을 나가지 않았다. 기차나 자동차를 보기 싫어한 것이다. 가을에도 사과를 내는 데 그 편리한 트럭을 결코 쓰지 않았다. 달구지를 사용하는 것이다. 그는 문명을 저주한 것이다.

해방이 되었다. 그러나 진규는 돌아오지 않았다. 남방에 갔다는 것만 알고 있을 뿐 아무 소식도 없었다. 그러나 두 늙은이는 희망을 버리지 않았다. 언제이고 반드시 돌아오리라 믿었다.

'그 자식을 대학에만 안 보냈어도……'

주실을 무지하게 만든 것은 아들을 학병에 빼앗긴 이유에서다.

송 노인은 뒤뜰로 돌아갔다. 게로가 뛰어와서 송 노인 발길에

감긴다. 묶어놓은 란스가 몸부림을 치며 짖는다.

"어디 보자."

송 노인은 허리를 꾸부리고 란스의 발을 들여다본다. 개는 허겁지겁 송 노인의 손을 핥으며 꼬리를 친다. 송 노인은 개줄을 끌렀다. 그리고 가죽 끈을 손에 들었다. 개 두 마리는 이리 뛰고 저리 뛰며 쫓아간다.

송 노인은 마구간 옆을 지나갔다. 마구간 옆에 성삼이 쭈그리고 앉아서 담배를 피우고 있었다. 송 노인은 못 본 척한다.

강가로 이르는 길을 천천히 내려온다. 해바라기 잎이 바람에 사각사각 흔들린다. 성삼의 모자가 살고 있는 초가집 뜰에 모깃불을 피우는지 연기가 자욱하다. 김 서방댁이 속치마 바람으로 안뜰을 왔다 갔다 한다. 뜰이라 해야 몇 그루 선 해바라기에 가려 있을 뿐 과수원 일대와 통하는 허허벌판이다.

"에그머니! 어르신네 아닙니까?"

김 서방댁이 머리를 쓰다듬으며 호들갑을 떤다.

"이 밤에 어디로 가십니까?"

송 노인은 얼굴을 쳐들고 가만히 여자를 바라본다.

"아프다더니 괜찮은가?"

"예. 이제 살 만합니다. 심화병이지요."

"음……."

송 노인은 멈추었던 발을 다시 떼놓았다.

"어디 가십니까, 어르신네?"

물기를 잔뜩 머금은 목소리다.

"강변에 가지."

여자의 발소리가 따라온다.

'이 계집이 또 꼬리를 치는구나.'

송 노인은 돌아보지 않고 천천히 걸어간다.

"어르신네 밤이 참 짧지요."

"……."

"달이 이렇게 휘영청 밝구요."

"……."

여자는 송 노인의 대답이 없자 성큼 앞서더니 앞을 막고 선
다. 송 노인이 여자를 노려본다.

"심화가 나서 못 살겠습니다."

여자 얼굴 위에 달빛이 쏟아진다. 흰 이빨이 아칠아칠 내보
인다.

"비켜!"

"강변에 따라갈랍니다."

송 노인의 옷소매를 덥석 잡는다. 순간 송 노인의 손에 들려
있던 가죽 끈이 휙 날았다.

"악!"

야밤을 비명이 찢는다. 여자는 두 손으로 얼굴을 가리고 푹
쓰러졌다. 가죽 끈은 또 날았다. 이번에는 어깨다. 또 날았다.
엉덩이다.

"요망스러운 것!"

송 노인은 방향을 바꾸었다. 과수원 쪽으로 올라간다.

성삼은 비명 소리를 듣고 쫓아왔다.

"어머니!"

그는 놀라며 쓰러져 있는 그의 어머니를 안아 일으켰다. 방으로 끌어들였을 때 얼굴에 그어진 처참한 상처를 성삼은 보았다.

"왜 이랬어요!"

"그, 그 늙은 게 날, 날 쳤다. 겁, 겁탈을 하려고……."

김 서방댁은 이를 악물었다. 그러나 곧이어,

"아무, 아무 말도 말아라. 우, 우릴 쫓아낼라 칼 거다."

성삼은 씨근거리다가 무서운 미소를 띠었다. 그리고 방바닥에 벌렁 나자빠지면서 천장을 노려보고 있다가,

"피장파장이군. 으흣하하핫……."

웃음소리가 허공에 날렸다.

등잔불이 흔들린다. 멀리서 개 짖는 소리가 들려온다.

아무 일도 없었던 것처럼 송화리 과수원에 고요한 아침이 다가왔다. 송 노인은 원두막에서 눈을 떴다. 개들이 어서 일어나라고 얼굴을 핥는 바람에 잠이 깬 것이다. 그는 어젯밤 침소로 돌아가지 않고 그냥 그곳에서 잠이 들었던 모양이다.

일어난 송 노인을 보고 개들이 꼬리를 친다.

'내가 왜 여기서 잤을꼬?'

의문이 미처 끝나기도 전에 어젯밤 일이 퍼뜩 떠올랐다. 처음

에는 꿈이었던가 싶었다. 그러나 김 서방댁의 얼굴을 개줄로 후
려친 일이 생생하게 되살아온다. 꿈은 아니었다. 송 노인은 입
맛을 쩍쩍 다셨다. 팽개친 가죽 줄을 슬그머니 들고 일어섰다.
몸이 뻑적지근하다.

김 서방댁을 쳤다는 것은 확실히 불쾌하기 짝이 없는 사건이
었다. 그렇게까지 하지 않아도 좋았을 것이 아니냐는 후회가 마
음을 적신다. 따지고 보면 여자의 추잡한 행동에 노했다기보다
송 노인은 자기 마음속에 일어난 야릇한 정욕, 이미 불혹지년不
惑之年을 넘어선 지 오래라 생각하였는데 뜻하지 않게 마음이 흔
들렸을 때 그는 몹시 당황하였던 것이다. 그 순간 자기도 모르
게 광포해졌던 것이다. 일종의 반사적인 행동이었었다. 송 노인
은 그 일을 생각하며 쓸쓸하게 혼자 웃는다.

김 서방댁은 본시 술집 작부로 놀아났던 행실이 좋지 못한 여
자였다.

송 노인은 휘청휘청 원두막에서 내려온다. 해바라기 잎 사이
로 알른알른 보이는 초가집의 방문이 꼭 닫혀 있었다.

송 노인은 호주머니 속에서 담배를 꺼내어 붙여 물고 멍하니
그곳을 바라본다.

"안녕히 주무셨습니까?"

천천히 돌아본다. 언제나 늦잠을 자는 성삼이 마치 땅에서 솟
은 나무처럼 뻗치고 서 있었다. 그로서는 아침인사를 올리는 일
도 드물다.

"음······."

"오늘도 어지간히 덥겠습니다."

인사를 올리는 일도 드물었는데 전에 없이 차분하게 말을 걸었다. 송 노인은 의심스럽게 그를 가만히 바라본다.

"어르신께서는 간밤에 주무시지 못한 모양입니다. 안색이 아주 나쁩니다."

하고 씩 웃는다. 그리고 눈에 번득이는 광채를 감추기라도 하듯 실눈으로 송 노인을 바라본다.

'이놈이 꿍심이 있어서 하는 말이구나.'

성삼은 송 노인 옆을 스쳐 지나간다. 넓은 어깨가 좌우로 흔들린다. 분명히 그는 어떤 시위를 하고 있는 것이다.

해바라기 잎 사이로 그의 모습이 사라지자 송 노인은 강가로 내려갔다.

아침 이슬을 밟고 강 건너 마을의 아낙네들이 과수원에 일을 하러 모여 온다. 골짜기의 아침은 바쁘다. 그리고 시끄러웠다. 개가 짖고 닭장에서 닭들이 몰려 나오고 양과 소들이 울었다. 그리고 성급한 새 떼들이 과수에 모여들어 쫄랑거린다.

영재는 박 서방이 짜 가지고 온 염소 젖과 날계란을 먹고 의자에 앉았다가 트랜지스터를 꺼내어 아침 방송을 듣는다. 대천 피서객들을 위하여 열차를 증발하였으니 많이 이용하라는 뉴스다.

"아 참, 내가 잊었군."

영재는 벌떡 일어서서 걸어놓은 양복바지 주머니를 뒤진다.
편지를 꺼내어 다시 의자로 돌아와 앉는다.

서울역에서 강일혜姜逸惠가 준 편지였다.

"시골 가셔서 읽으셔야 돼요."

푸른 서머 투피스를 입은 일혜의 표정은 미묘하였었다.

영재는 무표정으로 편지를 뜯었다.

영재 씨, 기분 좋게 여름을 지내고 돌아오실 것을 기원합니다. 이
거 비꼬는 말은 아니에요. 그리고 시나리오 라이터이기보다는 레
슬링선수가 제격인 성삼이 친구에게도 안부 전해주시구요. 물론
나도 대천에 가서 분풀이로 실컷 놀고 올 작정이에요. 좋은 보이
프렌드라도 생겼으면 다행이겠는데……. 영재 씨가 아시는 바와
같이 난 영재 씰 좋아해요. 하지만 언제까지나 흐리멍덩하게 구는
영재 씨를, 영재 씨 혼자만을 우두커니, 달맞이꽃처럼 기다리고 앉
아 있긴 싫어요. 난 본래부터 성미가 급하거든요. 왜 흐리멍덩할
까? 우린 일 년 가까이 사귀었어요. 자주 만났죠. 하지만 우리들
은 일보도 전진하지 않았어요. 내 자존심으론 소심한 영재 씨라고
했죠. 아니 수줍어하고 있는지도 모른다고 생각하고 싶어요. 실상
영재 씨에겐 그런 면이 없지도 않거든요…….

"건방진 계집애."

영재는 픽 웃으며 편지를 넘긴다.

……영재 씨는 퍽 당돌해요. 안하무인으로 사람을 대하는 일이 많아요. 그런 사람일수록 자기의 약점을 많이 느끼고 있는 법이에요. 마음보다 거칠게 혹은 반대로 표현하는 거예요. 아! 실례. 그만두죠. 영재 씨의 심리분석은, 왜 그런지 우리들 사이에 있어서 영재 씨의 심리분석은 적용되지 않는 것 같군요. 자신이 없어요. 그렇다 하기에는 뭔지 처량한 자위가 아니냐는 생각이 자꾸만 들어요. 골치 아플 테니까 그만 쓰겠어요. 다람쥐 같다는 영재 씨의 누이동생께 내 우정을 전해주세요. 나는 바다 풍경의 스케치나 몇 장 해 올래요. 그럼 안녕.

편지를 다 읽고 난 영재는 책 사이에 그것을 쑤셔 넣고 라디오의 볼륨을 낮추었다. 기분이 나쁘지는 않았다.

일혜의 성격으로는 영원히 나는 당신을 사랑하노라 식의 편지를 쓰지 못할 것이다. 그러나 다분히 기교를 부린 편지라고 영재는 생각하였다. 일혜하고 친한 것은 틀림없다. 그러나 영재는 그것이 호기심일 뿐 연정이라 생각하고 있지는 않았다.

일혜를 소개해 준 사람은 성삼이다.

석 달 동안 들어박혀서 국전에 출품할 〈집합주택集合住宅〉의 제작을 끝낸 영재는 같이 하숙하고 있는 의과대학생 이동섭李東燮과 같이 음악 살롱에 나갔다. 긴장을 풀기 위해 나간 것이다. 그때 성삼이와 동석하고 있던 여자가 바로 일혜였었다. 성삼은 일부러 영재가 있는 좌석까지 찾아와서 일혜를 소개해 주었다.

일혜가 소개하라고 졸랐기 때문이다.

"미대 삼 학년에 재학 중입니다. 실력이 대단해요."

성삼은 소개를 끝낸 뒤 그렇게 설명을 덧붙였다.

영재는 일혜의 용모보다 그가 걸치고 있는 의복에서 색채 감각이 좋은 여자라는 인상을 받았다.

일혜를 두 번째 만난 것이 국전이 열린 경복궁 전시장에서였다. 영재가 야심을 갖고 제작한 〈집합주택〉은 겨우 입선이란 고배를 마시게 하였다. 마음이 울적해 있는데 일혜와 부딪친 것이다. 일혜는 대뜸,

"윤 선생님 작품 봤어요. 억울하죠?"

영재가 다소 당황하며 서 있노라니까,

"저도 입선의 영광을 차지했어요. 제 그림 봐주세요."

마치 십 년의 지기인 양 영재의 팔을 끌었다.

〈숲속의 몽상夢想〉이란 제목의 서양화 앞으로 온 일혜는 영재를 돌아보며 웃었다.

"봐주세요. 그리구 기탄없이 말씀해 주세요, 네?"

녹색 베레모를 쓴 예쁘장한 머리를 갸웃거린다. 그리고 자신 있고 대담한 시선을 일혜는 던졌다.

"나는 그림엔 문외한입니다."

"거짓말 마세요. 다 소문 들었어요."

장난스럽게 웃는다. 팔십 호짜리 〈숲속의 몽상〉은 반추상화였다. 그리고 쉬르레알리스트인 미로의 화풍을 본뜬 것 같은 감

이 없지 않았다.

"미로를 좋아하는 모양이군요."

"네, 좋아해요. 어떻게 아세요?"

"그림이 닮았습니다."

"그거 대단히 유감인데요? 난 원숭이를 제일 싫어한답니다. 호호호……."

경쾌한 웃음소리는 영재에게 친밀감을 갖게 하였다.

영재는 일혜의 그림이 모방에서 비약한 어설픈 것으로, 아직 미숙하다는 느낌을 가졌으나 역시 일혜를 처음 만났을 때 받은 인상과 마찬가지로 색감이 좋다고 생각하였다. 그러나 영재는 자기의 감상을 말하지는 않았다.

경복궁에서 만난 후, 그들은 갑자기 가까워졌다. 윤 선생이 영재 씨로 되었고, 미스 강이 일혜로 불리어지게 되었다. 일혜는 언제나 적극적으로 영재에게 접근해왔다. 영재는 일혜가 싫지 않았지만 호기심 이외에 애정을 느끼지는 않았다.

조반을 먹고 난 뒤, 영재는 헛간에서 낚시 도구를 챙겨가지고 나섰다. 성삼이도 같이 따라나섰다.

"오빠! 나 점심 갖고 나중에 갈게요."

주실이 언덕까지 쫓아 나와서 외쳤다.

그들은 모래밭을 곧장 지나서 모퉁이로 돌아 갔다. 모래밭은 끝나고 울퉁불퉁 바위가 솟아 있는 곳까지 온 그들은 짐을 내리고 각각 자리를 정한다.

제법 수심이 깊은 곳이었다.

영재는 흥겨운 표정으로 휘파람을 불며 낚싯밥을 끼웠다. 낚싯줄을 던진다. 빨간 낚시찌가 한참 물속에서 흥당거리더니 멎는다. 강물은 마치 명경처럼 팽팽하게 움직이지 않는 것만 같았다. 등지고 앉은 숲속에 나무들도 미동하지 않았다.

"올해도 국전에 출품하세요?"

"그때가 돼봐야지."

낚시질에 열중한 영재는 건성으로 대답한다.

"동섭 형님은 무의촌으로 가셨다지요?"

"그건 너가 어떻게 알어?"

"미스 강이 그럽디다."

"일혜를 자주 만나나?"

"그럼요."

성삼은 씩 웃는다.

"미스 강은 나를 괄시할 처지가 못 되거든요."

영재는 힐끔 성삼을 쳐다본다.

"형님을 알게 된 동기가 나에게 있다고 미스 강은 생각하고 있어요. 그래서 만나기만 하면 차를 사는 데 인색하지 않습니다."

"그거 영광이겠다."

찌가 물속으로 쑥 들어갔다. 영재의 얼굴이 긴장한다. 그는 낚싯대를 통하여 전해지는 움직임에 정신을 집중한다. 낚싯줄이 번쩍 올라왔다. 피라미 한 마리가 햇빛 아래 눈부시게 파닥거린다. 영재는 만족한 미소를 띠며 손아귀 속의 고기를 꼭 누른다.

"됐어! 순조로운 출발이야."

영재는 기분이 좋아서 들뜬 목소리로 말하는데 성삼은 낚시질에 별로 신이 나지 않는 모양이다. 그는 다른 생각을 하고 있는 듯 간혹 멍한 눈으로 건너편을 바라보곤 했다.

"음…… 음……."

이따금 신음 같은 소리를 깨물기도 한다.

정오까지 영재는 일곱 마리의 고기를 낚았다. 비교적 성적이 좋은 편이다.

"배가 고픈데?"

"점심이 곧 오겠군."

"넌 몇 마리나 잡았지?"

"두서너 마리나 될는지요."

성삼은 담배만 뻑뻑 피운다.

"오빠아!"

때마침 주실의 목소리가 모퉁이에서 찌르릉 울려왔다.

"오오우!"

영재는 소리치고 휘파람을 휙 불었다.

주실은 꾸러미를 들고 울퉁불퉁한 바위를 뛰어넘으며 왔다.

"아이, 더워라."

주실은 영재가 쓰고 있는 밀짚모자를 훌렁 벗겨서 부채처럼 꾸겨 쥐고 부친다.

"아침에는 제법 바람이 불더니 왜 이리 삶아?"

영재도 이제는 어지간히 지친 듯 호주머니 속에서 담배를 꺼내어 붙여 문다.

"배고픈데 얼른 점심이나 합시다."

성삼은 낚싯대를 걷었다.

"그럴까?"

영재도 슬그머니 일어섰다. 주실은 영재에게 모자를 돌려주고,

"몇 마리나 잡았어요?"

광주리 속을 들여다보며 손가락으로 한 마리 한 마리 세어본다.

"모두 꼬마들이네."

이번에는 성삼의 광주리를 끌어당겨서 들여다본다.

"아이, 이건 젬병이야? 점심값도 못했네?"

깔깔 웃는다. 팽창한 공기가 흔들리는 것 같았다. 그러나 주실은 갑자기 웃음을 거두었다.

"성삼아? 너네 엄마 왜 그러니? 얼굴이 말야?"

눈을 크게 뜨며 성삼을 쳐다본다.

성삼은 거칠게 담배 연기를 내뿜을 뿐 대답이 없다.

"오빠? 성삼이 엄마 말이야, 얼굴에 이렇게 시뻘건 줄이 그어

져 있잖우? 그건 무슨 병일꼬?"

주실은 자기 얼굴 위에 손으로 줄을 긋는 시늉을 한다.

"그건 말이야."

성삼은 일그러진 웃음을 웃으며 주실에게 얼굴을 돌렸다. 야
수적인 것을 느끼게 하는 얼굴이다.

"그건 말이야, 아마 주실의 병하고 같은 것일 거야."

"뭐?"

주실은 눈을 껌뻑껌뻑한다.

"난 얼굴이 멀쩡하잖우?"

턱을 쳐들고 성삼이 옆에 얼굴을 바싹 디밀었다.

"오욕의 흔적이지. 피장파장이다. 하하핫…… 으하핫하……."

몸을 좌우로 흔들며 성삼은 미치광이처럼 웃어젖힌다.

"이게 미쳤나 봐? 참 우습다아?"

주실은 어리둥절하며 바라본다.

"으하핫하…… 세상에는 인과응보란 말이 있지. 으하핫……."

강물을 온통 마셔버릴 듯 입을 크게 벌리고 성삼은 연신 웃어
젖혔다.

"그거 대체 무슨 뜻이야?"

잠자코 있던 영재가 물었다.

"아무것도 아닙니다. 가끔 이런 미친병이 치받죠."

웃음을 거둔 성삼의 눈에는 싸늘한 빛이 돌았다.

영재는 그 눈빛에서 두려움을 느꼈다. 그들이 주고받는 대화

는 수수께끼 같아서 뭐가 뭔지 알 수 없었으나 성삼의 웃음소리
는 어떤 보복심에 찬 것을 깨달았다.

"점심이다! 점심!"

영재는 신경질적으로 소리 질렀다.

점심을 끝낸 뒤 그들은 옷을 벗고 물에 뛰어들었다.

작년에 영재가 서울서 올 때 사다 준 진홍빛 수영복을 입은
주실은 물에 점벙점벙 뛰어들며 까불었다. 진홍빛 수영복이 금
년에는 좀 작은 듯하다. 탄력 있는 몸이 꽉 죄어든 것처럼 보였
다. 산야를 마음껏 쫓아다니며 자란 주실은 나이보다 발육이 빨
랐고 성숙한 여자처럼 육체의 선이 아름답다.

건장한 두 사나이보다 주실의 헤엄질은 재빠르고 능숙하다.
인어가 그랬으랴 싶으리만큼 그는 물속에서 자유자재로 몸을
놀리며 즐기는 것이었다.

영재와 성삼은 한참 만에 물에서 올라왔다. 뜨거운 모래 위에
배를 깔고 엎드린다. 알맞은 피로를 느낀다.

"아이 신난다!"

힘이 남아도는지 물속에서 풍덩풍덩 점프를 하며 주실은 아
이처럼 장난을 치고 있었다. 물에 젖어 더욱더 핏빛을 띠는 수
영복과 수정水精처럼 아름다운 주실의 몸에 눈부신 태양이 함빡
쏟아진다. 팽팽하고 묵직한 젖가슴은 뛸 때마다 전율하듯 부르
릉 떨었다. 그 율동은 허리께에서 엉덩이로, 그리고 미끈하게
뻗은 다리로 흘러내려 간다.

무심히 뛰노는 주실을 바라보고 있던 영재는 현기증을 느꼈다.

'빨간 수영복이 나빴다!'

숨결이 거칠어진다. 영재는 심장을 짓누르듯 모래 위에 가슴을 착 붙이고 주먹을 불끈 쥔다. 진홍빛 수영복이 눈앞에 뱅뱅 돌고 있었다. 무르익은 사과 같은 것, 강렬한 향취. 영재는 그 진홍빛 수영복을 찢어버리고 싶은 충동을 느꼈다. 그 진홍빛 수영복이 아니더라면 현기증을 느끼지 않았으리라는 생각이 희미해진 이성 속에 일어났다. 마른 입술을 혓바닥으로 축이고 영재는 얼굴을 돌렸다. 성삼의 눈이 주실의 몸을 더듬고 있었다. 눈은 하나뿐이다. 그도 그럴 것이 옆얼굴이었으니까. 솟은 코, 두툼한 입술, 그 입술이 이따금 정욕적으로 실룩거린다.

영재는 저도 모르게 벌떡 일어나서 성삼의 빰을 후려쳤다. 찰싹 소리가 났을 때 영재는 아찔했다.

"어머! 왜 그래요?"

놀란 것은 성삼이가 아니었다. 주실이 다가오며 소리쳤던 것이다.

성삼은 굵게 꺼풀진 눈을 들고 넋 빠진 사람처럼 영재를 바라보다가 내뱉듯이,

"다 마찬가지 아닙니까? 눈은 보라고 있는 것, 본능에 뚜껑을 달아둘 순 없죠. 당신이나 나나."

"이 새끼가! 또 아가리 놀렸다만 봐라!"

영재의 주먹은 다시 날았다.

"오빠! 오빠! 왜 그래요?"

영재는 주실에게 옷을 던져주며,

"빨리 입어!"

"왜요?"

그늘이 없는 유리알 같은 눈을 치올린다. 영재의 목덜미가 벌게진다. 자책을 느끼는 영재의 얼굴을 성삼의 눈이 짓궂게 따라간다.

"남쪽 나라 바다 멀리……."

주실은 노래를 흥얼거리며 옷을 주워 입는다.

그들은 낚시 도구를 챙겨가지고 일어섰다. 뺨을 두 번이나 맞고도 능글맞게 웃고 있는 성삼의 무저항으로 하여 그들 사이는 표면상 아무 일도 없었던 것처럼 잠잠한 강물 같긴 했다.

영재는 죄의식에 사로잡히며 묵묵히 걷는다.

'내가 왜 성삼이를 때렸을까?'

집에 돌아왔을 때 왁자지껄하게 싸움이 벌어지고 있었다.

"영천댁이나 내나 남의 집 드난살이 신세는 다 마찬가지 아냐? 뭐가 저 혼자만 잘났다고 남의 일에 감 놔라 배 놔라 하는 거야? 온 아니꼬워서 못살겠다."

김 서방댁은 멍든 얼굴을 치켜들고 영천댁에게 삿대질을 하며 퍼붓고 달려들었다.

"사람도, 왜 그러우? 누가 뭐랬어요? 아무것도 아닌 말을 가지고 공연히 화를 내네?"

영천댁은 싸움을 피하려고 되도록 감정을 죽이며 말을 한다.

"오늘만이 아니야. 언제든지 지 잘난 척거든. 이 댁 마나님으로 들어앉은 것처럼 아망스럽고, 눈 밑에 사람이 안 보이는 모양이지, 흥."

"저런, 저런 말 좀 봐."

영천댁은 기가 막히는 모양이다.

"왜? 내 말이 그른가. 사람 괄시를 그리하는 법이 아니야! 음지가 양지 되고 양지가 음지 되고 사람의 일을 어떻게 알어. 언제까지나 안방에 들어앉아 손끝에 물만 튀기고 살 줄 알어? 자식도 없는 것이."

"김 서방댁, 말이 과하지 않소. 영천댁이 무슨 말했는지 모르지만서도 그 성미에 실없는 소리는 안 했을 거요. 자, 그만 내려가요."

박 서방이 하도 딱하여 김 서방댁 손을 끄는데 그는 그 손을 착 뿌리치고,

"아, 남이사 분을 발랐거나 말거나 무슨 권리로 하라 마라 하는 거야! 범 같은 우리 죽은 영감도 그런 참견까지는 안 했다!"

"그 말을 그렇게 고깝게 들을 건 뭐라……."

영천댁은 울상이다.

"난 이래 봬도 아들이 있다, 아들이 있어. 대학 다니는 아들이 있단 말이야. 우리 성삼이만 잘되면 굽이굽이 서린 설움 다 풀

고 한번 살아볼 거다. 우리 모자를 눈에 든 가시처럼 쫓아내지 못해서. 누가 나갈 줄 알어? 안 나간다, 안 나가아!"

영천댁에게 퍼부었으나 속심으로는 송 노인에 대한 앙심이 더 컸다.

싸움의 발단은 이러했다.

송 노인이 점심을 먹고 과수원에 나간 뒤 김 서방댁은 살그머니 부엌으로 들어왔다. 반찬을 가지러 왔던 모양이다.

"아유! 김 서방댁 그 얼굴이 왜 그래요?"

사정을 통 모르는 영천댁이 놀라며 물어봤다.

"왜 그런지 알면 내가 의원 되게?"

샐쭉해서 대답을 한다.

"단인가? 이상한데? 내일 아침에 나가는 달구지편으로 읍내 병원으로 한번 가보지요."

영천댁이 걱정을 해주는데 김 서방댁은 보시기에 김치를 담으면서,

"무슨 팔자가 좋아서 이깟 놈의 병으로 병원엘 가누, 흥."

"그럴 게 아니오…… 혹시 화장품이 나빠서 독이 오른 것 아닐까?"

"걱정도 팔자지, 내버려두어요."

"아무래도…… 김 서방댁? 그 분은 바르지 말아요. 좋은 거면 몰라도 그 등짐장수 가지고 오는 것 못써요. 그리구 어른께서도 음식에 분 냄새가 난다고 탓하는데……."

영천댁은 차마 송 노인이 바르지 말라더라는 말은 못 하고 그렇게 둘러대었다. 그러자 김 서방댁이 빨끈해서 시비를 걸어온 것이다.

"모두가 다 한 당이 돼서 우리 모자를 쫓아내려고 그러지만 어림도 없다 어림도 없어. 우리 영감이 뼈 빠지게 일해놓고 죽었다. 우리 성삼이 공부시켜줄 만치 했고 내가 놀고먹을 만치 해주었다!"

김 서방댁이 악을 쓰는데 영재 일행이 올라온 것이다.

올라오는 성삼의 모습을 보자 김 서방댁은 더욱더 기승해서,

"아암 그렇고말고. 우리 영감의 공을 잊을 건가? 뼈 빠지게 일을 하고말고. 우리 성삼이 공부만 시켜? 그보다 더한 일도 해줄 긴데, 응?"

"어머니 왜 그래요?"

성삼은 눈을 희번덕거리고 사방을 둘러보며 위협하듯 몸을 좌우로 흔들었다.

"대수롭지도 않은 일을 가지고 공연히 혼자서 화를 내누만."

박 서방은 머리 골치 아프다는 듯 상을 찌푸렸다.

"아이구 불쌍한 내 자식아! 왜 우리가 눈칫밥을 먹을 것고. 너도 생각이 있으면 억울하고 분한 일 가슴에 접어두어라. 이를 팥돌같이 갈고 훌륭한 사람이 돼서 남과 같이 떴다 봐라 하고 한번 살아보자. 너 아버지 눈 하나 없어지니 우스운 별것들이 우릴 다 업신여기고…… 아이구 우리 성삼아!"

하며 별안간 눈물까지 짜내는 것이었다.

　성삼은 아무 말 하지 않고 영천댁을 한 번 노려보더니 제 어머니의 등을 밀어 내려간다.

　영재와 주실은 어떻게 된 영문을 몰라 우두커니 서 있을 뿐이다.

　"온 세상에 학질에 걸려도 유분수지 누가 무슨 말을 했다고……."

　영천댁은 벌게진 얼굴에 억지로 쓴웃음을 띤다.

　"애당초 말을 말아야지. 온, 데데한 인간을 잡고 만판 하면 소용이 있을라구. 알아들어야 말이지."

　박 서방도 시부렁거리며 내려갔다.

　송화리 과수원에 영재가 내려온 후, 일주일이 지나갔다. 강변에서 이상한 충격을 받은 영재는 강가에 가는 것이 무서워졌다. 그가 가면 주실이도 따라와 목욕을 하기 때문이다. 어제 산으로 갔을 때도 영재는 그 이상한 충격을 받았다. 고무신을 신고 앞서 올라가는 주실의 발에서 미끈한 종아리로 눈이 올라갔을 때 영재는 눈앞이 아찔해지는 것을 느꼈다. 그는 주실의 엉덩이를 걷어차고 싶었다. 그러나 숲속은 고요하였고, 등 뒤에는 올라오는 성삼의 발소리가 있었다. 심장을 다지는 듯한 무거운 발소리였다.

　'안 되겠다. 서울로 가야겠어.'

　유리알같이 그늘이 없는 주실의 눈은 영재에게 견딜 수 없는 정욕을 불러일으킨다. 무지한 그 눈은 영재의 이성을 마비시키고 만다. 개방적이고 자유로운 별천지인 송화리의 산야는 도처에서 영재에게 범죄를 권고하는 듯 밀어를 속삭이는 것이었다. 그와 반대로 또한 도처에 감시하는 성삼의 눈이 있었다.

'너나 나나 다 같은 놈이 아니냐. 여자를 보고 쾌감과 흥분을 느끼는 것은 다 마찬가지란 말이야. 공평하게 준 조물주의 감정이란 말이야. 너가 나를 칠 수 있었다는 것은 너가 나를 하인의 자식으로 생각했던 것뿐이야. 아니면 아마도 내가 무서웠던 게지.'

성삼의 눈은 늘 그렇게 설명을 하고 있었다.

영재는 밀짚모자를 쑥 내렸다. 사과나무 밑에 심은 감자 잎에는 푹석푹석한 먼지가 앉아 있었다. 일꾼들은 비가 와야 할 텐데 하며 몇 번이나 푸른 하늘을 올려다보곤 한다.

"아주 그만 걷어버리지."

송 노인은 감자밭을 내려다보며 박 서방에게 말했다.

"그럼 내일 파기로 할까요?"

"그러게."

영재는 걸음을 옮겼다. 저 멀리 백토 길에 달구지가 온다. 방울소리가 조용한 오후를 흔들었다. 읍내에서 비료를 실어 오는 과수원의 달구지였던 것이다.

영재는 계사鷄舍 옆으로 돌아 나왔다.

"이봐 경자네. 참 우스운 일이 다 있었다는구나."

"뭐가요?"

계사 안의 닭똥을 쓸어 모으는 아낙들의 대화였다.

"성삼이네 말이다."

"아, 성삼 엄마 그 얼굴이 왜 그래요?"

"이상한 소문이 있더군."

"무슨 소문인데요?"

"과수원 어른이 때려서 그렇단다."

"어머! 그게 정말이오? 설마 그럴 리가 있을라구."

"누가 봤다는데도……."

"왜 그랬을까요? 그 어진 양반이 매질을 해요."

"어질기는 뭐가 어질어. 그 눈매 보지. 성깔 있게 안 생겼던
가?"

"하기는 성삼 엄마 행실이 나쁘기는 해요."

"그런 말 말어. 여자가 혼자 살믄 무슨 말을 안 들을꼬. 이번
일은 정말인지는 몰라도 과수원 어른이 말 안 듣는다고 때렸다
하더만."

"말 안 듣는다고 어른이 때려요?"

"이 숙맥이 좀 봐라. 들어줄 수 없는 말을 들으라니까 그렇게
됐지. 호호호…… 점잖은 양반이 뒷구멍에서 호박씨 까고 얌전
한 개가 부뚜막에 올라 오줌 싼다더니……."

"호호…… 호호호……."

아낙들은 자지러지게 웃는다.

"사내들은 늙으나 젊으나 계집을 보는 눈은 다 같은 모양이지?"

"호호호……."

돌연 계사를 발길로 내리차는 소리가 나더니 성삼이 바람처럼 홱 지나간다.

영재는 뛰어 내려가는 성삼의 뒷모습을 바라보고 있었다.

"어머! 저 봐라? 성삼이가 우리들 말을 들었는가 보다."

"지랄 안 할까요?"

"지랄하면 별수 있어? 감히 뉘라고…… 그래서 없는 놈은 항상 섧고 억울하다는 거지."

계사 안의 대화는 끝이 났다. 그들은 일을 끝내고 다른 곳으로 옮겨간 모양이다.

'없는 놈은 항상 섧고 억울하다는 거지.'

영재는 그들의 마지막 대화를 되씹어본다.

송화리 마을에 있어서 송 노인의 지배력은 대단하다. 마을에 사는 사람들이 과수원을 소중한 일터로 알고 있는 때문이기보다 그것은 송 노인의 강한 기상에서 오는 면이 더 많았다. 그는 노임에 인색하거나 일꾼들을 심하게 부리는 일은 없었지만 조그마한 부정도 용서하지 않는 강직한 성격의 소유자였다. 언제나 엄격하고 과묵하고 그래서 마을 사람들은 그를 두려워한다.

영재는 가까워지는 달구지를 바라본 채 우두커니 서 있었다. 그는 말할 수 없는 혐오를 느끼고 있었다. 송 노인에 대한 혐오이기보다 인간에 대한, 그보다 자기 자신에 대한 깊은 혐오에 빠져 있는 것이다. 사람이 사는 곳에는 반드시 남녀의 상호관계가 성립된다. 애정이건 공동생활이건 혹 정욕이건 남녀란 피치 못할 숙명 속에 있는 것이다.

'그렇다면 왜 나는 이렇게 구역질이 나도록 내 자신이 싫어지고 인간이 싫어지는 것일까?'

거위가 두 마리 뒤뚝뒤뚝 걸어온다. 영재는 돌을 주워 힘껏 팽개쳤다. 거위는 죽어 자빠지는 소리를 내면서 도망을 친다.

창고 옆에 와서 달구지는 멎었다. 송 노인이 별안간 외쳤다. 달구지가 뒤로 밀려 나오는 바람에 도망쳐 가던 거위 한 마리가 푸드득 뛰었다.

"저리, 저리 가라!"

송 노인은 개들만큼 사랑하는 거위를 쫓아 보낸다. 그리고 휘청휘청 창고 옆으로 다가간다. 곧은 다리는 늙은이답지 않게 건장하였다. 일꾼들 속에서도 마치 까마귀 떼 속의 한 마리의 학처럼 품위 있고 엄연한 모습이었다.

달구지에서 비료가 내려진다.

"어르신, 이거 암만해도 날씨가 심상치 않습니다."

박 서방이 하늘을 올려다보며 걱정을 했다.

"글쎄……."

송 노인도 떨떠름한 목소리다.

"저 구름 좀 보십시오."

그렇게 청명하던 하늘은 별안간 천계가 내려앉기라도 한 듯
바싹 낮아지면서 온통 먹구름이 서북쪽으로 향하여 몰려가는
것이었다. 그러면서도 그 먹구름 사이로 짙붉은 해가 이글거리
고 있었다. 갈가마귀 떼가 동편 산기슭을 뒤덮어버리듯 떼거리
를 지어 몰려간다.

불안한 광경이었다.

"좀 시원찮군. 바람이 불면 야단인데?"

"비만 촉촉이 뿌려주었으면 딱 좋겠습니다."

"어디 우리네 마음대로?"

하루 일이 끝나고 송 노인 가족들은 저녁상을 받았다.

창밖에서는 바람이 거실거실 일기 시작하였다. 밖의 바람 소
리에 귀를 기울이는 송 노인의 표정은 우울하였다.

오늘도 영천댁이 저녁 시중을 들었다. 그러나 그날 밤 그 사
건이 있은 후부터는 김 서방댁이 왜 안 하느냐는 말을 송 노인
은 하지 않았다.

아까 계사 옆에서 들은 말도 있고 하여 영재는 수긍이 가는
동시 묘한 심술 비슷한 기분이 솟았다.

"김 서방댁은 어디 아픈가요?"

알면서 일부러 물어보았다.

"응, 오빠. 얼굴에 이렇게……."

주실은 강변에서 하던 것처럼 얼굴 위에 줄을 긋는 시늉을 한
다. 영재는 천진한지 바보인지 알 수 없는 주실을 물끄러미 바

라본다.

영천댁은 얼른 자리에서 일어섰다. 송 노인은 얼굴을 잔뜩 찌푸린 채, 묵묵히 밥을 먹고 있었다.

"할아버지, 내일 저는 서울로 올라가겠습니다."

"왜?"

송 노인은 얼굴을 들었다.

"오빠, 왜요?"

주실이도 다잡듯 묻는다.

"할 일이 있습니다."

"취직도 아직 안 했다는데 그리 바쁜가?"

"보수는 없지만 연구실에 나가봐야죠."

연구실에 나가는 것은 사실이다. 그러나 여름 한 달 동안 연구실의 문은 닫았던 것이다.

"그래?"

"아이 싫어요! 더 있다 가세요."

주실은 영재의 무릎을 탁 치면서 앙탈을 한다.

영천댁이 숭늉을 떠가지고 들어왔다.

"아주머니, 오빠가 서울 간대요."

주실은 울상이 되어 영천댁을 올려다본다.

"왜요?"

영천댁도 퍽 놀라워한다.

"별안간 가시다니요? 푹 쉬었다 가시잖고……."

"또 오죠, 뭐⋯⋯."

"그렇게 오시기가 쉬운가요?"

"그럼 나도 오빠 따라갈래요. 이번엔 꼭 가고 말 테야."

주실은 영재 옆으로 바싹 다가앉으며 만만찮은 결심을 나타내었다.

"흥, 그 꼴을 해가지구 서울로 가아?"

영재는 슬며시 비켜앉으며 대수롭잖게 대꾸를 하였다.

"왜요?"

영재는 픽 웃는다.

"그 최신식 양복을 입구 말야, 서울 거리로 나가봐."

영천댁이 얼굴을 붉힌다.

"글쎄 자꾸만 양복을 지어달라니, 어디 지가 난생 양복이란 것을 지어봤어야죠. 정말 땀을 뺐습니다. 한번 말을 꺼내놓으면 그 고집에 당해낼 수가 있어야죠."

"똥고집이죠. 그래도 요즘엔 원숭이처럼 나무는 타지 않는다니까 제법 얌전해진 모양이군요."

"말씀도 마세요. 하긴 짓궂기야 마찬가지죠. 서울 도련님은 어쨌다구요. 여름 방학에 내려오시기만 하면 온통 난리를 겪는 판이었으니까. 호호⋯⋯."

그들은 제법 화창하게 웃었다. 웃는데 송 노인이,

"주실아. 너 아예 서울 갈 생각은 말아라. 알았냐?"

송 노인의 표정은 요지부동이었다.

바람이 거세게 창문을 두들겼다. 어둠이 짙어감에 따라 바람은 더욱더 기세를 올리는 모양이다.

램프 불이 흔들리고 있었다. 흰 벽에 비친 그림자는 움직이지 않는다. 저녁을 끝내고 방으로 돌아온 영재는 그렇게 우두커니 앉아 있는 것이었다. 잠이 올 것 같지가 않았다.

"내일은 서울로 간다. 그래서?"

막연하였다. 한 달 동안 시골에서 묵을 예정을 하고 내려왔던 만큼 서울로 되돌아가서 할 아무런 계획도 없었다. 찌는 듯 무더운 하숙방을 생각하면 머리 골치가 아플 뿐이다. 동섭이도 무의촌으로 내려갔고 일혜도 대천에 가고 없다. 그렇다고 해서 일혜를 쫓아 대천까지 내려갈 흥미까지는 없었다.

트랜지스터의 다이얼을 돌렸다. 재즈가 신나게 터져 나온다. 그 리듬은 영재의 말초신경을 몹시 자극했다.

'사내란 늙으나 젊으나 계집을 보는 눈은 다 같은 모양이지?'

아낙들의 킬킬거리는 웃음소리와 야비한 말이 귓전에 쟁쟁 울려온다. 다이얼을 홱 돌렸다. 음악은 클래식으로 변하였다.

일혜가 보고 싶어지는 밤이오. 바람이 왜 이리 부는지 모르겠어. 창문을 흔들어대는 소리가 기분 나쁘고 나를 불안하게 하는군. 일혜를 왜 미워했는지 내 자신도 알 수가 없다. 그러나 그따위 시시한 말은 그만두기로 하고, 오늘 밤, 지금 이 순간의 내 본의는 아니니까. 지금 내 심정은 뭔가 나를 정화하고 싶은, 그런 충동 때문에 펜을 들었던 것 같소. 그만큼 이 고장의 공기는 탁하고 인간의 더러운 냄새를 풍기며 나를 육박해오는 것 같고 내 숨통을 막아버리는 것 같소.

자연은 무한히 아름답고 평화스럽고 신비하며 지혜롭지만, 반면 인간을 원시적이랄까 원죄의 구렁텅이로 끌어들이는 마력을 지닌 것도 자연이 아닐까 싶소. 아담과 이브, 아담과 이브의 실체를 도시에선 실감할 수 없을 게요. 그곳에서의 연애감정이란 금단의 과실을 먹은 뒤 보여서는 안 될 곳을 가린 나뭇잎에도 미치지 못하는 나일론의 의상일 뿐이오. 그 나일론의 의상 때문에 나는 이 산야를 뒤덮은 숨 막히는 본능에 구역질을 느끼는 것인지 모르겠소. 추악하게 느끼는 것인지도 모르겠소. 사랑이 없어도 생식은 가능하며 생존도 가능한 이곳 자연은 내게 심한 혐오감을 갖게 하는 동시 우리가 갈구해온 어떤 절대적 사랑에 대하여 절망감을 갖게 하고…… 아니 모멸하는, 아니 그것도 아닐 것이오. 깊고 넓은 허무의 공간에서 나는 지금 심한 고독에 빠져 있는 것이오. 서울로 내일이라도 돌아가야겠고 서둘러야겠고.

영재는 담배를 꺼내어 피워 물었다. 어처구니가 없었다. 편지의 내용도 그렇거니와 봇짐을 싸가지고 서울로 되돌아간다는 것, 왜 이렇게 겁을 집어먹고 서두는가 싶었던 것이다. 연기를 내뿜는다.

지금 나는 깊숙한 숲속이나 햇빛 쏟아지는 강변이나 그런 곳에 말할 수 없이 매혹되고 있소. 관능이죠. 동시에 그곳은 살인자의 징그러운 미소와 같이 내 목을 졸라매는 거요. 이브가 무지한 그 눈동자를 들이대는 때문이오. 주홍 빛깔이…… 견딜 수가 없군.

그래서 어쨌다는 거요? 나쁘단 말이오? 좋단 말이오? 아무것도 헤아릴 수가 없소. 머릿속에 안개가 뒤덮이며 내 이성이 마비되어 가고…… 하지만 우리 젊은 놈들이 윤리를 운운한다는 것은 구역질 나는 일이 아니겠소? 바람이 왜 이리 불까?

영재는 펜을 집어던지고 편지를 손아귀 속에 와삭 꾸겨 쥐었다.

"돼먹지 않았다! 이게 뭐야?"

일혜에게 쓰는 편지였다. 그러나 쓰고 보니 그것이 아니었다. 일혜에게 보낼 수 있는 편지는 분명 아니었다.

그 누구에게도 보낼 수 있는 편지는 아니었다. 시시한 독백에 지나지 못하였다.

바람이 세차게 창문을 몰아친다. 우박 같은 폭우가 별안간 지붕을, 대지를 두들긴다. 번개가 번뜩이고 천지가 무너지는 듯한 뇌성이 고막을 친다.

"잘한다! 잘해!"

영재는 담배를 재떨이에 던지고 창가로 걸어간다.

창밖에서는 무어라고 외치며 박 서방이 뛰어가고 있었다. 일꾼들도 우장을 한 송 노인도 번갯불을 받으며 과수원 쪽으로 달려간다.

영재는 손을 뻗쳐서 책상 위에 놓인 트랜지스터의 불륨을 최대한으로 높였다. 괴상망측한 고함 소리가 잡음에 섞여서 윙윙 울려 나왔다.

"아아! 신난다. 마구 부숴라!"

영재는 창문을 두 손으로 움켜잡고 와락와락 흔들었다. 고함 소리, 송곳날 같은 빗소리, 천둥 소리, 온통 부서지고 넘어지고 두들기고, 내리치고, 칠빛 같은 어둠과 대낮 같은 번갯불이 교차되는 온 누리는 고전악투다. 장엄한 광경이 아닐 수 없었다.

영재는 몸이 으스스해지도록 광적인 쾌감을 느꼈다.

"아아, 무서워, 오빠!"

주실이 방문을 열고 뛰어들어왔다.

속치마 바람이다.

"아아, 무서워요!"

주실은 두 손으로 귀를 막으며 턱을 달달 떨고 있었다.

영재의 일그러진 눈이 주실을 노려본다.

불빛을 받은 주실의 동그란 얼굴과 흰 속치마를 입은 모습이 불그스레한 색채 속에 두둥실 떠 있는 것만 같은 착각이 든다.

주실은 영재 옆으로 바싹 다가섰다.

"사과 다 떨어지겠어. 어떡허면 좋아요?"

"……."

"할아버지랑 모두 다 나갔어요."

"……."

"아이, 시끄러. 귀가 먹어버리겠네."

주실이 라디오를 끄려고 한다.

"그만두엇!"

고함 소리에 주실이 놀라며 내밀었던 손을 움츠린다.

"어머! 왜 그리 화를 내요? 오빠 요즘 걸핏 하면 화를 내요. 내가 미워요?"

주실은 턱을 치켜들며 영재 앞에 얼굴을 내밀었다. 순간 번개가 번쩍하였다.

"아이, 무서!"

주실은 기겁을 하며 영재의 허리를 꽉 껴안는다. 묵직한 유방이 영재의 가슴 위에 밀착한다.

"비켜!"

영재는 주실을 떠밀고 뒤로 물러섰다. 우르릉 천둥이 울린다.

"아악!"

주실은 또다시 영재에게 달라붙었다. 주실의 몸을 타고 내리는 전율이 영재의 몸에 옮겨져 그의 피는 온통 머리 위로 몰려드는 것만 같았다.

"놔! 이거 놔!"

영재는 신음하듯 이빨 사이로 말을 밀어냈다.

천둥은 멎었다. 억수 같은 비는 여전히 쏟아지고 있었다. 유리창에 빗물이 주룩주룩 흘러내린다.

"아아, 혼났다. 벼락이 떨어지면 어떡해요."

주실은 겁에 질린 눈을 들고 영재를 쳐다보았다. 눈은 유난히 컸고 긴 속눈썹은 깊숙한 그늘을 지어주고 있었다.

"주실아, 네 방에 가아."

영재는 유리창에 이마를 댄 채 말했다.

"싫어요. 무서워요."

"가라면 가아!"

"어머! 또 화를 내네요? 난 무서워서 못 가요."

"그럼 영천댁 방에 가아."

"오빠 곁이 좋아요. 덜 무서워."

주실은 영재의 팔을 꼭 잡는다.

"가라면 가는 거얏!"

영재는 소리 지르며 주실을 떠밀어 방문 앞까지 가서 문을 열었다.

"아앗, 싫어, 무서워요!"

주실은 나가려다 말고 영재에게 도로 뛰어와 몸을 던졌다. 번개가 또 친 것이다.

우르릉! 탕탕! 가까운 곳에 벼락이 떨어졌는지 번개에 이어 이내 뇌성이 울려왔다.

"으음……."

가래가 끓어오르는 듯 영재의 목구멍이 구걸구걸 울렸다.

그는 다음 순간 주실을 껴안고 말았다. 뜨거운 입김이 주실의 얼굴 위에 쏟아진다. 그는 주실을 꼭 껴안은 채 램프의 불을 불어 껐다. 어둠이 마수처럼 방 안에 좍 깔린다.

"오빠! 왜 불을 꺼요?"

주실의 불안한 목소리가 어렴풋하게 들려왔다. 그는 무의식적으로 주실의 입을 틀어막았다.

"싫어! 싫어요!"

주실은 영재의 손을 밀어내고 발버둥치며 울었다. 영재는 뭔지 모르는, 손에 잡히는 것으로 주실의 입을 틀어막았다. 쏟아지는 빗소리도 번갯불도 천둥도 고함도 아무것도 들리지 않았다. 보이지도 않았다.

주실을 놓아준 영재는 열 손가락을 온통 머리 속에 쑤셔넣고 머리를 움켜쥐었다.

"오빠?"

주실은 어둠 속에서 허우적거렸다.

"오빠 말하면 죽이지?"

풀이 죽은 목소리였다.

영재는 얼굴을 번쩍 쳐들었다.

"죽이지? 죽인다! 주, 죽엿!"

영재는 방문을 박차고 밖으로 뛰쳐나갔다.

또다시 번개가 번쩍 빛났다.

창 밑에 박쥐처럼 바싹 달라붙어 있던 사나이가 몸을 사렸다.

성삼이었다. 그의 얼굴 위에는 물방울이 뚝뚝 떨어지고 있었다. 그 옆으로 영재는 스쳐간다. 그는 과수원 쪽을 향하여 마구 달려간다.

은행나무가 부러질 듯 몸을 흔들었다.

2. 어설픈 표정

"어이구, 왜 이리 일찍 오우?"

하숙집에 들어서자 하숙집 마누라가 호들갑스러운 표정을 지으며 물었다. 영재의 퀭 뚫어진 눈은 피곤한 빛을 띤 채 말없이 방으로 들어간다. 보스턴백을 내던지고 그대로 자리에 쓰러진다. 그리고 잠이 들고 말았다.

얼마 동안을 잤는지 누가 부르는 소리에 눈을 떠보았다. 열어젖힌 장지문 사이로 눈부신 밝음이 쏟아져 들어왔다. 영재는 눈 위에 두 손을 얹고 광선을 막는다.

"온 잠도…… 난 아주 저승길로 떠난 줄 알았네. 놀랐다니까. 이 더운 날씨에 방문까지 꼭 닫아놓고……."

하숙집 마누라는 주독이 오른 것처럼 불그레한 딸기코를 디밀며, 정말로 근심이 되었는 듯 미간을 찌푸리며 말하였다.

영재는 무거운 머리를 안고 부스스 일어나 앉는다. 하품을 깨물면서 팔을 들고 시계를 보았다. 열두 시 이십 분이었다.

"오늘이 며칠이죠?"

"며칠이긴? 열이레지요."

"그럼…… 어제저녁 때 제가 왔던가요?"

"정신이 나갔나 부지? 어제저녁 때 온 걸 잊었수? 흐흐흐……."

"……."

"무슨 일이 있었길래 묻는 말에 대꾸도 않구 그냥 자버리는 거요? 저녁도 굶고 아침도 굶고 거진 스무 시간이나 잤나 봐요."

영재는 쓰게 입맛을 다신다.

꿈도 없는 암흑이 몇 세월을 잡아먹은 듯 아득하게 느껴지는데 그 밤의 악몽 같은 사건이 벌어졌던 것이 바로 그저께 밤이었다는 것을 깨달았을 때 영재는 전신이 으스스 떨려옴을 느꼈다.

"동섭이 학생도 곧 오우?"

"모르겠어요."

화난 목소리로 하숙집 마누라의 물음을 밀어버린다. 전과 다름없는 하숙집 마누라의 태도였건만 오늘따라 몹시 추근거리는 것만 같아서 짜증이 났다.

"조반은?"

"그만두세요."

"참 조반이 아니지. 점심인데?"

"그만두세요."

하숙집 마누라는 투덜거리며 나간다. 영재는 도로 자리에 나자빠졌다.

"팔자 고약하다."

멀뚱멀뚱 천장을 바라본다. 네모가 반듯한 천장, 불그레한 천장지, 핏빛 같은 그 붉은 색채의 환상이 그의 머릿속에 되살아난다.

눈을 딱 감아버린다.

'잊어버리자. 아무것도 아니야. 누가 그것을 안단 말인가. 아무도, 아무도 모른다. 세상에는 이보다 더 희한한 비밀이 얼마든지 있지 않느냐. 그까짓 것 문제도 아니다.'

문제도 아니라는 것을 강조하기 위하여 또 잊어버리기 위하여 그는 경쾌하게 휘파람을 불려고 했다. 그러나 휘파람 소리는 입 밖에 나오지 않았다. 방 안이 너무 더웠기 때문인지도 몰랐다. 배가 고프기 때문인지도 몰랐다. 그는 줄곧 굶었으니까.

'동섭아! 이 새끼야, 빨리 와라! 미쳐 죽겠구나.'

그는 아무 죄도 없는 동섭을 부르며 마음속으로 발광을 하였다. 동섭이가 자기 곁에 있어주어서 무엇이든 허튼수작이라도 부리면 그의 마음이 다소 풀릴 것 같았던 것이다.

'그 새끼 땟국물이 쪼르르 흐르는 시골 아낙네들의 엉덩이에다 거룩한 표정으로 주삿바늘을 찌르고 있을 게다. 흥! 성직자여!'

까닭 없이 욕지거리를 하며 자리에서 벌떡 일어났다.

벽장문을 드르르 열어젖히고 짐을 모조리 꺼내어 꾸린다. 별 안간 하숙을 옮기고 싶었던 것이다.

'귀여운 자식이다. 어리석기 짝이 없는 로맨티시스트다. 흥! 무슨 벌판에서 도를 닦는 수도승인가?'

자기 자신에겐지 동섭이에겐지 모르게 중얼거리다가 영재는 꾸리던 짐을 도로 벽장 속에 처넣는다.

이동섭은 고등학교 때부터 영재의 친한 친구다. 영재가 계모 하고 한바탕 싸움을 하고 짐을 꾸려서 집을 나왔던 일은 대학 일 학년 때였다. 그 후 그들은 늘 같은 하숙으로 굴러다녔던 것 이다.

네 시가 가까워졌을 무렵 영재는 점심인지 저녁인지 어중간 한 식사를 끝내고 거리로 나왔다.

'그 녀석이나 만나보자. 그 녀석이야 갈 데가 있나? 거기지.'

영재는 막연히 나왔다가 겨우 방향을 작정하고 명륜동 골짜 기에서 걸어 내려왔다. 버스 정류장 앞에까지 와서 우두커니 버 스를 기다린다.

가로수는 뿌연 먼지를 가득 싣고 축 늘어져 있었다. 서울에는 비가 오지 않았던 모양이다.

"형!"

영재가 멍하니 서 있는데 지나가던 소년이 무척 반가운 표정 으로 영재를 부른다.

"형!"

소년이 영재의 팔을 잡는다.

"어? 병재냐?"

영재는 다소 놀란다. 소년은 중학교에 다니는 영재의 이복동생이다.

"형, 시골 안 갔어요?"

"음……."

애매한 대답이다.

"시골 안 갔으면서 왜 집에 안 오세요?"

"……."

"아버지가 자꾸 묻던데……."

"왜?"

"몰라요."

"금년엔 바다에 안 가니?"

"엄마하고 애들은 대천 갔어요. 난 동무들하구 등산하려구요."

"아버진?"

"요새도 바쁘신가 봐요."

"물론 바쁘겠지."

남의 일처럼 빈정거린다.

영재의 이와 같은 반감적인 언동은 병재를 당황하게 한다. 그는 영재를 매우 숭배하고 있었다. 영재가 수재로서 늘 수석을 차지한 데 대하여 그는 친구들에게 떳떳하였고 자랑스러웠던 것이다. 어머니와의 사이가 극단적으로 나쁜 것은 병재를 늘 슬프게 하였다. 그러나 두 사람의 반목은 성격의 차이에서 오는 것이니 할 수 없었다.

"그럼 가봐. 나도 바쁘다."

영재는 마침 다가선 버스에 훌쩍 뛰어올랐다. 병재는 섭섭하다는 듯 물끄러미 버스 창문을 바라보았다.

영재는 다정한 형 노릇을 하는 것이 딱 질색이었다. 그의 어머니를 미워하면서 병재에게 애정 어린 말을 하는 것이 쑥스러웠다. 어쩐지 이율배반인 것만 같았다. 그러나 그는 병재를 마음속으로 좋아하긴 했다.

명동으로 들어선 영재는 곧장 리라탄다방으로 향하였다. 어깨로 문을 밀고 들어서는 다방 안은 지하실이었으므로 어두컴컴하였다. 음악이 쿵! 쿵! 울리고 있었다. 낯익은 레지가 시들어빠진 글라디올러스 뒤에서 목례를 보내었다.

구석진 자리에 안경을 낀 사나이가 소상처럼 앉아 있었다. 그 밖에는 별로 사람이 없었다. 영재는 잠자코 그와 마주 앉았다. 안경을 쓴 사나이는 힐끗 영재를 한 번 쳐다보더니 손바닥을 쑥 내밀었다.

"돈 백 환만 내."

영재는 잠자코 백 환을 꺼내어 주었다. 그는 레지를 불러 담배를 사다 달라고 부탁한다. 레지는 군소리 없이 이내 사슴 한 갑을 사다가 테이블 위에 놓아주었다.

사나이는 천천히 담배를 뽑아 물고 불을 당겼다. 돈이 떨어져서 여태 담배를 굶은 모양이다. 뿌연 담배 연기를 바라보는 사나이의 눈에는 엷은 권태가 있었다.

이름은 김상호金尚琥, 철학과 출신이다. 지난봄에 영재와 같이 대학을 나왔다.

고고하게 생긴 얼굴이었다. 어쩌면 그건 빈상이었는지도 몰랐다. 그는 항상 가난하였으니까.

철학과라는 전공과목이 실리적인 현실에 있어서 환영받을 만한 것이 못 된 데다가 아무 배경도 없는 그로서는 싫든 좋은 현재 룸펜의 신세를 면치 못하고 있는 것이다. 아무런 밥벌이의 보장도 없으면서 무슨 이유에선지 그는 이 년 동안이나 해오던 가정교사 자리도 그만두었다.

"차는?"

영재가 생각난 듯 물었다.

"안 했어."

"이봐, 냉커피 둘."

영재는 레지를 불러 차를 주문하였다.

"왜 빨리 왔."

상호는 왔누의 누 자를 입속으로 흘려버리며 묻는다.

"서울에도 바람이 불었나?"

딴전을 피웠다.

대답을 회피한 것은 아니었다. 상호에게는 통하지 않았겠지만 영재 자신으로는 그것이 대답이었는지도 몰랐다.

"붙었지."

대답도 물음도 절실하지 않은 듯 상호는 침묵에 빠진다.

다방 안에는 폴 앵카만이 더위를 모르는 듯 '유 아 마이 데스티니' 하며 그 목쉰 정열의 고함을 지르고 있었다. 그것은 그런대로 슬프기도 했다.

상호의 처들린 목의 울대뼈가 울룩불룩 움직였다. 침을 삼키며 담배를 눌러 끈 것이다. 다시 상호의 얼굴은 정지로 돌아갔다. 태곳적부터 그러하였다는 듯, 그의 얼굴은 끈덕진 무변동 상태다.

얼음이 다 녹아버린 아이스커피를 휘휘 저어서 한 모금 마신 뒤,

"동섭이 녀석이나 빨리 왔음 좋겠다."

영재는 피곤한 듯 말하고 의자에 비스듬히 기댄다.

"돈 떨어지면 오겠지."

상호는 또 담배를 꺼내어 붙여 물면서 대꾸한다.

"보리밥 덩어리를 얻어먹는 한이 있어도 예정한 날짜까진 견뎌 배길걸? 그 고집덩어리가."

"그 자식 편지가 좀 이상터라."

"편지 왔나?"

영재는 머리를 든다.

"응."

"무슨 사고가 생겼나? 편지가 다 오게?"

"글쎄······."

"자식이 싱겁게스리, 난 도무지 모르겠더라. 그 작자 심보가, 또 두메산골의 아가씨한테 반한 거······."

영재는 무심결에 말을 하다 말고 별안간 표정이 굳어진다. 애써 잊어버리려던 일이 생각났던 것이다.

"다 좋도록 놀아보는 거지. 세상이 심심하니까."

상호는 하품을 깨문다.

"심심하다고? 집어치워라! 그건 너 같은 약자의 변이야."

영재는 공연히 대거리를 잡으며 신경질을 부린다.

지겹지도 않은지 음악은 여전히 울리고 있었다.

"그럼 심심하지 않고 뭐 신통한 게 있나?"

상호는 무관심하게 신문을 집어 들었다.

"괜히 거룩한 척하지 말아. 사이비 염세철학자, 남의 흉낸 내지 말란 말이야."

이유 없는 시비다.

'이 자식이 또 지랄을 하는구나.'

상호는 신문의 활자를 주워 읽으며 픽 웃는다. 영재의 버릇을 잘 알고 있는 때문이다.

"흥! 재지 말어. 현실을 경멸할 자격은 너에게 없단 말이야. 너의 우상 니체처럼 일그러진 눈으로 세상을 보지 말란 말이야. 인생이 재미없고 시시하다고? 그럼 죽어 없어지지 왜 사는 거야."

역설이다. 공연히 흥분한다.

영재의 니체에 대한 생각은 엉터리다. 그러나 이론을 전개할 만큼 상호는 거기에 대하여 관심이 없다. 그는 철학과를 선택하여 그곳에 들어갔고, 또 졸업은 하였으나 그 자신을 철학도라 생각하고 있지 않았다. 가령 지리교사가 세계에는 몇 개의 나라가 있으며 문명의 발상지가 어디이며 유전지대가 어디라는 따위의 고정된 지식을 암기하고 있는 것과 마찬가지로 상호도 스피노자의 신비적 이성론이 어떤 것이며 경험학파 베이컨의 철학이 어떤 것이라는 따위의 기정 학설을 알고 있을 뿐이다. 생각하는 것이 아니라 그냥 알고만 있을 뿐이다. 처음 그가 철학과에 들어갔을 때는 그렇지 않았다. 생각하고 고민하고 흥분도 했었다. 그러나 그는 얼마 가지 않아 피로함을 느꼈다. 끝없는 일을 생각하기가 싫었다. 하나의 타성으로 공부하고 사회에 밀려 나온 것이다.

"……흥! 철학? 뭐 말라비틀어진 게 철학이냐. 철학이라는 건 말이야 여태까지 지배계급의 길잡이였다. 알았어? 스콜라철학은 교황의 길잡이요, 리바이어던은 군주의 길잡이요, 스미스는 부르주아지의 길잡이요, 마르크스는 공산 독재의 길잡이가 아니란 말이야? 과학자가 한 개의 쓸모 있는 발견을 할 때, 예술가가 아름다운 전당을 창조할 때 도시 그들 철학자는 무엇을 해놓았느냐 말이다. 무용지물이다."

영재는 그동안 줄곧 혼자서 지껄이고 있었던 모양이다.

"낡아빠진 소리 하지 마."

상호는 신문을 놓는다. '너의 이야기는 십구 세기의 말이다' 하려다 그만둔다.

"낡아빠졌다고?"

"다른 일에 화가 나 있었다고 솔직히 말해. 지금 한 말은 조금도 너 본심이 아니야. 괜히 너 흥분하고 싶은 거지. 그렇지?"

영재는 찔끔한다.

"뭐?"

"넌 으레 화나는 일이 있으면 초점을 잃은 엉뚱한 문제를 끌고 와서 화풀이를 한단 말이야. 그래 과학은 지배자의 길잡이가 아니란 말이야? 그 무시무시한 과학의 인간 살육은 어쩌구?"

상호는 말하였으나 맥 빠진 소리다.

"어, 그건, 그건 필연적으로……."

하다가 만다.

"안 갈 테야?"

상호는 담뱃갑을 집어넣으며 일어섰다.

"어디로?"

영재는 한동안 이유 없이 지껄이고 보니 다소 멍해지는 모양이다.

"밖으로……."

"덮어놓고 밖으로."

"나가서 정하지."

상호는 으레 영재가 찻값을 치르는 것으로 알고 먼저 나간다.

어느새 명동 거리에는 황혼이 스며들고 있었다. 네온사인이 미끄러지는 포도 위를 밟는 발소리는 이상한 향수를 머금게 하였다.

성큼성큼 걸어가는 상호 뒤를 영재가 바쁜 걸음으로 따라간다.

"어디로 가지?"

영재는 초조하고 불안한 눈으로 이리저리 둘러보며 묻는다.

"글쎄."

그들은 양장점 모퉁이를 돌아 시공관 있는 쪽으로 걸어나왔다.

"어……."

놀라는 낮은 목소리가 상호 입에서 나왔다. 영재는 상호를 힐끔 쳐다보다가 그의 시선을 따라 눈을 돌렸다. 보랏빛 양산이 다가오고 있었다. 이마가 넓고 눈매가 선명한 여인이 잠시 멈추고 섰다. 상호가 쓰윽 외면을 한다. 여인은 머뭇거리다가 양산을 내리며 그냥 지나가 버린다.

상호가 외면을 하고 여인이 양산으로 얼굴을 가리는 바람에 영재는 우물쭈물하며 그 여인에게 인사할 기회를 놓치고 말았다.

"왜 그래? 싸움하고 나왔나?"

영재는 하얀 치마를 입은 여인의 뒷모습을 돌아다보며 묻는다.

상호는 묵묵부답이다.

보랏빛 양산을 쓰고 지나간 여인은 민경희閔京姬 여사였다. 상호가 일 년 동안 가정교사로 있던 그 집의 부인이었던 것이다.

"왜 인사를 하지 않고 외면을 하는 거야?"

영재는 거듭 묻는다.

"나 술 사줄래?"

묻는 말에는 대답을 하지 않고 상호는 딴청을 했다.

"그건 어렵지 않다."

그들은 오던 길로 되돌아섰다. 민경희 여사의 모습은 이미 사라지고 없었다.

"뒷골목 선술집은 그만두자. 바로, 오늘은 호화판이다!"

영재는 과히 빈곤하지 않은 호주머니 속을 생각하며 호기스럽게 말하였다.

그들은 근사한 바를 찾아 문을 밀고 들어갔다.

"어서 오세요."

여급들이 나비처럼 팔을 활짝 벌리며 환영한다. 그들은 곁눈질을 하며 카운터 앞으로 가서 서로의 어깨를 비비듯이 기대 섰다. 오기는 왔지만 젊은 그들에겐 역시 바라는 곳이 어색하였던 모양이다.

영재는 취하고 싶었다. 자기 자신을 아주 잊어버릴 만큼 취해

보고 싶었다. 그리고 마구 두들겨 부수고 싶은 심정이었다. 그러나 술이 들어갈수록 그는 도리어 침울해졌다. 그와 반대로 상호는 개글개글 자꾸만 웃었다. 그리고 누구를 상대로 하는지 쉴 사이 없이 지껄였다. 평소의 침묵에다 이자까지 덧붙일 의향인지 변설이 도도하게 흘러나온다. 아마도 영재는 술을 마시면 비관형이 되고 상호는 낙천형이 되나 보다.

"인마 영재야, 너 일혜 고 계집애한테 반했지? 그건 안 돼. 그건 못써. 뉘앙스가 없단 말이야. 재치야 있지. 아암, 있구말구. 하지만 이내 싫증이 난다. 밑바닥이 들여다보이는 재치란 말이야. 이봐요, 미스터 김, 오늘 술 사드릴까요? 나도 어쩐지 술 좀 마시고 싶어요라고? 누구에게서 빌려온 포즈란 말이야. 하하핫……."

상호가 일혜의 목소리를 흉내 내며 그 긴 팔을 벌리는 통에 술을 붓던 여급이 까르르 웃는다.

"어쩌면? 흉내를 그렇게 잘 내세요?"

상호는 여급의 말을 얼른 받아서,

"어쩌면? 흉내를 그렇게 잘 내세요?"

"어머머!"

여급은 배를 잡고 웃는다. 상호는 능청스럽게 술잔을 들었다.

그때 중년 신사 두 사람이 바 문을 밀고 들어왔다. 돌아본 영재는 흠칫하며 얼굴을 홱 돌렸다.

"아이구, 어서 오세요. 웬일이세요?"

마담인 듯한 여자가 쫓아가더니 그들의 손을 정답게 잡는다.

"그동안 잘 있었어?"

그들은 구석진 자리에 가서 앉았다.

"흉내뿐인 줄 알어? 노래는 어떻구? 붉은 노을은 자자잣차, 달빛을 가리고 도화 강변에……."

반주까지 넣어가며 상호는 멋들어지게 한 가락 뽑는다.

"어머 성악가세요?"

"물론이지."

물론이지 할 만큼 상호의 성대는 좋았다. 그의 술친구들은 음악과를 가지 않고 아무래도 길을 잘못 들었다고 했다.

일면 구석진 곳에 자리 잡은 오십 가까운 중년 신사는 담배를 뽑아 문다. 그러자 그와 같이 온 사나이는 얼른 라이터를 켜서 불을 붙여주었다.

"국장님이 무슨 바람이 불어서 우리 집엘 다 오셨어요? 감투 쓰시고 나선 딱 발을 끊으시더니."

마담은 아양을 피우며 눈을 곱게 흘긴다.

"허, 바빠서 여기 올 틈이 있어야지. 오늘은 임 변호사가 하도 가자고 끄는 바람에 왔지."

"그럼 임 변호사님이 아니더라면 우리 집엔 영영 안 오실 작정이었군요. 대단히 섭섭합니다. 이봐요!"

마담은 웨이터를 손짓하여 부른다.

"손님이 없구먼."

임 변호사라 부르는 자그마한 사나이가 홀 안을 둘러본다.

"여름 아니에요? 단골 손님들은 다 바다에 가시고 형편없어요."

"어, 저건 누구야."

임 변호사는 엉덩이를 치켜들었다.

상호는 긴팔을 휘저으며 개글개글 웃고 있었다. 취흥의 삼매경에 빠져 있는 것이다.

"이봐, 상호 학생."

임 변호사는 상호 옆으로 가서 그의 어깨를 툭 쳤다.

"어?"

상호는 안경 속의 눈을 껌벅거렸다. 그리고 야릇한 빛이 그 눈 속에 지나갔다.

"아, 임 선생님."

해놓고는,

"실례입니다만 저는 이제 학생이 아닙니다. 비록 룸펜이긴 해도 어엿한 사회인이 아닙니까? 온 체면상 안됐군요."

"허허 참, 그랬었지."

임 변호사는 너그럽게 웃어준다. 그리고 살피듯 외면을 하고 있는 영재를 쳐다보다가,

"어, 이건 또 누구야? 영재 아닌가, 응?"

영재는 대답도 없이 상호를 내버려둔 채 급히 나가버린다.

"음, 저 새끼가 어쩌자고."

상호는 허겁지겁 영재를 잡으러 나간다.

"에크! 계산도 안 하고, 여봐요!"

여급은 잽싸게 쫓아가서 상호의 팔을 꼭 움켜잡았다.

"그만두. 계산은 내가 할 테니까."

구석에 앉아 있던 신사가 아주 불쾌한 표정으로 뇌까렸다. 그는 영재의 아버지인 윤현국尹玄國이었던 것이다.

"이 새끼 어디로 꽁무니를 빼는 거야."

술 냄새를 피우며 쫓아 나온 상호는 영재의 팔을 잡았다.

"윤현국 씨가 왔단 말이야."

영재는 길가에 침을 탁 뱉는다.

"뭐? 너 아버지가 왔단 말이야?"

상호도 다소 놀란다.

"재수 더럽다. 그래 넌 임 변호사를 어떻게 알지?"

"음…… 그 사람……."

상호의 대답은 애매하였다.

"넌 그 양반 어떻게 알어?"

도리어 되묻는다.

"윤현국 씨의 친구거든."

"그래? 나 그 양반 댁에서 이 년 동안 얻어먹었지."

"그럼 민 여사 남편이란 말이야?"

"그런가 봐, 하하핫……."

상호는 까닭 없이 웃어 젖힌다.

"임 변호사 부인이면 나이 많을 텐데? 좀 이상하군."

"그늘의 꽃이야, 그늘의……."

"세컨드란 말이야?"

"아무려면 어때? 남산으로 가자!"

상호는 우우 소리를 내지르듯 하며 영재의 팔을 거머잡았다. 그러나 영재는 상호의 팔을 뿌리치고 길가 상점으로 들어가서 술 한 병을 사 들고 나왔다.

그들은 남산으로 비틀거리며 올라간다. 밤바람은 서늘하였다. 콧가에 스치는 봄바람은 고민이 있는 대로 어떤 일시적인 안도감과 개방감을 그들에게 주었다.

남산으로 올라간 그들은 으슥한 나무 밑에 기대어 선 채 술병의 마개를 터뜨렸다. 병째로 서로 번갈아가면서 독한 술을 마신다.

"살맛이 난다!"

상호는 술병을 쳐들며 외쳤다.

"살맛이 난다고? 구질구질하다. 슬프기만 하다."

영재는 어두운 어조로 말하였다.

알코올의 작용은 이렇게 두 사람의 감정과 대화를 변질시키고 말았다. 상호는 목이 터져라 노래 부르고 웃었다. 영재는 불빛이 반짝거리는 시가지를 내려다보며 허탈한 사람처럼 서 있었다. 이따금 생각난 듯 술병을 끌어당겨 술을 마시곤 한다.

"아아……."

영재는 쓰러지듯 풀 위에 나자빠졌다.

팔베개를 하고 밤하늘을 올려다보았다. 무수한 별빛이 눈 위에 쏟아졌다. 아름다웠다. 그러나 차가웠다. 북국의 어느 벌판처럼 아득하고 황량하기만 했다. 상큼한 풀 내음이 콧가에 스며든다.

"우우……."

영재는 몸을 뒤치며 이상한 울음을 뽑았다.

"이 새끼야! 이 새끼야! 우는 눈에 오줌을 깔길 테다! 으하하핫……."

울고 웃고 기묘한 불협화음 속에 그들의 억압되고 일그러진 청춘은 발산되는 것이었다.

오랫동안 그렇게 법석을 치르고 나니 얼마간 술도 깨고 이성도 돌아왔다. 그러나 그들은 술로 하여 이성이 전적으로 마비되었을까? 아니었을 것이다. 그들의 주정은 하나의 위장에 지나지 않았다. 그들은 맥 빠진 사람처럼 어둠 속에서 우두커니 서로의 얼굴을 마주 본다.

"무슨 지랄들이야."

그들은 소리 내어 허허 웃는다.

나무 그늘 사이로 아베크 하는 젊은 남녀가 지나간다.

"신세 따분하다. 이게 뭐야? 기껏 기분을 내봤자 말라빠진 갈비씨가 두 놈."

영재는 슬그머니 일어섰다.

"이 새끼야, 비관할 것 없다. 우리도 아베크다! 자, 내 팔을 잡아라!"

상호는 강제로 영재의 팔을 자기 팔에 걸었다. 그리고 내리막 길을 비틀거리며 내려간다.

"푸우……."

상호는 술 냄새를 입에서 뿜었다. 한숨 같기도 했다.

"연애가 제일 심심치 않더라."

상호는 푸듯이 뇌며 안경을 밀어 올린다.

"멋진 소리를 하는군."

"놀리지 말어. 건성으로 하는 말은 아니다."

아까와는 달리 상호의 표정은 침울하였다.

"그럼 진정으로 말해봐."

영재는 여전히 상호 말에 귀를 기울이지 않는 투다.

"남자에겐 여자가 있어야 하고."

"물론이지. 새삼스럽게 무슨 얼빠진 소리야?"

"확실히 동성끼리보다 농도가 짙은 모양이야."

상호는 혼잣말처럼 중얼거렸다.

"술보다 짙은가?"

"술, 허 참."

상호는 쓰게 웃는다.

"술은 내가 사줄 수도 있지만 연애는 그럴 수 없지. 지지리 가난해빠진 너에게 반할 여자는 없을 테니 비관이다."

"괄시하지 말라. 연애의 자본은 가난하지 않은 마음이면 족하다."

"퍽 낭만적인 말씀을 하시는군. 시대착오다. 그래, 연애의 밑천이 되는 가난하지 않은 마음만은 가지고 있다 이 말씀이지?"

"아암."

"양복에다 갓 대가리 붙여놓은 것 같구만, 도시 어울리지 않아. 그건 그렇다 치고, 그래 연애는 현재 진행이냐? 방황이냐?"

"진행인가 봐."

"뭐?"

영재는 어처구니없다는 표정이다.

"도대체 너 같은 무능력자를 골라잡은 그 돼먹지 않은 여자는 누구야?"

영재는 어디까지나 농으로 돌리려 한다. 남을 미치광이처럼 웃겨놓고 시치미를 딱 떼는 상호의 능청스러운 재간을 알고 있기 때문에 영재는 진담으로 받아들이지 않았다.

"남 같은 여자야."

"남 같은 여자?"

"음."

"묘한 말이다."

"묘한 것도 없어. 타인이란 말이야."

상호는 울대뼈를 울룩불룩 움직이며 낮은 목소리로 웃었다.

'이 새끼 진짠가 보다.'

영재는 몽유병 환자처럼 허황한 걸음을 걷고 있는 상호의 긴 상반신을 바라본다.

"짝사랑이구나."

"흥!"

상호는 콧방귀를 뀌었다.

짝사랑이 아니란 말인지 혹은 그렇다는 것인지 분간하기 어려운 태도였다.

'무슨 일이 있었군.'

그러나 영재는 정색을 하고 물어보는 것이 쑥스러웠다. 그리고 자기 자신이 지닌 비밀이 가슴을 뻐근하게 하기도 했다.

"아서라 아서. 지지리 궁상인 너한테 있어서 여자는 쇼윈도의 인형이다. 그보다는 너에게 야심이 필요해."

"무슨 야심?"

"일이지, 일에 대한 야심 말이야."

"그런 내일부터 삽 들고 도로공사에나 나가야겠군."

"잔소리 말어. 세상은 별거 아니지만 돈 생기고 출세하고 그 위에 여자가 있음 그런 대로 살 만한 곳이야."

"언제부터 그런 속물이 되었누."

"나야 본시부터 속물이지. 내게서 그런 야심을 빼면 뭐가 남어? 여자라는 건 돈이 첫째구 능력이 둘째구 인물이 셋째야. 그게 여자의 본성이야. 속물인 내 여성관이다."

영재는 지껄이면서도 허황한 것을 느낀다.

상호는 여전히 헐렁헐렁 걷고 있었다.

퇴계로의 넓은 가로, 그곳을 메우듯 달리던 자동차의 홍수, 그러나 지금은 고요하다. 가등을 비스듬히 받으며 걷고 있는 상호의 키는 껑충하게 더 커 보였다. 몸매는 더욱 메말라 보이고.

"……일이 너를 찾아갈 줄 아나? 너 자신이 일거리를 찾지 않은 거야. 설령 일을 떠맡긴다 하더라도 상판을 찌푸리고 외면을 할 테니 말이야. 도무지 의욕이 없어. 왜 사는지 모르겠다."

"건방지게 설교냐?"

상호는 얼굴을 돌렸다. 노한 것 같기도 하고 슬픈 것 같기도 한 표정이었다.

"그래, 설교다."

"흥!"

또 콧방귀를 뀌었다.

"막연한 소린 하지 말어. 덮어놓고 일이야? 난 연애에도 의욕은 못 느껴."

"허, 이거 참 아까 뭐랬지? 사람을 빙빙 돌리는군. 연애를 위하여 마음이 가난하지 않다는 말은 누가 했지?"

"그래, 모순이란 말인가?"

"모순이지."

"천만에, 자네 말대로 의욕은 찾아가는 일이야. 하지만 가난하지 않은 마음이란 우연히 만났을 때 받아들이는 그거야. 애인을 만나면 즐겁지. 고독하지 않아, 그 순간만은. 그러나 헤어지면 그만이야. 나에겐 의욕도 없고 따라서 집착도 없다."

그러나 상호의 얼굴에는 말과는 달리 고통의 빛이 있었다.

"간단해서 좋군."

"물론이다."

그들은 조선호텔 앞에까지 왔다.

지나가는 사람들의 그림자도 뜸한데 거의 나체에 가까운 화려한 드레스를 입은 밤거리의 여자가 외국 손님을 기다리는지 담벽 옆에 붙어 서 있었다.

영재는 강한 욕정을 느꼈다.

상호는 휘파람을 휙! 휙! 날리면서 여자 곁을 스쳐갔다.

"우리 하숙에 안 가겠나?"

영재는 상호의 빈 호주머니를 생각하며 말을 걸었다.

"그만두겠다."

"그럼."

영재는 돈 오천 환을 상호 호주머니에 찔러주면서,

"윤현국 씨가 술값은 치렀을 테니 수지맞았다."

하고 웃었다.

허황한 밤공기를 마시고 자기 혐오를 되씹으며 영재는 하숙으로 돌아왔다.

그날 밤 이래 영재는 다방에 나가지 않았다. 그는 아무도 없는 연구실에 혼자 나가서 일에 골몰하였다. 지쳐서 하숙으로 돌아오면 그는 수면제를 먹고 잠이 들었다. 유리알 같은 주실의 눈은 그를 끊임없이 괴롭혔다. 죄의식과 회한 속에서 그는 차츰 주실을 작은 마물로 생각하는 것이다.

높은 천장과 댕그랗게 올라붙은 유리창, 아무도 없는 넓은 연구실에서 영재는 일손을 멈추고 담배에 불을 붙였다.

그는 지금 괴상한 환상에 사로잡혀 있는 것이다. 그로테스크한 건물을 머릿속에 그리고 있었다. 벼락 맞은 고목이 있는 언덕 밑 깊숙한 곳에, 비바람 치는 밤이면 탐조등이 뿌옇게 짐승의 눈알처럼 비치는 괴상한 건물이다. 소리 없이 문이 열리면 미궁 같은 내부의 벽화 속에서 검둥이 계집이 쫓아 나오고 녹색의 안개가 자욱한 방에 검정빛 노랑빛의 옷을 입은 여인이 있다. 울음도 들리고 웃음도 들린다.

누가 문을 두들겼다. 영재는 번쩍 얼굴을 쳐들었다. 담뱃재가 무릎 위에 폭삭 떨어졌다.

또다시 문 두들기는 소리가 났다.

영재는 슬그머니 일어났다.

"들어오세요."

그러나 문은 열리지 않았다. 영재는 문 있는 쪽으로 걸어갔다. 문을 잡아당기는 순간 일혜의 미소 짓는 얼굴을 보았다.

"어."

"놀라셨죠?"

일혜는 댓살로 만든 시원한 핸드백을 달랑거리며 방 안으로 들어왔다. 햇볕에 적당히 그을린 얼굴에는 윤기가 돌았다. 해죽한 입술에는 너무 루즈가 짙었다.

"아이, 참 좋네요. 아무도 없군."

방 안을 휘둘러본다.

"어떻게 알고 왔어?"

일혜는 몸을 돌리고 머리를 쓸어 넘기면서 영재를 응시한다.

"이상해요."

"뭐가?"

"영재 씨 표정 말예요."

"……."

"왜 그리 어설프게 보일까요?"

일혜는 다가서며 영재의 눈을 유심히 들여다본다. 영재는 거북한 듯 슬며시 외면을 하였다.

"음…… 그건 그렇구 여기 계시는 줄 알았음 진작 올 걸 그랬어요. 나는 시골에서 그냥 재미 보고 계시는 줄만 알았지 뭐예요."

"언제 왔어?"

하면서 담배를 꺼내 물었다. 일혜는 책상 위에 던져놓은 라이터를 얼른 집어들더니 불을 댕겨준다.

"며칠 됐어요. 시시해서 그냥 올라왔죠. 공기가 탁해요."

영재는 번쩍 눈을 치뜨다가 성급하게 담배를 빨아 당긴다.

"아까 다방에서 상호 씰 만났지 뭐예요. 혼자 우두커니 앉아 있데요. 가엾게도…….”

“상호한테 들었나?”

“네. 그래서 하숙으로 쫓아갔더니 여기 나갔다구 그러데요.”

“줄곧 여기 나왔었지.”

영재는 창가로 걸어간다. 창밖을 내다본다. 높고 낮은 지붕, 전선, 황혼이 스며들려고 한다.

“왜 예정을 바꾸셨어요?”

“…….”

“재미없었어요? 아니면 일혜가 보고 싶었던가요? 참 그건 아니겠지. 난 서울에 없었으니까.”

일혜는 지껄이며 영재 옆으로 왔다. 나란히 서서 영재의 시선을 따라 그도 밖을 내다본다. 일혜의 체취가 영재의 머리를 어지럽힌다.

“안 나가시겠어요? 벌써 해가 다 졌나 본데…….”

“나갈까?”

영재는 창밖에 담배꽁초를 던지고 자리로 되돌아간다. 그리고 책상 위를 정리한다.

일혜는 다른 책상 위에 걸터앉아 발을 흔들고 있었다. 빨간 샌들을 신은 예쁜 발이었다.

“성삼 씨랑 그 다람쥐 같다던 누이동생은 잘 있어요?”

일손을 멈추고 눈을 들어 일혜를 쳐다본다. 영재 눈은 순간 벌겋게 흐려졌다.

"아이, 무서워요! 왜 그리 노려보세요?"

목을 옴츠리는 시늉을 한다.

"일혜는 왜 여기 왔지?"

"어머! 새삼스럽게 그건 왜 따지세요? 그야 영재 씰 만나고 싶어서 온 거 아니에요?"

"어째서 만나고 싶으냐 말이다!"

버럭 소리를 내지른다.

"그런 우문이 어디 있어요. 날 경원하려는 거예요? 그렇지만 난 안 가요."

일혜는 영재가 신경질을 부리는 데 대하여 모욕을 느끼지 않았다. 오히려 다정함을 느꼈다. 친한 사이가 아니고는 함부로 골을 내는 법은 없다고 생각한 때문이다.

영재는 뉘우쳤는지 이내 신경질을 가라앉혔다.

"그럼 밖으로 나가자. 차 한잔 사줄게."

일혜는 픽 웃으며,

"가만히 생각하니까 여기가 아늑하고 더 좋아요. 이야기해 주세요. 참 어두워졌네. 불 켤까요?"

"그만두어."

영재는 일혜를 바라다보다가 자리에 털썩 주저앉는다.

"왜 골을 내셨죠? 막혔어요?"

"뭐가 막혀?"

"생각이……."

일혜는 너저분한 책상 위에 눈을 던진다.

"일혜는 불안하지 않아?"

대답 대신 다른 말을 꺼내었다.

"왜 불안하지 않겠어요. 늘 막연하게 종잡을 수 없는 불안이 있어요. 바다에 갔을 때도 그랬어요. 파도 소리, 몰려온 사람들의 그 많은 눈과 입, 무슨 미치광이들의 떼거리만 같아서 갑자기 무서워지고……."

일혜의 얼굴은 좀 심각해졌다. 실내가 어둑어둑해온 때문인지 눈이 짙게 감각된다. 그러나 영재는 일혜 말에 귀를 기울이고 있지 않았다.

"남자와 단둘이서 아무도 없는 이 방에 이렇게 앉아 있는 게 불안하지 않느냐 그 말이다."

"아아, 난 또, 그래 영재 씬 불안해요?"

"불안하다."

"왜 그럴까요? 절 좋아하지 않기 때문에? 유혹을 당할까 봐?"

"그 아무것도 아니야. 일혜가 여자이기 때문에……."

말해놓고 멍한다. 일혜의 표정이 움직였다. 그러나 그는 눈을 돌려 유리창을 바라보며 곰곰이 무슨 생각에 잠긴다.

"직감이라는 건 참 이상해요. 아까 영재 씨를 보는 순간 영재 씨 아닌 다른 사람을 본 것 같았어요. 전과 달라졌어요. 그 달라진 것을 어떻게 해석할까?"

혼잣말처럼 중얼거렸다.

"그건 말이야, 내가 처음으로 일혜를 여자로 인식했다고 해석하렴."

영재는 자기 자신이 놀랄 지경으로 크게 소리 내어 웃었다. 그 웃음소리는 퍼져서 아주 먼 곳에서 되돌아오는 듯하였다.

일혜는 웃는 영재의 얼굴을 유심히 바라본다.

"그럼 지금까지는 나를 여자로 인식하지 못했던가요?"

무척 예의 바른 목소리다.

순간 영재는 일혜를 아름답다고 생각하였다.

"따지지 말어. 머리 골치 아프다."

"그럽시다. 따지지 않겠어요."

일혜는 간단히 말해 치우고 책상에서 일어섰다.

"가세요. 영재 씨의 불안을 덜어드리기 위해 바깥 바람이 필요할 것 같아요."

그들은 밖으로 나왔다.

밖으로 나오자 일혜는 아주 빠른 걸음으로 영재를 앞질러 걸어갔다. 한참 그렇게 걸어가다가 그는 걸음을 멈추고 소리 내어 웃었다.

"아이, 우스워라!"

"기분 나쁘게 왜 웃는 거야?"

영재는 성난 목소리로 말하며 일혜 옆으로 바싹 다가섰다.

"겁쟁이! 우습지 뭐예요? 호호호."

일혜는 양어깨를 들먹거리며 또 웃었다. 그 웃음소리는 도전적인 것이기도 하였고 야릇한 감정을 자극하는 교태 같은 것이기도 했다.

영재는 아랫배에 힘을 주며 그 웃음소리를 귓전에 흘려보냈다. 영재는 아무 말도 하지 않았다. 따라서 대화는 중단되고, 일혜도 영재의 침묵을 멋쩍게 느꼈는지 웃음을 거두었다. 그리고 그는 지나가는 여자들에게 오만한 시선을 보내었다.

길모퉁이를 돌았다.

"상호는 거기에 그냥 있을까?"

영재는 걸으면서 묻는다.

"왜요?"

"그 자식 데리고 술 마시러 가게."

"싫어요!"

영재는 일혜를 비스듬히 내려다본다. 일혜의 목덜미는 축축이 젖어 있었다.

"세 사람이면 신경이 흩어져서 피곤해요."

"걱정 말어. 상호를 위하여 신경을 쓸 필요는 없어. 그 작자에겐 애인이 있으니까."

영재는 시니컬하게 웃는다.

"그럼 상호 씨는 그 애인과 만나면 되겠네요."

고집스러운 목소리다.

"일혜는 지나치게 집요하다. 난 그게 싫어. 나하구 단둘이만 꼭 있어야 하나?"

영재는 말해놓고 쾌감을 느낀다. 일종의 사디즘이다.

일혜는 영재의 팔을 탁 쳤다. 그리고 걸음을 멈추며 영재를
날카로운 눈초리로 쳐다본다.

"영재 씨!"

목소리는 낮았지만 얼굴을 할퀴는 듯 격렬한 어조였다.

"나도 자존심은 있어요. 아시겠어요? 집요하게 굴지 않는다
는 뜻에서 지금 이 자리에서 헤어지겠어요. 그럼."

일혜는 자신의 위신을 세우기 위하여 손을 내밀며 악수를 청
하였다. 영재는 멍한 눈으로 일혜의 내민 손을 잡아주고 이내
놓아버렸다. 일혜는 오던 길을 되돌아섰다. 그는 돌아보지도 않
고 고개를 숙이지도 않고 걸어간다. 영재는 움직이지 않고 일혜
의 뒷모습을 바라보고 서 있었다. 주체할 수 없는 시간이 머리
를 내리누른다. 얼마간의 시간을 망각할 수 있었던 기회를 영재
는 놓치고 만 것을 깨달았다. 빨간 샌들을 신은 일혜의 모습은
저만큼 멀어져가고 있었다. 그의 눈에는 아무것도 보이지 않고
다만 그 빨간 샌들만이 아칠아칠 보였다. 그 빨간 색채는 영재
의 광포한 피를 흔들어놓았다.

그는 빠른 걸음으로 일혜를 뒤쫓았다. 빨리 걷는데도 일혜와
의 간격은 좀처럼 좁혀지지 않았다. 몽유병자처럼 그는 허우적
거렸다. 자칫하면 일혜의 그 빨간 신발이 시야에서 사라질 것만
같았다. 어둠이 다가오는 때문일까?

광화문 종각 모퉁이에서 일혜의 모습은 사라지고 말았다.

영재는 뛰었다. 그러나 뛰고 있지 않은 것 같기도 했다. 중앙청이 가까워진 곳에서 영재는 일혜의 어깨를 덥석 잡았다.

"어머!"

일혜는 소스라쳐 놀라며 그 탄력 있는 몸을 흔들며 돌아섰다. 영재는 호주머니 속에서 손수건을 꺼내어 이마에 흐르는 땀을 씻으며 일혜의 눈을 뚫어본다.

일혜의 눈도 번쩍였다.

"무슨 걸음이 그렇게 빨러."

영재는 씁쓸하게 웃는다.

"왜 왔어요?"

일혜는 감정을 나타내지 않으려고 곧은 자세로 서 있었으나 그의 목소리는 다소 떨려 나왔다.

"시간이 남아서."

일혜는 잠자코 발을 떼놓았다. 한참 걸어가다가,

"남는 시간의 처리는 다방 같은 곳이 더 편리할 텐데요?"

"그래서 동반자를 구하러 여기까지 온 거 아닌가."

영재는 따라 걸으면서 여전히 일혜의 마음을 들쑤셔놓는다.

"하긴 나도 이내 후회했어요. 심각하다는 건 옆에서 보면 참 우스울 거예요."

일혜는 이빨을 내밀고 소리 없이 웃었다.

"심각해지고 나면 언제나 손해본 것 같기도 하구요."

덧붙였다.

"그렇구말구."

영재는 턱을 쳐들고 하늘을 올려다보며 엉큼스럽게 뇌었다.

"다방으로 가려면 되돌아야잖아요? 앞은 은행나무뿐예요."

일혜는 발끝을 내려다보며 말하였다.

"싸움을 했으니까 성난 얼굴을 서로 마주 보는 것은 따분한 일이지. 목소리만 듣는 게 나을 거야. 이대로 걸어가는 게 어때?"

"좋은 대루."

그들은 중앙청을 지나 안국동 거리로 접어들었다. 가벼운 바람을 따라 일혜의 머리에서 그윽한 향수 냄새가 풍겨온다. 황혼과 가로수와 호젓한 거리, 그리고 일혜의 머리에서 풍겨오는 향수 냄새는 영재의 기분을 상쾌하게 하였다.

상호의 말이 아니라도 영재는 동성끼리보다 이성 간이 훨씬 더 그 농도라는 것이 짙다고 생각하였다. 일혜를 사랑하지 않아도 좋았다. 좋다는 것과 사랑한다는 것은 뜻이 다르다. 영재는 일혜를 사랑하지 않는 것으로서 마음은 한결 자유로웠고 어떤 강박관념에 사로잡히지 않았다. 만일 그가 일혜를 사랑하였다면 태풍이 불던 그날 밤의 범죄 사실은 더 큰 상처로서 그를 허덕이게 했을 것이다.

"일혜."

일혜는 얼굴을 들고 영재를 쳐다보았다. 잠긴 듯한 표정이었으나 어떤 기대가 서려 있었다.

"어디로 날아버릴까?"

"어디로?"

"아무 데나."

"미국? 불란서? 영국?"

"아니야. 오늘 밤, 이 순간, 그러니까 아무래도 서울 변두리 겠지."

"난 또 난다니까 비행기 생각을 했죠."

맥 빠진 소리로 중얼거렸다.

"참 그렇군. 자동차는 달리는 거지."

영재는 또다시 멍한 표정으로 돌아갔다. 말을 해놓고 보니 자동차로 드라이브할 생각은 조금도 일지 않았다. 그의 눈앞은 갑자기 흐리어졌다. 일시에 막연하였던 어떤 꿈이 흩어지고 마는 느낌이 든다. 가로를 밟는 일혜와 자기의 구둣발 소리만이 기계적으로 중추신경을 친다. 마치 금속적인 물체가 뒤통수를 두들겨주는 환각에 사로잡힌다. 옆에서 둥그스름한 어깨를 흔들며 걷고 있는 일혜가 도무지 여자 같지가 않았다. 아니 자기와 같이 사물을 느끼고 있는 여자 같지가 않았다.

형용할 수 없는 고독감이 솟는다. 영재는 머리를 흔들었다.

"왜 그러세요?"

앞을 바라본 채,

"아아, 아니 밤마다 잠이 오지 않아서…… 수면제를 먹고 자지."

엉뚱한 말을 하고 그는 일혜의 손을 살그머니 쥐었다. 포스라운 감촉이 좋았다. 그리움 비슷한 감정이 일기도 하였다. 일혜의 손은 약간 반항하듯 움직였다. 그러나 이내 그 손은 얌전하게 영재의 손아귀 속에 머물렀다.

그런 시간이 얼마간 흘러가자 다시 견디기 어려운 염증과 권태가 엄습해왔다. 영재는 슬그머니 일혜의 손을 놓아주었다. 그리고 두 손을 깍지 끼어 어깨 뒤로 무거운 머리를 받쳤다. 그래도 머리는 여전히 무거웠다. 물에 젖은 옷을 걸친 듯 칙칙한 감각은 불쾌하고 성가신 것이었다.

"안 되겠어."

"뭐가요?"

어둠 속에 흥분한 일혜의 음성이 울려왔다.

"아무것도 아냐."

영재는 길 언저리에 침을 뱉었다. 초라한 중국요릿집이 있었다. 간판만은 무슨 루樓라 하여 근사하게 붙어 있었다.

"우리 여기 들어갈까?"

"싫어요. 거지 같으네. 아까 난다고 했잖아요?"

기분이 좋은 모양인지 일혜의 목소리는 코에 걸린 듯 달콤하다.

"그랬던가?"

"꿈을 꾸고 있나 봐."

"응? 음, 꿈을 꾸고 있나 봐. 하여간 저녁부터 먹구 드라이브를 하든지 어쩌든지. 들어가자."

"기왕이면 종로로 나가요. 신사 숙녀의 체면상 이게 뭐예요?"

초라한 중국집을 흘겨본다.

"잔말 말어."

영재는 일혜가 오거나 말거나 혼자 중국집의 문을 밀고 들어섰다. 하는 수 없이 일혜도 뒤따랐다.

"어서 옵쇼!"

심부름꾼이 앵무새처럼 소리쳤다. 그러나 세련된 옷차림의 일혜를 보자 이 손님들이 잘못 찾아든 게 아닌가 하는 미심쩍은 표정을 지었다.

"방 있어?"

"네, 네. 이 층으로 올라갑쇼."

하면서 코를 훌쩍인다.

어두컴컴한 좁은 층계를 밟고 올라가니 방이 두서너 개 있기는 있었다. 다다미 두 장이 깔린 좁은 방으로 들어갔다. 이상한 냄새가 찌들어 있는 불결한 방이었다. 통풍도 나빠서 방 안은 후덥지근하였다.

"아이, 더러워."

일혜는 상을 찡그린다.

"공연히 귀족 티 내지 마."

"공연히 독선적으로 구는 것 아니에요?"

이내 응수한다.

"바보도 곤란하구 너무 똑똑한 것도 따분하지."

바보는 주실이요, 똑똑한 것은 일혜다.

"흥!"

일혜는 해죽한 입술을 내밀었다. 불빛 아래서 움직이고 있는 일혜의 얼굴은 요염하고 아름다웠다.

층계를 밟는 소리가 나더니 아까 그 심부름꾼이 얼굴을 쑥 내밀었다. 그리고 찻잔에다 차를 부었다.

"뭘 할깝쇼?"

"아무거나, 이 집에서 제일 좋은 거를 해 와."

영재는 아직 소년 티를 벗지 않은 여드름이 송송 난 심부름꾼을 쳐다보며 명령하였다. 심부름꾼은 이내 내려갔다. 영재는 일어서서 방문을 닫고 자리에 돌아왔다. 그리고 테이블 위에 팔을 괴고 턱을 얹으며 일혜를 유심히 쳐다본다.

"이쁘군."

"실없는 소리 마세요."

"아니야."

"쑥스러워요."

얼굴을 찌푸리고 웃는다.

"시적인 표현이 아니라서?"

영재는 웃지도 않고 일혜를 빤히 쳐다보고만 있다.

"이리 와, 내 옆에."

자기 옆을 가리켰다.

"싫어요."

"왜?"

"그럼 영재 씨가 이리루 와요."

"그럴까?"

영재는 성큼 일어서더니 일혜 옆으로 와서 바싹 다가앉았다. 그리고 미끈한 일혜의 팔을 덥석 잡았다. 일혜는 당황하였으나 이내 고개를 돌려 영재의 눈을 쏘듯 쳐다본다.

"왜 이러죠?"

"이유는 없다."

순간 영재의 얼굴에는 포악한 표정이 지나갔다. 그는 일혜의 상반신을 홱 돌렸다. 그리고 깊숙한 눈으로 여자의 얼굴을 내려다본다. 그의 눈을 받는 일혜의 안면근육이 팔딱거렸다.

"영재 씨?"

"……."

"영재 씬 날 사랑하고 있지 않아요."

"그러면 어때?"

"영재 씨의 눈은 두려움에 질려 있어요. 나를 보는 눈은 아니에요. 그러면서 이럴 수가 있어요?"

"아무 말도, 아무 말도 하지 말어. 우리는 젊었을 뿐이야."

영재는 허덕이듯 말을 하고 거칠게 일혜를 끌어당겼다. 그리고 짙은 입술을 깨물었다.

일혜는 영재의 넓은 가슴을 떠밀고 테이블 위에 엎드렸다. 깊이 파진 오렌지색 드레스 사이에 있는 목덜미 부드러운 살결 위에 전등 빛이 미끄러진다. 영재는 여자 등 위에 손을 얹었다. 어루만진다. 연민의 정이 그의 혈관 속에 흘러갔다.

　"일혜."

　"……."

　"일혜."

　"……."

　"이러지 말어. 난 일혜를 좋아했어. 자아."

　일혜를 안아 일으켰다. 일혜는 울고 있지는 않았다. 그러나 그의 얼굴은 창백하였다.

　"사랑하지 않아도 좋아요."

　"……."

　"한 번만 더 껴안아주세요."

　눈에는 눈물이 글썽 돌았다.

　영재는 일혜를 포옹하였다. 머리를 쓸어주며 일혜의 오똑한 코를 내려다본다. 일혜는 목마른 듯 입술을 떨면서 영재를 올려다보았다. 팔에 힘을 주며 영재는 여자의 얼굴 위에 온통 키스를 퍼부었다.

　방문을 두들긴다. 그들은 알지 못했다. 심부름꾼이 방문을 열었다. 그는 남녀가 포옹하고 있는 광경을 보고 주춤한다. 가볍게 기침을 하였다.

그들은 비로소 팔을 풀었다. 그리고 김이 무럭무럭 나는 요리를 테이블 위에 놓는 것을 바라본다.

심부름꾼이 나가려고 하자,

"맥주 한 병 가져와."

영재는 무표정하게 말하고 담배를 찾았다.

그들은 요리를 바라본 채 한참 말이 없었다. 감정의 여운에 젖어 있는 듯 일혜의 눈은 축축이 젖어 있었다.

"먹지."

영재는 소독저를 일혜 앞으로 밀었다. 그러나 그들은 다 같이 식욕을 느끼지 않았다.

매일 일혜는 연구실에 나타났다.

영재는 무덤덤한 표정으로 일혜를 대하였다. 중국요릿집에서 보여준 그 슬픔에 잠긴 듯한 애정의 분위기를 일혜는 영재에게서 다시 느낄 수 없었다.

일혜의 존재를 묵살해 버리는 듯 영재는 일에 열중하는 것이었다. 일혜는 숨막히는 벽을 두들겨보려는 듯 된 소리, 안된 소리를 혼자서 지껄여야 했다. 초조하였다. 안타까웠다. 굴욕을 느꼈다. 그러나 영재를 찾아오지 않고는 견뎌 배길 수 없었다. 어떤 신비한 힘이 자기를 끌어당기고 있는 것이라 변명할 수밖에 없는 일혜였다.

시골로 내려가는 영재에게 편지를 주었을 때만 해도 일혜는

끝내 영재가 희미하게 군다면 그까짓 것 깨끗이 단념해 버리리
라는 생각이 있었다. 그러나 돌아온 영재의 어두운 얼굴을 보았
을 때, 그리고 그날 밤 자기를 포옹하던 그 슬픈 눈, 그것은 일
혜의 자존심을 송두리째 무너뜨리고 말았다. 영재의 발 아래 몸
을 던지고 짓밟히는 한이 있더라도, 또 자기를 망쳐놓고 헌신짝
처럼 버리는 결과가 올지라도 일혜는 다만 현재를 영재와 더불
어 살고 싶은 것이다.

"안 가겠어?"

영재는 얼굴을 들었다. 맑은 눈이 차갑게 빛나고 있었다.

"나가시겠어요?"

영재는 황혼이 깃든 창가에 눈을 주며 대답 없이 일어났다.
자물쇠를 잠그고 그들은 늘 가는 다방으로 들어갔다.

영재는 테이블 위에 놓인 찻잔을 내려다보며 꼼짝하지도 않
았다. 일혜를 전혀 의식하고 있지 않았다. 무인지경에서 마치
생각을 잃어버린 사람처럼 앉아 있는 것이다. 일혜는 왜 그러고
있느냐고 물어보려다가 빈번한 일이요, 또한 그렇게 물어보면
신경질을 부리기 때문에 참는다.

"리라탄에 안 가시겠어요?"

"음?"

감정의 선이 흩어져버린 듯한 희끄무레한 눈을 돌렸다. 아직
몽롱한 상태다.

"상호 씨가 거기 있을지도 몰라요."

"……."

"거기 가는 것 싫으면 영화나 보러 가세요."

"가고 싶지 않아."

"그럼 어디 가고 싶어요?"

"아무 데도…… 피곤해. 하숙에 가서 자야겠어."

영재는 부시시 일어났다. 그들은 밖으로 나왔다. 어둠이 밀려
온다.

"나, 따라가면 안 돼요?"

합승정류장에서 일혜가 묻는다.

"어디로?"

"하숙에."

"피곤해서 잔다는데 뭐 하려 따라와?"

"네, 네, 잘 알았어요. 어서 타세요."

마침 닿은 합승으로 영재를 떠밀었다.

합승이 떠날 때 일혜는 손까지 흔들어주었다. 그러나 가슴에
는 울화가 지글지글 끓어올랐다. 면상을 치는 듯한 거절을 당하
고도 손까지 흔들어준 자기 자신의 행위는 너무 비굴했던 것 같
았다. 그러나 그 앞에서 실망하거나 슬퍼한다면 더욱더 비참했
을 것 같기도 했다.

'미쳐버리겠구나. 무슨 사내가 저런 게 있어? 도무지 종잡을
수가 없어.'

걸음을 옮겼다.

'대체 무슨 생각을 그는 하고 있을까? 일종의 변태심리? 잡힐 듯하면 멀어지고…….'

이튿날 오후 두 시쯤 일혜는 노오란 플랫칼라의 원피스를 입고 밀짚모자와 바스켓을 들고 영재 앞에 나타났다.

"어디 가는 거야? 대천으로 도로 가나? 모두들 돌아오는 판인데."

"아아뇨. 거긴 뭘 하게."

"그럼."

"정릉으로 가려구요."

"음?"

"영재 씨도 가세요. 거기 가서 밥 지어 먹으려구 준비 다 해놨어요. 얼른요."

일혜는 바스켓을 든 채 영재의 팔을 잡아끌었다.

"점심때는 이미 지났어."

"뭐 어때요? 저녁을 지어 먹죠."

"별안간 뭐야?"

"인생에는 예정이 없다. 자아, 일어나요."

"그거 좋은 말이군. 독창이 아니어서 유감이다."

"가시겠어요? 안 가시겠어요? 안 가시면 나 혼자라도 갈래요."

"혼자?"

픽 웃는다.

"혼자서 저녁을 지어 먹구 그리고 오는 거지?"

"하는 수 없죠. 청승스럽기는 하겠지만."

"그렇게까지 해서 갈 건 뭐람?"

"똥고집이죠."

영재는 풀이 죽은 일혜를 바라보다가 일어섰다.

"가시겠어요?"

말없이 앞서 나간다.

종로에서 택시를 잡아타고 정릉으로 향하였다. 정릉에 도착
하자 그들은 개울을 따라 무작정 골짜기로 올라갔다. 일요일이
아닌 때문인지 별로 사람은 많지 않았다. 한적한 숲속에 흐르는
물소리만이 시원하게 감각된다. 바위 옆에 자리를 잡았다. 일혜
는 밀짚모자를 벗어 들고 영재를 바라보며 웃었다. 실낱같이 가
늘게 엮어놓은 금으로 된 네크리스가 가볍게 흔들렸다.

"좋죠?"

영재는 좋다는 대답 대신 휘파람을 불었다.

"커피 끓여드릴게요. 나무 좀 주워 오세요."

"그러지."

영재는 순순히 일어서서 비탈진 숲속으로 올라간다. 일혜는
바스켓을 끌어당겨 뚜껑을 열었다. 자그마한 커피포트에 개울
물을 길어놓고 싸가지고 온 커피를 털어 넣는다. 그리고 돌을
괴어 아궁이를 만들며 그는 노래를 부른다.

한참 후에 영재는 마른 나뭇가지를 한 아름 안고 왔다.

"이거면 되겠지?"

"네, 실컷 돼요."

불을 지핀다. 바람이 이는 때문인지 불은 잘 붙지 않았다. 일혜는 눈물을 짜면서 불을 붙였다. 영재는 팡팡한 일혜의 엉덩이를 바라보며 웃고 있었다. 눈물을 찔끔거리고 불을 불고 있는 일혜가 가련해 보이기도 하고 애무해 주고 싶은 심정도 들었다.

"비켜, 내가 할게."

일혜는 눈물을 닦으며,

"말짱 생나문가 봐."

둘은 서로 머리를 맞대며 불을 불고 나무를 넣고 한다.

"소꿉장난도 유분수지. 커피 한 잔 마시려고 이 고생이야?"

"탓하지 마세요. 내가 할게요. 이제 잘 붙지 않아요?"

일혜는 영재 어깨에 손을 얹었다.

굴룩굴룩 커피가 끓기 시작하였다. 맛보다 더 방순芳醇한 향취가 사방에 번져 나온다. 일혜는 코를 실룩거리며 커피의 냄새를 맡는다.

"그 냄새가 그리 좋아?"

"그럼요. 공기가 맑아서 냄새가 더 짙죠?"

"속절없는 문화족이군. 하긴 여류화가니까."

"비꼬지 마세요. 심심하신가요?"

"아아니……."

"이야기하세요."

일혜는 영재 무릎에 손을 얹었다.

"무슨 이야기?"

영재는 그늘진 바위 위에 비스듬히 드러눕는다.

"아무거나요. 오늘은 즐거워요. 하지만 영재 씨가 잠자코 있
으면 불안하구 왜 그런지 자꾸만 허전한 생각이 들어요."

꼬챙이로 불을 휘저었다.

"일혜는 나에게 무엇을 바라지?"

영재는 우거진 벚나무를 바라보며 푸른 담배 연기를 뿜는다.

"모든 것을 바라요. 영재 씨의 전부를 원해요."

"어리석게도…… 누가 누구를 가질 수 있단 말인가."

"바라고 원하는 건 죄가 아니에요."

"그럴 테지. 그러나 빼앗는 것은 죄가 될 거야."

"난 화내지 않아요. 영재 씨가 뭐라구 해도…… 영재 씨에겐
어떤 제스처도 통하지 않아요. 술책이나 위협이나 혹은 감상도.
그걸 알고 있어요. 그렇다고 영재 씨를 강한 남성이라고 생각한
건 아니에요. 오히려 너무나 감정적인, 건방지다고 하겠죠. 난
솔직하려고 했어요. 자기 자신을 꾸민다면 도리어 비참할 것 같
아서요. 그렇지만 때때로 난 자기 자신을 잃어버린 것 같은 생
각이 들어요. 영재 씨 감정 앞에서 꼭두각시처럼 놀고 있는 자
기 자신을 보는 것은 슬퍼요."

일혜 얼굴은 상기되었다. 불이 뜨거운 탓만도 아닌 듯했다.

"언제나 나 혼자 지껄이고 영재 씨는 자기 혼자의 세계를 마

음속에 뭉쳐놓고 말이 없어요. 그런대로 좋다고 나는 자위하기도 했어요. 심각한 체하는 건 싫다고 생각했죠. 하지만 그 자체가 허식이 아니겠어요? 실상 난 그 음악 살롱에 모여드는 병아리 예술가들에게 어지간히 진저리가 났어요. 모두들 어마어마한 의상을 걸치고서 객관적인 표준에는 전혀 둔감한 떼거지를 쓰고 있거든요. 모두들 다 천재란 말이에요.”

일혜의 말이 미처 끝나지도 않았는데 영재는 소설의 한 구절을 읽어내려가듯 말을 시작하였다.

“바바리코트의 깃을 세우고 음악 살롱에 쑥 들어선 우수에 젖은 청년은 시집을 테이블에 놓고 우두커니 앉아 있는 소녀를 바라본다. 그들은 사르트르를 경멸할 줄 알고 마티스를 무시할 줄도 안다. 폴 앵카에 열광하는가 하면 재치문답 같은 연문의 쪽지가 왔다 갔다 하고, 역설의 쾌감인가? 청년과 소녀들은 고통에 잠긴 얼굴로 수화기를 들지. 고삐빵은 딱딱해야만 좋다는 것도 알고 있구, 그래서 세련되고 멋진 인생이란 말이지? 그러나 난 그 인종들을 경멸하지는 않아. 얼마나 나이브한 한국의 빠리쟝*인가 말이다. 물론 나도 그중의 한 사람이지. 그런데 일혜는 나하구의 결혼을 원하는 거야?”

영재는 별안간 화제를 돌렸다.

“그렇지도 않아요. 영재 씰 원한다는 것하구 결혼은 별문제라 생각해요. 그런 공수표에는 아예 희망을 걸고 있진 않아요. 자, 아주 근사하게 커피가 끓었군요.”

일혜는 커피포트를 손수건으로 싸서 내려놓고 바스켓 안에서 커피잔과 스푼을 꺼내었다.

"그걸 다 가지고 왔군."

영재는 몸을 일으켰다.

"그럼요. 나중에 밥 먹을 때 밥공기도 되구요."

"겉모양보다 일혜는 알뜰하군."

"여자는 다 그래요."

그들은 따끈한 커피를 마신다. 산에서 마시는 커피는 각별한 맛이 났다.

영재는 찻잔을 든 채 숲속의 좁은 길을 나란히 걸어가는 한 쌍의 남녀에게 눈을 던졌다.

"음!"

영재는 깊은 숨을 몰아쉬며 얼른 눈을 돌렸다.

안경을 밀어 올리며 한눈도 팔지 않고 걸어가는 김상호의 옆 얼굴, 보랏빛 양산으로 얼굴을 가리듯 하며 양미간을 모으며 지나가는 민경희, 영재는 상당히 강한 충격을 받았다.

'상호의 애인은 그럼 민 여사였더란 말인가?'

영재는 놀라움 뒤에 어처구니없는 공백이 왔다. 그러나 그는 이내 우스워서 견딜 수가 없었다.

"뭘 싱글벙글하세요?"

"음, 응, 하하핫……."

"아이 참 내, 왜 웃어요?"

"별안간 유쾌해졌어. 하하핫, 역시 세상은 재미있는 곳이야, 하하핫⋯⋯."

일혜는 불만스럽게 영재를 흘끔흘끔 쳐다보며 쌀을 씻기 위하여 개울가로 간다. 팡팡하고 보기 좋은 엉덩이를 영재는 웃다가 바라본다. 무겁고 암담한 욕정이 일었다.

'상호와 민 여사, 그들은 지금 밀회를 즐기고 있지.'

이상한 안도감이 밀려들었다. 온통 세상 사람들이 전부 패륜의 길을 달리고 있다면 더욱더 유쾌해질 것만 같았다. 그러나 영재는 얼마 가지 않아 적막한 고독과 자기혐오에 빠졌다. 영재는 무상한 변화 속을 방황하고 있는 자기 감정을 깨닫고 소스라쳐 놀라며 일어섰다. 정신분열증이 일어날 것만 같은 무서운 예감이 들었던 것이다. 주실의 눈을 피하기 위하여 그는 일혜를 찾았다. 일혜는 작은 냄비에서 밥을 푸고 있었다. 그는 퍽 행복해 보였다.

"자, 이제 다 됐어요."

일혜는 미리 장만해온 반찬을 퍼놓고 영재를 보며 미소 지었다.

그들은 맛있게 밥을 먹었다.

저녁을 끝낸 뒤 그들은 개울에 발을 담그고 놀았다.

바람이 우수수 지나갔다. 간혹 새소리가 들렸으나 흐르는 물소리에 끊어지곤 한다. 골짜기에는 이제 인적기가 없었다. 사방이 어둑어둑해지고 먼 산봉우리에는 안개가 낀 듯 희부옇게 흐려져갔다.

영재는 개울에 발을 담근 채 일혜의 허리를 껴안았다.

"어두워지는군."

"어두워지네요."

"더 골짜기에 들어가서 자고 갈까?"

"뱀이 있을 거예요."

"기분 나쁜 소리 하지 말어."

"밤에는 추울 거예요."

"불을 피우지."

골짜기에 어둠이 밀려들어 왔다. 숲속이라 그런지 갑자기 기온이 내리는 듯하였다. 등에 끼얹어지는 바람도 제법 써늘하였다.

"영재 씨?"

"……."

"요다음 시골 갈 때 나도 데려가요, 네? 주실이라 했죠? 그 소녀, 미스터 김이 그러는데 완전한 미술품이라나요? 보고 싶어요."

"누가 시골 간다고 했어?"

영재의 눈이 희번덕거렸다.

"그럼 이제 안 가세요?"

"안 간다! 안 가지!"

영재는 난폭하게 일혜의 머리카락을 두 손으로 와락 거머잡고 그의 얼굴을 뒤로 홱 젖혔다.

"어머! 놔요!"

일혜는 질겁을 하며 머리를 빼려고 몸을 흔들었다.

"시골에 관한 얘기 두 번 다시 했다만 봐라! 이 개울에 처넣어
버릴 테다!"

"어머! 이거 놔요!"

간신히 영재의 손을 뿌리친 일혜는 흐트러진 머리를 세차게
흔들어댔다. 그리고 고함을 칠 듯이 입술을 실룩거렸으나 소리
는 내지 않고 영재를 험한 눈초리로 쏘아본다.

"무슨 변태예요! 미친 사람!"

"맞았어. 난 변태야. 아니 색광이야, 알았어?"

"지독하게 잔인한 사람이군요. 여자를 그렇게 함부로……."

분을 못 이긴 듯 일혜의 눈에 눈물이 글썽거렸다. 그는 흩어
진 머리를 쓸어넘기며 입술을 깨문다. 머릿속이 홀홀하였다. 도
무지 영문 모를 일이었다.

"일혜, 내가 잘못했어."

영재는 무모한 자기 행동을 깨닫고 흥분을 가라앉히며 사과
를 한다. 그러나 일혜는 아무 대답도 하지 않았다.

"시골에 가서…… 할아버지하구…… 쌈했어. 다시는 그곳에
안 갈 거야. 일혜, 제발 내 앞에서 시골의 말은 꺼내지 말아. 가
슴에 피가 뭉치는 것 같아서…… 발광이라도 할 것만 같다."

어둡고 잠긴 목소리였다. 그러나 영재는 이내 낮은 목소리로

웃었다.

"나는 패덕한이야. 거짓말쟁이구 징그러운, 용서받을 수 없는 인간이란 말이야. 일혜한테도 무슨 짓을 할지 모르겠어."

어둠 속에 이빨이 부딪는 소리가 났다. 영재는 무슨 말이 터져 나오려는 것을 막는 듯 이를 악물었던 것이다.

일혜는 아무 대꾸도 않고 무릎 위에 턱을 얹었다. 노여움은 사라지고 무엇인지 알 수 없는 깊은 의혹이 그의 머릿속에 가득 찼다. 다만 영재가 어떤 커다란 고통을 겪고 있다는 것만은 헤아릴 수 있었다.

영재가 손을 뻗쳤다. 일혜의 허리를 껴안았다. 고통에서 오는 반사적인 행동이었다. 일혜는 심하게 반항하였으나 완강한 사나이 팔 속에서 축축이 젖은 입술을 느꼈다. 영재의 가슴이 뛰고 있었다. 어깨를 거머잡은 손은 불덩이처럼 뜨거웠다.

어느새 달이 댕그랗게 떠 있었다.

얼마 후 그들은 일어섰다. 아까 산에서 밤을 새우자던 말을 잊어버린 채 그들은 골짜기에서 내려왔다. 영재와 일혜는 다 허탈한 사람처럼 제각기의 생각에 잠기며 걷고 있었다.

호텔 앞에까지 왔을 때 영재는 일혜를 돌아보았다.

"일혜는 결혼이란 보증수표가 없이는 이런 곳에 안 들어갈 거야."

가벼운 욕망이 없지는 않았으나 영재로서는 대수롭지 않게 말을 하였다.

골짜기에서 내려올 때 영재는 번번이 흥분하고 난폭해지는 자기 자신을 깊이 돌이켜보았다. 이러다가는 결국 큰 낭패를 당하고 말 것이라는 자각이 들었다. 다시는 흥분하지 않으리라고 그는 몇 번이고 마음속에 다짐하였다. 그러니까 그가 한 말은 마음의 원상복귀를 표시하는 농담이기도 했다. 그러나 반응은 강하게 나타났다. 일혜의 얼굴은 굳어졌다.

"흔히 결혼이란 미끼로 이런 곳에 여자를 끌어들이죠. 그리구 여자도 그것을 조건으로 끌려가죠. 하지만 난 안 그래요."

일혜의 목소리는 또박또박하였고 억양이 없었다. 그의 눈언저리에는 경련이 일고 있었다. 그는 몸을 사리듯 하더니 돌아섰다. 호텔의 넓은 뜰 안으로 뚜벅뚜벅 걸어 들어간다. 작대기로 받친 듯 곧은 자세였다.

졸지간의 일이라 영재는 말뚝처럼 우뚝 서 있었다. 저만큼 혼자 가던 일혜는 돌아섰다.

"겁이 나거나 계산을 한다면 안 와도 돼요."

호텔 문 앞에 세운 가등이 일혜의 얼굴을 정면으로 비춰준다. 입술이 핏기를 잃은 듯 희었다.

영재는 휘청거리며 일혜 뒤를 따랐다.

뜰에 면한 창문이 있는 이 층 방으로 들어간 그들은 마치 적수끼리 대결하듯 서로 노려보고 앉아 있었다. 그들은 다 같이 이렇게 되리라는 것을 믿지 않았다. 어떻게 해서 사태가 이와 같이 급변하였는가 신기스럽기도 하고 어처구니가 없기도 했다. 영재는 긴장을 풀기 위하여 담배를 꺼내어 붙여 물고 창가로 갔다. 일혜는 꼼짝하지도 않고 쭈그리고 있었다.

호텔 정문 앞에는 하늘로 치솟은 거대하리만큼 포플러가 한 그루 서 있었다. 호텔 창문에서 내비치는 광선 속에서 포플러는 그 잔잔한 잎을 흔들고 있었다. 그 잎사귀들은 인상파의 점묘화처럼 보였다. 영재는 그 나무 밑을 종종걸음으로 걸어 나가는 남녀 한 쌍의 뒷모습을 바라보고 있었다. 그들은 호텔 밖에서 택시 속으로 들어갔다. 택시는 이내 시야에서 사라졌다. 영재의 얼굴에는 복잡한 미소가 지나갔다. 상호와 민 여사였던 것이다.

담배를 버린 영재는 돌아섰다. 눈에는 따뜻하고 부드러운 빛이 깃들어 있었다. 그는 대담하게 앞장서서 이곳까지 온 일혜를 조금도 불순하게 생각지는 않았다. 절벽에서 뛰어내리려는 결사적인 여자의 마음을 느꼈다. 그러나 일혜는 굳은 물체처럼 쭈그리고 앉아서 움직이지 않았다. 다만 그의 눈에는 깊은 고뇌가 있었다.

"일혜."

팔을 잡았다. 그래도 일혜는 여전히 움직이지 않았다. 영재는 불을 껐다. 여자는 저항하지 않았다. 무저항은 여자의 향락적인 마음을 의미하는 것은 아니었다. 필사적인 어떤 의도의 반영이었다. 사랑한다는 것과 완전히 사랑을 갖고 싶다는 희구의 표시였다. 그것을 영재는 알았다. 연민을 넘어선 진실과 애정이 메말랐던 영재 가슴에 솟았다.

"일혜, 사랑해."

가슴을 누르며 속삭였다.

격동의 시간이 지나간 뒤, 영재는 일혜를 안아서 자리 복판에 눕혔다. 그리고 자신은 담배를 붙여 물고 다시 창가로 갔다.

밤의 적막 속에 물소리는 요란스러웠다. 이따금 멀리서 사슴 우는 소리가 들려왔다. 인가에서 기르는 사슴의 울음소리다.

영재는 길고 먼 여정의 어느 지점에 서 있는 자기 자신을 느꼈다. 모든 일들이 아득하게 먼 곳에 뒤져 있는 것 같기도 했다. 그런가 하면 모든 것은 끝없이 먼 곳에 앞서 있는 것 같기도 했다. 돌이킬 수 없는 회환과 안개가 서린 듯 막막한 앞길에 대한 두려움의 교차 같은 심정이다. 그러나 그는 잠시 동안 여장을 푼 나그네처럼 가벼운 피로와 위안을 느끼기도 했다.

창문에서 스며드는 달빛은 창백하고 부드러웠다. 분명히 잠이 들지 않았음에도 숨소리를 죽인 듯 일혜는 고요하였다.

영재는 일혜 옆에 가서 몸을 눕혔다. 여자의 부드러운 머리카락을 쓸어주면서,

"이제 자요."

아침에 영재가 눈을 떴을 때, 일혜는 옆에 있었다.

"아직 자는 모양이군."

영재가 담배를 찾으려고 몸을 뒤쳤을 때 일혜는 말끄러미 눈을 뜨고 천장을 바라보고 있었다.

"깨어 있었군."

"……."

"무슨 생각을 하지? 후회하나?"

일혜는 머리를 약간 저었다.

영재는 배를 깔고 담배를 피웠다.

"영재 씨 머리는 곱슬머리죠?"

"……?"

"곱슬머리는 인색하다더군요."

"뭐? 뚱딴지 같은 소리를. 난 이 세상에서 인색한 놈처럼 싫은 건 없어."

"그렇지만 영재 씨는 옥니박이가 아니라서 다행이에요."

일혜는 후딱 일어났다. 옷을 주섬주섬 걸치더니 방에서 나가 버렸다. 영재는 일혜가 왜 그런 말을 하는지 도무지 알 수가 없었다.

얼마 후 일혜는 세수를 하고 돌아왔다.

"어서 가세요."

"나는 세수 안 했는데?"

"내려가면서 개울물에 하면 돼요."

"그럴까?"

그들은 방에서 나왔다. 호텔의 종업원들이 호기심을 갖고 일혜를 힐끗힐끗 쳐다보았다. 그러나 영재가 계산을 치르는 동안 일혜는 까딱하지도 않고 머리를 꼿꼿이 세운 채 서 있었다. 교태도 타협도 찾아볼 수 없는 자세였다.

호텔 밖으로 나온 그들은 아침을 휘젓듯 하며 뿌연 길을 내려 갔다. 도중에서 영재는 개울가로 내려가 세수를 하였다. 세수를 끝내자 일혜는 잠자코 손수건을 내밀었다. 처음으로 두 사람의 눈이 부딪쳤다. 다 새빨갛게 충혈된 눈이었다.

합승 정류장까지 걸어 내려왔을 때 동편 산허리가 벌겋게 타더니 해가 솟았다. 그들은 합승에 올라서도 말이 없었다. 너무 일러서 그런지 합승은 두 남녀만을 태우고 시발점에서 미끄러져 나갔다. 지저분한 개천을 지나 미아리로 빠지는 가도 위에 합승은 올라갔다. 아무도 없는 극장 앞을 지나서 합승은 머물렀다.

검은 타이트 스커트에 흰 블라우스를 입은, 여대생 같기도 하고 교사 같기도 한 키가 큰 여자가 합승을 기다리고 있었다.

여자는 합승에 올랐다.

이마가 넓었다. 살이 엷은 얼굴은 얼핏 보기에는 삼각형으로 느껴진다. 화장기가 없는 피부는 투명하리만큼 희었고 까만 눈은 크고 맑았다. 신비스러울 만큼 맑았다. 입술은 해사하였다. 아침처럼, 흐르는 개울물처럼 청초한 인상이다.

여자는 중간 자리에 앉아 창밖을 내다본다.

영재의 눈은 여자의 옆얼굴에 머물렀다. 폭삭한 머리칼이 볼 위에서 가볍게 흔들리고 있었다. 흰 뽀쁘링* 칼라는 빳빳하게 풀을 먹여 먼지가 미끄러질 것만 같이 깨끗하고 상쾌하였다. 그 칼라 끝에 가느다란 레이스가 붙어 있을 뿐 아무런 액세서리도 없었다.

일혜는 영재의 무릎을 가볍게 쳤다. 얼굴을 돌렸을 때 일혜는 창밖을 내다보며 모르는 척하고 있었다.

영재의 눈은 다시 그 여자의 옆얼굴로 돌아왔다.

일혜의 존재는 갑자기 시들어버린 것 같았다. 조금 전까지도 산뜻한 느낌을 주던 그의 옷차림은 탁한 분위기를 나타내었다. 바다에서 그을린 검은 손도 그러했다. 더군다나 손톱에 칠한 보랏빛 매니큐어는 칙칙하였다. 평소에는 상당히 깔끔하고 고상하게 보이던 일혜였건만 이 미지의 여자에 비긴다면 어딘지 군더더기가 남아 있는 것 같았다.

명륜동에서 영재는 아무 말 없이 혼자 내렸다. 일혜도 말을 걸지 않았다. 합승이 떠날 때 영재는 손을 흔들었다. 그러나 그의 눈은 흰 블라우스의 여자를 보고 있었다.

하숙으로 돌아갔다. 방 앞에 섰을 때 그는 눈 익은 구두를 보았다.

'이 녀석이 왔구나.'

방문을 드르르 열었다. 동섭은 누워서 책을 읽고 있었다.

"어디 갔다 이제 오나?"

동섭은 무척 반가운 듯 벌떡 일어나 앉았다. 그러나 떨떠름한 웃음을 띤 영재의 표정은 어설프다.

"언제 왔어?"

"어젯밤에."

동섭의 얼굴은 솔밋했다. 입매가 맑았다. 몸집도 영재보다 작아서 아주 앳되게 보였다. 어느 전설에 나오는 소년 같기도 하고 신부의 의상을 입혔으면 알맞을 것 같은 깨끗한 감을 준다. 다만 그의 몸집에 비하여 손이 큼지막해서 선량하고 서민적인 느낌을 준다.

"자넨, 시골서 곧 올라왔다면?"

앳되게 보이는데 너라고 하지 않고 자네라 부르니 좀 어색하다. 그러나 그것은 들떠 있지 않고 오히려 외곬으로 보였다.

"일찍 왔지."

영재는 몹시 피곤하였으므로 이 말 저 말 하지 않고 자리에 벌렁 나자빠졌다.

"어젯밤에는 집에서 잤나?"

"아아니."

"그럼?"

"종삼에 갔었지."

"뭐?"

"왜 놀라는 거야? 청교도께서 제발 얼굴 좀 붉히지 말어."

영재는 놀려먹듯 히죽히죽 웃는다.

"미쳤나?"

"미치기는 왜 미쳐? 병이 나면 의학도인 자네가 치료해 줄게고."

동섭은 어이없는 듯 말을 못 하고 영재를 바라본다.

"아 참! 나 아까 자네 같은 여잘 봤지. 그 여자의 얼굴은 자네 처럼 장방형이 아니구 삼각형이더군, 키도 크고……."

3. 침묵의 의미

서울 거리에 가을이 왔다. 가을은 가로수와 여인들 의상에 두드러지게 나타났다.

혜화동 네거리, 한 모퉁이에 있는 다방에 영재와 동섭이, 상호 세 사람이 하릴없이 앉아서 시간을 보내고 있었다.

밤거리에는 비가 부슬부슬 내리고 있었다.

그들은 비가 멎어지기를 기다리고 있는 모양이다. 카운터에 놓인 어항 속의 열대어가 느릿느릿 헤엄을 치고 있었다.

"이달 하숙비는 어떻게 됐어?"

영재가 느닷없이 물었다.

"이럭저럭."

상호는 비 오는 거리를 내다보며 중얼거리듯 말하였다.

"쫓겨날 판이면 우물쭈물하지 말고 우리한테 와."

"번역 좀 해서 외상이랑 갚았다."

상호는 하품을 하며 대답한다. 동섭은 아무 말도 하지 않았다. 오라고 해서 훌쩍 올 위인이 아니었기 때문이다. 동섭은 가만히 혼자 생각에 잠겨 있었다. 그들 역시 침묵으로 돌아갔다. 다방 안은 조용하였다. 주로 학생들이 모이는 다방이라 밤에는 별로 손님이 없었다.

라디오에서 조용한 멜로디가 흘러나오고 있었다. 그 멜로디는 아침 별처럼 사라지고,

"……노래자랑 공개방송 시간이 돌아왔습니다."

아나운서의 호기스러운 목소리가 튀어나왔다.

밴드가 우렁차게 울려 나오고 박수 소리가 요란스럽다.

"곧 겨울이 오겠군."

묵연히 앉았던 동섭이 뇌었다. 한참 동안 시간이 흘렀다.

"이봐 상호, 자네 취직하겠나?"

영재가 또다시 불쑥 말을 하였다.

상호는 영재를 힐끗 쳐다보았다.

"젊은 놈이 취직을 마다할까?"

그 말을 할 때 상호의 표정은 다소 서글퍼 보였다.

"윤현국 씨한테 부탁해 볼까 싶은데……."

"아버지를 윤현국 씨라 부르는 작자가 내 취직을 부탁해?"

"……."

"에라 그만두어라. 자네나 불란서에 가게 부탁하려무나."

"그건 안 될걸."

"왜?"

"윤현국 씨 부인이 원하지 않을걸. 그 여성은 내 출세를 두려워하고 있단 말이야."

"공연한 소리다. 자네가 억지로 그렇게 생각하려고 하는 거지."

동섭이 얼굴을 찌푸리고 힐난하듯 말한다.

"잔말 말어. 네가 어떻게 알어?"

"내가 안다. 자네 어머니는 나쁜 사람 아니야."

"언제 나쁜 사람이라 했나, 내가?"

"어차피 마찬가지야. 성격이 맞지 않는다지만 실상 자네는 계모라는 선입감에 사로잡혀 있어."

동섭의 말은 어느 정도 영재의 심리를 파악한 것이었다.

"넌 여자라는 괴물의 정체를 모른다. 세상의 온갖 것을 다 독점하고 싶은 것이 여자야."

"역시 마찬가지다. 어릴 때 자네도 그랬을 거야. 애정을 독점하고 싶은 데서 출발한 반항이었을 거야. 지금은 어른이 돼서 안 그렇겠지만, 그러니까 그야말로 이유 없는 반항이지."

"제법 말깨나 하는군. 그렇게 사람의 심리를 잘 알면서 왜 실연을 했누."

"왕사往事는 묻지 말사."

동섭의 얼굴이 빨개진다.

상호와 영재는 킬킬거리며 웃었다.

"연탄가게 아가씨여 날 좀 보시오. 검정 묻은 콧등이 참말 귀엽소. 호랑이 아비의 눈을 속이고 살짝궁 나와서 내 손을 잡아주오. 내 손을 잡아주오……."

상호는 싱글벙글 웃으며 나직이 노래를 부른다. 동섭을 놀려주기 위한 노래였다.

"듣기 싫다!"

동섭이 얼굴을 붉히면 붉힐수록 상호와 영재는 더욱 신이 나서 웃어젖힌다.

영재와 동섭이 창신동에 하숙을 하고 있을 때의 일이다. 오르내리는 길가에 연탄가게가 하나 있었다. 그 연탄가게에는 좀 예쁘장한 소녀가 있었는데 그 소녀에게 동섭은 끌렸던 모양이다. 그것은 연정이기보다 누이동생에 대한 애정 같은 것이었는지도 모른다. 그러나 그쪽에서는 동섭을 이해하지 못했다. 국민학교 정도의 교육을 받은 그 소녀나 성미가 괄괄하고 서울 토박이인 소녀의 아버지는 동섭을 엉터리 대학생으로 알았다. 소녀를 농락하려는 불량한 청년으로 본 것이다. 그도 그럴 것이 그들은 배달원이나 직공 정도의 청년이 그들의 상대라 믿고 있었기 때문이다. 동섭이 소녀에게 편지를 주었을 때 소녀는 질겁을 하였고 그의 아버지는 노발대발하였다. 이로써 에피소드는 끝이 났다.

"철학박사 스타일의 남자분이 등장했습니다. 키가 후리후리하고 안경을 쓰고 있습니다. 성함을 말씀해 주십시오."

아나운서의 목소리다.

"김상호라 합……."

뒤의 말은 꺼져버렸다.

"무슨 노래를 불러주시겠습니까?"

"〈성불사의 밤〉."

영재가 고개를 홱 돌리며 라디오 있는 곳을 쳐다본다.

"저게 뭐야?"

반주가 흘러나오자 곧이어 노래가 시작되었다.

상호는 픽 웃는다.

"저거 자네 아냐?"

상호는 또 픽 웃었다.

영재와 동섭이 허리를 잡을 듯 웃어젖힌다. 멋쩍었던 상호도
나중에는 따라 웃었다.

"으흐흐핫…… 이거 웃음보가 터졌어, 하하핫……."

틀림없이 김상호가 부르는 노래였다.

"철학박사 스타일이라 했는데 수정하겠습니다. 바로 음악박
사의 스타일입니다. 아주 풍부한 성량으로 잘 불러주셨습니다.
그러면 지정곡을 드리겠습니다."

아나운서의 목소리가 끝나자,

"대체 무슨 심보로 그 짓을 했누?"

영재는 웃음을 참으며 물었다.

"담뱃값이 떨어져서 갔었지."

태연히 말하고 또 씩 웃었다.

"그래, 얼마 벌었어?"

"이천 환."

"그럼 한 달에 네댓 번, 돈 만 환은 벌겠군."

"번번이 갈 수야 있나. 이따금씩."

"그럼 이번이 처음 아니군?"

상호는 그저 싱글벙글할 뿐이다.

"야, 그러지 말구 기타를 하나 사자. 다방이나 처녀들이 있는 창 밑에서 노래 부르는 게 어때? 거리의 악사, 멋지지 않아? 파리에서는 그런다니까. 유행을 좇는 족속들이 동전을 던져줄 게다. 하하핫……."

한바탕 웃고 나서 상호는 일어섰다.

"비가 멎었어. 나가자."

그들은 실컷 웃고 난 뒤에 허전함을 느끼며 밖으로 나왔다.

상호는 어깨를 구부리고 바지 주머니 속에 두 손을 찌른 채 전차를 탔다.

영재와 동섭은 하숙으로 향하였다.

"겨울이 오면 상호는 고생할 거다."

동섭이 푸듯이 뇌었다.

"고생이야 그 자식의 팔잔데 뭐."

"상호는 굶어두 굶었다 안 할 거구……."

"실상 너보다 그 자식은 걱정 안 하고 있어. 내일이면 내일의

140

바람이 분다는 식이거든. 그 주제에 연애는 하구 있구, 그래도 굼벵이 궁굴 재주 있다구 노래자랑에 나가? 하하핫……."

그러나 동섭은 웃지 않았다.

"그런 유장한 소리는 말고 자네 아버지한테 취직이나 부탁해봐."

"글쎄 나도 지금 그걸 생각하고 있는 중이야. 내친 김에 지금 가보고 올까?"

"그래, 가봐."

영재는 발길을 돌렸다.

효자동에 있는 그의 집에 들어갔을 때 병재가 먼저 쫓아 나왔다.

"형!"

무척 반가워한다.

"아버지 들어오셨나?"

"아아니 아직, 하지만 곧 오실걸요."

병재는 영재가 그냥 돌아설 것같이 생각되었는지 얼른 팔을 잡았다.

영재는 현관에서 올라서며,

"어머니는?"

"안방에 계세요."

그러나 영재는 안방에 들르지 않고 곧장 이 층으로 올라갔다. 그리고 전에 자기가 쓰던 방에 들어갔다. 지금은 병재의 공부방이 되어 있었다.

안방에 있는 계모 정씨鄭氏는 영재가 온 것을 알았다. 그러나 안방에는 오지 않고 곧장 이 층으로 올라가 버리는 영재를 괘씸하게 생각하고 있었다. 자기 잘못도 많았다고 생각은 하지만 언제나 꺾이지 않으려는 영재의 고집 앞에 스스로 누그러질 생각은 없었다.

"엄마, 형 왔어!"

병재는 방문을 열고 머리를 쑥 디밀었다.

"응, 그래?"

정씨는 윤기가 흐르는 얼굴을 옆으로 돌렸을 뿐이다.

"엄마, 먹을 것 좀 올려 보내줘요, 응?"

"순이한테 말하려무나."

병재는 헐레벌떡 부엌으로 가서 순이에게 말하고 이 층으로 퉁탕퉁탕 올라간다. 영재는 책상 앞에 앉아서 병재의 노트를 들여다보고 있다가,

"명년에 고등학교구나."

"네. 학과가 자꾸만 어려워져서 야단이에요. 형이 있음 배울 텐데……."

순간 영재는 상호를 병재의 가정교사로 소개할까 싶은 생각이 퍼뜩 들었다. 그것이 제일 손쉬울 것 같았다.

'만일 취직이 어려우면 그때는 떼를 써보자.'

영재는 상호를 위해 제이선第二線을 쳐두었다.

"가정교사 데려달라고 말하지."

"아버지가 야단해요."

"왜?"

"아버지는 가정교사 없이도 일제시대에 고등문관에 패스했고 형도 가정교사 없이 일류 학교를 우등으로 나왔다구 하면서 야단치는걸요."

"그래?"

"아, 아버지 오시나 부다!"

병재가 벌떡 일어났다. 문 앞에서 요란스럽게 클랙슨이 울렸다.

문 열리는 소리가 나더니 아래층은 어수선하였다.

"형, 내려가요, 응."

영재는 잠자코 있었다.

"아버지 오셨는데……."

"너 먼저 내려가 봐라."

병재는 성급하게 퉁탕거리며 내려갔다. 얼마간 집 안은 조용해 있었다. 한참 후 병재는 다시 올라왔다.

"아버지가 오래요."

영재는 시무룩한 표정으로 일어섰다. 아래층으로 내려온 영재는 안방 문을 두들겼다.

"들어와요."

정씨의 차분한 목소리였다. 방문을 열고 들어서니 윤현국 씨는 한복으로 갈아입고 앉아 있었다. 순 한식으로 꾸민 방 안에는 화려한 장롱이 꽉 들어차 있었다. 영재는 잠자코 다리를 꺾으며 앉았다. 어색한 침묵이 오랫동안 흘렀다. 윤현국 씨는 결코 먼저 입을 떼는 일은 없었다. 영재가 정씨하고 한바탕 다투고 집에서 뛰쳐나간 후 그들 부자간의 감정은 어쩔 수 없이 뒤틀려진 채 대면할 때마다 서로가 괴로워지는 것이었다. 정씨는 자리에서 비켜나지 않고 지키고 있었다.

"아버지한테 부탁해 볼 일이 있어 왔습니다."

영재는 무언 속에 감도는 이 방의 분위기에 견딜 수 없는 염증을 느끼며 말을 꺼냈다. 윤현국 씨는 눈을 들어 영재를 쳐다보았다. 무슨 부탁이냐는 반문이 그 눈빛 속에 있었으나 입은 꽉 다문 채다.

"취직을 좀 알선해 주실 수 없겠습니까?"

"취직?"

처음으로 윤현국 씨는 입을 떼었다.

영재는 윤현국 씨의 눈을 슬며시 피한다. 그리고 정숙하게 무릎 위에 두 손을 얹고 앉아 있는 정씨의 옆얼굴을 슬쩍 살핀다.

"그래, 어디에 취직을 하겠다는 거야."

"어디고 뭐 아버지가⋯⋯."

이번에는 윤현국 씨가 마누라의 얼굴을 힐끗 쳐다보았다.

"내가 있으라는 곳이 너 마음에 들겠느냐?"

아비를 무시하던 네놈이, 은근히 그 투가 숨겨진 말이었다.

그것을 눈치채지 못할 만큼 둔한 영재는 아니었다. 그러나 뒤틀리는 비위를 달랜다.

"아닙니다. 저의 취직 부탁은 아닙니다. 딱한 친구가 있어서……."

"뭐? 딱한 친구가 있다구?"

"네. 착한 사람인데 처지가 불우해서 어떻게 좀 돌봐주어야겠습니다."

"지 앞도 못 가리는 형편에 남의 걱정까지 하게 됐나?"

"그렇지만, 절 취직시켜주시는 셈치고 이번만 아버지가 힘써주셔야겠습니다."

"내가 그리 한가한 사람이냐?"

윤현국 씨의 대답은 냉랭하였다. 어떻게 더 이상 말을 붙여볼 수도 없었다. 영재는 우두커니 앉았다가,

"바쁘신 줄 압니다. 두 번 다시 이런 부탁 올리지 않겠습니다. 이번만 어떻게 좀 말씀해 주세요. 저는 지금이라도 취직할 수 있고 또 오라는 데도 있습니다만 연구실에 그냥 더 있는 게 유리할 것 같아서요."

영재는 평소에 말한 일이 없는 자기 신상에 관한 설명까지 늘어놓으며 열심히 청을 드린다.

말이 없던 정씨가 무슨 심산에선지,

"그러지 마시고 어디 좀 알아봐 주시지요."

하며 영재를 거들어주었다.

"대체 그 딱한 친구란 누구야?"

정씨의 말은 효력이 있었다. 이러니 저러니 해도 역시 부자간이라 할 수 없었다. 마누라와 아들의 틈바구니에서—윤현국 씨로서는 정씨를 어머니 대접하지 않으려는 영재의 소행이 더 나쁘다고 생각했었지만—엄하고 냉정한 태도를 취하기는 했어도 내심으론 아들이 대견하지 않을 수 없었다.

"김상호라고 지난봄에 K대학 철학과를 나왔습니다."

임 변호사 작은댁에 가정교사로 있었다는 설명은 하지 않았다.

"철학과를 나왔다구?"

실제적인 윤현국 씨의 취미에는 맞지 않은 학과임에 틀림이 없다.

"아무 데라도 좋습니다. 취직만 된다면 열심히 할 겁니다. 어학력도 풍부하고 다방면으로⋯⋯."

얼른 보충설명을 했으나 열심히 할 거라는 말에는 자신이 없었다.

"아무 데라도 좋다구? 그럼 순경을 하겠다면 당장 채용하지."

영재는 뜻밖의 말에 당황한다.

"왜? 그건 안 되겠단 말이냐?"

"그, 그건⋯⋯."

"그건 안 된다. 그럼 다 못 하는 거다. 지금 대학을 나와서 순경이라도 취직을 하겠다는 사람이 얼마나 많은지 알기나 해?

이것저것 가릴 만큼 여유가 있다면 나한테 부탁할 것도 없지."

"그건 성격상…… 한 달도 못 붙어 있을 겁니다."

"그런 사상이 틀려먹었단 말이야. 그런 생각이면 역시 다른 직장에 가도 마찬가지다. 한 달도 못 배긴다. 너 알지? 내가 옛날에 순사 노릇 한 것."

윤현국 씨는 좀 날카로운 눈초리로 아들을 바라보았다. 그러나 영재는 흥미 없는 듯 대답을 하지 않았다.

"나도 옛날에는 가난한 집안에 태어나서 무진히 고생을 했다. 불우했던 그 시절에 왜놈 밑에서 순사 노릇을 했고 피눈물 나는 고학도 했다. 그 결과 고등문관에 패스하고 오늘날의 지위를 만들었던 것이다."

바야흐로 벌여놓기 시작한 자화자찬의 윤현국 씨 얼굴을 영재는 물끄러미 바라본다.

'오늘날의 지위? 흥, 변호사면 족한 노릇이지. 뭐가 답답해서 이 정권의 앞잡인고. 그 감투 참 대견스럽기도 하겠다.'

영재는 마음속으로 경멸하며 중얼거렸다. 그러나 윤현국 씨의 표정에는 허세와 고독의 빛이 있었다.

"자기 자신에 대한 자신만 있다면야 청소부면 어떠냐. 자신이 없는 놈은 언제나 직업이 어떠니, 학벌이 어떠니, 문벌이 어떠니 하고 겉치레를 하려 든다. 그런 작자일수록 혀는 짧으면서 침은 길게 뱉으려거든. 그게 안 되면 공연히 남을 얕잡아보려 하고 지조가 없느니, 양심이 없느니……."

윤현국 씨는 차츰 흥분한다. 자화자찬으로부터 자기 울분으로 흘러간다. 하던 변호사나 하지 무슨 감투냐고 빈정거리는 친구들에 대한 불만이 부지중에 나온 모양이다.

'순경, 가정교사, 순경, 가정교사…….'

영재는 별 뜻 없이 그 말을 번갈아가며 마음속으로 중얼거려 본다.

"아버지."

겨우 윤현국 씨가 말을 거두었을 때 영재는 타협적인 어조로 말을 꺼냈다.

"병재는 내년에는 고등학교에 들어가야 하니까……."

무릎 위에 손을 얹고 정숙하게 앉아 있던 정씨는 얼굴을 돌렸다. 그리고 영재를 빤히 쳐다본다. 싸늘한 표정에는 변화가 없었다.

"상호 군을 가정교사로 두면 어떻겠습니까? 전에 경험도 있고 실력도……."

전에 없이 영재가 열심히 부탁하는 태도에 윤현국 씨도 다소 마음이 누그러지는 모양이다.

"남의 일에 왜 그리 기를 쓰나."

"이번만 어떻게……."

"음…… 그럼 그러기로 하지. 병재는 너만큼 머리가 안 좋은 모양이니까……."

정씨의 얼굴이 샐쭉해진다.

"그렇지만 그 학생을 한번 만나봐야죠. 미리 결정할 순 없어요."

그 문제는 자기 권한에 속한다는 듯 정씨가 한마디 던졌다. 불만도 있었다. 자기가 가정교사 말을 꺼내었을 때는 들은 척도 안 하더니 아들의 말에는 당장 응낙하는 남편이 밉기도 했던 것이다.

"응, 그야…… 물론 만나보고 결정할 일이지."

윤현국 씨는 우물쭈물한다.

"제가 책임지죠. 만나볼 필요도 없습니다."

영재는 잘라 말하고 일어섰다. 방을 나섰을 때,

"아 참, 이봐요."

정씨는 무슨 생각이 났는지 영재를 급히 불렀다.

"네? 왜 그러죠?"

"편지가 왔어. 내가 어디 놨더라?"

정씨는 서랍을 열고 찾는다.

"송화리에서 편지가 왔더구면."

"송화리에서요?"

영재의 얼굴빛이 확 변한다.

"아, 여 있구면."

정씨는 책상 서랍 속에서 편지 한 장을 꺼내어 왔다.

"병재를 시켜 보내려고 했는데 마침 잘됐군."

그 편지를 받은 영재의 손이 바르르 떨렸다. 그는 쫓기는 사람처럼 편지를 호주머니에 쑤셔 넣고 인사도 하는 둥 마는 둥 집에서 뛰쳐나왔다.

영재는 낙엽이 떨어진 포도를 뚜벅뚜벅 걸어간다. 그동안 잊어버리고 있었던 그 일이 가슴을 물어뜯는 듯 되살아났다.

'웬일일까?'

영재는 지금까지 송화리에서 편지를 받아본 일이 없었다. 송 노인은 송화리 밖에 나오지 않는 것과 마찬가지로 외부와의 편지 내왕을 하지 않았다. 그러니만큼 뜻밖에 받은 그 편지는 영재의 마음을 싸늘하게 하였다. 무서운 예감에 뒤이어 지나가는 사람을 의식할 수 없으리만큼 영재의 정신상태는 혼돈 상태 속에 빠져들어 갔다.

'필경 그 일, 그 일 때문에……'

영재는 가등 밑에 이르러 정신을 바짝 차리며 호주머니 속에 꾸겨 넣은 편지를 꺼내었다. 서투른 한글로 주소와 성명이 씌어 있었다.

'주실이가?'

그는 봉투를 뒤집었다. 김재선이란 이름이 씌어 있다.

'영천댁이?'

영재는 가등 밑에 서 있는 것이 불안하였다. 그는 이리저리 둘러보다가 길가에 있는 다방으로 급히 들어갔다. 구석진 자리에 앉아 그는 떨리는 손으로 피봉을 찢었다.

도련님 전 상서

일기가 추워지는데 집안이 두루 안녕하시오며 도련님께서도 무고하온지 궁금하나이다.

다름이 아니오라 하도 딱하고 기막히는 일이 생겼사와 생각다 못해 한 자 적어 도련님께 의논하고자 하나이다. 몇 번이나 어르신께 말씀 여쭙고자 하였사오나 그 어른 성미에 무슨 변이 날까 두려워 감히 말씀드리지 못하옵고 부득이 도련님께 일 장 서신 전하오니 양찰하시와 불쌍한 주실 아가씨를 도와주시기 바라옵니다. 이 세상에 혈육이라곤 어르신 말고 도련님밖에 더 없는 줄 아오며 그런 까닭으로 이 부끄러운 사연을 올리오니 과히 꾸지람 마시기 바랍니다.

다름 아니오라 주실 아가씨는 태기가 있는 모양이며…….

영재는 별안간 뒤통수를 얻어맞은 듯 눈앞이 아찔하였다. 온통 무너지는 듯한 폭음과 깊이 모르게 떨어져가는 나락…….

영재는 전신을 떨었다. 아무것도 눈앞에 보이지 않았다. 글도 없는 하얀 종이 조각이 신들린 댓잎처럼 흔들리고 있는 것을 느낄 뿐이다.

"저 뭘루 하시겠어요?"

레지가 옆에 와서 묻는다. 영재는 그 목소리에 얼굴을 쳐들었다. 그러나 그의 시야에는 레지의 얼굴이 없었다.

"차 안 드시겠어요?"

레지의 목소리는 올곧잖다.

"커피!"

그러나 여전히 영재의 눈에는 레지의 얼굴이 보이지 않았다. 얼마나 시간이 흘렀는지 테이블 위에 찻잔이 놓여졌다. 레지가 거칠게 놓은 때문인지 커피는 출렁거리며 찻잔 밖에 넘쳤다.

영재는 핏기 잃은 입술에 기계적으로 찻잔을 갖다 대었다. 그는 찻잔을 내려놓고 다시 편지를 들었다.

이 기막힌 일을 어찌했으면 좋을지 갈 바를 잡을 수 없나이다. 제가 옆에 있으면서 이런 끔찍스러운 일을 저지르게 했사오니 죄송스럽고 답답한 마음 둘 곳을 모르겠으며, 설마 누가 꿈엔들 그럴 줄이야. 며칠을 두고 아무리 달래며 타일러도 주실 아가씨는 말을 하지 않으며 울고 있을 뿐이옵니다. 가만히 생각하니 아무래도 그 성삼이 놈이 수상쩍게 여겨져옵니다. 아무것도 모르는 어린 아가씨를 그놈이 필경코 꾀어서 욕을 보였음에 틀림이 없으리라 생각하옵니다. 이 송화리 과수원에는 성삼이 놈을 두고 그 짓을 할 사람은 아무도 없을 것입니다. 도련님께서 그놈을 한번 만나보시고 따져보시기 바라오며 어떻게 했으면 좋을지 답장을 보내주시옵소서.

편지는 대강 그것으로 끝이 나 있었다. 영재는 편지를 꾸겨 호주머니 속에 집어넣고 비틀거리듯 다방을 나섰다.

그는 밤거리를 헤매었다. 주정꾼들처럼 힘 잃은 발을 끌고 헤매었다.

'될 대로 돼라!'

질주하는 자동차를 향하여 소리쳤다. 그러나 그 소리는 입 밖에 나오지 않았다.

'갈 때까지 가면 설마 끝이 나겠지. 끝이 나고말고.'

그는 가로수에 기대어 섰다. 택시가 한 대 달려왔다.

"스톱!"

영재는 손을 번쩍 쳐들었다. 키익! 소리를 내며 택시는 멎었다.

"필동으로!"

필동에서 내린 영재는 어떤 양옥집 앞으로 다가갔다. 이 층을 올려다본다. 창문에는 불이 켜져 있었다. 영재는 이 층을 향하여 휘파람을 불었다. 창문이 드르르 열리더니 파자마를 입은 일혜가 내다본다. 일혜는 손을 흔들어 보이고 나서 창문을 도로 닫았다.

한참 후에 일혜가 현관문을 열고 좁은 뜰을 지나와서 문을 열어주었다.

일혜는 손가락을 입에 대며,

"쉿! 언니가 들어왔어요."

영재는 뜰 안에 들어섰다. 일혜는 조심스럽게 문을 닫았다. 그리고 현관에서 영재가 벗은 신발을 들고 집 안의 기색을 살핀다. 그러더니 영재에게 이 층으로 어서 올라가라는 눈짓을 하고서 그 자신도 고양이처럼 발소리를 죽이며 영재 뒤를 따랐다.

방으로 들어오자 일혜는 신발을 구석에 내려놓고 방문을 꼭 잠갔다.

영재는 지친 듯 소파에 쓰러졌다.

"어머! 얼굴이, 얼굴이 새파래요. 어디 아파요?"

"날 가만히 좀 내버려두어. 골치가 빠개지는 것만 같다."

영재는 흐린 눈으로 일혜를 바라본다. 일혜는 파자마 위에 걸친 그린빛 가운의 앞자락을 모으며 가만히 영재를 내려다보고 서 있었다.

"날 그리 보지 말어."

영재의 목소리는 약했다.

"상당히 저물었어요."

일혜는 흩어진 머리를 쓸어넘기며 침대 위에 펼쳐놓은 잡지를 덮었다.

"자고 가면 안 돼?"

"글쎄, 언니가 오늘은 아침부터 안 나가고 있어요."

"이 층에는 안 오잖아? 시간이 늦어 돌아갈 수 없는걸."

영재는 시계를 본다. 가려면 갈 수 있는 시간의 여유는 있었다.

"그래도 좀 불안해요."

"전번 때처럼 누가 오면 벽장에 숨지."

영재는 실실이 풀어진 웃음을 웃으며 머리를 뒤로 젖혔다. 일혜는 커튼을 잡아당기고 불을 껐다. 그리고 스탠드에 스위치를 넣었다. 방 안에 푸르스름한 빛이 퍼진다. 일혜는 아래층에 말소리가 들리지 않게 라디오의 볼륨을 약간 돋우었다.

지난여름 정릉에 갔다 온 이후 영재는 몇 번인가 이 방에 와서 자고 가곤 했다. 일혜의 언니인 강신혜姜信惠는 현재 큰 요정을 경영하고 있었으므로 집에 별로 붙어 있지 않았다. 그리고 일혜에게는 양친이 없었다. 육이오 때 신혜의 남편과 그들의 아버지는 납북되어 갔고 어머니는 신병으로 돌아갔다. 그들에게는 쓸 만한 유산이 있었지만 성격이 화려하고 남자처럼 담대한 신혜는 요정을 시작했던 것이다. 그는 돈을 버는 일보다 사업 자체에 대단히 재미를 느끼고 있는 모양이다.

일혜는 영재 옆에 와서 앉았다. 영재는 반사적으로 벌떡 일어섰다. 그리고 일혜를 침대로 끌고 가려고 했다.

"서둘지 마세요!"

일혜는 영재의 팔을 탁 쳤다.

"의무적이군요."

영재는 아무 말도 하지 않고 소파에 도로 주저앉으며 담배를 뽑았다.

일혜가 의무적이란 말을 한 것은 한두 번이 아니었다. 그 말의 뜻은 생리적인 배설을 위한 의무의 행동이란 것이다. 즉 애정이 없는 행위라는 것이다. 그렇게 일혜가 말하는 것도 무리는 아니었다. 언제나 영재는 애정을 조성하는 분위기를 피하는 듯하였다. 돈을 주고 산 창녀를 대하듯 성급하고 돌발적으로 덤비었다. 그리고 나면 그는 무뚝뚝한 표정으로 방을 나서거나 아니면 일혜에게 등을 보인 채 잠들어버리는 것이었다.

담배 한 대를 다 태운 영재는 또다시 거칠게 일혜를 잡아끌었다. 이번에는 일혜도 거절하지 않았다. 결국은 허황하기 그지없는 사나이 가슴에 안겨버리는 일혜였다.

스탠드의 불이 꺼졌다. 두 남녀는 애욕에 몸부림친다기보다 허무와 대결하는 듯 막막한 비애 속에 숨을 죽이며 몸을 움츠렸다.

영재는 밑 없는 어둠 속에 가라앉는 자기 자신을 느꼈다. 일혜는 두들겨도 두들겨도 메아리 없는 벽창호 같은 사나이의 마음을 휘어잡아보려고 몸을 떨었다.

일혜는 사나이를 밀쳐놓고 일어났다. 불을 켰다. 그리고 탁자 위에 놓인 냉수를 벌꺽벌꺽 들이켰다.

영재는 침대에 엎드린 채 얼굴을 들지 않았다.

"일혜."

엎드린 채 부른다. 일혜는 대답을 하지 않았다. 그는 창가로 가서 커튼을 젖히고 밤거리를 내려다보았다. 비가 내리고 있었다. 조용히 소리 없이 비가 내리고 있었다.

"일혜가 임신하면 어떡하지?"

엎드린 채 하는 말이었으므로 뚜렷하지 않고 잠긴 목소리였

다. 영재는 그 말을 했을 때 헤아릴 수 없이 많은 종자種子가 이
곳저곳에서 쭈뼛쭈뼛 솟아나와 얼굴을 찌르는 것만 같은 환상
에 사로잡혔다. 그것은 모두 자기가 뿌린 씨…… 영재는 반듯이
누웠다.

"결혼해달라곤 안 해요. 떼어버리죠. 하지만 걱정 마세요. 아
직은 아무 일 없으니까요."

영재는 그 말을 듣고 있지 않았다. 푸르스름한 불빛 아래 가
면과 같은 일혜의 얼굴을 멀끔히 바라보고 있었다.

송화리의 영천댁으로부터 편지를 받은 사흘 후 영재는 부랴
부랴 돈암동으로 하숙을 옮겼다. 하숙을 자주 옮기는 영재의
변덕을 잘 알고 있는 동섭이었지만 이번만은 그도 참을 수 없
었던지 불평을 했다. 영재가 하도 서두르는 바람에 시부적거리
며 따라오기는 했어도 여러 가지 면으로 이번 하숙은 먼저 하숙
보다 조건이 나빴다. 명륜동에서는 도보로 학교까지 갈 수 있었
지만 돈암동에서는 전차를 타야 했고, 방은 널찍하였으나 이 층
이라 겨울에는 고생이 될 게고, 꼬불꼬불 꼬부라진 골목길을 몇
바퀴나 돌아가야 하는 것도 동섭에게는 반갑지 않은 일이었다.
잠자리를 옮기면 익숙해질 때까지 잠을 못 자는 것도 큰 탈이었
다. 그는 짐을 정리하면서,

"신경질도 이만하면 최고급이야."
하고 투덜거렸다.

"잔말 말어."

영재는 자기의 짐도 동섭에게 내맡긴 채 죄 없는 담배만 태우고 우두커니 앉아 있었다.

영재는 동생 병재가 명륜동 하숙집을 알고 있다는 것이 불안했다. 그래서 하숙을 옮겨버린 것이다. 아무도 자기의 거처를 알아서는 안 되겠다는 생각에서였다. 물론 송화리에 사는 사람들과의 연락을 끊기 위한 짓이겠으나 그러나 그곳에서 영재를 꼭 찾을 것을 원하기만 한다면 못 찾을 리 없다. 그리고 가해자로 의심을 받고 있는 성삼은 서울 바닥에 건재하고 있지 않은가. 영재의 하숙을 옮기는 따위의 행동은 머리만 숨기고 몸뚱어리는 내놓고 있는 것과 마찬가지의 짓이다. 영재로서는 자기를 뒤쫓고 있는 주실의 임신한 사실, 그 구역질 나는 유령으로부터 영구히 몸을 감추고 싶지만, 그는 하늘 아래 존재하고 있었고 서울의 거리를 거닐지 않을 수 없었다.

'이런 보복이 어디 있어! 내 잘못인가? 그건 분명코 내 잘못이었더란 말인가!'

영재는 몇 번이고 자기의 머리카락을 잡아 뜯고 싶은 분노와 질식의 상태를 되풀이하는 것이었다.

'편지는 또 올 것이다. 제 일 탄은 내 머리통을 쏘았다. 제 이 탄은 내 배때기에 처박힐 것이다. 제 삼 탄, 제 사 탄, 그러고 나면 성삼이가, 할아버지가 등단하겠지. 그땐 나는 기진맥진이란 말이야. 그래서 나를 어쩌겠다는 거야? 아이가, 아이가 생겼다구? 묻어버릴 수 없지. 영원히 어둠 속에 묻어버릴 수는 없지. 그 눈망울이 살아서 나를 볼 거란 말이야.'

그러나 눈앞에 보이는 것은 송 노인의 부릅뜬 무서운 눈이었다.

"넋 빠진 사람처럼 왜 그러구 있어?"

책을 간추리다가 동섭이 묻는다.

"뭐?"

"넋 빠진 사람 같단 말이야."

영재는 잠자코 있다.

한참 후 동섭은 대강 정리가 끝났는지 아래층으로 내려간다.

"제기럴."

영재는 담배를 비벼 끄고 자리에 벌렁 나자빠졌다. 아래층에서 동섭의 상냥스러운 목소리가 들려왔다. 식모하고 이야기를 주고받는 모양이다. 얼마 후 동섭은 세수를 하고 올라왔다.

낙엽이 지는 창가에 어느덧 어둠이 스며들고 있었다. 전등갓도 없는 벌거숭이 전구에 불이 왔다. 별로 놓인 것이 없는 팔조방이 휘덩그레 하기만 했다.

누가 올라오는지 층계를 밟는 소리가 들려온다.

식모가 저녁상을 들고 들어왔다. 그들은 밥상 앞에 앉았다. 밥을 먹으면서,

"동섭이."

"왜!"

"정말로 이 세상에 지킬 박사와 하이드 씨가 있었음 좋겠다."

"그건 또 왜? 뚱딴지 같은 소리다."

"그랬음 얼마든지 나쁜 짓도 하구, 좋은 일도 할 게 아닌가."

"미친 소리 하지 말어."

"이 상판들은 모두 하나뿐이니 평생을 정한 그 길만 걸어야한단 말이야. 삐끗하면 깊은 나락이 아가리를 벌리고 있으니, 분명히 조물주의 잘못이야. 악마를 아주 만들어버리든지 그렇지 않으면 모두 신을 만들어버리든지…… 장난 치고도 가장 악의적인 장난이라고 자네는 생각하지 않아?"

동섭은 묵묵히 앉아 있다. 까닭을 알 수 없으나 며칠 전에 외박을 하고 돌아온 후, 영재의 날카로워진 표정에서 동섭은 그의 고민을 조심스럽게 살피고 있었다.

"인간의 마음속에 상반된 두 놈을, 두 적수를 두고 허황한 투쟁의 되풀이지. 영원히 승리는 없고 있는 것은 멸망뿐이다."

영재는 밥상 앞에서 물러났다. 동섭도 수저를 놓으며,

"자네 신경이 요즘 퍽 약해진 모양이야. 차나 한잔하러 가자."

"그러지."

일어섰다.

돈암동 종점에 있는 조촐한 다방에 그들은 들어갔다. 다방안은 담배 연기가 자욱하였다. 종점이라 전차에서 내린 손님들이 차를 한잔 마시러 들어오는 모양으로 자리는 거의 비어 있지않았다. 영재와 동섭은 겨우 빈자리를 하나 찾아 앉았다.

"다방은 명륜동보다 낫군."

영재는 처음 와보는 다방을 둘러본다. 얼굴이 해사한 소녀가 미소하며 전축에 레코드를 갈아 넣는다.

솔베이지, 애절하게 방황하는 영혼과 같은 슬픈 노래. 동섭은 나직이 휘파람을 같이 불었다. 깨끗한 그 얼굴에는 음영이 짙은 감정의 선이 물결치듯 흐르고 있었다. 그러나 동섭이 이외 아무도 이 솔베이지의 슬픔에 귀를 기울이고 있는 사람은 없는 듯했다. 서로의 대화 속에 열중되고 있거나 누구를 기다리는지 끊임없이 들락거리는 문 쪽에 눈을 박으며 담배를 초조히 태우고 있는 중년신사, 온갖 포즈를 취한 이들의 모습 속에는 생의 때가 끈적끈적 묻어 있는 것만 같았다. 꿈도 이상도 아무것도 찾아볼 수는 없었다. 영재는 그렇게 생각하였다.

"참, 상호 문제는 어떻게 됐지?"

동섭은 생각난 듯 물었으나 실상은 늘 물어보고 싶었던 말이다.

"음, 아아……."

영재는 애매한 대답을 한다. 상호의 가정교사 문제도 이제는 허사로 돌아가고 말았다.

"안 되겠다는 거지."

"차차 어떻게 되겠지."

영재는 말꼬리를 흐리며 레지를 불렀다.

"커피 둘."

레지가 막 돌아서는데,

"아!"

영재는 나직이 소리를 질렀다.

그 여자였다. 너무나 뚜렷이 뇌리에 새겨진 그 여자가 다방에 들어선 것이다. 합승에서 만난 여자…….

그 여자는 다방에 들어서자 누구를 찾는지 사방을 두리번거리고 서 있다가 찾는 사람이 없었던지 영재가 있는 곳으로 뚜벅뚜벅 걸어왔다.

"저 실례지만 여기 좀 앉아도……."

여자는 머뭇거리며 영재를 쳐다보았다. 그러나 영재가 미처입을 떼기도 전에,

"아아, 미스 홍 아니세요."

얼굴을 돌린 동섭이 놀라움과 반가움을 나타내며 말을 했다. 영재의 눈이 희번덕했다.

"어머!"

여자도 놀라움과 친밀감을 나타내었다.

"여기 앉으세요."

동섭은 옆자리를 가리키며 앉기를 권한다. 여자는 영재로부터 시선을 비키며 퍽 자연스러운 태도로 자리에 앉는다. 그러나 영재의 표정은 굳었다. 상대방이 민망해할 지경으로 여자를 쳐다본다. 그 자신은 무례한 자기의 응시를 의식하고 있지 않은 모양이다.

여자는 감벽색紺碧色 원피스에 회색 바바리코트를 수수하게 걸치고 있었다. 여전히 화장기 없는 얼굴에 머리는 결대로 싹 빗어 넘겨 넓은 이마는 한층 더 시원하게 트여 있었다. 윤곽이 뚜렷하고 검은 눈은 영재의 염치 없는 시선에 당황하는 듯 흔들리고 있었다.

"그땐 여러분께 미안했어요. 먼저 올라와 버려서……."

여자는 애써 영재의 시선을 의식하지 않으려고 하며 낮고 울림이 좋은 목소리로 말하였다. 동섭은 빙그레 웃으며,

"몸이 불편해서 가신 걸 어떡헙니까."

"남은 분들은 퍽 애쓰셨을 거예요."

"애는 썼지만 얼마만큼이나 성과가 있었는지 의심스럽습니다. 마른 논에 물 붓기죠. 왠지 돌아올 때는 비관이 되더군요. 자신이 없어지고, 농촌은 너무나 황폐해버렸어요…… 아 참, 소개해도 괜찮겠습니까?"

동섭은 갑자기 생각난 듯 여자에게 공손히 물어본다. 여자는 영재를 한 번 건너다보고서 가볍게 고개를 끄덕였다. 그러나 그의 눈에는 여전히 당황하는 빛이 남아 있었다.

"윤, 소개하지. 이분은 홍수명 씨, Y의과대학에 계시고, 그리고 저 사람은 제 친구입니다. 윤영재라구 공대 건축과를 나온 수재입니다."

동섭은 미소하며 성실한 음성으로 두 남녀에게 소개를 하였다. 홍수명洪洙明은 머뭇거리듯 고개를 숙였다. 그러나 영재는

고개도 숙이지 않고 굳은 표정으로 수명을 바라보고 있을 따름이다.

수명은 무안하여 얼굴을 붉혔다.

솔베이지의 애절한 곡이 다방 안에서 되풀이되고 있었다.

"전에 한 번 뵌 일이 있죠."

처음으로 영재가 입을 떼었다. 영재 자신도 예기치 못했던 말이 불쑥 나오고 말았던 것이다. 수명은 눈언저리를 붉힌 채 의아하게, 다소 겁에 질린 듯 영재를 바라보았으나 어디서 언제 자기를 보았느냐는 말은 묻지 않았다.

침묵이 흘러갔다.

'저 얼굴은? 비극적인 뭔지 숙명적인 얼굴이다. 솔베이지……'

실내를 울리고 있는 음악 소리는 지금까지 무관하였던 영재의 가슴을 별안간 두들겼다. 눈앞에 앉아 있는 여자와 그 음악의 분위기는 밀접한 암시를 자아내고 있는 것만 같았던 것이다.

"누구 기다리세요?"

동섭이 침묵을 깨뜨렸다.

"네, 저 오빠를……"

하고 수명은 문간으로 얼굴을 돌렸다.

그러자 마침 회색 소프트를 쓴 사나이가 다방 문을 밀고 들어왔다. 수명은 살며시 일어섰다.

"가보겠어요. 그럼."

인사를 남기고 그는 급히 걸어간다. 그리고 회색 소프트를 쓴 사나이와 무슨 말을 주고받더니 다방에서 사라졌다. 영재는 수명의 모습이 사라지자 비로소 현실로 돌아온 듯 동섭에게 눈을 돌렸다.

"저 여잘 어떻게 알지? 자네에게 어떻게 된 여자야?"

흥분하며 연달아 두 가지 질문을 던졌다.

"어떻게 되다니? 지난여름에 무의촌으로 같이 내려갔었지."

"그것뿐이야?"

"누굴 신문하는 거야?"

"자네 애인이면 곤란하니까. 하하핫."

영재는 얼굴을 일그러뜨리고 허탈한 웃음소리를 냈다.

"미친 소리는 그만두어. 그래 애인 아니면 어쩔 셈이야."

동섭은 힐책하는 눈으로 영재를 본다.

"왜? 사랑하면 안 되겠나?"

피곤한 빛이 역력한 영재의 눈이 동섭의 눈과 맞선다.

"무책임한 소리는 하지 말어. 미스 강은……."

말이 끝나기도 전에 영재의 웃음소리가 울려왔다.

"하하핫, 그래 내가 일혜하고 연애하는 줄 아나?"

"그럼 사랑하지 않고 그럴 수 있어?"

그들의 깊어진 관계를 알고 있는 동섭은 볼멘소리로 반문하였다.

"사랑하지 않고 그럴 수 있지. 다만 억제하고 안 하고의 차일 거야."

"난 이해할 수 없다."

"그야 자네 같은 청교도에게 있어선. 하지만 그건 위선이야."

"흥, 또 청교돈가? 그건 그렇다 치고 미스 홍도 자네 표현을 빌리자면 소위 그 청교도에 속하는 여성이야."

"나 같은 너절한 놈은 거절할 거란 그 말이지."

"그거야 알 수 없지. 허나 요즘 자네 생활태도는 확실히 난맥이야. 왜 그런지 난 도무지 모르겠다."

"알 턱이 없지. 그건 당연한 일이다."

영재는 자조의 웃음을 띠며 신경질적으로 담뱃재를 떨었다.

"그런데 동섭이 자넨 그 수명인가 하는 여자에게 관심이 있나?"

"존경하고 있다."

동섭은 명확하게 잘라 말하였다.

"그래?"

영재는 허공에 눈을 던지며 연기를 내뿜는다.

"미스 홍을 전에 본 일이 있었다구?"

동섭은 생각이 난 듯 물었다.

"음."

"어디서?"

"일혜하고 정릉에서 돌아오는 합승 속에서……."

"음? 삼각형의 여자라던 바로 그 본인이었군."

"음."

"우연이군."

"그런 여자는 처음 봤다."

영재는 푸듯이 뇌었다.

동섭은 더 이상 말하지 않았다.

그들은 다방을 나섰다. 어두운 거리에는 전차에서 쏟아져 나온 사람들이 우왕좌왕하고 있었다. 손님을 부르는 합승 차장의 발악하는 듯한 고함도 흘러가고. 영재는 걸음을 멈추었다.

"동섭이."

영재는 나직이 불렀다. 그러나 동섭은 못마땅한 듯 영재를 힐끗 쳐다보았다.

"그 여자를 한 번 더 만나볼 수 없을까?"

"……."

"얼빠진 놈 같군, 내가……."

"……."

"왜 말이 없어?"

"자네 감정은 일사천리군."

"일사천리……."

"그야말로 초스피드다. 나로선 할 말이 없네."

동섭은 내뱉듯 말하였다.

"협조 안 하겠다는 뜻인가? 아니면 나하구 대결하겠다는 건가."

"협조 안 하겠다는 뜻이다. 오해는 하지 말아. 내 감정은 자네처럼 초스피드로 달리는 게 아니니 대결할 이유가 없지 않은가."

온건하고 선량한 동섭이로서는 꽤 강경한 말투였다. 그리고 아이러니에 찬 말이었다.

"내 감정이 급작스러운 것이다, 불성실하다, 그 말인가?"

"그건 자네 자신이 잘 알고 있을 테지."

"그렇지, 내 자신이 잘 알고 있지. 결단코 불성실한 것은 아니다. 나는 나에게 성실했다고 생각하고 있어. 나에게 말이야……내가 저지른 과실, 그것조차도 내 불성실한 소치는 아니었다."

영재는 자기 심정의 설명에 궁했다.

"어쩔 수 없었다! 나는 거짓말은 안 해. 비겁해서 도망은 칠망정, 거짓말을 하고 여자를 유혹한 일은 없었어. 자기변명인지도 몰라. 자네는 날 무책임하다 했었지만, 또 그게 사실일 거야. 약한 놈이고 비겁한 놈이고, 하지만 선심 쓰는 기분으로 거짓을 꾸미고 누굴 사랑하는 척할 순 없단 말이야. 왜 내가 일혜하고 관계가 있었다고 결혼을 해야 하는가 말이다."

영재는 화가 난 듯 소리를 높였다. 그러나 그는 이내 누그러지며,

"사실 일혜는 불쌍한 여자야. 나도 동정하고 미안하게 생각해. 그러나 동정으로 사랑할 순 없지 않아. 그건 그 여자에 대한 모욕이야. 그리고 나로서도 어쩔 수 없어."

일혜의 말을 하는데 영재 눈앞에는 배가 불룩한 주실의 모습

이 나타났다. 소름 끼치는 일이었다.

"허황하고 걷잡을 수가 없다. 지껄이지 않고 견딜 수가 없다. 모든 게 흐릿해지는데 이상하다. 그 여자에게 뭔지 알 수 없는, 강한 숙명적인 것을 느끼니 이런 경험은 처음이다."

열에 들뜬 사람처럼 영재가 지껄이는데 동섭은 입을 굳게 다문 채 한마디 대꾸도 하지 않았다.

영재는 손을 들어 자기의 눈을 가렸다. 그는 오한을 느꼈다. 머릿속에 수없는 소음이 잉잉거린다. 아랫배가 뿌듯하게 아파왔다.

그들이 하숙으로 돌아갔을 때 상호가 방에 우두커니 앉아 그들을 기다리고 있었다. 그는 안경을 밀어 올리며 들어오는 그들을 물끄러미 바라보았다. 앙상한 얼굴이었다. 목의 울대뼈는 한층 더 불거져 나온 듯했다.

"어디 갔다 오."

오누의 누 자는 입속에서 사라진다.

"다방에."

반가운 표정이었으나 동섭의 목소리는 어두웠다. 영재는 말없이 책상 옆에 기대어 앉았다.

"돈 오천 환만 꿔줘. 월급 나오면 갚을게."

상호가 불쑥 말하였다.

"월급이라니?"

동섭은 의아하게 상호를 쳐다본다.

"취직했어."

"뭐?"

"취직했다니까."

"그래? 어디?"

동섭의 얼굴이 밝아진다.

"방송국에."

"방송국에?"

동섭은 놀란다. 영재도 그 말에는 얼굴을 쳐들었으나 이내 얼굴을 찌푸리고 아랫배를 누른다.

"아나운서야. 당분간은 견습이지만."

"호오? 그래…… 그것 참 잘되었다."

동섭은 무척 반가운 듯 흰 이빨을 드러내며 소년처럼 무심히 웃었다. 상호도 빙그레 웃었다. 그러나 동섭은 확인하려는 듯,

"어떻게 방송국에 취직이 다 됐어? 거 참, 신기한 일이다."

"시험 쳤지."

"그랬구나. 아무튼 반갑다. 한턱 단단히 해야겠는걸."

"한턱보다는 돈이나 내놔. 전당포에 잡힌 옷이나 찾아 입어야지."

"걱정 말어."

그들은 얘기를 주고받는 동안 영재가 한마디 말도 하지 않는 것을 수상하게 여겼다. 그들의 시선은 동시에 영재에게로 쏠렸다. 영재는 얼굴이 파래져서 쭈그리고 앉아 있었다.

"왜 그래, 영재."

불안해진 동섭이 묻는데 영재는 대답이 없다.

"어디 아프나?"

"배가, 배가 좀……."

"배가 아프다구?"

동섭은 얼른 일어나 벽장에서 이부자리를 꺼내어 폈다.

"우선 누워라. 저녁 먹은 게 체했나?"

동섭은 감정이 격한 영재인지라 오늘 밤에 있었던 여러 가지 일에 충격을 받은 것이라 생각하였다.

"소화제 먹어볼래?"

동섭은 부드러운 표정으로 영재를 들여다본다. 영재는 고개를 저었다.

"차차 낫겠지. 아이구!"

영재는 고통스러운 듯 신음하였다.

"나, 생명수 한 병 사올까?"

상호가 엉거주춤 일어선다.

"가만있어. 이거 땀이 흐르는군. 안 되겠다. 배는 어느 쪽이 아파? 오른쪽이 아프나?"

"모르겠어. 오, 온통 다 아, 아파."

영재는 누워 있을 수 없는 듯, 일어나며 양손으로 배를 꼭 움켜잡는다.

"아무래도 안 되겠다. 밤중에 소동이 나면 큰일이니까 의사를 불러 오는 게 좋겠어. 나 의사 불러 올 테니 참, 상호 자넨 찬물을 떠다가 아픈 자리에 찜질을 하게. 그리구 아무것도, 소화제도 먹이면 안 된다."

동섭은 밖으로 쫓아 나갔다. 상호는 세숫대야에 냉수를 받아 와서 수건에 적셔 배에다 찜질을 해주었다. 그러나 영재는 고통을 참을 수 없는 듯 이리저리 몸을 뒤척이며 신음하는 것이었다.

얼마 후 의사가 왔다. 진찰을 끝낸 뒤,

"아무래도 맹장염 같은데요."

"네?"

상호의 얼굴이 확 변하였다. 그러나 동섭은 의학도인 만큼 훨씬 침착하였다.

그는 기계를 보면서,

"그럼 곧 입원해야겠군요."

동섭으로부터 전화를 받은 윤현국 씨는 자동차를 몰고 달려왔다. 그리고 Y의과대학 부속병원의 외과과장이 친구라 하며 영재를 그곳으로 운반해 갔다.

영재가 수술을 받는 동안 윤현국 씨는 수술실 복도 앞을 서성거리며 안절부절못하였다.

'역시 부모의 마음에 자식은 미치지 못하는구나!'

동섭은 창 옆에 서서 윤현국 씨를 바라본다. 희미한 불빛 아래서 애태우고 있는 윤현국 씨의 육중한 모습은 육중하였기 때문에 더욱 언짢게 보였다. 동섭은 시골 중학교 교장을 지내고 있는 그의 아버지를 생각하였다.

창밖의 밤하늘에는 무수한 별들이 빛나고 있었다.

'조금 전까지도 영재는 다방에서 지껄이고 있었는데……'

매일 많은 환자들을 구경하는 동섭이었으나 바로 신변에서 이런 일을 당하고 보니 묘하게 운명적인 것을 생각하게 된다. 아무튼 동섭에게 있어서 이 밤은 특이한 밤이었다. 우연히 홍수명을 만났고, 영재로부터 심상치 않은 말을 들었고, 순식간에 그 영재는 저 수술실 안에 누워 있는 것이 아닌가. 그도 수명이 다니는 학교의 부속병원에…….

'신비스런 밤이다.'

동섭은 무수히 반짝이는 별을 바라보며 가볍게 한숨지었다.

영재가 맹장염 수술을 받은 이틀 후였다. 동섭은 학교에서 나오는 길로 Y의과대학 부속병원으로 향하였다. S의과대학에서 과히 멀지 않은 거리였기에 슬슬 걸어가는데 가방을 늘어뜨린 동섭의 걸음걸이는 힘이 없었다. 영재가 수술을 받던 날 꼬박이 밤을 새웠고 간밤에도 잠이 오지 않아 늦게까지 책을 읽었기 때문에 그는 몹시 피곤함을 느꼈다.

동섭이 Y의과대학의 옹색한 뜰 안으로 들어섰을 때 새빨간 샐비어가 화단에서 시들어지는 판이었다. 지난밤에 무서리가 내린 때문인가 보다. 그러나 지금은 오후의 따스한 햇볕이 뜨락을 비춰주고 있었다.

동섭이 화단 옆을 스쳐 천천히 지나가려고 했을 때 흰 가운을 입은 여자가 한 사람 돌아서서 어떤 노파와 이야기를 주고받고 있었다. 여자는 한 손을 호주머니에 찌르고,

"참 딱하군요. 사무실에 가서서 말씀해 보세요."

울림이 좋은 낮은 목소리였다. 동섭은 이내 홍수명이라 생각하였다.

"선생님, 고맙습니다."

노파는 수명을 여의사로 알았는지 선생님이라 부르고 공손히 인사하며 병원 쪽으로 걸어간다.

"미스 홍이시군요."

동섭은 어색하게 가방을 왼손으로 옮기며 말을 걸었다.

"아……"

수명은 돌아서서 동섭을 보았다. 여자는 왜 그런지 심각한 표정을 지었다.

"늦게까지 계시군요."

"예, 좀 걸어봤어요. 곧 겨울이 되겠어요."

수명은 아쉬운 듯 화단에 눈을 던졌다. 화단에는 가랑잎도 많이 떨어져 있었다. 동섭의 시선도 수명을 따라 화단으로 갔다. 영재가 입원을 했기 때문에 왔노라는 말이 냉큼 입 밖에 나오지 않았다. 동섭은 투명하리만큼 맑은 수명의 옆얼굴에 눈길을 돌렸다. 동섭의 시선을 느낀 수명은 얼굴을 들었다. 동섭은

눈언저리가 좀 뜨거웠다.

"그분 수술 받으셨죠?"

수명은 엷은 미소를 띠며 물었다.

"어떻게 아세요?"

"어제 회진할 때 따라다녔어요. 우연히 그분을……."

"아아, 그러세요?"

동섭은 납득이 간 듯 고개를 끄덕였으나 한편 멍해지는 자기 자신을 느낀다.

"거기 가시죠?"

"예."

미소를 짓고 있는데 수명은 아주 쓸쓸한 감을 주었다. 흰 가운을 입은 때문일까.

"저 입원실 좀 알려주실 수 있겠습니까?"

동섭은 무슨 생각에선지 망설이며 수명에게 부탁을 한다.

"처음으로 오세요?"

"예, 저……."

거짓말이 서투른 동섭은 입속으로 말을 얼버무렸다.

"그렇게 하세요."

수명은 잠시 시계를 들여다보고 나서 걷기 시작하였다.

"경과는 어떻습니까?"

"저는 잘 모르겠어요. 젊은 분이니까 괜찮겠죠."

"그날 밤 미스 홍을 만나고 돌아와서 별안간 그랬어요. 놀랐습니다."

동섭은 말을 해놓고 아차 했다. 처음 온다고 말을 했는데 스스로 거짓말을 폭로한 참이었다. 그러나 수명은 그런 데 신경을 기울이고 있지 않는 모양이다. 동섭은 자기 실책을 수습할 양으로 얼른 화제를 돌렸다.

"미스 홍은 내년에 졸업이죠?"

"예."

"좋겠습니다. 나는 일 년 더 고생을 해야 하니 부럽군요."

"그래도 왠지 막연한 생각이 들어요."

그러고는 말이 끊어졌다.

동섭은 곤색 단화를 신은 수명의 발을 무심히 바라보며 걷고 있다가 문득 일혜 생각이 났다. 왜 자기가 고의적으로 수명을 데리고 가는지 알 수 없었다.

'영재는 지금 앓고 있어.'

그런 말로 자기 행동을 합리화시키는 것이었으나 일혜에 대하여 안됐다는 생각보다는 허전한 마음이 앞섰다.

'그러면 나는 미스 홍에게 호의 이상의 감정을 가지고 있었을까?'

동섭은 혼자 얼굴을 붉힌다.

"이 방이에요. 들어가 보세요."

수명은 도어를 열어주었다.

"수명 씨도 들어가시죠."

동섭은 엉겁결에 수명 씨라 하며 그를 떠밀듯 방으로 들어섰다. 그리고 팔을 뒤로 돌려 도어를 닫았다.

수명은 처음 어리둥절하였으나 이내 평상시의 표정으로 돌아갔다.

영재는 창백한 얼굴로 누워 있었다. 그는 웃으려다가 그 웃음은 이내 굳어지고 수명을 쳐다보았다. 그러나 이내 동섭에게 얼굴을 돌리며,

"뭣 하러 왔어?"

"좀 어때?"

"갑갑해."

"참, 오다가 미스 홍을 만났기에……."

동섭은 일을 저지른 소년처럼 우물쭈물한다. 그 사이에 영재와 수명의 눈이 마주쳤다. 그러나 서로가 다 말이 없었다. 고맙다든가 좀 어떠냐는 따위의 말이 있을 법한데 이상스럽게도 그들은 침묵을 지키고 있는 것이다.

"누가 왔다 갔나?"

동섭은 창가에 놓인 꽃병에 흰 국화가 꽂혀 있는 것을 보며 묻는다.

영재는 대답을 하지 않고 물끄러미 천장만 쳐다보고 있었다. 그러나 전에 볼 수 있었던 초조의 빛은 없었다.

뜻하지 않게 별안간 치르게 된 육체적인 고통과 양심적인 고통이 이제는 얼마간 진정이 된 듯 일종의 소강상태를 지속하고

있는 셈이다. 그리고 일면 허망한 기대이기는 해도 지금 병실에 홍수명이 와 있다는 사실이 그의 마음을 훈훈하게 하였고, 피차간에 오가는 말은 없어도 여자의 마음이 피부에 전해오는 것을 영재는 짐작할 수 있었다. 그것이 부질없는 공상일지라도 좋았다. 수없는 고통 속에 연소되어가는 생명이 무의미하지 않다는 꿈을 지닐 수 있었던 것이다. 그것이 한 시기, 한 순간일지라도…….

그러나 동섭은 영재의 대답이 없는 것을 보고 일혜가 왔다 간 모양이라 생각하였다.

동섭은 자기 자신도 모르게 수명에게 눈을 주었다. 수명은 창밖을 바라보고 있었다. 흰 가운이 쓸쓸하고 움직이지 않는 그의 옆얼굴이 쓸쓸하였다. 그는 무엇인지 자기 혼자의 생각에 잠겨 있는 듯하였다.

'망할 자식!'

동섭은 영재에 대한 미운 마음이 들었다.

'일혜가 드나들던 이 병실에 지금 수명 씨가 서 있다. 그것은 모독이 아닐까? 영재는 수명 씨를 사모한다. 용서할 수 없는 일이야. 영재는 인생을 모독하고 있는 것이다. 다른 여자와 육체관계를 맺으면서 수명 씨를 사랑한다고 자부할 수 있을 것인가?'

삼각선을 이룬 채 세 사람은 제작기의 생각에 잠겨 있다. 복도를 오가는 발소리는 요란하건만 이 병실 속은 바다처럼 고요하였다.

동섭은 겨우 자기가 이 침묵을 깨뜨려야 할 의무를 느꼈다. 그는 의자를 끌어내며,

"좀 앉으시죠."

수명에게 권한다. 수명은 조용히 몸을 돌리고,

"아, 예."

하다가,

"전 가보겠어요. 그럼 말씀하세요."

극히 간략한 어조로 말하고 수명은 다시 시계를 보았다. 이때 천장을 물끄러미 바라보고 있던 영재는 얼굴을 돌리며 수명을 쏘듯이 쳐다보았다.

"아, 아니 저하구 같이 가시죠."

동섭이 황황히 말을 걸었다.

"저……."

수명은 머뭇거린다.

"차 한잔 대접하고 싶은데요."

동섭은 자기도 모르게 절박한 표정이 된다.

"약속이, 약속이 있어서요."

말을 하고 난 뒤 수명은 낭패한 듯 얼른 영재를 쳐다보았다. 그들의 눈이 마주쳤을 때 파리한 영재 뺨에 으스름히 홍조가 모였다.

"아, 그러세요?"

동섭은 실망의 빛을 숨기려 하지 않았다.

수명이 나가고 난 뒤 병실에는 또다시 무거운 침묵이 오래 계속되었다. 미묘해진 그들의 감정은 침묵 속에 파편처럼 부딪치고 있었다.

동섭은 훅 한숨을 내쉬며 창가로 갔다. 소담스러운 국화를 내려다보다가 그는 뜰로 눈을 보냈다. 수명이 호주머니에 손을 찌르고 급히 걸어가고 있었다.

동섭은 수명의 뒷모습을 바라보면서,

"미스 강이 왔었나?"

이미 동섭의 마음속에서는 의미를 상실한 말이었다.

"어떻게 알고 와? 만났어?"

"아니."

영재는 눈을 감았다. 뇌리에 남은 흰 가운의 모습, 수명을 쫓는 것이다. 그리고 두 번 마주쳤던 그의 시선을 생각하였다. 형체를 지각할 수 없는, 다만 훤한 빛으로만 느껴지던 수명의 눈이었다. 한마디의 말도 주고받은 일이 없는 수명이었으나 그의 강한 분위기는 전신에 맴돌았다. 감미롭고 슬퍼지는 여음이 무한히 펼쳐지고 소년처럼 마음이 울먹여지는 것이었다.

'누굴 만나러 가는 것일까? 애인? 약혼자?'

영재는 여태까지 그런 생각을 한 번도 한 일이 없었던 것이 놀라웠다. 수명에게 애인이나 약혼자가 없으란 법은 없다.

'그 여자와 나는 아직 백지가 아니냐.'

이렇게 꼼짝하지 못하고 누워 있어야 하는 자기 자신에 대하여 영재는 짜증을 느끼기 시작하였다. 몸이 성하다 해도 수명을 쫓아갈 수 없는 형편이면서도 그러나 영재의 마음은 어둡게 가라앉았다. 수명에게 애인이 있을지도 모른다는 의구심보다 더 짙게 자기 앞을 가로막고 있는 검은 그림자가 있었다. 영원히 지워질 수 없는 패륜의 낙인, 돌이켜볼 수 없는 무서운 오류를 범한 자기 자신을 영재는 바라본다. 그러나 그 고통을 그는 견디려 하였다.

"이 꽃은 누가 가져왔지?"

동섭의 목소리가 희미하게 울려왔다.

영재는 대답 대신 두 손을 턱 밑으로 가져갔다. 턱을 감쌌다. 그리고 한참 만에,

"효자동에서."

"어머니가?"

"음."

동섭은 창가에서 떠나지 않았다.

서편에는 해가 기울어지려고 했다. 두 줄기의 창살의 그늘이 동섭의 솔밋한 얼굴 위에 걸린다.

바바리코트를 입은 수명이 가방을 들고 나왔다. 그는 동섭이 서 있는 이 층 창문을 한 번 올려다보더니 바쁜 걸음으로 걸어간다.

"그런데 어떻게 같이 왔지?"

수명의 모습을 바라보고 있는 동섭은 그 여자의 뒷모습이 교문 밖으로 사라지자,

"미스 홍 말인가?"

"음."

"글쎄……."

동섭은 발끝을 내려다보며 영재 옆으로 돌아왔다.

"한 번만 더 만나봤음 좋겠다고 자네가 말하지 않았나?"

동섭은 얼굴을 들고 씁쓸하게 웃었다. 영재 역시 그러한 웃음을 띠었다.

"그래서 일부러……."

"아니야. 만난 것은 우연이야."

"우연히 만나서 가자구 했나?"

"거짓말을 했지. 입원실을 모르니까 가르쳐달라구."

"흐응? 어제 왔더군. 회진할 때."

"소원은 성취했지만 희생이 컸지."

"그건 무슨 뜻이야?"

"수술을 하지 않았더라면 기회는 그리 쉽사리 오지 않았을 거란 말이야."

하고 픽 웃는다. 영재도 싱그레 웃는다. 그리고 하는 말이,

"자네 심경도 변했군. 웬일이야?"

"앓으니까 불쌍했던 모양이지. 그럼 난 가봐야겠네. 내일 또 들르지. 참, 그리구 책 갖다줄까?"

"음."

동섭은 가방을 들고 휘청휘청 걸어 나갔다.

동섭이 돌아간 뒤 얼마 되지 않아 문 두들기는 소리가 들려왔다. 영재는 간호원이 왔나 보다 생각했다. 그러나 도어를 밀고 들어선 얼굴은 일혜였다. 그다음은 성삼의 얼굴이었다.

"어쩌면!"

일혜는 영재 옆으로 쫓아오며 눈물을 글썽거렸다. 성삼은 꺼풀진 커다란 눈을 굴리며 영재의 쇠약해진 병신病身을 억압하듯 뚜벅뚜벅 걸어왔다. 영재는 일혜를 제쳐놓고 온 주의력을 성삼에게 집중하고 있는 듯했다. 성삼은 거무튀튀한 얼굴에 엷은 조소를 머금고 영재를 내려다보았다. 그는 담배부터 붙여 물고,

"좀 어떠세요?"

인사치레로 물었다. 그리고 담배를 손에 든 채 의자를 끌어당겨 앉는다. 떡 벌어진 어깨에 비하여 의자는 너무 작게 보였다.

"김상호 씰 안 만났음 여태껏 모르고 있었을 거예요. 얼마나 놀랐는지, 지금도 아파요? 혼났죠?"

일혜는 영재를 쓸어안을 듯 허리를 꾸부리고 가까이 몸을 대었으나 성삼을 의식하였던지 영재 이마 위에 흩어진 머리만을 쓸어넘겨 준다.

"글쎄, 미스터 김을 다방에서 우연히 만났어요. 하도 오래간만이라 차를 같이 마시고 나오는데 김상호 씰 만났지 뭐예요? 그이한테 얘기 듣고 막 달려온 거예요."

일혜는 성삼과 동행한 이유를 설명하고 있는 모양이다.

"영재 씨? 뭐 잡숫고 싶어요? 오렌지주스 따드릴까? 목마르시지 않으세요?"

"아무것, 아무것도 먹고 싶지 않아."

"빨리 회복돼셔야 해요."

"고마워."

아무래도 미워할 수는 없는 여자였다. 카랑카랑한 눈이 목마른 듯 영재를 쳐다보고 있었다. 영재는 그 여자의 육체에 대한 향수를 느꼈다. 애무해 주고도 싶었다. 가장 심한 번뇌에 빠졌던 시절, 물론 현재도 그러했지만, 그 시기에 있어서 일혜는 영재의 마음속의 공간을 메워주었다. 사랑이 아니라도 친근함에는 변할 것이 없었다.

"송화리의 소식은 못 듣죠?"

담뱃재를 떨면서 성삼은 넌지시 물었다.

"아무 소식도……."

영재는 체념과 지쳐버린 조용한 목소리로 말했다.

"참 이상한 일이 다 있어요."

영재는 눈을 감아버린다.

"어머니한테서 그제 편지가 왔었어요. 아무래도……."

성삼은 굵은 눈에 독기를 뿜으며 야릇하게 웃었다. 그는 마치 쥐를 희롱하는 고양이처럼 눈을 감은 영재를 쳐다보고 즐기는 듯했다.

"어머니는 아무래도 절 오해하고 있는 모양인데 이상한 말이 씌어 있더군요."

영재의 입가에 가벼운 경련이 일었다.

"오해는 시일이 가면 풀어지는 거야."

영재는 눈을 감은 채 중얼거렸다.

"그럼요. 사실이 오해를 풀어주겠죠."

"사실?"

영재는 눈을 번쩍 떴다. 도전하듯 격한 성삼의 얼굴이 흔들리고 있었다.

4. 어느 혼례

뜨락에 우뚝 서 있는 은행나무의 노란 잎은 다 떨어지고 말았다. 앙상한 나뭇가지만이 투명하고 싸늘한 하늘을 가로지르며 어설프게 뻗어 있었다. 이따금 소슬한 바람이 그 나뭇가지들을 흔들어주곤 한다. 가을도 저문 십일월 중순 송화리 마을에는 눈이 내릴 것이다.

주실은 닭장 밖에 우두커니 서 있었다. 무슨 생각을 깊이 하고 있는 것 같지도 않았다. 그냥 무심히 닭을 바라보고 있을 뿐이었다.

닭들은 엷은 햇살을 받기 위하여 날개를 접은 채 땅 위에 웅크리고 앉아 있었다.

"아이구, 아가씨가 여 있었구먼요."

김 서방댁이 앞치마에 무엇을 숨겨가지고 나오다 호들갑스럽게 말을 걸었다.

"요새는 왜 안 나오시유? 통 밖에 안 나오시더구먼요."

거듭 말하며 유심히 주실의 아래위를 훑어본다.

"영천댁이 못 나가게 하는걸."

주실은 볼멘소리로 말하며 입술을 쫑긋거린다.

"왜요?"

"몰라."

"지가 뭐길래 나가라 마라 한답네까? 아이 쯧쯧! 얼굴이 쭉 빠졌구먼. 가엾어라."

김 서방댁은 주실의 환심을 사려고 간사를 피우며 바싹 다가섰다.

"이봐요, 아가씨!"

그는 목소리를 쑥 낮추며 주실을 불렀다. 그리고 사방을 한번 둘러보더니 아무도 없는 것을 확인하자,

"몸의 것 아직도 없수?"

"몰라."

주실은 한 발 뒤로 물러선다. 김 서방댁은 다가서며,

"아가씨."

"……."

"우리 성삼일 아가씨는 좋아하우?"

주실은 큰 눈을 깜박깜박하며 김 서방댁을 쳐다보다가,

"싫어."

김 서방댁은 몹시 딱한 듯 입술을 축이며 입맛을 쩍쩍 다신다.

"그럼 왜 친하게 지냈수?"

"……."

"어른께서 아시면 얼마나 혼날지 아시오?"

"죽어버릴 테야."

"아이구, 당치도 않은 소리, 그러지 말구 내 말 들어요. 기왕 이렇게 됐으니 할 수 없지 않아요? 할아버지가 묻거들랑 성삼이가 싫다는 말은 아예 하지 말아요. 그랬다간 벼락이 떨어질 테니까. 아시겠소?"

김 서방댁은 귓속말로 속삭이며 걱정스럽게 주실의 얼굴을 살핀다. 그로서는 마음속에 짚이는 점이 있어 매우 근심이 되었던 것이다. 만일 성삼이 완력으로 주실을 버려놨다고 한다면 그들 모자가 이곳에 부지할 수 없는 결과가 될 것이요, 주실이도 좋아서 그 짓을 저지른 것이라 한다면 아들에게는 호박이 굴러 떨어지는 판이다.

"그럼 아가씨, 아시겠죠? 그리구 아무보고도 이런 말 하면 안 돼요."

김 서방댁은 박 서방이 오는 것을 보자 종종걸음으로 내려간다.

"흥!"

주실은 콧방귀를 뀌었다. 그러나 그의 얼굴에는 불안이 떠돌

고 있었다. 그는 임신한 사실보다 송 노인을 무서워하고 있는
것이다.

영천댁도 김 서방댁도 말말이 송 노인이 알게 되면 벼락이 떨
어질 거라 했다. 주실 자신도 할아버지의 무서운 성깔을 알고
있으니만큼 그들의 말은 더 한층 공포심을 돋우었다.

'오빠…… 오빠도 나쁜 자식이야! 하지만 말하면 안 되지.'

단순한 분별이었다. 단순하기 때문에 그것은 완강한 것이기
도 했다.

"아가씨! 거기서 뭘 해요? 어서 와요."

이리저리 두리번거리고 있던 영천댁이 화난 목소리로 불
렀다.

"아 왜 그리 야단이오? 산 사람이 어디를 안 갈꼬, 별나게도
참견들이네."

사정을 모르는 박 서방이 요즘 와서 유별나게 간섭이 심해진
영천댁을 못마땅하게 여기며 핀잔을 준다. 그러나 영천댁은 괴
로운 듯 약간 얼굴을 찌푸렸으나 아랑곳하지 않고,

"어서 들어와요. 또 감기 들려구."

주실은 부시시 걸어왔다.

"제발 좀 나가지 말아요. 온 사방에 눈인데 누가 주둥아리를
놀리면 어떡하겠수?"

방으로 들어온 주실은 아랫목에 깔아놓은 이불 속에 들어
가 누웠다. 영천댁은 겨우 마음이 놓인 듯 하던 일감을 손에 들

었다.

"후이……."

한숨이 절로 나오는 모양이다.

'거의 한 달이 다 돼가는데 종무소식이니 웬일일까, 일도 이만저만한 일이라구? 혹시 편지를 못 받은 것이나 아닐까?'

영천댁은 하루가 천추만 같아 애가 탔다. 아무리 궁리를 해봐도 자기로서는 신통한 생각이 떠오르지 않았다. 낙태하는 데는 삼씨[麻種]를 먹이면 된다고 하던 옛 늙은이들의 말이 떠오르기는 했으나 영천댁은 용기가 나지 않았고 무엇을 어떻게 해야 좋을지 엄두도 나지 않았다. 다만 목마르게 기다리는 것은 오직 영재의 편지뿐이었다.

'이렇게 어물쩍거리고 있다간 차츰 배도 불러올 게고 어른께서도 아시게 될 것이니 어떻게 했음 좋단 말인가? 김 서방댁도 벌써 눈치를 챈 모양이던데 기가 찰 노릇이지. 쥐도 새도 모르게 처치를 했음 좋겠는데 이 근처에 병원이 있단 말인가. 설혹 있다 해도 내 맘대로, 그러다가 잘못되어 아가씨가 죽으면…… 소문도 날 거구, 어이구, 그 목이 뿌러져 죽을 놈이 금지옥엽 같은 우리 아가씨를 버려놨으니.'

영천댁은 마고자를 뒤집었다. 그는 기계적으로 인두를 들고 앞섶을 눌렀다.

"이크!"

앞섶이 누렇게 타버렸다.

"이 일을 어쩌나."

영천댁은 일거리를 밀어놓고 우두커니 누워 있는 주실을 바라본다. 그까짓 낡아버린 마고자 하나쯤 버렸기로서니 크게 탓할 만한 일도 아니었다. 그러나 영천댁은 오만 가지 근심이 한꺼번에 몰려오는 것만 같았다.

'마음이 싱숭해서 일이 손에 잡혀야지. 온, 내가 낳은 자식이라고 이리 애를 태우는가? 아 그거는 그렇구, 서울서는 뭘 하느라고 편지 한 장 못 한단 말일까? 이 천지에 누가 있다구, 세상에 하나밖에 없는 누이동생이 아닌가.'

영천댁은 영재가 원망스러웠다.

"아주머니."

엎드린 채 턱을 베개에 박고 있던 주실이 슬그머니 고개를 들었다.

"왜요?"

주실은 좀 망설이다가,

"서울 오빠는 뭘 할까?"

"글쎄……."

영천댁은 떨떠름한 대답을 한다. 편지를 영재에게 보낸 일은 주실에게 비밀이었다.

"오빠한테 갔음 좋겠어."

긴 속눈썹을 내리깔고 방바닥을 내려다본다. 너무 소견머리가 없다고 마음속으로 혀를 차면서도 그렇게 풀이 죽은 모습을 바라보고 있노라니까 영천댁은 가엾고 애처로운 생각이 들었다.

"어이구, 언제나 철이 들어요. 아, 서울엔 어떻게 가우?"

"그렇지만 나 여기 있음 할아버지한테 매 맞아 죽을 거야."

방바닥을 손가락으로 죽죽 그으며 주실은 입술을 오므려뜨렸다.

"어르신의 잘못도 있지요."

무심결에 한 말이기는 했으나 평소에 품고 있던 불만임에는 틀림이 없었다. 무엇이 없어서 세상에 둘도 없는 귀한 손녀를 공부도 시키지 않고 이런 두메산골에서 원숭이 새끼처럼 만들어났는가 싶었던 것이다. 만일 주실이 남과 같이 공부도 하고 세상 구경을 해서 좀 똑똑한 아이가 되었더라면 결코 성삼이와 같은 그런 불량배의 놀림감은 되지 않았을 것이라 생각하였던 것이다.

"난 정말로⋯⋯."

주실은 베개 위에 얼굴을 얹는다.

"나 정말로 아기를⋯⋯ 낳을까?"

"아가씨!"

"⋯⋯."

"또 그따위 소리를 하는군. 함부로 그런 소릴 했다가 남이 들어봐요. 어떻게 되는지, 제발 잠자코나 있어요."

영천댁은 위협하듯 눈을 무섭게 부릅뜬다.

"나 아무보고도 그런 말 안 했어."

"정말 그런 말 입 밖에도 내지 말아요."

"귀가 따가워지겠네. 벌써 몇 번이에요?"

주실은 짜증을 내며 베개에 머리를 마구 비빈다.

"이놈의 자식을 그만…… 정갱이를 분질러 앉혀야지, 세상에
은공은 못할망정 어디 그런 법이 있을꼬. 오랑캐를 길렀지 오랑
캐를……."

드디어 영천댁은 성삼에게 욕설을 퍼붓기 시작하였다.

주실은 꼭 입을 다문다. 언제나 영천댁이 성삼의 욕을 하기만
하면 주실은 입을 다물고 마는 것이다. 그러한 주실의 태도는
상대가 성삼임에 틀림이 없다는 영천댁의 확신을 더욱더 굳게
하는 결과가 되었다.

"영천댁."

박 서방이 밖에서 부른다.

"왜 그래요?"

"이리 좀 나오슈."

영천댁은 순간 서울에서 편지가 왔는지도 모른다는 생각이
들었다. 그는 후닥닥 일어서서 방문을 열고 나갔다.

"편지 왔어요?"

"편지?"

박 서방이 반문하는 바람에 영천댁은 크게 실망을 나타낸다.

"어르신께서 사랑으로 좀 건너오라 하시는군요."

"저를요?"

영천댁의 눈이 휘둥그레진다. 십여 년 동안 이 집에 살아왔어도 사랑방에 들어가 본 일은 없었던 것이다.

"왜 그럴까요?"

"글쎄, 낸들 알아요?"

일거리가 없어서 한가해진 박 서방은 슬슬 마구간으로 돌아간다.

영천댁은 옷매무새를 고치고 사랑으로 급히 돌아갔다.

"어르신 부르셨습니까?"

뜰에 서서 영천댁은 물었다.

"좀 올라오우."

송 노인의 목소리는 평소와 별로 다름이 없었다. 영천댁은 조심스럽게 방문을 열고 발을 들여놓았다. 방 안은 깨끗이 정돈되어 있었고 송 노인은 단정하게 방석을 깔고 앉아 있었다. 그 위엄 있는 모습에 영천댁의 가슴이 떨려왔다.

"거 좀 앉으시오."

영천댁은 앉았다. 송 노인은 영천댁을 쳐다보지 않았다. 그리고 입을 떼려고도 하지 않았다.

"무슨 말씀인지……."

송 농인은 대답 대신 한숨을 내쉬었다.

"한 가지 물어볼 일이 있소."

그리고 말을 뚝 끊었다.

"무슨 말씀인지……."

영천댁은 불안을 감추지 못한다.

"주실이 그놈한테 무슨 일이 있었소?"

영천댁의 얼굴빛이 변한다. 그 변해가는 얼굴을 송 노인은 쏘아본다.

"바른말을 하오."

영천댁은 몸을 움츠리듯 하며 고개를 떨어뜨렸다.

그 태도는 너무나 명확한 답변이었다.

송 노인은 조금 전에 닭의 장 속에서 김 서방댁의 말을 얼핏 들었던 것이다. 말의 전후를 따져볼 때 성삼과 주실 사이에 무슨 곡절이 있는 것이라 생각했지만 아직 주실이 임신한 사실까지는 모르고 있는 것이다.

"뵐 낯이 없습니다. 제가 옆에 있으면서……."

목구멍에 기어드는 소리를 내며 영천댁은 더욱 고개를 깊이 떨어뜨렸다.

"상대는 누구요?"

성삼이라는 것을 뻔히 알면서 물었다. 그리고 송 노인은 눈을 감았다. 이마 위에 잡힌 굵은 주름 속에 형용하기 어려운 고민이 스쳐가고 있었다. 그는 주실을 탓하기보다 자신의 불민했던 것을 뉘우치고 있는 것 같았다.

"아마도 성삼인가 봅니다."

"어느 정도로."

눈을 감은 채 물었다. 영천댁은 놀라며 고개를 들었다.

'그 일은 아직 모르시는 모양이구나.'

영천댁은 입이 떨어지지 않았다. 송 노인은 무서운 일을 예감하였는지,

"주실이를 망쳐났단 말인가?"

눈을 번쩍 떴다.

"네, 네……."

송 노인 눈에서는 방금 불이 출출 떨어지는 듯하였다.

"그놈이, 그놈이!"

불끈 쥔 두 주먹이 무릎 위에서 들먹거렸다.

"아, 아무것도 모르는 아가씨를 꾀어서 그렇게 한 모양입니다. 어떻게 빨리 처치를 해야지 점점 몸이 무거워지는데……."

"뭣이!"

송 노인은 벌떡 일어섰다. 이쯤 되면 영천댁도 할 수 없었다. 파랗게 질린 송 노인을 응시할 뿐이다.

송 노인은 펄썩 도로 주저앉으며,

"가시오."

영천댁은 오금이 떨어지지 않았다.

"가란 말이오."

영천댁은 겨우 방을 나왔다.

'기어이 불이 터지고 말았구나.'

영천댁이 안으로 돌아갔을 때 주실은 마루에 우뚝 서 있었다.

하얀 얼굴의 커다란 눈이 영천댁의 눈을 더듬고 있었다. 본능적인 방어태세다.

"할아버지가……."

영천댁은 대답을 하지 않고 주실을 끌며 방으로 들어왔다.

"가만히 누워 있어요. 나돌아 다니면 할아버지가 더 노하실 테니."

주실은 이불 속에 두 다리를 집어넣고 두 손을 똑바로 얹은 채 우두커니 앉아 있었다.

하루해가 저물어갔다. 저녁 준비가 다 되었는데도 송 노인은 사랑에서 나오지 않았다. 그 대신 박 서방을 불러들였다. 얼마 후에 박 서방은 사랑에서 나왔다.

"온 별안간 무슨 급한 일이 생겼길래 그리 서두시는고."

영천댁은 흘끔 박 서방을 쳐다보며,

"무슨 일이에요?"

"읍내에 가서 전보를 치라는군요. 성삼이한테 말이오."

모자를 집어쓰고 박 서방은 터덜터덜 내려간다. 영천댁은 우두커니 박 서방의 뒷모습을 바라본다.

사방은 죽음처럼 고요하였다.

영천댁이 방으로 돌아갔을 때 주실의 모습은 보이지 않았다.

"어디 갔을까?"

가슴이 섬뜩한다. 영천댁은 부리나케 밖으로 나와서 이곳저곳 찾아봤으나 주실은 보이지 않았다.

"아이구, 야단났구먼!"

당황하기 시작한다. 영천댁은 사랑 앞으로 쫓아가서,

"어르신! 주실 아가씨가!"

"어떻게 됐다는 거요?"

굳게 닫은 방 안에서 되물었다.

"온 데 간 데 없습니다."

한참 동안 말이 없었다.

"죽어버리게 내버려 두시오."

그리고는 아무런 기척도 내지 않았다.

영천댁은 사랑에서 쫓아 나와 다시 한 번 마구간, 창고, 닭의 장을 찾아 헤매었으나 주실은 없었다. 그는 뒷산으로 뛰어갔다.

벌써 해는 다 기울어지고 갈가마귀 떼가 요기스러운 울음을 울며 서편 산기슭을 향해 몰려가고 있었다.

김 서방댁도 이 소동에 당황하여 영천댁을 따라 뒷산으로 올라가며,

"주실 아가씨! 주실 아가씨!"

고함을 질렀다. 어두워지는 계곡에 산울림이 번져나간다.

그들이 산속을 헤매고 있을 때 송 노인은 사랑에서 나왔다. 개들이 반가워서 쫓아와 낑낑거렸다. 그러나 송 노인은 발길질을 하고 강가로 내려간다. 그는 신음하듯 나직이 소리를 내어 뽑고 있었다. 그리고 이리저리 어둠 속을 살피며 걷다가 멈추곤 한다.

강변까지 온 송 노인은 말뚝처럼 우뚝 섰다. 발 아래 강물이 흐르고 있었다. 건너편 마을에는 평화스러운 불이 반짝이고 있었다.

'주실아! 이놈아!'

송 노인의 눈에서는 굵은 눈물이 뚝뚝 떨어졌다.

'애비, 에미 없이 너를 길렀건만, 이놈아! 물같이 깨끗이 너를 기르려 했건만, 이 몹쓸 놈아!'

그러나 송 노인은 울고 서 있을 수만 없었다. 강변을 따라가며 주실을 찾기 시작했다. 바위 틈을 들여다보기도 하고 나무 밑을 살펴보기도 하였다. 그러나 주실은 아무 데도 없었다.

"이놈아! 할애비를 두고…… 날 혼자 두고 어디 갔느냐! 주실아, 죽으면 안 된다. 죽으면 안 된다."

송 노인은 어둠 속을 더듬어 앞으로, 앞으로 나가며 어느새 헛소리처럼 그런 말을 혼자 중얼거리고 있었다.

"할애비가 잘못했다. 내가, 내가 잘못했지. 내가 너 신세를 망쳤구나! 망쳐놨구나!"

송 노인은 강을 향하여 구부러진 오리나무, 오리나무 한 그루 서 있는 모퉁이를 돌았다. 수심水深이 깊어진 강물, 그 언저리에는 울툭불툭한 바위가 굴러 있었다. 지난여름에 영재와 성삼이 와서 낚시질을 하던 곳이다.

송 노인은 바위 뒤에 희끄무레한 것이 웅크리고 있는 것을 보았다.

"주실앗!"

희끄무레한 것은 그 순간 발딱 일어섰다. 그러더니 어둠 속을 쏜살같이 달아난다.

"주실아! 주실아!"

송 노인은 쫓았으나 재빠른 그 그림자를 따를 수는 없었다.

"주실아! 어디 가느냐! 이리, 이리 오너라!"

송 노인은 손을 휘젓다가 바위에 발부리가 채여서 그만 푹 쓰러진다.

그림자는 우뚝 멎었다. 그러나 돌아오지는 않았다.

"주, 주실아!"

송 노인은 쓰러진 채 소리 질렀다. 송 노인이 일어서지 못하는 것을 본 그림자는 고양이처럼 살금살금 다가왔다. 그러나 옆에까지는 오지 않고 멀찌감치 선 채,

"할아버지."

떨리는 목소리로 부른다.

"이리 오너라."

송 노인은 삔 발목을 주무르면서 잠긴 목소리로 말하였다.

"할아버지, 날 죽이지?"

하얀 이마를 살짝 들었다.

"아, 안 죽인다. 아무 말 안 하마."

송 노인은 바위를 짚으며 겨우 몸을 일으켰다. 주실은 그래도 안심이 안 되었던지 그 자리에 버티고 서서 움직이려 하지 않

았다.

"할아버지, 정말 매 안 때릴래요?"

"음."

송 노인은 절룩거리며 주실이 옆으로 다가갔다. 그리고 도망을 칠까 말까 망설이는 주실의 손목을 덥석 잡았다.

"이놈아!"

송 노인의 눈에서는 눈물이 쏟아졌다. 그 눈물은 주실의 손등 위에 뚝뚝 떨어졌다.

"이 몹쓸 놈…… 다 내 죄로구나. 어서 가자."

송 노인은 염소 한 마리를 몰고 오듯 주실을 앞세우고 과수원으로 돌아왔다.

산을 헤매며 돌아다니다가 주실을 찾지 못하고 넋이 빠진 사람처럼 마루 끝에 멍하니 앉아 있던 영천댁과 김 서방댁은 벌떡 일어났다.

"아, 아가씨!"

영천댁이 울먹울먹하며 불렀다. 김 서방댁은 비실비실 피하듯 옆으로 나갔다.

주실은 고개를 숙인 채 눈을 치뜨고 김 서방댁을 쳐다보았다. 램프 불을 정면으로 받은 그 얼굴은 요정妖精처럼 아름답고 빛났다.

"방에 데리고 들어가오."

송 노인이 말했다. 그리고 타는 듯한 눈으로 김 서방댁을 한

번 쳐다보더니 그는 사랑으로 걸어갔다.

영천댁도 김 서방댁이 옆에 있으므로 이러니저러니 말을 하지 않고 주실의 등을 떠밀며 방으로 급히 들어갔다.

밤새도록 사랑방 창문에선 불빛이 새어 나왔다. 송 노인은 잠을 이루지 못하고 있는 모양이었다. 영천댁도 잠이 오지 않아서 마루를 들락거렸다. 송화리 과수원은 쥐 죽은 듯 적막 속에 잠겨 있었다. 나뭇가지를 흔들어주던 바람 소리도 없었다. 이따금 개들이 짖는 소리가 들려올 뿐이다.

이튿날 아침 읍내에서 묵고 돌아온 박 서방은 석연치 않은 표정으로,

"영천댁, 성삼일 왜 내려오라는 거요? 전보까지 쳐서…… 무슨 일이 생겼는가요?"

"내가 어떻게 알겠소."

영천댁은 딱딱한 표정으로 시치미를 뗀다.

송 노인은 하루 종일 사랑에서 나오지 않았다. 주실이 들어앉고 송 노인도 얼씬하지 않는 넓은 바깥은 사람이 살지 않는 것처럼 쓸쓸하였다. 겨울 한동안 일이 없었기 때문에 강 건너 마을에서 다녀가는 사람도 없었다.

가축을 돌보고 있던 박 서방은 이 집 안에 떠돌고 있는 무거운 공기에 궁금증을 느꼈다. 그는 닭장을 치우다가 마침 지나가는 영천댁을 불러 세웠다. 영천댁은 거북한 표정으로 박 서방을 보았다.

"영천댁, 어르신이 웬일이오? 아무래도 이상하군."

"몸이 편찮으시겠죠."

"전에는 이런 일이 없었는데?"

"……."

"성삼이가 무슨 일을 저질렀소?"

"난 몰라요."

박 서방의 눈에는 의심이 가득 차 있었다.

십여 년 동안을 이 과수원에서 송 노인과 더불어 살아온 박 서방이다. 그러나 그의 기억으로는 송 노인이 대낮에 사랑방에 앉아 있는 것을 본 일이 없었다.

설 명절에도 그는 밖에 나와 있었고, 할 일이 없는 겨울철에도 개들을 몰고 사냥을 즐겼다. 그것은 송 노인의 건강이 좋았다는 설명이 되겠지만 아들과 딸, 며느리를 동시에 잃어버린 비참한 과거를 생각하지 않으려는 의식적인 행동이기도 했다. 그러던 송 노인이 어제부터 밖에 나오지 않았고 게다가 편지 한 장을 외부에 부친 일이 없는 그가 성삼에게 전보까지 쳤으니 박 서방이 의아심을 갖는 것도 무리는 아니었다.

전보를 친 지 사흘이 지나도 성삼이는 돌아오지 않았다. 송 노인은 박 서방을 읍내로 보내어 또다시 전보를 치게 하였다. 김 서방댁도 앞으로 전개될 일에 불안을 느끼고 하루에도 몇 번이나 행길로 나가서 아들을 기다리곤 했지만 성삼은 나타나지 않았다. 김 서방댁으로서는 송 노인이 한마디 말도 없이 방에만 들어앉아 있는 일이 무서웠다.

'이러다가 쫓겨나게 되면 어쩌누? 모자가 어디 가서 산담. 그놈의 자식이 분수에 넘는 짓을 한다고 생각했더니만.'

일주일이 지난 후 성삼은 송화리에 도착하였다. 강가에 살얼음이 얼기 시작했고 김장도 다 끝난 뒤였다.

과수원 넓은 벌판은 나뭇잎 하나 남기지 않은 과수가 우뚝우뚝 서 있어 황량하기만 했다. 우리 속에 들어앉은 양과 소들만이 풍성하게 박 서방이 디밀어준 풀을 맛나게 먹고 있었다.

성삼은 마루에 펄썩 주저앉으며,

"어머니."

"아이구!"

김 서방댁은 방에서 후닥닥 뛰어나왔다.

"이놈 자식아! 큰일 났다."

"왜요?"

성삼은 담배부터 붙여 물며 태연하게 물었다.

"주실이가 애를 뱄으니 이 일을 어쩌면 좋으냐?"

그러나 성삼은 심술궂게 씩 웃으며 아무 대꾸도 하지 않는다.

"웃기는?"

"왜요? 웃으면 안 되나요."

"넌 세상 태평이구나. 영감쟁이가 널 그냥 둘 상싶으냐?"

"그냥 안 두면 어쩌겠어요?"

"주실이 애를 뱄으니 혼인이라도 된다면야 그런 횡재가 어디 있겠니? 그렇지만 영감쟁이 성깔에, 형편을 보니까 어림도 없겠더라. 주실이도 널 싫다는 거야."

"흥!"

"그런데 왜 진작 오지 않았니?"

"다 생각이 있어서 그런 거예요. 어쨌든 어머니는 가만히 구경만 하구 계세요. 그들이 제발 주실이하고 혼인해줍시사고 땅에 머리가 닿도록 빌 테니까요."

하고서 무서운 미소를 띠었다. 김 서방댁은 믿어지지 않는 듯 아들의 얼굴을 멀거니 쳐다본다.

"그건 무슨 소리니?"

"잠자코 계시라니까, 그럴 만한 이유가 있어요."

"그럴 만한 이유라니?"

"그건 말할 수 없어요."

"난 모르겠다. 제발 그렇게만 된다면야 오죽 좋겠니? 이 과수원이 몽땅 너 차지 아니냐?"

김 서방댁은 순간 입을 헤벌렸다. 그러나 믿어지지 않는 듯 고개를 저었다.

"그런데 어서 가봐야잖니?"

"어디루요."

"사랑에 가봐야지."

"설마 부르러 오겠지요."

성삼은 방에 벌렁 나자빠지며 휘파람을 분다.

박 서방이 사랑에 가서 성삼이 왔노라고 송 노인에게 말을 했다. 그러나 송 노인은 그러냐고 대답하고는 그만이었다. 발등에 불이 떨어진 듯 두 번이나 전보를 치고 서둘렀는데 이렇게 싱거운 일이 있을까 보냐고 박 서방은 생각하였다.

점심을 먹은 후 성삼은 송 노인에게 인사하러 갈 생각은 하지 않고 일없이 집 주변을 빙글빙글 돌고 있었다.

'뻔뻔스러운 놈.'

영천댁은 분격하며 성삼을 노려보았다. 그러나 성삼은 오만불손한 태도로,

"주실이는 어디 갔어요?"

'이런 놈을 봤나? 세상에!'

영천댁은 분해서 말도 못하고 그냥 부엌으로 들어가 버린다.

"하하핫······."

웃음소리가 뒤통수를 친다.

'저놈이 미쳤나? 아무래도 바른 정신이 아닌 모양이야.'

영천댁은 공포를 느끼며 돌아다보았다. 성삼은 호주머니에 두 손을 찌르고 천천히 걸어간다.

저녁상을 물린 뒤 한참 있다가 송 노인은 지팡이를 들고 사랑에서 나왔다. 그는 성삼이 있는 곳으로 내려갔다. 김 서방댁이 송 노인을 보자 마루에서 얼른 뜰로 내려섰다. 그러고는 송 노인 손의 지팡이를 흘끔흘끔 훔쳐본다.

"성삼이는 어디 갔어?"

"방에, 방에 있습네다. 성삼아!"

대답도 없이 방에서 얼굴을 쑥 내민다.

"내려오게."

성삼은 구두를 신었다.

"날 따라와."

김 서방댁의 얼굴이 질린다.

"어르신! 참아주세요. 젊은 혈기에……."

김 서방댁은 자기도 모르게 송 노인의 손을 잡았다. 송 노인은 지팡이 끝으로 김 서방댁을 밀어낸다. 성삼의 눈이 희번덕였다. 그는 어미의 손을 홱 낚아채며,

"어머니는 가만 계시라 하지 않았어요? 일찌감치 주무시기나 해요."

올곧잖게 어미를 밀어붙이고 나섰다.

송 노인은 앞선 채 뚜벅뚜벅 걷고 있었다. 성삼은 어깨를 펴면서 따라간다. 고요한 속에 다만 두 사람의 발소리만 들려올 뿐이다. 구릉진 언덕을 내려섰다. 송 노인은 돌아보지도 않고 강변으로 발을 옮겼다. 건장한 체구는 노인 같지 않은 힘과 투지를 나타내고 있었다.

모퉁이를 돌았다. 매운 강바람이 얼굴을 스쳤다. 으슥한 곳에 와서 비로소 송 노인은 걸음을 멈추고 돌아섰다. 어둠 속이라 표정은 알 수 없었다.

송 노인과 성삼이 사이에는 짙은 어둠이 가로놓여 있었다. 이

따금 언덕배기에서 꾸부러진 수목의 마른 가지가 바람에 울었다. 칼날을 품은 듯 날카로운 송 노인의 압력은 조용한 속에, 어둠과 바람을 타고 성삼의 가슴에 와 부딪쳤다.

'흥! 아직은 여유가 있고, 호강에 겨운 분노란 말이야. 그 일을 안다면 저 영감쟁인 도대체 어떤 표정을 할까? 게거품을 내뿜고 나자빠지겠지.'

성삼은 마음속으로 코웃음치며 호주머니 속에 손을 찔렀다. 담뱃갑이 손끝에 닿았으나 잠시 망설이다가 그냥 손을 뽑는다. 역시 송 노인 앞에서 담배를 피울 용기까지는 나지 않았던 것이다.

"성삼아."

송 노인의 어조는 성삼이 예상했던 것과는 딴판으로 매우 침착하고 냉정하였다.

"서울서 너를 왜 불러 왔는지 그 이유를 알겠느냐?"

"……."

"알겠느냐, 모르겠느냐!"

"알 턱이 있겠습니까."

시치미를 떼며 강 건너 쪽으로 시선을 돌린다.

"그럼 묻겠다. 주실이한테 손을 댄 일이 있지?"

"……."

"주실이한테 손을 댄 일이 있지?"

송 노인은 같은 말을 되풀이한다.

211

"왜 대답이 없느냐."

"그런 일이 있었습니다."

뉘우침 없이 천연스럽게 대답한다.

"음."

송 노인의 목구멍에서 가래 끓는 소리가 났다.

"주실이 배 속의 것이 너의 새끼란 말이지?"

이빨 사이로 밀어내는 소리는 신음이나 다름없었다.

"그건 그렇지 않습니다."

성삼은 어둠 속에서 머리를 쓸어 넘기며 잔인하게 웃었다.

"뭐라구? 이눔 자식, 혓바닥이 두 개냐!"

송 노인은 버럭 소리를 지르고 한 발자국 앞으로 내디뎠다. 후안무치하고 뻔뻔하기 짝이 없는 성삼의 태도는 가만히 사리고 있던 송 노인의 피를 온통 머리빡에다 휘몰아 넣고야 말았다.

"만일 주실 아가씨가 김성삼이 애를 가졌다면 벌써 이 세상 밖에 나와 있을 걸요."

어디까지나 조롱적이다. 노소의 구별도, 주종관계에 있는 처지도 안중에 없는 모양이다.

"이눔! 이 상눔이!"

송 노인 일의 전후를 헤아릴 겨를도 없이 그 휘청하게 큰 키를 꺾듯 하며 단장을 번쩍 쳐들었다.

"악!"

성삼은 두 손을 들어 얼굴을 감쌌다. 손가락 사이로 검은 액체가 흘러나왔다. 코피가 터진 것이다. 성삼은 얼굴을 감싼 채 재빨리 뒤로 물러서며 두 번째 내리치는 단장을 피한다.

"때리기만 하면 대순가요! 아이 애비는 따로 있단 말입니다!"

성삼은 물어뜯는 듯 악을 썼다.

"이 철면피 같은 천하에 흉악한 놈 같으니라구."

송 노인은 사시나무 떨듯 전신을 파르르 떨며 다가선다.

무슨 생각을 했는지 성삼은 물러서기를 그만두었다. 그리고 갑자기 목소리를 낮추고 부드러운 태도가 되며,

"잠깐만 계십시오. 하여간 이야기를 다 들으시고 죽이든지 살리든지 어르신 처분 알아 하십시오."

"음."

연방 검은 액체가 쏟아지고 있는 성삼을 송 노인은 쏘아본다. 칠빛처럼 어두웠던 하늘에 별들이 나타나기 시작하였다.

"조금도 피하고 싶은 생각은 없습니다. 그러나 사실은 사실대로 밝혀놓고 매를 맞든지 주리를 틀리든지 해야잖겠습니까?"

송 노인은 단장을 끌어당기며 땅에 짚었다. 할 말이 있으면 해보라는 허락이다.

성삼은 우선 바위에 걸터앉아서 손수건을 꺼내어 흐르는 코피를 닦는다. 코피를 다 닦고 난 뒤에도 성삼은 깊은 한숨을 내쉬며 오랫동안 말이 없었다.

"제가 주실 아가씨에게 못할 짓을 한 것은 지난 겨울방학 때

의 일이었습니다."

이때만은 성삼의 양심도 편치는 못하였다. 그의 머릿속에 그때 있었던 광경이 스치고 지나갔다. 영천댁이 읍내 친지 집에 다니러 가고 없던 날 밤이었다. 밤을 구워 먹다가 어린것처럼 무심한 주실을 꾀었던 것이다. 그러고 나서 남에게 말하면 죽인다고 위협을 했던 것이다.

"그 일에 대해서는 벌을 받을 각오를 하고 있습니다. 잘한 짓이라 생각지도 않았습니다. 하지만 아마도 어르신께서는 저를 벌주지 못할 것입니다. 아까도 말씀드렸지만 그 아이의 아버지는 따로 있기 때문입니다."

"따로?"

송 노인은 비로소 그 말을 귀담아듣고 그 뜻을 생각한다.

"예, 따로 있습니다."

"따로?"

송 노인은 짚은 단장에 간신히 몸을 가누며 바보처럼 같은 말을 뇐다.

"거짓말이다! 이 벼락 맞을 놈아!"

다음 순간 송 노인은 눈이 뒤집히듯 펄쩍 뛰었다.

"제 말을 신용 못 하시겠다면 주실 아가씨하고 그 상대를 제 앞에 불러다 놓고 물어보십시오."

"누구냐! 이 과수원 천지에서 그럴 놈이 누구냐!"

마치 맹수처럼 포효한다.

성삼은 한참 동안 말을 끊었다.

"그 상대는…… 놀라시지 마시오. 그 상대는 어르신네 외손자 윤영재라는 바로 그 사나이올시다."

송 노인은 넋 빠진 사람처럼 멍하니 서 있었다. 그러다 그는 신들린 무당처럼 단장을 휘두르며 바위 위에 앉아 있는 성삼에게 달려들었다.

"이 벼락 맞을 놈아! 하늘이 무섭지 않으냐! 당장에 대가리를 바수어버릴 테다!"

성삼은 가만히 두들겨 맞고 있다가 팔을 홱 뻗으며 단장을 잡아 뺏는다.

"태풍이 불던 날을 기억하고 계실 겁니다. 그날 밤 나는 그 광경을 보았단 말입니다."

고함을 친다.

"왜 영재는 다음 날 서울로 달아났습니까? 그것도 어르신은 기억하고 계실 겁니다! 벼락을 맞을 놈은 그놈이오! 하늘이 무서울 놈도 바로 그놈이란 말이오!"

성삼은 낮은 소리로 굴리듯 끼득끼득 웃었다.

송 노인은 말뚝처럼 우뚝 서 있었다.

그렇게 버티고 섰다가 마치 썩은 고목처럼 앞으로 푹 쓰러졌다. 성삼은 검찰관 같은 차가운 눈으로 쓰러져서 움직이지 않는 가엾은 노인을 내려다보고 서 있었다. 처참한 밤, 밤은 깊어만 간다. 숲속에서 부엉이가 울고 있었다.

한참 후 성삼은 쓰러진 송 노인을 둘러업고 과수원으로 돌아왔다. 박 서방과 영천댁은 다 같이 송 노인을 성삼이가 해친 줄 알고 성삼의 앞뒤를 막아서며 무서운 눈초리로 바라보았다.

"왜 이러슈? 기절한 사람 얼굴에 찬물이나 끼얹으슈. 깨어나면 알 거 아니오, 내가 손가락 하나 댔는가. 흥!"

영천댁은 부엌으로 달려가서 물을 가져오고 박 서방은 송 노인의 옷을 풀어헤치고 가슴을 주물렀다. 송 노인이 정신을 차리자,

"어르신! 웬일이십니까?"

송 노인은 대답 없이 비틀거리며 일어섰다. 박 서방이 재빨리 팔을 잡았으나 송 노인은 팔을 뿌리치고 사랑으로 내려가려고 했다. 박 서방은 다시 그를 부축하였다.

"내버려두게. 내 혼자 가겠네."

송 노인은 고집 세게 박 서방을 밀어내고 비실비실 쓰러질 듯하며 사랑으로 내려가 버렸다.

"어이구! 성삼아, 이 피!"

언제 왔는지 김 서방댁이 소리를 질렀다.

"어이구! 내 자식을 개 패듯이 팼구나! 으흐흐흐……."

김 서방댁은 성삼을 안으려 했다. 그러나 성삼은 피해 서며 피투성이가 된 손수건을 꺼내어 얼굴을 닦는다. 영천댁과 박 서방은 경계와 증오심을 나타내며 성삼을 차갑게 바라보고 있었다.

"흥! 그 코빼기, 그 센 코빼기가 며칠이나 갈지 어디 두고 보자."

성삼은 박 서방과 영천댁을 노려보며 칵! 침을 뱉는다.

"뭣이? 이 개새끼가!"

박 서방은 억센 주먹으로 성삼의 얼굴을 내리쳤다. 그도 이미 주실의 사건을 알아버렸던 것이다.

"왜, 왜! 내 자식을 치는 거야! 날 죽여라!"

김 서방댁이 노오란 소리를 지르며 박 서방의 앞가슴을 잡아 뜯었다.

"저런 놈은 죽여야 해. 금수만도 못한 놈!"

"모두 공모해서 내 자식을 패는구나! 사람의 눈 하나 없어지니 우리 모자를 발싸개만도 안 여기고 넌 넌 대체 뭐야! 이 박가 놈아!"

악을 쓴다.

"가세요, 어머니. 며칠이나 도도하게 구는지 두고 보면 알 일 아니겠소. 이곳에 얼씬도 못 하게 할 테니."

"저놈이, 저런."

박 서방은 어이가 없는 듯 다음 말을 잇지 못한다.

성삼은 두 어깨를 펴고 위협하듯 몸을 흔들었다. 그리고 연신 욕지거리를 하고 있는 김 서방댁을 떠밀며 아래로 내려간다.

"허 참, 살다가는 별꼴 다 보겠구나. 사람 영악한 건 범보다 무섭다더니."

박 서방은 마루에 걸터앉으며 혼자 뇌었다.

"저런 건 마목이요, 마목이라⋯⋯."

영천댁도 맞장구를 치며 한탄한다. 주실은 유리창 안에서 이 광경을 내다보고 서 있었다. 커다란 눈과 반쯤 열린 입술, 무엇을 생각하고 있는지 알 수 없는 표정이었다.

성삼이 쓰러진 송 노인을 둘러업고 돌아온 밤 이래 송 노인은 자리에 든 채 일어나지 못하였다. 밤낮으로 영천댁이 깨죽을 쑤어가지고 들어가서 먹기를 권하였으나 송 노인은 눈도 뜨지 않았다.

꼬박 절식을 한 채 이틀을 보내고 사흘째 되던 날 낮에 영천댁이 깨죽을 들여놓았을 때 멀거니 벽만 바라보고 누워 있던 송 노인은 처음으로 얼굴을 돌려 영천댁을 바라보았다. 불행한 노인의 눈에는 아직도 슬픔과 분노의 전율이 그대로 남아 있었다. 그러나 어쩔 수 없는 체념과 허탈한 빛이 한구석에 자리하고 있었다.

"어르신, 미음 좀 드시구⋯⋯ 기운을 차리셔⋯⋯."

영천댁은 불시에 눈물을 왈칵 쏟는다.

송 노인은 간신히 몸을 일으켰다. 한꺼번에 몇 세월이 지나간 듯 그의 얼굴은 쇠잔한 것이었다.

"주실이 년은 어디 있소?"

처음으로 입을 떼었다.

"방에 있습니다."

송 노인은 깨죽 그릇을 잡아당겼다. 그러나 먹으려 하지는 않고 깨죽을 가만히 내려다보며,

"그년을 유곽에 팔아먹었음 먹었지 그놈한테 주고 싶지는 않다."

푸듯이 뇌며 깊은 숨을 들이마시는 것이었다. 영천댁은 치맛자락으로 눈물을 닦으며 밖으로 나왔다.

성삼이 이리저리 서성거리고 있었다. 주실은 창문가에 서서 밖을 바라보고 서 있었다.

서산에 해가 두 뼘이나 남았을 때 성삼은 어슬렁어슬렁 강가로 내려간다.

벌써 십이월에 접어들었다. 겨울이 예년보다 빨리 찾아드는지 강물은 하얗게 동결되어 있었다. 그 위로 마을 아이들이 썰매를 타고 있었다.

성삼은 바지 주머니 속에 두 손을 찌르고 담배를 빨면서 천천히 강변을 거닌다. 그러다가 우뚝 서서 썰매를 타는 아이들을 바라보기도 한다.

그는 자기 마음속에 지금 어떤 갈등이 일고 있는 것을 느꼈다. 강렬한 것은 아니었지만 허한 곳을 건드려주는 그런 정도의 것이긴 했다. 눈앞에 썩은 고목처럼 쓰러지던 송 노인, 유리창 안에서 멍하니 자기를 쳐다보던 주실의 눈, 그리고 어릴 때 겨울 방학이 되면 영재와 주실이 그리고 자기 자신이 나란히 앉아서 썰매를 타던 회상, 그것들은 이 비틀어지고 메마른 사나이에

게 애수 비슷한 감정을 안겨주었다. 그러나 그것은 한순간에 지나지 못하였다.

'홍! 그러나 나는 언제나 짓밟혀 왔었다. 그들은 상전이고 나는 하인이었다. 이번에는 내가, 내가 그들을 짓밟아 줄 차례가 아니냐? 이래서 인생이란 공평한 거란 말이야.'

성삼은 물었던 담배를 뽑아버리고 침을 퉤퉤 뱉는다.

송 노인에 대한 증오와 보복심이 되살아났다. 주실에 대한 동물적인 애욕에도 불이 붙었다. 그리고 영재에 대한 질투도 아울러 일어났다.

광활한 과수원, 넓은 초원, 그리고 많은 가축과 소쇄한 양옥집, 그것들을 모조리 갖고 싶은 집착도 강하게 작용하였다. 굶주리고 메마른 사나이, 가난한 마음에는 돈, 여자, 그리고 위세는 더없이 황홀한 매력이 아닐 수 없었다. 그것을 잡을 기회가 눈앞에 서 있는 것이다.

'주실이하고 결혼만 한다면?'

성삼은 마음속으로 중얼거려봤다.

'두말할 것도 없이 주실은 내 소유물이 되는 거구 또 영재는, 그렇지 그 녀석은 햇빛 보는 마지막 날까지 내 흙발 아래 짓밟히며 사는 거야, 흐흐흐.'

나직이 소리 내어 웃는다.

'그 영감만 죽고 나면, 어차피 다 늙었으니까, 죽기는 죽을 게 아닌가? 그러고 나면 이 과수원의 주인은 내란 말이야. 그까짓 몽땅 팔아버리지. 팔아가지고 서울로 올라간다. 시골서 썩을 건 뭐람? 그리고 나는 서울에서 영화를 만들어야지. 영화 제작가가 된단 말이야.'

성삼은 서울에서 시나리오를 써가지고 어느 조감독 꽁무니를 따라다니던 지난날의 자기 자신의 비굴하기 그지없었던 모습을 생각하였다.

'그까짓 팔리지도 않는 시나리오는 써서 뭘 해? 돈만 있으면야 그 새끼도 내 턱 밑에서 움직이는 꼭두각시, 이제까진 내가 쫓아다녔지만 앞으론 그 새끼가 날 쫓아다닐걸. 흥! 가난하고 설움 받던 세월은 다 지나가고 화려한 서울의 생활이 시작된단 말이야. 그래, 화려하고 멋있고……'

성삼은 오색 무지개 같은 미래가 주마등처럼 눈앞에 돌아가고 있는 것을 느꼈다.

'과연 그 영감쟁이는 어떻게 나올까?'

꿈이 찬란했던 만큼 성삼은 초조함과 불안함을 느끼지 않을 수 없었다.

'그 영감이 제 아무리 강직하다 한들 별수 없지. 집안에 그 망측스러운 상피가 났는데 내 입을 틀어막지 않고 견뎌 배기나? 어쨌든 간에 난 주실이의 최초의 사내야.'

성삼은 어릴 때 건넛마을에서 상피가 났다고 마을 사람들이 들고 일어난 일을 기억하고 있었다. 그때 우물 속에 짚을 썰어 넣던 일도 생각났다.

"엄마? 왜 짚을 썰어 우물에 넣는 거야?"

하고 물었을 때,

"상피가 났으니 그렇지."

"상피가 뭐야?"

"알아서 뭘 해?"

나중에사 안 일이었지만 상피는 근친상간이요, 우물에 짚을 썰어 넣는 것은 관계한 남녀가 사람이 아닌 소라는 뜻이 된다는 것이다.

성삼은 송 노인이 그런 수모를 당할 사람이 아니라는 것을 확신하였다. 수모를 당하지 않는 길은 자기에게 주실을 주는 도리밖에 없었다.

어느새 강가에는 썰매를 타고 있던 아이들의 모습이 보이지 않았다. 집으로 다 돌아간 모양이다. 얼어붙은 빙판에는 황혼이 미끄러지고 있었다. 성삼은 옷깃을 세우며 돌아선다. 앞으로의 일을 확신하면서도 웬일인지 성삼은 유쾌하지 못하였다. 그가 갈망하던 것은 앞으로 그에게 올 것이지만 진정 그것들은 자기의 것이냐 하는 의문이 그를 고독하게 하였다. 주어진 것이 아니고 빼앗는 것이기 때문일까? 그들의 비밀을 쥐고 있고 그러기 때문에 그들에게서 모든 것을 받는다면 받는다는 그 자체가 변함 없는 노예의 위치는 아닐 것인가?

성삼의 비극은 여기에 있었다. 철저하게 무지하고 악인이 아닌, 열등의식과 자학 속에 그의 비극은 있었다. 열등의식과 자학, 그것이 그를 악인으로 만들고 있었는지도 모른다.

　성삼이 한길로 나왔을 때였다. 길 저편에 붉은 목도리를 두른 여자가 가고 있었다. 마른 잎사귀 하나 없는 나목 옆으로 가는 여자의 붉은 목도리가 황혼이 깔린 한오리 백토 길에서 유독 눈에 띄었다. 처음에는 마을 처녀가 읍내로 가는 줄만 알았다. 그러나 성삼은 묘한 예감이 들어서 걸음을 재촉하여 여자와의 거리를 좁혔다.

　'아니! 저건 주실이 아냐?'

　더욱더 걸음을 빨리하였다. 그쪽에서도 몹시 서두르는 모양으로 빠른 속도로 걷고 있었다.

　'주실이다!'

　주실임에 틀림이 없는 것을 알자 성삼은 걸음을 늦추었다.

　'어디 가는 것일까?'

　주실은 성삼이 뒤따라 가고 있는 것을 전혀 모르고 있었다.

　'혹? 도망쳐 가는 것이나 아닐까?'

　가슴이 덜커덕 내려앉는다.

　'아무튼 따라가 보자.'

　성삼은 주실이 눈치채지 못할 정도의 거리를 유지하면서 뒤를 밟는다. 주실은 돌아보지 않고 곧장 걷고 있었다. 이따금 목도리를 걷어 올리곤 했지만 손에 든 것이라곤 아무것도 없었다. 주실은 길모퉁이를 돌았다. 어둠에 묻혀 이제는 붉은 목도리의 빛깔을 식별할 수 없었다.

희미한 조각달이 산등성이에 걸려 있었다. 희미한 달빛 때문에 주실의 그림자는 길바닥에 드리워졌다. 그림자는 돌연 한길에서 꺾어졌다.

'어디로 가는 걸까?'

호기심과 불안이 성삼의 머릿속에서 엇갈렸다.

주실은 언덕으로 올라가고 있었다. 마른풀을 헤치며 주저하는 빛도 없이, 날짐승 한 마리 얼씬하지 않는 밤을 타고 가는 것이었다. 나뭇가지에 가리어 주실의 모습은 사라지기도 하고 나타나기도 한다. 마치 어느 영화의 한 장면 같기도 했다.

성삼은 조심조심 발부리에 채이는 돌을 발로 밀어내며 주실을 미행한다. 미행하면서도 마음에는 풀 수 없는 의혹이 밀려들었다.

'이상한 일이다. 저 바보 같은 게 무슨 일로, 뭣 하러 저런 곳으로 가는 걸까? 죽으러 가는 것은 아니겠지. 설마……'

주실은 한참 올라가다가 걸음을 딱 멈추었다. 그리고 성삼에게 등을 보인 위치에 서서 앞을 내려다본다. 성삼은 소나무 뒤에 몸을 숨기고 주실의 동정을 살핀다. 주실은 또다시 이리저리 걷기 시작했다. 그러나 그 자리에서 빙빙 돌 뿐 더 멀리 가지는 않았다.

"악!"

성삼은 소리를 질렀다. 순간 바람이 휙 몰아쳤다.

주실은 앞을 내려다보다가 두 팔을 벌리고 휙 뛰어내린 것이다. 기겁을 한 성삼은 달려갔다. 그리고 주실이 떨어진 곳을 내려다보았다. 그 아래서 주실은 꾸물꾸물하더니 몸을 일으켰다. 생명이 위험할 만큼 깊은 낭떠러지는 아니었다. 그리고 편편한 그 바닥에는 마른 잔디가 쫙 깔려 있었다. 일어선 주실은 다시 엉금엉금 기어 올라오기 시작했다. 성삼은 재빨리 돌아서서 아까 그 소나무에 몸을 숨겼다. 밑에서 올라온 주실은 또다시 두 팔을 벌리고 아래로 뛰어내렸다.

'주실인 미친 게 아닐까?'

얼마 후 주실은 다시 엉금엉금 기어 올라왔다.

주실은 세 번이나 그 짓을 되풀이하였다.

'옳지! 알았다. 저 계집애가 배 속의 아이를 떼려고 저러는구나!'

성삼은 비로소 그 해괴스러운 행동의 이유를 깨달았다. 아연하지 않을 수 없었다.

'저 바보 같은 게 어디서 얘기를 듣고 저런 짓을 할까?'

신기하기도 하고 어처구니가 없기도 했다. 일면 아주 밉살스러운 생각도 들었다.

주실은 옷을 툭툭 털면서 돌아섰다. 희미한 달빛을 정면으로 받은 주실의 얼굴은 백랍처럼 희었고 꺼뭇꺼뭇한 속눈썹이 흔들리면서 이상야릇한 매력을 내뿜는 것이었다.

성삼은 주실의 옆으로 바싹 다가섰다. 주실은 산짐승처럼 본능적으로 몸을 사렸다. 그리고 성삼을 바라보았다. 꺼뭇꺼뭇한 속눈썹 밑에 눈동자가 번쩍번쩍 빛을 발하고 있었다. 성삼은 주실의 팔을 덥석 잡았다.

"앗!"

주실은 몸을 흔들며 힘껏 뒤로 물러섰으나 성삼의 억센 팔 힘에 끌어당겨지고 만다.

"여기서 뭘 하는 거야?"

주실은 숨을 할딱거릴 뿐 대답이 없었다.

"여기서 뭘 했어?"

심술궂게 다잡아 묻는다. 그래도 주실은 대답이 없었다. 한번 입을 다물어버리면 다시 입을 열지 않는 주실의 고집을 알고 있는 성삼은 그 이상 묻지 않기로 하고 팽팽하게 힘을 주고 뻗친 주실의 팔을 잡아끌었다.

"하여간 이런 곳에서 만난 것은 썩 잘된 일이란 말이야. 흐흐흐……."

성삼은 기분 좋게 웃으며 주실을 내려다보았다.

마른 나뭇가지를 스친 바람이 휘파람처럼 소리를 내고 지나갈 뿐 사방에는 적막한 밤이 있을 뿐이다. 달빛에 함빡 젖은 듯 목도리가 벗겨진 주실의 머리가 이마빼기에 착 달라붙어 있었다. 그러나 주실의 눈은 고양이처럼 희번덕거리고 있었다. 도망칠 기회를 살피고 있는 듯하였다.

"흐흐흐…… 그 눈, 고약한 눈이군. 으흐흐……."

성삼은 주실의 번득거리는 눈에서 몸이 으스러질 것만 같은 강렬한 정욕을 느꼈다.

"왜 그렇게 보는 거야? 응? 어차피 넌 나하고 결혼하게 돼 있
단 말이야, 알겠어?"

성삼은 속삭이듯 말하고 또 웃었다.

주실의 팔이 꿈틀하고 움직였다. 성삼은 한 손으로 주실의 턱
을 받쳐들었다.

"참 예쁘군. 기가 막히는 선물이야. 지금 여기는 아무도 없어.
보고 있는 건 달뿐이야."

순간 주실의 눈에는 공포가 스쳐갔다. 그러나 그보다 앞서 성
삼은 거칠게 주실을 포옹하였다. 주실은 고개를 홱 돌리며 자기
어깨 위에 감겨진 성삼의 손등에다 이빨을 세웠다.

"아얏!"

소리쳤지만 성삼은 주실을 놓아주지는 않았다. 한 팔은 가는
허리를 감은 채 한 손을 들어 보드라운 주실의 뺨을 꼬집었다.

"앙!"

주실은 울음을 터뜨리고 말았다.

"울어도 소용없고 발광을 해도 소용없어. 여기가 어딘 줄 알
어! 늑대가 오면 몰라도. 하하핫……."

성삼은 주실의 반항이 오히려 재미나는 듯 여유 만만하게 소
리쳐 웃는 것이었다.

"내 마음대로야, 알겠어?"

성삼은 눈물에 젖은 주실의 얼굴 위에 키스를 퍼부었다. 주실

은 도리질을 하며 여전히 엉엉 소리 내어 울고 있었다.

"이런 데서 굴러떨어지면 애가 떨어지는 줄 알면서, 소견머리가 멀쩡하면서 울기는 왜 우는 거야? 뚝 그쳐!"

성삼은 주실을 잔디밭으로 끌고 내려갔다.

울어도 소용없는 것을 깨달았음인지 주실은 질질 끌려가다가,

"성삼아, 놔줘 응? 안 그러면 나 할아버지한테 일러줄 테야. 또 애기를 배면 난 어떡해?"

처음으로 말문을 열었다.

"하하핫…… 그거 걸작이다. 그렇지. 그럼 쌍둥이를 낳겠구나. 하하핫……."

"이거 안 놓을 테야? 할아버지한테 일러서 널 죽여도 좋니?"

"으음 그래라, 그래. 일러바쳐라. 나도 그러마. 영재하고 그랬다고 일러바칠 테다."

주실의 몸이 팽팽해지더니 두 발이 땅에 딱 붙어버린다.

"누가 모르는 줄 알어? 앙큼한 계집애!"

그 순간 성삼은 강한 질투를 느꼈다. 주실을 마구 후려갈겨주고 싶은 충동이 솟았다. 주실은 땅에 두 발을 뻗치고 선 채 성삼을 말똥말똥 쳐다보고 있었다.

"내가 소문을 내면 어찌 되는 줄 알어? 널 동리 사람들이 잡아가서 짚단 속에 묻어버리고 불을 질러버리는 거야. 누가 가만히 둘 줄 알어?"

성삼은 우는 아이보고 호랑이 온다는 식으로 거짓말을 꾸며 대며 주실에게 위협을 가하였다. 그리고 쾌감을 느끼는 것이 었다.

"네가 내 말만 고분고분 들어주면 나도 입을 꼭 다물고 있겠다. 하지만 내가 시키는 대로 안 하면 다야, 그만이란 말이야."

그러나 성삼은 더 이상 주실을 학대하고 있을 수는 없었다. 전신이 후둘후둘 떨려왔다. 미친 바람처럼 욕정이 휘몰아쳐왔던 것이다. 주실을 잔디 위에 쓰러뜨렸다. 반항과 공격 속에 두 몸은 잔디밭 위로 뒹굴었다.

겨울날의 밤바람은 살을 엘 듯 차가웠으나 그들의 얼굴에는 땀이 배어나고 김 서린 입김이 사방에 흩어졌다.

"무서워! 무서워!"

주실은 소리를 질렀으나 메아리만이 공허하게 되돌아올 뿐 사방은 무자비한 침묵 속에 잠겨 있었다. 그리고 지켜보고 있는 것은 나뭇가지에 걸린 차가운 달뿐이었다.

미친 바람은 지나갔다. 성삼은 쾌적한 만족과 가벼운 피로를 느끼며 주실을 밀어내었다.

솔잎을 울리고 지나가는 바람 소리.

성삼은 굴러 있는 신발을 주웠다. 그리고 말없이 주실의 작은 발에 신겨주었다. 미움과 사랑, 잔인하기 한없는 마음과 연민에 흩어지려는 마음의 교차, 그러나 그 눈동자에는 조야하고 동물적인 빛이 보다 많이 넘실거리고 있었다.

"왜 영재하고 그런 짓을 했지?"

성삼은 담배에 성냥을 그어 당기며 물었다. 그 말에 죽은 듯 엎드려 있던 주실이 얼굴을 들었다. 그리고 성삼을 말똥말똥 쳐다보는 것이었다.

도시 무엇을 생각하고 있는지 알 수 없는 눈이었다. 성삼을 미워하고 있는지 좋아하고 있는지 모를 눈이었다. 슬퍼하고 있는지 괴로워하고 있는지 종잡을 수도 없었다. 신비스러운 호수 같기도 하고 탁 막혀버린 빙판 같기도 했다. 다만 확실한 것은 공포의 그림자, 그 그림자만 눈에 넘실거리고 있었다.

"죽여버리려다 그만두었다."

성삼은 주실을 쥐어박듯 뇌까리고 일어섰다.

"자아, 일어서. 가야지."

주실은 부시시 일어섰다. 성삼은 잔디밭에서 목도리를 주워 주실의 목에다 둘둘 감아준다. 거친 태도였다.

"이젠 넌 어쩔 수 없다. 나하고 결혼할 수밖에 없다. 할아버지한테 나하고 결혼하겠다고 버티란 말이야. 그렇지 않으면, 알지?"

주실은 할아버지란 말이 나왔을 때 흠칫하며 성삼을 쳐다보았다.

언덕에서 내려오면서 성삼은 마른 가지를 와직와직 부수었다.

"지금쯤 아마도 집안이 발칵 뒤집혔을 거야. 너하고 내가 없어졌으니 말이야. 흐흐흐……."

두 사람이 숲속에서 막 한길로 내리디뎠을 때 멀리서 개 짖는 소리가 들려왔다. 주실의 이름을 부르는 소리도 어렴풋이 들려왔다.

"찾아 나왔군."

성삼은 주실의 팔을 잡았다. 달아날지도 모른다는 생각이 들었기 때문이다. 놓치기만 하면 다람쥐처럼 어디로 달아날지 알 수 없는 일이다.

그들은 한길로 나와서 걸었다. 개 짖는 소리가 차츰 가까워 온다.

"주실 아가씨."

남자의 목소리였다. 박 서방인 모양이다.

주실은 소리 나는 숲속을 기웃거리며 늑장을 부렸다. 얼마 동안을 걸었을 때 길 언저리의 숲에서 돌팔매처럼 개 한 마리가 뛰쳐 나왔다. 란스였다. 그는 길길이 뛰며 주실에게 덤벼들었다. 만나서 반갑다는 시늉이다. 그러나 개를 뒤쫓아 박 서방이 숲속에서 길로 뛰어내려왔다.

"아, 아가씨!"

주실은 멍하니 박 서방을 바라본다.

"이게 무슨 짓이오?"

무서운 표정으로 주실을 힐난한다. 그래도 주실은 멍하니 서 있었다.

"개새끼!"

박 서방은 눈알이 튀어나올 듯 주실의 손목을 꼭 잡고 있는 성삼을 노려본다.

"이놈 새끼! 눈까지 뒤집혀졌낫! 이 야밤에 여기가 어디라고 또 아가씰 꾀, 꾀어냈엇!"

박 서방은 흥분된 나머지 말을 더듬으며, 두 주먹을 부르르 떨었다.

"할 말이 태산 같지만 그만두겠소. 시시하거든."

박 서방의 분노 따위는 안중에도 없다는 투다.

"뭣이 어쩌고 어째? 너, 너놈의 오장육부는 대, 대체 어떻게 돼먹은 거야, 응? 아무래도 이놈이 환장을 했나 부다."

죽어지내야 하는 성삼의 처지이건만 날이 갈수록 거들먹거리는 그의 태도를 환장하였다고 표현할 수밖에 없었다.

"잔말 말고 주실이 팔이나 꼭 잡으슈. 달아난다니까."

성삼은 잡고 있던 주실의 손목을 박 서방에게 내밀었다. 주실은 물건처럼 박 서방에게 옮겨졌다.

"온, 쯧쯧…… 어르신께서는 다 돌아가시게 됐는데 이게 무슨 짓이오. 아무리 철이 없기로서니……."

박 서방은 주실을 놓칠세라 겁을 먹으며 주어진 손목을 꼭 잡고 있었다. 그러면서 한탄하는 것이었다.

성삼은 팔짱을 끼고 천천히 뒤따랐다. 과수원으로 들어섰을 때 영천댁과 송 노인은 마당에 서 있었다. 송 노인은 단장에 몸을 의지하고 올라오는 박 서방 일행을 바라보고 있었다.

"저게 성삼이!"

영천댁이 당황하며 말하였으나 송 노인은 꼼짝하지 않고 서 있었다. 박 서방이 주실의 손목을 잡은 채 송 노인 앞으로 다가 갔을 때 송 노인은 주실의 얼굴에 못 박힌 듯, 그렇게 뚫어지게 쳐다보는 것이었다. 주실이도 송 노인의 눈과 마주친 채 진퇴양 난에 빠진 듯 전신을 오들오들 떨고 있었다.

"이년!"

송 노인은 넓적한 손바닥으로 주실의 뺨을 갈겼다.

"하, 할아버지!"

"이 천하에 탕녀 같으니라구! 죽어라! 죽어!"

송 노인은 연거푸 주실의 뺨을 내리치다가 그냥 푹 쓰러진다. 몸이 극도로 쇠약해지기도 했지만 격심한 심로가 겹든 그의 눈 에는 주실의 얼굴이 보이지 않았다.

"저년을 빨리 끌고 가랏! 내 눈앞에 보이지 않게 해주게."

송 노인은 땅바닥 위를 헤매듯 하며 울부짖었다.

이날 밤의 사건은 송 노인을 극도로 흥분케 하였으나 또한 주실과 성삼의 결혼을 결정짓는 한 계기가 되었다.

새해가 바싹 다가선 십이월 이십육일, 그날은 아침부터 함박 눈이 펄펄 쏟아지고 있었다. 성삼과 주실은 혼례를 올렸다.

송 노인은 아침부터 개 두 마리를 데리고 어디론지 사라지고 없었다. 마을 사람들은 많은 비밀을 묻은 이 눈 오는 날의 기묘한 혼례에 모여들었다. 농한기의 단조한 생활에서 그들은 사뭇 대견한 듯 장 밑의 새 옷을 꺼내어 떨쳐입고 펄펄 날리는 눈송이를 바라보며 술이야 국수야 떡이야 하고 한때를 흥청거렸다. 박 서방과 영천댁은 침울한 표정으로 일도 손에 잡히지 않는 듯 부엌에서 혹은 방에서 어정거렸다. 그러나 김 서방댁은 마을 아낙들을 거느리고 내 보란 듯 집 안을 왔다 갔다 하며 수선을 떨었다.

"허, 무슨 놈의 혼사가 소문도 없이 별안간…… 그거 참……."

"그러기 뉘 아니래? 둘도 없는 귀한 손녀를…… 그거 참 이상한 노릇이라. 이 설한풍의 혼사도 혼사려니와 송 영감은 왜 얼씬하지도 않을꼬? 필시 무슨 곡절이 있는 모양이오."

마을 늙은이들은 술을 나누며 수군거렸다. 젊은 아낙들은 아낙들대로 이러니저러니 말이 많았다.

밤은 찾아왔다. 여전히 눈은 내리고 있었다. 말이 많던 마을 사람들도 다 돌아갔다. 영천댁은 주실의 손을 잡고 한동안 울다가 그를 신방에 밀어 넣었다. 그리고 창가에 우두커니 앉아 밖을 내다보는 것이었다.

신방에도 불이 꺼지고 모두가 다 잠들었을 때 엽총을 든 송 노인은 눈을 함빡 뒤집어쓰고 돌아왔다. 그는 개들을 뒤뜰로 몰아넣고 사랑의 뒷마루에 우두커니, 언제까지나 그러고 앉아 있었다.

5. 망년회

침대 위에는 서릿빛 나는 검정 외투가 놓여 있었다. 일혜는 거울 앞에 서서 말아 올렸던 머리를 풀어헤치고 브러싱을 하고 있었다. 머리는 소담스럽게 어깨 위에 넘쳐흐른다. 거울 속에는 멍하니 움직이지 않고 앉아 있는 영재의 옆모습이 있었다.

"왜 그러고 있어요?"

일혜가 묻는다.

"음?"

영재는 잠시 눈을 들었다가 다시 침묵으로 돌아간다. 그는 탁자 위에 놓인 검은 핸드백과 자주색 장갑을 아까부터 쳐다보고 앉아 있었던 것이다.

그들은 조금 전에 일혜 방으로 들어왔다. 길에서 우연히 만나 영화를 보고 같이 돌아온 것이다.

"무슨 생각을 하고 계세요?"

"……."

"왜 대답을 안 하세요?"

"……."

"왜 연구실은 그만두셨어요?"

왜라는 말이 세 번이나 거듭되었지만 영재는 말이 없다. 일혜의 눈썹이 약간 곤두섰다. 그러나 그는 끈기 있게,

"연구실엔 왜 안 나가세요?"

"나가기가 싫어서."

겨우 한다는 말이 하나 마나의 대답이다.

사실 영재는 다른 곳에 나가고 있었다. Y의대병원에서 퇴원한 후, 전부터 말이 있었던 삼협토건회사三協土建會社에 취직을 한 것이다. 그 일을 상호와 동섭은 알고 있었으나 효자동 집에는 발걸음을 하지 않기 때문에 알리지 못하였고 일혜에게도 거기에 대한 말은 일절 하지 않았던 것이다.

하숙과 직장이 비밀인 만큼 영재가 찾아가지 않는 이상 일혜는 영재를 만나볼 수 없게 되었다. 영재는 가끔 피곤한 얼굴로 일혜를 찾아오곤 했다. 그러나 전처럼 묵고 가는 일도 없었거니와 전혀 생소한 타인처럼 멍청히 앉았다가 돌아가거나 아니면 다방에 나가서 차를 나누며 무슨 말을 할 듯 할 듯하다가 그냥 헤어지고 마는 것이었다. 그들은 완전히 지나간 여름 이전의 상태로 돌아간 듯하였다.

일혜는 브러시를 놓고 거울 속의 영재를 응시한다. 난로의 불이 꺼졌는지 전신이 <u>으스스</u> 떨려온다. 일혜는 장밋빛 플란넬의 톱바*를 걸치고 돌아섰다.

"영재 씨."

영재는 일혜를 힐끔 쳐다본다.

"대체 영재 씬 지금 어디 계시는 거예요?"

만나기만 하면 반드시 되풀이되는 말을 하고 입술을 깨물었다. 일혜는 그 물음의 대답을 들어본 적이 없었다. 지금도 역시 마찬가지였다.

"내가 찾아갈까 봐 두려워서 그러는군요."

일혜는 벽장문을 드르르 열었다. 그 속에서 양주 한 병과 글라스 두 개를 꺼내어 탁자 위에 놓았다. 그리고 거칠게 술병을 들고 글라스에 술을 붓는다. 술잔 하나를 영재 옆에 밀어놓고 일혜는 술을 들이켰다. 영재는 자기 앞에 밀어놓은 술잔을 들 생각도 하지 않고 일혜의 동작을 쳐다보고 있었다. 전에도 밖에서 만나면 어울려져서 술을 마시는 시늉을 하기는 했으나 일혜는 술을 못하는 편이었다.

"방에다 술병을 준비해 둔 것은 언제부터야?"

영재는 술잔을 드는 대신 담배를 물고 라이터를 켜면서 묻는다. 쓰디쓴 표정으로 술잔을 놓은 일혜는,

"왜요? 술 마시면 안 되나요?"

"누가 안 된다고 했나? 그럴 권리는 내게 없어."

쌀쌀한 어조다.

"옳은 말씀이에요."

일혜는 다시 술을 부어 마신다. 술을 마시는 품이 그다지 어색해 보이지는 않았다. 매니큐어 한 고운 손이 글라스를 꼭 눌러 잡은 채 감정을 죽이고 있는 듯하였다.

재떨이에 담뱃재를 떨면서,

"나에게 시위하는 거야?"

"천만의 말씀."

일혜의 두 볼은 불그스름하게 달아올랐다.

"왜 안 마시죠? 유혹하지 않을 테니 마셔요."

하고 자기 술잔에 또다시 술을 부었다.

장밋빛 옷에 장밋빛 얼굴, 어느 것이 옷이며 어느 것이 얼굴인지 영재는 잠깐 동안 감각의 엇갈림을 느꼈다.

"언니가 가끔 술을 마시고 돌아오죠."

하더니 일혜는 까르르 웃었다.

"참 귀여웠어요. 어린애처럼 유쾌해져서 주정을 하거든요. 언닌 바람둥이예요. 그렇지만 정말로 향락주의잔지 모르겠어요. 술을 마셨을 때의 그 천진하고 티 없는 얼굴이란……."

일혜는 연거푸 술을 마셨다.

"처음엔 언니의 흉내를 내어보고 싶었어요. 천진해보고 싶었을까요? 스물셋의 청춘이 이렇게 술에 젖어버리다니…… 난 이래 봬도 언니보다는 보수적이에요. 위선인지도 모르죠. 요즘 여대생들 중에는 술도 마시고 담배도 피우고…… 그것도 포즈에요. 그건 위악인가요? 술을 마시고 바람을 피우려면 적어도 우리 언니의 세대쯤 돼야지. 그래야만 그건 위선도 위악도 아닌 그야말로 몸에 착 달라붙은 그런 거죠. 향락주의자의 허무…… 십 대나 이십 대의 그건 억지예요. 무리란 말예요."

일혜는 술이 돌아감에 따라 다변해지고 그의 눈은 충혈되기 시작했다.

"난 약았어요. 그러나 지내놓고 보니 억지였고 무리였었어요. 당신을 사랑했지만 즐겁지 않았어요. 이 술을 마셔도 나는 즐겁지 않아요. 술도 혼자 마시지만 연애도 내 혼자의 무대였으니까요. 어떠세요? 당신이 오실 때마다 하고 싶어 하던 말 지금 하시지 않겠어요? 일혜, 우리 그만 헤어지자고 그렇게 말씀하세요. 연민을 느끼실 필요는 없어요."

마지막의 말은 영재의 심장을 찔렀다.

"일혜, 일혜는 무슨 보상을 바라나?"

그 말을 해놓고 영재는 아찔했다. 그 말은 너무나 터무니없는 말이었다.

"보상? 호호호…… 시시한 소리 하지 말아요. 출발부터 무상의 행위 아니었던가요?"

일혜는 다시 술잔을 들려고 했다. 영재는 일혜의 술잔을 와락 잡아당기며,

"그만!"

하고 소리쳤다.

"영재 씨에게 그럴 권리가 있었던가요?"

영재는 일혜 얼굴 위에 담배 연기를 내뿜었다. 안개처럼 서리는 담배 연기 속에 일혜의 두 눈동자가 빛났다. 일혜 눈에서 눈물이 쏟아지고 있었다.

일혜가 영재 앞에서 우는 것은 처음이었다. 그러나 그는 엎드리거나 흐느끼지 않았다. 얼굴을 꼿꼿이 세운 채 그는 눈물을 흘리고 있는 것이다.

영재는 일혜의 눈물을 보자 당황하고 말았다. 안면 근육이 팔락팔락 흔들렸다. 그러나 입을 떼지 못하였다. 당황하면 할수록 그는 말을 잃어버리는 것이었다. 울고 있는 일혜에게 무슨 할말이 있으랴. 말을 한다면 그것은 일혜의 상처 위에다 매질을 거듭하는 일밖에 될 수 없는 것이다.

"왜 우는 거야?"

영재는 거칠게 말하고서 담배를 비벼 껐다. 말씨는 거칠었지만 그는 뭉클해지는 마음을 억누르는 데 힘이 들었다.

"술 마시는 건 괜찮지만 여자가 우는 것은 딱 질색이야."

"울기는 누가 울어요?"

일혜는 악을 쓰듯 말하고 머리를 홱 걷어 넘겼다.

"일혜는 울지 않는 게 좋아. 취한 걸 핑계 삼아 우는 건 비겁해."

"아직은 관심의 대상인 모양이니 무척 다행이군요."

하고 일혜는 깔깔 웃었다.

그 웃는 모습은 비참하고 영재에게 견딜 수 없는 연민의 정을 불러일으켰다. 조금 전에 일혜가 연민을 느낄 필요는 없다고 했을 때 그 연민에는 다분히 동정과 경멸의 뜻이 있었다. 그러나 이 순간 영재에게 있어서의 연민은 어떤 애정을 내포한 것이었다.

홍수명의 영상이 영재 마음에 들어앉기 이전에는 일혜에 대하여 얼마간 횡포하기도 하고 잔인하기도 했다. 그리고 냉정했다. 그러나 지금은 그럴 수가 없었다. 아니, 그렇게 되지가 않았다. 홍수명을 알기 전에는 작은 부분일지라도 자기를 일혜에게 줄 수 있었던 것이었는지도 모른다. 그러나 지금은 자기의 어느 부분도 일혜에게 줄 수 없다는, 거의 생리적인 거절이 있었다. 그러기 때문에 영재는 일혜에게 연민을 느끼는 것인지도 모른다.

"내가 하고 싶었던 말은 일혜가 넘겨짚고 한 그 말은 아니었어."

영재의 표정은 가라앉았다.

일혜를 만날 때마다 하고 싶어 한 말은 헤어지자는 그 말이 아니었다. 의식적이건 혹은 무의식적이건 여름 이전의 상태로 돌아간 듯한 그들의 관계에 있어서 영재는 새삼스럽게 헤어지자는 둥, 서로 잊어버리자는 둥, 따위의 어설픈 신파조의 대사를 늘 수는 없었다. 그런 결별사를 심각한 표정으로 꺼내기에는 영재의 감정이 너무 성숙해 있었다.

일면 어설프게 여기는 것은 그들 관계의 성질에도 있었다. 애초 영재는 연애라 생각하지 않았을뿐더러 전혀 생각 밖으로 그런 관계에 끌려들어 갔고, 더 엄밀히 따지자면 일혜의 결사적인 모험의 결과였던 것이다. 일혜는 젊은 영재에게 너무나 강한 여자의 표시를 했다. 그런 점에 있어서는 주실이도 마찬가지였다. 다만 의식적인 것은 아니었지만 주실은 끊임없이 영재 눈앞에 여자라는 것을 펼쳐놓았던 것이다.

주실은 사촌 누이동생이요, 그 자신이 여자라는 것을 의식지 못하였기 때문에 그것은 커다란 영재만의 과실로서 영원한 오욕을 남겨놓았다. 그러나 일혜에게는 주실이와 같이 무서운 계율이 가로놓여 있지 않았기 때문에 죄악감보다 연민이 남는 것인지도 몰랐다.

영재가 일혜에게 하고 싶었던 말은 다른 여자를 지금 자기가 사랑하고 있노라는 바로 그 말이었다. 수명에게 고백하지 못한 말을 일혜에게 고백하고 싶은 심사, 영재는 그러한 심사에 스스로 의아하지 않을 수 없었다.

'무자비한 일일까?'

영재는 마음속으로 중얼거렸다.

"일혜."

"말씀하세요."

일혜는 눈을 한 번 깜박거렸다. 괴었던 눈물방울이 옷섶에 후

두두 떨어졌다. 그래도 그는 태연한 채 버티고 앉아 있었다. 엎드리지 않는 것은 그의 자존심의 마지막 보루인 듯하였다.

"이 세상에는 시궁창의 박테리아처럼 속물들이 우글거리고 있어."

영재는 느닷없이 그런 말을 해놓고 피곤한 듯 소파에 몸을 기대었다.

"그 속물들 중의 하나가 나란 말이야. 전에는 안 그렇다고 내 딴에는 생각했었지. 누군가의 소설 제목에 있었지? 배덕자란 그 말 있지 않아? 영광스럽게도 그 명칭이 나에게 달라붙었단 말이야. 하하핫……."

웃는 영재의 눈길은 날카로웠다.

"이동섭, 김상호, 윤영재 이 세 놈 중에서 제일 잘나고 대담한 놈은 윤영재라 생각했거든. 왕시에 말이야. 터무니없는 망상이었지. 형편없는 소심자요, 겁쟁이, 속물이 바로 윤영재였더란 말이야. 동섭이는 얼핏 보기에 소심한 것 같고 감상에 흐른 소녀 같지만 실상 그놈은 굉장히 강한 의지와 자기 주장을 가슴속에 접어두고 있단 말이야. 상호 놈은 세상이 살맛 없다는 듯 무관심하고 초연한 표정이지만 엉뚱한 짓을 해놓고 능청스럽게 고민 없이 유유히 살아가고 있단 말이야."

공허한 웃음을 또 웃었다.

"그 얘기, 아까 내가 물어본 말하고 무슨 상관이죠?"

일혜는 다부지게 물었다.

"가만히 듣고 있어. 그런데 내가 배덕자이기 때문에 속물이란 것은 결코 아니야. 내 자신이 배덕자라는 말을 경멸하지 못하고 두려워한다는 것, 그래서 속물이라는 거야. 알겠어?"

"모르겠어요."

"하긴 모르겠지…… 곰곰이 생각하면 우스운 게 이 세상이야. 뭇 죄악으로 하여 떠받쳐져 있는 현실 속에서 그런 죄악의 모래 알만큼의 작은 부분으로 하여 내가 현실에서 떠밀려 나가야 하니…… 그러나 그것을 탓할 만큼 나는 어리석지는 않아. 그렇다고 내가 죄악감 때문에 배덕자라는 말을 무서워하는 건 아니야. 다만 내 현재 위치를 약탈당할까 봐 전전긍긍하고 있는 거야. 나는 욕망이 컸었지. 할 일이 많았어. 지금은 연애도 절실한 문제가 됐더란 말이야. 이미 틀려버린 일이지만. 하여간 가는 곳마다 주어진 시간에 나는 강행군을 해야겠어."

속물이란 말이 여러 번 되풀이되었으나 일혜는 그 말이 자기와 관련된 것인지 아닌지 알 수 없었다. 그리고 무슨 뜻으로 영재가 그런 희미한 연막 같은 말을 늘어놓는지 그의 내심을 헤아리기 어려웠다.

"그런 말의 뜻은 뭐죠? 난 지능지수가 얕아서 좀 간단히 명확하게 말했음 좋겠어요."

"그래? 내가 무슨 말을 지껄였을까? 모르겠군. 뽀오얀 안개 같은 게 가슴을 꽉 메우는 것 같다. 무중력 속에서 헤엄을 치는 것 같기도 하고. 하지만 아마도 연관성은 있을 거야. 앞으로 내가 해야 할 말하고."

"술은 내가 마셨는데 영재 씨가 취했군요."

일혜는 비틀거리며 일어섰다. 영재는 일혜를 잡아 끌어 자리에 도로 앉혔다.

"내 말을 들어야 해. 나는 아직 할 말을 다 못 했어."

영재는 도로 자리에 앉은 일혜를 우울한 눈으로 바라보며 말했다.

"환상 속의 느낌 같은 말 이젠 듣기 싫어졌어요. 영재 씨는 아무래도 청량리 뇌 병원에 한번 가야 할까 봐요. 영재 씨는 내가 모르는 어떤 망상에 사로잡혀 있어요. 하긴 나도 미칠 것만 같지만, 머릿속이 빽빽해서 견딜 수가 없어요."

과음한 때문에 그는 골치가 아픈 모양이었다. 두 손으로 머리를 꼭 눌러 잡으며 얼굴을 찌푸렸다.

"망상이면 멋이 있겠지. 하지만 불행하게도 사실이 내 머릿속에 들어박혀 있단 말이야. 그건 그렇고, 일혜는 날 사랑하나? 물론 사랑하겠지."

어색한 자문자답이 아닐 수 없었다.

일혜는 픽 웃었다.

"일혜가 나를 사랑하듯 나도 어느 여자를 사랑하고 있다면? 그건 잘못일까?"

일혜의 얼굴에서 웃음은 사라지고 입술이 하얗게 변한다.

"잔인하다고 하지 말어."

영재는 슬며시 일혜의 눈을 피한다.

"다만, 다만 내 혼자의 마음일 뿐이야. 그 여자는 아무것도 모르고 있어. 그리고 혹 그 여자에게는 따로 애인이 있을지도 몰라."

성급하게 주석을 달았다.

"하지만 왜 나는 일혜에게 이런 설명을 해야 할까?"

독백을 덧붙이고 멍하니 일혜를 바라본다. 바라보는 영재와 그 시선을 받는 일혜는 다 같이 허탈한 사람처럼 한동안 움직이지 않았다.

영재는 일어섰다. 일어서기는 했으나 그래도 나갈 수 없었다. 그는 일혜 옆으로 다가갔다.

"일혜, 우린 이제 만나지 말아야 하나?"

"……."

"가겠어."

그 말에 일혜는 벌떡 일어섰다. 그리고 빛나는 눈으로 영재를 쏘아보는 것이었다.

"헤어지자는 그 말 한마디면 족했을 거예요."

배 속에서 밀어내는 굵은 목소리였다.

영재는 팔을 뻗었다. 일혜를 조용히 껴안았다. 여자의 몸은 굳었다.

"일혜를 나는 좋아했어. 일혜에 대한 모독일지 모르지만 좋아했어. 연정이 아닐지라도."

영재는 차가운 일혜 이마에 입맞춤을 하고 팔을 풀었다. 벗어둔 외투를 집어 들었다. 탁자 위에는 술을 부어놓은 채 비우지 않은 술잔과 빈 술잔이 댕그랗게 놓여 있었다.

영재가 도어 앞에 멈추어 섰을 때,

"영재 씨!"

일혜가 외쳤다.

영재는 돌아섰다. 일혜는 뚜벅뚜벅 다가왔다. 창백했던 얼굴은 금세 자줏빛으로 변하여 있었다. 혈관이 부풀어 오른 듯했다. 영재 앞에 바싹 다가선 일혜는 손을 번쩍 들었다. 찰싹! 찰싹! 영재의 뺨에서 두 번 소리가 났다.

"가세요. 잊어드리죠. 당신은 방탕했지만 정직했으니까."

일혜의 얼굴에서는 다시 핏기가 가셔졌다. 그러나 놀라울 정도로 일혜는 침착하였다.

영재는 못 박힌 듯 우뚝 서 있었다. 막연한 표정이 흘러갔다.

"나가세요!"

일혜는 한 발로 마루를 탕 굴렀다.

영재는 나갔다. 도어를 닫고 한참 동안 도어에 기대어 서 있었다. 방 안에서는 아무 소리도 나지 않았다.

영재는 겨우 몸을 일으켜 발끝으로 계단을 더듬으며 아래층으로 내려가기 시작했다. 계단을 다 내려갈 때까지 그의 막막한 머릿속에 오가는 일이라곤 아무것도 없었다.

문밖에서는 자동차의 클랙슨이 요란스럽게 울렸고 여자의 높은 웃음소리가 얽혀서 스산스러웠지만 영재에게는 그 소리가 들리지 않았다.

현관으로 나온 영재는 신발을 신으려고 했다. 순간 차가운 바람이 휭 몰아왔다. 현관문이 활짝 열리는 동시 구르는 듯한 여자의 웃음소리가 영재 귓가에 쏟아졌다.

옥색 바탕에 검은 무늬가 대담하게 놓여져 있는 양단 두루마기를 신혜는 입고 있었다. 목에는 값진 밍크 목도리를 두르고 있었다. 영재는 신혜의 얼굴을 막연한 표정으로 바라본다.

"난 누구라구?"

신혜는 그래도 동생의 애인이라 다소 자중하는 듯 그 까드러진 웃음을 거두었다. 일혜를 닮은 신혜, 그러나 몸집은 일혜보다 늘씬하고 얼굴은 더 화려하다.

"왜 벌써 가세요?"

그러자 마침 밖에서 운전수에게 무슨 지시를 내리고 있던 중년 신사가 쑥 들어섰다.

"아……."

중년 신사는 한 발 뒤로 물러서며 나직이 소리쳤다. 영재의 얼굴빛도 확 변하였다.

"동생 애인이에요. 내 애인 아니니까 놀라시지 마세요. 자, 어서 올라오세요."

영문을 모르는 신혜는 신사의 팔을 끌었다. 신혜는 다소 술기운이 있었다.

영재는 허둥지둥 신발을 찾아 신고 급히 그 집에서 뛰쳐나왔다. 신혜 웃음소리가 뒤통수를 쳤다.

거리로 나온 영재 얼굴 위에는 쓰디쓴 웃음이 번져가고 있었다. 그는 외투 깃을 세우고 두 손을 호주머니에 찔렀다. 터덜터덜 걷고 있는데 배 속이 꾸물거린다.

"하하핫……."

영재는 밤공기를 흔들며 웃어젖힌다.

"한 지붕 밑에서 아버지는 언니를 껴안고 아들은 동생을 껴안고, 하하핫."

지나가는 행인이 혼자 웃고 있는 영재를 수상쩍게 돌아본다.

'세상은 별것 아니라니까…… 도처에서 냄새가 물씬물씬, 악덕, 패륜, 그러나 태양이 뜨면 근엄하게 얼굴을 단장하고.'

영재는 얼마 전 심각했던 일혜와의 결별이 하나의 희화戱畵로써 처리되어 가는 것을 느꼈다. 아버지와 아들이 한 자매를 희롱하였다는 사실이 비극이기보다 오히려 희극으로써 영재를 웃기고 또 웃겼다.

'자아, 그럼 어디로 간다?'

영재는 가등에 시계를 비쳐 보았다.

'아홉 시 반, 이런 밤을 하숙에서 보내기에는 좀 거추장스럽지. 하여간 합승이나 타놓고 생각하자.'

원남동에서 영재는 합승을 내렸다. 그는 안국동 쪽으로 내려갔다. 꼬불꼬불 꼬부라진 골목을 돌아 낡은 고옥 앞에서 걸음

을 멈추었다. 길가에 면한 창문에 불이 환하게 켜져 있었다. 영
재는 발돋움을 하고 유리창을 두드렸다.

머리 그림자가 하나 창문에 비쳤다. 창문을 열어보는가 했더
니 도리어 커튼을 쳐버리는 것이 아닌가. 그러더니 방문이 드르
르 열리는 소리가 났다.

'어떻게 된 영문이야?'

영재는 귀를 기울였다. 흐트러진 발소리가 들린다. 얼마 후
대문을 열고 상호가 긴 목을 쑥 내어밀었다.

"누구요?"

"나야."

"영잰가?"

"음."

상호는 안경을 밀어 올리며 밖으로 나왔다.

"웬일이야?"

"웬일이긴? 놀러 왔지."

상호는 우두커니 서 있다가,

"그냥 돌아가게."

무뚝뚝하게 명령한다.

"뭐? 그냥 돌아가라구?"

"그래."

"왜."

"자네하고 만나서는 안 될 사람이 와 있어."

"나하고 만나서는 안 될 사람? 그건 누구야?"

"내 애인."

상호는 서슴지 않고 말한다.

"뭐? 민 여사가!"

영재는 부지중에 민 여사란 말을 입 밖에 내보내고 말았다. 아차 했으나 수습할 도리는 없었다. 상호는 처음 어리벙벙한 표정을 지었으나 이내 긴장했다.

"그걸 자네가 어떻게 알았나."

부인하지는 않았다.

영재는 내친걸음이라 하는 수 없이,

"너무 당당하게 쏘다니니 눈에 띌 수밖에. 자중하게."

자중하라 했지만 조금도 충고하고 싶은 생각은 없었다.

"알아버린 일은 할 수 없지. 하여튼 오늘 밤은 얌전하게 돌아가게."

영재는 상호의 얼굴을 지그시 쳐다본다. 상호는 조금도 두려워하고 있지 않았다. 알미울 정도로 그는 태연자약했다.

"김상호의 배짱에는 경의를 표하네. 그런 뜻에서 민 여사를 다방에 모시고 싶은데 어떤가?"

영재는 장난스레 실쭉 웃었다.

"아마 그 여자는 거절할 걸세."

"목격자를 소홀이 취급하면 재미 적을 줄 모르나?"

"자아식이……."

상호는 어디서 바람이 부느냐는 시늉이다.

"도처에서 연애의 비희극이 연출되고 있는 판인데 죄 될 게 있나. 방해하지 않을 테니 나오게."

민 여사를 군이 만나야 할 이유도 호기심도 없었고 그들의 관계에 깊은 관심을 가진 것도 아니었다. 그러면서도 영재는 까닭 없이 짓궂게 굴고 싶었던 것이다. 여러 가지 감정의 여세인 듯했다.

"그럼 저 다방에 가서 기다려주게. 한길가에 은하라는 다방이 있으니까."

귀찮았던지 상호는 그렇게 제안하고 급히 안으로 들어갔다.

"자식이 정신 못 차리는군."

혼자 뇌며 돌아섰으나 영재는 주정 비슷한 짓을 자기가 했다고 생각했다.

한길가 다방에 들어간 영재는 아까 일혜 집에서 만난 아버지를 생각했다. 하나의 희화로 처리된 줄 알았던 일이었는데 이제는 무거운 압력으로 가슴을 누른다.

얼마 동안이 지났을까? 상호는 다방 문을 밀고 들어섰다. 혼자였다. 민 여사는 같이 오지 않았다. 상호는 잠자코 영재와 마주 보고 앉았다.

"민 여사는?"

"갔어."

"약속이 틀리지 않나?"

"강요하는 건 악취미다."

상호의 눈에는 엷은 우수가 깃들어 있었다. 방금 애인과 헤어진 분위기가 남아 있는 듯했다.

"악취미? 무취미보다 낫지."

영재는 공연히 싱거운 말을 지껄였다.

"동섭이는 시골 내려갔나?"

상호는 의식적으로 화제를 돌렸다. 그러나 영재는 그 말을 들은 척도 하지 않고,

"김상호 아나운서, 술 마실 생각은 없나? 아마도 갈증이 날 텐데?"

상호는 목의 울대뼈를 울룩거렸다. 그것만으로써는 상호의 심중을 측량할 수 없었다. 눈에 엷은 우수가 서린 채 그의 표정에는 아무 변동도 없었다.

"애인을 보낸 뒤에 술 생각이 없을 수 없지."

"오늘 밤은 왜 그래? 묘하게 깐죽깐죽 호비는구나. 좀 집요하다."

상호는 귀찮은 듯 말을 내뱉었다.

"오해는 말게. 질투하는 것도 아니요, 비난하려는 것도 아니야. 물론 악취미도 악의도 아니지. 말하자면 동병상련의 처지에서 하는 말이니까, 자네나 내나 다 불행한 연애를 하고 있으니 마음 툭 털어놓고 한잔하자는 것 아닌가."

"설명이 길군. 좋아, 가자!"

상호는 먼저 일어섰다.

"가만히 있어. 자리 값이나 하고 나가야지."

영재는 레지를 불러 차를 주문하였다.

변두리의 다방은 쓸쓸하고 음악도 없었다. 얼마 후 레지는 부숭부숭한 눈을 졸리운 듯 깜박이며 커피를 날라 왔다.

"이젠 제법 때가 벗겨졌어. 춥고 배고픈 세월도 다 지나갔겠지만 애청자라는 어리석은 아가씨한테서도 심심찮게 러브레터가 오겠군."

전보다 한결 말쑥해진 상호를 훑어보며 영재는 자기의 감정과 전혀 유리된 희롱을 걸고 씁쓸한 뒷맛을 씹는다. 상호는 픽 웃을 뿐이다.

"목소리를 듣고 반하지만 실물을 보면 환멸이지. 빈상에다가 말라 비틀어지고, 헌데 민 여사께서는 그것도 악취미에 속하는가?"

"민 여사, 민 여사 하지 말어. 나이가 아까워."

민 여사라는 말이 귀에 거슬렸던 모양이다. 그래 놓고 상호는 커피잔을 들어 훌쩍 마셨다.

"그럼 미스 민? 아니지 민경희 씨, 그래 민경희 씨. 나이가 아깝다? 대체 몇 살이야?"

"스물여덟."

"아이는?"

"아홉 살."

"그럼 자네는?"

"스물다섯."

또박또박 대답을 해놓고 보니 상호도 우스웠던지 껄껄 웃었다.

"이 자식아, 호구조사를 하는 거야, 궁합을 보는 거야, 싱겁긴……."

"그럼 이제 행차하실까?"

영재는 시계를 보며 일어섰다.

밖으로 나온 영재는 지나가는 택시를 잡았다.

"열 시 십 분이야. 앞으로 한 시간 하고 이삼십 분."

택시는 명동으로 향하였다.

그들은 달리는 자동차 속에서 촉박한 시간을 생각하고 있었다. 남은 시간은 한 시간 남짓했다.

'기분이야.'

그러나 아무런 절실한 이유도 없었다. 내친걸음이긴 했으나 번거롭고 분주하고 까닭 없는 낭비의 행동에 그들은 쓴웃음을 짓는다.

"민경희 씨하곤 어떻게 그리됐어?"

"거추장스러운 고백 같은 건 싫다. 자네는 본 대로구, 나는 느낀 대로야."

상호는 잘라버리듯 말하고 입을 다물었다.

"지독하군. 그런데 앞으론?"

"아무 예정도 계획도 없다."

한동안 그들 사이에는 침묵이 흘렀다. 한참 만에,

"동섭이는?"

아까 대답을 듣지 못했던 것을 상호는 되풀이했다.

"하숙에 있겠지."

"같이 올걸."

"자격이 없어. 그 자식은 아직 학생이야."

"저번에 만났을 때 곧 시골에 간다고 했는데 여직 안 갔나?"

"언제 만났어?"

"며칠 전에 어떤 여자하고 가더군."

"어떤 여자?"

영재의 두 어깨가 팽하니 뻗는 듯했다.

"음, 대단한 미인이더군. 그자가 연애하는 거 아직 몰라?"

"그걸 어떻게 알아?"

목소리가 까칠하다.

"몹시 당황하더군."

그 말은 상당한 충격을 영재에게 주었다. 그 여자는 홍수명일
것이란 생각이 들었기 때문이다.

"키가 크던가?"

"음. 후리후리하더군."

"이마가 넓던가?"

"음."

'미스 홍에 틀림이 없구나.'

"자네도 아는 여잔가?"

"아, 아니."

영재는 일찍이 느껴보지 못했던 패배감과 질투에 전신의 피가 뒤끓는 것만 같았다.

'동섭이는 나보고 미스 홍을 만났다는 얘기는 하지 않았어. 왜? 무슨 이유로? 연애가 진행 중인 때문일까? 아니면 나를 제쳐놓고 선수를 쓰려고 그랬는가?'

구름 같은 의심이 몰려들었다.

'바보 같으니라구. 나는 그동안 뭘 하고 있었더란 말이냐. 그 여자를 만나볼 구실은 얼마든지 있었다.'

생각만으로 어떤 구체적인 행동을 취하지 못했음을 새삼스레 후회하였다. 뭣이든 자신이 꼭 원하기만 하면 돌진하는 영재가 마음만 앓고 있었던 것은 일혜의 문제, 주실의 문제가 있었던 때문이다. 그러나 영재는 이 순간 그것을 완전히 잊어버리고 오직 홍수명으로 온통 정신이 쏠리고 있는 것이다.

'동섭이하고 싸우겠다. 그쪽에 갔다면 나는 그 여자를 뺏고 말겠다. 그 누구에게도 양보할 순 없지. 우정은 우정이고 사랑은 사랑이다.'

상호는 그동안 줄곧 이야기를 하고 있었던 모양이다. 연탄가게 아가씨를 골라잡더니 이번에는 어쩐 일로 그런 하이클래스의 여자를 붙잡았느냐는 것이다.

미도파 앞에서 자동차를 버린 그들은 명동으로 들어섰다. 밤이 저문 명동 거리에는 오가는 사람의 수도 줄어들고 포도 위에는 신문지 조각이 바람에 너펄거리고 있었다. 영재는 상호가 옆에서 걷고 있는 것도 잊어버린 듯 곧장 앞만 보고 걷고 있었다.

"어디까지 갈 작정이야?"

"음?"

영재는 꿈에서 깨어나기라도 한 듯 우뚝 걸음을 멈추었다.

"그만 여기 들어가지."

상호는 빽빽이 들어선 건물 사이의 어느 바를 가리켰다. 영재는 잠자코 그곳으로 발길을 돌려놓았다.

문을 밀고 들어서면서 상호는,

"어지간히 미친 지랄들을 하는군, 이 저문 밤에."

하고 씁쓸하게 웃는다.

"걱정 말어. 늦으면 여관에서 자는 거지."

바 안에는 별로 손님이 없었다. 밤이 저문 때문에 어지간한 술꾼들은 다 돌아간 모양이다. 하얀 솜을 둔 크리스마스 트리에는 붉은 불이 왔다 갔다 하고 있었다.

"어서 오세요."

여급이 방긋 한 번 웃었으나 이내 마네킹처럼 무표정으로 돌아갔다. 카운터에는 몇몇 사나이들이 기대어 서서 술잔을 기울이며 주정꾼 특유의 기괴한 소리를 지르기도 하고 여자를 끌어당겨 못살게 구는가 하면 헤프게 팁을 던져주기도 한다.

"뭘 하시겠어요?"

영재는 덮어놓고 술이라 했다.

"위스키로 하지."

상호가 영재 말을 보충한다.

"안주는요?"

"아무거나."

여급은 늦게 온 두 젊은 손님들의 행색을 훑어보고 안주와 술 잔을 늘어놓았다.

영재는 말없이 술을 들이켰다. 상호도 잠자코 술을 마시는 것이었다. 그들은 마치 술 내기라도 하는 듯 바쁘게 술잔을 비웠다. 술이 돌아감에 따라 영재의 표정은 횡포하게 변하였고 그와 반대로 상호의 표정은 차분하게 가라앉는 듯했다.

그들의 평소의 주벽이 자리를 바꾼 듯하다. 술이 들어가면 소녀처럼 비관형으로 변하는 영재가 오늘따라 거칠게 시근덕거리며 무엇이고 때려 부술 기세다. 일면 술이 들어가면 낙관형으로 노래 부르고 떠들기 좋아하던 상호는 무슨 생각에 깊이 잠긴 듯 말이 없이 조용했다.

방금 헤어진 민경희를 생각하며 영재에게 지적된 불행한 연애라는 말을 되씹고 있는지도 모른다. 영재는 물론 홍수명과 동섭을 생각하며 울울한 심회와 내일로 줄달음치려는 거센 힘을 발산할 길 없어서 안절부절못하는 듯하였다.

"상호!"

영재는 술잔을 쑥 내밀었다.

"내 심장이 터져버린다면 통쾌하지 않겠나? 자, 술이다!"

영재는 주먹으로 카운터를 쳤다.

"오늘 밤 나는 여자 하나를 짓밟아주고 왔지. 그래, 내가 나쁜 놈이란 말이야?"

"갈팡질팡이구나."

상호는 혼잣말처럼 뇌고 냉랭한 얼굴로 영재를 바라본다. 그렇게 술을 많이 마셨는데도 끄떡하지 않고 눈알이 말똥말똥하다.

"아무런 이유도 없다."

영재는 나직이 중얼거렸다.

"아무런 이유도 없다."

이번에는 크게 소리쳤다.

"그래서 어쨌다는 거야?"

상호는 술잔을 내려다본다.

"의무고 우정이고 합법이고 개똥이고 없단 말이야! 아무것도 없단 말이야. 나의 죄악은, 나의 욕정은, 젊었기 때문에 아름답기조차 한 거야. 나는 젊어. 내 힘은 넘쳐흐르는 강물이야. 아무도, 그 누구도 넘쳐흘러 가는 물을 막을 수 없어. 그것은 자연의 섭리야. 어리석게도 인간이 그것을 막을 수 있다고 생각하는가?"

영재는 상호의 뾰족한 코 앞에 얼굴을 바싹 들이대었다.

"흥! 위대한 힘이군그래. 그야말로 초인이다."

"그럼. 누구나 자기 혼자의 세계에선 초인이다. 특히 젊은 놈들에게 있어선 그렇다! 나는 그 힘을 주체할 수가 없어. 폭탄을 안고 적진에 뛰어들든지, 아니면 온갖 것을 때려 부수고 백주 대로에서 내가 나를 고발하고 내가 인간을 고발하고…… 아아, 그러나 나는 그 여자를 가지고 말 테다!"

영재의 말은 지리멸렬한 그의 심중을 그대로 나타내고 있었다.

"자네는 아무래도 정신분열자 같다."

상호는 아무래도 취하지 않는 모양으로 신중한 말투였다. 여름 이래 영재가 때때로 광적인 흥분에 사로잡히는 것을 상호는 상기하였다. 지나치게 예민한 감정이기는 해도 영재는 정확한 비판력을 가지고 있었다. 그리고 야심만만하며 의욕적이었다. 그러나 영재는 너무나 변해버렸다. 그의 눈에 서리는 아픔과 무자비한 자기학대, 상호는 그 원인을 일혜와의 연애에서 찾으려 했다. 그러는 그는 이내 석연치 않은 것을 느꼈다. 그들의 관계에 있어서 영재는 수동적이기 때문이다. 그런데 영재는 방금 그 여자를 가지고 말 테다는 말을 했다.

"동섭이하고 싸운다, 싸울 테다! 숙명적으로 그 여자는 내 거야."

이 말은 상호의 귀를 번쩍 뜨이게 했다.

이마가 널찍한 여자를 둘러싼 새로운 국면이 눈앞에 확 지나갔다. 그러나 그는 캐묻지 않고 얼굴을 약간 찌푸렸을 뿐이다.

"아아, 윤 형 아니시오?"

화장실에 갔다 나온 사나이가 연방 지껄이고 있는 영재의 어깨를 툭 쳤다.

"당신은 누구시오?"

노란 잠바에 빨간 스웨터를 입은 사나이는 한정없이 긴 코 밑을 쓱 한 번 만지더니,

"김성삼이가 한번 소개해 준 일이 있었죠?"

"그래서 어쨌다는 거요."

"대단히 취하셨군. 성삼이한테서……."

"내 기억 속에는 그따위 성삼이라는 이름은 없어. 왜 내게 그런 말을 하는 거야!"

"허 참, 그런 게 아니구요. 성삼이 편지에 오늘 장가든다구 했어요. 윤 형 사촌 되시는 분과 결혼한다 했기에 어째 윤 형께서는 내려가시지 않았나 싶어 말씀드린거죠. 그리구 축하의 말씀도 드릴 겸……."

"뭐라구?"

영재는 술이 깨는 모양이다. 곱슬어진 머리칼이 온통 곤두서는 듯했다.

"모르고 계셨어요? 그거 이상한데요? 오늘이 바로……."

"뭐 이 새끼야! 엉터리 수작 말어!"

영재는 들고 있던 술잔의 술을 사나이 얼굴 위에 끼얹었다.

"이게, 이게 왜 이래? 대관절 사람을 어떻게 보는 거야?"

사나이는 영재 옆에 바싹 다가섰다. 결국 치고받고 싸움판이 벌어지고 말았다.

영재가 눈을 떴을 때 그곳은 하숙방이었다. 시계를 보려고 팔을 들었으나 팔목에는 시계가 없었다. 그리고 팔이 뻐근하게 아팠다.

'시계가 없다. 어떻게 된 거야? 아아 어젯밤, 어젯밤에 난 싸움을 했었지. 그런데 어떻게 여기를 왔을까.'

영재는 드러누운 채 방 안을 두루 살폈다. 아무도 없었다. 살풍경한 하숙방의 유리창이 바람에 흔들리고 있을 뿐이다.

'동섭이는 어디 갔을까?'

이부자리도 말끔히 개놓고 책상 위에는 책이 한 권 펼쳐져 있었다. 옷걸이에 외투가 걸려 있는 것을 보아 외출은 하지 않은 모양인데 너무나 사방은 괴괴하였다.

영재는 배를 깔고 베개에 턱을 괴며 담배를 피워 물었다. 눈 앞에 제일 먼저 떠오른 얼굴은 노란 잠바를 입었던 사나이였다. 코밑이 한정없이 길던 그 사나이는 조감독이니 뭐니 하고 어디선가 소개받은 일이 있는 듯했다. 영재는 어젯밤에 그 사나이와 치고받고 한 것까지는 생각이 났다. 그러나 그 뒤의 일은 분명치 않았다. 어떻게 해서 하숙까지 돌아왔는지 도무지 알 수가 없었다.

영재는 그 사나이와 치고받고 하던 일로부터 기억을 거슬러 올렸다.

'그 사나이는 성삼이가 주실이하고 결혼한다고, 아니 바로 어제 결혼했을 거라고 말했지.'

전신에 소름이 오싹 끼치는 것을 느낀다.

'자동차 속에서는 상호가 동섭이 말을 했고, 미스 홍하고 동섭이 같이 가더라고 했지. 그리고 또 상호를 찾아갔을 때 그의 하숙방에는 민경희가 와 있다고 했다.'

영재는 담배 연기를 훅 내뿜었다.

일혜 집에서 아버지를 만난 일로부터 일혜에게 뺨을 맞은 일이 차례차례로 눈앞에 떠오른다. 현장에서 겪었을 때보다 기억 속의 광경은 더욱 선명하였고 짓궂은 실감을 안겨주는 것이었다. 그리고 어제 하룻밤 사이에 겪은 일은 너무나 엄청나게 많았고 또한 복잡하였다.

'한꺼번에 몰려왔구나.'

담배를 비벼 끄고 바로 눕는다. 하룻밤 사이에 부딪친 그 많은 사건들은 우연의 소치가 아니요, 인과로서 필연적인 과정이었다는 것에 영재의 절망이 있었고 허탈이 있었다. 그 사건 중에서 가장 큰 충격을 준 것은 말할 것도 없이 주실과 성삼의 결혼문제였었다.

'효자동 집에 편지가 와 있을지도 모르겠다.'

그러나 영재는 주실이 결혼하게 된 내력을 알기 위하여 효자동 집에 와 있을지도 모르는 편지를 찾으러 갈 마음은 조금도 없었다. 그는 가능한 한에 있어서 모르는 그대로 있고 싶었다. 사태의 진전을 모르고 있다는 것만이 현재 그에게 허용된 유일한 쥐구멍이었던 것이다.

나중에 한꺼번에 몰려들어서 자기 자신을 깊이 모를 심연에 빠뜨리는 한이 있을지라도 또한 그것이 코앞에 바싹 다가왔을지라도 하여간 그가 숨 쉬는 순간순간에는 모르고 있기를 바란다.

코밑이 긴 사나이를 까닭없이 모욕하고 두들겨 팬 것도 술의 탓이 아니다. 모르고 있고 싶은, 우둔하리만큼 이상한 감정 때문이었다.

영재는 허리 밑에 두 손을 밀어 넣으며 창가로 눈을 돌렸다.

"억!"

외마디 소리를 지르며 벌떡 일어나 앉는다.

유리창 밖에는 무수한, 수천수만의 곤충들이 군집하여 날고 있었다. 영재는 창백한 얼굴에 양미간을 바싹 모으고 그 기괴한 곤충들이 난무하고 있는 광경을 공포에 질린 눈으로 바라본다.

'아니다. 검정이 날고 있구먼. 굴뚝소재를 했나 보다.'

회색 바탕의 막막한 공간. 식은땀이 등골을 타고 내려간다.

"으하하핫……."

돌연 영재는 크게 소리쳐 웃었다.

"눈이야 눈! 하하핫……."

수천, 수만의 곤충이 난무하고 있다고 본 것은 눈이었다. 창밖에는 가루눈이 펄펄 내리고 있었다. 창문이 높은 탓인지 흰 눈이 이상하게도 거무스름하게 보였던 것이다.

"신경이 몹시 약해졌구나."

영재는 중얼거리며 도로 자리에 누웠다. 좀 어처구니가 없었다. 청량리 뇌 병원에 가야겠다던 일혜의 말이 문득 생각나기도 했다.

'이러다간 정말 미쳐버리겠다.'

층계를 밟는 소리가 삐걱삐걱 들려왔다. 동섭인 모양이다. 방문이 드르르 열렸다.

"일어났군."

방에 들어서면서 동섭은 말을 걸었다. 코끝이 불그스름했다. 커다란 손도 불그스름했다.

"어디 갔다 왔어?"

"운동 삼아 뒷산에 갔다 왔지."

"이렇게 눈이 오는데?"

"눈이 오니까 갔었지."

"흥, 낭만적이군."

동섭은 픽 웃기만 하고 아무 말도 하지 않았다. 들어올 때 밖에서 눈을 털어버린 모양이지만 그의 머리와 어깨에는 아직도 눈이 얹혀 있었다.

'눈이 오니까 갔다구? 연애를 하는 징조로구나.'

영재는 눈썹과 눈의 간격이 아주 밭은 동섭의 깊숙한 눈을 바라본다. 맑게 갠 눈이었다. 솔밋한 얼굴 한편에 그늘이 져서 얼굴은 더욱 솔밋해 보였고 몸집이 작은 편은 아니었는데 오늘따라 선이 아주 가늘어 보였다. 그것도 동섭이 여자를 사랑하는 감정의 반영인 것 같아서 영재는 괴로웠다. 깨끗한 분위기를 자아내는 동섭을 영재는 더 이상 바라보고 있을 수가 없었다. 미움과 또한 미워할 수 없는 마음이 교차했다.

"몇 시나 됐어?"

시계가 없어졌다는 말은 하지 않고 시간을 물었다.

"아홉 시 오 분 전이군."

동섭은 시계를 보다가,

"아 참, 자네 시계는 책상 서랍 속에 넣어두었다. 유리가 깨졌더군."

그 말 대답은 하지 않고,

"내가 어떻게 여길 왔지?"

"어떻게 오기는, 상호가 끌고 왔더군, 통금 직전에."

"그럼 상호는 어떻게 돌아갔을까?"

"여기서 잤지 뭐. 아까 방송국에 나갔어."

"그래? 통 기억이 없다."

"무슨 술을 그렇게 마셨어?"

"좀 과했던 모양이야."

"그렇게 마셔도 좋을까? 요즘 자네 안색은 아주 나빠. 수술한 지도 얼마 안 되는데……."

"될 대로 되라지. 내버려두어."

동섭은 창밖으로 시선을 옮겼다가 다시 영재를 보았다. 희미한, 그리고 난처해하는 웃음이 떠돌고 있었다.

동섭은 슬며시 책상에 기대 앉았다. 그리고 새삼스럽게,

"영재."

하고 불렀다. .

"자넨 나하고 싸우겠다 했는데 왜 그러지?"

"내가?"

영재는 어리둥절했으나 이내 얼굴은 일그러지고 말았다.

"어젯밤에 그러더군. 술을 마시면 진담이 나온다는데 무슨 이유로 나하고 싸워야 하나?"

따지듯 차분한 목소리로 묻는 것이었지만 노한 표정은 아니었다.

"어젯밤에 내가 그랬던가? 자네보고?"

영재는 동섭에게 어떤 회답을 줄 것인가 망설이며 일부러 딴전을 피웠다.

"싸울 만한 이유가 있다면 싸워도 좋다."

하고 이번에는 빙그레 웃는 것이 아닌가. 영재는 동섭의 의도가 나변에 있는지 헤아리기 어려웠다.

"자넨 오해하고 있어."

"무슨 오해?"

영재는 불안해진다.

“나는 미스 홍을 두고 자네와 겨룰 생각은 조금도 없어.”

“그건 무슨 뜻이지?”

“정직하게 말해서 나도 미스 홍을 좋아하긴 했다. 그러나 좋아한다는 것에도 여러 가지 종류가 있을 거야. 처음에는 그 좋아하는 것이 어느 쪽에 속하는지 잘 분별이 안 되더군.”

영재 얼굴에는 약간 핏발이 서렸다.

“그 여잔 너무 슬기로워. 아무튼 설명은 그만두겠다. 그러나 미스 홍 때문에 나하고 싸운다면 난 기권하겠다.”

명확하게 자기 의사를 표명하는 데 있어서 영재는 더 할 말이 없었다. 이렇게 되고 보니 영재는 자기의 지나친 추측이 몹시 용렬한 것이었음을 깨달았다. 그리고 어젯밤에 어느 정도의 주정을 했는가에 대해서도 궁금하지 않을 수 없었다.

“어젯밤에 내가 무슨 소리를 지껄이던가?”

영재는 겸연쩍게 물었다. 동섭은 쓰게 웃는다.

“마치 내가 자네를 배신한 것처럼 마구 욕설이야. 자네 입장으로선 좀 주제넘는 일이지만, 술 취한 사람을 보고 따질 수도 없고 그냥 들어두었다.”

동섭의 말을 미루어 상당히 행패를 부린 모양이다.

“내가 그랬던가?”

“그런데 바에서는 왜 죄 없는 사람을 두들겨주었나?”

영재는 할 수 없이 웃는다.

“뭐 시골의 누이동생이 성삼이하고 결혼했다구?”

"상호가 그러던가?"

"아니, 자네가 지껄이더군."

영재는 번쩍 머리를 쳐든다.

"그런 말을 내가 해?"

"음, 불쌍하다 하면서 막 울던걸."

"그 밖의 말은?"

영재의 표정은 딱딱하게 굳어진다.

"내가 죽일 놈이라고 하면서 몹시 괴로워하더군."

"내가 울었다고?"

영재는 혼잣말처럼 뇐다. 그러나 그는 다시 의심에 찬 눈으로 동섭을 바라본다. 그 이상의 일을 동섭이가 알아버린 것이나 아닐까 하는 생각에서였다.

동섭의 표정에서는 그 이상의 일을 알고 있다는 흔적을 찾아볼 수 없었다. 영재를 혐오하는 빛은 조금도 없었다.

일요일이기 때문에 늦게까지 자리에 누워 있던 영재는 열 시가 지난 뒤에 조반상을 물리고 담배를 붙여 물었다.

동섭은 외출할 차비를 차리고 있다가 문득 생각이 난 듯,

"나가지 않겠나?"

하고 물었다.

"어디로?"

"내가 가는 데."

"자네 가는 곳이 어디야?"

"가면 알겠지."

"극장의 초대권이라도 생겼나?"

"아니, 돈이나 좀 준비하는 게 좋을 거야. 경우에 따라서 자네가 점심을 사도 좋으니까."

동섭은 의미심장한 눈으로 영재를 바라본다. 그런데 다소의 망설임도 없지 않았다.

"누굴 만나나?"

"글쎄, 따라오면 안다니까."

동섭은 끝내 솔직하게 대답을 하지 않는다. 영재는 한참 동안 늑장을 부리다가 부시시 따라나섰다.

거리에는 부드러운 가루눈이 여전히 내리고 있었다.

종점에 있는 다방 앞에까지 왔을 때 동섭은 다방 문을 밀었다. 좀 궁금하기는 했으나 영재는 눈을 털고 동섭의 뒤를 따라 다방에 들어섰다. 동섭이 가자는 대로 구석 자리에까지 간 영재는,

"아!"

경악의 소리와 함께 영재의 관자놀이가 움직였다. 참으로 의외의 사람이 그곳에 앉아 있었던 것이다. 녹색 머플러로 얼굴을 싼 홍수명이었다.

수명이도 뜻밖이었던지 엉거주춤 몸을 일으키려다가 도로 주저앉으며 은은한 미소를 지었다. 영재는 그 미소에 이끌려가듯 앞으로 한 발 내디디며,

"오래간만입니다."

감정이 복받쳐 영재의 얼굴은 오히려 창백해진다.

"그간 안녕하셨어요?"

잔잔하게 퍼지는 알토로 인사를 하는 수명은 왜 그런지 얼굴을 좀 붉혔다. 그러한 태도는 그의 인상이나 여의사가 될 미래의 직업과는 너무나 판이한 것이었다. 수명이 얼굴을 붉히자 마치 감염된 듯 면도 자국이 파아란 영재의 귀 옆에도 엷은 핏기가 퍼져갔다.

수명이 얼굴을 붉힌다는 사실과 그의 은은한 미소는 영재에게 새로운 감명을 주었다. 그것은 모두 최초의 어떤 영혼의 상통을 의미하는 것이기 때문이다.

"오래 기다리셨어요?"

자리에 앉은 동섭은 좀 거북하게 몸을 가누며 물었다.

"아뇨. 지금 막 왔어요."

"어떻게 결정이 났습니까?"

수명은 잠시 침묵하다가,

"이번에는 아무래도 못 가겠어요. 형편이……."

수명은 간단하게 디자인한 큰 핸드백을 만지작거리며 미안해하는 얼굴이다.

"그거 참 유감입니다. 모두들 상당히 기대하고 있었는데……."

동섭은 낙망을 역력히 나타내었다.

"죄송합니다. 요다음에는 꼭 협력하겠어요. 애들이 영 놓아주
질 않아서요."

"애들이라뇨?"

수명은 그냥 웃을 뿐 그 말 대답을 하지 않았다.

영재는 그들의 대화가 무엇을 의미하는지 통 알 수가 없었다.
그러나 그것은 몰라도 상관이 없었다. 녹색 머플러로 얼굴을 싼
수명을 염치가 없을 지경으로 그는 바라보고 있는 것이다. 그것
은 아주 조야한 것이 아닐 수 없었다.

"좀 어떠세요, 윤 선생님 건강은?"

수명은 찻잔을 들면서 영재를 정면으로 바라보았다. 깊이 모
를 심연처럼 영적靈的으로 보이는 눈이 숲처럼 흔들리고 있는 것
같았다. 영재는 자기 자신의 심장마저 출렁거리고 있는 것 같은
착각을 느끼며,

"아, 네."

목소리가 목에 꽉 메어 그 이상 말이 나오지 않았다.

'어째서 내가 이렇게 우둔할까?'

동섭이 옆에 있는 때문인지 모른다고 생각했다. 동섭에게 슬
그머니 눈을 주었다. 동섭의 눈빛은 어두웠다.

"취직을 하셨다구요?"

"네, 했습니다."

"아직 몸이 회복 안 되신 것 같은데……."

"닥터라 역시 관심이 다르시군요. 감사합니다."

영재는 처음으로 활짝 웃었다. 쪽 고른 이빨을 수명은 아름답다고 생각했다.

"제가 무슨 닥터예요? 아직은 병아린데요. 뭐."

수명도 처음으로 소리 내어 웃었다. 동섭은 가볍게 기침을 하고 나서,

"수명 씨, 오늘은 윤 군이 수명 씨를 점심에 초대하겠답니다. 병원에 있을 때 신세도 지고 했으니까."

동섭의 말이 끝나자,

"바쁘시지 않으면……."

영재는 동섭의 성격으로서는 파격적인 능란한 거짓말에 동조하듯 말을 덧붙였으나 절로 목덜미가 뜨거워진다.

"병원에 계실 때 제가 뭣을 했기에요?"

수명은 사양하듯 말하였다.

"아, 아닙니다. 그런 뜻에서가 아니고 점심을 같이하고 싶습니다."

영재는 소년처럼 말을 더듬기조차 했다.

"어떡허나? 지금 오는 길인데…… 집에는 가봐야겠는데……."

수명은 망설인다.

"그럼 다녀오세요. 우리 여기서 기다리죠."

동섭은 지금 오는 길이니 집에는 가봐야 한다는 수명의 말뜻을 알고 있는 모양이다.

"그럼 잠깐 들렀다 오겠어요."

수명은 회색 외투의 깃을 세우며 바삐 걸어 나갔다.

수명이 사라지자 영재는,

"미스 홍은 이 근처에 사나?"

하고 물었다.

"아마 집은 이 근처에 있는 모양이야."

"그럼 미스 홍은 집에 있지 않은가?"

"다른 곳에 가 있다고 하더군. 일요일에만 집에 들르는 모양이야."

"다른 곳에? 어디에?"

"그건 나도 몰라. 수명 씨는 자기 신변에 관한 얘길 통 하지 않으니까."

영재는 좀 불안하기 시작한다. 구름다리에서 떨어진 듯한 기분이다. 그와 더불어 지금까지 잊고 있었던 어젯밤의 사건들이 마음속에 되살아왔다. 어둠과 밝음, 어둠이 짙었기 때문에 영재는 수명이라는 광명에 더욱 큰 집착이 가는 것이기도 했다.

"아까는 무슨 얘기야?"

그들이 주고받은 이야기에는 아무런 흥미도 없었으나 영재는 물었다. 수명의 앞에서 쩔쩔매다시피 한 자기 행동이 지내놓고 보니 멋쩍기도 하고 동섭이 보기에 민망한 생각도 들어서 입을 다물고 앉아 있을 수가 없었던 것이다.

"일전에 거리에서 미스 홍을 만났을 때 방학을 이용하여 시골로 내려가지 않겠느냐고 권유를 했었지."

"시골로? 무의촌 말인가?"

"음, 이번에는 뭐 시골 사람들을 치료하는 게 목적이 아니구 위생에 관한 계몽이나 할까 싶어서 몇 사람이 모여 계획을 세웠지. 약품이나 가지고 내려가려구."

"그래서…… 수명 씬 못 가겠단 그 말이지?"

"음, 가부간 오늘 만나서 얘기하기로 했는데 못 갈 사정이 있는 모양이야."

동섭은 수명과 이곳에서 만나게 된 이유를 말수 적게 설명하였다. 그리고 누가 보다가 내버려둔 조간신문을 들었다.

눈이 펄펄 내리기 때문에 신이 나는지 다방 안에는 징글벨이 요란스럽게 울리고 있었다.

영재는 어젯밤에 동섭에게 상당히 행패를 부렸는데도 불구하고 이런 기회를 고의적으로 마련해 준 동섭의 우정을 진심으로 고맙게 여겼다. 그러나 동섭의 시무룩한 표정은 아무래도 마음에 걸린다.

"나를 여기 끌고 온 것은 자네 말대로 그 기권의 표시인가?"

영재는 동섭의 심중을 짚어보듯 물었다.

"마음대로 생각해."

동섭은 신문으로 얼굴을 가린 채 말했다. 역시 시무룩한 어투였다.

"미스 홍이 자넬 두고 뭐라는 줄 알어?"

동섭은 신문을 접어서 놓고 영재를 힐끗 쳐다보았다.

"뭐랬어?"

"재치가 넘쳐 흐르는 청년의 매력을 지니고 있다는 거야."

"흠?"

"그런데 어딘지 병적이며 저주받은 것 같다는 거야."

"뭐?"

영재의 얼굴이 확 변한다.

"왜 놀라는 거야? 젊은 여성의 입에서 그런 말이 나왔다는 것은 여간한 찬사가 아닌데……."

"……."

'병적이며 저주받은 것 같다는 말은 매력을 더 한층 강조한 말이겠지.'

동섭은 여러 가지 생각이 엇갈리는 듯 영재를 가만히 쳐다보았다.

영재는 아픔이 따른 희열을 느꼈다. 노골적인 표현을 피하고 있었으나 동섭은, 홍수명의 관심은 나에게보다 자네에게 있다는 뜻을 암시해 주었다.

"그러나 나는 자네 욕망을 도와줄 생각은 없다. 물론 방해할 생각도 없어. 그것은 다 내 양심이 허락하지 않는 일이야."

"성인군자다운 말씀을 한다만 아까는 능란하게 거짓말을 하던걸."

동섭은 그 말 대답은 하지 않았다.

"난 자네가 불만이란 말이야. 미스 강의 얘기를 꺼내면 싫어

하겠지만."

"싫어할 것도 없어."

"자기 자신을 기만하면서 즐길 수 있다는 것은 나로선 이해하기 곤란하다."

동섭의 표정은 준열하였다. 누구에게 향하는지 알 수 없으나 영재는 모멸적인 웃음을 띠었다.

영재는 모멸적인 웃음을 거두고 내던지듯,

"조금도 나는 즐겁지 않았다."

"더욱 알 수 없는 말이군."

"알 수 없겠지. 이유를 말하고 싶지도 않다. 아니, 아마도 이유는 없었을 거야. 배가 고파서 먹었다고 생각해 두게. 그러나 이리처럼 잡아먹지는 않았다. 일혜도 배가 고팠을 테니까."

영재의 난폭한 말에 동섭은 얼굴을 붉힌다.

"비겁한 변명이다. 그런 말로써 자기 한 짓을 합리화할 수 있다고 생각하나?"

"난 조금도 내 행동을 합리화하려 하지는 않는다. 다만 내버려둘 수밖에 없지 않은가?"

오히려 반문한다.

"나는 어젯밤에 일혜를 만나서 선언했다."

"뭐라구? 헤어지자구?"

"아니, 사랑하는 여자가 있다구."

"뻔뻔스럽고도 무자비했군."

동섭은 노여운 듯 말을 내뱉었다.

"마음대로 생각해라. 그러나 자비심 따위를 강요하진 말어."

그러고 있는데 수명이 바쁜 걸음으로 들어왔다.

"오래 기다리셨죠? 죄송합니다."

"아뇨."

동섭은 얼른 몸을 일으켰다.

바삐 걸어온 때문인지 수명의 얼굴은 상기되어 있었다. 고요한 호수가 바람에 소용돌이치듯 수명의 몸에서 가벼운 선율을 느낄 수 있었다. 그리고 무척 어리게 보이기도 했다.

밖으로 나왔을 때 수명은 우산을 받쳐 들었고 두 사나이는 외투 깃을 세웠다. 얼마 후 택시를 잡은 영재는 수명을 먼저 오르게 했다. 그리고 동섭에게 타라고 고갯짓을 했으나 동섭은 아무 말 없이 영재를 밀어올렸다. 그리고 그 자신은 운전수 옆에 털썩 앉는 것이었다.

택시는 눈발을 헤치고 미끄러졌다.

시트에 나란히 기대어 앉은 영재와 수명은 다 같이 몸을 딱딱하게 움츠렸다. 동섭은 그다지 익숙하지 않은 담배를 붙여 물고 연기를 뻑뻑 내뿜고 있었다.

"눈이 점점 심해지는군요."

영재가 말한다.

"네."

수명이 대답한다. 그리고 두 사람은 서로 마주 보았다. 웃음이 없는 네 개의 눈동자가 부딪치는 순간 그들은 다 같이 몹시 당황하며 앞에 앉은 동섭의 뒤통수로 눈을 옮겼다.

시내 H그릴 앞에서 자동차는 멎었다. 동섭은 먼저 내려서 H 그릴로 그냥 곧장 들어가 버린다. 영재는 황급히 찻삯을 치르고 수명과 같이 그릴로 들어섰다. 보이가 쫓아 나왔다.

"별실 없어요?"

"네, 오늘은 일요일이 돼서요. 미안합니다."

영재는 하는 수 없이 이 층 넓은 홀로 들어갔다.

모두 외투를 벗고 보이가 권하는 의자에 앉았다.

수명은 수수한 오픈네크의 다갈색 드레스를 입고 있었다. 네 클리스도 하지 않은 목덜미와 갸름한 팔은 참으로 아름답고 소청하였다.

'저 목에 값진 보석을 걸어주고 싶다.'

영재는 부드러운 머리칼이 가늘게 흔들리고 있는 수명의 목 덜미를 우두커니 바라보고 있었다.

웨이터가 물수건을 가지고 왔다. 영재는 테이블 위에 놓인 메뉴를 수명 앞에 밀어놓으며,

"뭘 하시겠습니까?"

수명은 손을 닦고 메뉴를 보면서,

"함박을 하겠어요."

영재는 동섭의 의사는 아랑곳없이 삼 인분의 햄버그스테이크를 주문한다. 식사를 기다리는 동안 영재는 무슨 말을 해야겠다

고 생각했으나 좀처럼 화제가 떠오르지 않았다. 수명은 오도카니 앉아 있었다. 동섭은 시무룩한 얼굴로 제비처럼 날쌔게 손님들을 안내하고 있는 웨이터를 바라보고 있었다.

"영화는 더러 보세요?"

겨우 화제를 발견하여 구원된 듯한 표정으로 영재는 수명에게 말을 걸었다.

"네, 가끔."

"오늘 영화에 모셔도 되겠습니까?"

"아니에요. 점심은 윤 선생께서 내셨으니까 영화는 제가 모시겠어요. 이번 일에는 제가 협조하지도 못하고…… 이 선생께 사과드리는 뜻으로도."

수명은 침묵을 지키고 앉아 있는 동섭을 화제에 끌어들일 양그에게 시선을 보내며 눈으로 그의 의향을 묻는다.

"윤 군과 수명 씨가 그러면 저는 어떡합니까? 빈털터린데요."

동섭의 말에 수명과 영재는 소리 내어 웃는다. 젊은 그들의 웃음소리는 유리창 밖의 설풍경에 비하여 너무나 화창하다. 누가 극장표를 사든 간에 우선 점심시간으로부터 영화 관람의 시간까지 연장된 것이 영재로서는 기쁘지 않을 수 없었다.

"이 친구 어느 배우를 닮지 않았습니까, 수명 씨?"

영재는 들뜬 기분으로 말하며 턱으로 동섭을 가리켰다.

"글쎄요?"

"〈나는 고백한다〉에 나오는 몽고메리를 닮았죠? 신부 옷만

입혀놓으면 틀림없을 겝니다."

"그러고 보니……."

수명은 유심히 동섭을 쳐다본다. 멋쩍었던지 동섭은 씩 웃었다.

"나는 그 영화에 나오는 앤 백스터가 좋더구먼. 고상하지는 않지만 어딘지 안개가 서린 것처럼 신비해."

동섭은 가만히 있을 수만 없었던지 한 마디 거들었다.

"수명 씨는 어떤 배우를 좋아하세요?"

영재가 묻는다.

"전 알리다 발리가 좋아요."

"남배우는?"

"말런 브랜도도 좀 좋아요. 그리구 제임스 딘도 반역적인 데가 있지 않아요?"

수명은 반문하듯 영재를 쳐다보았다. 사소한 일이었지만 영재는 수명이 자기와 꼭 같은 생각을 하고 있는 것이 무조건 즐거웠다.

"반역적이라면 바로 이 사나이가 반역적인 전형입니다. 그렇게 생각하지 않으세요, 수명 씨는?"

동섭은 영재를 가리켰다.

"공연히 중상모략을 하는 겁니다. 이 사람 말 믿지 마세요."

영재는 껄껄 웃었다. 웃는데 마음 한구석이 콱 메는 것만 같았다.

영화 이야기로 화제를 이어나가는 동안 수프 접시는 나가고 샐러드와 햄버그스테이크가 나왔다. 식사는 매우 유쾌하게 진행되었다.

동섭은 식사 도중에 무심히 문가에 눈을 주었다. 그의 표정이 별안간 흐려졌다. 여자 두 사람이 천천히 걸어 들어오고 있었다. 들어온 여자는 일혜와 신혜였다. 신혜는 여전히 화려한 옷차림이었으나 일혜는 별로 손질도 하지 않았던 모양으로 머리는 부숭부숭하고 외투도 아무렇게나 걸친 듯 보였다.

처음 그들은 영재 일행을 보지 못했다. 그러나 외투를 벗고 좌석에 앉았을 때 일혜를 쳐다보다가 얼굴을 돌리는 동섭에게 일혜의 눈이 갔다. 그리고 맞은편에 앉아 있는 여자에게 이야기하고 있는 영재도 보았다.

일혜의 날카로운 시선을 의식한 신혜는 고개를 돌렸다.

"아아니, 영재 씨 아니냐?"

영재는 이 우주에 오직 수명이 혼자만이 존재한다는 듯 온 신경이 그에게만 쏠리고 있었으므로 이와 같이 공교롭게 된 사정을 통 모르고 있었다. 수명은 조용히 식사를 하고 있었다. 그는 육류보다도 야채를 좋아하는지 캐비지 샐러드에만 손이 갔다. 영재는 자기 몫의 샐러드를 수명의 접시에 옮겨주고 싶었다. 뭣이든지 주고 싶은 마음, 맹목적인 것을 헤아릴 겨를도 없이 그냥 주고만 싶은 것이다.

식사가 끝나고 디저트로 사과가 나왔다. 이것을 보고 있던 일혜는 별안간 웨이터를 불렀다.

"저기 지금 디저트를 가져간 좌석의 손님 말예요."

"……?"

"왼편의, 얼굴이 갸름한 사람 있죠?"

"네."

"여기 잠깐만 다녀가시라 해요."

"네."

"그만두지. 그쪽에도 동행이 있는 모양이니까."

닭고기를 찢고 있던 신혜는 얼굴을 찌푸리며 말린다.

"아니, 잠깐만 오시라 해요."

웨이터가 가서 동섭에게 일혜의 말을 전하자 비로소 영재는 얼굴을 들었다. 그리고 이쪽을 바라보고 있는 일혜의 눈과 마주치자 그의 관자놀이가 두서너 번 움직였다.

동섭은 거북하게 몸을 일으켰다. 그리고 경계하듯 수명을 한 번 건너다보고 나서 일혜 있는 곳으로 뚜벅뚜벅 걸어간다. 그는 마치 자기 자신이 용서받을 수 없는 죄라도 저지른 것처럼 기가 푹 죽어 있었다. 일혜는 벌써 나이프와 포크를 나란히 해놓고 테이블 위에 냅킨도 개켜서 올려놓고 있었다.

"웬일이세요?"

별안간 할 말이 없었다. 동섭은 일혜의 언니라고 짐작되기는 했으나 낯이 선 신혜에게 엉거주춤 고개를 숙였다.

"여기 좀 앉으세요."

일혜는 자기 옆자리를 가리켰다. 동섭은 말없이 식사만 하고 있는 신혜를 숨어 보면서 난처한 듯 자리에 앉는다.

"저 여자 누구죠?"

단도직입이다.

"친굽니다."

"누구의 친구?"

"물론 저의 친구죠."

"거짓말 마세요. 영재 씨의 애인이죠?"

일혜의 목소리는 동섭의 피부를 찢는 듯 날카로웠다.

"속단하지 마십시오."

"나 저 여자 어디서 본 일이 있어요."

일혜의 바싹 마른 입술이 절망적으로 움직였다.

"이 자리에서 뺨을 때렸음 썩 멋이 있었을걸. 가셔도 좋아요, 동섭 씨."

일혜는 울음과 같은 미소를 흘렸다.

자리에 돌아온 동섭은 나가기를 재촉하듯 외투를 집었다. 마침 식사는 다 끝났으므로 영재는 따라 일어섰으나 그의 얼굴은 좀 해쓱해 보였다. 그냥 일행을 따라 나가는 줄 알았는데 영재는 갑자기 되돌아 섰다. 그리고 일혜가 있는 곳으로 뚜벅뚜벅 걸어와서는 말문이 막혔는지 식탁 위에 놓인 카네이션의 쓸쓸한 흰 꽃송이를 우두커니 내려다보고 있었다.

"일행이 기다리시는데 어서 가보시지."

세상 물정에 통달한 신혜는 온건한 목소리로 말하였다.

"그럼 먼저 실례하겠습니다."

영재는 밤새 잠을 이루지 못한 듯 눈이 불그스름한 일혜에게 일별을 던지고 물러갔다. 영재의 뒷모습을 유심히 바라보고 있던 신혜는,

"너무 집요하게 굴면 남자들이 싫어해. 어차피 갈 사람은 가는 거구 올 사람은 오는 거야."

타이르듯 말한다.

"내가 언제 집요하게 굴었수?"

일혜는 화를 발칵 낸다.

"관에서 매 맞고 집에 와서 계집 친다더니 왜 날 보구 화를 내니?"

신혜는 농담으로 돌리려 한다.

"언닌 지나치게 솔직해요."

"더러운 것에 뚜껑 해둘 순 없잖니? 넌 아직도 세상을 모른다."

"왜 몰라요? 그 사람은 애당초부터 나에겐 마음이 없는 것쯤 알고 있어요. 이제 다 된 거예요. 언닌 날 내버려두세요."

일혜는 핸드백을 집어 들었다. 눈물이 앞가슴에 툭툭 떨어진다.

그로부터 사흘이 지났다.

일혜는 캔버스 앞에 앉아서 물감을 칠했다가는 나이프로 밀

어내고 다시 칠하곤 한다. 의미 없는 그 동작을 그는 오래전부터 되풀이하고 있는 것이다.

유리창에는 실내에서 서린 김이 얼어붙어 옥색 밝음을 자아내고 있었다. 앞으로 서너 달만 있으면 일혜는 졸업을 한다. 졸업 기념의 전람회 때 출품하기 위하여 그림을 그리고 있었으나 그의 머릿속은 텅텅 비어 아무런 화상畫想도 없었다. 팔십 호짜리 캔버스가 끝없이 계속되는 잿빛 벽같이 느껴질 뿐이다. 그런가 하면 그림하고는 아무 관계도 없는 격렬한 감정이 휘몰아쳐서 팔십 호짜리 캔버스가 좁고 갑갑하게 느껴진다. 미친년처럼 뛰어다니며 마구 채색을 하고 싶기도 하다.

'일혜는 감성도 날카롭고 재치가 있는데 슬픔이 없어. 그 슬픔이 감상이어서는 안 되겠지만 비애가 바탕이 된 위에 구축되는 균형이 있어야지. 색감은 좋고 아름답지만 내용이 공허하단 말이야. 마치 아름다운 멜로디 속에 사상이 없는 음악 같은 거다.'

사숙하는 이용호李容浩 화백의 말이 불현듯 생각났다. 그와 비슷한 말을 영재도 했었다.

"이까짓 것 하면 뭘 해?"

일혜는 팔레트와 붓을 집어던지고 멍하니 허공을 바라본다. 한참 동안을 앉아 있다가 다시 붓을 든다. 그림이 되든 안 되든 값진 물감을 처덕처덕 칠한다. 어두운 화면, 몹시 그로테스크한 남자의 얼굴이다.

'흠, 이건 누구야?'

일혜는 늪처럼 가라앉은 남자의 얼굴이 다름 아닌 영재라는 것을 깨닫는다. 동시에 영재를 저주하고 있는 자신의 마음을 깨닫고 으스스 떤다. 누군가가 살며시 도어를 밀고 들어섰다. 문을 열고 들어온 사람은 할멈이었다.

"무슨 일이세요?"

돌아보지 않고 묻는다.

"전화가 왔구먼요."

"어디서?"

"모르겠세요."

일혜는 골치 아프다는 듯 머리를 쩔쩔 흔든다. 긴 머리채가 어깨 위에 너펄거린다.

아래층으로 내려온 일혜는 수화기를 들자마자,

"누구시죠?"

까닭 없이 쏘아붙인다. 상대편에서는 기침을 한 번 했으나 대답이 없다.

"여보세요!"

"나야."

비로소 대답이 왔다. 일혜는 침을 꿀꺽 삼켰다. 영재였던 것이다. 그러나 일혜는 시치미를 떼고,

"나라니요? 누구시죠?"

"몰라서 물어? 나 윤영재야."

"아, 네, 그러세요?"

일혜는 필요 이상으로 공손히 대답한다. 그러나 수화기를 들고 있는 그의 손은 떨고 있었다.

"무슨 볼일이라도⋯⋯."

"별로⋯⋯ 좀 나올 수 없을까?"

"일단락 진 걸로 알고 있는데 새삼스럽게 또 할 말이 있어요?"

"지금 바빠?"

영재는 일혜 말을 무시하고 딴전을 부렸다.

"바쁘진 않아요. 하지만 더 이상 강일혜에게 할 말은 없다고 생각하는데요."

"세종로 K다방에서 기다리고 있겠어. 네 시까지 나와."

영재는 또다시 일혜의 말을 무시하고 자기 할 말이 끝나자 전화를 끊어버리고 말았다.

"에고이스트!"

일혜는 이미 끊어진 전화통에다 대고 소리를 질렀다.

일혜는 층계를 밟고 올라오면서 누가 갈까 보냐고 몇 번이나 다짐하는 것이었으나 방 안에 발을 들여놓았을 때 그의 눈은 자기도 모르게 탁상시계로 갔다. 정각 세 시다.

일혜는 이젤 앞에 서서 그림을 멍하니 바라본다. 어둡고 침침한 얼굴, 사람의 얼굴인가 했더니 그것은 다시 짙푸른 도자기 같은 것으로 보이기도 했다.

"밉다! 밉다! 미워."

외치며 캔버스에 덤벼들어 찢어버릴 기세였으나 일혜는 거울 앞에 털썩 주저앉았다. 그리고 수척한 얼굴에 분을 칠하기 시작한다. 어느 때보다 정성을 들여 화장을 끝낸 일혜는 옷장 속에서 옷을 꺼냈다.

천은 실크이며 빛깔은 다크 로즈, 어깨의 선을 살린 내추럴 숄더의 멋진 드레스였다. 크리스마스 파티를 위하여 새로 지어 놓았던 옷이었으나 영재와의 정신적인 갈등 때문에 크리스마스도 헛되이 보내고 따라서 한 번도 몸에 걸쳐보지 못한 옷이었다.

그 옷 위에 모조품이기는 해도 세공이 정밀하고 세련된 다이아 네클리스를 걸었다. 한때 신혜하고 가깝게 지낸 일이 있는 어느 무역회사 사장이 홍콩에 다녀오면서 선물로 사다 준 것이다.

'떠나려는 사람을 이따위 몸치장으로 붙잡아보려는 생각은 없어. 흥! 이건 내 취미니까.'

아닌 게 아니라 일혜는 옷치장에 대하여 탐욕하리만큼 관심이 많았다.

외투를 걸치고 장갑과 핸드백을 들고 방을 나서려 하던 일혜는 무슨 생각에선지 되돌아섰다. 방 안으로 되돌아온 일혜는 찬장 속에서 술병을 꺼내었다. 그리고 연거푸 두 잔을 마신 뒤 턱을 두 손으로 받쳐 들고 물끄러미 서쪽 창문을 바라본다. 햇빛이 노랗게 느껴진다.

'미련은 있지만 희망은 없다. 그런대로 좋지 않으냐?'

쓰디쓰게 웃는다. 벌떡 일어섰다.

일혜가 K다방에 갔을 때는 네 시 오 분 전이었다. 영재는 와 있지 않았다. 불안하여 미리 서둘러 오기는 왔으나 영재를 기다려야 하는 마음은 비참했다. 명령일하에 쫓아 나온 듯한 자기 자신이 안타깝고 서글퍼지기도 했다.

술을 마시고 나온 탓인지 혹은 마음의 안정을 얻지 못한 탓인지 일혜는 얼굴이 홀홀 달아오르는 것을 느꼈다. 핸드백 속에서 손거울을 꺼내어 얼굴을 비추어 본다. 창백한 얼굴에 동그라미를 그려놓은 듯 양 볼만이 불그레하다.

그러자 마침 영재가 와서 일혜를 내려다보았다.

"앉으세요!"

일혜는 손거울을 핸드백 속에 집어넣으며 고갯짓을 했다.

영재는 의자에 주저앉으며,

"아아, 피곤해."

하품을 깨문다.

"무슨 용건이세요……."

"바쁘지 않다면?"

하며 일혜의 얼굴을 쳐다본다.

"바쁘지 않은 것하고 용건하고 무슨 상관이죠?"

"별로 용건은 없어."

일혜 입에서 다음 말이 나오는 것을 피하듯 레지를 불러 차를 주문한다.

"그런데 오늘 밤 나하고 어디 좀 갈까?"

"뭘 하게요?"

"그냥 노는 거야. 아직 한참 시간은 있지만."

일혜는 의외라는 표정이다.

"다시 만나서는 안 되잖아요? 영재 씨의 그이를 위하여."

"비굴한 소리 하지 말어. 만나고 안 만나고 따질 것 없잖어?"

화난 듯 뇌까린다.

"좋아요. 어딘지는 몰라도 논다니까."

일혜는 나온 이상 왈가왈부하며 싸우기도 싫었고 신혜의 말대로 집요한 것 같기도 하여 간단히 동의를 하고 말았다. 그리고 일면 영재의 마음도 어렴풋하게 느낄 수 있었다.

그들이 차를 마시고 여느 때처럼 그들 자신과는 관계없는 말을 주고받는 동안 어느새 다섯 시가 지나 있었다.

그들은 밖으로 나왔다. 택시를 잡아탄 영재는,

"가회동으로."

하고 입을 다물었다.

"대체 어딜 가는 거예요?"

"우리 회사 상무 댁에."

"네?"

"직원들을 초대했어. 망년회나 하자구."

"그런데 제가 무슨 상관이에요?"

"여성을 동반하는 거야."

"흠…… 그런데 이젠 영재 씨 근무처를 비밀로 안 해도 되나요?"

"……."

"비겁하기 싫어서 그러는군요."

얼마 후 택시는 가회동 어느 저택 앞에 섰다. 굉장히 큰 한식 집이었다. 오랜 풍우를 겪은 듯 고색이 창연하다. 집 안에는 아무도 살고 있지 않는 듯 괴괴한 고요가 감돌고 있었다.

"왠지 무시무시하군요."

일혜는 양어깨를 으쓱 올렸다. 공연히 이런 곳으로 따라왔다는 후회가 외투 깃 사이로 스며드는 찬바람과 함께 느껴진다. 영재는 잠자코 초인종을 누른다.

이윽고 이십 세 남짓한 심부름꾼이 나와서 그들을 맞아들인다.

집 안은 여전히 고요하기만 하다.

안채를 돌아서 뒤뜰로 나갔다. 모양이 좋은 수목들이 우뚝우뚝 서 있었다. 안채와 뚝 떨어진 곳에 양옥이 하나 있었다. 불이 환하게 켜져 있는데 창문에 그림자가 어른거린다. 모두들 와 있는 모양이었다.

심부름꾼이 안내하는 자그마한 방으로 들어가서 그들은 외투를 벗었다. 심부름꾼은 외투를 받아 걸고 사람들이 모여 있는 방의 도어를 열어주었다.

"오오! 윤 군."

소쇄한 옷차림을 한 신사가 아주 세련된 태도로 영재 곁에 다가와서 손을 내밀었다. 삼십칠팔 세가량 돼 보인다.

이 집 주인인 박민朴民 씨다.

"부인께서 이렇게 와주셔서 감사합니다."

박 상무는 일혜에게도 인사하는 것을 잊지 않았다.

"상무님, 전 아직 미혼입니다. 이분은 저의 친구죠. 여성 동반이라야 한다고 말씀하시지 않았습니까?"

영재는 재빨리 부인이라는 말에 수정을 가하고 웃었다.

"아아, 내가 실례를 했구면."

먼 방 안에는 다른 동료들이 모두 부인 동반으로 대기하고 있다가 일혜의 알미울 지경으로 어울리는 양장을 눈여겨본다.

그들은 박 상무가 손수 권하는 좌석에 가 앉았다.

"이제 다 오셨군요."

박 상무의 목소리는 낮고도 부드러웠다.

"아닙니다."

익살 부리기 유명한 김 과장이 손을 내저었다.

"다 모였는데 한 분이 빠졌습니다. 유감스럽게도."

하고는 싱글벙글 웃는다.

박 상무는 어리둥절한 표정으로 이리저리 시선을 보낸다.

"안주인이 안 계십니다."

이 말에 모두 한바탕 웃어젖힌다. 박 상무도 빙그레 웃으며,

"그거야 할 수 없지 않소. 내가 홀애비니까."

박 상무는 작년 봄에 상처를 했던 것이다.

"아닙니다. 윤 군은 총각이지만 친구 분과 같이 왔습니다. 아무래도 상무님은 재간이 없으신 모양이죠?"

"하하핫⋯⋯."

김 과장의 조크로 다소 긴장해 있던 좌석의 공기는 한결 부드러워졌다. 다소곳이 앉아 있던 부인네들도 손수건으로 입을 가리며 웃는다.

"가만히 계시오. 나중에 임시로 호스티스를 마련하기로 하고⋯⋯."

"학수고대하겠습니다."

김 과장은 고개를 꾸벅 숙였다. 그의 부인인 듯한 여자가 얼른 눈짓을 하며 나무란다.

"너무 걱정 마시오. 김 과장이 부인하고 다정하게 지내도 샘내지 않을 테니. 하하핫⋯⋯."

김 과장은 머리를 긁적긁적 긁는다. 그 바람에 또 웃음이 나왔다.

박 상무는 기침을 한 번 하고 나서,

"여태까지는 사장 댁에서 여러분들 일 년 동안의 노고를 위로해왔지만 마침 사장과 이 전무는 여러분이 아시다시피 지금 여행 중이라 부득이 호스티스도 없는 우리 집에서 소찬을 베풀

기로 한 것입니다. 가족적인 기분으로 많이 즐겨주시기를 바랍니다."

말이 미처 끝나기도 전에 심부름꾼들은 마실 것을 들여왔다. 부인들을 위하여 포도주 펀치와 큐라소가 들어오고 남성들을 위하여 이탈리안 버마스와 브랜디의 캐롤 칵테일이 들어왔다.

일혜는 전혀 생소한 사람과의 장소에서 차츰 고통을 느끼기 시작하였다. 술이 들어오자 영재는 어느 동료 곁으로 가서 무슨 얘기인지 열중하고 있었고 부인네들은 서로 얌전을 빼고 앉았다가 차츰 소곤소곤 이야기를 하기 시작하였다.

'방 안 구경이나 하자.'

일혜는 열 평이 족히 될 성싶은 넓은 방 안을 둘러본다. 방 안은 구경할 만한 가치가 충분히 있었다. 상무 댁이라 하기에 돈벼락 맞은 치들의 저속한 신조 가옥을 연상하며 다분히 경멸감을 갖고 왔으나 와보니 딴판이다.

방 안의 장치는 화려하지 않았으나 은근히 호사스러웠다. 가구들도 단조한 디자인이지만 경박하지 않은 참신한 맛이 난다. 벽에 걸린 유화 두 폭은 일혜의 시선을 오랫동안 머무르게 하였다. 두 개가 다 이십 호 정도의 소품이었다.

일혜는 별안간 외로운 생각이 치밀었다. 영재는 영 돌아오지 않았다.

'무슨 이야기가 그렇게 긴지…….'

일혜는 박 상무를 바라보았다. 실업가라면 으레 배가 불룩하고 얼굴에는 기름이 번들번들한 것으로 알고 있었는데 나이 많지 않은 탓인지 박 상무는 아무래도 식물성으로 보였다. 실업가라기보다는 학자 타입이다. 그렇다고 해서 메말라 보인다는 것은 아니다.

일혜는 탁자 위에 놓인 큐라소를 들었다. 향긋한 오렌지 냄새가 혀끝에 감겨들어 기분이 상쾌하다. 인도네시아의 큐라소 섬에서 나는 오렌지로 만든다는 이 술은 감미로워서 부인들이 마시기에는 십상이다.

"어떻습니까? 술이 싫으시면 다른 음료를 가져오게 할까요?"

우두커니 혼자 앉아 있는 것이 안되었던지 박 상무가 다가오며 물었다.

"아니에요. 전 술을 잘 마시니까요."

"실례지만 성함은?"

"강일혜예요. 저도 선생님의 성함을 모릅니다."

일혜는 박 상무를 올려다보며 가볍게 미소한다.

"윤 군이 불친절했군요. 저는 박민입니다."

"네, 그러세요? 저 그림 누구의 작품이죠?"

"아 저거 말입니까? 뭐 무명화가 거예요. 파리에 갔을 때 싸구려로 사왔죠."

"안목이 높으세요. 싸구려로 사셨다면 횡재하셨어요. 그림 참 좋아요."

일혜가 칭찬하는 바람에 박 상무의 인식도 달라졌는지 일혜의 복장을 눈여겨본다.

"안목이 높다구요? 과찬이시군요."

"어마."

일혜는 마음속으로 아차 싶었다. 말을 해놓고 보니 초면에 좀 건방졌다는 생각이 드었다. 박 상무의 태도가 너무나 침착한 때문일까?

"건축이 본업이라 그림에도 약간은 취미가 있죠. 미스 강도 그림을 좋아하세요?"

"그림은 저의 본업이에요. 아직은 병아리지만요."

일혜는 본업이라는 말을 그대로 받아쓰며 웃었다.

"네? 그러세요? 어쩐지……."

그러자 마침 영재가 자리로 돌아왔다. 심부름꾼들은 부지런히 손님들 앞에 음식을 날랐다.

'목소리가 참 부드러워. 예의가 바르고 감싸주는 듯 따뜻한 인간미…….'

일혜는 새삼스럽게 영재의 가지가지 냉대가 가슴에 쓰라렸다.

"상무님, 이거 안 되겠습니다. 상무님은 주로 여성을 위하여 봉사하시는 모양인데 우리 남성들을 위하여 호스티스가 한 분 나오셔야겠어요. 아까 말씀하시지 않았어요? 임시로 마련하시겠다구……."

김 과장이 무슨 속셈에선지 조르기 시작한다.

"이거, 진땀을 빼겠는걸. 그 임시 호스티스로 나와줄는지 의문이지만……."

박 상무는 픽 웃으며 심부름꾼을 부르더니 뭐라고 소곤거린다.

얼마 후 심부름꾼은 돌아왔다.

"오시겠답니다."

하고 전갈을 한다. 박 상무의 얼굴이 환하게 밝아졌다.

얼마 후 도어가 열렸다. 회색 드레스를 수수하게 입은 젊은 여자가 나타났다. 그는 다소 망설이는 듯한 몸짓을 하며 방 안으로 들어왔다. 일혜하고 이야기를 하고 있던 영재와 큐라소를 마시고 있던 일혜의 눈이 동시에 크게 벌어졌다. 여자는 다름 아닌 바로 홍수명이었던 것이다.

수명은 많은 사람의 시선을 의식하고 좀 질리는 듯했으나 명령을 기다리듯 박 상무를 바라보았다. 그의 눈에는 좀 언짢아하는 빛도 있었다. 박 상무는 그 기색을 알아차리고 여러 사람 앞에서 그를 소개하지는 않았다.

"홍 선생, 좀 거들어주시라구요. 손님이 오셔서 내 손이 미치지 못하는군요."

하며 홍수명을 달래듯 말하였다.

수명은 부인들 곁으로 다가왔다. 부인네들 중에는 한두 사람 안면이 있는 듯 미소를 띠며 인사를 나누었다. 그러다가 그는 무심히 고개를 돌렸다. 순간 그의 안색은 확 변하였다. 영재를 발견한 것이다. 그리고 그 옆에 앉아 있는 일혜도. 수명은 며칠 전에 식당에서 만난 일이 있는 일혜를 똑똑히 기억하고 있었다.

수명의 시선을 느끼자 영재는 자리에서 벌떡 일어났다. 그러나 그보다 앞서 수명은 외면을 하고 말았다. 그의 얼굴은 석고상처럼 굳어버리고 만 것이다.

수명은 손님에게 실례가 되지 않을 정도로 소극적인 처신을 했다. 그러나 그는 끝내 영재를 피하고 목례 한 번 보내지 않았다.

무슨 영문인지 도무지 알 수 없는 영재는 답답하기도 하고 화가 치밀기도 하여 술을 연거푸 마셨다.

'대체 수명 씨는 박 상무하고 어떻게 된 사이일까? 친척? 그렇다면 왜 소개를 안 해주는 것일까?'

6. 별빛 아래서

수명은 죽희竹姬 송희松姬 두 자매에게 설빔인 색동저고리와 홍치마를 입혀주었다. 그리고 말끔히 빗어놓은 머리를 다시 한 번 쓸어주고 난 뒤,

"참 예쁘구나. 그럼 할머니께 세배 드리러 가야지."

"선생님! 아빠한테도 가야잖아요?"

여덟 살 난 동생 송희가 갸웃이 수명을 바라본다.

"그럼, 아빠한테도 가야지."

수명은 아이들의 손을 이끌고 안방으로 건너갔다.

"음, 우리 병아리들이 할미한테 세배하러 왔구나."

은색으로 변한 머리를 곱게 빗어 넘긴 점잖은 노부인이 보료 위에 앉아서 미소 짓는다. 박 상무의 자당인 민씨 부인이다. 아이들은 생글생글 웃으며 나붓이 절을 한다.

"오냐, 금년에는 공부 잘하고……."

하다 말고 노부인은 소매 속에서 손수건을 꺼내어 코를 찡찡 푼다. 명절이 되니 어미 없는 어린것들이 한층 측은해지는 모양이다.

노부인은 보료 밑에서 세뱃돈을 꺼내어 아이들에게 준다.

"아이 좋아! 아이 신난다!"

아이들은 손뼉을 치며 좋아했다. 수명은 아이들을 귀엽게 바라보다가 그 자신도 노부인에게 절을 올린다.

"복 많이 받으시오. 그리고 애들을 부탁하오."

노부인은 수명에게 더 할 말이 있는 듯한 눈치였으나 수명은 얼른 일어섰다.

"죽희야, 송희야, 이젠 아버지한테 가야지."

"음, 그래요."

아이들은 옷고름에 찬 노리개와 치마끈에 동여맨 염낭 주머니를 짤랑거리며 벌써 뒤뜰로 내려가서 껑충껑충 뛰어간다. 햇볕이 따사롭다.

"넘어지겠네, 천천히."

그러나 아이들은 어느새 양관으로 쫓아 들어가서 박 상무가 있는 서재의 문을 쾅쾅 친다.

"아빠! 아빠!"

박 상무는 문을 열고 나와서 아이들을 맞아들이고 난 뒤 뒤따라오는 수명을 기다리는 듯 우두커니 서 있었다. 수명이 들어서

자 박 상무는 문을 닫으며,

"이거 절을 받자면 마룻바닥에 앉아야겠구나."

매우 흡족한 표정이다. 박 상무가 앉자 아이들은 앞을 다투듯 세배를 한다. 박 상무는 음, 음 하며 미리 마련해 둔 인형을 각각 한 개씩 아이들 품에 안겨주고 자못 감회에 젖는 듯하였다.

"선생님, 세배 올리겠어요."

"뭘, 그만두세요."

박 상무는 손을 저으며 절 받기를 사양한다. 그러나 수명이 절을 올리는 바람에 박 상무도 하는 수 없이 맞절을 한다.

"금년에도 수고를 많이 끼쳐야겠어요. 아무쪼록 잘 부탁합니다."

박 상무는 은옥색 한복 차림을 한 수명의 연연한 모습을 바라보며 말하였다. 아이들은 인형에 정신이 팔려 방에서 물러날 생각도 하지 않는다.

"어젯밤에는 무리한 청을 드려서 죄송합니다."

"좀 거북하더군요."

수명은 솔직하게 말하고 박 상무의 눈길을 피하였다. 박 상무의 표정 속에는 여전히 무엇을 갈구하는 빛이 있었던 것이다. 집에 돌아간 수명을 도로 불러온 후 박 상무는 어지간히 자제해 왔던 것이다. 그러나 요즘은 차츰 그 자제력이 풀어지는 징조가 보이기 시작했다.

수명이 우울한 표정으로 있는데 전화벨이 따르르 울린다. 박 상무는 얼른 수화기를 들었다.

"예, 그렇습니다."

박 상무는 약간 얼굴을 찌푸렸다. 그리고 수명을 힐끗 쳐다본다.

"실례올시다만 댁은 누구시죠?"

박 상무의 얼굴에는 완연히 불쾌한 빛이 떠돌았다.

"아닙니다. 바꿔드리죠. 홍 선생, 전홥니다."

흥분한 때문인지 수명을 옆에 두고 상대방에게 누구냐고 따진 일이 부끄러웠던지 박 상무는 얼굴을 붉히고 있었다.

수명은 정월 초하룻날 누가 자기에게 전화질을 할까 의아스럽기도 하고 걱정스럽기도 하여 수화기를 잡자 이내,

"여보세요, 제가 홍수명입니다."

"아아."

상대방은 남자였다. 그는 자기 이름을 댈 생각도 않고 우두커니 서 있는 눈치였다.

"누구시죠?"

"접니다. 윤영잽니다."

한참 만에 대답이 돌아왔다. 수명의 표정이 긴장한다.

"놀라셨어요?"

"예, 너무나 뜻밖이어서요."

"지금 전화받은 분이 박 상무죠?"

"네, 그렇습니다."

고민에 찬 영재 목소리에 비하여 수명의 목소리는 딱딱하다.

"대체 수명 씨는 그 댁의…… 아아, 아닙니다. 이렇게 전화 올린 것을 용서해 주십시오. 그리고 저를 한번 만나주십시오."

"……."

"노하셨습니까?"

"아뇨."

수명은 뒤에 있는 박 상무에게 신경을 쓰며 사무적인 어조다. 그럴수록 영재는 초조해지는 모양이다.

"한번 꼭 만나서 말씀드리고 싶습니다. 시간을 좀 내주십시오."

"지금은 그럴 수가 없습니다."

"그렇습니까……."

영재의 맥 빠진 목소리는 수명의 마음을 흔들었다.

"이 선생님께 연락하겠어요."

"그는 지금 없습니다."

"예, 알고 있어요. 오늘은 이만……."

수명은 수화기를 놓고 말았다. 박 상무는 묵묵히 앉아 있었다. 그러나 온 신경을 수명의 말에 집중하고 있음이 분명하였다.

"죽희야, 그럼 우린 갈까?"

수명은 일어섰다.

"홍 선생."

박 상무는 황급히 수명을 불러세운다.

"오늘은 설이니까 아이들 데리고 드라이브라도 했음 좋겠는데……."

"아이 신나! 선생님! 우리 자동차 타고 놀러 가요, 네?"

아이들은 동시에 수명의 양팔을 잡고 늘어진다.

"그래, 그래 아빠하고 다녀와. 선생님은 집 보고 있을게."

박 상무의 실망은 컸다.

"싫어 싫어, 잉, 선생님 안 감 싫어."

아이들은 울상이다.

"애들이 저러니 같이 가시죠."

박 상무는 다시 한 번 권해본다. 수명은 사실 영재로부터 전화를 받은 충격이 컸었다. 그는 혼자 좀 있고 싶었고 되도록이면 박 상무와 같이 있는 기회를 피하고 싶었던 것이다. 그러나 아이들은 그것을 용서치 않았다.

수명이 아이들을 데리고 자가용 앞으로 갔을 때 박 상무는 아이들을 뒤편 쪽 좌석에 안아 올리고 수명을 위하여 운전대 옆자리를 남겨놓았다.

수명이 자동차에 오르자 박 상무는 문을 닫아주고 자동차 앞을 돌아서 운전대에 올랐다. 그는 핸들을 잡기 전에 가죽 장갑을 끼면서,

"어디로 갈까요?"

하고 수명에게 묻는다. 수명의 긴 속눈썹이 몇 번 흔들렸다.

"망우리로 가시죠."

"망우리?"

박 상무는 몹시 당황한 듯 수명을 쳐다보았다. 수명은 가만히 앞을 바라본 채,

"선생님한테 가보고 싶어요. 오늘은 설이고…… 아이들을 그곳에 데려가고 싶어요."

박 상무는 나직이 한숨을 쉬며 액셀러레이터를 밟는다.

'이것은 어디까지나 완강한 거절이다. 윤숙이를 상기시킴으로써 내 마음의 불을 끄려고 하는구나.'

자동차는 양관 앞 넓은 뜰에서 뒷문으로 미끄러져 내려갔다.

정월 초하룻날 망우리 묘지에 혼자 잠들어 있는 아내를 찾아가는 일은 지극히 당연한 일이다. 아이들을 위해서도 응당 그랬어야 할 일이다. 그러나 묘지에 갈 것을 수명이 제안했다는 데박 상무의 괴로움과 실망이 있었다.

생전에 아내를 사랑하지 않았던 것도 아니다. 그러나 아내 윤숙允淑이 오랜 병석에 있게 됨으로써 박 상무의 애정이 다소 생소해지고 사업에 열중하게 된 것도 부인할 수 없는 일이었다. 더군다나 윤숙의 죽음은 박 상무가 해외여행 중에 있었던 일이었기에 윤숙의 죽음이 처절하게 느껴지지 않았던 것도 사실이다. 이 년 만에 급보를 받고 돌아왔을 때 그는 회한의 눈물 속에서 수명을 본 것이었다. 수명과 죽은 윤숙은 사제 간이었다. 윤숙이 대학을 갓 나와 영어 교사로 부임한 S여중에 수명이 있었

311

던 것이다. 그 당시 윤숙은 수명의 특이한 용모와 총명한 두뇌를 사랑하였다. 얼마 후 윤숙은 학교에서 물러나 결혼하였고 두 자매를 두었다. 그러나 병들어 그는 자리에 눕게 되고 마침 가정교사 자리를 찾고 있던 수명은 윤숙의 청으로 박 상무 댁에 오게 되었던 것이다. 그때 박 상무는 파리에 머무르고 있었다. 윤숙은 죽을 무렵 아이들을 위하여 수명이 같은 사람이 박 상무와 결혼했으면 좋겠다는 말을 내비쳤으나 수명은 박 상무와 결혼할 마음은 조금도 없었다.

돌아온 박 상무는 윤숙의 죽음에 대한 슬픔이 차츰 가셔짐에 따라 수명에게 호의 이상의 감정을 품게 되었다. 수명도 박 상무의 높은 교양이나 부드러운 인품에 호감을 느꼈으나 그것은 어디까지나 존경일 따름이고 결코 애정으로 발전하지는 않았다. 그러니까 작년 여름, 윤숙이 죽은 지 일 년하고 몇 달이 지났을 때 박 상무는 수명에게 정식으로 구혼을 하였다. 수명은 난처하여 결국 그 집을 나오지 않을 수 없었다. 그리하여 여름 방학 때 몸이 불편하여 이내 상경하고 말았지만 무의촌으로 내려갔고 그곳에서 동섭을 알게 되었던 것이다. 일면 박 상무 댁의 아이들은 오랫동안 수명에게 정이 들어 밤낮 수명을 데려다 달라고 우는 것이었다. 딱하게 된 박 상무는 수명의 사촌 오빠를 통하여 구혼 문제는 백지로 돌리기로 하고 아이들을 위하여 졸업할 때까지 같이 있어달라는 간곡한 청을 해왔던 것이다.

자동차가 종로에 이르렀을 때,

"잠깐만, 좀 내리겠어요."

수명은 황급히 자동차를 멎게 한 뒤 급히 차에서 내렸다.

박 상무는 차를 멈춘 채 의아하게 바라본다. 아이들도 선생님 어디 가느냐고 부르는데 수명은 잠시 기다려달라는 시늉을 하고 포도를 급히 걸었다. 그러더니 그는 꽃가게 안으로 사라졌다.

박 상무는 가만히 고개를 숙인다. 수명이 윤숙에 대하여 알뜰하게 나오면 나올수록 그는 패배의식에 사로잡히지 않을 수 없었다.

얼마 후 수명은 하얀 카네이션을 두 묶음 사 들고 돌아왔다.

"아이, 예뻐라! 흰 꽃!"

아이들이 갖고 싶어 하는 눈치를 보이자 수명은 꽃을 넘겨주며,

"엄마 드리는 거야. 얌전하게 갖고 있어요."

"응."

아이들은 갑자기 새침해지며 꽃을 받아 들었다. 그동안 박 상무는 아무 말 없이 차를 굴렸다.

동대문을 지나고 시가로부터 빠져나왔을 때 박 상무는 라디오의 볼륨을 높였다. 설날 무도회에 알맞은 왈츠곡이 우아하면서도 경쾌하게 흘러나온다. 멀리 높은 영嶺에는 눈이 희뜩희뜩하다. 자동차는 쾌속으로 달리고 아이들은 재잘거린다. 박 상무는 피워 물었던 담배를 창밖에 던지고 나서,

"아까 전화 걸어온 분이 누구시죠?"

넌지시 묻는다. 그런 말을 묻는 것은 수명과 그의 처지로서는 매우 거북스러운 일이다. 피했어야 할 질문이다. 그러나 박 상무의 부드럽고 은근한 목소리와 태도는 조금도 야비한 감이 없어서 불쾌해지지는 않았다.

"좀 아는 분이에요."

아무렇지 않게 대답을 하면서도 수명은 마음속으로 윤영재라고 한다면 박 상무는 어떤 표정을 할까 싶었다.

'왜 나는 이런 생각을 할까?'

수명은 여지껏 꼿꼿이 가누고 있던 자기라는 것이 몹시 휘청거리고 있음을 느꼈다. 아침에 영재로부터 받은 전화의 충격도 컸고 어젯밤 망년회 때 당한 일도 적지 않은 놀라움이었다.

'왜 그렇게 고집 세게 외면을 했을까? 아는 사람이면 인사쯤 못할 것도 없는데…… 그분한테 나는 관심이 있는 것일까? 그분은 오해했겠지.'

자동차가 달리는 데 따라 새로운 풍경이 전개되었건만 수명은 감동 없이 날려보내고 혼자 생각에 잠긴다. 수명이 매몰스럽게 영재를 묵살한 태도에는 두 가지 이유가 있었다. 하나는 박 상무가 있는 회사에 영재가 예속된 사람이라는 점이다. 분명히 호감 이상의 감정으로 접근해오려는 영재를 박 상무가 쾌히 여길 리가 없다.

수명을 원하고 있는 박 상무인 만큼 영재에게는 불리한 일이다. 그것은 수명의 순간적인 판단이었다. 그러한 판단은 수명 자신의 의식지 못한 애정의 표시는 아니었을까?

둘째는 영재가 일혜를 동반한 일이었다. 그러니까, 그날 식당에서 일혜를 만난 뒤 그들은 영화를 보고 나오는 길에서—그때 동섭은 볼일이 있다 하면서 혼자 떨어져 나갔다. 그래서 영재는 수명을 돈암동에 있는 그의 집까지 데려다주었던 것이다 — 수명은,

"아까 식당에서 만난 그 예쁜 사람 동섭 씨의 친구예요?"

친구냐는 말은 다분히 애인이냐는 뜻을 포함하고 있었다. 영재는 한동안 대답이 없다가,

"아닙니다. 그 여자는 저의 친굽니다."

강한 눈초리로 수명을 바라보며 영재는 묘한 어조로 말했던 것이다.

영재가 친구라고 말하던 여자를 다시 이런 장소에 동반했다는 것은 그들의 사이가 범연치 않다는 것을 암시해 주는 것이다. 질투까지는 아니라도 수명의 마음은 시끄러웠다. 더욱이 일혜가 적의에 찬 눈초리로 바라보니 수명의 묵살하는 태도는 굳어질 수밖에 없었다. 그러한 심경의 움직임도 역시 의식하지 못한 것이나 애정의 표시는 아니었을까?

"홍 선생이 졸업하실 날도 얼마 남지 않았군요."

생각에 잠겨 있던 수명은 좀 당황하여 고개를 돌렸다.

"여러 가지로 신셀 많이 졌습니다."

무망중에 그렇게 대답하고 수명은 얼굴을 붉혔다.

"천만의 말씀입니다. 신세는 우리가 졌죠."

청혼까지 했지만 언제나 예의를 잃지 않는 박 상무를 수명은 고맙게 생각하였다. 박 상무가 그렇게 나오기 때문에 수명은 자기 자세를 지킬 수 있다고 생각하였다.

"졸업하시면…… 떠나게 되시겠군요."

박 상무는 핸들을 돌리고 꾸부러진 길을 돌아가면서 우울하게 된다.

수명은 아무 말도 하지 않았다.

어느새 자동차는 망우리 묘지로 올라가고 있었다. 산등성이까지 둥근 분묘가 빽빽이 들어앉아, 마치 비 오신 뒤에 소복이 솟은 버섯 같다.

'저 산꼭대기까지 묘가 가득 들어차면 어떡허지?'

마음속으로 중얼거리다가 수명은 죽은 윤숙에 대하여 무감동한 자신을 뉘우친다.

묘지 중턱의 널찍한 평지에 이르자 박 상무는 자동차를 세웠다. 박 상무는 얼른 내려서 수명이 켠의 문을 열어주고 수명이 내리자 아이들을 안아서 내려주었다. 수명은 교외의 차가운 바람을 근심하며 아이들 외투에 달린 후드를 올려 얼굴을 감싸준다.

아이들은 각각 한 다발씩 꽃을 들고 제법 의젓한 걸음걸이로 어머니 묘를 향하여 앞서 걷는다. 묘 앞에 이르자 꽃을 놓고 그들은 한참 동안 묵념을 올린다.

날씨는 차가워도 하늘은 유리알처럼 맑다. 멀리 숲을 타고 불어오는 바람 소리는 그들의 마음을 애상 속에 밀어넣는다. 추억이 있을 뿐 흔적조차 없는 죽음, 망망하고 바람 소리와 벌판 같은 죽음, 수명의 볼에 한 줄기 눈물이 타고 내린다. 윤숙을 생각한다기보다 바람 소리와 같은 쓸쓸한 죽음의 벌판에서 인생의 무상을 가슴 아파하는 눈물이었던 것이다.

"죽희야, 송희야, 우리 엄마한테 꽃을 덮어드리자, 응?"

수명은 다발진 카네이션을 풀어서 한 송이 한 송이 무덤 위에 얹어준다. 아이들도 자못 심각한 표정으로 수명을 흉내 내어 꽃을 무덤 위에 얹는다.

박 상무는 먼 산봉우리에 쌓인 눈을 바라보며 우두커니 서 있었다.

그들이 무덤 앞에서 물러나자 아이들은 이내 춥다고 킹킹거렸다.

박 상무는 송희를 안고 자동차에 올려준다. 죽희도 올려주고 나서,

"너희들 여기 있거라. 차 안은 따스하지?"

"응."

박 상무는 수명을 바라보았다.

"우리는 저기 좀 앉았다 가실까요? 좀 말씀드릴 것도 있고……."

가라앉는 듯한 박 상무의 눈이 수명을 지그시 바라본다.

그들은 잔디가 곱게 깔린 나무 밑에 가서 앉았다. 박 상무는 담배부터 꺼내어 붙여 물고 바람에 날리듯 한 엷은 구름을 올려다본다.

"아까도 말씀드린 것 같습니다만 홍 선생께서는 학교를 졸업하시면 우리 집에서 떠나시게 되겠습니까?"

수명은 입을 다문 채 고개를 숙인다. 머플러 사이로 빠져나온 머리카락이 볼 위에서 나풀거린다.

"떠나시지 않으면 안 되겠습니까?"

"어차피……."

"아이들을 위해서 계셔달라고 한다면 그것은 구실일 거예요. 홍 선생이 돌아오신 뒤 저로서는 많이 노력을 했습니다. 그러나 이제 졸업도 얼마 남지 않았고 하니 저의 마음도 초조해지는군요."

"……."

"취직을 하시더라도 우리 집에서 다녀주실 수 없겠습니까?"

"그건 명분이 서지 않는 일입니다."

"잘 알고 있습니다."

박 상무는 크게 한숨을 내쉬었다.

"아내가 묻혀 있는 이곳에서 이런 말씀을 올린다는 것은 염치 없고 몰인정한 탓인지도 모르겠지만 조용한 기회를 얻기 힘들 것 같고 해서, 또 이런 장소라 해서 자신의 감정을 거북하게 감추고 싶지도 않습니다. 죽은 아내에게는 모독이 되겠죠. 하지만……."

박 상무는 일단 말을 끊었다가 다시,

"하지만 아내가 살아 있었다 하더래도 아마 저는 홍 선생을 사랑하지 않을 수 없었을 것입니다. 죄가 되겠습니까? 죄가 되겠죠. 그러나 애정이란 죄악을 초월한 것이 아닐까요? 죄의식 때문에 아무것도 얻을 수 없다면 그것은 얼마나 하찮은 인생이 되겠습니까. 비겁한 짓이죠. 애정이란 순전히 정신의 영역에 속하는 것이니 누가 그것을 심판하겠습니까? 물론 일방적이어서는 성립되지 않는 것도 알고 있고 체념해야 한다는 이성도 지니고 있습니다. 제가 한 가지 묻고 싶은 것은, 최후의 희망입니다만 혹 수명 씨는 죽희 어미에 대한 애정이나 의리 때문에 저의 청혼을 거절한 것이나 아닐까요?"

수명은 조용히 말하고 있는 박 상무의 진지한 태도에 어떤 감동을 받았다.

음영이 짙은 그의 얼굴에는 고민의 자국이 역력히 나타나 있었다. 원만한 것 같으면서도 날카롭고 의지적인 박 상무의 성품이나 잔인한 것 같으면서도 정열적이요, 세속에 젖지 않은 낭만 같은 것은 커다란 매력이 아닐 수 없었다.

'그만한 사람이 어디 있어? 흠이라면 재혼이라는 그 조건뿐인데 그것을 탓할 만큼 넌 속물이 아니야. 그것을 내가 안다. 아무 말 말고 졸업하면 결혼하도록 해라.'

수명은 사촌 오빠의 말을 문득 생각했다. 박 상무라는 사람 속에 자기의 안주지가 있음을 모르는 수명은 아니었다. 그러나 역시 애정은 그것이 아니었다.

"말씀해 주십시오."

박 상무는 담배를 던지고 고개를 푹 숙였다. 수명의 침묵보다 수명의 입에서 나올 말을 그는 더 두려워하고 있는 것 같았다.

"윤숙 선생님 때문이 아니에요. 전 아직 결혼문제를 생각해 본 일이 없습니다."

"그러세요?"

박 상무는 고개를 숙인 채 들지 않았다. 그의 옆얼굴은 몹시 창백한 것 같았다.

영재는 창가에 서서 날이 어두워지기를 기다리고 있었다. 그러나 더 이상 기다리고 있을 수가 없었던지 그는 외투 깃을 세우고 하숙을 나섰다. 경사가 심한 미아리고개에서 버스, 트럭, 합승이 연이어 미끄러져 내려왔다. 양력 설이 지난 뒤 갑자기 날씨는 죄어들어 매운 바람이 귓가에 씽씽 지나갔다. 거기다가 간밤에 내린 눈이 얼어붙어 고갯길은 몹시 미끄러웠다. 가로에는 괴물의 눈망울 같은 헤드라이트가 간단없이 계속되건만 사방은 아직 밤에 이르지 못하고 희뿌연 낮과 밤의 사잇길에서 황혼은 방황하고 있었다.

영재는 미아리고개로 올라섰다. 그리고 정릉으로 꺾어지는

길 어귀에 있는 다리목까지 와서 멈추었다. 그의 눈은 미아리고
개에서 동편에 솟은 언덕에 가려진 지점을 응시하고 있었다.

그러다가 돌아서서 다리 위를 걷기 시작한다. 다리가 끝나자
그는 되돌아섰다. 그리고 또다시 다리 위를 걷기 시작한다. 왔
다가는 가고 가서는 되돌아오고 몇 번이나 그 짓을 되풀이하는
동안 황혼은 사라지고 거무죽죽한 하늘에 별이 돋아나기 시작
했다.

영재는 소매를 걷어 시계를 들여다본다.

'만일 와 있지 않다면 전화를 걸어야지. 몇 번이고 전화를 걸
어야지.'

그는 중얼거리며 돈암동 쪽으로 되돌아 내려갔다. 미아리고
개에서 얼마간 내려오니 길 왼쪽 언덕배기에 영재가 목적하는
집이 아슴푸레하게 보였다. 영재는 그 집을 향하여 언덕으로 올
라간다. 낡고 협수룩한 대문 앞에서 걸음을 멈추었다. 몹시 쓸
쓸해 보이는 집이었다.

영재는 입술을 깨물었다. 무엇에서 오는 울분인지 그 자신도
알 수 없는 감정이 치밀었던 것이다.

"여보세요."

덜걱덜걱 대문을 흔들며 불렀으나 대답은 없었다. 집 안은 조
용하기만 했다.

"여보세요."

다시 문을 흔들었다. 그러자 안에서 겨우 인적기가 나더니 선

병질적으로 보이는 중년 부인이 문을 열고 나왔다.

'수명 씨의 어머님이구나!'

영재는 순간적으로 그렇게 생각하였다.

"누굴 찾으세요?"

나이에 비하여 카랑카랑한 목소리는 무척 앳된 감을 주었으나 영재는 압도당하는 것만 같았다.

"저……."

영재는 주춤거린다.

"저 심부름 왔습니다."

불식간에 거짓말을 꾸며댔다.

"어디서 오셨어요?"

"학교에서 와, 왔습니다. 교수님이 말씀 좀 전해달라구 하셔서…… 홍수명 씨는 계신지요."

"네, 있기는 있습니다만……."

중년 부인은 미심쩍은 듯 영재를 조심스럽게 바라보다가 안으로 들어갔다.

"이 애 수명아, 밖에 손님 오셨다. 나가봐라."

"손님이라구요?"

의아해하는 수명의 목소리가 희미하게 흘러나왔다. 이내 수명의 발소리가 들려왔다. 문밖으로 얼굴을 내민 수명은,

"어머!"

무척 놀란 모양이다. 그는 문에 기대듯 하며 영재를 바라본

다. 영재도 말을 잃어버린 사람처럼 수명을 바라볼 뿐이다. 가등 아래 그들 두 그림자는 한참 동안 움직이지 않았다.

"웬일이세요?"

수명이 먼저 입을 떼었다.

"좀 만나뵈려구요."

영재는 퉁명스럽게 말하고 머리를 쓸어넘겼다. 그러나 곱슬어진 머리카락은 이내 앞이마에 흩어져 내려와 그의 눈빛을 더욱 어둡게 하였다.

수명은 퉁명스러운 영재의 어조에 신경을 쓰기보다 별안간 나타난 영재로 말미암아 혼란된 자신이 수습되지 않는 듯 멍하니 영재를 바라만 본다.

"나오실 수 없겠습니까?"

"⋯⋯."

"안 되겠습니까? 응낙해 주시지 않는다면 몇 번이고 박 상무 댁에 전활 걸겠습니다. 만나주실 때까지⋯⋯."

"협박이세요."

수명은 어처구니가 없어서 입가에 미소를 흘렸다.

"어떻게 생각하셔도 좋습니다."

"몇 번이고 전화 거신다지만 전 거북할 것 없어요. 오해는 마세요."

수명도 다소는 모욕을 느꼈다. 수명의 어세가 강해지자 영재는 땅을 내려다보며,

"한 번은 꼭 만나뵈어야겠기에……."

"한 번이면 용건은 끝나나요?"

영재는 잠시 우물쭈물하다가,

"지금으로서는……."

"그럼 전에 뵌 일이 있는 그 다방에서 기다리겠어요? 저 곧 나가겠어요."

"그러죠."

영재는 시무룩하니 돌아섰다. 수명은 이내 집 안으로 사라졌다. 그러나 돌아선 영재는 다방으로 내려갈 생각은 하지 않고 담벼락에 붙어 서서 담배를 붙여 물었다. 그리고 맞은편에 보이는 집 대문에 나붙은 문패를 노려본다.

'도대체 돼먹지 않았다. 왜 그렇게 덤볐을까?'

사실 영재는 수명이 앞에 나서기만 하면 사족이 오그라드는 듯 말 한마디 못 하는가 하면 또 엉뚱스럽게 생각지도 않은 말이 불쑥 튀어나오곤 한다. 그만큼 영재는 수명에게 매혹당하기도 했지만 일면 그가 지닌 어두운 과거는 그의 행동의 균형을 잃게 하고 브레이크가 고장 난 자동차처럼 어디로 내닫는지 알 수 없는 정신상태에 놓이게 하는 것이다.

얼마 후 수명은 외투를 걸치고 바삐 걸어나왔다. 헌칠한 그 모습을 바라보며 영재는 말을 걸지도 못한다. 수명은 모르고 지나치려다가 담벼락에 붙어 서 있는 영재를 발견하자 주춤 걸음을 멈추었다.

"다방에 안 가셨군요?"

"수명 씨가 나오시지 않을까 봐⋯⋯."

"의심이 많네요."

마치 소년 같은 영재 말에 비로소 수명은 미소를 띠었다.

그들은 어깨를 나란히 하고 걷기 시작했다. 수명은 침묵 속에서 영재의 격정을 느꼈다. 뭔가 휩쓸어 오는 듯한 분위기, 일찍이 누구에게서도 경험해 본 일이 없는 느낌이다.

'왜 이렇게 두려울까? 나는 내가 두렵다.'

수명은 목에 감은 머플러를 풀어서 얼굴을 감싼다.

"추우세요?"

"좀⋯⋯ 그런데 어떻게 제가 와 있는 줄 아시고 오셨어요?"

수명은 영재를 쳐다보며 묻는다.

"일요일에는 댁에 오셔서 하루 묵고 가신다 하시잖았어요?"

영재는 강한 눈초리로 수명과 마주 본다. 두 사람은 의논이나 한 듯 동시에 눈길을 돌렸다. 그리고 걷기 시작하였다. 영재는 어둠 속에 둥실 떠 있는 것만 같은 수명의 흰 얼굴을 생각하며 걷는다. 이빨에 닿는 차가운 레몬과 같은 향취를 느낀다.

"어디로 가시는 거예요? 다방으론 안 가시는 모양이군요?"

수명은 물었다.

"걸어가면서 얘기하고 싶습니다. 추우시죠?"

영재는 수명 옆으로 바싹 다가서며 조금 전에 추우냐고 물었던 말을 되풀이하였다. 수명은 아니라고 고개를 저었다. 그들은 다 추위를 잊을 만큼 흥분하고 있었다.

어느새 그들은 돈암동 뒤켠에 있는 언덕 위에 올라서 있었다. 하늘의 무수한 별빛과 시가지의 연이은 불빛, 그 중간 지점에서 두 사람은 마주 선 채 말이 없다.

"앉으세요."

한참 만에 영재는 수명의 팔을 이끌어 바위 옆에 앉게 했다. 그리고 그 자신은 수명과 좀 떨어진 곳에 주저앉았다. 바람이 씽 하고 불어왔다. 나뭇가지 위에 남은 눈이 안개처럼 휘날린다. 수명의 머플러도 나부꼈다.

"처음부터 무례의 연속이었다고 생각하고 있어요. 노하고 계시는 것 압니다."

영재는 말을 터놓았다.

"저, 화내지 않았어요."

수명은 바람을 막듯 장갑 낀 손으로 입을 막으며 말하였다.

"지금도 역시 무례하고 비열한 말을 하려고 합니다. 저의 감정대로……."

"……."

"박 상무하고는 어떻게 되시는지? ……혹?"

"혹?"

수명은 다음 말을 이으라는 듯 영재를 바라본다. 그러나 영재는 노골적인 말을 못 한다.

"수명 씨는 우습게 여기시겠지만 며칠 동안 전 잠을……."

"박 상무하고 어떻다는 거예요?"

수명은 영재의 오해를 이해하면서도 날카롭게 추궁한다.

"저는, 저는 수명 씨를 사랑했습니다."

영재는 괴롭게 뇌었다.

"저는 박 상무를 미워했습니다. 아무것도 모르면서, 다만 수명 씨가 그 댁에 계시다는 것만으로⋯⋯."

"저는 그 댁의 가정교사일 뿐이에요. 지나치게 오해하셨군요."

"가정교사라구요?"

영재는 낭패한 듯 언성을 높였다.

'왜 거기에 생각이 미치지 못했을까? 역시 나는 덤볐구나.'

영재는 박 상무와 수명의 사이를 극단적인 경우까지 생각했던 만큼 수명에 대하여 창피함을 느끼지 않을 수 없었다. 수명은 그 집에 가정교사로 가게 된 경위를 간단히 설명했으나 박 상무의 청혼 문제만은 말하기가 싫어서 그만둔다.

"죄송합니다. 너무 지나친 생각을 했군요. 그분이 현재 독신이니까⋯⋯."

그들 사이에는 또다시 말이 끊어졌다. 바람이 지나가고 눈가루가 다시 날아 내린다.

"설령 제가 수명 씨를 오해했다손 치더라도, 또 만일 수명 씨가 남의 부인일지라도 나는 수명 씨를 사랑하지 않을 수가 없었을 것입니다."

영재의 목소리는 떨려 나왔다.

"너무 나는 서둘렀습니다. 초조해서 견딜 수가 없었습니다. 무엇에 쫓기는 듯, 앞으로 주어진 시간이 얼마 남지 않은 것만 같은 생각이 자꾸 들었습니다. 친구는 이런 나를 보고 정신분열증에 걸렸다고 하더군요."

영재는 쓸쓸하게 웃었다. 자기가 저지른 실책에 대한 변명 같은 것이었는지도 몰랐다. 그러나 수명은 자기의 의사는 물어볼 생각도 않고 일방적인 고백—사랑의 고백치고는 좀 비상식적이었으나—만을 하고 있는 영재에 대하여 불안을 느끼기 시작했다.

"왜 그런 말씀을 하세요?"

"두려운 생각이 들어서요. 참 생각해 보니 우습군요. 과연 나는 수명 씨를 사랑할 수 있는 인간인지…… 또 수명 씨는 나를 사랑할 수 없을지도 모르는 일 아닙니까? 그러면서도 주제넘게 나는 동섭이하고 싸우려고 했습니다. 동섭이도 박 상무처럼 오해했었지요. 그리고 박 상무하고도 싸우려고 했습니다. 그것은 미친 수작이 아니고 무엇입니까? 지금 내게 있어 수명 씨는 한 가닥 광명입니다."

"……."

"그것을 잡으려고 나는 허공을 딛고 있습니다. 발부리가 어디 있는지 몰라요. 다만 이 광명이 사라질까 봐 무서워하고 있는 겁니다. 옛날에는 나도 이렇지가 않았어요. 세상을 경멸할 만큼 자신도 있었고, 그러나 지금은 헤어날 수 없는 어둠과 옴짝할 수 없게 올가미가 씌워지고 말았어요. 운명론자가 되고 싶지는 않습니다. 그러나 어쩔 수 없는 운명이군요. 수명 씨를 왜 진작 만나지 못했을까요."

영재는 말을 끊고 한숨을 내쉬었다.

"수명 씨."

새삼스럽게 불러놓고 영재는 다음 말을 잇지 못한다. 그의 의사와는 반대로 그의 말은 엉뚱한 곳으로 줄달음치고 만 것이다. 수습이 되지 않는다.

"윤 선생님?"

"……."

"왜 그런 말씀을 하시는지 전 모르겠어요."

나직이 목소리가 울렸다.

"윤 선생님의 괴로움을 제가 알아서는 안 될까요? 알고 싶어요."

수명은 덧붙였다.

"알고 싶다구요?"

"네. 알고 싶어요."

영재의 입가에는 자조의 웃음이 맴돌았다.

"알고 보면 추한 인간입니다."

자포적으로 말을 내던진다.

"수명 씨가 상상할 수도 없는 그런 패륜자입니다. 아실 필요 없어요."

'도대체 어떻게 된 일일까? 이분은 나를 사랑한다고 했다. 그런데 이 분이 쏟아놓는 말은 모두 자기혐오와 고통뿐이니……이분은 나한테 사랑의 고백을 하러 온 것일까? 처참한 저 표정을 나는 어떻게 받아들이지?'

"수명 씨?"

"네?"

"영국의 여류작가 조지 엘리엇이란 사람이 있죠?"

"네?"

별안간 화제를 바꾸는 바람에 수명은 어리둥절한다. 영재는 일일이 엉뚱스러운 말만 꺼내었던 것이다.

'마치 회오리바람 같다.'

"엘리엇의 작품 중에 『사일러스 마너』라는 소설이 있죠. 읽으셨어요?"

"네, 읽기는 읽었지만 왜 갑자기 그런 말씀을 하세요?"

수명은 의아하게 영재를 쳐다본다.

"읽으셨으면 그 속에 나오는 고드프리라는 사나이를 미워하셨어요?"

고드프리는 『사일러스 마너』에 나오는 인물로서 일시적인 잘못으로 비밀 결혼을 하고 딸까지 있었으나 낸시라는 여성을 열렬히 사랑함으로써 여러 가지 비극을 겪게 된다.

"낸시를 얻기 위하여 비밀의 처를 저주하던 남자 말이죠?"

영문을 모른 채 수명은 반문했다.

"예, 그렇습니다."

"글쎄요…… 미워했는지…….'

수명은 별로 흥미 없는 표정이다.

"그 사나이는 자기를 찾아오다가 눈 위에 쓰러져 죽은 처가 혹시 살아나지 않을까 조바심을 일으켰죠. 그 사나이는 낸시를 위하여 그 비밀이 탄로될까 봐 무서워한 나머지 그 처가 세상에서 없어지기를 바랐죠. 나도 때때로 그런 무서운 생각을 해보곤 나를 미워하죠."

"누구를? 누구를 없어지기 바라나요?"

수명은 얼굴을 번쩍 쳐들었다.

"누구냐구요?"

영재는 소스라치며 벌떡 일어섰다. 수명도 따라 일어섰다. 숨 막히는 침묵이 흘렀다.

"그럼, 그럼 윤 선생님은 결혼을 하셨군요?"

수명의 목소리는 높았다.

"아닙니다!"

영재도 외쳤다.

"결코, 결코 결혼은 하지 않았습니다."

영재는 자기 머리를 두 손으로 감싸 쥐었다. 머릿속이 훌훌 달아오르는 것 같고 미칠 것만 같은 기분이었다.

'넌, 넌 환장을 했구나. 왜 그런 말을 했느냐 말이다. 이미 해결된 일이 아니냐. 주실이는 시집을 갔다. 어쨌든 시집을 갔다.

그럼 그만 아니냐? 아아, 아, 그 아이는…….'

영재는 머리를 싼 손을 내리고 외투 깃을 세웠다. 그리고 고개를 흔들었다. 사랑하는 사람을 눈앞에 두고도 환희는커녕 더욱더 큰 고통이 그를 엄습할 뿐이다.

'내 혓바닥은 마귀야! 왜 아가리를 닫고 있지 못하나!'

일면 수명은 일혜를 생각하고 있었다. 영재의 말로 미루어 어떤 여성이 있는 것만은 확실한 일이었고 그 여성은 일혜를 두고 생각하지 않을 수 없었다.

'어쩌면 그들 사이에도 고드프리의 딸 에피 같은 아이가 있을지도 모른다.'

수명은 슬픈 생각이 치밀었다. 별빛이 한결 먼 곳에서 깜빡이고 있는 것만 같았다.

하늘과 땅 사이에서, 삭풍이 휘몰아치는 벌판 같은 언덕 위에서, 사랑의 고백과 더불어 사랑의 종말을 동시에 듣는 듯 수명의 머리는 아득하기만 했다.

"저는 결코 결혼은 하지 않았습니다."

바보처럼 뇌는 영재의 목소리가 다시 귓전을 쳤다.

"윤 선생님, 우리 내려가요."

"그만이군요?"

영재는 또 바보처럼 뇌고 수명을 뒤따랐다. 비탈진 곳까지 온수명은 돌부리에 발이 걸렸는지 휘청거렸다. 영재는 재빨리 그의 팔을 잡았다. 수명은 영재를 가만히 올려다보고 영재는 여자를 내려다본다.

"윤 선생님을 전 신뢰하고 싶어요. 당신은 거짓말을 못 하시는군요."

고통스러운 대로 그들 얼굴 위에 별빛은 쏟아지고 사랑의 입김은 교류되었다.

영재가 사무실에서 막 나오는데 박 상무는 모자를 눌러쓰며 이 층에서 내려왔다. 그는 영재를 보자 부드러운 미소를 띠며,

"지금 퇴근하는 거요?"

"네."

영재는 대답을 하며 좀 얼굴을 붉혔다. 한때는 심한 적의를 품었고 그토록 미워했던 박 상무, 박 상무에 대하여 면구스러웠던 것이다.

앞선 영재는 상사에 대한 예의로 문을 열어주고 그가 나가기를 기다렸다. 박 상무가 나가자 영재도 뒤따라 나갔다. 그러나 자가용이 박 상무를 기다리고 있지는 않았다. 박 상무는 자못 친밀감을 나타내며 영재와 어깨를 나란히하고 걸으면서,

"그 여자친구는 안녕하시오?"

넌지시 묻는다.

"네?"

"그 망년회 때 같이 오신 여자친구 말이오."

"네, 잘 있는 모양입니다."

사실은 망년회 이후 영재는 일혜를 만나본 일이 없었다.

"미술과 학생이라죠? 퍽 재치 있게 보이더구만, 아름답고……."

"금년에 졸업반이죠."

"쉬 결혼하겠구면."

"아, 아닙니다. 그 여잔 애인이 아닙니다."

영재는 당황하며 부인한다.

"호? 그래요? 퍽 아름다운 여성이던데……."

"……."

"젊은 사람들은 자신이 있어서 그런지 결혼문제를 별로 생각하지 않는 것 같더군요. 초조한 빛이 없어 참 부럽소."

박 상무의 얼굴에는 순간 쓸쓸한 빛이 돌았다. 망우리에서 아직 결혼문제는 생각하고 있지 않다는 수명의 말을 그는 지금 되새겨 본 것이다.

"상무님도 젊으신데 뭘 그러십니까?"

영재는 오만하지도 않고 겸손하지도 않은, 서구적인 멋과 교양이 자연스럽게 몸에 밴 듯한 이 중년 신사에게 벌써부터 호감을 가지고 있었다. 수명의 일만 아니었더라면 그를 적대시할 아무런 까닭도 없었던 것이다.

"사십 고개를 바라보는걸요. 젊다는 것은 자랑이며 아름다움이오."

그렇게 말하더니 걸음을 멈추고 지나가는 택시를 잡았다.

"가는 데까지 같이 갑시다."

박 상무는 영재를 바라보며 권하였다.

"아, 아닙니다. 바로 요 앞에까지 갑니다. 어서 타십시오."

박 상무는 자동차에 오르자 담배부터 뽑아 물었다. 영재는 늑장을 부리다가 자동차가 지나가 버린 뒤 걸음을 빨리하였다.

'내가 주책없이 지껄이기는 했지만 그 여자는 날 사랑하고 있어.'

수명과 헤어진 뒤 늘 그는 그렇게 마음속으로 중얼거리며 자기 자신을 달래고 있는 것이다.

'그렇다. 나는 젊어. 젊기 때문에 허물이 없고 아름다운 거야. 자신을 가져도 좋지 않느냐? 옛날처럼, 옛날의 윤영재처럼……'

영재는 만나기로 약속한 장소를 지나칠 뻔했다가 되돌아서서 지하실로 내려간다.

'와 있을까?'

영재는 시끄러운 음악이 쿵쿵거리는 다방 안을 들어서서 사방을 두리번거렸다. 구석진 좌석에 신문으로 얼굴을 가린 김상호가 앉아 있었다.

"왜 그리 보기가 힘들어? 이쪽에서 만나자구 해야만 코끝을 내미니 어지간히 비싸졌군그래."

영재는 뇌까리며 상호와 마주 보고 앉는다. 신문으로 얼굴을 가리고 있던 상호는 영재를 힐끔 쳐다보더니 도로 신문에 눈을 옮긴다.

'이 자식은 백 년 만에 만나도 저런 상판을 할 거야.'

그런 생각을 하며 영재는 건너편 좌석으로 눈을 돌렸다. 눈이 찢어지게 머리를 걷어 올려 동여맨 여자가 다리를 꼬아 올려놓고 턱을 치켜든 채 담배를 뻑뻑 피우고 있었다.

상호는 테이블 위에 신문을 놓는다.

"자네 부친께서는 감투가 날랐군."

"뭐?"

"몰랐나?"

"뭘?"

"치안국장이 경질되었군. 신문에 나 있어."

상호는 신문을 영재 앞으로 밀어냈다. 영재는 일면에 나 있는 정부의 인사이동 발표를 훑어보고 또 윤현국 씨의 사임을 확인한 뒤 신문을 팽개쳤다.

"잘되었군."

"남의 일 같은가?"

상호가 하는 말에 쓰게 웃으며,

"정 여사께서 섭섭해하겠구나."

"아드님은 섭섭하지 않고?"

"좀 시원섭섭하다고나 할까?"

"윤현국 씨한테는 역시 마이너스였을 거야."

"물론이지, 미끄러져 나왔으니까."

"아니 애당초 감투 쓰지 않았던 것이 좋았단 말이야. 그랬음 민 의원으로 입후보나 하구…… 도리어 순조로웠을지도 모르지."

"그렇지도 않아. 치안국장이 이력에 하나 더 붙으면 시골에선 도리어 유리하지. 우매한 민중들이 그걸 헤아리나?"

영재는 빈정거렸다.

"흥미 없는 소리는 그만두기로 하고 자네 하숙은 어디로 옮겼나?"

그 말을 했을 때 상호는 안경 속에서 눈을 굴렸다.

"그건 어떻게 알았······."

알았누의 누 자를 입속에 흘려버리며 상호는 반문한다.

"한 번 찾아갔었지. 그 댁 아주머니가 나갔다고 그러더군."

"음."

"어디로 옮겼어?"

"왜? 알고 싶어?"

상호는 말 속에 여음을 남긴다.

"비밀인가?"

"비밀일 것도 없겠지만."

"살림이라도 차렸나?"

"음."

"뭐? 정말이야?"

"정말이다."

상호는 나직이 말했다. 영재는 어처구니없다는 듯 상호의 얼굴을 자세히 쳐다본다.

"민 여사하고?"

"글쎄……."

"그런 모양이군그래."

영재는 강한 충격을 받는다.

"여러 가지 일이 많았다."

하고 상호는 쓰디쓰게 웃는다.

"임 변호사한테 매도 맞고……."

"기어이 알았군."

"하마터면 콩밥을 먹을 뻔했지."

"임 변호사가 자넬 고발할 처지가 되나?"

"그러니까 이럭저럭 낙찰이 된 거지. 처음에는 죽이리 살리리 했었지."

"그래서?"

"뭐, 별수 없잖아? 임 변호사로선 간통죄로 몰아버릴 근거가 없거든. 그 자신이 도리어 간통죄에 적용되는 처지니까, 본부인이 고소만 한다면."

"그래서."

"그 사람이 임 변호사하고 헤어졌지, 뭐."

"결판이 나고 말았군. 그래서 자네하고 결혼을 했단 말이지?"

"결혼? 그까짓 건 해서 뭘 해? 그냥 사는 거지. 그 여자는 자네들이 생각하는 그런 영리한 사람은 아니다. 일종의 정신적인 불구자라고나 할까…… 임 변호사하고 헤어지고 보니 그야말로

338

빈털터리지 뭐야. 나처럼 앞일을 생각하지 않아.”

“아이는?”

“아이는 임 변호사하곤 아무 관계도 없다. 죽은 남편의 애 니까.”

“그래 자네가 현재 부양하고 있단 말인가?”

“마, 그렇다고 볼 수 있겠지.”

“대체 어쩔 셈인가?”

“어쩔 셈이냐구? 아무 계획도 없다. 우선 내가 월급을 받으 니까.”

“그렇지만 그건 무리야. 어차피 자네도 결혼은 해야 할 거 아 닌가?”

영재답지 않게 사려 깊은 말을 한다.

“그건 두고 봐야지.”

“불안한 얘기다.”

“불안할 것도 없다. 두 사람이 다 현실의 상실자니까, 아무런 의의도 느끼지 않으니까, 얼마 동안이나 방송국에 붙어 있을는 지 몰라도 그런대로 어떻게 되겠지.”

상호로서는 꽤 깊이 자신의 신상 이야기를 한 셈이다. 영재는 상호 스스로가 현실의 상실자라 했지만 그것을 넘어선 강한 의 지를 느끼지 않을 수 없었다. 남이야 뭐라 하건 말건 부동한 자 세를 지니고 있는 상호, 모든 것을 내던져 버린 것 같으면서도 강렬한 자아를 지니고 있는 듯한 상호를 영재는 부러워하지 않을 수 없었다.

'상호의 반몫이라도 배짱이 있다면? 저 자식의 침묵은 자신을 지닌 것에서 온 관대의 표시다. 나는, 나는 그렇지. 내 다변은 부실에서 오는 용렬함이다.'

영재는 슬며시 일어섰다.

"안 나갈래?"

"술 사겠나?"

"음, 자네 새살림을 위하여 한잔 사겠다. 나갈까?"

영재는 문간으로 고갯짓을 하다가 멈칫한다. 일혜가 다방 안으로 바삐 들어서고 있었던 것이다. 그는 미처 영재를 보지 못하고 아까부터 담배를 뻑뻑 피우고 있는 여자 곁으로 다가갔다.

영재는 일어선 상호와 같이 나오면서 돌아선 채 담배를 피우고 있던 여자와 지껄이고 있는 일혜의 어깨를 툭 쳤다.

"어머!"

"웬일이야?"

"난 또 누구라구? 오늘은 매우 기분이 좋으시군요."

일혜는 민첩하게 영재의 눈빛을 살핀다.

"막걸리 사줄 테니 안 가겠어?"

영재는 일혜의 목덜미를 바라보며 묻는다.

"안 가겠어요. 세 사람은 싫어요. 피곤하니까요. 신경이 말이에요."

"그럼 우리는 먼저 가겠어."

영재가 돌아서자,

"영재 씨!"

슬그머니 돌아다본다. 일혜는 영재를 주시하면서 무슨 말을 할 듯 입술을 달싹거렸다. 그러나 그는 생각을 고쳐먹었는지,

"그만두겠어요. 어서 가세요."

내던지듯 말하고 빙글 돌아섰다.

밖으로 나왔다. 얼마 후 그들은 뒷골목 대폿집에 들어갔다. 기름이 지글지글한 빈대떡을 앞에 놓고 술잔을 기울이면서 영재는,

"나도 금년에는 일 좀 해야겠는데, 이러다간 아무것도 못하고 죽어버리겠다."

"일을 해놓고 죽으면 별수 있나? 화장터에 가기는 마찬가지지."

"자네 그럼 놀고먹는가?"

"놀고먹지는 않지. 그럴 팔자가 못 되니까. 더 잘해보겠다는 의욕이 없고 의미도 없으니까 하는 말이야."

"속 편하겠다."

"자네처럼 사서 괴로워하지는 않어."

"사서 괴로워한다구?"

"자넨 욕심이 너무 많아. 욕심 때문에 곤두박질을 치고 있는 거야."

"미친 소리 말어."

"그런데 그 회사는 어때? 일할 만한가?"

슬쩍 화제를 돌린다.

"그저 그렇지. 그러나 위에 있는 사람들이 야비한 장사치가 아니라서 그만하면 분위기는 괜찮은 편이야."

"요즘 사업체, 장사꾼의 배짱을 버리고도 운영이 되나?"

"그야 어느 정도는…… 거기도 정당과의 끄나풀 때문에 골치를 앓는 모양이더군. 그래서 기관의 일은 경원하고 사업가들 개인에 침투하는 방향으로 나가는 모양이야. 내야 뭐 일개 엔지니어에 지나지 못하니까 자세한 것은 모르지만……"

술이 거나해지자 영재는 말을 이었다.

"우리 회사에 흥미 있는 사람이 한 사람 있지. 직함은 상문데 좀 묘하단 말이야. 사업가이기보다 예술가에 가깝지. 아니 체질적인 그 냄새 때문에 도리어 아무것도 못할 사람인지 모르지만, 또 돈이 있으니까 그의 꿈이 절박한 욕구가 되지 못하는지 몰라도……"

영재는 박 상무를 치켜세우면서 새삼스럽게 그의 원만한 성품이 돈 탓이라 깨닫는다. 그것은 예술하는 데 있어서 큰 흠이 될는지도 모르고 창조보다 일개 교양만으로서 끝날지도 모른다는 생각도 해본다.

상호는 덤덤히 듣고 있을 뿐이다.

"요즘의 건축가, 물론 한국의 건축가지만 그들에게는 가장 근본적인 예술적 감성이 결여되어 있단 말이야. 하긴 엔지니어로서의 양심마저 마비되어 있는 실정인데 장사치들한테 그런 것을 바라는 자체가 쑥스러운 노릇이지…….”

“공연한 선배들에 대한 저항의식이야. 그렇다고 일괄적으로 말할 순 없지.”

상호는 냉정하다.

“흥! 여기저기 세워진 엉뚱스러운 건물들을 보란 말이야. 한국이 지닌 입지적 조건에는 아예 귀머거리요 장님이란 말이야. 하기는 그런 것들을 다 무시하고도 남음이 있는 천재가 있다면야 별문제지.”

영재는 오래간만에 일에 대한 정열을 보이며 이야기했다.

열한 시가 다 되어 그들은 일어섰다. 하숙으로 돌아온 영재는 방문을 열자,

“아!”

책상 위에 일혜가 엎드려 있었다.

영재는 성큼 방 안으로 들어섰다. 그는 태연한 체했으나 당황한 빛을 감추지 못한다. 말없이 창 옆으로 간 영재는 마음을 가다듬기 위하여 담배를 뽑아 물고 불을 붙인다.

‘시간이 늦었는데 어떻게 해서 돌려보내나…….’

난처했다. 냉정히 잡아떼면 돌아갈 만한 자존심이 있는 일혜였다. 그것을 영재는 알고 있다. 냉정한 태도를 취하는 것이 문제인 것이다. 만일 일혜가 간악하고 못된 여자였다면 설령 옆구리에 칼이 들어오는 한이 있어도 독이 서린 말을 내어뿜을 만한

오기가 있는 영재였다. 그러나 일혜는 그렇지 않았다. 영재의 우유부단한 고민도 그것에 있었다.

"일혜?"

대답이 없었다. 영재는 돌아다보았다. 일혜는 꼼짝하지 않고 아까 그대로의 자세로 책상 위에 엎드려 있었다.

'음? 잠이 들었나? 아, 아니 혹시 무슨 짓을?'

순간 영재의 낯이 파랗게 질린다. 그는 일혜의 옆으로 뛰어 갔다.

"일혜!"

그는 다급하게 일혜의 양어깨를 쩔쩔 흔들었다. 그러나 아무런 반응이 없었다.

"일혜!"

영재는 고함을 치며 일혜를 또다시 흔들었다. 역시 아무런 반응도 없었다. 영재는 공포가 서린 눈으로 방 안을 두리번거렸다. 아무도 없었다. 구원을 청할 만한 사람은 아무도 없었다. 휑뎅그렁한 방 안에는 오렌지빛 전등불이 뿌옇게 번져나가고 있을 뿐이었다. 그는 입술을 떨면서,

"아주머니!"

고함을 치며 방문을 화닥닥 열었다. 그러나 아래층은 감감소식이다. 영재가 뛰어 내려가려고 하자,

"영재 씨!"

뜻밖에도 일혜의 목소리가 울려 나왔다. 영재는 고개를 핵 돌

렸다. 일혜는 머리를 쳐들고 영재를 바라보고 있지 않은가.

"놀라셨어요?"

태연하게 흩어진 머리를 걷어 올렸다.

"뭐가 그따위야!"

영재는 방문을 거칠게 닫아부치며 일혜를 무섭게 노려본다.

"장난 좀 했어요."

일혜의 입가에는 쓸쓸한 미소가 감돌고 있었다. 그러나 영재의 얼굴에는 피가 몰려들었다.

"장난이라니! 빌어먹을!"

흥분의 여세에 쫓기는 듯 영재는 일혜의 뺨을 냅다 갈긴다.

"아, 기분 좋아. 더 때리세요."

얼굴을 치켜든 일혜 눈에 눈물이 그렁그렁 돌았다.

영재는 아릿한 손끝을 오므렸다. 연민과 뉘우침이 가슴을 저미는 듯했다. 그는 얼굴을 돌리며,

"십년감수했다."

나직이 뇌고 쓰디쓰게 웃는다.

"내가 자살할 수 있는 여자 같았어요, 영재 씨?"

천연스럽게 묻는다. 그리고 영재를 잊을 수 없는 그런 눈으로 바라본다.

"난 자살 안 해요. 그런 바보 같은 짓은 안 해요. 비겁하긴 싫어요. 내가 죽었기 때문에 영재 씨를 망치고 그리고 영재 씨의 저주를 받는다면 그건 너무 슬픈 일이에요. 난 미련이 남아서

이렇게 찾아온 거예요. 그러면서도 어쩐지 이런 장난을 해보고 싶었어요."

목소리는 정감에 젖어 있었다. 그러나 쓸쓸한 미소는 사라지지 않았다. 영재는 방바닥에 털썩 주저앉는다. 그들 사이에는 잠시 동안 침묵이 흘렀다. 탁상시계의 시각을 새기는 소리가 묘하게 드높다.

"기분이 좋아서 돌아왔는데 미안하군요. 기분 잡쳤죠?"

"물론이다. 술기가 다 달아났어."

우울하게 된다.

생각해 보면 그따위 실없는 장난에 놀라 자빠진 자신이 한량없이 우스꽝스럽다고 영재는 생각했다. 그러나 그런 일이 있을지도 모른다는 의구심은 있었을 것이다. 영재가 냉정함을 잃고 강한 충격을 받은 것도 그러한 예감 때문이다. 일혜는 자살 따위의 어리석은 짓을 하지 않는다고 말했다. 그러나 일혜의 선언에도 불구하고 영재의 마음은 무겁다.

'자살을 안 한다 하더라도 나는 일혜의 정신적 살해자다.'

일혜는 의자에 걸터앉은 채 책상 바닥에다 손가락으로 낙서를 하고 있었다. 그들의 사랑처럼 형체 없는 허망한 낙서였다.

"어떻게 여길 알고 찾아왔지?"

"회사에 전화 걸어서 알았어요."

"그래?"

"그렇게 한 거 잘못이에요?"

“아니.”

“나 어떻게 할까요?”

“뭘?”

“돌아갈까요?”

“…….”

“돌아갈까요?”

“돌아가야지.”

영재는 얼굴을 일그러뜨렸다.

“정말?”

“시간이 늦어. 택시를 잡아야 할걸.”

“안 가겠어요.”

일혜는 쏘듯 뇌까렸다.

“여기 재워주세요.”

“일혜…… 날 괴롭히지 말어. 날 용서해 줘.”

고문을 당하는 사람처럼 영재는 애원한다.

어떤 관계에 빠지지 않은 남녀가 한방에서 밤을 밝힌다는 것
도 어려운 일인데 하물며 그러한 선이 무너진 그들이 한방에서
밤을 지낸다는 것은 사태를 옛날로 돌려버리는 것 이외 아무것
도 아니다.

‘그렇게 되면 나는 헤어날 수 없다. 수명 씨를 영원히 잃어버
린다!’

“영재 씨? 겁내지 마세요. 이것도 장난이에요.”

장난이 아님이 뻔했다. 그렇기 때문에 일혜는 비참했다. 그는 적어도 쫓겨나지 않는다는 구실이 필요했을 것이다.

"얼마나 그 애인에게 성실한가 볼려구요. 고배를 마셨지만 그런 것도 알고 싶었어요."

그는 외투를 입었다. 영재는 일어서서 발끝을 내려다본다.

"안녕히 계세요."

영재는 순간 일혜를 잡으려다가 주먹을 불끈 쥔다.

'이 비겁자야!'

영재는 마음속으로 외쳤다.

어느새 일혜는 층계를 밟고 있었다. 영재는 가만히 귀를 기울인다. 현관문을 여는 소리가 났다. 그는 구르듯이 쫓아 내려갔다. 그리고 일혜를 뒤따랐다.

"오지 마세요. 따라오면 전 안 가겠어요."

일혜는 돌아보지 않고 말하였다.

"택시를 잡아야지."

그 말이 끝나기도 전에 일혜는 바람처럼 뛰었다. 그리고 어둠 속에 사라지고 말았다.

7. 애환의 쌍곡雙曲

왜 그런지 냉바람이 도는 것과 같은 효자동 집 앞에 섰으나 영재는 냉큼 초인종을 누를 수가 없었다. 생소하기로는 언제나 매한가지였으나 이번에는 그 생소한 감정에 미안한 생각이 곁들였으니 집 안에 들어서기가 더욱 주저된다.

맹장염 수술을 받고 병원에서 퇴원한 이래 처음으로 이 문전에 선 영재였다. 윤현국 씨가 치안국장 자리에서 물러난 신문 보도를 보고도 열흘이나 지난 지금에 찾아온 것이다. 서울 바닥에 살면서 부자지간에 말이 안 되는 이야기다. 하기는 전 같으면 역으로라도 그것을 무시해 버릴 수 있는 영재였었다.

'내 마음이 약해졌구나. 아니, 착해졌단 말인가?'

영재는 입가에 쓴웃음을 머금었다. 감정이 다소 부드러워진 것만은 확실하다. 수명을 사랑하게 된 때문이고 수명이 그를 사

랑해 주는 때문이다. 연애를 하면 마음이 너그러워지고 착해진
다는 누군가의 말을 생각하며 영재는 초인종을 눌렀다. 문을 들
어서자 뜰에서 개와 장난을 치고 있던 병재가,

"형!"

하고 뛰어왔다.

"아버지 계시냐?"

"계세요. 그동안 왜 안 왔어요? 아버지가 굉장히 화를 내셨
어요."

"바빠서 올 새가 없었다."

영재는 신발을 벗고 마루에 올라섰다. 병재는 먼저 안으로 쫓
아가면서,

"엄마! 형 왔어!"

크게 소리쳤다. 그러나 안방에서는 아무 대꾸도 없었다.

"아버지, 형 왔어요."

이번에는 성급하게 아버지를 불러봤으나 역시 대답이 없
었다.

"안방에 안 계시나 본데?"

영재는 병재 뒤에서 목을 뽑으며 중얼거렸다. 병재는 영재를
흘끗 돌아다보았다. 아주 난처한 표정이다. 방 안에는 그들의
부모가 있었다. 있으면서도 일부러 대답을 하지 않았던 것이다.

"엄마, 형이 왔어요."

이번에는 조심스럽게 방문을 두들기며 나직이 말하였다. 제

발 모두 의좋게 지낼 수 없겠느냐는 듯 감정을 담은 목소리다.
그러나 방 안에서는 앙칼진 목소리가 튀어나왔다.

"왜들 야단이냐!"

병재는 풀이 죽는다.

"형이 왔대두……."

시무룩하게 된다.

"왔음 왔지, 어쨌다는 거냐? 무슨 사또의 행차냐!"

영재는 유리창 밖을 멍하니 바라본다. 매끈하고 흰 빛을 띤
목련의 가지가 움이 틀 생각도 않고 창밖에 뻗어 있었다. 그는
정 여사의 푸대접이 전처럼 노엽지가 않았다.

병재는 영재의 옆구리를 쿡 찔렀다.

"형, 화내지 말아요. 요즘 모두 저기압이에요."

귓속말로 소곤거리며 손가락을 머리에 얹고 뿔이 돋친 시늉
을 한다.

"들어가도 좋습니까?"

영재의 말이 있은 한참 후에,

"들어오슈."

타인을 대하듯 냉정한 정 여사의 대답이다. 영재는 방문을 열
고 들어갔다.

정 여사는 뜨개질을 하고 있었고 윤현국 씨는 신문을 펴 들고
있었다.

영재는 무릎을 꺾고 앉았다. 한참 동안이 지났다. 그러나 정

여사는 뜨개질하는 손을 멈추지 않았고 윤현국 씨는 신문에서 눈을 떼지 않았다. 삼엄하기 짝이 없는 분위기다.

"오랫동안 와 뵙지 못해서 죄송합니다."

영재는 사과를 하며 그들의 기색을 힐끗 살폈다. 쑥스러운 생각이 다소 들기도 했다. 윤현국 씨는 신문으로 얼굴을 가렸으므로 그의 표정은 알 수 없었으나 정 여사는 좀 신기하다는 듯 일손을 멈추고 영재를 쳐다보았다.

"그동안 늘 바빴습니다. 직장도 옮기구요."

영재는 덧붙인다. 그러나 병원에서 퇴원한 경우나, 설 명절에도 얼굴 한 번 내밀지 못했던 일을 생각하면 바빴다는 것으로 변명이 될 수 없었다.

"그래요? 너무 바빠서 신문도 못 보았겠군요?"

정 여사는 싸늘하게 말하였다. 언제나 마음이 토라지면 그의 말씨는 냉랭하지만 공대로 변한다. 그것은 너와 나는 엄연한 타인이 아니냐는 뜻을 강조하기 위해서다. 네가 그렇게 나오는데 내가 굳이 어미 행세를 할 이유가 어디 있느냐는 것이다.

"신문 봤습니다!"

한껏 비꼬아준 말이었는데 의외로 영재 입에서 공손한 대답이 나오자 정 여사는 또다시 신기하다는 듯 영재를 바라본다. 그러나 경계심이 서려 있었다.

'전보다 고분고분하군. 무슨 속셈이 따로 있는 게 아닐까?'

어릴 때는 반항적으로 나왔고 대학에 들어가면서부터 거의 집안 식구들을 묵살해오다시피 한 그가 우선 말만이라도 그렇게 하니 기분이 다소 풀리는 듯했으나 어쩐지 의심스럽다.

"아버지가 사임하셨더군요."

그 문제에 언급하지 않을 수 없었다.

"사임이 아니에요. 파면이죠."

정 여사의 목소리가 파르르 떨렸다. 윤현국 씨가 들고 있는 신문도 약간 흔들리는 듯했다.

"현 정권에서 쫓겨나셨다면 더욱 좋지 않습니까?"

영재는 위로 삼아 말을 했으나 잔뜩 자격지심에 도사리고 앉은 정 여사는 고깝게 그 말을 들었다. 비꼬는 줄 안 모양이다. 그의 얼굴은 벌게졌다.

"저는 도리어 잘됐다고 생각하는데요? 그 자리가 명예스러울 것도 없지 않습니까?"

"명예스러울 것도 없다뇨? 아버지가 그 자리를 이용해서 남 못할 짓이라도 했다는 거요?"

아버지의 직책을 업수이여기는 듯한 말투에는 더 견딜 수 없다는 듯 정 여사는 쏘아붙인다.

"아닙니다. 그런 뜻이 아니구요. 앞으로 차차 어려워지지 않겠습니까? 선거도 닥쳐오구……."

영재의 말뜻을 알아듣지 못하고 화만 내는 정 여사에게 설명을 한들 말만 길어졌지 결론이 나올 것 같지도 않아서 영재는 얼른 말을 둘러댔다.

영재와 정 여사가 말을 주고받는 동안 윤현국 씨는 신문 뒤에서 진퇴양난에 빠져 있었다. 윤현국 씨는 정 여사처럼 아들의 말을 고깝게 여기지는 않았다. 영재의 의도를 잘 알 수 있었고 저놈이 이제는 제법 애비 생각을 하는구나 싶기도 했다. 그러나 병원에서 퇴원한 이후의 여러 가지 소행을 생각하면 한바탕 두들겨 패주고 싶은 심사가 가셔지지는 않았다.

'이놈 오기만 해봐라. 다리몽댕이를 부러뜨려 버릴 거다.'

입버릇처럼 해온 말이었으나 지금은 신문으로 얼굴을 가리고 침묵을 지킬 뿐이다. 그럴 수밖에 없는 약점이 있는 때문이다.

그러니까 지난 세말歲末 때의 일이다.

신혜를 따라 그의 집에 갔다가 졸지에 당한 영재와의 대면, 그때 겪은 낭패를 생각하면 자식 앞이지만 면구스럽기 짝이 없는 일이다. 그렇다고 해서 아들의 소행을 그냥 덮어버릴 수도 없는 일이었다. 자신의 노여움도 노여움이려니와 아내에게 체면이 서지 않는다.

작년 가을에 영재가 병원에서 퇴원한 일만 해도 아버지인 윤현국 씨를 철저히 무시하고 든 짓이었다. 그때 윤현국 씨는 눈코 뜰 사이 없이 바쁜 시간을 짜내어 아들의 회복상태가 근심되어 병원으로 찾아갔던 것이다.

'제 에미가 있으면 그놈도 바깥에 나돌지는 않았을 게 아닌가?'

윤현국 씨는 병원의 뜰을 지나면서 문득 그런 생각을 했던 것

356

이다. 정 여사에게 아무 잘못도 없고 만 번이나 영재의 잘못임을 알고 있었다. 그의 괴팍스러운 성미 때문에 서로의 불화를 빚어낸 것을 잘 알고 있었다. 그러나 어쩔 수 없는 것이 혈육 간이라 앓고 누우니 윤현국 씨의 마음도 자연히 약해지는 모양이었다.

'앓고 나면 좀 성미가 누그러질까?'

윤현국 씨는 그렇게 되기를 바라며 그의 중학 동창인 P박사가 있는 교수실로 들어갔다. P박사는 영재의 수술을 담당한 사람이었다.

그들은 악수를 나누고 이런저런 얘기를 한 끝에,

"경과는 퍽 좋아, 젊으니까. 그런데 말이야, 좀 이상하거든."

P박사는 고개를 갸웃거렸다.

"뭐가?"

"자네 아들 말일세. 상당히 심한 우울증에 걸려 있는 것 같애. 어떻게 보면 내성적인 것 같구. 어떻게 보면 아주 거친 것 같구……."

"그야……."

윤현국 씨는 말꼬리를 흐려버린다. 그리고 한숨을 내쉬며,

"지 에미가 없으니…… 격하기 쉽고 도무지 종잡을 수 없는 애였지."

"그러나 어머니가 없다는 것쯤이야, 어릴 때 말이지 어른이 되면 그런 것 따위가 우울증의 원인이 되지는 않아. 듣자니 상

당한 수재라잖아? 우울증의 원인은 따로 있을 거야. 가령 인생을 생각한다거나 소위 요즘 유행하는 부조린가 뭔가 하는 그런 따위의 문제 말이지. 나야 정신과가 아니니까……."

"그, 그럼 무슨……."

윤현국 씨는 말을 더듬었다.

"아, 아니 그렇다는 게 아닐세. 좀 성격이 이상한 것 같아서, 그리고 자네 아들이라 유심히 보았을 뿐이야."

윤현국 씨는 묘한 불안감을 가지며 교수실에서 나왔다.

그는 P박사의 말을 이모저모로 생각하며 이 층 병실로 발을 옮겼다.

그가 병실 문을 열었을 때 침대는 비어 있었다.

'벌써 일어났나?'

윤현국 씨는 P박사의 말을 생각하며 의자를 끌어당겨서 앉았다. 그는 영재가 화장실에 나간 줄 알았던 것이다.

한참 시간이 지났다. 그러나 영재는 돌아오지 않았다.

'웬일일까?'

그러자 마침 간호원이 체온기와 카드를 들고 들어왔다.

"여기 환자 어디 갔죠?"

"네?"

간호원은 침대로 눈을 옮기더니 깜짝 놀란다.

"이 환자 나가신 게 아니에요?"

간호원은 도리어 윤현국 씨에게 묻는다. 윤현국 씨는 어리둥절한다.

"이보세요, 환자의 소지품이 하나도 없어요. 병원에서 빠져나
갔나 봐요."

"그, 그, 그럼 아픈 놈이 어디로 갔단 말이오?"

당황하며 되묻는다. 방금 P박사의 말도 있고 하여 마음이 철
썩 내려앉았던 것이다. 부랴부랴 집으로 달려온 윤현국 씨는 병
재를 영재의 하숙으로 보냈다. 그러나 돌아온 병재는,

"벌써부터 하숙을 옮겼다 해요."

걱정스럽게 아버지를 올려다보았던 것이다.

하는 수 없이 영재가 나간다는 연구소에 전화를 걸어 영재가
나오면 연락을 해달라고 부탁했으나 사흘 후 연구소에서는 서
면으로 그만둔다는 통지가 왔을 뿐 그의 거처는 알지 못한다는
연락이 왔다.

'이놈이 어디 가서 죽지나 않았을까? 그렇다면 무슨 이유로?'

정 여사에게는 내색하지 않았으나 윤현국 씨는 마음속으로
끙끙 앓았다. 그러나 거의 한 달이 지난 후 풀어놓은 형사가 정
보를 가지고 왔다. 영재가 어떤 여자와 같이 극장에서 나오더라
는 것이다. 그러나 안심보다 그의 노여움은 컸다. 걱정이 사라
지니 괘씸하고 분한 생각이 들어찼다.

"죽일 놈 같으니라구. 이 문전에 발만 들여놨단 봐라, 응?"

그는 집안 식구들에게 마구 신경질을 피웠다. 그러던 영재를
몇 달 후에 신혜 집에서 만났으니 욕은 고사하고 도리어 자기

자신이 쥐구멍을 찾게 되었던 것이다.

설날에도 영재는 오지 않았다. 윤현국 씨는 정 여사에 대한 체면치레로 영재 욕을 했을 뿐 내심으로는 거북한 대면을 두려워하고 있었다. 그러나 감투를 벗은 요즘의 심경은 또 좀 다른 것이었다.

이런 착잡한 기분에 싸여 있는데,

"아버지는 여태까지 소수의 권력자를 위해서 봉사해오셨으니까 이제부터는 억울한 사람들을 위한 본연의 직업으로 돌아가셔야죠."

영재의 말이 귀에 굴러들어 왔다. 소수의 권력자를 위한 봉사라는 말은 그를 묘하게 자극했다. 그는 신문을 홱 던지며,

"뭣? 이놈아!"

노기 띤 얼굴을 바라보는 영재의 눈빛은 싸늘했다. 그러나 슬며시 외면한다.

"뭣이 어쩌구 어째? 머리빡에 피도 안 마른 놈이 애비 비판이냐? 너 애빌 교육할 작정이냐."

정 여사는 입을 꼭 다문다.

"비판이 아닙니다."

"소수의 권력자를 위해 내가 종질을 했단 말이냐? 이놈, 너는 땅에서 솟았나 하늘에서 떨어졌나? 애비를 뭘로 알고 하는 소리냐!"

윤현국 씨는 감정적으로 나간다.

"그런 게 아닙니다."

"그런 게 아니라니? 그래 내가 너한테 애비 구실을 못했단 말이냐! 너 어미가 잘못한 건 또 뭐 있누! 그래 너 이놈! 설령 부모 꼴이 보기 싫기로서니 넌 배운 놈이 아니냐 말이다. 아무리 부모 자식이래도 예의는 있어야 할 것 아니냐!"

윤현국 씨는 영재의 말꼬리를 잡고 전투를 개시하였다. 차츰 방향은 달라진다. 따지기보다 감정이 앞서기 때문이다.

품이 넓은 남색 잠바에 갈색 체크무늬가 있는 짙은 노란빛 스커트를 입은 일혜는 머리에 베레모를 얹었다. 그리고 핸드백은 그만두고 호주머니 속에 손수건과 잔돈을 찔러 넣는다.

"추울까? 목도리를 하고 갈까?"

그는 주황빛 목도리를 꺼내어 목에 둘둘 감고 나섰다. 그림이 되지 않아서 울화통이 터져 나가는 길인데도 일혜는 의상에 대하여 집요하리만큼 멋을 버리지 못한다. 남색과 노랑색, 그리고 붉은색, 이 세 가지 원색의 배합이 신기하게 일혜의 용모를 살려주고 있다.

바깥 날씨는 쌀쌀하였다. 일혜는 잠바 호주머니 속에 두 손을 찌르고 마치 건달 같은 자세로 걸어간다. 재빨리 외투를 벗어 던지기는 했으나 봄은 아직 오지 않았다. 행인들 중에 외투를 벗은 사람은 드물었다.

일혜는 명동에 있는 화방에 들렀다.

361

"미스 강, 오래간만이오."

고등학교 때부터 단골인 화방의 주인 한 씨는 인색하지 않은 웃음으로 대하였다.

"그간 안녕하셨어요?"

일혜도 상냥스럽게 웃으며 고갯짓을 했다.

"웬, 온통 봄은 미스 강한테 먼저 왔구먼."

"시원해 보이죠? 속에서 불이 활활 나서 그래요. 그림도 안 되구 연애도 안 되구."

"나는 또 그림 그만 집어던지고 결혼이나 한 줄 알았지. 통 나타나지 않기에."

"누가 시집가면 소문도 없이 가려구요? 한 씨한테서 축하금이 톡톡히 나올 텐데 그까짓 청첩장 한 장 아낄 것 같아요?"

한 씨는 껄껄 웃는다.

한 씨는 뒷골목에 몇 간 안 되는 좁은 점포의 주인이지만 소위 예술가를 상대하는 장사라 그런지 사람 대하는 품이나 분위기가 은근하며 장사꾼 냄새가 도무지 없는 사람이었다.

이 화방은 화가들의 연락장소요, 외상거래는 물론 돈이 급하면 돌려주기도 하는 곳이다. 화가들과 어울려 술도 마시러 가고, 그림 매매의 수고도 한다. 그러니 자연 가족적인 이곳 특유의 분위기를 지니고 있다.

"요즘 이 선생님 안 나오세요?"

"그저께 잠깐 들렀다 가셨는데요."

"연구소에 찾아가도 좀처럼 만날 수가 없어요."

"아마 교과서 때문에 바쁜 모양이지요."

"참, 선생님도 그런 일은 왜 하시는지 몰라? 그림이나 그리시지 않고."

일혜는 이용호 화백에 대하여 불만을 표시한다.

"그런 말 마슈. 화가들이라구 밥 안 먹구 사나요? 그림이 팔려야 말이지. 그래도 이 선생님은 부지런하셔서……."

"아, 알았어요. 한 씨가 왜 이 선생님을 두둔하시는지."

일혜는 장난스럽게 웃는다.

"알았다니?"

"이 선생님은 말이죠, 외상값이 없죠? 그렇죠? 나 한 씨 속마음 다 알아요."

"그런 점도 있지. 그러나 그분은 드물게 책임감이 강하구 양심적인 것도 사실이오. 사람이 맑어."

"그래서 그림도 담백하구요. 너무 기름기가 없어요."

"이 선생이 오시면 일러바쳐야지. 아 저기 오시는군. 호랑이 제 말 하면 온다더니……."

중키에 깐깐하게 생긴 이용호 화백이 화방 문을 밀고 들어섰다.

"선생님, 안녕하셨어요?"

탄력 있는 일혜의 음성이 날아왔다.

"아아!"

이 화백은 빙그레 웃는다.

"방금 선생님 흉을 보고 있는 참이에요."

"원래 일혜는 독설을 멋으로 알고 있으니까."

"아이, 선생님도 꽈배기네요."

"꽈배기?"

"비비 꼬기를 잘하신단 말예요."

"음? 꽈배기라…… 그런데 일혜는 대관령 스키장에라도 갈 참인가?"

"네?"

"대설원을 신나게 달렸음 근사했을 복장이다."

"스커트를 입구요?"

"색채가 대단해."

"멋쟁이는 언제나 계절보다 앞서는 거예요. 선생님, 선생님은 저를 곡마단의 아가씨 같다고 말씀하시고 싶죠?"

"곡마단의 아가씨, 하하핫…… 설마 서울의 일류 멋쟁이를 그렇게 혹평할 수야 있나."

아무튼 일혜의 복장은 심심찮은 화제가 되었다.

이 화백은 한 씨와 잠시 동안 용건을 끝내고 돌아섰다. 그리고 의미 있는 미소를 짓는다.

"왜 웃으세요?"

"일혜에게는 오늘이 재수 좋은 날이니까."

"재수 좋은 날이라구요? 무슨 희소식이라도 있으세요?"

"그림이 팔려서 돈이 좀 들어왔지."

"그건 선생님의 재수지 어디 저의 재순가요?"

"처음 만나는 사람에게 저녁을 사주기로 마음먹구 나왔거든."

"네? 그림 파신 돈 혼자서 쓰시면 동티가 날까 봐요?"

"혼자 먹으면 배가 아플까 봐."

그러자 메모를 하고 있던 한 씨가,

"이 선생, 그건 경우에 어긋나는 일이오. 이 선생을 처음 본 사람은 미스 강이 아니고 바로 납니다."

그는 손가락으로 자기 가슴을 가리키며 자못 심각한 체한다.

"당신은 실격이오. 여성에 한해서."

"이거 성전환을 해둘 걸 잘못했군."

한바탕 유쾌하게 웃고 나서 일혜와 이 화백은 화방을 나왔다.

"선생님, 모두 절 쳐다보죠?"

"음."

"동반한 여성을 쳐다보니 선생님은 기분이 좋으시죠?"

"내 애인이라면."

"그런 셈 치세요."

"흥."

"전, 남자들이 힐끗힐끗 쳐다보는 게 여간 유쾌하지 않아요. 저런 치들이 모두 다 인연 없는 중생이라 생각하면 더욱 재미나거든요."

"요부의 본성이지."

"허황의 산물이죠."

재잘거리면서 일혜는 쓰디쓰게 웃는다.

"못 견디게 허황해지면 저는 거울 앞에 앉아요. 그리고 무대
배우처럼 화장을 하는 거예요. 도오랑*을 두껍게 바르고 눈썹
과 입술을 진하게 그리고 눈에도 굵은 아이라인을 넣죠. 그러면
저는 도깨비가 되는 거예요. 웃다가 웃다가 보면 눈물에 얼굴이
온통 범벅이 되어 있어요. 그것을 바라보고 있노라면 아, 이게
그림이구나, 그렇게 생각해요."

이 화백은 잠자코 걷고 있었다.

그들은 왜식집으로 들어갔다.

이 화백은 김이 무럭무럭 나는 물수건으로 손을 닦으며 일혜
를 넌지시 바라본다. 그리고 아까 걸어오면서 하던 일혜의 말
을 되살려 본다. 무슨 까닭인지 알 수는 없다. 그러나 일혜의 떠
들썩한 말과 분주한 몸짓 속에 배어나는 묘한 슬픔과 몸부림을
느낄 수 있었다.

"이제 졸업도 한 달이면 하겠구나."

"네, 이럭저럭 끝이 나나 봐요."

일혜는 쓸쓸한 웃음을 띠었다.

"요즘 그림 하나?"

"붙들고는 있지만 안 돼요. 도무지 자신이 없어졌어요."

366

일혜는 양미간에 주름을 바싹 모았다.

"고민을 해야지."

"전엔 안 그랬어요."

"전에는 구렁이 담 넘어가는 식이었으니까."

"심하군요."

"자신이 없다는 게 우습지 않아? 여자들은 그림 하는 걸 다분히 액세서리로 생각하고 있거든."

"남자들은 안 그런가요? 그런 사람 남자들에게도 많아요."

이 화백은 픽 웃는다.

"내가 언젠가도 말했지만 일혜는 재간에 치우치고 있어. 앞으론 정신적으로 좀 심화돼야 할 게다."

한참 후에,

"선생님."

하고 불렀다.

"자신이 없다는 것은 물론 그림이 안 되니까 그렇지만 그보다 제가 앞으로 어떻게 살아야 하는지 막연하면서도 몸서리가 쳐져요."

일혜의 오똑 솟은 코허리에 잔주름이 모인다. 그 잔주름 하나하나가 마치 용암을 분출하고 있는 화산처럼 흔들리고 있는 것 같이 이 화백에게는 느껴졌다.

'이상한 환상이다…… 저 의상과 저 육체는 아주 동떨어져 있구나. 밸런스가 깨어진 파괴의 상태만 같구나.'

이 화백은 멍하니 일혜를 바라보다가 마침 음식이 들어왔기에 젓가락을 들었다.

"일혜는 연애를 하지?"

음식을 먹으면서 이 화백은 불쑥 물었다.

"이미 끝났어요."

어떻게 살아야 하는지 몸서리쳐진다는 말을 할 때의 그 처참한 표정은 사라지고 그는 아무렇지도 않은 듯 대답을 던졌다.

"그림이 좀 나아지겠군."

위로 삼아 농으로 한 말인데 일혜는 웃지 않고 이 화백을 빤히 쳐다보았다.

"그런 것 싫어요!"

"……?"

"그림을 위해서 저의 인생이 조금이라도 망쳐지는 걸 전 결코 원하지는 않아요. 그런 바보가 어디 있어요?"

"허허 참, 누가 원하라고 했나? 결과적으로 그렇게 된다는 거지."

"예술가는 불행해야만 좋은 작품을 할 수 있다 그 말씀이죠? 누군가도 그런 말을 강조하더군요. 정 그렇다면 전 그림 안 그리겠어요. 버리겠어요."

"그래서 행복해진다면 버려도 좋겠지만 버린다고 행복이 오나? 버려지지 않을걸."

이 화백은 놀려주듯 싱글벙글 웃었다.

"반드시 예술에 한한 건 아니지만 불행한 사람에게 할 일이 없다면, 그건 기가 막힐 거야. 일종의 자실 상태지. 그러나 일이 있다는 것은 돌아갈 길이 있다는 마, 그런 거 아닐까?"

"선생님의 예술관도 저희들과 마찬가지로 허수룩하군요."

"허허, 그런가?"

"할 일이 없어서 한다는 것뿐 아니에요?"

"의의나 목적을 두면 불순해지는 거야, 억지가 되기 쉽고. 시간을 잊고 일에 열중하는 순간만이 최상의 상태지. 인간에게는 언제나 주체스러운 게 시간이니까."

"단순히 시간 보내기 위해서? 무척 사치스럽군요."

일혜는 비웃는 시늉을 했다.

"일혜는 아직 젊으니까 모른다. 젊었을 때는 변화가 많고 인생이 벅차니까 시간을 모르지만 우리네처럼 나이 들면 시간은 무서워."

이 화백은 슬쩍 화제를 돌린다.

"선생님도 그럼 연애를 하세요."

"그림에도 맥이 빠졌으니까 그렇게 해볼까? 하하핫……."

"우리 언닐 소개해 드릴까요? 바람피우시는 데는 적당한 상대예요."

"뭐?"

이 화백도 좀 질린다. 사제 간이라 하지만 직접 학교에서 지도하는 교수가 아니어서 무관한 사이기는 했지만 언니를 두고 하는 일혜의 말은 너무나 당돌하였던 것이다.

"우리 언니도 시간이 주체스런 종족이에요. 그래서 갈증 난 사람처럼 변화를 찾고 있죠. 그러면서도 미련이 없고 담백한 허무주의자예요."

일혜는 말하고 나서 까르르 웃는다.

"그래도 언닌데 그거 너무 심하지 않아?"

이렇게 되면 이 화백은 상식적이다.

"심하다구요? 기탄없이 말했을 뿐예요. 전 그러한 언니를 싫어하지 않는답니다. 그리구 언니 앞에서 그런 말 해도 언니는 얼굴 한 번 찌푸릴 사람이 아니에요. 우리 언니는 스스로 공개함으로써 구속받지 않고 자유롭게 있고 싶어 하는 영리한 여자니까요."

"대단한 언니로군."

이 화백은 눈을 껌벅껌벅한다.

"아마 선생님 심장 같은 것 서너 개는 가지고 있을걸요?"

"에끼! 망할……."

이 화백은 하는 수 없이 웃는다. 일면 일혜의 털어놓는 성격이 재미나기도 했다.

"소개해 드릴까요?"

"아니, 무서워. 하나밖에 없는 심장을 먹힐까 봐."

"겁쟁이셔. 벌써부터 알고는 있었지만요. 선생님? 화방에 외상값이 만 환만 밀려도 잠 못 이루시죠? 호호호……."

"이거 내버려두니까 점점 기승해지는군그래."

일혜는 아랑곳없이 젓가락을 놓고 물을 마신다.

"아아, 맛나게 먹었어요."

이 화백도 손수건을 꺼내어 입을 닦는다. 식사가 끝난 것이다.

"선생님? 몇 호짜리가 팔렸어요?"

"십 호."

"돈 십만 환이나 들어왔겠군요."

"이십만 환이야."

"네?"

"그러니까 저녁을 샀지."

"세상에 그런 바보도 있어요? 아무것도 모르는 무식쟁이 벼락부자에게 바가지를 씌웠군요. 아이, 가엾어라."

"천만의 말씀이다. 화가는 아니지만 화가 이상으로 그림에 통달한 사람이야. 멋쟁이구."

이 화백은 슬며시 웃는다.

"어머! 그래요? 그러면 돈은 없을 텐데?"

일혜는 공연히 이죽거린다.

"실은 내 친군데 미술하고 전혀 발이 다른 사람도 아니야. 건축가지. 돈은 본래부터 많은 사람이지만 돈 냄새가 나지 않는 고상한 신사다."

"그 고상한 신사의 성함이 알고 싶어지는군요."

"왜? 일혜도 그림 팔려구?"

"네, 팔아서 옷 좀 해 입게요."

"어림도 없다. 거저 주어도 거절할걸."

"너무 그러시지 마세요. 선생님보다 그분의 안목이 높다 하시잖았어요? 호호호……."

이 화백은 주먹을 올리며 일혜를 때리는 시늉을 한다.

"고상하다니까 친해보고도 싶어요."

"아서 아서, 그 친구 현재는 독신이지만, 소년처럼 사모하는 여성이 있어 고민 중이야."

"대체 그 고상하고 순정파인 신사의 성함은요?"

"박민이라구, 삼협토건의……."

"네?"

일혜의 얼굴빛이 약간 변한다.

"왜 놀래? 아나?"

"바로 박 상무죠?"

"음, 어떻게 알어?"

"그 댁에 초대받아 간 일이 있어요."

"그래?"

"제가 초대받은 건 아니지만 초대받은 남성을 따라갔죠."

"그럼 내가 말 안 해도 잘 알겠군."

"정말 그인 신사더군요. 취미가 그만하면 한국에선 일류예요. 그런데 그분이 사모하는 여성은 누구일까?"

일혜는 수명을 생각했다. 그리고 그날 밤의 광경을 눈앞에 되살려 보았다.

"그 집 가정교사야."

이 화백은 담배와 라이터를 호주머니 속에 집어넣으며 갈 차비를 차린다.

'역시 그렇구나!'

일혜는 수명이 박 상무 댁과 어떤 관계에 있는지 그동안 늘 궁금했었다. 가정교사라는 이 화백의 말은 쉽게 납득되었다.

"차나 할까?"

밖으로 나온 이 화백이 물었다.

"차는 제가 사겠어요."

일혜는 앞장서듯 크게 발을 내디디었다. 명동 일대에는 밤과 불빛이 혼합된 인간들의 입김에 들끓고 있었다.

'그렇다면 그렇다면? 그 여자는 박 상무의 애인이란 말인가?'

일혜는 자기 가슴이 뛰노는 것을 느꼈다.

"선생님?"

"음?"

"아까 그 얘기 말예요. 그 가정교사라는 여자도 박 상무를 사랑하나요?"

"글쎄…… 그 여자는 돌아간 부인의 제잔데 아마 응하지 않는 모양이야. 그러니까 그 친구가 고민하는 거지."

"그래요?"

일혜는 전신에 맥이 탁 풀어지는 것을 느꼈다.

"일혜도 박 상무에게 관심이 있는 모양인가?"

"네, 대단한 관심이 있어요."

고개를 떨어뜨리며 나오는 대로 말을 주워섬겼다. 일혜는 수명의 깊은 눈을 밟아 문지르듯 발목에 힘을 주어 걷는다.

다방으로 들어갔다. 자리에 마주 앉았을 때 누군가 뚜벅뚜벅 걸어와 일혜 옆에 머물렀다.

"미스 강?"

일혜는 얼굴을 홱 돌렸다. 머리카락이 두 어깨 위에 너울처럼 흔들렸다.

검은 얼굴에 흰 이빨을 드러내며 성삼이 웃고 서 있었다.

"어머나! 성삼 씨!"

"그간 재미 많이 보셨어요?"

성삼은 슬쩍 이 화백에게 곁눈질을 한다.

'무례한 녀석 다 봤다.'

이 화백은 자기 앞을 막듯 뻣뻣하게 선 사나이에 대하여 불쾌감을 느꼈다.

"재미는 무슨 재미예요? 그래, 시골서 언제 왔죠. 그럼 잠깐 저기서 기다리세요."

일혜는 다른 좌석을 가리켰다.

"그러죠."

성삼은 슬그머니 돌아갔다.

"대단히 거만한 인물이군."

이 화백은 내뱉듯이 말했다.

"촌놈이 돼서 버릇이 없어요."

일혜는 실쭉 웃는다.

차를 마시고 한참 동안 이야기를 주고받다가 이 화백은 일어섰다.

"그럼 나 먼저 가겠어."

"가시겠어요?"

"저기 눈이 빠지게 기다리는 친구가 있는데 뒤통수가 쑤셔서 어디 앉아 있겠나."

"오해 마세요. 다만 정보 수집에 필요한 사람일 뿐이에요."

이 화백이 나가자 일혜는 성삼에게 손짓을 했다. 성삼은 느릿느릿한 걸음으로 다가왔다.

그리고 이 화백이 앉았던 자리에 엉덩이를 놓았다.

"무슨 수라도 터졌어요?"

일혜는 복장이 달라진 성삼의 모습을 훑어보며 말한다.

"왜요?"

"미끈하게 빠졌군. 시나리오가 팔렸어요?"

"ㅎㅎㅎ……."

성삼은 괴상한 웃음을 머금었다.

"바쁘시오?"

성삼은 알록달록한 손수건을 꺼내어 입언저리를 닦으며 묻는다.

"그렇지도 않아요."

"그럼 저녁 사드릴까요?"

"호오, 성삼 씨가요? 내일 아침 해가 서쪽에서 뜨지 않을까?"

"에이, 여보시오, 사람 괄시 말아요. 내라고 저녁 못 사란 법이 있소?"

"호호호…… 그렇지만 오늘은 안 되겠어요. 난 밥통이 두 개가 아니니까."

"벌써 하셨군요."

"방금 하고 오는 길이에요."

"아까 그분하고?"

일혜는 고개를 끄덕이면서 성삼을 찬찬히 바라본다. 스프링 코트도 새로 지은 것이요, 양복도 아마 그런 모양이다. 밤낮 너절한 구제품 같은 셔츠를 걸치고 다녔는데 넥타이까지 단정히 매고 있다. 전날의 성삼과는 영 딴판이 아닌가.

'의복이 날개라더니 정말 그렇군. 그리고 보니 과히 못생긴 인물도 아니야.'

"왜 그리 차근차근히 보세요? 질리는데요?"

"갑자기 신사가 되셔서 신기하군요. 시나리오가 안 팔렸다면 아마 누구의 집이라도 턴 모양이지?"

"너무 그러지 마시오. 하하핫…… 결국 그렇죠. 하지만 합법적입니다."

"그런데 어쩐지…… 좀 생소해요."

"그거는 그렇구, 우리 처남하고 요즘은 잘 지내시오?"

"처남이라니? 영재 씨 말예요?"

"윤영재 말고 또 다른 사람이 있었던가요?"

성삼은 야비하게 웃는다. 일혜는 상을 찌푸린다. 다른 사람이 또 있겠느냐는 말도 비위에 거슬렸지만 처남이라 해놓고 이내 윤영재라 낮추어 부른 그의 거친 말투도 싫었다.

"흥, 형님이 됐다가 처남이 됐다가 어느 게 진짜예요?"

"형님은 가짜구 처남이 진짜요."

"……"

"미스 강은 소식이 불통인 모양이군. 나 장가들었소."

성삼은 우쭐대듯 뇌었다.

"뭐요? 장가를 들었다구요? 그럼 영재 씨의 누이동생?"

"바로 그렇소."

"호오? 그런데 영재 씨는 통 그런 말 안 하던데?"

"다 그럴 만한 이유가 있죠. 하기는 그 친구, 여직 모르고 있는지도 모르지. 흐흐흐……."

성삼은 머금은 웃음을 토하듯 웃었다.

"아이, 기분 나빠요. 왜 그렇게 웃어요? 지옥 삼정목에서 울려오는 목소리 같아요."

"으하하핫……."

성삼은 기어이 웃음을 한꺼번에 터뜨렸다. 무엇에 취한 듯,

승리에 취한 듯 그러나 다분히 비정상적인 웃음이었다.

"아따, 억세게도 좋은가 보다. 남이 안 가는 장가를 들었나봐?"

성삼은 웃음을 거두고 손수건을 꺼내어 입을 닦는다.

"그런데 우리 처남은 더러 만나세요?"

"만나요."

"연애 사업은 순조롭소?"

"길이 막혀버렸소."

일혜는 천연스럽게 성삼의 말투를 본뜬다.

"왜요?"

"길이 막혔다면 물론 장애물 때문이죠. 영재 씨의 말을 빌면 숙명의 여인이 나타난 때문이오."

"음?"

영재에게 새로운 여자가 생겼다는 말에 성삼도 각별한 관심을 보였다.

"성삼 씨를 통해서 안 사람이니까 아마 종말이 온 성싶은 이 사업의 보고도 아니할 수 없는가 보지요? 호호호."

일혜는 긴 목을 움츠리며 굴리듯 웃었다.

"미스 강은 근기가 없군. 남녀 관계라는 건……."

일혜는 손을 저어 그의 말을 중단시켰다. 선배연하고 말하는 투가 아니꼬웠던 것이다.

"그보다, 그 아가씨 다람쥐처럼 예쁘다고 영재 씨가 막 자랑하던데, 성삼 씨는 횡재했군요."

"횡재? 그건 당연한 일이죠. 그건 애당초 내 물건이었으니까. 임자 없는 땅에 맨 먼저 말뚝을 박는 놈이 소유자가 아니겠소?"

"대단하군. 하지만 성삼 씨는 영재 씨하고 사이가 나빴죠?"

"앞으로 더 나빠질걸요."

"영재 씨가 반대했기 때문에?"

"반대고 뭐고 있어요? 그는 지금도 모르고 있을지도 모르는데. 그러나 지금 당장에는 내가 그를 구제한 셈이오. 앞으론, 그렇지 앞으로의 일은, 하여간 재미있을 게요. 기름이 지글지글 빠지겠지."

"묘한 말을 하는군."

"묘한 세상이니까."

"……."

삼월에 접어들면서 세상은 더욱더 소란스럽게 흔들렸다. 삼월 십오 일의 선거를 앞두고 자유당과 정부에서는 공공연히 부정선거의 공작을 진행시키고 있었다. 이용할 수 있는 한, 동원할 수 있는 한, 모든 재력과 인력을 기울여 선거운동에 집중하느라고 그들은 혈안이 되어 있었다. 권력을 잡기 위하여는 체면도 염치도 돌아볼 겨를이 없었다. 깡패는 두말할 것도 없고 공무원 가족까지 끌어내어 삼인조니 오인조니, 그러한 꼴들은 마치 단말마의 발작과도 같은 것이었다. 입에서 냄새가 나도록 말해온 부정선거, 귀에 딱지가 앉도록 들어온 부정선거, 욕설에는 불감증이 된 자유당이요, 시민들도 무감동하게, 자기들과는 차원이 다른 세계의 일인 양 외면한 채 묵묵히 걷고 있었다. 신구파 싸움에 몰린 민주당의 목쉰 듯한 나팔 소리에도 실상 국민들은 귀를 기울이지 않는 듯하였다. 염증과 체념이 있을 뿐이다. 그러나 대구에서 일어난 학생 데모는 잠자는 듯한 국민들의 가슴에 가벼운 동요를 일으키게 했다. 일요일인데도 불구하고 자유당의 선거연설에 학생들을 동원한 것이 발단이 되어, 양 떼처럼 마음대로 몰고 다닐 수 있다고 믿었던 학생들은 반항하였다. 아무런 계산도 없고 순수하며 정직한 그들의 반항은 당국을 당황하게 하였고 국민들은 조심스럽게 손뼉을 치고 신문은 내리두들겼다. 서울에서도 어린 중고등 학생들이 산발적인 데모를 감행하기 시작하였다. 그러나 누구 한 사람 당장에 자유당이 거꾸러지리라 생각지는 않았다

이 무렵, 맑게 갠 일요일이었다.

영재와 수명은 창경원에 있었다. 양지바른 곳에 놓인 벤치에 화사한 햇빛을 안고 나란히 앉아 있었다. 그들은 거의 일요일마다 만나곤 했었다.

아직 벚나무의 순은 딱딱하게 굳어 있었다. 그러나 기름같이 윤이 흐르는 나뭇가지는 젊음과 봄을 묵시하고 있었다.

"날씨가 아직도 차죠?"

영재는 미소하며 수명의 눈을 바라본다.

"기분이 개운해요."

수명도 미소를 띠며 영재의 눈을 마주 본다. 참으로 어울리는 한 쌍이다. 수명의 표정은 맑고, 영재의 창백한 얼굴에서도 얼마간 아픔이 가신 듯 보였다.

"봄은 싫어요. 꽃이 피면 공연히 불안해지는 것 같아요. 지금이 좋지 않아요?"

수명은 소녀처럼 말하며 고개를 갸웃이 돌렸다.

"글쎄요. 나는 마음이 바빠서 그런지 얼른 이 계절이 지나갔음 싶어요. 오월이 좋죠. 그리구 유월 칠월, 태양이 이글이글 타는 그런 때가 와야 살맛이 나는 것 같더군요."

영재의 목소리도 소년처럼 서두르고 있었다.

"전 쌀쌀한 날씨가 좋아요. 후덥지근하게 더우면 긴장이 풀려서 싫어요."

"수명 씨의 마음이 차가워서 그런가 보죠? 누군가의 시에도 있었지만 당신은 눈 같소."

애인끼리는 하찮은 계절의 이야기도 여러 가지 뜻이 되어 서로의 가슴을 친다. 총명한 수명도 신랄한 영재도 사랑이라는 무지개 앞에서 바보가 되고 어린애가 되고 시인이 되고 그리고 한껏 진실해지는 것이다.

수명은 입술을 살그머니 열고 멀리서 어깨춤을 추듯 분주하게 걸어오는 사나이 편으로 시선을 피한다.

춤을 추듯이 몸을 흔들며 이쪽을 향하여 걸어온 사람은 황혼기에 접어든 사나이였다. 코트도 없이 초라한 모습, 머리에 얹은 모자만은 왕시(往時)에 그가 신사였다는 표지가 되었다. 그러나 그것도 세월에 시달리어 누르스름하게 퇴색되어 있었다. 사나이는 어디서 혼자 술을 들이켰는지 취해 있었다. 그는 영재 앞을 지나치면서 그들을 흘끔 쳐다보았다. 춤추듯 걸어오던 걸음걸이와는 반대로 핏발 선 눈은 어둡고 절망에 가득 차 있었다. 즐기면서 마신 술은 아닌 모양이다. 자살 직전의 절박한 고독 같은 것이 그의 눈 속에 있는 듯하였다. 하기는 봄도 멀고 꽃도 피지 않고 아직은 사방이 황량하기만 한, 인적이 드문 고궁에 찾아와서 혼자 술을 마셨다면 벌써 그것만으로도 초라한 이 황혼기의 사나이에게 어떤 연유가 있음이 짐작된다.

사나이의 모습이 멀리 사라지기까지 영재와 수명은 그의 뒷모습을 유심히 지켜보고 있었다.

"늙는다는 것은 무서워요."

수명은 눈길을 거두며 혼잣말처럼 중얼거렸다. 영재는 아무 말도 하지 않았다.

"병원에서도 늙은 환자가 오면 무서워요."

조용한 공간에 수명의 목소리는 흔들리는 듯했다.

"왜요?"

"그분들의 살고 싶어 하는 눈빛을 보는 게 괴로워서요. 동물처럼, 그야말로 동물처럼 애처롭고…… 그분들의 늙음이 죄가 되는 것처럼 우리를 흘끔흘끔 보죠. 선생님이 진단을 내리면 그분들은 화를 내요. 마치 재판관에게서 중형을 선고받은 죄수처럼 화를 내는 거예요."

"늙을수록 생명에 대한 집착이 강해진다더군요."

영재는 딴생각을 하고 있는지 허전한 말투였다.

"가끔 저는 왜 이런 길을 택했을까 하고 후회하는 적도 있어요. 하지만 그런 일, 외면하고 살 순 없을 거예요."

"수명 씨에게도 그렇게 약한 면이 있어요?"

"제가 강하게 뵈나요?"

수명이 얼굴을 들고 영재를 쳐다본다.

"고집이 세게 보여요."

"어머니도 절 고집쟁이라 해요. 통 안 그런데……."

영재는 벤치에 등을 기대고 다리를 포개 얹으며,

"아까 그 사람만큼 살 수 있다면 나는 무척 많은 일을 할 것 같소. 적어도 이삼십 년, 그렇게 살 수 있을까? 그렇게 살 수 있다면 황혼기란 우리에게 먼 이야기가 아니오?"

"왜 그런 말을 하세요?"

"나도 모르겠군요. 늘 마음이 바빠요. 남이 백 리를 달리면 나는 천 리를 달리고 싶고 나에게 허용된 시간이 적은 것만 같은 생각이 드는군요."

"너무 욕심이 많아서 그럴 거예요."

영재는 그 말 대답은 하지 않았다. 그리고 혼잣말처럼,

"젊은 시절이 인생의 전부죠. 늙는다는 것은 우리에게 아무

인연도 의미도 없어요. 시원하게 젊음을 활활 불살라 버린다면…… 그까짓 구질구질한, 덤으로 받은 황혼을 시궁창에 내던져 버리죠. 참말로 오래 살고 싶지는 않아요."

순간 영재의 눈은 불타는 듯 희번덕거렸다.

수명은 불안한 표정으로 입을 다물었다. 만날 때마다 영재의 감정에는 반드시 기복이 있었다. 소년처럼 아주 행복해 보이는가 하면 우울했고, 조용하게 말이 없는가 하면 걷잡을 수 없이 격렬하고 공연히 서둘러댔다.

불안해하면서도 수명의 애정은 착실하게, 수동적이나마 자라고 있었다.

얼음이 풀린 짙푸른 연못에 붕어가 푸드득 뛴다. 따뜻한 햇볕을 따라 고기 떼가 수면에 나타난 모양이다. 싸! 하고 소리 없이 지나가는 듯한 정적, 그 정적 속에 간혹 새들의 맑은 울음이 끼어든다.

다소 어긋나기 시작했던 그들의 마음은 본시로 돌아갔다. 말이 없어도 좋았다. 마주 쳐다보지 않아도 좋았다. 서로가 서로를 가슴 저리게 느끼고 있었다. 그러면서도 그들은 다 같이 무슨 말을 해야 할 것이라 생각하였다. 그러나 언제나 그들의 감정은 복잡하고 화제가 세련되기에는 너무나 감정이 앞서서 서둘러댔다. 자연 하고 싶은 말은 하나도 못 하고 만다. 실상 그들은 그날 밤, 바람이 불던 언덕 위에서 영재가 사랑의 고백을 한 이후 수차 만났으나 애정에 관한 이야기를 해본 일이 없었다.

"참 조용하죠?"

수명이 입을 열었다.

"참 조용하군요."

수명의 말을 영재는 그대로 뇌었다.

"이렇게 한가하게…… 어쩐지 신기한 것만 같아요."

"수명 씨도 나처럼 늘 마음이 바빴습니까?"

영재는 픽 웃는다.

"바빴는지…… 모르겠어요. 그렇지만 언제나 긴장하며 살아왔어요."

그 순간 수명의 넓은 이마에 그늘이 모여드는 듯했다.

"왜?"

"육이오 때 아버지가 돌아가셨어요. 동생도 없어졌어요. 그때…… 어머니는 병석에 계시고…… 저는 가정교사로 이 집 저집 전전하며 지내왔죠. 한시도 마음을 풀어본 적이 없었어요."

띄엄띄엄, 처음으로 수명은 자기 신변에 대한 이야기를 했다.

"박 상무 댁 말고 다른 곳에도 계셨던가요?"

"네. 그러나 여러 번 쫓겨났어요."

스스로 딱하다는 생각이 들었던지 수명은 슬그머니 웃었다.

"왜?"

영재는 놀란다.

"대개 부인이 싫어하더군요."

"질투를 했군."

"아마…… 절 오해한 모양이에요."

수명은 얼굴을 붉혔다.

"그렇지만 박 선생님 댁에서는 아주 편안했어요. 아이들이 따르고, 그만 정이 들고 말았어요. 돌아가신 부인은 옛날 저의 선생님이시구, 박 선생님도 퍽 인자하신 분이에요. 여러 가지 잊을 수 없는 은혜를 받았죠."

조용히 말하면서 박 상무의 구혼 문제에는 언급을 회피한다.

"고생을 몹시 했군요."

영재는 양미간을 모으며 수명을 내려다보았다.

"저에게 고생 티가 나뵈나요?"

수명은 좀 주저하듯 말하며 영재를 올려다본다.

"아, 아니 조금도."

황급히 말한 영재는 한쪽 팔이 짜릿하게 저려옴을 느꼈다. 영재는 이때처럼 수명을 가깝게 느껴본 일은 없었다. 고생티가 나뵈나요? 하며 올려다보는 눈 속에서 무한한 애정을 느꼈다.

"이젠 다 끝났어요. 졸업이에요."

수명의 얼굴은 환하게 피었다.

"기쁘세요?"

"기쁘고말고요."

"축하합니다. 하핫핫……."

영재는 유쾌하게 웃는다. 수명도 따라 웃다가,

"졸업하구 나면 좀처럼 만날 수 없을 거예요."

"왜 그렇습니까?"

"병원에 남아야 해요."

"인턴으로?"

"예. 그러면 기숙사에 있게 돼요."

"일요일에는 나올 수 있지 않을까요?"

"일요일에도 당번이면 못 나오죠."

"비번일 때도 있겠죠."

"극히 드물 거예요."

"그럼 그만두시오, 병원을."

영재는 떼를 쓰듯 말한다. 그리고 자신도 모르게 수명의 손을
덥석 잡았다. 수명은 당황하며 손을 뽑았다. 두 남녀는 서로 어
쩔 줄을 모른다.

그들은 얼마 후 벤치에서 일어섰다.

"인턴으로 일 년, 레지던트로 삼 년, 앞으로도 사 년……."

영재는 중얼거렸다.

"더 길어요. 평생을……."

수명은 말을 덧붙였다. 그 순간 영재는 얼굴을 들었다.

"나를 사랑하지 않으세요?"

"……?"

"왜 그런 비정한 말을 합니까? 수명 씨는 박사가 될 작정인
가요?"

돌연한 말에 놀란 수명은 비로소 영재의 말뜻을 알아차리고,

"아니에요. 직업이, 평생 종사해야 할 직업이란 뜻이에요."

"일 년만, 아니 그보다 짧은 기간이라도…… 다, 모든 것을 저버리고 우리는 사랑해야 합니다. 그다음에는 무엇이 오든지, 나무둥치처럼 살든지, 그러고 나면 유감이 없을 것 같소."

영재는 앞으로 내미는 발끝을 내려다보며 두서없는 말을 지껄였다.

"영원이라는 말은 우리에게 아무 뜻도 없어요. 나에게 허용된 말도 아니구요. 우리는 점잖게 기다리고 있을 순 없소. 흔들리는 현실에서 상처투성이인 젊은 사람이 답답…… 하고 미진합니다. 사랑한다는 게 왜 이렇게 거북해야 한단 말입니까? 그렇지 않아요, 수명 씨?"

이번에는 수명의 손을 대담하게 쥐고 흔들었다. 역으로 나오는 그 증세를 느끼며 영재는 거친 숨을 뿜었다. 오늘도 이렇게 돌아가고야 마는구나 하는 생각에서 그는 갈증을 느꼈던 것이다.

"결혼할 수는 없을 겁니다. 어떤 때는 잊어버리고 싶어요. 수명 씨를 말입니다. 그리고 그 여자에게 다시 돌아가 버릴까도 싶어요."

수명은 입을 다문다.

그들은 창경원 밖으로 나왔다.

해가 지는지 가로에는 자동차가 쉴 새 없이 달리고 있었다.

"요다음에는 그런 말씀 하시지 않겠다고 약속해 주세요."

수명의 말에 영재는 묵묵히 서 있었다.

"그러지 않으면 만나지 않겠어요."

영재는 역시 말없이 장갑을 내밀었다. 아까 나오면서 수명이 벤치 위에 놓아두고 온 것을 영재가 가져온 것이다. 수명은 잠자코 장갑을 받아 끼었다.

그로부터 며칠 후 Y의과대학의 졸업식이었다.

삼협토건회사 사무실에는 모두 공사현장에 나가고 몇 사람 남아 있지 않았다. 창가에 서서 담배 한 대씩을 피우면서 잡담을 하고 있던 사원 한 사람이,

"졸업시즌이라 꽃가게의 꽃이 동이 나겠다."

포장마차처럼 비닐로 둘러씌운 꽃수레를 끌고 가는 것을 바라보며 빈정거리듯 말했다.

"흥! 이 춘궁기에 시골에선 먹는다 굶는다 해도 서울 사람들이야 팔자 좋지. 아침에도 오면서 봤는데 K대학 앞에 꽃장수들이 꾸역꾸역 밀려들더군."

책상 위에 청사진을 펴놓고 검토하고 있던 영재는 번쩍 얼굴을 쳐들었다.

'앗! 참 오늘이 수명 씨의 졸업이었구나!'

그는 몹시 당황하며 얼른 시계를 들여다본다. 정각 열 시다. 그는 거칠게 청사진을 둘둘 말아서 책상 서랍 속에 처넣고 벌떡 일어섰다. 그리고 옷걸이에 걸어둔 코트를 홱 낚아채며 부랴부랴 밖으로 쫓아 나간다.

"저 친구 왜 저래? 선불 맞은 멧돼지처럼."

코가 뭉실한 사나이의 감정이 좋지 않은 듯한 말이다.

입사한 지 얼마 되지 않았으나 벌써 두각을 나타내기 시작한 영재였고 성격이 강한 탓도 있어 콧대가 세느니 천재 연하느니 이래저래 그들 동료들은 영재를 좋게 보려 하지 않았다.

밖으로 나온 영재는 걸어가면서 코트를 입는 한편 손을 들어 지나가는 택시를 불러 세운다.

Y의과대학 앞에 이르렀을 때 교문 앞에는 꽃장수들이 몰려들어 그야말로 문전성시를 이루고 있었다.

택시에서 내린 영재는 그들 장사꾼들을 헤치며 교문 안으로 들어섰다. 졸업식은 벌써 시작된 모양이었으나 많은 축하객들이 교정에 서성거리고 있었다. 영재는 나무 밑에 가서 기대어 서며 졸업식을 끝내고 나오는 수명을 기다리기로 했다.

'굉장하구나!'

그다지 넓지 않은 교정에 많은 사람들이 우왕좌왕하고 있는 모습을 바라보며 영재는 속으로 중얼거렸다.

대부분의 사람들은 각각 꽃다발이 아니면 기념품인 듯싶은 상자 따위를 들고 있었다. 졸업생의 친구이거나 혹은 애인같이 보이는 멋진 청년들도 많았다. 어깨에 카메라를 걸치고 있는가 하면 바지 주머니 속에 양손을 찌르고 휘파람을 불고 있는 광경도 있었다. 다른 대학은 사 학년이면 졸업을 하지만 육 년이란 긴 세월을 보내야 했던 의과대학이니만큼 축하하러 몰려든 가족이나 친지들의 마음도 시원하고 대견해하는 것 같기도 했다.

영재는 빈손으로 달려온 자기 자신을 돌아보았다. 참으로 소홀한 짓이었다. 가족들과 친지, 그리고 애인인 듯싶은 남녀들이 떼를 지어 담소하며 기뻐해하는 광경을 바라보고 있노라니 영재는 좀 우울해졌다. 수명을 위하여 자기마저 빈손으로 달려왔으니…….

'왜 내가 미리 그런 생각을 못 했을까?'

영재는 자신의 실책을 나무랄 뿐 박 상무가 이 자리를 빛내주기 위하여 나타나리라고는 꿈에도 생각지 않았다. 그러나 코발트색 자가용은 박 상무와 아이들을 싣고 교문 앞에 방금 머무는 것이었다. 자동차에서 내린 박 상무는 아이들을 데리고 영재가 서 있는 반대편으로 걸어갔다.

얼마 후 졸업식은 끝난 모양이다. 강당에서 사람들이 쏟아져 나왔다. 교정에서 서성거리고 있던 사람들이 그곳으로 달려가고, 한몫 보려고 찾아온 사진사들도 카메라를 고쳐 쥐며 사람들 속을 헤치며 들어간다.

수명은 벌써 가운을 벗어버리고 수수한 검은 투피스의 모습으로 나왔다. 평소와 조금도 다름이 없는 무표정한 얼굴이었다. 영재는 급히 수명의 오는 곳으로 발을 옮겼다. 그때 그를 앞질러 수명의 앞으로 다가선 신사가 있었다. 그리고 깜찍스럽게 예쁜 아이들이 수명에게 꽃다발을 안긴다. 물론 박 상무와 그의 두 딸이었다. 영재는 저도 모르게 주춤하고 서버린다. 그러자 수명은 박 상무의 어깨 너머에서 영재를 쳐다보았다. 눈빛이 몹시 흔들렸다. 박 상무도 수명의 시선이 자기 어깨 너머에 가 있는 것을 느끼고 천천히 고개를 돌렸다.

"아!"

그는 가볍게 놀란다.

"윤 군이 웬일이오? 누가 졸업하기에?"

하고 묻는다.

영재는 심히 난처하였으나 성큼성큼 다가서며,

"수명 씨 졸업을 축하하려고 왔습니다."

솔직히 말하였다.

박 상무의 표정은 착잡하게 일그러진다.

"축하합니다, 수명 씨."

영재는 수명에게 손을 쑥 내밀었다. 수명은 잠시 고개를 숙였으나 침착하게 그도 손을 내밀었다. 수명이 손을 내미는 것을 본 박 상무는 얼굴이 핼쑥해졌다. 아이들도 뜻밖에 나타난 낯선 남자가 그들의 선생님과 악수하는 것을 보자 본능적으로 영재에게 적의를 보인다.

영재의 손을 놓은 수명은 다소 괴로운 듯 박 상무를 쳐다보고 나서 아이들의 기색을 살핀다.

"호오? 홍 선생은 윤 군하고 잘 아시는 사이였던가요?"

박 상무는 기분을 죽이며 점잖게 묻는다.

"네, 전부터……."

수명은 나직이 대답한다.

'전부터? 그때 망년회 때 이들은 모르는 사이가 아니었던가? 분명히 이들은 말을 하지 않았다.'

박 상무는 망년회 이전부터 아는 사이냐고 묻고 싶었으나 그의 교양이 그것을 허락하지 않았다.

그는 시계를 보며,

"어디 가 점심이나 같이하실까요?"

넌지시 수명을 바라보다가 영재에게 시선을 돌리며,

"윤 군은 어떠시오? 이렇게 일부러 나왔는데 같이 가시지 않겠어요?"

근무 중에 나왔기 때문에 다소 켕겼으나 박 상무의 어조가 조용했으므로 영재는 자신도 모르게,

"예."

하고 대답을 해버렸다. 그러나 박 상무의 마음은 조금도 평온하지 않았다. 두 사람으로부터 다 배반을 당한 느낌에서 그의 마음은 견딜 수 없이 상해 있었다.

"홍 선생, 가시지요."

박 상무는 쏘는 듯 강한 눈초리를 수명에게 다시 옮겼다.

그들은 교문 밖으로 나왔다.

대기시켜 놓은 자동차 앞에 이르자 운전수가 잽싸게 내려와서 문을 열어주었다.

"타십시오."

박 상무는 차갑게 뇌까렸다. 수명이 먼저 오르고 그다음에 아이들, 영재 이런 순서로 차에 오르자 박 상무는 운전수 옆자리에 몸을 실었다.

"태화관으로."

박 상무는 이빨 사이로 말을 밀어내었다. 그리고 광대뼈가 흔들릴 정도로 어금니를 맞물며 자동차 바퀴 밑으로 말려들어 가는 가로를 응시한다.

자동차는 세차게 달리고 있었다.

아이들은 마치 영재로부터 옹호하듯 수명의 손을 꼭 쥐었다. 어떤 작자가 우리 선생님을, 그런 기분이 아이들의 동작에 완연히 나타나 있었다. 영재는 원래 아이들을 어르는 재간이 없을뿐더러 왜 그런지 속이 뭉클뭉클 탔다. 자기 혼자 생각에만 치우쳐 있던 영재도 차츰 이 분위기가 거북해지는 것을 깨달은 것이다. 그는 깨끗하게 면도질을 한 박 상무의 목덜미를 노려보며 차츰 화가 치미는 것을 느꼈다.

수명은 한 손을 아이들에게 잡힌 채 무겁고 어두운 표정으로 앉아 있었다. 운전수는 백미러에 나타난 수명의 어두운 얼굴을 흘끔흘끔 쳐다보곤 한다.

수명으로서는 박 상무가 졸업식에 나올 것을 예상했었지만 영재가 온 것은 의외의 일이었다. 거칠고 괄괄하며 젊음에 대하여 오만하기 짝이 없는 영재가 졸업 날 따위를 기억해 두었다가 얌전하게 나와주리라고는 생각지도 않았다. 그랬던 만큼 영재가 나타났을 때는 기뻤다. 한편 박 상무 앞에서 허둥지둥 굴며 비밀로 하는 것도 그의 자존심이 용납하지 않았다. 그는 비교적 자기 감정에 정직하게 행동했던 것이다. 정직하게 행동했다고는 하지만 결코 능숙한 편은 못 되어, 미묘한 위치에 놓인 두 사나이 사이의 교량의 역할까지는 할 수가 없었다. 결국 그는 침묵할 도리밖에 없었다.

'망년회 때 만나고 두 달 남짓한데…… 요즘 젊은 사람들은 다 그렇다지만.'

박 상무는 우울하게 마음속으로 뇌었다. 수명이 단시일 내에 갑작스럽게 연애로 발전해나갈 그런 경박한 여자가 아니라고 생각하였다. 믿을 수가 없었다. 그러나 수명은 천연스럽게 영재하고 악수까지 하지 않았는가. 악수쯤 관례적으로 할 수 있다. 그러나 악수한 사람이 수명이었다고 생각하니 그의 평소의 사람됨을 미루어 박 상무는 자신도 어처구니가 없을 지경으로 분노가 치미는 것이었다.

'소청하고 순결하게 보이던 것은 한갓 가면에 지나지 못하였던가? 이제 졸업을 하고 내 집에서 떠나게 되니 그 가면을 벗어버리는 것일까?'

박 상무는 불쾌감을 털어버리기라도 하듯이 담배를 꺼내어 물었다.

'이상하다. 박 상무의 뒤통수가 나를 압박하는군. 머저리같이 따라오다니 이게 무슨 꼴이람…….'

이것은 영재의 마음속의 독백이다.

'박 상무는 현재 독신이지. 수명 씨에게 애정을 가질 수도 있는 일이다.'

영재는 눈을 번득였다.

이와 같은 세 사람의 복잡한 생각은 자동차가 태화관 앞에 닿을 때까지 계속되었다. 그들은 자동차가 머무르자 각기 자기 자신을 되찾으려고 냉랭한 분위기를 그대로 지속하였다.

"자아, 들어가시지요."

박 상무는 싸늘하게 수명을 바라보았다. 박 상무의 시선을 아프게 느끼며 수명은 아이들을 앞세우고 태화관으로 들어섰다. 미리 연락이 되어 있었던 모양으로 조용한 방이 준비되어 있었다. 자리에 앉기가 바쁘게 중국인 급사는 물수건을 가지고 오고 곧이어 음식을 날라 왔다.

"맥주 좀 가지고 오게."

박 상무는 명령하고 담배를 눌러 껐다.

"선생님? 꽃은?"

아이들이 묻는다.

"자동차 안에 놔두었어."

수명은 아이들의 모자를 벗겨주고 옷매무새를 고쳐준다. 주로 아이들의 시중을 드는 것으로 두 남성에게 끼어들지 않으려고 노력하는 듯하였다.

영재는 박 상무가 자신의 고용주의 한 사람이라는 의식을 벗어던지고 있었다. 굳게 다문 그의 입모습에는 어떤 사태에도 도전할 의사를 나타내고 있었다.

박 상무는 맥주컵을 들었다.

"홍 선생, 축하합니다."

"감사합니다."

수명은 얼굴을 한 번 숙이고 나서 코카콜라가 든 컵을 입으로 가져갔다.

"홍 선생이 통 그런 말씀을 안 하시기에 아까 윤 군을 만났을 때는 좀 어리둥절했지요."

"저도 별안간 생각이 나서 갔습니다."

영재의 목소리는 딱딱했다.

"지난해 우리 집에 오셨을 때는 서로 모르신 것 같았는데?"

박 상무는 기어이 궁금한 질문을 하고 말았다. 영재와 수명의 눈이 순간 부딪쳤다.

"그때 동행이 계셔서 실례가 될까 봐 말씀드리지 않았습니다."

수명의 또렷한 목소리는 두 사나이를 다 같이 당황하게 하였다. 영재의 목덜미는 벌겋게 물들었고 박 상무의 얼굴은 다소 창백해졌다.

"아 참, 그때, 멋이 있는 여성하고 같이 왔었지……."

박 상무는 마음의 동요를 얼버무린다.

"그때는 윤 선생이 삼협토건에 계시다는 걸 몰랐어요."

수명은 변명 비슷하게 덧붙였다.

"저도 수명 씨가 상무님 댁에 계신 줄 몰랐지요."

영재는 명확한 어조로 말했다. 그러나 일혜가 화제에 나온 것이 그를 우울하게 했다. 한편 그때 침묵한 이유를 수명이 밝힌 데 대하여 영재는 어떤 승리감을 느꼈다.

"호오, 그거 짓궂은 장난이었군요."

운명의 장난이라 하려다가 쑥스러워 그냥 장난이라 하고 박 상무는 쓰디쓰게 웃었다.

그들이 망년회 이전부터 아는 사이였다면 수명이 경박한 여자라는 해석은 철회되어야 한다. 그러나 그 뒤에 오는 것은 더욱 절망이다. 단순한 친구라면 동반한 여자가 있다고 해서 영재를 회피할 까닭은 없는 것이다.

"그분도 졸업반이라면서요?"

영재의 젊음에 대한 패배를 느끼며 박 상무는 말머리를 일혜에게 돌렸다.

"아마 며칠 전에 졸업했을 겁니다."

영재의 얼굴에는 자책의 빛이 살짝 돌았다. 그는 일혜가 졸업한다는 사실조차 잊어버리고 있었던 것이다.

"자아, 홍 선생, 어서 드십시오."

박 상무는 수명이 젓가락을 멈춘 것을 보고 들기를 권하였다.

8. 마구간의 참사

계란과 양유를 조합에 낸 뒤 배급 받은 사료를 싣고 읍에서 돌아온 박 서방은 창고에 짐을 풀었다. 그리고 마구간에 말을 매면서,

"이놈아, 이제 바빠지겠다."

말의 목을 긁적긁적 긁어주고 그는 마구간을 나와 집 있는 쪽으로 성큼성큼 걸어간다. 닭의 장 철망에 얼굴을 바싹 대고 정신없이 서 있는 주실을 보자 박 서방은 걸음을 멈추며,

"성삼이가 옵니다."

주실은 얼굴을 돌렸다. 퀭하게 뚫어진 두 눈에 공포가 몰려든다. 치마가 펄럭 쳐들릴 만큼 부푼 배가 눈에 거슬린다.

박 서방은 슬그머니 외면을 하면서,

"성삼이가 정거장에서 나오는 걸 보았어요."

되풀이하는데 주실은 말없이 공포가 서린 눈으로 박서방을 빤히 쳐다본다.

성삼은 주실하고 혼인한 뒤 과수원에서는 송 노인 다음가는 주인이 되었건만 여전히 성삼이라는 이름으로 통한다. 맞부딪치면 할 수 없이 그 이름을 빼버리지만 그렇다고 해서 박 서방이나 영천댁은 결코 서방님이란 존칭을 쓰지는 않았다. 저 여기 좀 오래요, 거기서 그러지 않았소? 하는 식으로 이름만은 어떡하든 빼버리고 우물우물 넘겨버린다.

"정거장에서 술집인가, 뭐 찻집인가 하는 데를 들어갑디다. 나는 얼른 말을 몰고 와버렸소."

주실은 잠자코 얼굴을 돌린다. 시금치 한 잎을 가지고 싸움질을 하는 닭들을 주실은 바보처럼 우두커니 바라본다.

살이 쭉 빠져서 팔다리가 나른해 보이는데 배만이 불룩 솟은 주실의 모습은 가련하고 눈에 따가웠다.

박 서방은 작업복 주머니 속에서 궐련을 꺼내어 물고 불을 붙이면서 안으로 들어간다. 박 서방이 가버리자 주실은 얼른 개 두 마리를 몰고 과수원으로 빠져서 산으로 사라져버린다.

"또 빨래해요? 밤낮 빨래구먼."

박 서방은 우물가에서 빨래를 하고 있는 영천댁을 기웃이 넘어다본다.

"누가 아니래요? 그 여편네가 이젠 속옷까지 다 벗어놓는다오."

영천댁의 화난 목소리다.

"내가 며느리 두고 옷 빨아 입겠느냐구 그러지 않아요? 언제 아가씨가 빨래했던가? 나보고 하라는 거지, 뻔뻔스럽기는……."

"기고만장이군. 그러나저러나 집안이 또 시끄럽게 됐어요."

"왜요?"

"성삼이 녀석이 오더구먼."

"뭐요? 어디."

영천댁은 빨랫방망이를 놓고 벌떡 일어섰다.

"정거장에서 봤소! 곧 올걸."

"하나님 맙소사! 서울 간 지 며칠이 됐다고 또 기어 내려오누. 웃목에 꿀단지 묻어놓고 갔나?"

머리 골이 아프다는 듯 영천댁은 오만상을 찌푸린다.

"꿀단지? 꿀단지라도 이만저만한 꿀단진가요? 이 과수원 전부를 둘러 마실 판인데, 어르신네 눈만 없어보오."

"그러게요. 아가씨만 불쌍하지."

영천댁은 풀이 죽는다.

"영천댁!"

찢어지는 듯한 여자의 목소리가 들려온다. 그러나 박 서방과 영천댁은 상을 잔뜩 찌푸린 채 돌아보지도 않는다.

"영천댁!"

찢어지는 듯한 소리가 연달아 났다. 그래도 두 사람은 돌아보지 않았다.

"귀에다 솜을 틀어막았나? 왜 대답을 안 해."

영천댁은 비로소 슬그머니 돌아본다.

"왜 그래요?"

김 서방댁은 고동색 저고리를 하나 치켜들고 부산스럽게 다가왔다.

"세상에 이게 뭐요?"

김 서방댁은 저고리를 영천댁 앞에 쑥 디밀며 눈을 올곧잖게 부릅뜬다. 콧잔등에 얼룩진 분은 참으로 볼꼴 사납다.

"어쨌다는 거요?"

영천댁은 너를 상대하여 화를 낸들 무엇하랴 하는 투로 시답 잖게 묻는다.

"이것 좀 봐요. 깃이 밭아서 모가지를 당그라매지 않우? 거기다가 고대는 또 뭐요? 이렇게 좁아서야 어디 고갯짓이나 하갔수?"

김 서방댁은 깃과 깃고대를 일일이 손가락질하며 따지고 든다.

"김 서방댁이 준 본저고리에 맞춰서 했잖아요."

"김 서방댁이라니?"

김 서방댁은 화를 빨끈 낸다.

"성삼이 부친은 주실이 시아버님인 줄 모르나?"

이런 버릇없는 일이 어디 있을까 보냐는 듯 노기가 등등하다.
두 사람은 단순하고 유치한 이 아낙을 어안이 벙벙한 얼굴로 바라볼 뿐이다.

"앞으론 말조심해요."

"……."

"아, 내가 누누이 말하지 않았나. 그 본저고리는 고대가 솔고 깃이 받으니까 그리 알아서 하라고 몇 번이나 일렀는데 귀는 시집보내고 못 들었단 말인가?"

"나는 본디 솜씨가 없어서 그렇다오. 이젠 솜씨 좋은 당신이 해 입구려."

번번이 당하는 일이지만 풀세게 날뛰는 꼴이 하 아니꼬워 영천댁은 톡 쏘아준다.

"뭐라구? 내가 해 입으라구? 아, 쌀이 썩어나나, 공밥 먹이구 가만히 앉혀놓게. 사람이란 지 푼수를 지켜야 하는 법이야, 깐들깐들 그게 말이라고 하나?"

김 서방댁은 삿대질을 한다.

"참, 기가 막혀서…… 당신이나 푼수를 알고 날뛰시오. 아, 내가 김 서방댁 밥 먹구 산단 말이오?"

듣기 싫어하는 김 서방댁을 또 내세웠다.

"눈까리가 빠졌나? 그래 이 집이 누구 집이야? 좀 물어보자, 모두 온통 내 아들, 내 아들 건지 모르나? 응."

김 서방댁은 두 팔을 크게 벌리며 온통 내 아들 것이란 말을 강조한다. 김 서방댁은 이곳에서 큰마님 행세를 하고 싶다. 왜 그렇게 대접해 주지 않는가 싶어 괘씸하다. 그의 마음이 서둘러지면 질수록 의젓한 큰마님은 고사하고 옛날 작부 시절의 비천한 말버릇이 그대로 튀어나오니 딱한 노릇이다.

멀찌감치 서 있던 박 서방은 콧방귀를 뀌고 있다가 침을 탁 뱉으며,

"흥! 아무래도 지 저고리가 아니군."

미쳤다는 뜻이다.

이 두 중년 여인은 사사건건 아옹다옹 싸운다. 영천댁이 많이 참지만 송 노인이 사랑에 들앉아서 바깥일을 참섭하지 않고부터 김 서방댁은 날이 갈수록 기승해만 갔다.

"양지가 음지 되고 음지가 양지 되고, 두고 보자, 없다, 없어!"

한참 동안 싸우다가 오늘의 전투는 이것으로 중지할 모양인지 김 서방댁은 물러섰다. 그러나 그의 시선은 재빨리 무엇을 잡았다.

"아이구! 우리 아이가 오는구먼."

회색 스프링코트에 자주색 머플러를 두른 성삼이 막 언덕에서 올라오고 있었다. 김 서방댁은 의기양양하게 고개를 돌렸다. 얼굴을 찌푸리며 서 있는 두 사람을 쳐다보다가 엉덩이를 흔들며 쫓아 내려간다.

"흥! 춘향이 모 엉덩이춤은 저만큼 나가 앉으라는군."

박 서방은 또다시 침을 탁 뱉는다.

"저 새끼 이번에는 또 얼마나 아가씨를 못살게 굴는지 몰라."

영천댁이 한숨을 내쉰다.

"어떻게 된 판인지 어른께서는 통 말씀을 안 하시니⋯⋯."

박 서방도 몹시 딱해한다. 그러고는 다 같이 입을 봉하고 말았다. 그들은 돌아오는 성삼을 침묵으로 맞이한다.

"이거 받아요."

성삼은 보스턴백을 박 서방 앞으로 쑥 내밀었다. 박 서방은 입을 봉한 채 받아 든다.

"왜 벌써 내려왔을까? 색시 생각이 나서 내려왔구먼, 호호호."

까드러지게 웃으며 아들을 희롱한다. 성삼은 귀찮은 듯 외면을 하다가,

"주실이는 어디 갔어요?"

누구에겐지 모르게 묻는다. 박 서방은 들은 체 만 체 짐을 마루에 놓고 영천댁은 우물가에 앉으며 하다 만 빨래를 잡는다.

"서방님이 왔는데 이 애가 어딜 갔을까? 박 서방 못 봤어요?"

"못 봤시다."

퉁명스럽게 대답하고 박 서방은 급히 내려간다. 성삼은 그의 뒷모습을 한 번 째려보다가 소리 없이 웃는다.

"옷이나 벗으렴. 너가 온 줄 알면 주실이도 올 게다."

아들의 환심을 사려고 애쓰는 품이 역력하다. 성삼은 코트를 벗어 마루에 놓인 보스턴백 위에 걸쳐놓고 양복을 툭툭 털더니,

"나 사랑에 갔다 오겠어요."

"그럼 그래야지, 인사하고 오너라."

앵무새처럼 아들의 의사를 그대로 흉내 낸다.

사랑으로 간 성삼은 밭은기침을 한 번 하고 방문을 쑥 열었다.

"할아버지."

송 노인은 책을 읽고 앉았다가 돌아보았다. 돌아본 그 얼굴은 근육 하나 움직이지 않았다. 돌이 아니면 가면이다. 성삼은 방으로 들어가서 허리를 한 번 꼬듯 움직이다가 절을 올린다. 그러나 그 눈에는 집요한 조소가 서려 있었다. 일면 송 노인의 눈은 허공에 둥실 떠 있는 듯 시점을 잡을 수 없었다.

사랑에서 물러나온 성삼은,

"누가 예뻐서 절을 하는 줄 아나? 그쪽에서 나를 경멸하면 나 역시 철저하게 괴롭혀주는 거다. 밑지면 쓰냐 말이다. 흐흐흐……."

성삼은 입술을 오므리고 나지막하게 그 괴상한 웃음을 뿜었다.

자기 방으로—양옥집은 그들 젊은 부부의 독차지였다—돌아온 성삼은 보스턴백을 열고 서울서 사 온 노란빛과 검정빛이 가로질러진 대담한 스웨터를 꺼내어 갈아입는다. 그리고 휘파람을 불며 다시 밖으로 나왔다.

김 서방댁은 어서 점심을 차려 들이라고 영천댁에게 명령하고 있었다.

"주실이 어디 갔어요?"

성삼은 영천댁의 대답을 꼭 들어야겠다는 듯 눈을 피하는 영천댁의 얼굴을 강인하게 주시한다.

"모르겠어요. 산에나 갔는지."

영천댁은 하는 수 없이 대답을 한다.

점심이나 먹고 찾아가라는 김 서방댁의 말을 들은 체 만 체, 바지 주머니 속에 양손을 찌른 채 성삼은 과수원 쪽을 향하여 어슬렁어슬렁 걸어간다. 일꾼들은 과수를 손질하고 있었다. 그러나 성삼은 그런 일에는 아예 흥미가 없는 듯 흘려 보며 지나쳐버린다. 그는 산으로 올라갔다. 산 중턱까지 올라갔으나 주실은 보이지 않았다.

'이 바보 같은 게 어디 갔어?'

얼굴을 잔뜩 찌푸린다.

산 위에까지 올라간 성삼은 편편한 바위에 걸터앉아 담배를 붙여 물었다. 굽이져서 서쪽으로 뻗은 강물과 초가집이 옹기종기 모여 앉은 건너 마을이 눈 아래 펼쳐졌다. 이른 봄날의 햇볕을 받고 있었다. 모형처럼 들판을 끼고 흐르는 강, 포플러가 군데군데 서 있는 초가집 사잇길로 소가 간다. 마을은 썩 평화롭게 보였다.

성삼은 시원스럽게 담배 연기를 내어뽑는다.

'꾀죄죄하구나, 몽땅 정리를 해서 서울로 가야지.'

그러나 그것은 생각뿐이었다. 젊은 사람 이상으로 건강하고 강인한 송 노인을 생각할 때 성삼은 우울해지지 않을 수 없었다.

'칠십까지 산다면? 팔십까지 산다면? 그동안 나는 얻어먹고만 있어야 하나? 에이! 기분 잡치는구나.'

송 노인이 생존해 있는 이상 이곳의 재산은 어떻게 해볼 수도 없다. 팔아가지고 서울로 가서 영화 제작을 한다는 것은 어림도 없는 일이다.

'그러나 나는 비밀을 쥐고 있다.'

성삼은 억척스럽게 뇌었으나 그 비밀은 주실과의 혼인에는 절대적인 효력이 있었지만 그 밖의 일에는 무력하다는 것을 성삼은 차츰 깨달았다. 그 비밀은 혼자 간직하고 있는 데 가치가 있는 것이다. 누군가가 알아버린다면 본전도 이자도 다 날아버린다.

성삼은 송 노인을 포악한 사람으로 알고 있다. 성삼에게 눌려 무엇이든 내어놓을 사람은 아니다. 주실을 내어놓을 때만 해도 얼마나 이를 갈고 분해했던가.

송 노인이 죽고만 나면 물론 유산은 주실의 것이 될 것이며 그의 남편인 성삼이 어떻게 사용하든 말할 사람은 없다. 발언권을 가진 유일한 사람은 윤영재였지만 그가 무슨 말을 하겠는가.

'칠십, 팔십까지 산다면 내 반평생이 다 달아나지. 젠장!'

성삼은 쓰디쓰게 웃으며 담배를 던지고 일어섰다.

산등성이를 넘어선 저쪽 소나무 사이에 개 한 마리가 얼른 한다.

"저기 있구나!"

성삼은 휘파람을 픽 불었다. 휘파람 소리를 들은 개 두 마리가 달려왔다. 그리고 성삼을 보자 꼬리를 살짝 치켜들며 좀 반가운 척했다.

짐승치고 개처럼 민감한 것은 없다. 그들은 좋아하는 사람에도 서열이 있다. 좀 두려워하지만 좋아하기로는 송 노인이 으뜸이요, 다음에는 주실이다. 셋째는 밥을 주는 영천댁, 박 서방, 성삼이 이런 순서다. 김 서방댁은 발길질을 하고 마구 욕설을 퍼붓기 때문에 개들도 딱 질색인 모양이다.

"주실이 찾앗!"

개들은 주실이 이름이 나오자 얼씨구나 좋다는 듯 오던 길로 뛰어간다.

성삼이 개를 뒤따라갔을 때 주실은 소나무 아래 웅크리고 앉아 고개도 들지 않았다.

성삼은 주실을 한참 바라보다가 옆에 바싹 다가선다. 그리고 발끝으로 주실의 치맛자락을 건드렸다. 주실은 여전히 웅크린 채 움직이지 않았다.

"여기서 뭣 하는 거야?"

주실은 조금씩, 조금씩 고개를 들었다. 공포에 찬 눈으로 성삼을 빤히 쳐다본다. 성삼은 그 공포에 찬 눈을 표독스럽게 내려다본다.

"내가 왔는데 왜 여기 이러구 있는 거야?"

말이 없다. 퍽 오래전부터 그는 말을 안 하게 되었다. 반항이라 보기에는 너무나 그의 태도가 어리숭하였고 의식적이라 보기에는 그가 너무 지쳐 있는 듯했다.

"가자."

성삼은 주실의 옷소매를 잡아 끌었다. 주실은 끌려 일어났다. 그러자 성삼은 재빨리 여자의 허리에 팔을 감았다. 아무 반응도 없는, 크게 벌어진 눈동자만이 흔들리고 있는 창백한 얼굴에 성삼은 자기 얼굴을 야수처럼 처박았다. 축축하고 생큼한 입술…….

멀리서 염소가 운다.

성삼은 숨이 막히게 팔을 죄며 강하게 주실을 포옹한다. 그러나 불룩하게 솟은 주실의 복부를 느끼자 순간 주실을 확 떠밀어 버린다. 비실비실하다가 주실은 땅에 푹 쓰러지고 말았다.

"바보 같은 게!"

성삼의 꺼풀 진 커다란 눈은 노여움에 이글이글 탔다.

"바보 같은 게!"

더 심한 욕설을 찾았으나 바보라는 말밖에 나오지 않았다.

"가앗!"

성삼은 마치 주실의 영혼의 조율사처럼 팔을 훌쩍 치켜들었다. 주실은 무거운 차체車體처럼 몸을 흔들고 일어서더니 걷기 시작했다. 성삼은 주실의 부른 배를 보지 않으려는 듯 그의 뒷모습을 노려보며 따라 걷는다.

"그동안 뭣 했어?"

공연히 지껄여보는 말이다.

"왜 대답을 안 해? 영재를 데려와 줄까? 말문이 열리게. 하 하핫……."

푸른 산, 푸른 하늘 아래 성삼의 홍소는 메아리친다.

성삼의 성낸 동작에 아까부터 겁을 먹은 개들은 힐끔힐끔 주실을 돌아보며 천천히 앞서 걷고 있었다.

이따금 성삼은 팔을 흔들기도 했다. 마치 손에 든 채찍을 휘몰아치는 듯한 꼴로 팔을 흔들었다.

'바보 같은 계집애 죽여버릴까 보다.'

사실 성삼은 축 처진 주실의 가냘픈 두 어깨를 내리쳐 주고 싶은 충동을 느낄 때마다 그의 팔로 허공을 치는 것이었다. 주실의 배를 볼 때마다 그는 미치광이와 같은 질투를 느낀다. 영재하고 그런 사건이 없었던들 결코 자기 것이 되지 못했으리라는 생각을 도무지 하지 않는다. 그리고 그 질투로 말미암아 고통을 받는 일도 없는 듯했다. 뭔지 그 횡포한 감정을 즐기고 있는 것처럼 보였다.

집으로 돌아온 성삼은 멈추어 선 주실의 어깨를 덥석 쥐었다.

"방으로!"

하며 거칠게 떠민다. 주실은 꼭두각시처럼 방으로 들어간다.

"애가 왔나?"

김 서방댁이 다가오면서 말을 걸었다. 성삼은 손을 쳐서 가라는 시늉을 하고 바삐 방 안으로 들어간다.

전승한 폭군처럼, 성삼이 주실을 방 안에 끌고 들어가는 광경을 영천댁은 눈을 희번덕거리며 바라보고 있다가 부리나케 부엌으로 쫓아 들어간다. 그는 차려놓은 점심상을 번쩍 쳐들었다.

'저 미친개 같은 놈이 또 아가씨를 때리는가 보다.'

영천댁은 그런 폭력행위를 목격하고 따질 기회를 얻기 위하여 밥상을 들고 가서 방문을 확 열어젖혔다.

그러나 아까 표독스러운 표정은 어디로 갔는지 성삼은 개글개글 웃고 있었다. 주실을 보고 뭐라고 조롱을 하며 혼자 웃고 있었던 모양이다.

"누가 밥 가지고 오라 했어요. 가지고 나가요. 안 먹겠어."

성삼은 능글맞은 웃음을 거두고 따뜻한 아랫목에 팔베개를 하며 벌렁 나자빠졌다.

'상놈은 할 수 없다.'

영천댁은 멍하니 앉아서 유리창 밖을 바라보고 있는 주실에게 얼른 시선을 던지고 나서 방문을 닫았다.

'골병 감이다. 면하려야 면할 수도 없고…… 사람 무서운 건 범보다 더하다더니 곱게 곱게 길러가지고 저게 무슨 팔자람.'

부엌으로 돌아온 영천댁은 밥상을 내려놓고 치마꼬리를 걷어올려 눈물을 닦는다.

'어이구, 어르신도 딱하시지. 저놈이 활개를 치게 왜 내버려

두시는고.'

그러니까 성삼이 서울로 올라가기 전의 일이다. 성삼이 주실에게 번번이 매질을 하는 것을 영천댁은 눈치챘다. 분하고 원통하여 송 노인에게 그 딱한 사정을 이야기했더니,

"다 업보요. 차라리 죽어버리게 내버려 두오."

돌아보지도 않고 그 말 한마디를 하고는 그만이었다.

'그래도 하나밖에 없는 혈육이 아닌가. 저지른 죄는 밉지만 철없어서 한 짓을……'

영천댁은 무슨 까닭으로 주실을 성삼에게 주었는지 알 수가 없었다. 그야 성삼이 주실을 망쳐놓았지만 그렇다고 해서 반드시 그에게 시집보내야 한다는 법은 없다고 생각했다. 읍에나 데리고 가서 아이를 떼어버리면 그만 아니냐는 마음이었던 것이다.

영천댁은 부엌 앞을 지나가는 마을 아낙을 불렀다.

"부엌 좀 치워주고 저녁도 해줘요."

일러놓고 방으로 들어왔다.

"재미가 있어야 일을 하지."

영천댁은 주실의 옷감을 꺼내어 펼쳤다.

해가 뉘엿뉘엿 질 무렵 부엌에서는 저녁 준비를 하느라고 달그락거리는 소리가 들려왔다. 양옥집 쪽에서는 아무 소리도 나지 않았다. 방 안에 들어간 채 성삼과 주실은 밖에 얼씬하지도 않았다. 영천댁은 바느질을 그만두고 치마 앞에 쌓인 실밥을 털

며 밖으로 나왔다. 주실이 방에 저녁상을 들였을 때 성삼은 뻗어진 채 자고 있었고 주실은 아까 그 모양대로 앉아 있었다.

영천댁은 밥상을 도로 물리며 주실에게 나오라는 듯 눈짓을 했다. 주실이 부시시 일어서자 성삼은 벌떡 일어나 앉으며,

"어디 가는 거야."

하고는 입맛을 쩍쩍 다신다. 이쯤 되면 확실히 일종의 변태다.

"무슨 형무소 살인가?"

영천댁은 참으려던 말을 기어코 하고 말았다.

"이게 왜 야단이야? 밥맛 떨어지게시리."

성삼의 입에서는 서슴없이 반말이 나왔다. 영천댁은 말이 터져 나오려는 것을 억지로 참고 방문만을 거칠게 닫으며 물러나왔다. 더 이상 주거니 받거니 해봤자 성삼이 입에서 나올 것은 욕설밖에 없을 것이니 젊은 놈한테 수모를 당해서는 안 되겠다는 생각에서 참은 것이다. 그러나 박 서방에게 저녁상을 차려주고 나니 분한 생각에서 가슴이 울렁거렸다.

'자식뻘밖에 안 되는 놈한테 내가 이렇게 괄시를 당하고서도 이 집에 살아야 하나? 낮에는 에미가 지랄을 하더니 저녁에는 자식 놈이……'

영천댁은 아무래도 이 집에 더 이상 있을 수 없다는 생각이 들었다.

'내가 나간다 하면 설마 어르신도 무슨 방도를 마련해 주시겠지.'

홀로 과부가 되어 십여 년 동안이나 이곳에서 지냈으니 송 노인도 무슨 대책을 세워줄 것만은 확실했다.

"왜 그리 멍청히 서 있소?"

저녁을 먹고 있던 박 서방이 부엌에 우두커니 서 있는 영천댁에게 말을 걸었다.

"어디 이 집에 오래 살겠어요? 아무래도 나가든가 무슨 수를 내야지."

"또 무슨 일이 있었구먼."

그 말 대답은 하지 않고,

"그 식구들 서슬에 밥이나 제대로 얻어먹겠어요?"

쓰디쓰게 웃는다.

"천방지축을 모르고 어깨춤 추는 격이지. 굿을 하든가 떡을 하든가 내버려두시오. 아직 어른이 계신데 저희들 무서워서 우리가 나갈까?"

"하기는 아가씨 생각을 하면…… 차마 발이 떨어지지 않을 것 같아요."

"그야……."

"이날까지 친자식처럼 정을 붙여왔는데…… 정을 떼는 것도 난감한 일일 거예요. 나마저 없으면."

"오랑캐 같은 놈 의리를 아나 은혜를 아나, 그만 때려잡았음 좋갔다."

그러자 마침 사랑에서 밥상을 들고 나온 마을 아낙이,

"어르신께서 박 서방을 오랍니다."

하고 전갈을 한다. 막 숟가락을 놓은 박 서방은 일어섰다.

그는 농장과 과수원에 관한 의논이거니 생각하며 바삐 사랑
으로 들어갔다.

"돌이 엄마 내일은 빨래 좀 해줘요."

"예."

보나 마나 오늘 밤으로 서울서 가지고 온 빨랫거리를 성삼이
내놓을 것이기 때문이다. 깔끔하고 정갈스러운 과부의 근성도
있었지만 영천댁은 성삼의 옷만은 빨기가 싫었다. 성삼의 잔인
하고 칙칙한 성격의 탓도 있으나 영천댁이 그를 싫어하는 것도
좀 병적이다. 어릴 때부터 그러했다. 소위 합이 맞지 않는다는
것일까.

사랑으로 간 박 서방은 좀처럼 돌아오지 않았다. 달 없는 밤
이 시꺼멓게 묻어오고 마을 아낙도 남은 밥과 반찬을 얻어서 돌
아갔는데 박 서방은 사랑에서 나오지 않았다.

'무슨 일일까?'

좀처럼 사랑에 사람을 불러들이는 일이 없는 만큼 어딘지 불
안하다.

찬방으로 들어와서 캄캄한 방에 불을 켰을 때 박 서방이 부엌
에서 방 안으로 얼굴을 디밀었다.

"아이구! 깜짝이야."

박 서방은 몹시 흥분한 듯 씨근거렸다. 한동안 씨근거리고 섰

다가,

　"영천댁."

　긴장한 목소리로 불렀다.

　"왜 그래요?"

　박 서방은 숨을 마시듯 영천댁을 바라본다. 그러더니 호주머
니 속을 부시럭부시럭 뒤진다. 궐련을 꺼내어 물고 성냥을 그어
댔다. 한 모금 깊숙이 빨아당기고 나서,

　"사랑에서 영천댁을 오라 하시오. 어서 가보시오."

　"나를?"

　박 서방의 태도가 지나치게 심각하여 영천댁은 얼떨떨한다.
밤에 사랑으로 불러들이는 일도 수상쩍었다.

　"그렇소."

　영천댁은 불안을 느끼며,

　"무슨 일로 그래요?"

　박 서방은 잠시 침묵을 지키다가,

　"가보면 알게 될 거요. 어른께서 말씀하실 테니."

　"무슨 일일까?"

　가보면 안다는데도 영천댁은 되풀이하여 묻지 않을 수 없
었다.

　"어서 가보기나 하소."

　박 서방은 긴장한 표정으로 더 이상 말하려 하지 않았다. 그
리고 부엌에서 나가버렸다. 영천댁은 신발을 끌고 뒤쫓아 가며,

"박 서방은 아는 일이오?"

"허 참, 가보면 안다니까."

내려가면서 돌아보지도 않고 박 서방은 말했다.

'이상하다. 보통 일이 아닌 모양인데…… 무슨 일일까?'

영천댁은 옷매무새를 고치고 조심스럽게 사랑으로 들어간다. 사랑으로 들어간 영천댁은 오랫동안 나오지 않았다.

대낮부터 늘어지게 한잠 자고 난 성삼은 할 일 없이 뜰 안을 서성거리고 있었다. 박 서방은 마구간 옆에 놓인 토막나무 위에 걸터앉아 담배를 태우고 있었고 숲속에서는 부엉이가 기분 나쁘게 울고 있었다.

성삼은 박 서방 앞을 지나치면서도 말 한마디 걸지 않았다. 성삼이 거만하게 지나가 버리자,

"흥! 떡 줄 생각도 안 하는데 김칫국부터 마시는 격이지. 어리석은 놈, 하하핫……."

뭐가 그렇게도 통쾌한지 평소의 박 서방답지 않게 큰 소리를 내며 웃어젖힌다. 그 웃음소리가 들렸는지 성삼은 어둠 속에서 힐끗 돌아다보았다.

무슨 이야기를 했는지 꽤 늦게 영천댁은 사랑에서 나왔다. 박 서방은 영천댁이 사랑에서 나오는 것을 먼발치로 보고 나서 자기 거처하는 곳으로 내려간다.

돌아온 영천댁은 박 서방 이상으로 흥분하고 있었다. 얼굴이 새빨개져서 앉았다가 섰다가 하며 그는 안절부절못한다.

'어떻게 그럴 수 있어? 내가 어떻게 감당할 수 있단 말이냐.'

그러나 이미 합의를 본 일이었다.

이튿날 아침, 내갈 짐도 없는데 빈 마차를 끌고 박 서방은 읍내로 나갔다. 낮에는 영천댁이 짐을 간단히 꾸려서 친정에 갔다 온다 하며 나섰다. 좀처럼 출타하는 일이 없는 영천댁이었으므로 성삼은 자기를 피해서 가나 보다 생각하며 짓궂게 그를 쳐다보았으나 영천댁은 의식적으로 그를 외면하였다.

"언제 와요? 영천댁."

어미 잃은 강아지처럼 주실은 뜬 입을 열고 영천댁을 바라보았다.

영천댁은 주실의 옆으로 슬며시 다가서며,

"모레쯤 올 것이니 잠자코 있어요."

귓속말로 타일러놓고 성삼을 한 번 흘끔 쳐다보고 나서 영천댁은 떠났다.

저녁때 박 서방은 아무 짐도 싣지 않은 빈 마차를 끌고 돌아왔다. 돌아온 그는 이럭저럭 일을 하는 척 시간을 보내더니 밤이 깊어지자 조심스럽게 사랑으로 들어갔다. 그리고 무슨 의논을 했는지 오랫동안 사랑에 머무르다가 나왔다.

이틀 만에 온다던 영천댁은 사흘 만에 돌아왔다. 돌아와서도 그는 늘 침착성을 잃고 일이 손에 잡히지 않는 눈치였다. 영천댁이 돌아온 그날 오후 송화리 과수원에 낯선 중년 신사가 한 사람 가방을 들고 나타났다.

마침 강에서 낚시질을 하다가 돌아오던 성삼은 그 신사를 보자 잠시 걸음을 멈추었다. 상대편도 이어 성삼을 눈여겨보며,

　　"여기가 송정주 씨 과수원이죠?"

하고 묻는다.

　　"왜 그러시오?"

　　성삼은 그렇다는 대답에 앞서 묻는 이유부터 건방지게 따지려 든다. 딴은 내가 이 과수원의 제이인자라는 자부심에서 거드름을 피워본 것이다.

　　"송정주 씨를 좀 만나 뵈려고 그러는데요."

　　중년 신사는 불쾌한 빛을 감추며 온건하게 말한다. 성삼은 그 꺼풀진 커다란 눈을 굴리며 천착하듯 신사의 차림을 휘둘러본다. 회색 중절모를 깊숙이 쓴 신사는 세리稅吏라 보기에는 연만한 편이었고 읍내의 유지라 보기에는 차림새가 좀 허술했다.

　　"무슨 일로 그래요?"

　　'버릇없는 자식이로구나.'

　　그러나 중년 신사는 끝내 불쾌한 빛을 감추며,

　　"좀 말씀드릴 게 있어서 그럽니다."

　　일부러 공손하게 대답하는 품이 퍽 능란하고 산전수전 다 겪은 사람의 인상이다. 마침 이쪽을 향하여 걸어오던 박 서방이 이 신사를 발견하자 몹시 당황하여 쫓아왔다.

　　"아 선생님, 어서, 어서 오십시오. 자, 이리로……."

　　그의 가방을 재빨리 받아 들면서도 박 서방은 성삼에게 신경

을 쓰는 눈치였다.

그 신사는 어떤 용무를 띠고 왔는지 알 수 없으나 거의 저녁때가 다 되어 돌아갔다.

성삼은 과수원을 두루 살피며 천천히 내려가는 신사의 뒷모습에 눈을 박고 있었다. 얼마 후 신사의 모습은 시야에서 사라졌다. 막연한 의심이 성삼의 머리에 엄습해왔다.

'저 작자는 무슨 일로 왔을까? 그리고 보니……'

좀처럼 없던 영천댁의 출타를 비롯하여 읍내로 내왕이 잦은 박 서방의 행동도 수상쩍게 깨우쳐졌다.

'무슨 일을 꾸미는 게 아닐까? 혹시…… 이 과수원과 농장을 팔아치울 작정을 하고 있는 것이나 아닐까?'

사방을 휘휘 둘러보며 내려가던 중년 신사의 뒷모습이 눈앞에 되살아왔다.

'어림도 없다. 그렇게는 안 될걸.'

마음속으로 장담을 하고 자신을 가져보는 것이었으나 좀처럼 의심이 떠나지 않았고 불안해지는 것이었다.

'박 서방을 족쳐봐야지.'

성삼은 발길을 돌렸다.

'내가 바보 등신 같은 그 계집애나 보고 장가간 줄 아나? 흥! 상피까지 해서 애까지 밴 고물을 나한테 함부로 떠맡길 줄 알어? 나를 뭘루 아는 거야. 그야말로 번지수가 다른 이야기지.'

눈앞에서 과수원이 매매되고 있기나 한 듯 시부렁거린다. 그러는 품은 마치 먹이를 챈 호랑이가 그것을 다시 빼앗기지 않으려고 으르렁거리는 것 같았다.

박 서방은 하루 종일 과수원에서 전지하던 일꾼들을 돌려보내고 목에 감았던 수건을 끌러 옷을 털면서 양계장 모퉁이를 돌아 나왔다.

"잠깐만."

성삼은 그를 불러 세웠다. 박 서방은 아무렇지도 않은 듯 성삼을 바라보았으나 이빨을 꾹 악물었는지 관골이 딱딱하게 느껴졌다. 성삼은 아까 으르렁대던 것과는 달리 아주 자연스럽게 담뱃갑을 꺼내어 담배를 반쯤 뽑더니 박 서방에게 내밀며 권한다.

"여 있어요."

요의 발음이 불투명하다. 쓰기 싫은 공대를 바치는 때문이다. 그는 성삼이 권하는 담배를 외면하고 자기 것을 꺼내어 붙여 물었다. 성삼은 칙칙하고 거무스름한 미소를 띠며 거절당한 담배를 자기 손등 위에 세워가지고 톡톡 다진다.

"아까 온 그 사람은 누구요?"

박 서방의 눈이 희번덕했다.

"어르신하고 교분이 있는 분이오."

"나는 한 번도 못 본 사람인데? 뭣 하는 사람이오?"

"모르겠소."

"모르겠다고? 아까는 기가 막히게 환영을 하던데 모르겠다고?"

"……."

성삼은 눈을 가늘게 좁히며 박 서방을 노려본다.

"무슨 일로 왔소?"

"모르겠소."

박 서방은 기계적으로 모르겠다는 말만 되풀이한다. 이렇게 되면 말을 붙이기 어렵다. 성삼은 진을 바짝 내며,

"모두 다 한속이면서 나만 속이려구? 그렇게는 안 될걸."

"사람 집에 사람이 안 오면 마당에 풀이 나게? 뭐가 잘못됐다구 꼬치꼬치 묻는 거요?"

"거짓말 말어! 이 생……."

순간 박 서방의 주먹이 떨었다.

"왜 반말이야! 혀가 반동강인가?"

"이게 돌았나? 그래, 날 칠 참이야?"

성삼은 가슴팍을 쑥 내밀었다.

"이놈! 오랑캐 같은 놈! 어르신의 체면을 생각해서 보자 보자 하니 못하는 수작이 없구나. 이놈 너 애비 생각을 해서라도 감히 나한테, 삼강오륜도 모르는 천하에 발칙한 놈 같으니."

순한 사람이 성내면 무섭다고, 말없이 일에만 파묻혀 살던 박 서방의 노여움은 대단하였다.

"삼강오륜이라구? 하하하…… 그 말 썩 잘했어. 썩 잘해. 하하핫…… 어디 사랑에 계신다는 그 상전한테 가서 한번 들어보

지. 삼강오륜이 어떤 거냐구. 그러면 이 송화리의 썩고 더러운 핏줄기를 뭐라고 설명할꼬?"

성삼은 거무죽죽한 입을 쩍 벌리고 몸을 좌우로 흔들며 미친 듯 웃어젖힌다. 박 서방은 어리둥절하다가 성삼이 송 노인을 조롱하고 있다는 것을 깨닫자 그의 굵다란 주먹이 성삼의 면상을 향하여 날았다. 박 서방의 세찬 주먹질에 성삼의 입술은 이내 터졌다. 그러나 그냥 있을 성삼은 아니었다. 재빨리 뻗은 그의 완강한 팔은 박 서방의 목을 감았다.

"이놈!"

박 서방은 두 팔을 허우적거리다가 성삼의 옆구리를 내리쳤다.

"억!"

성삼은 신음하였으나 그의 두 손으로 박 서방의 목을 강하게 졸라맨다. 박 서방은 몸부림치며 넘어졌다. 성삼도 따라서 쓰러졌다. 엎치락뒤치락 치고받고 그야말로 백열전이 벌어진다.

노동으로 단련된 박 서방의 체력은 보통이 아니었다. 그러나 한창 혈기에 나부대는 성삼의 완력도 이만저만이 아니었다. 성삼이 박 서방을 걸터타고 때리는가 하면 이내 그 위치는 뒤집혀서 박 서방이 성삼을 깔아 눕히고 주먹질이다. 사방이 터져서 유혈이 낭자하다.

"아이구머니! 사람 죽인다!"

김 서방댁이 쫓아 나왔다. 그 고함 소리에 놀란 영천댁과 주실이도 쫓아 나왔다.

"아이구, 어쩔꼬! 내 자식 죽이네!"

김 서방댁은 엉겁결에 썩은 말뚝을 뽑아가지고 성삼 위에 타고 올라 주먹질을 하는 박 서방의 어깨를 내리친다. 그러자 영천댁이 달려와서 그 말뚝을 뺏으려 한다.

"이년! 놔라! 내 자식 죽일라고 연놈이 공모하는구나!"

김 서방댁은 말뚝을 버리고 영천댁의 머리를 잡아 뜯었다.

"싸, 싸움 말려요!"

주실이 소리 지르며 과수원 쪽으로 달려간다. 마침 늑장을 부리고 있던 일꾼들이 서너 명 있었다. 그들은 주실의 고함을 듣자 우르르 몰려왔다. 그러나 싸움은 좀처럼 말려지지 않았다. 김 서방댁은 거품을 뿜고 이리저리 피하는 영천댁에게 달려들어 입에 담지도 못할 욕설을 퍼붓고 박 서방과 성삼은 미친개처럼 날뛰고 있었다.

"이거 살인 나겠다."

일꾼들은 함께 몰려들어 겨우 뜯어말렸다.

"이 순, 천하에 대적 같은 놈! 내가 네놈의 허리뼈를 기어이 분질러놓고 말 테다……."

돌에 깎인 자리에서 피가 배어나오는 얼굴을 쳐들고 박 서방은 일꾼들에게 잡힌 팔을 뽑으려고 발광을 했다.

"이 늙은 개놈아! 아직도 맛을 덜 보았구나!"

피투성이가 된 성삼도 이쪽으로 달려들려고 몸을 흔들었다.

이들 사이에 오가는 욕설에 섞여 김 서방댁의 노란 쇳소리가 쟁쟁거린다.

"왜 이러오? 박 서방답지도 않게 이거 무슨 짓이오? 말로 하지 말로 해."

일꾼들이 나무란다.

"설령 잘못이 있다 해도 늙은 사람을, 부모 같은 사람을 치다니."

성삼에게 타이른다. 그러나 이런 말이 귀에 들어올 리 없었다.

"내가 가만히 있을 줄 아나? 정 꼴사납게 군다면 없다 없어! 불을 확 싸질러 버릴 테다!"

성삼의 입에서 피가 퍽퍽 튀긴다.

"저놈을, 저놈을, 그만…… 내 하나쯤 콩밥 먹어도 억울할 것 없다. 남이나 살게 그냥 때려잡아 버릴란다!"

박 서방은 이를 뿌드득 갈았다. 언제 나왔는지 송 노인이 서 있었다. 그는 냉랭한 눈길로 욕설이 오가는 광경을 지켜보고 있었다.

창문으로부터 노곤한 봄볕이 스며들고 있었다. 창고 옆에 늘어진 수양버들이 눈에 보일락 말락 푸르스름한 듯했다. 수박색 치마에 노란 저고리를 입은 주실은 꼬박꼬박 졸고 있었다. 겨우내 햇볕을 못 본 창백한 얼굴에는 피곤한 빛이 완연하다. 해산달이 얼마 남지 않은 탓도 있지만 그는 밤이면 통 잠을 잘 수가 없었다. 창백한 얼굴은 저고리의 노란 빛깔과 치마의 수박색 때문에 더욱 병적으로 보였다.

"빌어먹을! 뭣 하는 거얏!"

성삼의 고함 소리에 꼬박꼬박 졸고 있던 주실은 소스라쳐 깬다.

"빨리 수건 갈앗!"

성삼은 눈두덩 위에 얹어놓은 수건을 홱 걷어서 주실의 얼굴에다 사정없이 내던진다.

"바보 같은 게…… 도무지 답답해서 사람이 살갔나, 산송장도 유분수지."

주실은 슬프지도 않은 듯 수건을 대야 속에 넣고 느릿하게 손을 놀리며 물에 적신다.

박 서방과 싸운 뒤 며칠이 지났건만 성삼은 방에 나자빠져서 매일 찬물 찜질을 하며 엄살을 피우고 있었다. 하기는 눈두덩이 시퍼렇게 부어 올라 그러지 않아도 성격이나, 용모가 다소 그로테스크한 성삼을 한층 더 볼꼴 사납게 만들어주고 있었다. 그런데다가 종일 주실에게 신경질이다. 반응이 없기 때문에 신경질은 더해가는지도 몰랐다. 어떻게 보면 성삼은 좀 고독한 것 같기도 했다. 모든 것이 그 자신의 성격 탓이지만 성삼에게 있어서는 옛날부터 이 고장의 산천과 인간들이 모두 자기를 배척하고 있다는 자의식이 깊이 뿌리박고 있었다. 비천한 그의 어머니로 인한 열등감도 적잖게 작용했을 것이다. 그 자신이 어머니를 경멸할수록 남이 경멸하는 것을 참지 못했다. 배척을 당하고 멸시를 당한다는 자의식이 강하면 강할수록 복수심과 까닭 없는 조롱, 횡포, 그리하여 고립되어 모든 사람은 그의 적으로서 저주의 대상이 되는 것이다.

"으응…… 내가 밖에 나가기만 해봐라, 없다! 없어! 그 늙은 놈을 죽이든지 내가 죽든지 아니면 이 집구석에다가 불을 확 싸질러 버릴 테다!"

성삼은 쉴 새 없이 으르렁거리고 있었다.

"내가 왜 남 좋은 일 해주고 그 늙은 하인 놈한테 맞아야 하냐 말이다!"

성삼의 눈두덩에 수건을 얹어주고 멍하니 창문을 바라보고 있던 주실이 웬일인지 고집 세게 다물었던 입을 열었다.

"저거 아버지도 하인이면서……."

하고는 픽 웃는다.

"뭣이!"

성삼은 벌떡 일어났다. 주실의 뺨을 냅다 갈긴다.

"망할 기집애! 말문이 트였다 싶었더니 한다는 소리가, 이놈 기집애! 너 조상에도 개백정이가 있었는지 누가 알엇!"

또 뺨을 찰싹찰싹 갈긴다.

주실은 두 손으로 뺨을 감싸 쥔 채 시퍼렇게 부어오른 성삼의 얼굴을 빤히 쳐다본다.

"바보 같은 게 그런 소린 할 줄 아는군. 오래비하고 통한 천치가 그래도 부르주아 근성은 남아 있어서, 흥!"

그런 말에도 주실은 성삼을 빤히 쳐다볼 뿐이다.

성삼은 도로 자리에 누우려다가 창문으로 눈을 준다. 얼굴 하나가 유리창에서 방 안을 들여다보고 있었다.

창밖에서 들여다보는 얼굴을 발견한 순간 성삼의 눈에는 혐오의 빛이 확 서렸다.

"왜 그러고 계세요!"

성삼은 노려보면서 소리를 질렀다. 방 안을 넘어다보고 있던 사람은 다름 아닌 김 서방댁이었던 것이다.

"아, 좀 어떤가 싶어서……."

김 서방댁은 헤실헤실 웃는다.

"누가 죽을까 봐 그래요? 제발 좀 내버려두어요. 발바닥에서 땀이 지근지근 난다니까."

노골적인 혐오의 표현이다.

"아, 네가 나를 방에 못 들어오게 하니까 안 그러나."

아들이 무슨 말을 하건 조금도 탓하지 않고 여전히 헤실헤실 웃는다. 말할 수 없이 비굴하다. 성삼이 주실이와 결혼한 후 김 서방댁은 아들의 장단에 맞추어 오만불손하게 날뛰었으나 아들 앞에서만은 거의 노예에 가까운 굴종을 취해왔다.

"못 들어오게 했으면 그만이지 기분 나쁘게 왜 창문에서 엿보는 거요?"

"그래도 어미 마음이란 어디 그런가? 얼마나 애가 타면 이러겠나."

"애가 타고 뭐고 다 귀찮아요!"

"괜히 화를 내는구나? 몸에 해롭다니까. 그 목이 부러져 죽을 놈이 내 자식을 저토록 팼으니 내사 이가 갈려서 밤에도 잠이 안 온다. 입에다 풋감을 물렸는지 그 영감쟁이는 손주사위가 머슴 놈한테 몰매를 맞아도 말 한마디 안 하고, 어디 분해서 살겠나. 다 뒤에 사람이 없는 탓이지. 세상에 그놈을 그만두어? 송사를 하든지 쫓아내든지 해야지."

끈덕지게 눌어붙어 사설을 늘어놓는다.

"그래, 그년이 미음이나 제때에 들여주나? 내가 혼을 내주었지. 이게 다 내 자식 살림인데 내 자식 안 먹이고 누구 좋은 일 시키겠느냐고. 어서 깨미음 쑤어가지고 들여보내라 했다."

"다 듣기 싫어요! 가세요, 가요!"

장광설에 잇몸이 지글지글한 듯 성삼은 골을 내며 주먹을 쳐들었다.

"아, 세상에 철없는 주실이한테만 너를 맡겨놓으니 마음이 안 놓여서 그런다."

"에잇! 가라니까!"

성삼은 주먹으로 유리창을 쾅쾅 치면서 신경질을 부린다.

"요것앗! 커튼이나 쳐버려!"

오가는 말을 귀담아듣고 있지도 않던 주실은 성삼의 명령에 기계인형처럼 일어났다. 그리고 김 서방댁의 얼굴이 있는 창문에다 커튼을 쳤다. 이가 갈려서 밤에는 잠이 오지 않는다고 하면서도 화장하는 것만은 잊지 않았던 모양으로 분가루가 희뜩희뜩한 얼굴을 돌리며 눈을 찢어져라 흘기고, 드디어 김 서방댁은 물러났다.

그때 다리를 쩔룩거리며 박 서방이 읍에서 돌아오는 모습이 보였다. 무척 피곤해 보였으나 그의 얼굴에는 안도와 한시름 놓았다는 표정이 있었다. 집으로 들어온 박 서방은 영천댁과 한동안 쑤군거리고 있었다.

"어쩐지 겁이 나요. 불가사리 같은 그놈이……."

영천댁은 근심 띤 표정으로 말했다.

"영천댁은 아무 말하지 말고 가만히 있으면 된다니까, 걱정 마시오."

"그래도……."

일주일이 지났다.

송 노인은 오래간만에 밖으로 나왔다.

낯빛은 창백하고 슬픔에 젖어 있었다. 그는 개를 불러내어 휘청휘청 강가로 내려간다.

강변으로 내려온 송 노인은 제법 수량이 풍부해진 강물을 내려다본다. 그러나 송 노인은 강물을 보고 있는 것은 아니었다. 거의 무아의 시간을 흘려보내고 있는 것처럼 느껴졌다. 백발이 바람에 휘날린다. 움푹 팬 동공 속에는 아직도 날카롭고 굳은 의지가 희번덕거리고 있는 듯했다. 개들은 모처럼 주인을 모시고 나온 것이 대견했는지 기세당당하게 뛰어갔다간 뛰어온다.

'한 마리의 눈먼 송아지…….'

송 노인은 주실을 눈먼 송아지라 생각했다.

'내가, 내가 그 눈을 막았구나! 불쌍한 것! 발바닥에 피도 안 마른 그것을 늑대 같은 그놈에게 주었으니, 세상에 둘도 없는 그것 하나를…….'

송 노인의 눈에서는 눈물이 두 줄기 흘렀다.

'명만 길라고, 오래오래 살기만 하라고 짐승처럼, 수목처럼 자라라고 아아…….'

송 노인은 흐느낀다. 아들과 딸, 며느리를 동시에 잃은 그의 슬픔이, 결국 그릇된 집착이 되어 오늘의 비극을 낳게 한 회한이 그의 가슴을 찢은 것이었다.

그는 발길을 돌렸다. 내려온 곳과 반대 방향으로 곧장 돌아가면 과수원의 뒤켠 산으로 통한다. 산등성이까지 올라간 송 노인은 거의 평생을 묻혀 살아온 아담스러운 별천지를 한참 동안 내려다보다가 지척지척 산에서 내려오기 시작했다. 산 중턱에 있는 원두막 가까이 왔을 때 개들은 꼬리를 흔들며 송 노인을 흘끔흘끔 돌아다보았다.

원두막이라야 참외밭이나 수박밭의 것과는 달리 간단한 물건도 넣어두고 일꾼들이 쉬기도 하며 여름에는 시원하여 더위를 피하는 곳이기도 했다. 그러나 요즈막에는 별로 쓰이지 않는 곳이다. 그 앞을 지나치려다가 송 노인은 걸음을 멈추었다. 개들이 극성을 피우며 날뛴다.

'누가 있나?'

그는 원두막 옆으로 다가갔다. 안에서 누가 자고 있는 기척이 있었다.

'응? 일을 안 하고 낮잠을 자다니.'

송 노인은 얼굴에 노기를 띠었다. 일은 뼈 빠지게 시키고 노임에는 인색지 않아야 한다는 것이 과수원을 경영해온 그의 신조였다. 그동안 바깥일에 무심했던 그에게 습관적인 그 노여움이 되살아났던 것이다.

'괘씸한 놈! 내 눈이 없다고 벌써.'

송 노인은 원두막 안으로 쑥 들어섰다.

"아……."

송 노인은 곤하게 잠든 주실의 모습을 보았다. 짚단을 깔고 새우처럼 다리를 꾸부리고 세상 모르게 주실은 잠이 들어 있었다.

'불쌍한 것!'

이렇게 가까운 곳에서 주실을 보는 것은 몇 달 만이라고 송 노인은 생각했다. 주실이도 할아버지를 무서워하며 늘 피했으나 송 노인 자신도 손녀를 피해왔던 것이다.

'감기가 들라고 이런 데서 자나?'

애처롭고 마음이 아파, 그를 깨우려고 하는데 굵은 허리가 순간 눈에 거슬렸다. 잊어버리려고 그렇게 애를 쓴 일이 되살아나면서 그의 구레나룻이 심히 흔들렸다. 그러자 주실은 몸을 뒤쳤다. 치맛자락이 걷혀지면서 흰 종아리에 마치 구렁이가 친친 감기듯 자줏빛 매 자국이 선명하게 나타났다. 송 노인의 눈에 불이 번쩍 켜진다.

"음!"

주실은 다시 몸을 뒤치며 입맛을 다셨다.

"그러지 마, 그러지 말어. 싫대두……."

잠꼬대를 하는 주실의 얼굴이 일그러지면서 울상이 된다.

"영천댁! 영천댁! 날 살려주어요. 아아, 영천댁!"

주실은 허공을 잡듯 손을 내젓다가 흑흑 느낀다.

종아리에 난 무수한 상처를 내려다보고 있던 송 노인의 눈에서는 다시 눈물이 두 줄기 흘렀다.

"주실아!"

주실은 연방 흐느끼며 꿈에서 깨어날 줄 모른다.

"주실아!"

주실은 눈을 번쩍 떴다. 그는 소스라쳐 놀라며 일어나 앉았다. 한동안 꿈과 현실 사이를 방황하던 그의 눈물 젖은 눈이 차츰 굳어져간다. 그를 내려다보고 섰던 송 노인을 뚫어져라 바라본다. 흑요석같이 맑고 빛나는 눈이다. 그러면서도 짐승 같은 본능이 넘실거리고 있었다.

"주실아!"

"……."

"왜 다리에 상처가 그렇게 났느냐?"

수목 사이를 거쳐 비스듬히 새어든 석양에 송 노인의 은빛 구레나룻이 유난히 흔들린다. 목소리는 조용했다. 그러나 눈은 아픔에 떨고 있는 듯하였다.

주실은 꼼짝하지도 않는다.

"왜 상처가 났느냐?"

눈은 송 노인을 뚫어지게 본 채 주실의 손이 살금살금 기어내려 오더니 치마를 잡아당겨 다리를 감춘다.

"대답이 왜 없느냐."

"안 아파요. 하, 할아버지."

주실의 음성은 드높았다. 그리고 입술이 실쭉실쭉 움직였다.

"아프냐고 묻지 않았다. 성삼이 그놈이 때렸구나!"

주실의 얼굴이 파랗게 질린다.

"그 몹쓸 놈이, 천벌을 받을 놈이. 너, 너를 때렸구나!"

목이 메어서 말을 못다 하고 송 노인은 눈을 감았다. 그 순간 주실은 벌떡 일어났다. 그리고 구 개월의 무거운 몸이라 생각할 수 없을 만큼 가볍게 몸을 날리며 원두막에서 뛰쳐나갔다. 뛰쳐나간 그는 뒤돌아보지도 않고 마치 들쥐처럼 날쌔게 달아나버리는 것이었다. 뒤쫓아 가려던 송 노인은 원두막의 기둥을 잡고 머리를 처박았다.

'누구의 죄냐! 다 이 할아비 죄로구나!'

얼마 후 송 노인은 사랑으로 사라졌다.

송화리에 괴괴한 밤이 왔다. 온 누리는 적막 속에 묻혀들었다. 사람도 짐승도 다 잠들어 버린 고요한 밤. 별도 없고 부엉이 우는 소리도 들리지 않았다. 송 노인은 사랑방의 문을 열고 나왔다. 그는 발소리를 죽이고 앞뜰로 돌아 나왔다. 희미한 밝음이 그의 발부리를 비쳐준다. 양옥집의 아들 방—지금은 주실과 성삼이 거처한다—에서 새어나온 불빛이다. 밤이 이른 이곳의 열두 시는 깊은 한밤이다. 영천댁의 방에도 불이 꺼져 있고 멀리 박 서방의 방에도 불이 꺼져 있고 김 서방댁 방에도 불빛은 없었다.

송 노인은 발소리를 죽이며 불빛이 새어나오는 아들 방의 창 밑으로 다가갔다. 그러나 커튼이 드리워진 방 안은 보이지 않았다. 그는 가만히 귀를 기울인다.

"음, 으으음……."

쥐어짜는 듯한 신음 소리가 송 노인의 귓전을 쳤다.

송 노인은 한발 뒤로 물러섰다.

"으으흐…… 으흐흐흐……."

물러섰으나 쥐어짜는 듯한 신음 소리는 여전히 따라왔다. 분명히 주실의 신음이다.

"망할 기집애! 죽여버린다, 죽여버려! 너까짓 것 귀신도 모르게 죽여버린단 말이야. 흐흐흐……."

등골이 오싹해지는 그의 독특한 웃음이 나직이 새어 나왔다.

그리고 무엇인지 알 수 없으나 휙, 휘익! 바람을 끊는 듯한 소리가 아슴푸레 들려왔다. 그때마다 쥐어짜는 듯한 주실의 신음이 높아진다.

"너 할아비가 우리 엄마를 때렸지. 개짐승처럼 말이야. 나도 너 할아비처럼 이렇게 너를 때려준다! 때려준다! 이 의뭉스러운 벙어리, 벙어리얏! 언제까지나 벙어리 놀음이야!"

성삼은 낮은 소리로 악을 쓰다가 또 웃었다.

"그러나 얼굴하고 배는 이렇게 소중히 모셔놓는단 말이야. 얼굴이 찌그러졌어야 성삼이 색시 될 자격이 없어지지. 그리고 그의 죄의 씨는 기필코 받아놔야 하거든."

송 노인의 이마에는 기름땀이 쫙 배어났다. 꾹 다문 이빨이 딱! 딱! 소리를 냈다. 이를 악무는데도 턱이 덜덜 흔들렸던 것이다.

송 노인은 온 정신을 모으며 돌아섰다.

후들후들 떨리는 다리를 가누며 그는 양옥집 뒤켠으로 돌아갔다.

발돋움을 해도 내부를 볼 수 없는 높다란 곳에 창문이 하나 있었다. 커튼은 없었다.

송 노인은 떨리는 손으로 나둥그러진 궤짝을 끌고 와서 디디고 올라섰다.

호롱불이 흔들리고 있었다. 안개처럼 아스름했다. 그 속에,

"앗!"

무서운 광경이다.

거의 반나체가 된 주실은 입에 수건을 물고 쓰러져 있었다.
가죽끈으로 후려치고 있는 성삼의 무서운 눈. 사람이 아니다.
야수다. 완전히 미친개의 눈이다.

"너 할아비가 우리 엄마를 때렸지! 짐승처럼 말이야. 나도 너
할아비처럼 이렇게, 이렇게 때려준다! 때려준다! 말을 해! 아가
리를 열란 말이야!"

그 순간 꽝! 하고 별안간 소리가 나더니 유리창이 와그르르
무너졌다. 송 노인이 주먹으로 유리창을 친 것이다. 성삼은 가
죽끈을 늘어뜨린 채 시뻘건 눈을 들었다.

그도 혼비백산했는지 말뚝처럼 뻣뻣이 선 채 움직이지 않는
다. 호롱불에 긴 그림자가 뒷벽에서 흔들리고 있었다. 송 노인
은 피가 흐르는 주먹을 쥔 채 그 자리에 까무러치고 말았다.

뜻하지 않은 사태에 당황한 성삼은 주실을 내버려두고 밖으
로 쫓아 나왔다. 그는 까무러친 송 노인을 흔들어보았다.

"이거 안 되겠구나!"

그는 우물가로 달려가서 물을 길어가지고 돌아왔다. 송 노인
얼굴 위에 거친 동작으로 물을 끼얹었다.

"으……."

성삼은 의식을 회복한 송 노인을 둘러업고 사랑으로 가서 뉘
었다. 그러고는 되돌아와서 영천댁을 두들겨 깨웠다.

"할아버지가 기절했소."

"뭐?"

영천댁은 비녀를 찾아 꽂으며 쫓아 나왔다. 박 서방도 일어나고 김 서방댁도 거동을 했다. 집안이 온통 뒤숭숭하게 됐는데 성삼은 슬그머니 빠져 자기 방으로 돌아왔다. 주실은 양 무릎을 바싹 모아 쭈그리고 앉아서 마치 고양이처럼 살금살금 성삼을 쳐다본다.

성삼은 옷을 던져주면서,

"때린다고 일러바쳤구나!"

주실은 아니라고 강하게 고개를 흔들었다.

"그럼 왜 그 영감이 창문에서 엿보았느냐 말이다."

주실은 낮에 원두막에서 있었던 일은 입 밖에 내지도 않고 그저 무작정 고개만 흔들어댔다. 항거를 잃어버린 완전한 자세다.

"내가 소문을 내면 어찌 되는 줄 아나? 널 동리 사람들이 잡아서 짚단 속에 묻어버리고 불을 싸질러 버리는 거야. 오래비하고 통한 너를 가만히 동리에 둘 줄 아나? 너 할아버지가 나한테 꼼짝달싹 못하는 것도 그 때문이다."

늘 되풀이하던 그 위협의 말은 주실의 머릿속에 굳게 박혀 있었다.

가엾은 주실은 송 노인의 극단적인 염세로 하여 동물적으로 길러졌고, 성삼의 비뚤어지고 변태적인 성질로 하여 또한 동물에 가깝게 만들어지고 있는 것이다. 그에게는 살아야 한다는 본능과 죽음에 대한 공포만이 남아 있었다고 해도 과언은 아니었다. 오욕을 오욕인 줄 모르고 불행을 불행인 줄 모른다. 잔인한 성삼의 조종 앞에 엎드리는 한 마리의 말없는 개에 지나지 못하였다.

"내가 때린다는 말만 해봐라. 죽여버린다. 죽여버려!"

성삼은 멋쩍어서 공연히 소리를 질렀다. 사실 그는 좀 어처구니가 없기도 했다. 애당초부터 그렇게 잔인한 매질을 주실에게 가한 것은 아니었다. 자기 어머니가 송 노인에게 매 맞은 일과 하인의 자식이라는 모멸적인 위치에 대하여 원한이 깊었으나 그는 주실을 사랑하기는 했다. 그러나 그 사랑이 변태적으로 변한 것은 주실의 완강한 침묵의 저항과 임신한 배에 원인이 있었다. 시초에는 조롱과 위협의 말로써 주실을 괴롭히려 했다. 그러나 그의 눈에는 주실이 괴로움을 느끼는 것 같지 않았다. 뺨을 하나 때리고 쥐어박고 하던 것이 어느새 심한 매질로 변해갔다. 새로운 자극을 구한 것이다. 복수심과 애정이 절반씩 섞인 행동이었다.

오늘 밤의 사건은 성삼으로 하여금 이 지경까지 이르게 된 자기 자신을 돌이켜보게 했다. 박 서방과 싸운 뒤 그러한 매질은 더 심했다고 생각했다. 그러나 잘못했다는 뉘우침은 아니었다. 그저 어처구니가 없다는 생각뿐이었다.

'당분간 서울에 가서 명동 바람이나 쐬야겠어.'

중얼거리며 자리에 벌렁 나자빠졌다.

밖에서는 박 서방과 영천댁의 오가는 발소리가 스산스럽더니 세 시쯤 됐을 때 사방은 본시대로 조용해졌다.

주실과 성삼은 다 같이 피곤한 잠에 빠졌다.

아침 해가 벌겋게 강물을 물들일 무렵 박 서방은 일어났다. 그는 우물가로 걸어가면서,

'새벽에 개가 왜 그리 짖었는지 몰라? 멧돼지가 내려왔나?'

박 서방이 우물가에 와서 세수를 하고 있을 때,

"개들이 왜 저리 지랄을 할까? 새벽부터?"

눈이 부숭부숭 부은 영천댁이 우물가로 나오면서 혀를 찼다. 개들은 마구간 근처를 왔다 갔다 하며 연신 짖고 있었다.

"새벽에 멧돼지가 내려왔을까?"

박 서방은 허리춤에서 수건을 뽑아가지고 얼굴을 우둑우둑 닦으며 뇌었다.

"글쎄…… 어젯밤에는 집 안부터 시끄러웠으니까."

영천댁은 말하고서 양옥집 쪽을 흘끗 쳐다본다.

"세상에 그 참대처럼 꼿꼿한 어른이 얼마나 기가 넘었으면 유리창을 부수고 까무러쳤겠소. 정말 사람 무서운 건 범보다 더하다더니 이 집안의 마목이오, 큰 마목이라요."

영천댁 말에 박 서방이,

"어르신께서도 수를 못 하시겠소. 요즘에 와서 아주 팍 늙으신 것 같더군."

두 사람은 심각한 표정으로 서로 마주 본다.

"이크! 저놈의 개들이 왜 저리 극성일까? 박 서방 한번 가보세요. 마구간에 뭐가 들었나?"

박 서방은 어슬렁어슬렁 걸어간다. 박 서방이 다가오는 것을 본 두 마리의 개는 솟구치듯 뛰어오르며 짖고 또 짖었다.

"뭐가 있길래 이 야단인고?"

박 서방은 마구간 문을 열고 기웃이 들여다보았다. 아무것도 없었다. 다만 눈을 동그랗게 뜬 말이 발길질을 하고 있을 뿐이다.

그러나 개 두 마리는 지난여름에 두 필이던 말 하나가 죽고 지금은 비어 있는 마구간 문을 발로 긁어대며 우우, 우우 하고 울었다.

박 서방은 그 빈 마구간 문을 슬그머니 열었다.

"악!"

박 서방은 장작개비처럼 뒤로 나자빠졌다. 나자빠져서 그는 마구 손을 휘저었다.

"아아, 아아……."

말을 못 하고 벙어리처럼 그저 아아 할 뿐이다. 개들은 앞다리를 뻗치고 미친 듯이 짖는다.

마침 점심을 싸가지고 과수원에 일하러 오던 마을의 일꾼들이 이 광경을 보고 쫓아왔다.

"악!"

"사, 사람이 모, 목 달아매 주, 죽었다!"

"어, 어, 어르신이다!"

떠들어대는 일꾼 중의 한 사람이 마구간으로 뛰어들었다. 줄을 끊었다. 그러나 송 노인은 이미 싸늘한 시체로 변해 있었다.

"아이구! 이 일을 어쩔꼬! 아가씨! 아이구우!"

영천댁이 발을 동동 구르며 소리치자 성삼과 주실은 잠옷 바람으로 방에서 쫓아 나왔다.

"하, 할아버지!"

명주를 찢는 듯한 비명과 더불어 주실은 시체 위에 넘어졌다. 입술이 하얗게 변한 성삼의 얼굴에는 심한 경련이 일고 있었다. 김 서방댁도 얼굴빛을 잃은 채 입만 실룩거리고 있었다.

"할아버지! 하, 할아버지!"

주실은 몸부림친다.

"아가씨! 아가씨!"

영천댁은 주실을 잡아 끌었다. 그러나 주실은 송 노인의 가슴에 얼굴을 파묻고 심장의 깊은 곳에서 쏟아지는 울음을 울고 있는 것이다. 그 비참한 모습은 모든 사람들의 눈을 적시게 했다. 성삼도 외면을 했다.

박 서방은 넋이 나간 사람처럼 나가떨어져서 땅바닥에 다리를 뻗고 앉아 있었다. 개들도 지쳤는지 두 다리 위에 턱을 얹고 앉아 있다가 이따금 하늘을 보고 우우 하며 울었다.

시체는 사랑으로 옮겨졌다.

지서에서 순경이 온 것은 한나절이 지난 뒤였다. 그러나 이

변사 사건은 지서에서 감당하기 어려운 일이었으므로 해가 떨어질 무렵 읍내 경찰서에서 형사 두 명과 의사가 나타났다. 현장과 시체를 검증한 결과 대체로 타살이 아닌 자살로 보았으나 자살의 원인이 규명되지 못하였다. 박 서방이나 영천댁은 좀처럼 집안 내용을 말하려 하지 않았다. 그러나 결국 성삼이 주실을 학대함으로써 빚어진 일이라고 암시하고 말았다.

형사들은 사랑방을 수색했다.

"음?"

서랍을 열어본 형사는 봉한 봉투 한 장을 꺼내었다.

"여기 유서가 있구먼."

형사는 고개를 돌리고 박 서방을 바라보며,

"정인구가 누구요?"

하고 물었다.

"변호삽니다."

"음? 그럼 본인이 없으니까 이건 우리가 보관하겠소."

어둑어둑한 길을 형사와 의사는 돌아갔다.

울음에 지친 주실은 밤중에 배가 아프다고 뒹굴기 시작했다. 아직 달이 차지 않았는데 아마 조산인 모양이었다.

초상과 출산이 뒤범벅이 되어 있는데 이튿날 아침 성삼과 박 서방은 읍내 경찰서로 불려갔다. 그들이 형사 앞에 앉아 있노라니까 얼마 전에 송화리 과수원을 다녀간 그 중년 신사가 들어왔다. 모자를 손에 들고 들어오는 그를 보자 박 서방은 황급히 일어서며 허리를 굽혔다.

그 중년 신사는 형사 앞으로 뚜벅뚜벅 걸어갔다.

"제가 정인구올시다."

"아, 그러세요?"

담당 형사는 일어서서 그에게 앉기를 권하고 그도 자리에 앉으며,

"다름이 아니라 저희들이 보관한 유서 때문에 나오시라 했죠."

형사는 그렇게 말을 꺼내더니 당국으로서는 자살의 동기를 알 필요가 있고 또 자살을 확정하기 위하여 증거품인 유서를 이 자리에서 공개할 것을 요청했다. 그 유서는 정인구 변호사에게 남긴 것이었다.

정 변호사는 약간 긴장하며 봉한 피봉을 뜯었다. 성삼의 표정은 굳어졌다. 박 서방은 고개를 숙였다.

> 내 재산 일체는 아내인 김재순에게 물린다. 아내가 사망할 시에는 손녀 송주실이 재산 일체를 상속할 것이다. 단, 부동산을 매각할 시에는 박용학, 김재순, 송주실 삼인의 합의에 의하여 이루어진다. 이 모든 일은 변호사 정인구 씨에게 위임한다.
>
> 송정주

또박또박 씌어진 붓글씨였다.

성삼의 얼굴이 파아랗게 질린다. 그는 앞으로 다가서며,

"으, 으, 음모다!"

그는 외쳤다.

정 변호사는 차갑게 그를 바라보았다.

"소, 송 노인에겐 아내가 없었소!"

성삼은 다시 외쳤다.

"여보시오 젊은이, 할아버지께서는 얼마 전에 김재순 씨와 혼인하셨소. 물론 법률적으로만 이루어진 혼인이죠."

박 서방은 얼굴을 떨어뜨린 채 들지 않았다. 영천댁과 송 노인의 법률적인 혼인의 이유와 내막을 그는 물론 알고 있었다. 이 무렵 송화리에서는 주실이 계집아이를 사산했다.

9. 웃으면서

"윤 선생님, 전홥니다."

사동이 수화기를 영재 앞에 내밀었다.

일에 열중하고 있던 영재는,

"어디서야?"

고개도 들지 않고 신경질이다.

"모르겠어요. 여자 분인데 누구냐구 물어볼까요?"

사동은 송화기를 손으로 막으며 물었다.

"이리 내."

영재는 수화기를 들었다.

"전화 바꿨습니다."

"영재 씨예요?"

"음."

일혜였다. 영재의 얼굴이 흐려진다. 그때 하숙에서 뛰어나간 후 처음 듣는 일혜의 목소리였던 것이다.

"세상을 하직한 줄 알았더니 건재하시군요. 몇 달 만이죠? 제 이름이나 기억하고 계신가요?"

일혜의 목소리는 또랑또랑했다.

"서설은 그만두고 용건부터 말해."

영재는 냉담하게 뇌까린다.

"너무 그러지 마세요. 벌 받아요."

"나는 바빠!"

"구실이겠죠."

"……."

"일혜가 머리 싸고 상심하는 줄 아세요? 그러지 않으면 무슨 계략을 꾸미고 있는 줄 아세요?"

일혜의 말은 비약적이었다.

"만나주세요."

낮고 힘찬 목소리가 뒤쫓아 왔다.

"지금 바쁘다니까."

"지금 당장 만나달라곤 하지 않았어요. 설마 야근까지 하는 건 아니겠죠."

영재는 대답을 못 한다.

"여섯 시에 향원에서 기다리겠어요. 안 나오심 비겁해요."

일혜는 영재의 대답도 듣지 않고 전화를 끊었다.

"으흠."

영재는 생각난 듯 담배를 꺼내어 물었다.

'왜 만나자는 것일까? 하긴 오랫동안 못 만났구나.'

영재는 멍멍한 마음으로 담배 연기를 혹 내뿜었다. 맞은편에 앉은 동료가 복잡한 영재의 표정을 힐끗 쳐다보더니 실쭉 웃었다.

"복도 많지 뭐요? 한창 시절이지."

영재는 씁쓸하게 웃는다. 나이의 차도 별로 없으면서 기혼자라 하여 선배연하는 상대를 우스꽝스럽게 생각한 것이다. 사동이 석간신문을 가지고 왔다. 동료는 더 지껄이려다가 입을 오므리고 얼른 신문을 들었다. 그는 큰 활자부터 민첩하게 훑어보고 사회면으로 신문을 넘기며,

"그러나저러나 야단났어. 마구 빨갱이로 모는구나."

그는 별로 높지 않은 콧잔등에 주름을 모았다. 영재는 유리창 밖으로 시선을 던지며 생각에 잠긴다.

삼월 십오 일 선거 날 밤에 마산서 일어난 데모, 그것은 회오리바람 같고, 불길 같고, 그 무서운 의분은 전국을 휘몰았다. 그 폭풍이 많은 피를 뿌리고 지나간 지 십여 일, 정부에서는 아무 대책도 없었다. 아니 발포 경관을 두호하고 그 데모를 적색분자의 책동이라 하여 부정선거를 은폐하고 경무대에서는 태연히 이 박사의 팔십오 회 생신을 경축하고 있었다.

영재 손에 낀 담배에서 재가 무릎 위에 폭삭 떨어졌다.

"상무님이 좀 오시래요."

영재 등 뒤에서 누군가가 말했다. 영재는 돌아다본다. 사무실에 있는 타이피스트가 영재를 쳐다보고 있었다.

"나 말입니까?"

물었다.

"예. 윤 선생 오시래요."

영재는 일어섰다. 그리고 이 층으로 올라가서 상무실 도어를 밀었다. 박 상무는 돌아서서 창밖을 내다보고 있었다.

"부르셨습니까?"

"아, 거기 좀 앉으시오."

박 상무는 자리로 돌아왔다.

"다른 게 아니라 S회관 말인데 좀 골치 아프게 됐어요."

"……?"

박 상무는 책상 위에 놓인 건물의 모형을 쳐다보다가 서랍 속에서 여러 장의 도면을 꺼내어 들여다보며 입맛을 다셨다.

"애당초 그쪽에서는 우리에게 모든 것을 일임하였고 또 우리로서는 최선을 다하려고 한 것인데 이제 와서 많은 수정을 그쪽에서 요구하고 나서니 말이오."

박 상무는 도면으로부터 얼굴을 들고 영재를 쳐다본다.

"어디가 마음에 안 든다는 것입니까?"

"양식이 낡아서 싫다는 거요."

"예?"

영재의 얼굴이 벌게진다. 박 상무도 어처구니없다는 듯 쓰디
쓰게 웃었다.

"좀 무겁기는 하지. 그들의 감각으로는 원시적인 그 신선한
맛을 유치하게 보았을 거요."

박 상무는 다시 모형에 눈을 주었다. 이번 S회관은 박 상무의
천거로 선배들을 물리치고 영재가 설계를 했던 것이다.

"그래서 그 사람들은 어떻게 하자는 것입니까?"

영재의 얼굴에는 실망의 빛이 돌았다. 온갖 정열을 다 쏟아서
만든 야심작이니만큼 실망도 컸던 것이다.

"내부는 변화가 많아서 좋은데 외모가 틀렸다구. 문자 그대
로 새로운 거라야만 한다나요?"

"그러면 잡탕이 되죠."

영재는 불쾌하게 뇌까렸다.

"잡탕…… 그렇지…… 아까운 작품인데, 그만한 건물이 하나
있어도 좋으련만…… 그들은 균형을 무시하고 있어요. 지나치
게 신기함을 찾는단 말이오."

"균형을 잃은 신기함이 있을 수 있습니까?"

"그러니까 말이지…… 윤 군은 이집트 건축에서 힌트 얻은 모
양인데 확실히 괴상한 아름다움이야."

박 상무는 모형을 내려다본 채 혼잣말처럼 중얼거렸다.

사실 영재는 고대 이집트의 그 양(量)의 건축에 이상한 매력을
느껴왔다. 영재는 합리주의자이며 철저하게 허식을 거부한 독

455

일의 건축가 그로퓨스와 감정만이 예술의 원동력이라 외치며
한없는 순수성의 탐구자였던 불란서의 르 코르뷔지에 작품에
경도하면서도 자유분방한 태양 아래 쏟은 그 괴물들에 끌리며
왔다. 그는 언제이고 반드시 카르나크의 신전神殿, 수림처럼 솟
은 백마흔네 개의 기둥을 가진 다주실多柱室 그 장관을 보러 가
려고 생각하고 있었다. 이러한 동경은 불식간에 이번 작품에 표
현되어 있었던 것이다.

  묵묵히 생각에 잠겨 있던 박 상무는,

  "어때요? 타협하지 않겠소?"

  넌지시 묻는 박 상무 말에,

  "잡탕은 싫습니다."

  딱 잘라 말했다. 그러나 순간 영재는 가볍게 뉘우쳤다. 삼협
토건회사의 사원으로서 최소한의 의무를 자각한 때문이다. 이
번의 경우 어떤 의미에서는 개인 플레이에 속하는 일이었는지
도 모른다. 그렇다 하더라도 삼협과의 유기적인 관련에서 벗어
날 수는 없는 일이었다.

  영재는 목소리를 낮추며,

  "이번 것은 보류하시는 게 좋겠습니다. 그 사람들의 구미에
맞춰서 공동으로 설계를 하든지…… 저에게 다시 기회를 주신
다면……."

  "나도 윤 군이 그렇게 나오리라 생각했었소. 이렇게 말하면
무척 생색을 내는 것 같지만……."

박 상무는 일단 말을 끊었다가 다시,

"물론 우리 회사로서도 윤 군과 같은 유능한 사람이 필요하고 다른 데보다 건실하면서도 색다른 것으로 우리 회사의 성격을 나타내자는 것도 사실이오. 그러나 타협을 하자고 지금 내가 말한 것은 작품을 아끼는 마음에서였소. 실상 설계라는 것은 작품 이전이 아닐까? 공사를 거치지 않는 건축예술이 존재할 순 없지. 과거 수삼차 국전에 입상한 작품들이 그냥 먼지 속에 묻혀버리고 말지 않았소? 나는 이미 건축가는 아니오. 사업가지만 꿈은 남아 있는 것 같소. 감각이 위축되어 꿈은 꿈으로 끝나겠지만…… 하여간 이번 작품만은 좋았어요. 묻어버리기 아까워. 어떻게 외형만 좀 손대보시오."

영재는 한참 대답을 못 하다가,

"어느 한 군데라도 손을 대면 그것은 죽습니다…… 죄송합니다."

이번에는 박 상무도 더 이상 말하지 않았다. 한참 만에,

"나도 실없는 로맨티시스튼가 보지요?"

의미심장한 표정으로 말하며 박 상무는 영재를 건너다 보았다.

"죄송합니다."

영재는 고개를 숙였다. 고개를 숙이는데 무거운 압력이 목덜미를 누르는 듯했다. 지나친 박 상무의 온후한 처사가 도리어 그에게 감당하기 힘든 어려움을 주었다.

박 상무는 회전의자를 빙글 돌렸다. 선명한 옆모습이 영재 눈에 들어왔다.

"윤 군은 요즘 홍 선생을 만나시오?"

S회관에 대한 결론도 짓지 않고 화제를 돌렸다. 영재의 눈이 그의 옆얼굴을 응시한다.

"네, 가끔……."

박 상무는 움직이지 않은 채,

"요다음 만나거든 우리 집에 한번 들러주시라고 전해주시오. 애들이 몹시 보고 싶어 한다고……."

"전하겠습니다."

영재의 목소리는 필요 이상으로 명확했다.

"자아, 그럼 다시 한 번 그들과 상의하기로 하고……."

박 상무는 일어서서 코트와 모자를 옷걸이에서 내렸다.

박 상무는 밖으로 나가고 영재는 사무실로 돌아왔다. 그러자 사동이,

"전화 또 왔어요."

"뭐?"

영재는 짜증 부리듯 반문한다. 일혜가 조바심이 나서 또 전화를 했거니 생각했던 것이다.

"남자 분인데 좀 있다가 다시 전화하겠대요."

영재는 팔을 들어 시계를 보았다. 다섯 시를 조금 지나 있었다.

남자 분이라는 말에는 관심이 가지 않는 듯 영재는 자리에 주저앉았다.

'빌어먹을……'

새삼스럽게 울분이 치민다. S회관에 대한 꿈이 깨어졌다는 것은 그에게 있어 상당히 큰 타격이었다.

여섯 시가 거의 다 되었는데 다시 하겠다던 전화는 걸려오지 않았다.

영재는 밖으로 나왔다. 그는 향원다방이 있는 명동으로 향하였다.

명동 거리에는 멋쟁이 아가씨들이, 재빨리 코트를 벗어버리고 화사한 봄의 차림으로 활보하고 있었다. 꽃가게 쇼윈도에 내놓은 군자란도 퍽이나 아름다웠다.

향원다방에 들어섰다. 어두컴컴한 지하 다방 안을 이리저리 둘러보았으나 일혜는 보이지 않았다. 그는 몹시 피곤하였으므로 아무 데고 몸을 던지듯 의자에 앉았다. 시트에 머리를 얹는다.

몸은 피곤하였고 방금 S회관의 일로 실망의 고배를 마셨건만, 그의 머릿속에는 수없는 이미지가 떠올랐다. 안개같이 서리고, 푸른 빛처럼 피어나는 가지가지의 형상, 그 어느 하나도 놓치기 아까웠다. 하나하나를 낱낱이 붙들어서 마구 일에 미치고 싶은 의욕이 치밀었다. 그러나 박 상무의 말대로 공사를 거치지 않는 설계란 작품 이전의 일이 아닐 수 없었다.

'내가 왜 이런 가난한 나라에 태어났을까? 그냥 타협하고 장사꾼이 된다면 나도 한국에선 출세하겠지. 답답하고 숨이 막히는구나.'

"뭘 생각하구 계세요?"

언제 왔는지 일혜가 옆에 서 있었다.

연한 보라 빛깔의 코트를 입고, 방금 미장원에서 나온 듯 산뜻하게 빗어 넘긴 머리를, 환히 내비치는 검은 레이스 머플러로 싸매고 있었다. 눈은 착 가라앉은 듯 조용해 보였다.

영재의 대답이 없자 일혜는 맞은편 좌석에 앉았다.

"무슨 생심에서 기다려주셨어요?"

일혜는 선명한 웃음을 짓는다. 영재는 잠자코 팔을 들어 시계를 본다. 여섯 시 삼십 분이었다.

"일방적인 약속을 해놓고 늦게 오는 것은 무슨 취미지?"

"요부의 취미죠."

"자신이 있군."

일혜의 눈이 순간 빛났다.

"자신을 가져 미안하게 됐습니다."

영재는 쓰게 웃는다.

"연애 기교에 언제나 당신의 상대방을 기다리게 하라는 말이 있었던 것 같아요. 호호호……."

일혜는 말을 덧붙이고 목소리를 굴리며 쾌활하게 웃었다.

"잔소리 말고 뭣 때문에 만나자고 했어?"

"성미도 급하셔. 땅이 무너지나요?"

그렇게 익살을 부리는데도 일혜의 표정은 때때로 멍해진다. 영재는 슬쩍 일혜로부터 얼굴을 돌린다.

"아무것도 아니었어요. 아무 용건도 없었어요. 그냥 만나보고 싶더군요."

일혜도 영재 얼굴에서 눈길을 돌렸다.

"바쁘시면 가셔도 좋아요."

"……."

"제가 늦게 나온 이유는요, 이 다방에 영재 씨가 없어서 돌아설 때, 아마도 기다리다가 갔나 보다 그렇게 자신에게 말하고 싶었기 때문이에요. 집요한가요?"

일혜의 얼굴은 빨개졌다. 자기 자신을 이렇게 털어놓는다는 것은 잔인한 자기 학대가 아닐 수 없었다.

"요즘 집에서 노나?"

영재는 말머리를 돌렸다.

"왜 물으세요? 아직도 저의 일에 관심이 있으신가요?"

일혜는 마구 쏟아져 나가버린 자기 감정에서 온 무안함을 얼버무리듯 시비조로 쏘아붙인다.

"관심이야 없지."

영재는 무심한 표정으로 일혜를 쳐다본다. 그러나 그는 안달하는 일혜의 모습에서 슬퍼지는 것을 느낀다.

"시비는 그만두고 저녁이나 하러 가지. 늦어졌지만 졸업을 축하하는 뜻에서."

영재는 먼저 일어서서 다방으로부터 나와버렸다. 그러나 일혜는 따라 나오지 않았다.

영재는 다방 앞에 서서 황혼이 쫙 깔린 명동 거리에 멍한 시선을 던지며 담배를 꺼내었다. 여태까지 그런 것을 느껴본 일이 없었던 것처럼 너무나 뚜렷이 청춘의 아픔이 가슴을 죄었다. 일혜 때문인지, 수명이 때문인지, 혹은 자기 자신 때문인지, 그것은 알 수가 없었다.

영재는 담배 연기를 훅 내어뿜었다.

목마르게 그리워하면서 만나고 헤어지던 수명이, 아득한 곳에 있는 것만 같은 여자, 그러나 무관심하던 일혜는 이렇게 신변 가까이 느껴지는 것이 아닌가. 고락을 같이해 온 착한 아내처럼. 그러나 사랑할 수 없는 애처롭기만 한 일혜였던 것이다. 수명이 현란한 영상처럼 이 지상에 세워지지 못할 건물의 설계라면 일혜는 하잘것없으나 실용적으로 세워진 지상의 건물 같은 것이 아닐까?

"안 가셨군요."

코가 멍멍한 듯, 일혜의 목소리가 등 뒤에서 울려왔다. 영재는 돌아다보았다. 일혜의 눈언저리는 젖어 있었다. 그는 영재가 다방에서 나가자 화장실로 들어가서 손을 씻는 체하며 울었던 것이다.

그들은 나란히 걷기 시작했다.

"벌써 가신 줄 알았어요."

잠긴 목소리였다.

저녁을 하러 가자고 나왔으나 그들의 발길은 퇴계로 쪽으로 돌려졌다. 그들은 말없이 제각기의 생각에 잠기면서 그냥 내키는 대로 걷고 있었다. 어느덧 남산으로 오르고 있었다.

"싸움도 하고, 미워하려고도 했지만…… 정말 미워할 수 없군요."

일혜는 푹 한숨을 내쉬었다.

"왜 말을 안 하세요?"

일혜는 견딜 수 없었던지 아무리 두들겨도 소리 나지 않는 영재에게 다시 말을 걸었다.

"할 말이 없어."

"큰 고역을 치르는군요. 왜 오시란다고 나오셨어요? 다방 앞에서는 왜 기다리셨어요? 내버려두고 혼자 가시지."

노한 목소리는 아니었다.

"아니야."

영재는 혼자 고개를 저었다. 그리고 발끝을 내려다보며,

"내가 일혜한테 무슨 말을 하겠어."

"미안하다는 뜻이군요. 듣기에 따라서 너를 싫어한다는 말보다 더 잔인하다고 생각지 않으세요? 하지만 이런 얘기는 한이 없을 거예요."

일혜는 코트 깃을 세우고 쌀쌀한 솔바람을 막으며 발길을 돌

렸다.

"이제 돌아가세요. 역시 조용한 곳보다 시끄러운 곳이 저의 생리에는 맞는가 봐요. 이런 데는 애인끼리 가야 하는 거예요."

일혜는 아무 일도 없었던 것처럼 말을 마치자 깔깔 웃었다.

일혜는 돌아서서 발길을 옮겼으나 영재는 따라오는 기척이 없었다. 일혜는 저만큼 가다가 되돌아섰다. 영재는 나무에 기대어 선 채 묵묵히 불빛이 요란스러운 서울의 중심가를 내려다보고 있었다.

'무엇을 생각하고 있는 것일까?'

희미한 밝음 속에 한편은 그늘지고 반신에만 뿌연 빛을 받고 있는 영재, 이상한 감을 준다.

일혜는 영재 옆으로 다가갔다.

"안 가시겠어요?"

"음…… 좀 있다가……."

"애인 생각을 하세요?"

일혜는 실쭉 웃는다.

"애인 생각도 하고 일혜 생각도 하고 일도 생각하고 그 밖의 여러 가지 인과응보도 생각하고 있지."

영재의 목소리는 어둡게 울려 나왔다.

"정력이 대단하십니다. 그런데 일혜는 왜 생각하시죠?"

"나도 몰라."

"일혜한테 애인이 생기면 안심하실 텐데…… 그렇죠?"

"그런 생각해 본 일 없어, 신파 같은 얘기다."

"원래가 인생은 신파 아니에요? 좀 고급이 되면 연극이라 하겠죠."

"연극? 흥!"

영재는 차갑게 웃는다.

"영재 씨는 일혜를 불쌍하게 생각하는 거예요. 책임도 느끼고. 하지만 표시하기가 싫으시죠? 남자라는 자부심에서, 현대인이라는 자의식 때문에……."

일혜는 깔깔대며 또 웃었다.

"유치하다. 그렇게 따질 것 없어. 싫어도 그만이고 좋아도 그만이지. 아아, 피곤해."

영재는 몸을 일으켰다.

그들은 명동으로 되돌아왔다. 양식점 산호장 앞에까지 왔을 때 영재는 일혜를 한 번 살피더니 그곳으로 들어가려고 했다. 그러자 일혜는 영재의 옷소매를 살며시 잡아 끌었다.

"저녁 생각 없어요. 그보다 집에까지 저를 데려다주세요."

양재는 일혜를 멍하니 쳐다본다. 어느 날 밤이었던가. 일혜 집 현관에서 아버지와 부딪친 일을 생각했다.

"싫으세요?"

"아니."

영재는 성큼성큼 앞서 걸었다. 미도파 앞에까지 온 영재는 지나가는 택시를 잡았다.

택시에 올라앉자 일혜는 핸드백 속에서 거울을 꺼내어 얼굴을 고치면서,

"아 참, 상호 씰 길에서 만났어요."

했다.

"언제?"

"어제저녁 때요."

"나는 그동안 통 못 만났는데⋯⋯."

"후줄그레하더군요. 그래서 룸펜처럼 왜 그러고 다니느냐고 했더니 그러지 않아도 밥자리가 떨어졌다고 하잖아요?"

"뭐?"

영재는 눈살을 찌푸리며 반문한다.

"방송국 그만두었나 봐요."

일혜는 거울을 핸드백 속에 집어넣고 우뚝우뚝 다가오고는 지나가는 차창 밖의 가로수를 내다본다.

"빌어먹을⋯⋯ 어쩌자고 또⋯⋯."

"상호 씨는 아마도 불행한 연애를 하고 있나 봐요."

"연애는 원래가 불행한 거야."

영재는 씹어뱉듯 뇌까린다.

"어머?"

일혜는 얼굴을 돌려 영재의 옆모습을 바라본다.

"사랑을 얻지 못하는 것보다 사랑할 수 없는 것이 더욱 불행하다는 말이 있긴 해요. 그래서 영재 씨도 나 때문에 불행한가

보죠?"

일혜는 차창 밖으로 다시 시선을 돌렸다.

"아니면 그 아름다운 여의사 님하고 순조롭지 못한가요?"

"자꾸 그렇게 걸고 들지 말어. 더 지껄이면 차에서 내려버리겠다."

영재는 우울하고 귀찮은 듯 뇌었다.

"네, 네, 알아 모셨습니다. 그런데 상호 씨의 일은 모르세요?"

억지로 화제를 돌리는데 일혜의 목소리는 좀 흔들렸다. 영재는 대꾸를 하지 않았다.

"아시군요."

"알어."

"그 여자 우리 언니의 친구예요. 언니의 말이 그 여잔 정상이 아니라나요?"

일혜로서는 남의 말이라도 하지 않고는 있을 수가 없었다. 지껄이지 않고는 울음이 마구 복받쳐올 것만 같아서 겁이 났던 것이다.

"정상이 아니니까 상호 같은 작자하고 연애를 했겠지. 하여간 순수한 족속들이지."

이번에는 자신을 비웃는 쓰디쓴 웃음을 영재는 지었다.

"한없이 착하고, 창세기의 인간처럼 어리석대요. 그것이 어딘지 병적으로 보인다는 거예요."

"온 세상이 악착스럽게 돌아가는 판인데 선량하다는 게 병적으로 보일 수밖에. 약삭빠르고 못된 인간들은 결코 엉뚱한 짓은 안 하는 법이야. 어디고 구멍이 뻥 뚫린 사람, 어리숙하고 거짓말 못 하는 사람이 가다가는 엉뚱한 짓을 저지르기 쉽지. 마치 간질병 환자의 발작처럼 말이야. 하기는 상호 같은 녀석, 어리숙하진 않지. 그러나 어떤 의미론 순수한 인간일 거야."

"자기변명 같군요."

"내 변명?"

하다가 영재는,

"천만에. 나같이 교활한 놈도 별로 없을걸? 그러나 저러나 그 녀석 또 고생하겠구나."

"고생하겠죠. 상호 씬 생활에 대한 책임감이 없어요."

"원래가 그렇지."

"게다가 그 여자두…… 임 변호사하고 살 때도, 그 제비같이 민첩한 사내는 그 여자를 위해서 별로 돈을 쓰지 않았대요. 겨우 생활비 정도, 어떤 술자리에서 돈 안 들이고 외도하기엔 안성맞춤인 여자라 하더라나요? 언니가 막 분개하더군요. 우리 언니 같은 사람은 기분이 나면 자기 돈 써가면서 쫓아다니지만 그런 작자가 걸려들면 그냥 기름을 빼죠."

일혜는 신혜의 험담까지 늘어놓으며 자신의 마음이 영재로부터 흩어지게 노력을 한다. 자동차는 일혜 집 앞에서 머물렀다.

영재는 찻삯을 치르고 돌아섰다. 일혜는 핸드백을 안고 서 있다가,

"들렀다 가시겠어요?"

영재는 시계를 보고 나서 잠자코 일혜 뒤를 따랐다.

집 안은 조용했다.

"언니는?"

계단을 밟으며 영재가 물었다.

"부산 갔나 봐요."

"분주하군."

"미친 바람이 불어서 그러죠. 하지만 자랑스러운 여인이에요. 호호호······."

깨끗하게 정돈된 방에 혼자 앉아서 동섭은 책을 읽고 있었다. 전등불이 희미하다. 여기저기에서 전기를 끌어가는 때문인지 언제나 초저녁이면 이렇게 불빛이 어두컴컴해진다.

한참 동안 책읽기에 열중해 있던 동섭은 자기도 모르게 한숨을 내쉬며 책을 덮어버린다.

멀리 길가에서 전차 자동차가 지층을 울리며 달려가는 소리가 아슴푸레 울려온다. 그러나 집 안은 고요했다. 비가 오려는지 달무리가 걸린 달이 창밖 전선에 놓여 있었다.

"오늘쯤 영재가 올까?"

혼자 중얼거리며 식모가 갖다 놓은 석간신문을 들고 동섭은 벽에 몸을 기대었다.

일 면에는 국제신문협회 회원들이 한국의 언론 실태를 시찰

하기 위하여 입경하는 사진과 기사가 크게 취급되어 있었다. 이면은 그저 시시하고 삼 면에는 아직 사그라지지 않은 불길처럼 마산 사건이 꼬리를 물고 나 있었다.

〈사라진 고문경관〉이란 타이틀이 눈을 끌게 하고 〈타살 후 물에 던져진 시체〉라는 기사의 내용은 표류한 신원미상의 시체를 해부한 결과 심장에는 피가 없었던 것으로 미루어 많은 출혈을 했을 것이며, 총상은 없었으나 마산 사건의 피해자로 생각되고 그러나 경찰에서는 그렇게 단정할 수 없다고 발뺌을 한다는 것이다.

"죽일 놈들!"

동섭은 솔밋한 그 얼굴에 열을 띠고 주먹을 쥔다.

"그냥, 그냥 때려 부쉈음 좋겠다. 언제까지나 이렇게…… 아아, 우매한 노예 같은 인종들?"

동섭이 신문을 보며 혼자 흥분하고 있을 때 아래층에서 좀 어수선한 소리가 들려왔다. 얼마 후 삐걱삐걱 층계를 밟는 소리가 난다.

"음, 오는군."

동섭은 신문을 팽개치고 문밖으로 나갔다. 그러나 그가 생각했던 영재는 아니었다. 안경을 밀어 올리며 상호가 슬그머니 올라오고 있었다.

"나는 영재라구? 웬일이야?"

상호는 대답도 하지 않고 방 안으로 쑥 들어왔다. 양복저고리도 없이 스웨터 위에 낡은 바바리코트를 걸치고 있었다.

"공부하나?"

"아니…… 앉게."

상호는 자리에 앉는다. 목은 뽑아놓은 듯 더 길어졌고 울대뼈는 한층 불거져 나와 신색이 말이 아니다.

"몹시 상했구나."

동섭은 상호를 쳐다보며 어둡게 뇌었다. 민경희와의 동서생활과 얼마 전에 방송국을 그만둔 일을 동섭은 이미 알아버린 것이다.

"세월이 흐르면 상하는 것이 물질의 원칙이니까."

상호는 오히려 태연하다.

"저녁은 했나?"

"했어."

한참 멍청히 앉아 있다가 동섭은 거북한 듯 입을 떼었다.

"자네 하는 일에 간섭하는 건 아니지만…… 어쩔 참이야?"

"바람 부는 대로, 걱정이 무슨 소용 있나."

아까와 달리 상호의 얼굴에는 자조의 빛이 돌았다.

"영재는 아직 안 왔나?"

"시골에 갔지."

"시골?"

상호는 이상하다는 듯 반문하였다.

"할아버지 별세하셨다는 기별을 받고 내려갔지."

"할아버지가 돌아가셨다구?"

상호는 적이 놀란다.

"음, 갑자기⋯⋯."

동섭의 미간에 근심스러운 빛이 돈다.

"그래?"

"아마 오늘 밤에는 올 성싶은데⋯⋯."

"언제 내려갔기에?"

"삼 일 전에."

"그거 안됐군."

"영재는 이번 일에 상당히 큰 쇼크를 받은 모양이야. 안절부
절못하더군. 보기가 딱했어. 영재가 그렇게 약한 줄은 몰랐어."

"그런 면이 있지."

"하여간 이번 일은 그렇다 치고 사람이 변했어. 확실히."

"⋯⋯."

"미친 것처럼 밤을 새워가며 일을 하는가 하면 사흘 나흘 말
한마디 없이 멍하게 지내기도 하고 게다가 술도 과하게 마셔."

"연애 때문이겠지."

"미스 홍은 그를 사랑하고 있다. 내가 알기론 미스 강하고는
이미 끝장이 났어. 그야 미스 강한테는 심한 일이었지만 그것으
로 그렇게 고민할 영재는 아니거든."

"글쎄⋯⋯ 담배 있나?"

"음."

동섭은 서랍 속에서 담배를 꺼내어 상호에게 준다.

"온종일 담배를 굶었다. 따분하게……."

상호는 담뱃불을 붙이며 픽 웃는다. 동섭은 비상금 오천 환을 생각했다.

"술 사줄까?"

"그만두어. 자네하고는 술맛 안 나."

"왜? 부정한 돈 아니야."

동섭은 커다란 손으로 얼굴을 쓸어내리는데 앳된 표정이다.

"술도 못하는 주제에."

상호는 조심스러운 동섭의 마음씀을 모르는 척 얼버무린다. 그리고 두 다리를 쭉 뻗으며 비스듬히 뒤로 몸을 젖힌다.

"무슨 좋은 일이 없을까? 큰 반란이라도 일어날 듯 웅성거리더니 감질만 나게 하고 잠잠이야."

울대뼈를 드러내고 천장에다 담배 연기를 뿜으며 구경꾼처럼 말을 한다.

"될 게 뭐야. 모두 약아빠져서 남이 해주기만 기다리고 있는걸."

"나부터 그래. 자네는 안 그런가?"

상호는 고개를 비틀듯 동섭을 바라본다. 동섭은 그 말에 대답은 하지 않고,

"무슨 조직이 있어야지. 뿔뿔이야. 그게 자유의 소산인지 독재의 소산인지 모르겠다만, 잇몸이 지글지글하다. 사실 무슨 면

목이 있어? 이렇게 꿀 먹은 벙어리처럼."

당황하는 일은 많아도 흥분하는 일이 별로 없는 동섭이 전에 없이 분개한다.

"흥분하지 말어."

"흥분이 아니다."

"아서, 아서, 자네는 장차 박사님이나 되면 그만이지 뭐."

"비꼬는 거야?"

"아니, 아까워서 그러지. 공연히 덤비다간 개죽음이란 말이야. 좀처럼 그들은 무너지지 않을 게다. 비굴한 족속들이 뭘 하겠느냐 말이다. 무관심이 좋아, 무관심이……."

그들은 이야기에 열중하여 층계를 밟고 올라오는 소리를 듣지 못하였다. 방문을 뚜르르 열었을 때 그들은 처음으로 돌아다보았다.

"아, 영재!"

동섭은 자리에서 훌쩍 일어났다. 그리고 영재 옆으로 다가가며 그의 손을 덥석 잡았다.

"아마 오늘은 올 거라 했더니."

동섭이 반기는데 영재는 마치 전봇대처럼 뻣뻣하게 서 있었다. 해쓱한 얼굴은 무표정했다. 무표정이 자아내는 무서움, 동섭은 질린다.

"비켜."

영재는 한마디 뇌고 방 안으로 들어섰다. 그는 상호가 와 있는 것도 눈에 띄지 않는 모양으로 몸을 내던지듯 자리에 앉았다.

빗질을 며칠 동안이나 하지 않았는지 곱슬어진 머리는 수세미가 되어 있었고 턱 아래는 수염이 부숭부숭했다.

영재는 세운 무릎을 벌리고 무릎 위에 두 손을 걸쳤다.

"언제 왔어?"

벌린 무릎 사이로 파묻듯 수그리며 영재는 상호에게 물었다.

"지금 막."

"방송국은 그만두었다면?"

역시 얼굴을 파묻듯 하며 물었다.

"음."

오랫동안 침묵이 흘렀다. 영재는 얼굴을 들지 않았다.

"너무 상심하지 말어."

그의 모습에 비해서 위로가 될 것 같지도 않는 말을 하며 동섭은 눈길을 돌렸다.

"늙으면 어차피 가는 건데 뭘 그러나."

정맥이 내비치는 영재의 손을 쳐다보며 상호도 한마디 거들었다. 그러나 묵묵부답이다.

"자네답지도 않게…… 왜 그리 정신을 못 차려?"

"음."

영재는 덮어놓고 음 했다. 그리고 얼굴을 들었다.

"자살이야."

한마디 풀쑥 뇐다.

"뭐라구?"

두 사람은 다 같이 못 알아들었다는 얼굴로 영재를 쳐다본다. 영재는 더 이상 설명하지 않았다.

"자네 할아버지께서 자살을 하셨단 말인가?"

한참 만에 상호가 물었다.

"긴말 그만두자. 목이 멘다."

영재는 입술을 깨물었다. 그리고 다시 얼굴을 숙였다.

"에잇! 그럴 것 없다. 술이나 하러 가자!"

상호는 벌떡 일어섰다.

"그러지. 자, 일어서."

동섭이 영재를 일으켰다.

그들은 밖으로 나왔다. 전선에 걸려 있던 달은 간 곳 없고 빗방울이 후두둑 떨어진다.

그들은 돈암교 쪽으로 나갔다.

다방 옆에 무슨 시음장이라 씌어진 초라한 바로 들어갔다. 위층은 무슨 카바레인지 댄스홀인지 삼류 멋쟁이들 남녀가 드나들고 있었다. 이따금 싸구려 밴드에서 울려나오는 음악이 아래층으로 흘러들어 왔다. 세 사람은 다 조용히 술을 마셨다. 술을 별로 하지 못하는 동섭은 마시는 시늉만 했고 주로 콩만 집어 먹고 있었다. 그는 이런 바의 분위기 속에서 아주 멋쩍은 모양이다.

그들은 밤이 저물어서 바를 나섰다. 상호와 영재는 많이 취해 있었으나 여느 때와 달리 주정을 부리지 않았다. 밖에는 제법 비가 부슬부슬 내리고 있었다.

"우리 하숙으로 가지."

술기에 훌훌한 머리를 식히려는 듯 찬비를 맞으며 하늘을 쳐다보고 있는 상호에게 동섭은 말했다.

"아니, 가봐야 해."

"늦었어. 비도 오고……."

"비쯤이야."

상호는 입안에 괸 술 냄새를 푹 뿜어낸다. 동섭은 술값을 영재가 치렀으므로 쓰지 않고 있는 비상금을 상호의 코트 주머니 속에 슬며시 찔렀다.

"가봐."

영재는 턱을 쳐들었다.

"애인이 기다릴 테니."

말을 덧붙인다.

"까불지 마!"

상호는 한마디 하고 바바리코트의 깃을 세우며 빗길을 간다. 꾸부정한 등이 한없이 초라하게 보였다.

다음 날 저녁때 영재는 명동의 어느 다방에서 수명을 만났다. 낮에 수명으로부터 전화가 걸려왔고 비번이니 만나자고 했던 것이다.

"왜 그리 얼굴이 못되셨어요?"

영재를 보자 수명은 맨 먼저 그 말을 했다. 그렇게 말하는 수명도 병원의 일이 고된지 얼굴이 해쓱했다. 여전히 화장기 없는 피부는 투명하고 큰 눈은 더욱 맑게 보였다.

"밖으로 나가지 않겠어요?"

영재는 수명의 말에는 대꾸하지 않고 문 있는 쪽을 바라보며 말했다.

"그럴까요?"

수명은 핸드백을 들며 일어섰다. 밖으로 나온 영재는 가로수를 따라 걸어가면서,

"시간은 충분합니까?"

물었다.

"네, 오늘은 집에서 자고 갈 거예요."

"집에는 들르셨어요?"

"아직……."

영재는 걸음을 멈추며,

"극장에 가고 싶으세요?"

수명의 눈을 지그시 쳐다본다.

"별로……."

"그럼…… 좀 멀리 가도 되겠어요?"

"어디로요?"

"글쎄, 지금 생각 중인데 어딜 갈까?"

영재는 걸음을 옮기다가 지나가는 택시를 잡았다.

"우선 타고 봅시다."

"어딜 가시게요?"

수명은 자동차에 오르지 않고 영재의 얼굴을 쳐다본다.

"두려워하지 마세요."

영재는 어두운 미소를 지으며, 그러나 부드럽게 수명의 어깨를 짚었다. 그리고 자동차 쪽으로 밀었다.

"곧장 가세요."

자동차에 오른 영재는 그렇게 말하고 담배를 꺼내었다. 자동차는 화신 앞을 지나 안국동으로 들어갔다.

"어느 쪽으로 갑니까?"

운전수가 묻는다.

"이쪽으로 도시오. 정릉 쪽으로 가봅시다."

영재는 숨을 몰아쉬었다.

"무슨 일이 있었어요?"

수명이 묻는다.

"아니."

수명은 영재가 시골로 내려간 일을 모르고 있었다.

"왠지 불안해요."

"아무것도 불안해할 일은 없어요."

영재는 팔을 올려 수명이 기댄 시트 위에 얹었다.

정릉 종점에서 그들은 내렸다.

길가 점포에서 불그스름한 불빛이 번져나오는 거리에는 버스 합승이 우왕좌왕하고 차에서 내리는 사람, 타는 사람으로 하여 웅성거리고 있었다.

수명은 정릉 골짜기로 가는 줄만 알았는데 이렇게 분주한 곳에서 내린 영재의 심중을 알 수 없었다.

"어디로 가시는 거예요?"

하는 수 없이 또 물었다.

"좀 걸어봅시다."

"······?"

영재는 병원, 약방, 잡화점이 즐비하게 서 있는 샛길로 접어들면서,

"여기서 얼마쯤 가면 경국사라는 절이 있어요. 절은 우리들에게 관계없고, 그 절로 이르는 길이 조용하고 좋습니다."

비로소 설명을 한다.

"전 거기 가본 일이 없어요."

"가까이 사시면서?"

"어디 집에 있었어야죠."

"아직도 불안하신가요?"

"아뇨."

그들은 꼬불꼬불한 길을 빠져나왔다. 한참을 가노라니 골목도 끝나고 인가도 끝나고 개울과 숲이 나타났다.

"여긴 지나온 데와 딴판이죠?"

영재는 수명을 돌아보았다.

"예. 참 좋군요. 전에 한번 정릉으로 온 일이 있지만 그땐 저 길로 해서 갔었어요. 정릉 골짜기까지는 한참 걸리더군요."

이쪽 숲에서 바라다보이는 개울 건너편에 큰길이 있었다. 나무 사이로 이따금 택시가 그 길을 지나기도 한다.

"여기 이런 곳이 있는 건 정말 몰랐어요."

수명은 기분이 상쾌한 모양이었다.

"여기서 곧장 가면 경국사가 있죠. 절에서 감시를 하기 때문인지는 몰라도 이 나무를 보세요. 적어도 오륙십 년은 묵어 보이지 않습니까?"

"예. 정말, 굉장히 크네요."

아무도 지나가는 사람은 없었다. 숲이 짙기도 했으나 사방에는 어둠이 깔려 물 흐르는 소리만이 들려온다.

두 사람은 서로의 체온을 느낄 만큼 바싹 다가서서 걷고 있었다. 길은 좁았으나 평평하게 뻗어 있었고 향그러운 솔 냄새가 바람에 묻어온다.

"수명 씨?"

"예?"

"나를 믿으세요?"

별안간 영재의 목소리는 침울해졌다.

"믿어요."

가벼웠던 수명의 목소리도 무거워졌다.

"믿을 수 없는 인간이라도?"

"그래도 믿겠어요."

"왜?"

"이유가 있을 수 있어요?"

수명은 오히려 반문한다.

"이런 말을 물어보는 내가 유치하지 않소?"

"정직하다고 생각해요."

"정직하다고……."

영재는 혼잣말처럼 뇌고는 더 이상 말하지 않았다.

둑을 쌓아서 저수지처럼 개울물이 찰랑찰랑 넘쳐나는 변두리를 지났다. 개울은 멀어지고 양켠에 나무가 꽉 들어찬 하얀 길, 좀 무시무시했다.

"무섭죠? 사람이 죽어도 모르겠죠?"

영재는 말하면서 수명의 손목을 꼭 쥐었다. 서로의 숨길이 높아진다.

"수명 씨!"

다음 순간 영재는 수명을 포옹하고 말았다.

수명은 몹시 놀랐다. 어쩔 줄을 몰라하다가 엉겁결에 영재 어깨 위에 얼굴을 푹 파묻고 말았다. 그러나 영재는 거칠게 수명의 얼굴을 밀어냈다. 그리고 재빨리 여자의 입술을 덮쳤다. 허우적거리던 수명의 팔은 그러나 어느새 영재의 양복 자락을 꼭 쥐고 있었다. 미칠 듯 울부짖던 폭풍이 멎은 듯, 클라이맥스에 달한 심포니가 뚝 끊겨져 버린 듯, 두 개의 입상立像은 신비한 적막과 어둠 속에서 움직일 줄 몰랐다.

얼마 동안의 시간이 흘러갔는지, 영원한 절대의 극치 같은 슬기로운 순간이었던 것이다.

영재는 얼굴을 들었다. 여자의 머리를 두 손으로 받쳐 들고 가만히 내려다본다. 여자는 머리카락이 흩어져서 그 넓은 이마를 가리고 있었다. 팔을 풀었다. 수명은 순간 흐느끼듯 숨을 흑흑 쉬었다. 그러고는 빙글 돌아섰다. 한 발짝 두 발짝 발을 떼어놓는다. 감동에 자신을 잊고 있었던 영재는 수명이 저만큼 간 뒤에 그를 좇았다.

"노하셨어요?"

"……."

"잘못했습니다."

허공에 흩어지는 말이었다.

"아무것도 잘못하신 것 없어요."

수명은 낮은 목소리로 뇌며 영재를 돌아보았다. 그는 미소하는 것 같았으나 그보다 빨리 고개를 숙였다. 마치 소녀처럼 그들은 나란히 걷기 시작했다. 말을 잃어버린 것처럼, 묵묵히. 바람에 묻혀오는 솔 냄새만이 향그럽다.

경국사를 올라가는 길을 비켜서 그들은 개울 쪽으로 내려왔다.

영재는 개울을 이리저리 살피다가,

"못 건너겠군요. 디딤돌이 없어요."

간밤에 비가 내린 탓인지 개울의 수량은 부풀고 건너질렀던 디딤돌이 보이지 않았던 것이다.

"있기는 있는 모양인데…… 물이 넘쳐 흐르는군요."

영재는 혼잣말처럼 중얼거리며 자기 신발을 내려다보고 또 개울을 견주어본다.

"아주 많은 물은 아닌가 봐요. 신발이 조금 젖겠군요."

수명은 영재 옆에 다가서며 개울을 내려다본다.

"나는 괜찮겠지만 수명 씨가……."

영재는 수명을 안고 건널까 싶었다. 그러나 차마 입 밖에 그 말이 나오지 않았다.

"저도 괜찮아요. 그냥 건너세요."

그들은 손을 잡고 개울을 건넜다. 신발 밑바닥이 축축했으나 신발 안으로 물이 넘쳐들지는 않았다.

그들은 빤히 보이는 신작로로 올라갈 생각은 않고 개울을 따라 곧장 거슬러 올라간다. 신작로 언저리에는 듬성듬성 집이 있고 불빛도 보인다.

"이제 여기서 쉴까요?"

놀이터로 마련된 개울가의 평범한 곳을 영재가 가리켰다.

"예."

자리에 앉자 그들은 퍽 많이 걸어왔다는 생각을 했다.

"여름이면 참 시원하겠어요."

"여름?"

수명의 말에 영재는 여름을 되뇌었다. 일혜의 얼굴이 눈앞에 지나갔다. 그러나 요란한 물소리에 일혜의 얼굴은 떠내려가고 말았다. 멀리 목장 있는 곳에서 개 짖는 소리가 들려온다.

동섭은 감기 때문에 학교를 쉬었다.

아침나절은 열이 나서 이불을 푹 뒤집어쓰고 잠을 잤으나 정오가 지난 뒤 땀을 흠씬 흘리고 자리에서 일어나 앉았다. 몸이 불편해도 좀처럼 자리에 눕는 성질이 아니었으나 이번에는 감기에다 피로가 한꺼번에 덮쳐 도저히 학교에 나갈 수 없어서 쉬었던 것이다.

조용한 이 층 방의 네모난 공간이 동섭에게 묘한 공허감을 준다. 온 천지에서 완전히 묵살당한 것 같은 기분이었던 것이다. 영재는 영재대로, 상호는 상호대로 제각기 힘차게 인생에 도전하고 있다는 생각이 퍼뜩 든다. 그들의 고민과 갈등은 한이 없는 것이지만 그런대로, 그것이 인생의 전부는 아닐지라도 젊은 날의 중요한 일을 치르고 있다는 생각이 들었던 것이다. 동섭은 자기 자신을 돌이켜보았다. 마치 시곗바늘과 같이 정확하게 움직이고 예정된 길을 또박또박 걸어가는 자기 자신의 모습이 뭔지 맥 빠진 것처럼 느껴진다.

'자네는 장차 박사님이나 되면 그만이지 뭐.'

상호의 말이 되살아왔다. 아껴서 한 말임에는 틀림없으나 동섭은 새삼스럽게 따돌려진 것 같은 고독감에 빠진다.

"내가 이렇게 또박또박 걸어가는 것은 의무인지는 몰라도 내 자신의 전부는 아닐 거야. 뭔지 나는 중요한 것을 잃고 있는 것이 아닐까?"

그는 연탄가게의 소녀를 생각했다. 그리고 수명을 생각했다. 감정상으로 간단히 처리되었던 여자들이다.

'난 연애 못 해.'

피식 웃는다.

저녁때 영재는 회사에서 돌아왔다.

"야단났어."

들어서자마자 영재는 긴장된 얼굴로 말했다. 동섭은 돌아보며,

"뭐가?"

"고려대학이 일어났어."

"고려대학?"

"아직 신문 안 봤나?"

영재는 호주머니 속에서 석간신문을 꺼내어 휙 던져준다.

"경찰 놈들 골병들게 생겼어."

영재는 펄썩 주저앉으며 신경질적으로 담배를 붙여 문다. 동섭은 눈을 희번덕거리며 신문에 얼굴을 파묻는다.

고려대 학생들이 머리에 수건을 질끈 동여매고 구보로 달리고 있는 사진이 나 있었다. 종로 오가에서 경찰의 제지망을 뚫

고 있는 구름 떼 같은 학생들의 사진도 있었다. 동대문을 배경
한 그곳의 버스, 전차, 경찰의 백차 사이로 빠져가는 젊음과 울
분과 정의의 울부짖음이 사진 한 장 속에서 왕왕 터져 나오는
듯하였다. 부산의 동래고교생의 데모, 마산으로 내려간 경찰대
를 급히 부산으로 불러올린 소동, 신문은 온통 시민의 눈을 뒤
집게 하는 기사로 가득 차 있었다. 젊은 사람들이 거리에 쫓아
나가지 않고는 견디어낼 수 없는 기사로 가득 차 있었다.

"고려대학이 선수를 쳤군."

그러나 동섭이 신음하듯 뇌까린 그 말에는 아무 의미도 의의
도 없었다. 그는 얼굴빛이 창백해지도록 흥분해 있었던 것이다.

"내일은 볼 만한 일이 벌어지겠지. 만일 다른 대학에서 가만
히 있다면 똥이다! 똥!"

영재도 버럭 소리를 질렀다.

"어림도 없다! 가만히 있다니, 나가야지. 다 나가야지!"

동섭은 입을 실룩거렸다.

"쓸개 빠진 놈들, 미련하기 한량없거든, 마산 사건만 잘 마무
리했다면 그래도 이럭저럭 한 삼 년 끌고 갈 텐데 부스럼을 긁
어서 병을 청했지 뭐야."

적개심보다 조롱으로 나가는 영재의 말을 듣는 둥 마는 둥
동섭은 자리에서 벌떡 일어났다. 그리고 몹시 서두르며 옷을 갈
아입는다.

"왜 그래?"

영재는 의아하게 동섭을 쳐다본다.

"이러구 있을 순 없어."

"어디로 간다는 거야."

"나도 모르겠어. 하루를 방에서 보내고 나니 아주 큰 역사가 흘러가 버린 것 같다. 조바심이 나서 못 견디겠어. 나가봐야지."

"흥! 근사한 말씀을 하시는군. 그런데 이 밤에 나가서 뭘 하려는 거야? 대체…… 혼자서 데모를 할래?"

마치 철없는 아이처럼 서두르는 동섭을 영재는 우습게 보며 놀려준다.

"친구들 집에 찾아다녀 봐야겠어."

"인마! 그냥 자빠져 있어. 푹 쉬는 거야. 괜히 찬바람 마시고 나돌아 다니다가 감기나 더치면 정작 내일은 아무 일도 못한다."

"아니야."

동섭은 영재의 말을 뿌리치고 층계를 구르며 쫓아 내려갔다.

이튿날 아침 조간신문에 데모를 끝내고 돌아가는 고려대 학생들이 정체불명의 폭도들로부터 습격을 받은 기사가 실려 있었다.

사월 십구 일, 아침은 밝아왔다.

상오 아홉 시 반부터 서울대학교 학생들은 거리로 터져 나왔다. 그들은 지성을 자랑하는 학도답게 평화적 데모를 선언하고 캠퍼스를 나섰던 것이다. 그러나 동대문 경찰서 근방의 제일방지선에 이르렀을 때 유혈 사태는 벌어졌다. 피를 본 학생들은 투석으로 응수하며 방지선을 돌파하고 대오를 재정비하여 다시 전진하였다. 제이경찰대, 제삼경찰대를 뚫었다. 그리고 일로 국회의사당 앞으로 내달아 그곳에 집결하였다. 서울대학을 전후하여 성균관대학, 중앙대학, 고려대학, 국민대학, 연세대학, 건국대학, 한양대학, 경기대학, 동국대학 등 대학생들과 동성, 대광, 양정, 휘문 등 고교생 수만 명이 거리로 거리로, 분수처럼 몰려나왔다. 순한 양 떼들은 격노한 사자로 변하여 동서남북으로부터 서울의 중심지에서 합류하였다. 합류한 이들은 파상적으로 국회의사당 앞에서 광화문을 통과하여 경무대로, 법원으로, 내무부로 밀려가고, 밀려왔다.

구호와 애국가, 만세 소리, 교가, 군가, 아우성치고 몸부림치고 울부짖고 눈물을 흘렸다. 연도를 메운 수십만 시민. 빌딩의 창문마다 매달린 수천의 시민, 박수 치고 만세 부르고 목이 터져라 성원한다. 하늘과 땅은 한마음 한뜻으로 노호하고 뒤흔들렸다.

이와 같은 장관이 일찍이 어느 역사 속에 있었던가. 아! 장하고 슬기로운 젊음의 힘, 민중의 힘, 정의를 위하여 자유를 위하여 해일처럼 독재의 아성을 덮으려는 순간, 장엄한 순간, 순간이다.

영재는 연도를 메운 사람들의 틈바구니에 끼어 데모대를 따라 태평로에서 세종로로, 광화문을 지나서 중앙청 앞으로 나갔다. 그는 발이 땅에 붙어 있지 않은 것만 같았다. 무엇을 생각하고 무엇을 외쳤는지 알 수 없었다.

경무대로 향하는 데모대의 앞장을 선 것은 동국대 학생이었다. 그 뒤를 서울대 학생, 동성고교생, 그리고 하얀 가운을 입은 서울의대 학생의 집단은 이색적이었다.

'동섭이 녀석이 저 속에 있다!'

영재는 마음속으로 외쳤다. 가슴이 뻐근하여 마구 눈물이 쏟아질 것만 같았다. 그는 앞으로 앞으로 내디뎠다.

학생들은 중앙청 앞을 지났다. 효자동 전찻길을 타고 경무대로, 경무대로 쇄도할 기세를 올린다. 해무청 앞에까지 진출하였다. 이때 중앙청 후문에 대기하고 있던 무장한 경찰관들은 공포를 쏘았다. 최루탄이 마구 날아왔다. 학생들은 물러나지 않았다. 그들은 투석으로 대항함으로써 일대 접전이 벌어졌다. 콩 볶듯 한 총소리에 흥분한 소년들과 시민들은 중앙청 담을 뛰어넘어 그곳을 점령하고 지프차, 승용차 할 것 없이 닥치는 대로 파괴하기 시작했다. 드디어 하오 한 시경 데모대는 경무대를 바로 눈앞에 바라볼 수 있는 효자동 전차 종점까지 밀고 들어갔다.

"앗! 상호다!"

영재는 별안간 외쳤다. 안경을 쓰고 광대뼈가 불거진 그 특징 있는 얼굴이 학생들 속에 끼어 있었다. 비쩍 마른 얼굴은 무표정하였다. 엷은 입술을 굳게 다물고 있었다. 헌병 및 무장경관들과 험악하게 맞서고 있던 학생들은 바리케이드를 넘었다. 그 순간 총성은 일제히 울려 나왔다. 몇 사람이 퍽, 퍽 쓰러졌다.

"엎쳐!"

상호는 앞에서 악을 쓰고 있는 고교생들의 엉덩이를 걷어찼다.

총알이 쌩쌩! 날아온다. 위협이 아니다. 조준이 정확한 실탄의 발사다. 영재는 어떻게 해서 자신이 그 속으로 뛰어들었는지 알 수 없었다. 의지 이전의 행동이었다. 길가에 굴려놓은 철판을 구르고 갔다. 전차를 방패 삼아 그곳으로 몰려갔다. 소방차로 우르릉거리고 육박한 학생들은 총을 탈취하였다. 영재도 총을 빼앗은 것 같았다. 총대를 휘두른 것 같았다. 하늘이 노랗게 변하였다. 막막한 어둠이 밀려왔다. 그는 쓰러졌다. 누군가가 쫓아와서 그를 끌고 갔다. 빗발 같은 총탄 속으로 뛰어들어 부상자를 꺼내어 오던 동섭이 우연히도 질질 끌려가는 영재를 보았다.

"영재다!"

동섭은 외쳤다. 그는 옆에서 뛰고 있는 학생에게 들것을 맡기고 끌려가는 영재를 뒤쫓았다. 골목으로 들어갔다. 동섭이도 골목으로 뛰어들었다.

낯모를 신사 한 사람이 무릎을 꿇고 몸을 앞으로 내밀며 영재의 어깨를 흔들고 있었다.

"영재얏!"

동섭은 울부짖으며 영재 옆에 거꾸러졌다. 그리고 부상한 자리를 얼른 살폈다. 왼편 어깨에서 피가 벌쭉벌쭉 쏟아지고 있었다. 바짓가랑이를 타고 구두 위에도 피가 흘러내리고 있었다. 허벅지쯤 되는 바지에 총 구멍이 나 있었던 것이다. 동섭은 떨리는 손으로 바지를 찢었다. 피가 동섭의 얼굴에 튀기고 신사의 얼굴에도 뿜어졌다. 동섭은 가운 자락을 획 잡아 찢어서 재빠르게 허벅지를 졸라매고 우선 출혈을 막은 뒤 그를 둘러업었다.

이와 같은 위급한 사태 속에서도 동섭은 한 곳만이라도 지혈을 해야 한다는 생각을 했던 것이다. 직업의식에서보다 그것은 애정이 준 지혜였었다.

"혼자는 안 돼! 자, 둘이서."

동섭이 영재를 둘러업자, 이름도 성도 모르는 낯선 신사가 거들었다.

그들은 급히 달렸다. 중앙청 앞을 지나 안국동 쪽으로 나왔을 때다.

"저기 자동차가 있다!"

신사가 외쳤다. 골목길에 시발택시 한 대가 내버려진 채 있었다.

그들은 그쪽을 향하여 급히 달려갔다.

영재를 자동차 속으로 밀어 넣자 운전수를 찾을 것도 없이 신사는 운전대에 뛰어올랐다. 그리고 익숙한 솜씨로 핸들을 잡더니 힘차게 액셀러레이터를 밟았다.

"선생님! 감사합니다. 이 사람을 Y의대 병원으로 보내주십시오. 꼭 그 병원으로 가셔야 합니다."

동섭은 유리창 문을 쾅쾅 치면서 신사에게 소리쳤다.

"오케이!"

신사는 검붉은 얼굴에 짙은 눈썹을 곤두세우며 대답하였다.

"거기, 그 병원에는 이 사람의 애인이 있습니다!"

동섭은 유리창을 쳤다. 애인이 있다는 말을 덧붙여야만 이 신사가 자기의 부탁을 이행해 줄 것같이 생각되었던 것이다.

"알았소!"

"부탁합니다!"

찢어진 가운을 너풀거리며 총탄이 빗발치는 그 살육의 수라장을 향하여 동섭은 뛰어가는 것이었다.

삼엄한 거리, 마치 무인지경을 달리듯 자동차는 고속으로 달렸다. 창경원 앞의 가로를 돌아 Y의과대학 부속병원에 자동차는 다다랐다.

병원 안 외과실에는 벌써 부상자가 여러 명 있었다. 의사와 간호원들은 비통한 표정으로 바삐 서두르고 있었다. 간호원 중에는 부상자의 상처를 씻어내며 울고 있는 사람도 있었다.

영재를 치료실로 끌어들인 신사는 호주머니 속에서 손수건을 꺼내어 이마에 배어난 기름땀을 씻고 한숨을 내쉬더니 이제는 자기 할 일을 마쳤다는 듯 자동차를 몰고 돌아갔다.

영재가 운반된 후 부상자는 연달아 밀려 들어왔다. 이미 숨이 끊어진 사람도 있고 이를 악물며 신음하는 사람도 있고, 연방 구호를 외치는 부상자도 있었다. 연소자들 중에는 겁에 질려 엄마를 부르며 소리 내어 우는 축도 있었다. 한편 경무대로 간 학생들은 전멸을 당했느니 서울신문사, 반공회관이 불바다가 되었느니 파출소 경찰서를 모조리 부쉈느니 하는 확실치 않은 정보가 속속 들어왔다.

한없이 들이닥치는 부상자 때문에 손이 모자라게 된 병원 측에서는 다른 과에 배치된 간호원, 인턴, 레지던트 들을 동원했다. 수명도 내과실에서 외과로 돌려졌다. 그는 다른 의사들을 거들어서 바삐 쫓아다니다가 부상자 속에 있는 영재를 발견했다. 극도로 긴장되어 있던 그의 얼굴은 삽시간에 파랗게 질렸다. 부들부들 떠는 입술이 종잇장처럼 빛을 잃는다.

"영재 씨!"

그는 외마디 소리와 더불어 구르듯이 영재 옆으로 쫓아갔다. 영재는 혼수상태에 빠져 있었다.

"영, 영재 씨!"

그는 이름을 연달아 부르며 영재의 손을 잡았다. 차디찬 손이었다.

"서, 선생님!"

골절한 환자를 돌보고 있는 외과과장 옆으로 수명은 뛰어갔다. 외과과장이 돌아보았다. 그는 영재의 부친의 친구로서 작년 가을 영재의 맹장염을 수술한 바로 그 P박사였다.

"저, 저……."

수명은 영재를 가리킬 뿐 목구멍을 무엇이 콱 막는 듯 말을 못 한다. 다만 박사의 가운 자락을 꼭 움켜쥘 뿐이었다. 다른 사람들은 머리에 피가 모이는지 충혈된 눈으로 말 한마디 없이 부상자들을 돌보기에 열중되어 실신에 가까운 수명의 고통을 눈여겨보지 않았다.

"미스 홍도 아는 사람이오?"

P박사가 물었다. 수명은 여전히 P박사의 가운 자락을 꼭 틀어쥔 채 고개를 끄덕였다. P박사를 뚫어지게 바라보는 커다란 눈에는 공포와 절망, 그리고 애소의 그림자가 검은 광물처럼 참혹하게 흔들리고 있었다.

"걱정 말아요. 치명상은 아니니까, 출혈이 좀 심했어."

P박사는 돌아섰다.

"그, 그럼 수혈을 빨리 하셔야죠!"

비로소 말문이 트인 듯 수명은 외쳤다.

"준비시켰으니…… 그보다 윤 군 집에 전화나 걸어요. 통화가 될까?"

혼자 중얼거리더니 P박사는 윤현국 씨 댁의 전화번호를 일러주었다. 복도로 쫓아 나오면서 수명은 아무것도 생각지 않았다. P박사가 어떻게 영재를 알고 있는지, 또 그 댁 전화번호는 어떻게 해서 알고 있는지, 심지어 작년 가을 영재의 맹장수술을 P박사가 한 것도 영재가 입원했던 일조차 그는 생각해내지 못하였다. 떨리는 손으로 다이얼을 돌렸다. 신호가 간다. 그러나 받는 사람이 없다. 몇 번이고 다시 돌려보았으나, 소식이 없다. 집 안에 사람이 없는지 혹은 고장이 나서 그런지 알 수 없었다. 오 분 가량 전화통에 붙어 있던 수명은 더 이상 그러고 있을 마음의 여유가 없었다. 그는 돌아왔다.

얼마 후 영재는 입원실로 옮겨졌다.

해가 떨어질 무렵 그동안 거의 교통이 두절되었던 병원 앞의 가로는 함성의 도가니로 변하였다. 시내에서 후퇴하는 학생들 소년들이 합승, 택시, 트럭 등에 편승하여 미아리 쪽으로 달리고 있었다. 노래하고, 소리치고, 태극기를 흔들며 그들은 마치 불사조처럼 분노의 불을 끄지 않았다. 그러나 모두 목이 잠겨서 외치는 구호는 쇠 양철 소리를 내고 있었다. 여학생, 남학생 할 것 없이, 어른과 아이 할 것 없이, 그런 한계선은 이곳에 없었다. 피와 피가 한곳으로 쏠리듯 그들은 서로 부여잡고, 그러나 이들은 어디로 가는 것일까?

연이어 달리는 이 행렬은 마치 거대한 군대의 이동만 같았다. 이 행렬을 막을 거리의 순경은 한 사람도 없었다. 파출소마다 화염에 싸여 있고 민중의 공복이 아닌 독재자의 막대기인 경찰은 완전히 그 자취를 감추었다.

사월 십구일의 서울에는 어둠이 깃들었다. 환호하며 이 젊은 사자들을 보내고 맞이하는 연도의 시민들의 마음은 짙은 불안에 싸여 있었다.

사방에 어둠이 쫙 퍼졌을 때 동섭은 다리를 질질 끌면서 Y의 대 병원에 들어섰다.

머리는 흐트러지고 눈은 들어가고 지칠 대로 지친 몸을 겨우 가누며 그는 영재를 찾아 병실을 헤매었다.

겨우 영재를 찾아냈을 때 그는 그 옆에 있는 수명은 거들떠보지도 않고 우선 부상자를 위하여 탁자 위에 마련된 냉수부터 들이켰다.

수명은 그 모습을 지켜보고 있었다. 입술이 터지고 가운은 어디다 벗어던졌는지 없었다. 꾸겨진 양복과 헝클어진 머리, 형편없는 꼴이다.

냉수를 마신 뒤, 동섭은 수명의 옆으로 돌아오며,

"수명 씨는 가세요. 다른 부상자들을 돌보셔야죠. 제가 여기 있겠으니 가세요."

평소의 그답지 않게 거친 목소리로 말했다. 말했다기보다 그것은 명령이었다. 수명이 얼굴을 붉혔다. 너무 흥분했던 자기 자신이 부끄러웠던 것이다. 그가 사일구의 분노와 감격을 느낀 것은 영재를 발견하기 이전이요, 영재를 본 후 그는 완전히 그 일을 잊어버리고 있었던 것이다. 함성도 귀에 들어오지 않았고 다른 부상자의 신음 소리도 귀에 들어오지 않았다. 그러나 이제는 우선 영재의 생명은 보장된 성싶었다. 그런 안심과 질책하는 듯한 동섭의 눈초리에 수명은 언뜻 자기의 자세로 돌아가 부끄러움을 느꼈던 것이다.

수명은 총총히 사라졌다.

열 시가 지났을 때 영재는 혼수상태에서 깨어났다. 전신을 묶어놓은 듯 움직일 수 없었다.

'여기가 어딜까?'

눈을 들어보니 의자에 동섭이 앉아서 자고 있었다. 괴로운 표정이었다. 눈을 돌렸다. 침대가 많았다. 무슨 소린지 웅성거리고 있었다. 흰 옷을 입은 사람이 왔다 갔다 했다.

'내가 꿈을 꾸고 있나?'

영재는 몸을 일으키려 했다. 그러나 몸은 천 근의 무게처럼 옴짝하지 않았다.

'아, 꿈! 꿈이다! 일어나야지, 일어나야지! 숨이 끊어지는 것 같다!'

몸을 흔들었으나 여전히 몸은 일으켜지지 않았다. 가위 눌리는 것처럼 나락 속으로 자꾸만 빠져들어 간다.

"아아, 도, 동섭앗!"

이 고함 소리에 동섭은 소스라쳐 놀라며 의자에서 벌떡 일어났다.

"자, 자네 날 좀 일으켜주게."

"가만히 있어. 움직이면 안 된다."

동섭은 영재의 팔을 잡았다.

"움직일 수가 없다. 몸이 천 근 같구나."

"그럴 수밖에, 두 군데나 맞았으니……. 그러나 걱정 없다."

"두 군데?"

"경무대 앞에서 자네가 쓰러졌지."

"경무대?"

몽롱했던 의식이 차츰 되살아온다. 햇빛을 담뿍 받고 돌아가는 은빛 비행기의 프로펠러 같은 속도와 소음의 광경이 한꺼번에 몰려왔다가는 그것이 점차로 정리되어 간다.

"여긴 어디지?"

"병원이다. Y의대 병원이다."

한참 멍해 있던 영재는 별안간,

"수, 수명 씨는?"

하고 물었다.

"아래서 부상자들을 보고 있어."

"많이들 죽었나?"

"음."

"아 참, 사, 상호는!"

"상호?"

"음, 그 속에 있었다. 확실히 봤다."

동섭의 얼굴빛이 약간 변했다.

"설마…… 괜찮겠지."

"저 소리는 무슨 소리야?"

"미아리로 막 넘어간다. 학생들이."

"우리가 졌구나!"

"암담하다."

이튿날 아침 동섭의 기별로 영재의 아버지가 달려왔다. 그리고 동섭은 상호의 소식을 알아야겠다고 거리로 나갔다.

이십일 한나절을, 동섭은 계엄령하의 삼엄한 거리를 쏘다니며 상호의 소식을 알려고 했으나 허탕을 치고 돌아왔다.

이튿날 그는 S대학병원으로 갔다. 상호의 소식을 모른다고 해서 그가 대학병원에 입원해 있으리란 법은 없다. 막연히 그는 이곳으로 찾아온 것이다. 부상자를 수용한 병원은 허다하지만 그가 나가는 학교이기 때문에 자연히 그곳으로 발이 향하였던 것이다.

굳이 상호를 찾아야 하겠다는 생각보다 그는 영재 옆에 있을 수도 없고 하숙에 들어박혀 있을 수도 없는 심정이었다. 폭풍이 지나간 황폐한 지역에 서 있는 느낌이 들어서 견딜 수가 없었던 것이다. 모든 것은 다 흩어지고 젊은이들은 패잔병처럼 숨어 다니고 동섭은 암담한 마음을 가눌 수 없었다.

병원 뜨락에는 위문객들이 찾아와서 득실거리고 있었다. 피를 바치려고 부녀자가 몰려왔다는 이야기가 생각나기도 했으나 동섭의 마음에는 새로운 감격은 되지 못했다.

'왜 피를 홀렸는가? 개죽음이다! 독재자는 지금도 우리 앞에 군림하고 있지 않은가?'

외래진료소 앞에 왔을 때 사망자와 부상자의 명단이 나붙어 있고 그 앞에 많은 사람들이 모여 있었다. 모두 창백한 얼굴이

었다. 동섭은 그 명단 속에 혹 상호가 있을지도 모른다고 생각
했다. 죽 훑어보았다. 부상자 명단에 '김상호, 무직'이라 씌어 있
었다.

'동명이인인지도 모르지.'

동섭은 자위하며 안으로 쫓아 들어갔다. 웅성거리는 긴 복도
를 돌아 김상호라는 환자가 든 입원실을 찾았다.

커다란 링겔 병을 매달아놓고 굵은 바늘을 팔에 찌르고 있는
사람은 틀림없는 김상호, 그 사람이었다.

"상호!"

상호는 약간 고개를 돌렸다. 맑고 고요한 눈이었다. 그는 동
섭을 알아보며 미소 지었다. 그러나 아무 말도 하지 않고 그의
눈은 다시 천장으로 옮겨졌다. 동섭은 다소 안면이 있는 간호원
에게 손짓하여 밖으로 불러냈다. 그리고 상호의 용태를 물어보
았다.

"어렵겠대요. 며칠 못 갈 거라구……."

간호원은 언짢은 듯 눈을 내리깔았다. 동섭은 간호원의 얼굴
을 넋빠진 사람처럼 멍하니 쳐다보고 있었다.

"가족들이 없느냐고 아무리 물어봐도 말하지 않아요. 댁의 친
구 분이세요?"

"그렇소!"

유리창으로 얼굴을 돌리며 대답하는데 동섭의 눈에서는 뜨거
운 것이 왈칵 쏟아졌다.

"가족에게 기별하세요."

동섭은 고개를 푹 숙였다. 얼마 후 그는 손수건을 꺼내어 코를 닦는 척하며 눈물을 씻고 상호 곁으로 돌아왔다.

"민 여사한테 기별할까?"

상호는 세차게 고개를 저었다.

"걱정하고 있을 텐데 알려야지."

"그것만은 제발, 내 소원이다."

처음으로 상호는 입을 떼고 동섭을 강인한 눈초리로 쳐다보았다. 그 눈에는 거역할 수 없는 의지가 있었다.

그날 밤 상호는 숨을 거두었다. 숨을 거두기 얼마 전에,

"이렇게 죽는 게 쑥스럽군. 난 애국자가 아니야."

그는 웃으면서 미묘하고 아이러니컬한 웃음을 머금은 채 죽었다.

이튿날 아침 신문에서 명단을 보고 민경희가 쫓아왔으나 상호는 이미 시체실로 옮겨지고 없었다.

10. 서울

대부분의 손님들이 내린 뒤 신혜는 천천히 객차에서 내렸다.

찌는 듯한 한더위도 해가 서쪽에 걸림으로써 얼마간 고개를 숙인 듯했다.

신혜는 같이 내려갔던 사나이를 해운대에 내버려두고 혼자 서울로 돌아오는 길이다. 역전 광장에 나섰을 때 신혜는 발을 멈추었다.

아까 객차 속에서 유심히 바라보았던 시골뜨기 소녀가 멍하니 서 있는데,

"내가 찾아주지, 염려 말라니까."

눈알이 재빠르게 움직이는 중년 여자가 그 소녀의 팔을 잡아 당기고 있었던 것이다.

'옳지! 저 애를 낚아가려구 저러는구나!'

신혜는 성큼 다가섰다. 그리고 소녀의 어깨를 툭 치며,

"경순아, 너 뭘 하구 있니?"

그러자 여자는 신혜의 옷차림을 힐끗 살피더니 슬금슬금 뒷걸음질을 쳐서 가버린다.

"호호호…… 큰일 날 뻔했다."

신혜가 쾌활하게 웃는데 소녀는 멍한 눈으로 바라본다. 역시 아름다운 얼굴이었다. 아까 기찻간에서도 감상했지만 날씬한 다리며 어깨의 선, 햇볕에 그을린 밀빛[麥色] 피부는 말할 수 없이 매혹적이다.

다만 얼빠진 듯한 표정과 너무나 촌스러운 차림새, 그러고서도 어찌 된 영문인지 동행도 없으면서 그는 이등실에 앉아 있었던 것이다.

"어딜 가는 거야? 내 데려다 줄게."

묵묵부답이다. 어지러운 거리에 온통 정신이 팔려 있었는지도 모른다.

"가는 곳이 어디야?"

재차 물었다.

"모르겠어요."

"뭐? 덮어놓고 서울로 왔나?"

"주소랑 짐 다 잃어먹었어요."

"저런! 그럼 주소를 모른단 말이냐?"

소녀는 고개를 끄덕였다.

"할 수 없군. 그럼 도로 내려가야지. 내가 기차 태워줄게."

"아니에요! 아니에요!"

소녀의 멍했던 얼굴에는 필사적인 것이 떠올랐다.

"고향이 어디야?"

"송화리."

"송화리가 어디지?"

"읍내에서 들어가요."

요령부득이다.

"부모님은 계신가?"

소녀는 고개를 저었다.

"형제는?"

또 고개를 저었다. 그러다가 얼핏 생각이 난 듯,

"서울에 사촌 오빠가 있어요."

"음? 이거 야단났구나."

신혜는 새로운 흥미를 갖고 소녀의 얼굴과 몸을 살폈다.

'닦아만 놓으면 굉장하겠다. 옥이 진토 속에 묻혔다, 그런 비유가 알맞겠군.'

"이름은?"

"주실이에요."

대답하면서 그는 다시 지나가는 전차에 눈을 팔았다.

"그럼 날 따라가겠어?"

"……?"

주실은 여태껏 본 일이 없는 여자의 얼굴을 말끄러미 바라본다. 아무런 의심도 없는 눈이다.

"우리 집에 가겠냐 말이다. 오빠는 차차 찾아보기로 하고……."

신혜는 자기 자신도 의심스러울 정도로 열성을 띤다.

"아주머니도 서울 사세요?"

주실은 보기 좋은 목을 뽑고 사방을 두리번거리며 물었다.

"그럼 서울 살지. 날 따라가겠니?"

주실은 얼굴을 돌렸다. 그리고 아까처럼 신혜를 쳐다보다가 아주 간단하게 고개를 끄덕였다.

신혜는 택시를 불렀다.

"자, 올라."

"예?"

주실은 여전히 한눈을 팔면서 자동차에 올랐다. 자동차에 오른 뒤에도 그의 시선은 달리는 차창 밖의 광경과 자동차 안으로 왔다 갔다 하며 매우 분주하였다.

"서울에는 처음이니?"

신혜가 물었다.

"처음예요."

주실은 자기를 데리고 가는 아름다운 신혜에 대하여 조금도 경의를 표시할 줄 모른다. 잃어버렸다는 짐에 대하여도 아무 생각을 하고 있지 않은 모양이었다.

'묘한 아이구나. 부모가 없다는데도 그런 티가 하나도 없어? 구김살 없이 그대로 자란 아이 같구나. 하기는 좀 얼뜨게 보이지만.'

신혜가 아니라도 주실을 보면 누구나 기묘한 생각을 가질 것이다.

"몇 살이지?"

"스물."

신혜는 더 어리게 보았다. 육체의 발육은 좋았으나 그의 얼굴은 천사처럼 무심하고 앳되게 보였던 것이다. 더구나 이 소녀가 아이를 한 번 낳은 경력을 가지고 있다는 것을 어찌 꿈엔들 생각할 수 있겠는가.

하기는 주실의 영혼에는 아무 상처도 없었다. 그의 영혼은 그야말로 아무도 손을 대본 일이 없는 처녀지인 것이다. 아니 유녀幼女의 시기에서 그냥 머무르고 있다 할 것인가.

"시골에서는 누구하고 살았니?"

"영천댁하구요."

"영천댁이라니, 누군데?"

"우리 집 침모예요."

"침모?"

그 말의 의미는 컸다. 신혜는 아까부터 마음속으로 계획한 일이 허사였다는 생각을 한다.

'양가의 자식인가 보다. 그리 단순하게 못 하겠구나.'

신혜는 주실의 손을 보았다. 일을 한 손이 아니다.

"부모두 안 계신다는데 집이 있니?"

하고 또 물었다.

"할아버지가 돌아가셨어요."

집이 있다 없다는 말 대신 주실은 그렇게 대답했다. 동시에
그는 한눈팔던 눈을 거두고 얼굴을 돌리는데 눈에 눈물이 가득
괸다.

"그래?"

신혜는 언짢은 마음이 들었다. 그러나 허사라고 생각했던 계
획이 다시 되살아났다. 그 계획이란 신혜가 요즘 경영하게 된
다방에 주실을 두자는 것이었다.

사일구혁명이 일어나자 신혜는 요정의 문을 닫고 다방으로
전업했다. 혁명의 바람은 신혜에게도 거센 것이었다. 이 정권이
무너지자 깔아놓은 외상을 거둘 길이 막히고 게다가 경기는 말
이 아니었다. 그러지 않아도 어지간히 신물이 난 장사였으므로
그는 정리를 하고 만 것이다.

자동차는 광화문을 지나 종로 쪽으로 돌았다. 여정이라는 다
방 앞에서 신혜는 자동차를 세웠다.

자동차에서 내린 신혜는 주실을 데리고 여정다방 뒷문으로
해서 주방으로 들어갔다. 토스트를 접시에 옮기고 있던 쿡이 힐
끗 돌아보더니 고개를 꾸뻑 숙인다.

"덥지?"

신혜는 쿡에게도 상냥스러운 웃음을 아끼지 않았다. 신경질이 나면 물건을 집어던지고 남자의 뺨도 갈기는 거친 성미였으나 아랫사람들에게는 대체로 관대한 편이다.

"뭘요, 괜찮습니다."

스물을 좀 넘어 보이는 쿡의 여드름 솟은 얼굴 위에는 기름처럼 땀이 번질거리고 있었다.

"여기 좀 들어가자."

신혜는 주방 옆의 작은 방으로 주실을 데리고 들어갔다.

"김씨? 민 마담 좀 불러요."

신혜 말에 쿡인 김씨는 주방과 카운터 사이의 연락구를 내다보며 마담을 부른다.

물빛 나일론 치마저고리를 입은 여자가 들어왔다. 그 사람은 다름 아닌 바로 그 민경희였던 것이다.

상호가 죽고 난 뒤 생활에 몰린 나머지 임 변호사하고 다시 산다는 풍문이 돌았으나 실은 그 일보 직전에 신혜가 이 다방으로 끌고 온 것이다.

"데데하게 그게 뭐야? 집어치워. 겨우 밥이나 얻어먹고 그따위 시시한 자식하고 산단 말이냐? 차라리 그럴 바에는 네가 벌어서 살아라. 내가 일자리를 제공하마."

망설이는 민경희를 신혜는 우격다짐으로 데려와서 카운터에 얼굴 마담으로 세워놓은 것이다.

산 사람은 어떻게 해서라도 살게 마련이다. 무표정하기는 해

511

도 민경희의 모습은 전보다 말쑥했다. 그 말쑥한 모습 속에 상호의 고독한 죽음의 그림자는 이미 사라지고 없는 듯 보였다.

"언니 언제 왔수?"

두 살 아래인 경희는 신혜를 언니라 불렀다.

"지금 막."

"일찍 올라오셨구먼."

이제는 지쳐버렸는지 우두커니 앉아 있는 주실을 한 번 쳐다보고 아무렇지도 않게 경희는 말했다.

"시시해서 그만 차 던지고 왔지."

하고 깔깔 웃는다. 시시하다는 말은 아마도 신혜의 입버릇인 모양이다. 그리고 난봉을 피우며 돌아다닌 일에 대해서도 스스럽게 여기지 않으며 공개적이다.

"언니, 이 애는?"

경희는 화제를 돌렸다.

"하나 주워 왔지. 어때? 예쁘지?"

"글쎄요…… 어쩔려구?"

신혜의 심중을 헤아리지 못하겠다는 듯 쳐다본다. 식모라 생각하기에는 어딘지 귀태가 나고 얼굴이 귀엽다. 그러나 레지로 생각하기에는 촌스러운 차림새에 납득이 가지 않았던 것이다.

"갈 곳이 없는 고아인 모양이야. 뭐 서울에 사촌 오빠가 있다지만 주소도 없고 서울 와서 김 서방 찾는 격이지. 그리고 요새 세상에 사촌 오빠가 무슨 소용 있어? 친오빠면 몰라도……."

"시골서 올라왔구먼요?"

"음, 같이 기차 타고 왔지. 내가 조금만 늦게 나갔더면 사창굴에 끌려갈 뻔했지 뭐야? 서울에는 난생처음인 모양인데 코를 베어 가면 알겠어? 큰일날 뻔했지."

코를 베어 간다는 말에 주실은 고개를 번쩍 쳐들었다.

"아주머니? 사창굴이 뭐예요?"

주실은 불안해하며 물었다. 정말로 코라도 베어 가는 곳인 줄 알고 있는 모양이다.

"이거 진짜로 숙맥이구나. 호호호……."

신혜는 육감적인 큰 입술을 벌리고 웃어젖힌다. 무표정했던 경희도 슬그머니 따라 웃는다.

"그건 말이야, 갈 데가 못 되는 곳이야. 아주 무서운 곳이지. 아무나 가잔다고 함부로 따라가면 신셀 망쳐, 알겠니?"

신혜는 웃음을 거두고 타이르듯 말한다. 그리고 경희를 돌아보며,

"어때? 경희가 이 애를 좀 훈련해 보겠어?"

경희의 의향을 묻는다.

"레지로 쓰려구요?"

"음."

"글쎄…… 나도 훈련을 더 받아야 할 판인데……."

하며 경희는 쓰게 웃었다.

"오라, 그리고 보니 어슷비슷하구나. 바보 같은 게 말이야. 그

것을 여정다방의 특색으로 치자꾸나. 얼굴들이 잘났으니까 모자라는 것도 매력이지."

신혜는 사뭇 놀리려 든다.

"그거는 그렇고…… 감독이나 단단히 해. 너무 순진해서 아무것도 모르는 모양이니까. 그럼 나는 일찍 집에 들어가야겠어. 피곤해."

결정을 지은 듯 신혜는 일어섰다.

"이 애는 그냥 이대로?"

경희는 엄두가 나지 않는 듯 신혜를 쳐다본다.

"이대로…… 하긴 옷도 그렇고 머리도…… 오늘 밤은 그럼 집에 데리고 가지. 일혜보고 부탁해야겠구나. 좀 꾸며보라구."

신혜는 주실을 데리고 집으로 왔다.

집 앞에 이르자 방금 돌아오는 일혜와 마주쳤다.

"웬일이냐? 일찍 들어오는구나."

신혜가 먼저 말을 걸었다.

"저보다 언니는 웬일이에요? 이르군요. 내일 해가 서쪽에서 뜨겠다."

말투로 봐서 일혜의 기분은 과히 좋지 않은 모양이다. 그의 눈에는 주실이도 보이지 않는 듯 신혜 앞을 질러 성큼성큼 문 있는 쪽으로 다가간다. 하얀 샌들이 어둠 속에 산란해 보인다.

"저녁은 먹었니?"

신혜는 뒤에서 다시 말을 걸었다.

"먹었어요."

일혜는 문에 몸을 던지듯 하며 비스듬히 고개를 돌렸다.

"언니 그 애는 누구예요?"

비로소 무감동하게 묻는다.

"집에 들어가서……."

이야기하자는 것이다. 그러자 두리번거리고 있던 주실이,

"아주머니 여긴 어디예요?"

하고 묻는다.

"어디긴? 우리 집이지."

"아까 거기는요?"

"거기? 거긴 장사하는 데야."

"무슨 장사?"

"다방이야."

"다방?"

모르겠다는 투다. 그러나 주실은 더 이상 묻지 않았다.

현관으로 들어서자 일혜는 곧장 층계를 밟고 이 층으로 올라
간다.

"일혜, 너 아직도 정신 못 차리는구나."

신혜는 일혜의 뒷모습을 보며 말했다.

"내버려두세요. 간섭하지 않기로 했잖아요."

일혜는 쏘는 듯 말하며 뒤돌아보지도 않았다.

"기집애두. 언제 내가 너 일에 간섭하든?"

일혜는 들은 척도 하지 않고 이 층으로 사라진다.

신혜는 자기 방으로 돌아왔다. 그리고 할멈을 불러 왔다. 할멈이 오자,

"목욕물 좀 데워줘요. 그리구 이 애 저녁을 먹여야 할 텐데, 너 배고프지?"

주실은 말도 하지 않았다. 사실 그는 배가 고팠다. 그러나 배고픈 생각보다 난생처음으로 맞이하는 남의 집에서의 밤이 두려웠다. 그로서는 한껏 궁리하여 영천댁도 모르게 송화리를 빠져나오기는 했으나 지난 하루가 꿈 같기도 하고 서늘한 송화리의 밤이 그리워 울먹여지기도 했다. 그러나 성삼의 표독스러운 얼굴은 배고픈 생각, 송화리를 그리워하는 마음, 그것들을 모조리 억누르고 말았다.

'오빠를 만나야 할 텐데……'

주실은 멍하니 생각했다.

말수가 적은 할멈은 주실을 쳐다보다가,

"아씨 저녁은?"

하고 물었다.

"나아? 난 저녁 생각 없어요. 그보다 목욕물이나 어서 데워요. 주실아? 주실이랬지?"

"예."

"넌 이 할머니 따라가서 저녁이나 먹어라."

신혜는 몹시 피곤하였으므로 목욕물이 더워질 때까지 한숨

잘 모양으로 주실을 할멈에게 안겨서 내보냈다.

"아아, 무슨 눈이 번쩍 뜨이는 일은 없을까? 지겨워서 죽겠네."

신혜는 품위 없이 기지개를 켰다. 그리고 옷을 후딱후딱 벗어던지고 미색 새틴에다 호화스러운 레이스가 달린 네글리제로 갈아입는다. 침대에 몸을 던졌으나 잠은 오지 않았다. 엷은 커튼이 후덥지근한 바람에 미동한다. 부나비 한 마리가 형광등 주변을 시끄럽게 맴돌고 있었다.

'계집애가 왜 저리 못났을까? 날 닮으란 것은 아니지만 좀 질기단 말야.'

신혜는 피로와 더불어 허전함이 스며드는 자기의 마음은 내버려두고 일혜 생각을 했다. 영재를 깨끗하게 단념 못 하고 방황하며 고민하는 동생의 꼴이 가엾기도 하고 보기 싫어서 짜증이 나기도 했다.

'나도 한때는 그랬었지…… 이러나저러나 다 죽어 없어질 건데 세상을 어렵게 살 건 없잖아.'

신혜는 돌아누웠다. 진실을 받으려고 바라지도 않거니와 주기도 싫은 신혜는 그와 입버릇대로 온갖 것이 다 시시한 모양이다.

잠을 청했다. 그러나 미처 잠이 들기도 전에,

"물 더워졌어요."

할멈의 목소리가 들려왔다.

"아, 그래요?"

신혜는 침대에서 내려섰다.

레몬을 깨뜨려 전신에다 바르고, 맥주에다 머리를 감는 등 그야말로 호사스럽기 짝이 없는 목욕을 끝낸 신혜는 목욕탕을 나섰다. 불그스름하게 상기된 얼굴은 흩어진 진홍빛 꽃처럼 요염하고 풍만하다. 그는 찬방을 들여다보면서 주실에게 목욕을 하라고 일러놓고 천천히 이 층으로 올라갔다. 일혜 방 앞에서 그는 습관적으로 노크를 했다. 일혜는 옷도 갈아입지 않고 소파에 앉아 있었다. 들어오는 신혜를 보자,

"왜 와요, 언니?"

귀찮아하는 표정을 노골적으로 나타낸다. 신혜는 말없이 맞은편 의자에 앉았다. 테이블 위에는 담뱃갑과 라이터가 놓여 있었다.

"너 담배도 하니?"

"왜요? 나빠요?"

시비조다. 신혜는 얼굴을 좀 찌푸리며,

"이 애가? ……무엇이 틀려서 아까부터 팩팩거리니?"

일혜는 외면을 한다.

'그들은 아마 결혼하게 될 거요.'

낮에 들은 동섭의 말이 일혜의 귓전을 또다시 쳤다.

"밖에서 뺨 맞고 집에 와서 계집 친다더니 죄 없는 나한테 화풀이할 셈이냐?"

"……."

"너답지도 않다. 그런 추태가 어딨어. 싫다는 남자를 왜 자꾸만 쫓아다니며 속을 썩이느냐 말이다."

"언니! 말이 과하지 않우?"

일혜의 얼굴이 파래진다.

"나는 꾸며서 말할 줄 모른다. 너 말대로 교양이 없으니까 사실대로 말했을 뿐이야."

"사실이면 어쩔래요? 지금 언닌 나한테 훈계하시려는 거예요?"

눈이 험악해진다.

"훈계?"

신혜는 쓰게 웃는다.

"내가 너한테 훈계하게 됐니?"

대답을 못한다.

"영재 씨가 우리 집에 드나들 때 내가 일언반구라도 말을 하던? 간섭도 훈계도 할 마음 없다. 충고라고만 생각해. 언젠가 너한테도 말했었지만 남자란 본래 쫓아가면 더 달아나는 족속이야. 여자도 그렇지. 치근덕거리는 것은 좋지 않단 말이야. 그 사람이 병원에 있을 때만 해도 그렇지, 그의 애인인가 뭔가 하는 여의사가 옆에 붙어 있는데 문병을 갔으니 도시 싱거운 얘기다. 비참하지 않았니?"

비판은 냉정하고 매웠다. 일혜의 얼굴에는 피가 모여들었다.

"조금도, 나 조금도 비참하지 않았단 말예요!"

소리를 바락 지른다. 그러고는 오랫동안 두 사람 사이에 침묵이 흘렀다.

"문병 간 것 탓하지 말아요. 그때 난 순전히 개인을 떠난 감격에서…… 그렇지만 역시 비참하더군요."

일혜는 갑자기 웃으며 방금 한 말을 번복했다.

"잔말 말구 어디든지 가거라. 불란서나 미국이나……."

신혜는 화제를 돌렸다. 바른말을 했지만 그의 마음도 좋을 리가 없었다.

"졸업은 했고, 결혼은 하기 싫고 외국에 가는 게 제일 수다. 가서 너야 그림공부를 하든지, 사람을 만나 또 연애를 하든지, 어때?"

신혜는 일혜 얼굴을 들여다본다.

"돈 있수?"

"너 몫이 있잖니? 그것마저 내가 날려버렸을까 봐?"

"글쎄……."

일혜도 생각해본 일이기는 했다.

"그건 그렇고……."

그 얘기는 그것으로 끝냈다는 듯 신혜는 일어서서 벨을 눌렀다.

할멈이 올라왔다.

"그 애 목욕이 끝났으면 이 층에 올려 보내줘요."

일혜는 생각에 잠겨 있었다. 신혜가 제안한 외국 여행은 그에게 있어서 가장 적절한 방도였었다. 동시에 현재의 위치에서 탈출하는 유일의 길이기도 했다.

'심각하게 생각지 말자.'

일혜는 얼굴을 들었다. 할멈이 문을 닫고 내려간다.

"그 애는 왜 불러 올리는 거예요?"

힘이 빠진 목소리가 울려나왔다.

"너 기분전환에 필요해."

신혜는 싱긋 웃는다.

"대체 어떻게 된 아이예요? 심부름시키려구요? 두 식구에 할머니 혼자면 충분하잖아요?"

"아냐."

신혜는 역 앞에서 주실을 데리고 오게 된 경위를 대강 설명했다.

"언니도 기분파야, 원래가 그렇긴 했지만, 그런 촌뜨기를 레지로 쓰다니?"

일혜는 영 관심이 없다.

"두고 봐, 올라오거든."

"자세히 보지는 않았지만 영 촌뜨기던데? 식모 애를 데리고 온 줄 알았어."

일혜는 시답잖은 듯 뇌었다.

"지금은 고아라 하지만, 전에는 잘살았던 모양이야. 침모까지 두었다니까."

"누가 알아요? 그런 애 하는 말을 어떻게 믿어요?"

"거짓말 꾸며낼 재간이 있을 것 같지 않더라. 지 말론 스무 살이라지만 아주 아기 같아. 보면 안다니까."

이야기를 주고받는데 노크 소리도 없이 주실은 문을 풀쑥 열었다. 일혜는 버릇없다고 생각했는지 불쾌하게 상을 찌푸리고 주실을 쳐다본다. 그러나 그의 눈은 못 박힌 듯 한동안 움직이지 않았다. 목욕을 하고 나타난 주실이, 물기 머금은 머리카락이 이마 위에 쏟아지고 커다랗게 벌어진 맑은 눈동자, 그 모습은 아름답다는 표현을 속되게 만들고 있었다. 오묘한 신의 예술이다. 수정水精이 아니었을까? 일혜는 그렇게 의심하였다.

'아, 저 눈!'

주실은 눈앞에 사람이 없는 듯 뻗치고 서 있었다.

일혜 눈이 흡인된 듯 주실의 얼굴 위에 있을 때 신혜는 옆에서 회심의 미소를 짓고 있었다. 자, 내 눈이 어떠냐 하는 표정이다.

"이리 와 앉아요."

신혜는 아주 부드러운 목소리로 일혜 옆의 자리를 가리켰다. 주실은 아무 스스러움도 없이 앉았다.

"어때, 한번 손질해 볼래?"

"손질? 무슨 손질?"

일혜는 겨우 시선을 신혜에게로 돌렸다.

"옷도 그렇고, 머리도 저대로는 안 되잖아?"

"아아…… 화장은 하면 안 되겠고, 머리도 미장원에 가면 망치겠고, 그냥 묶으면 돼요. 그리고 옷은."

일혜는 급속도로 관심을 나타냈다.

"잘해봐. 너가 원한다면 가끔 모델로 빌려줄 수도 있어."

신혜는 매우 기분이 좋아서 노닥거렸으나 주실은 말의 내용도 모르겠거니와 송화리의 개들을 생각하고 있었다. 성삼이가 다 팔아먹고 서너 마리만 남은 양을 생각하고 있었다. 영천댁과 박 서방도 생각났다.

그러나 두 자매는 파산한 부호 댁의 경매 붙인 값진 물건을 타산하듯이 신비스러운 인형을 바라보며 마음속으로 그에게 어울리는 의상을 생각하고 있었다. 일혜가 벌떡 일어섰다.

"언니? 이 애 체격은 나만 하지?"

"응, 너보담은 상등품이지만."

"인정하는 바입니다. 하지만 너무 그러지 마세요."

일혜는 가볍게 받아넘기며 옷장 문을 열었다. 일혜의 기분은 일시적이나마 퍽 달라져 있었다. 신혜의 말대로 주실은 일혜의 기분전환에 매우 효력 있는 존재였었다.

일혜는 자기 옷을 옷장에서 꺼내어 왔다.

"너 이름은 뭐지?"

옷을 치켜든 채 묻는다.

"주실이란다."

신혜가 먼저 대답하였다.

"주실이? 주실…… 이름이 참 귀엽군."

"그럼 그 옷 한번 입어보지."

신혜가 주실을 건너다본다.

"제가 입어요?"

주실은 어리둥절했다.

"음, 입어봐."

과히 싫지 않은지 주실은 부시시 일어섰다. 그리고 일혜가 거들어주는 대로 옷을 입었다.

갈색 보타이에 액센트를 주어 만든 밀크빛 원피스는 웨이스트의 치수만 약간 넓을 정도로 옷은 주실에게 꼭 들어맞았다.

"근사해. 그만이야."

신혜가 감탄했다.

"언니의 심미안에 경의를 표해야겠군요. 마치 집 잃은 공주 같잖아요."

일혜는 뒷짐을 지고 요모조모로 바라보며 말했다.

"나를 허술히 보지 말어."

자매는 공연히 깔깔대며 웃는다. 주실은 그들의 웃음소리를 들으며 자기 같지 않은 자신을 두리번거리고 있었다.

"이번에는 이걸 입어보자."

일혜는 화려한 핑크색 드레스를 꺼내었다. 그리고 입혀보고는 머리를 걷어 올려주고 이리 서라 저리 서라 하며 마치 패션 쇼가 벌어진 듯 극성을 피우는 것이었다. 사람 하나를 두고 자

매가 인형을 만지듯 수선을 피우는 꼴은 아무래도 좀 비정상적
이 아닐 수 없었다.

그들의 웃음소리, 재잘거리는 소리는 어딘지 히스테리컬하
게 느껴진다. 그들은 어떤 감동을 떠나서 색다른 일을 만난 것
이 유쾌한 듯 보였다. 자기 망각의 시간을 환영하는 셈일까? 그
것은 아무래도 공허감을 잊기 위한 장난질 같기도 했다. 괴롭
고 답답하면 한밤중에 거울 앞에 앉아서 분을 처덕처덕 바르던
일혜, 극도로 사치스러운 생활을 하며 어쩔 수 없이 주체스러운
시간을 먹어야만 하는 신혜, 이 유사類似한 영혼의 방황은 뭔지
숙명적이다. 오늘 밤 그들의 장난의 대상은 일치하였다. 그들은
비정상적인 장난에 철없을 지경으로 열중되어 있는 것이다.

"언니? 여정에 손님이 뒤끓겠어요. 하지만 아까워."

"다방이 어때서 그러니? 아름다움은 많은 사람이 바라보아야
가치 있는 거지."

일혜는 가만히 주실을 쳐다보았다. 그의 마음속에는 별안간
찬바람이 홱 지나갔다. 그러나 다음 순간 뭉클하니 더운 것이
솟았다.

'왠지 모르겠다. 나는 이 애를 어디서 본 것 같구나. 무척 가
까운 곳, 내 신변에서, 아니 마음속에서……'

가까운 곳에, 주변에서, 그의 마음속에서, 그것이 바로 윤영
재였다는 것을 일혜는 미처 깨닫지 못하였다.

영재는 하던 일을 팽개치고 자리에서 일어섰다. 아직도 보행이 불편한 다리를 끌듯 하며 그는 창가에 가서 기대어 섰다. 회사에 나온 지가 열흘가량 된다. 박 상무는 무리하지 말고 당분간 휴직하는 게 어떠냐고 했으나 영재는 박 상무의 호의를 받기 싫어했다. 동섭, 윤현국 씨, 정 여사도 다 같이 휴양을 권하였으나,

"휴직할 바에는 그만두죠."

하며 부득부득 우겨서 나오기는 했으나 그의 얼굴은 수척했다. 아물지 않은 육체의 상처보다 마음의 상처가 더 컸기 때문이다.

"오오, 사월의 용사!"

친구들이나 직장의 동료들이 농 삼아 그런 호칭으로 대하는 일이 있다. 영재는 그럴 때마다 노여움에 얼굴을 붉혔다.

"사월의 용사? 흥! 개나 먹으라지."

쓰게 내뱉는 영재 앞에서 그 칭호도 차츰 사라져갔다. 영재가 노여워하는 때문만도 아니었다. 사람들은 실망과 더불어 사월의 피를 망각의 시냇물로 흘려보내고 있었던 것이다.

창밖의 가로수는 짙은 녹음을 포도 위에 드리우고 있었다. 그 그늘 밑으로 여인들이 화사한 차림으로 지나가고 있었다. 아무 일도 없었던 것처럼 서울 거리에는 여름이 오고 이제 그 여름도 마지막의 기세를 뽐으며 떠날 차비를 차리고 있는 것이다. 이글거리는 태양 아래 형형색색의 파라솔이 지나간다. 외국에서 들여온 파나마모자에 넥타이가 단정한 신사가 지나간다. 더

위하고 신사는 관계가 없다. 그러나 병든 서울, 병든 한국, 가난한 백성들의 마음에는 막걸리가 뿌려지고 선거의 선풍은 또다시 지나갔다. 국회의사당 앞에는 눈이 뒤집힌 실업자들이 우글거리고, 협잡을 일삼는 뱃심 좋은 친구들이 일당을 거느리고 와서 농성을 하고, 데모의 구경조차 한 일이 없는 사이비 학생들이 진을 치고, 바야흐로 한국은 데모에 날이 새고 데모에 해가 지는 판국이다.

'이렇게 죽는 게 쑥스럽군.'

동섭으로부터 전해 들은 상호의 마지막의 말은 영재의 폐부를 찔렀다.

'안 죽기를 잘했군. 내가 만일 죽었다면 사월의 용사보다 사월의 영웅이 될 뻔하지 않았나.'

상호의 임종 시의 말을 상기할 때마다 쓰디쓰게 뇌어보는 영재의 혼잣말이었다. 영재는 마음속으로 경무대로 밀고 가던 그때의 심정은 결코 애국애족에서 우러나온 의분은 아니었다고 주장한다. 그 행동은 단지 자기 자신이 짊어지고 있는 개인적인 고통을 내던져 버리고 싶은 자기부정의 행동이었다고 주장한다.

'쑥스럽다, 쑥스럽다! 그렇지, 상호 이놈아, 넌 역시 멋이 있는 놈이구나. 정말로 쑥스럽군. 이 자식아!'

영재는 목이 메는 것 같았다. 사일구를 전후한 송 노인의 자살과 상호의 죽음은 영원히 그의 뇌리에서 사라지지 않을 것이다. 그가 받은 육체적인 상처의 원인이 송 노인의 자살에 있었다면 쑥스럽다는 상호의 마지막의 말은 하나의 결과로써 현재의 영재의 정신 속에 사무치게 남아 있는 것이었다.

영재는 담배를 피워 물었다. 사동이 옆으로 다가왔다.

"윤 선생님 밖에서 누가 찾아요."

"음? 누구? 여자냐?"

"아뇨."

영재는 다리를 끌듯 하며 사무실 도어를 밀고 나갔다.

복도 한구석에 얼굴이 시꺼멓게 탄 성삼이 우뚝 서 있었다. 영재는 성삼을 보는 순간 걸음을 멈추었다. 그리고 더 이상 가까이 가지 않고 성삼을 노려보았다. 눈 밑의 근육이 파르르 떨고 있었다. 성삼도 언제나처럼 특유한 비웃음을 띠고 영재를 바라다보았으나 그의 눈빛은 초조해 있었다. 성삼은 화려한 무늬의 알로하셔츠를 입고 있었다. 검은 얼굴에 그런 복장은 남방에 사는 이방인 같았고 영재에게 무거운 압력이 되었다.

송 노인이 자살함으로써 송화리에 장례식을 치르러 내려갔던 영재는 성삼이 그의 비밀을 쥐고 있다는 것을 확인하였다. 그리고 주실을 무서운 운명 속에 몰아넣은 현실을 눈앞에서 보았다. 그때 성삼은 주실이 영재의 아이를 사산한 것을 이를 갈면서 분해했던 것이다.

"눈앞에 보면서, 보이면서 지글지글 애태워 죽이려고 했는데……."

그의 저주는 송 노인의 유산 처리로 하여 절정에 달한 듯했다.

"두고 보란 말이야. 한 푼이라도 딴 놈이 먹을 수 있는가!"

성삼은 미친개처럼 날뛰었던 것이다.

영재가 상경한 후 사일구로 하여 부상을 입고 병원에 누워 있을 때 성삼은 수삼차 올라왔었다. 그는 영재를 위협하고 공갈하며 괴롭혔다. 그의 위협의 골자는 영재가 송화리로 내려와서 영천댁과 박 서방을 설복하여 당연히 상속해야 할 주실에게 재산을 넘기게 하라는 것이요, 만일 그렇지 않으면 영재를 매장시켜버리겠다는 것이다. 그때마다 영재는 완강한 침묵으로, 혹은 단 한마디의 거절로써 일관해왔으나 그것은 견디기 어려운 심장의 난도질이었다.

"내가 왜 왔는지 그 이유를 형님은 잘 아실 겁니다."

성삼은 담배를 꺼내 피워 물며 도전을 개시했다.

'이놈을 그만, 죽이고 싶다!'

영재의 전신에 광포한 피가 끓어올랐다.

"아무 말 마시고 내놓으시오. 몸뚱이는 내놓고 머리만 숨기는 격이지, 도시 수작이 유치하지 않습니까?"

"백 번 와서 말해도 대답은 마찬가지다."

영재는 이빨 사이로 나직이 말을 밀어냈다.

"흐음?"

성삼은 옆으로 지나가는 사원들에게 의미심장한 시선을 흘끔

흘끔 보내며,

"다방으로 가실까요? 다른 때보다 용건의 내용이 좀 다르니까."

영재는 이를 악물었다.

"여기서 어성을 높이면 창피할 사람은 형님이니까, 자 가십시다."

영재는 피가 배어나도록 입술을 깨물며 앞섰다.

'저놈이 죽거나 내가 죽거나 하지 않는 이상 나는 이 고통에서 빠져나올 수 없다.'

영재는 뒤돌아보지도 않고 길 옆에 있는 다방 문을 밀고 들어섰다. 재즈가 다방 안을 온통 뒤흔들고 있었다. 자리에 앉자 성삼이 먼저 커피를 주문했다. 그는 두꺼운 입술을 혀로 축이고 나서,

"지금 어디 있습니까?"

"......?"

"시치미를 떼실 작정입니까?"

영재는 성삼의 말투가 이상하다고 생각하였다. 전보다 말의 각도가 다르다고 생각하였다. 그러나 무슨 얘기냐고 되물어보기는 싫었다. 무슨 말이건 한번 입 밖으로 튀어나오고 보면 그 다음에는 걷잡을 수 없는 노여움의 폭풍이 휘몰아칠 것만 같았다. 다만 영재는 이 징그러운 존재가 눈앞에서 한시라도 빨리 사라져주었으면 하고 바랄 뿐이었다.

"서울 가는 기차를 타는 것을 보았다는 사람이 있어요."

성삼은 거짓말을 했다. 주실을 보았다는 사람은 아무도 없었다. 그러기 때문에 겉으로는 태연한 척하지만 실상 내심으로 퍽 당황하고 있었던 것이다.

'음, 주실이가, 주실이가 도망쳐 나왔단 말이구나!'

영재는 마음속으로 신음했다.

'그럼 어딜 갔어? 어딜 갔단 말이야!'

누워 있던 병사들이 일제히 일어나서 총검을 높이 쳐든 것처럼 영재의 심장은 아렸다.

"뭐라고 대답을 해주셔야 할 게 아닙니까?"

성삼은 커다란 눈망울을 굴렸다.

"구체적으로, 구체적으로 말해. 나는 무슨 말인지 모르겠다."

처음으로 영재는 얼굴을 찌푸리며 입을 떼었다.

"연극이 서툽니다. 유치하게 굴지 마시오."

"구체적으로 말하라니까!"

영재는 소리를 바락 지르며 역정을 낸다.

"잔말할 것 없이 주실이나 내놓으시오. 일단 그 일부터 해결합시다."

성삼은 몸을 앞으로 쑥 내밀었다.

"주실이를 내놓으라구……."

영재는 나직이 뇌었다. 아까부터 알아버린 일이었으나 영재는 자기 얼굴에서 핏기가 싹 가셔지는 것을 느꼈다.

"우선 주실이부터 내놓으시오."

"주실이는 언제 나갔나?"

"그건 나보다 형님이 더 잘 알 게 아닙니까?"

"전혀. 어딜 갔을까?"

일그러진 얼굴 위에 노여움은 사라지고 오로지 고통만이 남는다.

"정말로 모르신단 말씀이오?"

성삼은 반신반의로 묻는다.

"모른다. 어딜 갔을까?"

"그럼 대관절 이게 어디로 갔단 말입니까?"

성삼은 엽차 잔을 두 손아귀 속으로 움켜잡았다. 실망과 초조의 빛이 감도는 그의 검은 얼굴에 차츰 횡포한 표정이 인다.

"그럼 좋소."

성삼은 일어서려다가 다시 주저앉으며,

"어차피, 어디에 있든 간에 주실은 서울에 있을 거요. 하늘이 두 조각이 나도 찾아내고 말 테니까. 하지만 형님도 책임지고 찾아야 합니다. 만일 나를 속이거나 주실이를 감추는 일이 있으면 가만히 있지 않겠소."

성삼은 위협하며 명령을 내렸다. 영재는 묵묵히 앉아 있었다. 성삼이가 시킨 커피에는 손도 대지 않았다.

"난 가겠어요."

성삼이 일어섰다.

'이 죽일 놈!'

영재도 일어섰다.

그들이 문 앞에 이르렀을 때 밖에서 문을 밀고 들어선 사람은 일혜였다. 일혜는 혼자가 아니었다. 그는 지극히 명랑한 표정으로 이용호 화백과 같이 들어오는 길이었다. 일혜의 시선은 창백하게 굳어진 영재에게로 먼저 갔다. 영재는 일혜의 눈을 피하듯 눈을 내리깔았다.

"오래간만이군요. 그간 안녕하셨어요?"

일혜는 성삼에게 시선을 옮기며 무리한 미소를 지었다.

"영 안녕하지 못합니다."

성삼은 영재의 신경을 자극하기 위하여 그런 대답을 하고 싱긋 웃었다. 그리고 곁눈질을 했다.

"이젠 다리는 괜찮으세요?"

영재에게 고개를 비스듬히 돌리며 잠긴 듯한 목소리로 일혜는 물었다. 영재는 핸드백을 들고 있는 일혜의 빨간 손톱을 내려다보고 있다가 고개를 약간 끄덕였다.

"그럼 가보세요."

일혜는 목례를 하고서 폭 넓은 푸른 스커트를 나풀거리며 이미 안으로 들어가 자리에 앉아 있는 이 화백 곁으로 걸어갔다. 일혜는 조금 전까지만 해도 주실을 데리고 명동 거리를 거닐고 있었다. 그는 양장점을 한 바퀴 돌고 난 뒤 겨우 어느 양장점에다 주실의 옷을 맡기고 나서 주실에게 점심을 사 먹여 여정다방에 데려다주었다.

다시 거리로 나온 일혜는 우연히 이 화백을 만났고, 불란서에 갈 계획에 대하여 이 화백의 의견도 듣고 싶어서 이 다방으로 찾아온 길이었다.

사람 사는 세상이란 가다가 이렇게 미묘하고 아이러니컬한 것인가 보다. 겹겹이 얽히고 설킨 이들의 인연이야말로 거창한 표현을 빌리자면 운명의 장난이 아닐 수 없다. 그리고 또한 그들의 엇갈림 길이라는 게 종이 한 장의 차인가 보다.

회사 앞에까지 왔을 때 성삼은 거만하게 가슴을 앞으로 내밀며,

"나는 형님이 어리석은 인물이 아니라는 것을 믿고 있습니다. 공연히 묵은 상처가 덧나지 않도록 잘 처리하시오."

"이 개새끼가!"

"참는 게 미덕이며 복이 온다는 것을 깊이 명심하고 있으니까요. 그 말 용서해 드리죠."

성삼은 징글맞게 웃으며 홱 돌아섰다. 영재는 이빨을 부러질 만큼 악물었다. 사무실로 돌아온 그는 의자에 주저앉으며 머릿속에 손가락 다섯 개를 다 쑤셔넣었다.

그동안 어지간히 단련된 영재의 심장이었다. 그러나 사건은 보다 강하게 보다 새롭게 전개되어 질겨진 그의 심장도 터져버릴 지경에 이르렀다.

송 노인이 자살하기 전까지만 해도 영재는 주실을 혐오했다.

그것은 자기가 저지른 과실에 대한 혐오의 반영이었다. 그러나 송화리에 내려가서 본 현실은 너무나 가혹했다. 그곳에 충만된 고통은 자기의 고통을 넘어선 것이었다. 송 노인이 마구간에서 목을 매어 죽은 일, 주실이 변태적인 성삼으로부터 받는 비참한 형벌, 몸서리쳐지는 일이었다.

영천댁과 박 서방은 구세주가 나타난 듯 영재를 바라보았다. 이러한 사태 속에서 주실을 꺼내어줄 사람은 영재 혼자뿐이라고 믿고 있었다.

그러나 영재는 아무 말도 아무 일도 못한 채 서울로 돌아오고 말았다.

'그놈이 죽거나 내가 죽거나, 방법은 둘 중의 하나다!'

영재는 숨을 몰아쉬었다.

"전화예요, 윤 선생!"

사무실 안을 하릴없이 서성거리고 있던 상무실의 여비서가 수화기를 영재 앞에 내밀었다.

"목소리가 참 고와요. 애인인가 봐?"

여비서는 다분히 시기심을 노출하며 말하고 웃었다. 그러나 영재는 여비서의 농을 거의 무시해 버리듯 눈썹 하나 까딱하지 않았다.

"여보세요."

딱딱한 표정과 마찬가지로 기복 없는 어조다.

"저 수명이에요."

여비서의 말대로 곱게 퍼지는 목소리가 울려왔다.

"아아."

영재의 미간이 바짝 모인다.

"바쁘세요?"

"아니."

"만나 뵙고 싶어요."

대면했을 때보다 수화기를 타고 오는 수명의 목소리는 훨씬
정감적이었다.

"몇 시에?"

"지금…… 네 시 이십 분이에요. 다섯 시에 나오실 수 있어요?"

"나가죠."

"무리하시지 않아도 좋은데…….'"

"어디 있어요?"

"저 지금 다방에서 전화 거는 거예요."

"백화다방?"

"네."

"나가겠어요."

영재는 전화를 끊었다.

'마침 잘됐어. 이대로 하숙에 돌아가면 미쳐버릴 거야.'

영재는 일어섰다.

수명을 사십 분 동안이나 다방에 오두마니 혼자 기다리게 하

고 싶지가 않았던 것이다.

'언제나 조심스럽군.'

영재는 괴로운 속에서도 미소했다.

항상 조심스럽게 마음을 쓰는 수명을 영재는 애처롭게 느낀
다. 그리고 그 애정이 강인한 것을 느낀다. 외로워하면서도 영
재 혼자만의 별세계에 침범하기를 삼가는 수명의 참을성이 영
재의 마음을 평화롭게 해주었다. 거친 성미를 잠재우게 하고 안
식할 수 있는 분위기를 수명은 만들어주었다.

영재가 사무실에서 나섰을 때였다.

회사 맞은편에 있는 빌딩 이 층, 그곳은 당구장이었다. 그 당
구장 창가에 서서 거리를 내려다보고 있던 성삼이 급히 뛰어 내
려왔다. 그는 저만큼 가는 영재의 뒷모습에 눈을 보내며 슬금슬
금 뒤따라간다.

영재는 소공동 쪽으로 나갔다. K호텔을 못 미쳐 있는 백화다
방으로 들어간다.

그러자 성삼은 맞은편에 있는 다과점으로 슬그머니 들어갔
다. 그리고 역시 아까처럼 길을 내다볼 수 있는 창가에 자리를
잡고 앉는다.

일면 영재가 백화다방으로 들어갔을 때 수명은 얼른 일어
서며,

"벌써 오세요?"

감정이 벅찬 표정을 지었다. 그러나 그의 눈은 신중하게 영재

가 끌고 가는 불편한 다리를 주시하고 있었다.

영재가 자리에 앉는 것을 보고 수명은 앉았다.

"얼굴이 못해지셨어요. 좀 더 쉬실걸 그랬죠?"

수명의 눈빛이 흐려졌다.

"쉬거나 일하거나 매한가진걸요."

영재는 겨운 듯 힘없이 웃었다. 그리고 수명을 찬찬히 쳐다
본다.

"차 드셨어요?"

"네. 아까부터 왔었어요."

"그럼 진작 전화를 걸지 그랬어요?"

영재는 나무라듯 말했다.

"아니에요. 조금도 지루하지 않았어요. 가끔 이렇게 나와서
음악도 듣고 성한 사람들을 구경하는 것도 좋았어요."

"성한 사람? 성한 사람이 어디 있어요? 모두가 다 병들었지."

"너무 극단적입니다."

이번에는 수명이 나무라듯 말했다.

"그럴까? 사람이 점점 무서워지고 지쳐버렸어."

'왜 이렇게 약해졌을까? 요즘에는 영 신경질도 부리지
않고…….'

팔팔거리는가 하면 곧잘 엉뚱스러운 짓을 하던 영재가 요즘
말수가 적어지고, 전보다 더 빈번히 보여지는 절망적인 표정은
수명을 슬프게 하였다.

"수명 씨?"

"네?"

얼굴을 들었다.

"갈 수만 있다면 먼 곳으로 가고 싶지 않아요?"

"어디루요?"

"어디든지."

"막연히?"

"영원히 한국 땅으로 돌아오지 못할 곳이라면 아무 데라도……."

"왜 그럴까요?"

수명은 혼잣말처럼 뇌었다.

"왜 그럴까?"

영재는 멍멍히 수명의 말을 되뇌었다.

"언제든지 이유는 말하시지 않는군요."

"언제든지……."

영재는 쓸쓸한 수명의 얼굴을 바라본다. 수명의 얼굴도 창백했다.

"일이 고되어요?"

"얼굴이 못됐어요."

"제 걱정은 마세요. 그보다……."

수명은 말하다가 그만둔다.

그들 사이에는 침묵이 흘렀다.

오후의 다방 안은 소란스럽게 많은 사람들이 들락거리고 있었다. 그 소음을 지우듯 음악이 전축에서 흘러나왔다. 무슨 곡목인지 알 수 없으나 좀 이상한 음악이다.

"몹시 우둔하고 미련스럽게 느껴지는 슬픔이군."

영재는 복잡한 미소를 띠었다.

"음악 말예요?"

그들의 느낌은 같은 곳으로 향하고 있었다.

"흑인 사내가 쭈그리고 앉아서 울고 있는 것 같지 않아요?"

"글쎄, 가슴이…… 터질 것 같아요."

"아, 안 되겠어. 일어나세요. 깜빡 잊고 있었어요."

영재는 생각난 듯 벌떡 일어섰다.

밖으로 나왔을 때,

"시간은?"

습관적으로 영재가 물었다.

"괜찮아요."

했다가 수명은 다시 덧붙이기를,

"있어요."

"영화나 보러 갈까요?"

수명은 영화보다, 할 말은 별로 없지만 어디 조용한 곳에 있고 싶었다.

"왠지 영화 보는 것 불안해요."

딴은 영재 자신도 그랬다.

"그럼 저녁이나 하죠."

그는 가볍게 수명의 팔을 잡아 끈다.

그들은 바로 근처에 있는 K호텔로 향하였다.

맞은편 다과점에서 성큼 나선 성삼은 그들이 호텔로 들어가는 것을 보자 잠시 걸음을 멈추었다.

초가을의 소슬한 바람이 불어오면서부터 서울 거리에 황혼은 일찍 찾아들었다. 노타이의 모습은 사라지고 모두들 양복을 걸치고 나섰다.

성삼은 한 달 동안을 서울 거리를 헤매어 다녔다. 그러나 찾는 주실을 만나지는 못하였다. 초조하고 답답한 마음을 안고, 그는 오늘도 으슥한 다방 구석에 멍하니 앉아 있었다.

송화리에서 올라올 때까지만 해도 그는 영재한테 달려가기만 하면 그곳에 주실이 있을 것이라 생각했었다. 단숨에 주실을 송화리로 끌고 가서 다시는 그런 짓을 못 하게 단단히 혼을 내줘야겠다고 생각했었다. 이렇게 속수무책으로 세월을 허송하리라고는 조금도 생각지 않았던 일이다.

그동안 그로서는 최선을 다한 셈이긴 했다. 날이면 날마다 그는 중심가에서 변두리로, 변두리에서 중심가로 쏘다녔으나 아홉 마리의 소로부터 털 하나를 찾는 격으로 그것은 다 허사가 되고 말았다. 우연은 그에게 오지 않았다.

그는 윤영재의 하숙도 알아내어 영재의 동정에 감시의 눈을 떼지 않았다. 수삼차 영재를 만나 주실을 찾아내라고 협박도 하고 찾아만 준다면 군소리는 하지 않겠다고 타협 조로 나가기도 했으나 결국 영재가 주실의 행방을 전혀 모르고 있다는 확인밖에 얻은 것이 없었다.

'하여간 여기서 이러고 있을 게 아니라 시골에도 한번 다녀와야겠다.'

드디어 성삼도 일단 그렇게 낙찰을 지었다.

'망할 계집애 잡기만 해봐라. 죽여버린다. 죽여버려!'

그는 다방을 나섰다. 일단 내려갔다 오겠다고 작정을 했으면서도 거리에 나간 성삼의 눈은 쉬지 않았다. 어디서 주실이 불쑥 나타날 것만 같은 기대를 그는 버릴 수 없었다. 그러나 한편으로는 조롱에서 푸드덕 뛰쳐나간 새처럼 주실이 영영 돌아오지 않을지도 모른다는 불안이 그의 마음에다 먹칠을 했다.

'내 방법이 글렀구나! 얌전하게 모셔놔도 손해될 건 없었는데…….'

포악스럽기 그지없지만 이렇게 되니 역시 주실에 대한 애정이 물질적인 것보다 앞서는 것을 성삼은 깨닫는다.

"성삼이 아닌가!"

성삼이 멍하니 서 있는데 누가 어깨를 툭 쳤다. 돌아보니 동섭이었다.

"아, 형님이세요?"

"뭘 그리 생각하고 서 있어?"

"좀……."

하다 만다. 주변을 둘러보니 미도파 맞은편의 시계점 앞이었다.

"어디 갔다 오세요?"

"책 한 권 사가지고 오는 길이야."

"영재 형님은 여전하신가요?"

성삼은 아무렇지도 않게 말하면서도 무슨 변화가 없나 싶어 동섭의 눈치를 살핀다.

"몸이 시원찮은데 무리하더군."

동섭은 눈살을 찌푸렸다.

"뭐가 답답해서 그래요? 돈 있고 재주 있고 여자 복이 많은 사람이."

하며 빈정거린다.

그들의 사이가 나쁜 것을 알고 있는 동섭은 그 말 대꾸는 하지 않고,

"그럼…… 가봐야겠군."

"아, 아닙니다. 형님, 제가 차 한잔 대접하죠."

성삼은 무슨 생각에선지 동섭을 잡았다. 그리고 걸음을 옮기려다가 그의 시선은 무심히 미도파 쪽으로 향하였다.

미도파 백화점에서 두 여자가 막 나오는 판이었다.

화려한 한복 차림의 여자와 깜찍스럽게 보이는 양장의 귀여운 여자, 그들은 각기 물건을 팔에 안고 있었다.

성삼이 눈을 두서너 번 깜박거렸다.

"닮았다!"

먼발치로 본 양장의 귀여운 여자를 두고 한 말이다.

"다, 닮았다!"

그러나 성삼의 발은 쉽게 떨어지지 않았다. 주실이 그렇게 세련된 복장을 하고 있으리라고는 꿈에도 생각할 수 없는 일이었기 때문이다.

귀여운 여자는 무슨 말을 지껄이는 듯하더니 환하게 웃었다.

"주실이다!"

성삼은 차도로 뛰어나갔다. 그러나 애꿎게도 그의 앞을 자동차가 가로막았다. 자동차는 줄지어 끊이지 않고 내닫는다. 성삼은 팔을 내두르고 몸을 흔들었으나 별 재간이 없었다.

겨우 자동차의 행렬이 끊어지자 성삼은 쏜살같이 달렸다. 그러나 그 여인들 앞에 당도하기도 전에 그들은 택시에 오른다.

"주실앗!"

성삼은 고함치며 뛰어갔으나 자동차는 이미 미끄러지고 있었다.

"주실앗!"

성삼은 두 팔을 뻗치며 허겁지겁 자동차를 쫓았으나 사람의 다리가 자동차를 따를 수는 없다.

성삼은 뛰는 것을 멈추고 핏발 선 눈으로 택시를 잡으려고 사방을 휘둘러보았으나 붐비는 저녁때라 빈 차가 없었다. 지나가는 차마다 사람을 태우고 손을 쳐드는 성삼을 본체만체 지나치고 만다. 그러는 사이에 주실이를 태운 빨간 차체는 성삼의 시야에서 사라지고 간 곳 없었다. 발을 굴렸으나 소용없는 일이었다.

이편에서 성삼의 돌발적인 그 행동을 어안이 벙벙해서 바라보고 있던 동섭은,

"미친놈 같구나."

한마디 뇌까리고 걸음을 옮겼다.

돈암동행 버스를 타고 곧장 하숙으로 돌아왔다. 웬일인지 먼저 온 영재는 방에 쭈그리고 앉아서 담배를 태우고 있었다.

"일찍 왔구나."

"음."

"이러다간 한방에 살면서도 얼굴 잊어버리겠다."

은근히 동섭은 비난한다. 영재는 대꾸를 하지 않았다. 영재는 저녁마다 술에 취하여 늦게 돌아오는 것이었다.

식모가 저녁상을 들여왔다. 그들은 말없이 밥상 앞에 마주 앉는다. 두서너 술 밥을 떠넣은 동섭은 영재의 눈치를 흘끔 살피며,

"자네, 미스 강 만났나?"

"안 만났어."

영재는 퉁명스럽게 대답했다.

"불란서로 간다는 것 모르나?"

"불란서?"

"음."

"언제?"

영재는 좀 놀란다.

"일전에 만났는데 여권이 나왔다더군."

동섭의 어조에는 다소 가시가 돋쳐 있었다. 그들 사이에는 다시 침묵이 흘렀다.

식모가 숭늉을 떠가지고 왔다. 동섭은 숭늉 사발을 들고 물러나 앉으며,

"떠나기 전에 한번 만나봐."

타이르듯 말했지만 그 말 대답은 없었다. 저녁상이 나가자 영재는 자리에 벌렁 나자빠졌다. 팔베개를 하고 천장을 바라보며 한다는 말이,

"행복한 신세로군. 한국이 싫어지면 척척 떠나버릴 수 있고……."

"농지거리는 그만둬. 한국이 싫어서 떠나나?"

마음이 언짢으면서도 그 심정을 얼버무리기 위하여 하는 말인 줄 동섭은 안다. 그러나 동섭은 오늘따라 좀 따지고 싶어졌다. 그는 일혜가 불쌍했다. 그들의 깊은 관계를 알고 있는 만큼 풍파가 일 것이라고 생각했으나 일혜는 체념하고 말이 없다. 그것이 그 여자의 비애를 가까이 느끼게 했던 것이다.

"한국에 얼마나 많은 미련을 남겨놓고 미스 강이 떠나는지 당사자인 자네가 더 잘 알 게 아니냐 말이다."

동섭은 덧붙였다.

"흥! 떠나고 싶어 몸살이 나도 못 가는 사람이 있는가 하면 가기 싫은데도 가게 되는 사람이 있고 사람 사는 세상이란 묘하군그래."

영재는 동섭의 말을 들은 척도 하지 않고 딴전을 피웠다. 말의 내용에 비하여 영재의 목소리는 잠겨 있었다.

"모든 것은 다 자네 실수다. 지나간 일 말한다고 돌이켜지는 것은 아니지만…… 미스 강은 윤영재 무책임의 희생자인 것만은 부인 못 할 거야. 수명 씨에 대한 윤영재의 진실한 애정에 동정이 안 가는 것도 그 때문이지. 애당초 왜 불장난을 하냐 말이다."

"불장난?"

영재는 반문하고 껄껄 웃었다. 공허한 웃음일 수밖에 없다.

"처음에는 나도 미스 강을 오해했었다. 사치에 여념이 없는, 거죽만의 여성이라고. 그러나 이렇게 되고 보니 미스 강의 진가를 알게 됐어. 그 여자의 지성을 나는 존경해. 그는 조용히 참고 있어. 그럴수록 상처는 클 거야."

"잔말은 그 정도로 해둬. 그런대로 일혜는 자기 생활을 찾는다. 또 연애할 수 있어."

"너 양심을 잠재우기 위하여 하는 소리냐? 세상에도 무자비한 자식이다."

자네라 하던 것을 너라 부르며 동섭은 노했다.

"나에게 위선을 강요하지 말라!"

영재는 벌떡 일어나 앉으며 소리를 꽥 질렀다.

"위선에 못지않게 위악도 나쁘다! 위선을 피하는 것이 자기 충실이라면 남을 존중하는 의미에서 응당 위악도 피해야 할 게 아니냐!"

동섭은 어성을 높이며 영재를 힐난한다.

"민주주의 해설인가? 자신의 자유를 지킴과 동시에 남의 자유도 존중하라는 따위의. 홍! 남의 자유를 존중만 하다간 자신의 자유는 다 날아간다!"

마음에 없는 역설이다.

동섭의 한마디 한마디의 말은 날이 선 비수처럼 영재의 가슴을 찔렀다. 위악과는 좀 거리가 있겠지만 영재는 자신이 저질러놓은 과오의 결과가 어떻게 되었는가, 살을 저미는 듯한 회오밖에 남은 것이 없다.

"이 이기주의자! 정말 기분 나쁜 자식이다!"

동섭은 진실로 노하여 영재에게 욕설을 퍼부었다.

"더 이상 말하지 말어."

영재는 어세를 낮추었다. 그러나 그는 황망하게 일어섰다. 방문을 드르르 열고 밖으로 나간다.

'내 말이 과했나 보다.'

동섭은 후회했다.

얼마 후 현관문이 열리는 소리가 들려왔다. 그 소리를 듣자 동섭도 벌떡 일어섰다. 밖으로 나갔을 때 터벅터벅 걸어가는 영재의 뒷모습이 저만큼 보였다.

'어딜 가나?'

동섭은 불안함을 느끼며 뒤따랐다. 영재는 버스 정류장까지 가더니 걸음을 멈추었다. 버스를 탈 작정인 모양이다. 그러나 여러 대의 버스가 와서 정거하고는 떠났지만 영재는 우두커니 서서 움직이지 않았다. 얼마 동안이나 지났을까. 영재는 슬그머니 버스에 올랐다. 되돌아갈까 말까 하고 망설이고 있던 동섭은 마음이 놓이지 않아 버스에 오른다. 영재는 손잡이를 잡고 겨우 몸을 가누며 넋 나간 사람처럼 멍하니 창밖을 내다보고 있었다. 동섭이 바로 옆에 서 있건만 그는 모르고 있었다. 동섭은 영재가 명동으로 나가는 것이라 생각했다. 명동에 가서 누구든 끌고 술집으로 가려니 생각했다. 그래서 그만 집으로 가자고 말하고 싶었다. 그러나 무인천지에 서 있는 듯한 영재의 어깨를 치기 어려웠다.

버스가 퇴계로까지 가는 동안 영재는 꼭 같은 자세로 서 있었다. 좌석이 나도 앉을 생각조차 하지 않았다.

필동에서 영재는 내렸다. 동섭이도 뒤따라 내렸다. 영재는 헐렁헐렁 걸어간다. 충무로로 해서 명동으로 나가는 줄만 알았는데 그와 반대 방향인 언덕으로 올라간다.

'어디로 가는 것일까.'

영재는 어느 이 층 양옥집 앞에서 걸음을 멈추었다. 처음에는 동섭도 어리둥절했으나,

'미스 강의 집이구나!'

쓰게 웃는다. 안쓰러운 생각이 좀 들기는 했으나 왜 그런지 영재가 그 집으로 들어가는 것이 보고 싶어 담벽에 몸을 기대었다.

'왜 안 들어갈까!'

영재는 이 층을 한참 동안 올려다보다가 발밑으로 눈을 떨어뜨렸다. 그런 자세로 그는 오랫동안 서 있었다.

"……?"

영재는 발길을 돌렸다. 동섭의 앞을 지나서 오던 길을 되돌아가는 것이 아닌가. 동섭은 그를 부르려고 했으나 목이 멘 듯이 말이 나오지 않았다. 큰 거리로 나왔을 때 비로소 동섭은 영재의 어깨를 잡았다.

"왜 그냥 오는 거야?"

영재는 고개를 돌렸다. 가등에 비친 얼굴은 창백했고 노여움에 이지러지고 있었다. 그러나 아무 말도 하지 않고 터벅터벅 걷기 시작했다. 동섭도 더 이상 말을 못하고 따를 뿐이다.

"술이나 하러 가자."

영재는 돌아다보지도 않고 뇌었다. 충무로 쪽으로 들어선 동섭은,

"술은 그만둬라. 나하고 술 마시면 생각이 난다."

생각이 난다는 말은 죽은 김상호 생각이 난다는 뜻이다.

"여기 들어가서 음악이나 듣고 가자."

동섭은 영재의 발길을 막아서 음악 살롱 쪽으로 몰아넣는다.

그 일이 있은 일주일 후 어느 날이었다.

동섭은 학교에서 좀 일찍 나왔다. 전차를 타기 위하여 대학병원의 외래진료소 앞을 지나 구릉진 길을 천천히 내려오는데,

"동섭 씨!"

누가 뒤에서 불렀다. 돌아보는데 일혜가 웃으며 다가왔다.

"웬일이세요?"

동섭은 반갑기도 하고 얼마 전에 영재와 같이 일혜 집에서 되돌아온 일 때문에 난처한 기분이기도 했다.

"병원에 왔었어요."

"어디가 아파서요?"

"위장이 좀 상했나 봐요. 별것 아니에요."

그들은 보조를 같이했다.

"언제 떠나시죠?"

"그것…… 알리고 싶지 않군요. 일간에 떠나게 되겠죠."

일혜는 서글픈 웃음을 흘렸다. 알리지 않겠다는 일혜의 심정을 동섭은 충분히 이해할 수 있었다.

"영재 씨도 안녕하세요?"

"네."

동섭은 자기 자신이 잘못을 저지른 듯 시무룩하게 대답한다.

"한 달 전에 다방에서 우연히 만났는데 안색이 나빴어요. 다리도 아직 불편한 것 같고……."

"여러 가지 고민이 많아서……."

변명하듯 동섭은 뇌었다.

"왜요?"

"……."

"만일 저 때문에 다소라도 고민한다면 그러지 말라고 충고하세요."

"……."

"낡은 비유겠지만 서로가 인연이 없는 사람들이에요. 아니 그보다 제가 그일 유혹했으니 당연한 결과예요."

일혜는 자신을 비웃듯 소리 내어 웃었다. 할 말이 없어 동섭은 그저 짙은 눈썹을 모을 뿐이다.

종로까지 왔다. 전차를 타야 하는 동섭이 두 정거장이나 지나와 버린 것이다.

"내가 여기까지…… 그럼 가봐야겠어요."

동섭은 우물쭈물한다.

"동섭 씨?"

"……."

"저하고 차 마시세요."

"……."

"이대로 헤어지는 게 너무 쓸쓸해요. 영재 씨 얘기나 좀 들려주세요."

일혜의 표정은 말할 수 없이 약하게 허물어졌다. 어쩔 수 없는 여자의 마음이다. 만나지 못하더라도 사랑하는 남자의 이야기라도 듣고 싶어 하는 일혜의 심정에 동섭은 동정하지 않을 수 없었다.

"그럽시다."

다시 걷기 시작했다.

"우리 다방에 가시겠어요?"

"아 참, 거기에 민경희 씨가 계신다죠?"

"네. 상호 씨의 친구들 너무 무심하잖아요."

일혜는 다소 비난을 한다.

"만나기가…… 어쩐지 민망해서요."

"민망할 것 조금도 없어요. 오시면 반가워할 걸요. 사랑하는 사람을 회상한다는 것은 그 언니에게 큰 위안이에요."

"그럴까요? 마음 아플 것 같은데."

"그야 아프겠지만, 아픔이라도 마음에 들어앉는다는 건 공허 보담 낫죠."

얼마 후 그들은 여정다방으로 들어갔다. 민경희는 마치 그림자처럼 카운터에 서 있었다. 동섭은 민경희를 보자 정말로 민망한 듯 당황했다.

민경희의 낯빛도 순간 붉어진다. 그러나 민경희의 얼굴은 이내 해쓱해졌다.

"안녕하셨어요?"

경희가 먼저 인사를 했다. 동섭은 고개를 꾸벅 숙일 뿐이다.

좌석에 와서 일혜는,

"많이 고와졌죠?"

"글쎄…… 그래도 쓸쓸한 표정인데."

"그렇게 뵈는 건 저 언니의 타고난 모습인걸요. 팔자들이 모두 드세서…… 그럼 뭘루 할까? 과일루 하세요, 네?"

일혜가 손짓을 하자 카운터에 등을 대고서 있던 주실이가 급히 왔다.

"살이 쪘구나, 너."

주실은 환하게 웃었다. 실로 놀라운 변화다. 한 달 남짓한 동안 이렇게 변할 수가 있을까? 동섭은 눈이 부신 듯 주실을 바라보았다.

"과일 가지고 와, 응? 잘해달라고 그래."

"네."

주실이 저만큼 갔을 때,

"귀엽죠?"

일혜는 동섭에게 얼굴을 돌리며 말했다.

"귀여운 정도가 아닙니다."

"그럼?"

"공주 같습니다."

한껏 한 표현이다.

"고아예요. 언니가 주워왔어요. 어떻게나 순진하던지 어린애 같아요. 이젠 서울 물을 먹고 저한테 단련이 돼서 많이 사람이 됐죠. 처음엔 전차, 자동차만 봐도 신기해서 어쩔 줄을 몰라했어요."

"시골에서 왔어요?"

"시골도 이만저만 시골이 아닌 모양이에요. 게다가 동리 밖으로 나간 일이 없다나요. 워낙 말이 없어서 잘 모르지만…… 그러나 요즘은 저렇게 잘 웃어요."

영재는 주실의 실종 사건에 대하여 일체 말하지 않았다. 그러니만큼 동섭은 상상도 할 수 없는 일이었다. 또한 말만 들었을 뿐 주실을 만나본 일도 없었던 것이다.

"시골서 왔는데 저렇게 세련되고 귀하게 뵐까요?"

"글쎄 저 옷맵시는 저의 거예요. 몸뚱어리만 그 애 거죠. 호호호……."

일혜는 거침없이 웃고 나서,

"동섭 씨가 홀딱 반한 모양이죠?"

하고 놀린다. 동섭은 얼굴을 붉혔다.

"동섭 씨는 주로 소녀 취미죠?"

"놀리지 마세요."

주실이 과일을 가지고 왔다. 그는 말없이 또 빙긋 웃었다. 일혜는 동섭이 보라는 듯 주실을 잡고 이 말 저 말을 늘어놓았다. 그러나 주실은 고개를 끄덕이거나 혹은 저을 뿐 그것으로 의사 표시를 한다.

주실이가 가고 나자,

"이렇게 동섭 씨를 만나는 것도 마지막이 되겠군요."

갑자기 표정이 가라앉았다.

"다시는 안 돌아오실 작정인가요?"

"설마…… 돌아오기야 하겠지만 한 삼 년 있다가 오면 모두 뿔뿔이 헤어져서 어디 만나게 되겠어요? 또 누가 알아요? 상호 씰 보세요. 거짓말처럼 사라져 버렸으니."

일혜는 한숨을 내쉬었다.

"그보다 모두 가정을 가질 게 아니에요? 그때쯤 영재 씨도 아버지가 될 거 아니에요?"

일혜 눈에는 눈물이 돌았다.

"쓸데없는 소리, 이거나 드세요."

일혜는 눈물을 삼키며 과일 접시를 밀어냈다.

11. 탈피

김포공항으로 달리는 택시 속에서,

"가면 얼마 동안이나 있을 작정이냐?"

집에서도 몇 번인가 물어본 말을 신혜는 되풀이하였다.

"글쎄…… 가봐야죠."

일혜 역시 집에서 대답한 말을 되풀이하였다. 교외의 초가을 풍경은 맑았다. 좀 삭막하기는 했지만.

"친구들이라도 좀 나오라 할 일이지, 너무 쓸쓸하지 않니? 꽃 다발 하나도 없이."

신혜는 못내 마땅치 않아 불평을 했다.

"싫어요, 쑥스럽게. 실상은 언니도 못 나오게 하려고 했는 데……. 혼자 몰래 떠나고 싶었어요."

일혜는 머리를 걷어 넘기며 말했다.

"무슨 고집이야?"

"고집이 아니에요. 원래가 여행이라는 건 아무도 몰래 떠나고 아무도 몰래 돌아오는 게 멋이 아니에요?"

"여행도 나름이지. 이렇게 멀리 떠나는데……."

"뭐가 그리 대단해요. 부산에 가거나 아프리카로 가거나 다 마찬가지 아니에요? 괴로운 사람은 어디에 가도 괴롭고 즐거운 사람은 아무 데나 가도 즐거운 거 아니에요? 거리가 문제될 것 없어요."

신혜는 동생의 눈치를 살피다가 차창 밖으로 얼굴을 돌리며,

"말로는 그렇지만…… 마음이 영 이상하구나."

신혜의 눈에는 눈물이 글썽 돌았다. 일혜가 이렇게 고독하게 떠나는 일이 가슴 아팠다. 그리고 피차의 성격이 강해서 의지하고 사느니 어쩌니 해본 일도 없고 또 그렇게 생각하지도 않았으나 이렇게 떠나보내려니 자신도 모르게 눈앞이 막막해지는 것을 느낀다. 표시하지는 않았으나 일혜의 심정도 역시 마찬가지였다.

"너가 떠나도 아무렇지 않으려니 생각했었는데 막상……."

신혜는 소매 속에서 손수건을 꺼내어 눈물을 닦는다.

"언짢으세요?"

일혜는 타인처럼 말했다. 그러나 불거진 운전수의 뒤통수를 바라보고 있는 그의 눈도 아물아물해오는 것을 느꼈다.

"넌 아무렇지도 않니?"

"……."

"우리가 이렇게 떨어져본 일은 없잖았니? 정말 외톨박이가 되는구나."

"언니두 왜 그리 가슴 아프게 해요? 가라고 해놓구서……."

그들 자매는 새삼스럽게 부모도 그 밖의 아무도 없는 단둘의 혈육임을 절감하며 서로의 손을 잡았다.

"언니? 언니 아기나 하나 낳으세요. 외롭지 않게요."

"그런 말은 하지 말어."

신혜는 일혜의 손을 뿌리쳤다.

"그거야말로 언니의 고집이에요. 아무 데서면 어때요? 언니 나이에는 아이가 필요해요."

"내 생각일랑 말고 너 일이나 생각해. 난 글렀다."

김포공항에 도착한 그들은 택시를 기다리게 하고 아직 시간이 남았으므로 식당으로 내려갔다. 커피나 한잔하자는 것이다. 식당에 들어선 일혜는,

"어머!"

일혜가 깜짝 놀라는 바람에,

"왜 그래?"

신혜는 말하면서 급히 실내를 휘둘러보았다. 저만큼 떨어진 곳에 테이블을 둘러싼 한 패가 있었다. 그 속에 어울려서 담소하고 있는 영재의 모습이 있었다. 영재도 일혜를 보고 놀라며 자리에서 일어섰다. 일혜의 낯빛은 좀 질렸으나 영재를 묵살하

고 그 옆에 있는 신사에게 묵례를 한다. 처음 신사는 어리둥절한 표정이더니 일혜를 알아보는 모양으로 온후한 미소로써 답한다. 일혜는 신혜의 팔을 이끌다시피 하며 그들과 되도록 먼 거리에 있는 좌석을 찾아 자리 잡았다.

"영재 씨가 나왔구나!"

신혜는 기대를 품고 말했다. 영재가 일혜의 출발을 알고 나와 주었을지도 모른다는 생각에서다.

"네가 떠나는 것을 알고 나왔나?"

"그럴 리가 있겠어요?"

일혜는 쓰디쓰게 웃었다.

"그럼?"

"회사 사람이 어디 가는 모양이죠."

감정을 죽이며 태연히 말했다. 그러나 테이블 모서리를 짚고 있는 손가락이 테이블 바닥을 긁고 있었다.

"네가 인사한 신사는 누구냐?"

"박 상무라구요. 영재 씨 회사의 간부예요. 그이가 떠나는 모양이죠."

일혜가 말을 끝내기도 전에 신혜가 급히 얼굴을 돌렸다. 영재가 뚜벅뚜벅 걸어왔다. 그 발소리가 영재의 것인 줄 알면서도 일혜는 고개를 돌리지 않았다. 영재는 신혜 옆에 앉았다. 그리고 일혜를 바라보았다.

"원수는 외나무다리에서 만난다더니 참 공교롭게 됐군요."

일혜는 고개를 높이 쳐들고 눈을 내리깔며 웃는다.

"오늘 떠나세요?"

영재는 나직이 물었다.

"보시다시피."

"박 상무하고 같이 가겠군요."

"말벗이 생겨서 무척 다행이군요."

신혜는 무의식중에 일어섰다.

"나 잠깐 다녀올게."

"어디로?"

일혜가 올려다보며 묻는다.

"음, 좀."

하고 신혜는 영재를 의미심장한 눈으로 쳐다보다가 자리를 떴다. 두 사람만의 시간을 주자는 배려에서였다.

신혜가 나가버리자 영재는 급히 시계를 들여다보았다. 앞으로 삼십 분, 그러나 영재는 오랫동안 시계에 눈을 보낸 채 가만히 있었다. 뭐라고 표현할 수 없는 착잡한 시간이었던 것이다.

"일혜?"

"……."

불러놓고 역시 영재는 멍멍한 표정이다.

"이렇게 만나리라고는 미처 생각지 못했군요."

일혜는 낮은 목소리를 굴리며 웃었다.

"한번 일혜 집에 갔었지."

뇌며 영재는 담배를 뽑았다.

"왜 왔었어요?"

그 말 대답은 하지 않고,

"언제 돌아오나?"

"좋은 사람이 생기면."

영재는 담배 연기를 뿜으며 일혜의 긴 머리채를 바라본다.

"뭐라고 할 말이 없어."

어깨 위에 소담스럽게 넘쳐흐르는 일혜의 머리로부터 눈길을 돌리며 영재는 중얼거렸다.

"할 말은 이미 다 해버렸어요. 그렇지 않아요?"

"할 말은 많았을 거야, 지금도. 하지만, 한마디도 할 말을 못 했어."

영재의 눈빛은 우울하게 가라앉는다.

"좋아했다, 하지만 사랑할 수는 없었다, 그 말이겠죠 뭐."

영재는 우울하게 가라앉은 눈을 들고 일혜를 쳐다본다.

"십 년 후, 이십 년 후이면 시시해질 거예요. 안 그럴까? 더 심각해질까요? 아이, 지긋지긋해."

머리카락이 세차게 흔들렸다. 후반의 말은 독백 같았고 자기 감정에 대해 넌더리를 치는 것 같았다.

"십 년 후, 이십 년 후? 그때까지 살아남는다면 장한 노릇이지."

영재의 시선은 돌연 먼 곳으로 던져졌다. 자기 자신의 미래를 보는 고통이 가득 서려진다.

"하여간 그런 얘기 그만둡시다."

잠시 말을 끊었다가,

"영재 씨?"

"……."

"안녕히 계세요."

그 말에 영재는 미간을 모으고 눈을 감아버린다. 아무도 없는 그들만의 자리라면 영재는 그를 껴안아주었을 것이다. 이렇게 가까이 일혜를 느껴본 일은 없었다. 일혜 역시 흐느껴지도록 밀려오는 정감 속에서 두 손을 꼭 맞잡았다.

'정말로 마지막이구나. 마지막…….'

일혜는 일어섰다.

"가보세요. 일행이 계시는데……."

내려다보고 올려다보는 네 개의 눈동자가 떨어질 줄 모른다.

"나를 미워해. 미워하고 또 미워하고 파멸의 구렁창으로 떨어지게 해."

영재는 나직이 뇌었다.

"그만. 미워도 하고 그리워도 하겠죠. 그러나 차차 잊어버리겠어요."

일혜는 쫓아 나왔다. 쫓아 나오는데 목이 타는 듯했다.

밖으로 나왔을 때 우두커니 서 있는 신혜의 뒷모습이 보였다. 일혜는 신혜의 팔을 와락 잡았다.

"언니!"

처음으로 일혜는 눈물을 흘렸다.

"얘두, 왜 이러니?"

"언니! 난 정말 이렇게 가야 하우?"

일혜는 흐느껴 운다.

"울지 말어. 울지 말고 파리에 가거든 그림이나 열심히 그려라. 내 힘 자라는 대로 너 뒤를 봐줄 테니, 잊어버리는 거야."

신혜는 동생의 등을 쓸어주며 달랜다.

"너는 나하고 달라서 그래도 예술이 있지 않니? 슬픔은 위대한 예술을 만든다는 말이 있지. 넌 재주도 있고 이제 인생에 대한 슬픔도 겪었으니 차분히 가서 공부나 해라. 기왕 다 잊어버리고 떠나기로 마음먹었으면, 약하게 이러는 것 아니야. 그 사람이 보면 추태다. 저것 봐, 사람들이 너를 보는구나. 아주 깨끗하게 너답게 웃으며 떠나야 한다."

누누이 타이른다.

"언니?"

"왜?"

"내가 이렇게 될 줄은 몰랐어."

"눈물이나 닦어. 어디 너뿐이니? 사람마다 그렇단다."

신혜는 마치 늙은이처럼 동생에게 타일렀다.

일혜는 울음을 거두고 거울을 꺼내어 얼굴을 비쳤다. 얼룩진 얼굴을 닦기는 했으나 붉어진 눈은 어쩔 도리가 없다.

'바보 같으니라구.'

일혜는 양어깨를 펴며 마음속으로 중얼거렸다. 그리고 유심히 바라보며 지나가는 죄 없는 외국인들에게 일혜는 눈을 흘긴다.

"저리 갑시다, 언니!"

탄력 있는 목소리를 뽑았다. 방금 흐느껴 울던 사람 같지 않게 일혜는 민첩하게 발을 내디디었다.

시간이 거의 임박했을 때 박 상무 일행은 나왔다. 회색 싱글에다 역시 회색 모자를 손에 든 박 상무의 모습은 산뜻하였다. 무거운 다리를 끌면서 그 뒤를 영재가 따르고 있었다. 박 상무는 일혜를 보자 웃음을 머금고 다가왔다.

"오래간만입니다, 미스 강. 그간 안녕하셨어요?"

"네, 오래간만이군요."

일혜도 상냥스럽게 미소하다가 얼른 시선을 영재에게 던졌다. 눈이 부딪친다.

'울었구나!'

영재는 일혜의 눈을 외면한다.

"지금 윤 군한테서 들었습니다만 불란서로 가신다구요?"

"네."

"그림공부 하러 가시겠죠, 물론?"

"그림공부?"

일혜는 잊어버리고 있던 일을 생각해낸 듯 반문하다가,

"그보다 세상 구경을 좀 하려구요."

"좋습니다. 세상을 아는 일이 더 중요하죠."

"상무님은 어딜 가세요?"

"나도 마찬가집니다."

"오래 머무르세요?"

일혜는 어떤 여지를 주지 않으려는 듯 말을 끌었다.

"뭐 한 서너 달가량."

"참, 저의 언니예요."

일혜는 옆에 선 신혜를 돌아보며,

"언니, 인사하세요. 삼협토건회사 박 상무님이세요."

하고 소개를 한다.

"어쩐지 좀 닮으신 것 같았습니다."

박 상무는 예의 바르게 인사를 했다.

"강신혜입니다."

신혜는 지극히 간단하게 자기 이름만 대고 박 상무를 빤히 쳐

다본다.

'퍽 대담한 여인인데?'

박 상무는 마음속으로 생각했다.

"불란서에서 돌아오시면 가끔 여정다방을 이용해 주세요. 언

니가 경영하고 있는 다방이에요."

일혜는 공허한 화제에 그대로 늘어진다.

"종로에 있는?"

"네."

박 상무는 비로소 신혜의 대담한 시선을 이해할 수 있었다. 화려하면서도 귀티가 나는 이 여자는 가정부인이 아니었다는 생각에서. 그새 다른 사람들은 비행기에 오르고 있었다.

"그럼 타실까요?"

박 상무 말에 일혜는 몸을 빙글 돌렸다. 영재에게 손을 내밀었다. 영재는 그 손을 으스러지게 잡았다.

"잘 가."

"몸조심하세요."

일혜는 미소와 더불어 잊을 수 없는 그런 눈으로 주시했다. 영재로부터 고개를 돌린 일혜는 신혜를 한 번 쳐다보았다. 그러고는 걸음을 옮긴다. 그는 한 번도 뒤돌아보지 않고 걸어갔다.

비행기는 푸른 하늘 멀리 사라지고 말았다.

싫든 좋든 간에 그들의 관계는, 우정까지도 이것으로써 일단 종지부를 찍었다.

'많은 일들이 흘러갔구나. 그러나 많은 일이 나를 기다리고 있지.'

영재는 무거운 쇠사슬이 자기 목을 졸라매는 듯한 느낌이 들었다.

푸르고 넓은 하늘, 구름 한 점 없이 높기만 하다. 영재는 차라리 어떤 진공상태에 빠져버렸으면 싶었다.

"영재 씨!"

눈이 벌겋게 된 신혜가 서 있었다. 좀 험악한 표정이었다.

"가세요."

영재는 돌아섰다.

"일행이 계신 모양이지만 저하고 같이 가세요."

신혜는 명령조로 말했다.

"그러죠."

영재는 걸음을 빨리했다. 먼저 나가서 영재를 기다리고 있는 회사 직원들에게 다녀온 그는 신혜가 타고 있는 택시에 올랐다. 택시는 서울로 향하여 미끄러져 나갔다. 서로가 같이 타기는 탔어도 거북한 처지가 아닐 수 없었다. 신혜는 일혜를 그토록 슬프게 떠나보내고 나니 마음이 몹시 언짢았다. 새삼스럽게 영재가 괘씸하기 짝이 없었다. 짭짤하게 말을 좀 하려고 동승을 권하기는 했으나 막상 같이 가게 되고 보니 할 말이 입 밖에 나오지 않았다. 영재 역시 일혜에게 못한 사과를 신혜에게 하려고 마음먹었으나 사과를 한다는 그 자체가 더욱더 뻔뻔스러운 수작 같아서 침묵을 지키고 있을 따름이다.

자동차가 영등포에 들어서자,

"나는 원래 남녀관계를 대수롭게 생각지 않는 사람이지만."

하고 신혜가 먼저 말문을 열었다.

"그래서 일혜가 영재 씨하고 교제하는 일에 대하여 무간섭주의로 나간 거예요. 그러나 이렇게 되고 보니 일혜를 내 사고방식대로 해온 일이 큰 잘못이었다, 그런 생각이 드는군요. 외면

적으론 그 아이가 퍽 소탈한 것 같고 무엇에 오래 집착 않는 것
같았는데 그렇지가 않았어요. 너무나 상처가 큰 것 같아서 마음
이 아파요."

신혜의 말은 바늘처럼 영재의 피부에 와서 꽂힌다.

"요즘 이십 대는 우리보다 훨씬 간단할 줄 알았는데…… 가엾
은 아이예요."

짭짤한 말을 해야겠다고 별렀으나 결국 그의 말대로 남녀관
계를 대수롭게 여기지 않는다는 인생에 대한 자신의 태도와 일
혜에 대한 애처로움 이외 아무것도 아닌 말이 되고 말았다. 사
실이지 신혜는 왜 책임을 지지 않느냐 왜 동생을 버려놨느냐 하
며 따지고 나무라고 할 생리의 여자가 아니었다.

"이미 지나가 버린 일을 가지고 이러쿵저러쿵한다고 해서 무
슨 소용이 있겠어요. 하지만 영재 씨의 처사는 가혹했어요."

"잘 알고 있습니다. 모든 게 제 잘못입니다."

영재는 처음으로 입을 떼었다.

신혜는 핸드백 속에서 담배를 꺼내어 영재에게 내민다.

"담배나 태우세요."

신혜는 권하고 나서 자기도 담배를 붙여 물었다. 그는 시원스
럽게 담배 연기를 내뿜는다.

"일혜는 나보다 연애감정에 있어서 훨씬 보수적인가 보죠."

아까보다 누그러진 목소리였다.

"하긴 연애감정이기보다 나에게 있어선 일종의 향락이지만

말예요."

신혜는 공허한 웃음소리를 굴렸다. 그 웃음 속에는 삼십 대의 방종한 여자의 고독이 있었다.

"아버지께서 요즘 뭘 하세요?"

영재는 말없이 신혜의 얼굴을 쳐다보았다. 신혜의 웃음은 아이러니컬한 것으로 변하고 있었다.

"하긴 뭘 하겠어요."

영재는 외면하며 뇌었다.

'아버지는 언니를, 아들은 동생을.'

영재는 먼 풍경을 바라본다. 한강 상류의 산들이 부드러운 곡선을 이루고 있었다. 회사 근방에 와서 영재는 택시를 머무르게 하였다.

"아니, 우리 다방에 가서 차나 한잔하시지."

신혜의 권유를 뿌리치며 영재는 차에서 내렸다.

"후일에 한번 들르겠습니다."

영재는 목례를 남기고 돌아섰다.

회사로 돌아온 영재는 일이 손에 잡히지 않았다. 동료들이 복도 많다는 둥, 미인에게 납치돼 갔는데 그냥 돌아왔느냐는 둥 농지거리를 했으나 영재 귀에는 아무 말도 들려오지 않았다. 일혜가 떠난다는 것은 알고 있었지만 그렇게 공교롭게 공항에서 마주칠 줄은 몰랐다.

"나 없는 동안 전화 오지 않았나?"

영재는 사동에게 물었다.

"아뇨. 아 참, 누가 찾아왔다가 돌아갔어요."

'그놈이 왔었구나!'

성삼은 미도파 앞에서 주실을 본 뒤 시골로 내려가는 일을 중단하고 다시 거리를 방황하기 시작했다. 그리고 한편 매일같이 영재에게 전화질을 하며 괴롭혔다. 주실이 서울에 있는 것을 보았으니 찾아내라는 것이다. 좋은 옷을 입고 자동차까지 타고 가는 것을 똑똑히 보았으니 영재가 어디에다 은닉했음이 분명하다는 것이다. 버선목이라 뒤집어 보일 수도 없고 영재는 기가 막혔다.

'그놈이 왔었으면 필경 무슨 일이 또 따로 생긴 모양이야. 정말로 주실은 서울에 있을까? 그렇다면 누구 집에?'

성삼의 말에 의하면 좋은 옷에 자동차를 타고 가더라는 것인데 아무리 생각해도 납득이 가지 않는 일이었다.

'만일 주실이가 나타나면 나는 어쩔 것인가?'

성삼에게 딸려 보낸다는 것은 생각할 수 없는 일이다.

'그렇다면?'

막막한 암흑이 눈앞을 가린다.

"윤 선생님, 전홥니다!"

사동의 말에 영재는 정신을 차렸다.

"없다고 해!"

사동이 수화기를 고쳐 잡으며,

“저……."

하자,

“이봐, 누군가 물어봐!"

하고 영재는 아까 말을 수정한다. 사동이 뭐라 주고받더니,

“이동섭 씨라구요."

“아, 그래."

수화기를 들었다.

“왜 그러는 거야."

영재는 퉁명스레 말했다.

“영재가?"

“음."

“밖에서 좀 만나자."

“무슨 일로?"

“별일은 없지만……."

“그럼 자네가 회사로 나와라, 다섯 시 지나서."

“그러지."

전화를 끊자마자 또다시 벨이 요란스럽게 울린다.

영재는 다시 수화기를 들었다.

“여보세요? 삼협토건이죠?"

은은히 울려오는 목소리의 임자가 수명이라는 것을 영재는
이내 알았다. 그러나,

“예, 그렇습니다."

해버렸다.

"죄송합니다만, 윤영재 씨 계신지요."

"제가 윤영재입니다."

이번에도 영재는 알은체를 하지 않았다.

"어머! 윤 선생님이세요? 제 목소리 못 알아들으시겠어요?"

"수명 씨였어요?"

"멍하고 계셨군요."

"예, 멍하고 있었습니다."

수명은 잠시 말이 없었다.

"저…… 만나 뵀으면 싶은데……."

다시 말이 이어졌다. 영재는 대답을 못 한다.

"바쁘세요?"

"좀…… 약속이 있어서……."

"그러세요?"

몹시 실망한 듯 수명의 목소리는 낮았다. 영재는 수화기를 든 채 돌아서 가던 일혜와 그리고 박 상무의 뒷모습을 눈앞에 그리고 있었다.

"저, 그럼 집으로 곧장 가겠어요."

"……."

"오늘은 비번이 돼서 만나 뵈려고 했었는데……."

"그럼 끊겠어요."

"요다음에."

영재는 말을 하다 말고 수화기를 놓아버렸다.

다른 때 같으면 동섭과의 약속쯤은 문제가 아니었다. 동섭에게 쪽지 한 장 써놓고 그냥 달려나갔을 것이다. 회사의 일로 가는 것이기는 했지만 수명으로 하여 괴로운 고배를 마신 박 상무와 영재로 하여 절망의 구렁창에 빠진 일혜, 이 두 남녀의 공교로운 출발이 바로 조금 전의 일이었으니 아무리 이기적인 영재일지라도 오늘만은 수명을 피하고 싶었던 것이다.

일이 손에 잡히지 않은 채 시간을 보냈다. 다섯 시 오 분에 동섭이 찾아왔다.

"무슨 일이야?"

영재는 양복저고리를 걸치고 나서며 또 물었다.

"별일 없다니까."

동섭은 공연히 어리더듬한다. 그들은 무작정 거리로 나섰다.

광화문 네거리로 온 동섭은 종로 쪽으로 돌며,

"여정다방에 가자."

풀쑥 말을 했다.

"일혜는 떠났어."

영재도 풀쑥 말을 했다.

"뭐?"

"일혜는 아까 떠났단 말이야."

"그래? 자네에게는 알렸구나."

"우연이지."

"우연?"

"우리 회사의 박 상무가 마침 떠나기에 나갔다가 만났다."

영재의 설명을 들은 동섭은 언짢은 표정을 지었다.

"저녁이나 먹고 어디 영화나 보고 들어가지."

영재 말에 동섭은 우물쭈물한다.

"그래도 여정다방에 가보지, 혼자는 쑥스러워서……."

동섭은 입속말로 우물거렸다.

"뭣 하러 거긴 가는 거야?"

"민 여사도 있고……."

"인연 없는 중생이다."

"또……."

"또 뭐야?"

"소녀가……."

동섭은 얼굴을 붉혔다.

"무슨 소녀? 레지 말이냐?"

"음."

"자식이, 또 데데한 짓을 하려는구나."

영재는 쓰게 웃으며 소년처럼 얼떨떨해하는 동섭의 꼴을 곁눈질했다.

"좋으면 잡아채는 거지. 거길 혼자 못 가서 나까지 끌어내는 거야?"

영재는 갑자기 우스운 생각이 들어서 껄껄 웃는다.

"뭐 그런 뜻인가? 한 번밖에 못 봤는데, 민 여사도 있고 하니까 가보자는 거지 뭐."

"민 여사를 앞세울 재간도 있군그래. 제법 기특한 일이다. 그래 가서 바라만 보면 일이 되나?"

"까불지 말아."

동섭은 외면을 한다.

"아서라, 아서. 중학생의 연애도 아니고 꼴불견이다. 어떻게 골라잡는다는 게 밤낮 그런 애들이야?"

그들은 여정다방 앞에까지 왔다.

"기왕 온 거니까 오늘만은 들러리 서주기로 했다."

영재는 앞서 다방으로 들어갔다. 다방 안에는 손님들이 많았다. 신혜는 눈에 띄지 않았고 민경희가 카운터에 서 있다가 인사를 했다. 저번 때 동섭이 왔을 때처럼 당황하지는 않았다.

구석진 자리에 가서 앉은 영재는,

"저 애냐?"

하며 눈으로 가리켰다. 땅땅한 키에 푸른 스커트를 입은 소녀가 바쁘게 차를 나르고 있었다.

"안 보이는군."

동섭은 불안한 눈으로 사방을 둘러본다. 그러자 푸른 스커트의 소녀가 주문을 받으러 왔다.

영재는 빙긋 웃으며,

"다른 소녀는 어디 갔어요?"

레지는 좀 성난 얼굴로,

"모르겠어요."

쏘아붙인다. 그리고 이내,

"뭘 하시겠어요?"

하고 물었다.

"커피."

동섭은 초조한 목소리로 말했다.

"실망이구나. 그 소녀는 없어진 모양 아냐?"

"글쎄……."

"나중에 나가면서 민 여사에게 물어보자."

"싱겁게 물어보기는."

커피가 왔다. 그들은 찻잔을 들면서 그들 사이에 소녀가 개입되지 않았던 본시의 상태로 돌아간다. 음악은 경쾌하게 흘러나왔으나 기분은 무겁다.

두 사람 사이에 엽차가 조용히 놓인다.

무심히 고개를 든 영재는,

"악!"

그의 손에서 커피잔이 테이블 위에 떨어졌다. 커피잔은 다시 굴러 땅바닥에서 요란한 소리를 냈다.

커피잔이 깨어지는 요란한 소리와 동시에,

"오빠!"

주실이 외쳤다. 영재는 자리에서 벌떡 일어났다. 그리고 주실

의 팔을 덥석 잡으며,

"나가자!"

동섭은 아연하여 일어설 줄도 모른다. 다방 안에 있는 사람들의 시선이 일제히 모여들었다. 영재는 안중에 아무것도 비치지 않는 듯 주실의 팔만 꼭 잡고 다방 복판을 질러서 문 있는 쪽으로 갔다. 문을 가슴으로 떠밀었다. 그러자 민경희가 쫓아 나오면서,

"윤 선생!"

영재의 양복 자락을 잡았다.

"잘못한 일이 있으면 저에게 말씀하실 일이지 대체 이게 무슨 짓이에요?"

얼굴을 찌푸리며 힐난한다.

"아, 아닙니다."

영재는 괴로운 듯 민경희를 쳐다본다.

"이 팔 놓으세요."

민경희는 주실의 팔을 잡아끌었다.

"아주머니, 아니에요. 오, 오빠예요."

주실은 말을 더듬었다.

"뭐?"

민경희가 어리둥절하는 사이 영재는 주실을 데리고 급히 거리로 뛰어나갔다. 택시를 잡았다. 주실을 밀어 올리고 그도 차에 올랐다.

"돈암동으로!"

택시가 떠나자 뒤늦게 쫓아 나온 동섭이 넋 빠진 사람처럼 포도 위에 우두커니 서버린다. 영재는 주실을 하숙까지 곧장 데리고 갔다.

하숙방에 마주 앉았을 때,

"어떻게 거기 있게 됐나?"

그 말부터 던지고 영재는 초조하게 담배를 붙여 물었다.

주실은 띄엄띄엄 그간의 일을 설명하며 울기 시작했다.

"성삼이 찾고 있는 걸 알고 있나?"

"서울에 왔어요?"

울다가 주실은 얼굴을 들었다. 영재는 주실의 눈을 피한다.

"음, 매일매일 전화질이다. 찾아내라고……."

"난 죽어도 안 가요. 날 보내지 말아주세요. 오빠!"

주실은 다시 흐느껴 울기 시작했다.

'……운다?'

영재는 최초의 발견처럼 물끄러미 주실의 우는 모습을 바라본다. 가련한 모습이었다. 송화리 동산에서 사슴처럼 뛰놀던 주실은 아니었다.

"오빠! 난 바보였었어요! 정말, 정말, 성삼한테 돌려보내지 말아주세요."

주실은 몸을 흔들었다.

"보내지 않겠다."

영재는 얼굴을 가리고 주실과 같이 마구 울고 싶은 심정이
었다.

"성삼은 악마예요."

'언제 이런 말을 배웠을까?'

"그놈 때문에 할아버지는 돌아가셨어요."

"아니다. 할아버지는 나 때문에 돌아가셨어."

주실은 그 말 대답은 하지 않았다.

"모든 벌은 내가 받아야지. 내가, 내가 받아야지."

영재는 무릎 위에 얼굴을 묻었다. 막막한 어둠이 밀려온다.

'운명인가? 내 잘못인가? 아니, 아니다! 내 잘못이지!'

이때 동섭은 터덜터덜 하숙으로 돌아왔다. 그는 현관에 놓인
신발에 눈을 보냈다. 동섭은 영재와 주실이 하숙으로 온 데 대
하여 우선 안심을 했다. 왜 안심이 되는지 그 자신도 알 수 없는
일이었다. 동섭은 바보처럼 방 안으로 들어섰다. 영재는 동섭을
보자 비로소 그를 내버리고 왔다는 데 생각이 미쳤다.

"아까는 미안했어."

억지로 웃음을 만들었다. 울고 있던 주실이도 눈물을 거두고
두 무릎을 모으며 언젠가 일혜하고 같이 온 일이 있는 청년의
얼굴을 유심히 바라본다. 동섭은 무안을 타며,

"얘기 있으면…… 잠시 나갔다 오겠어."

그러고 보니 풀쑥 들어온 것이 여간 난처하지 않다.

"아, 아니야, 앉게."

영재는 손을 저었다. 동섭은 슬그머니 앉는다.

'정말 나는 데데한 짓을 할 뻔했구나. 하필이면 성삼의 색시를……'

연애에 있어서는 자기처럼 불운한 사내는 없다고 동섭은 생각한다. 연탄가게의 소녀나 홍수명에 대한 연정이 비록 엷은 것이기는 했어도 거절의 쓰디쓴 고배임에는 틀림이 없었다. 그런데다가 또 이 지경이니 웃어넘겨 버리기에는 좀 비참한 일이다. 사실 동섭은 주실을 처음 본 순간 강한 충격을 받았다. 완전히 매혹당하고 말았다는 것이 더 적절했을 것이다.

'이 천사 같은 소녀가 이미 남의 아내라니……'

동섭은 왜 진작 영재의 누이를 만나보지 못했나 싶었다. 어리숙한 한이었다.

영재는 두 사람을 내버려둔 채 무슨 생각에 골몰하고 있었다. 그러더니 그는 벌떡 일어섰다.

"주실아?"

"네?"

"아무 데도 가지 말고 여기 있어. 나가면 위험하니까. 나 잠깐 나갔다 올게."

연민과 미움이 뒤섞인 눈으로 주실을 본다.

"네."

주실은 어정쩡하게 대답하였다.

"동섭이 잠깐 나가자."

소개도 하지 않고 영재는 서둘렀다. 동섭은 아까 들어올 때와 마찬가지로 바보처럼 일어섰다. 밖으로 나온 그들은 다방으로 들어갔다.

"어떻게 된 영문이야?"

처음으로 동섭이 입을 떼었다. 그 말 대답은 않고 영재는 동섭을 뚫어지게 쳐다보았다.

"동섭이."

"……."

"날 좀 도와주겠나?"

"할 수 있는 일이라면?"

"주실이를 어디다 숨겨야겠어."

동섭은 의아해한다.

"이렇게 풀쑥 말하니까 자네도 어리둥절할 거야."

영재는 괴로움을 참으며 그동안의 일을 말하기 시작했다. 그러나 폭풍이 불던 그날 밤의 범죄만은 차마 입 밖에 내지 못하였다. 이야기를 다 듣고 난 동섭은 동안 심각하게 침묵을 지켰다.

"이상한 일이다."

의문에 찬 혼잣말을 동섭은 뇌었다. 그리고 영재의 얼굴을 주시한다. 영재의 얼굴에는 순간, 광포한 표정이 스친다. 가만히 응시하고 있는 동섭의 얼굴은 고해를 기다리고 있는 신부의 얼굴같이 영재에게는 느껴졌던 것이다.

'모든 것을 고백하여라. 그리고 용서를 빌어라. 아니, 형벌을 받아라.'

영재의 귓가에는 그런 말이 쟁쟁 울려왔다.

'아니다! 동섭이는 주실에 대한 꿈이 있다. 그 추한 사실을 어떻게 알리느냐 말이다. 이 자식, 거짓말 말아. 진정으로 너는 동섭을 위해서 주저하느냐? 너는 너 자신을 위하여 한 시각이라도 이 거짓의 고통의 시간을 연장하려고 하는 게 아니냐?'

이것은 영재 마음의 소리였다.

"당초부터 왜 성삼이 같은 작자하고 결혼을 시켰을까? 그것이 이상하다."

동섭은 억울한 듯 말했다.

"지나간 일이다."

영재는 눈을 감았다. 심장이 질기다고 생각했다.

"지나간 일은 그렇다 치고 현재의 사정이 그렇다면 마땅히 이혼을 해야지 않을까? 벌써 그쯤 되면 성삼은 성격 파탄자가 아니냐? 법적으로 얼마든지 이혼할 근거가 있다고 생각하는데?"

"그렇게 간단하지 않아."

"지금 숨기고 한다 해도 해결이 되는 일은 아니겠고 어차피……"

"그렇다. 어차피…… 하지만 더 이상 따지지 말게."

동섭은 입을 다문다.

"내가 주실이를 데리고 행동한다는 것은 위험해. 그 녀석 눈에 띄기 쉬우니까."

영재는 화제를 본시로 돌렸다.

"그까짓 것 때려눕히지. 짐승 같은 놈을."

동섭의 말은 난폭했다. 아닌 게 아니라 돼지에게 진주를 안긴 격인데도 그렇게 잔인하게 주실을 학대하는 성삼에 대하여 그는 강한 증오를 느낀 것이다.

"아무튼 가는 날까지 가볼 수밖에 없다. 절대, 절대로 비밀이다. 자네가 주실을 좀 숨겨주게."

"갑자기 어디로? 어떻게?"

하다 말고 동섭은,

"참! 민경희 씨에게 의논해 보는 게 어떨까?"

"글쎄……."

"그렇지 않으면 수명 씨에게 상의해 볼까?"

"안 돼!"

영재의 얼굴빛이 확 변했다.

"그럼 민경희 씨에게 의논하자. 미스 강의 언니가 데리고 왔다니까 그냥 말없이 납치해 온 것도 말이 안 되는 일이고……."

"그럼 자네에게 일임하겠다. 다음에 일어나는 일은 운명에 맡길 수밖에 없다."

그들은 그 길로 밖으로 나왔다. 동섭은 민경희와 신혜를 만나기 위하여 여정다방으로 직행하고 영재는 밤거리를 헤매어 다니다가 하숙으로 돌아왔다. 먼저 와서 기다리고 있던 동섭은,

"미스 강 언니 댁에 가기로 했어. 민경희 씨는 셋방살이라 옹색하고 또 미스 강 언니가 극력 주장하기 때문에, 자네 입장이 좀 난처하겠지만. 그 마담은 미스 강 이상으로 소탈한 분이더군. 그리고 그분 말이 미스 강도 없고 쓸쓸하니, 또 동생이 좋아한 사람의 누이동생이니 더욱 그렇게 하는 것이 좋겠다 하더구먼."

영재는 아무 말도 하지 않았다. 그로서도 어쩔 도리가 없었던 것이다.

다음 날 저녁때…….

동섭은 주실을 자동차에 태워가지고 필동에 있는 신혜 집으로 향하였다.

주실은 상경 후 신혜 집에 묵은 일도 있었고 신혜의 심부름으로 자주 드나들어 내 집같이 되어버린 필동의 집이기는 했으나 성삼이 서울 와서 주실을 찾고 있다는 말에 겁을 집어먹고 있었으며, 영재의 경계심도 이만저만이 아니었으므로 동섭이 동행했던 것이다. 자동차가 창경원 앞에까지 왔을 때 거리에는 부슬부슬 가을비가 내리기 시작했다.

"미스 송?"

주실이 빤히 쳐다본다.

동섭은 순간 몹시 당황한다. 주실 씨하고 부르기에도 멋쩍었고, 그냥 주실이라 부르는 것은 더욱 안 되었고, 그래서 엉겁결에 미스 송이라 했으나 동섭은 자신의 망발을 이내 뉘우쳤다.

이렇든 저렇든 주실은 엄연한 기혼 여성이기 때문이다.

"강 여사 댁에 가시면 밖에 나가지 말아야 합니다. 아시겠어요?"

"⋯⋯."

"영재가 신신당부를 하더군요."

"언제까지나 그러고 있어야 해요?"

동섭은 대꾸를 못한다.

"답답해서⋯⋯."

"가끔 제가 들르죠. 그리고 오빠 소식도 전해드리겠어요."

주실은 얌전하게 앉았다가 몸을 빙글 돌리며,

"송화리에 가고 싶어요."

커다란 눈에 향수가 서린다.

"송화리에요?"

"성삼이만 없다면⋯⋯ 게로하고 란스가 보고 싶어요. 그리고 영천댁, 그리고 또 우리 양들⋯⋯."

주실은 보채는 아이처럼 울기 시작했다.

동섭이 부드러운 주실의 머릿결을 쳐다보며,

"게로하고 란스는 누구죠?"

"우리 개예요."

주실은 손등으로 눈물을 닦는다.

"애기구면."

동섭은 빙긋이 웃었다.

"서울에는 어려운 일만 많고 모르는 일만 많고……."

"차차 알게 됩니다."

"전 글도 잘 몰라요. 손님들이 편지를 주어도 읽을 수도 없었어요."

다방에 있을 때 딱했던 일을 생각하는 모양이다.

"한글도 몰라요?"

"조금은 알아요."

동섭은 국민학교도 제대로 나오지 않았다는 영재의 말을 생각했다.

"앞으로 제가 가르쳐드리죠."

주실은 의심스러운 듯 동섭을 힐끗 쳐다보았다.

신혜 집 앞에서 그들은 내렸다. 빗줄기는 가늘고 소리도 없이 내리고 있었다. 동섭은 주실이 비에 젖는 것을 걱정하며 바쁜 걸음으로 문 앞에 다가서서 초인종을 눌렀다.

할멈이 나왔다.

"아이크! 주실이가 오네."

그새 낮이 익어 아주 반가워했다. 현관으로 들어서자 동섭은,

"할머니, 강 여사 계십니까?"

하고 물었다.

"아까 전화가 왔어요. 그래 손님이 오시거들랑 좀 기다리시라고 말씀합디다."

할멈은 신혜로부터 연락을 받은 모양으로 서슴없이 그들을

이 층으로 안내하여 전에 쓰던 일혜의 방문을 열었다.

"들어가시오."

할멈이 동섭을 돌아보며 말하였다. 동섭과 주실은 방 안으로 들어갔다. 그리고 할멈은 아래층으로 내려갔다. 희미한 불빛 속에 밤이 쉿! 하고 소리를 내는 듯하였다. 주실은 긴 머리를 흔들며 의자에 앉았다. 동섭도 불빛 아래 주실의 얼굴을 눈이 부신 듯 쳐다보며 마주 앉았다. 북쪽 벽에 그림 한 폭이 걸려 있었는데 그 속에 일그러진 사나이의 얼굴이 그들을 내려다보고 있었다. 그 그림의 사나이가 바로 영재라는 것을 알 턱이 없었다. 어제 아침까지도 일혜가 자고 일어난 이 방 안은 전과 조금도 다름이 없었다.

"일혜 씨 방인가요?"

동섭이 묻는 말에 주실은 고개를 끄덕였다.

"밤에 혼자면 무섭지 않을까?"

동섭은 공연한 노파심에서 중얼거렸다.

주실은 걱정이 되는지 손가락 장난을 하며 고개를 숙이고 있었다.

"오빠는 어디 계셔요?"

얼굴을 숙인 채 물었다.

"하숙에 남아 있지요. 같이 오면 성삼이 눈치챌까 봐서요."

동섭은 눈살을 찌푸렸다. 영재가 이 집에 오기 거북한 처지에 있음을 설명할 수도 없거니와 성삼의 이름을 입에 올림으로써 별안간 덜미를 잡혀 백주 대로에 내던져진 느낌이 들었던 것이다. 환상에서 현실로 내쫓긴 암담한 마음이 그의 심장을 내리누른다.

"아니에요. 오빠는 어디에 나가고 있는 거예요!"

"아, 예. 토건회사에 나가고 있죠."

"토건회사는 뭘 하는 곳이에요?"

주실은 고개를 들고 좀 주저하는 듯하며 물었다.

"집을 짓는 일을 하는 곳입니다. 종로에 큰 집들이 있죠? 그런 집을 맡아서 하죠."

동섭은 되도록 알기 쉽게 설명을 했다.

그들이 실없는 이야기를 주고받고 있는 동안 신혜가 돌아왔다.

"원, 무슨 비가 이렇게 온담?"

신혜는 투덜거리는 듯 말하며 들어섰다. 그러고 보니 창밖에는 아까보다 더 세차게 비가 쏟아지고 있었다.

"많이 기다리셨어요?"

신혜는 자리에 앉으며 동섭을 보고 미소했다.

"아뇨."

신혜는 술을 좀 한 모양으로 눈자위가 불그스름했다.

"주실이 오빠를 찾는다고는 했지만 그 오빠가 영재 씨라곤 누가 알았겠어요? 세상이란 넓은 것 같으면서도 참 좁군요."

신혜는 풀이 죽은 주실을 바라보며 재미난 듯 웃었다.

"영재가 영 미안해하더군요."

동섭은 그 말부터 전한다.

"미안하기야 하겠죠. 모르고 떠난 것이 유감입니다."

신혜는 좀 복잡한 표정이 되었다.

"그건 그렇고 주실이 집 속에서 견딜까?"

"집 속에 가만있겠어요."

주실은 성삼에게 잡히지 않겠다는 일념에서 열심으로 말했다.

"가엾어라. 아직 애기 같은 너를 누가 시집을 보냈어? 못할 짓을 시켰군."

신혜는 혀를 끌끌 찼다. 동섭은 일어섰다.

벨이 요란스럽게 울리는 동시에 장내에는 불이 환하게 켜졌다.

"더 보시겠어요?"

영재는 옆에 앉은 수명을 보고 물었다.

"맥이 빠지는군요. 앞을 볼 흥미가 없어요."

"골치가 아파 견딜 수가 없어요. 그럼 나갑시다."

영재는 이맛살을 찌푸리며 일어섰다.

〈태양은 가득히〉라는 불란서의 범죄영화였었는데 그들은 상영 도중에 들어왔던 것이다.

밖으로 나온 수명은,

"머리가 몹시 아파요?"

걱정스럽게 물었다.

"영화 때문이겠죠. 정말 햇볕이 내 머리를 쏘는 것 같소."

"신경이 약해서 그래요. 역시 몸이 아직 나쁜 모양이에요. 약
국에 가셔서 약이라도?"

영재는 대답을 하지 않고 그냥 걸어만 간다.

"그럼 하숙으로 일찍 들어가셔서 쉬세요."

수명은 앞서 가는 영재를 좇으며 다시 말을 걸었다.

그러나 영재는 그 말도 묵살하고 어느 다방 문을 밀었다.

"들어가세요. 뭘 좀 마셔야죠."

"괜찮으세요?"

"괜찮아요. 머리 아픈 것쯤."

처음으로 영재는 미소를 지으며 수명의 등을 밀었다. 자리에
앉았다.

"참 어처구니없는 결과죠?"

수명은 영화 얘기를 꺼내었다.

"영화 기술은 그만이더군."

영재는 딴전을 피웠다.

"그 영화감독 심술궂은 사람이에요."

수명은 마지막 장면에 대한 어떤 허탈감을 버릴 수 없었다.

영재는 수명을 바라보다가,

"그 범죄자에게 동정을 하십니까?"

"글쎄요…… 동정을 한다기보다 그런 완전한 범죄가 너무나 터무니없이 발각이 되니 뭔지 제 자신이 바보가 된 것 같아요."

영재는 소리 없이 웃었다.

"도망갈 구멍이 없어요."

영재는 웃음을 거두고 날카롭게 뇌까렸다.

"네?"

수명은 말뜻을 알아듣지 못하고 찻잔을 들며 영재를 본다.

"그 어리숙한 자식 말입니다. 천국에서 지옥으로 떨어지는 순간을 범인 자신은 모르고 햇볕을 즐기고 있는데 관객에게만 알려주니 참 약은 장사꾼들이 아닙니까?"

전후가 연결되지 않는 말을 영재는 했다. 이때 그들 옆으로 누가 다가섰다. 영재가 고개를 들었을 때 성삼이 서 있었다.

"형님, 좀 앉아도 좋겠죠?"

성삼은 영재의 대답을 기다릴 것도 없이 맞은편 좌석에 털썩 주저앉았다. 얼굴은 해쓱했으나 옷차림은 말쑥하다.

"영화 보셨죠? 아까 영화관에서 먼발치로 형님을 보았습니다."

성삼은 수명에게 힐끗힐끗 눈을 주며 웃었다.

"저 과히 실례가 되지 않으면 소개해 주십시오, 형님. 서로 알고 지내야 할 처지가 아닙니까?"

성삼은 눈으로 수명을 가리키며 뻔뻔스럽게 말하였다. 영재는 외면하고 있다가 얼굴을 쑥 돌리며,

"수명 씨 소개하죠. 김성삼이란 사람입니다."

괴상한 소개다. 수명은 의아하기도 했고 돌연 나타난 사나이의 무례함에 불쾌감을 가졌으나,

"저 홍수명입니다."

하고 고개를 숙였다. 성삼은 잔인한 시선을 영재에게 던지면서,

"저는 윤영재 씨의 매부 되는 사람입니다. 앞으로 여러 가지 많이 도와주십시오. 하하핫……."

성삼은 입만 웃었을 뿐 눈은 날카롭게 영재를 쏘아본 채로다. 매부라는 말에 수명은 놀란다. 그리고 매부라고는 하나 어쩐지 서로가 다 적수처럼 대좌하고 있는 듯한 분위기에 심한 불안을 느낀다.

"형님, 영화를 보신 감상이 어떻습니까?"

성삼은 화제를 꺼내었다.

"그 영화에는 범죄자의 고민이 전혀 나타나 있지 않았죠? 수법만은 그만이더군요. 나도 요즘 시나리오를 하나 구상 중인데 사촌 누이를 범하고 폭로될 것을 두려워하여 죽여버리는 좀 거친 내용이죠."

성삼은 담배에다 불을 붙이고 담배 연기를 훅 내뿜으며 라이터의 불을 끈다. 그는 수명과 동석한 좌석에서 그 말을 하려고 계획적으로 그들 뒤를 따라온 것이다.

'이놈이 수명 씨 앞에서 나를 공갈하는구나. 그렇다면 이놈이 주실의 행방의 냄새를 맡았을까?'

영재는 여전히 침묵을 지키며 성삼의 눈을 살핀다.

"좀 무시무시하게 해야 텐데 역시 범죄자의 심리를 깊이 연구해야 할 겝니다. 형님께서 혹 참고가 될 만한 말씀이라도 없으신지…… 하기는 워낙 나를 미워하시니 관심이 없으시죠?"

"……."

성삼은 수명에게 얼굴을 돌리며,

"홍수명 씨의 경우라면 그런 범죄자를 사랑하실 수 있겠습니까?"

수명의 얼굴이 창백해진다.

"말씀드리고 싶지 않군요."

목소리는 냉랭했다.

"아, 예."

성삼은 무안을 타지도 않는다.

"수명 씨."

영재는 굳게 다문 입을 열고 수명을 불렀다.

"먼저 돌아가세요. 나는 이 사람하고 얘기 좀 해야겠어요."

수명은 일어섰으나 해쓱한 얼굴로 영재를 내려다본다.

'말씀하세요. 대체 당신은 무슨 비밀을 혼자 지니고 있는 거예요? 말씀하세요.'

수명의 안타까운 눈빛은 그렇게 말하고 있는 듯하였다. 영재는 그의 눈을 피하지 않았다. 항상 그에게서 느껴온 광적인 것은 없었고 절망과 애원의 눈도 아니었다. 착 가라앉은 슬픔만이 남아 있는 듯하였다.

"그럼, 먼저 실례하겠습니다."

수명은 돌아섰다.

"예, 안녕히 가십시오."

조롱을 담은 성삼의 목소리가 뒤통수를 쳤다.

수명이 나가버리자,

"역시 형님은 저 여성에게 알리고 싶지는 않은 모양이죠?"

"이 새끼! 아가리 닥쳐라!"

영재는 주먹을 쥐고 일어섰다.

영재가 주먹을 쥐고 일어서자 성삼이도 벌떡 일어섰다.

"날 칠 참이냐?"

성삼은 처음으로 반말을 했다.

"맞고 싶으냐?"

영재의 낮고 힘찬 목소리가 성삼의 면상을 쳤다. 타협의 여지
가 없는 영재의 태도에 성삼은 좀 주춤한다. 비밀을 폭로하는
것이 목적이 아니다. 주실과 송 노인의 재산을 빼앗는 것이 목
적이다. 그런 것을 갖기 전에 영재를 매장한다는 것은 자신에게
돌아올 몫을 포기하는 결과가 되는 것이다.

"맞는다고 내 말문이 막힐 줄 아나? 내 입은 살아 있다. 그 여
자에게도 말할 수 있고 온 세상에도 말할 수 있다."

수명 앞에서 말한 것은 좀 성급한 일이었다고 후회했으나 성
삼은 내친걸음이라 생각했다.

"너 죽고 싶으냐?"

낮고 힘찬 영재의 목소리는 아까와 꼭 같은 억양으로 되풀이되었다.

"호오? 그거 재미있다. 근사한 얘긴데? 하하핫……."

성삼은 양어깨를 흔들며 공허한 웃음소리를 냈다.

"똑똑히 들어둬라. 네가 말하기 전에 내가 말한다. 너에게는 그 여자를 만날 권리가 없다."

"권리? 흥! 아무튼 좋아. 내가 그 여자를 만나고 안 만나는 것은 윤영재 하기 탓이지. 주실이만 내놓는다면야 문제는 간단하지. 나도 젊은 놈이 죽자 살자 사랑하는 남녀를 구태여 갈라놓고 싶지도 않거니와 윤영재와 같은 유능한 일꾼을 사회에서 매장시키고 싶지도 않다. 뭐니 뭐니 해도 처남이니까 말야. 흐흐흐……."

괴상한 웃음을 웃기는 했으나 은근히 구슬리고 타협하려 드는 눈치가 역력하다.

영재는 몸을 돌려 카운터로 걸어갔다. 마담이 싸움이 벌어질까 봐 조마조마 살피고 있다가 걸어 나오는 것을 보고 상을 펴며 찻값을 받는다.

영재의 눈은 빨갛게 충혈되어 있었다.

문을 밀고 밖으로 나온다. 뒤쫓아 온 성삼이,

"내가 씌운 올가미 밖으로 빠져나갈 성싶으냐? 어림도 없다!"

악을 썼다. 그리고 영재가 나가려는 골목길 앞을 막아서며,

"주실이만 내놔! 그러면 만사 해결이다."

영재는 성삼을 떠밀었다.

"구더기 같은 자식! 나는 썩은 송장이지만 네놈은 그 송장을 빨아먹는 구더기다, 이놈아!"

"말 잘했다! 윤영재의 피 한 방울도 남기지 않고 다 빨아먹을 테다."

성삼은 영재의 팔을 낚아챘다. 순간 영재의 한 팔이 성삼의 면상을 쳤다.

"날 때렸구나!"

성삼의 외치는 소리와 더불어 그의 주먹도 날았다. 그들은 골목길에서 치고받고 하며 한 덩어리가 되어 뒹굴었다.

"싸움이다!"

"소매치기다!"

사람들이 외치며 와 모여들었다.

골목 밖의 한길에서 버스를 기다리고 있던 수명은 버스 몇 대를 그냥 지나 보내고 영재가 곧이어 나올지도 모른다는 기대 속에 서 있다가 사람들이 몰려가는 바람에 그도 휩쓸렸다. 이상한 예감이 들었기 때문이다. 수명이 사람들을 헤치고 싸움이 벌어진 현장까지 갔을 때는 인심 좋은 구경꾼 몇 사람이 달려들어 싸움을 뜯어말린 뒤였다.

그러나 불빛 아래 비친 얼굴을 봤을 때 수명의 가슴은 철렁

내려앉았다. 아까 다방에서 만난 그 불쾌한 사나이가 손수건을 꺼내어 흐르는 코피를 닦고 있었던 것이다. 수명은 허겁지겁 사람들을 헤치고 들어갔다.

"윤 선생님!"

담배가게 앞에 서서 머리를 걷어 올리고 있는 사람이 바로 영재였다.

"윤 선생님!"

수명은 쫓아가서 영재의 손을 잡았다.

"여직 안 갔었소?"

영재의 깊은 눈이 땅으로 떨어진다.

"어서 가세요, 어서요!"

수명은 울부짖듯 하며 영재의 팔을 끌고 한길로 쫓아 나왔다. 뒤에서 성삼의 욕설이 들려오는 듯했다.

급히 택시를 세우고 차에 올랐다.

"어디 다친 데는 없어요?"

택시가 떠나자 수명은 물었다. 영재는 앞을 바라본 채 소상처럼 대답이 없다. 그 얼굴을 바라보고 있던 수명의 눈에서 눈물이 흘렀다. 영재는 허허벌판에 혼자 서 있는 사람 같았다. 그의 상처투성이인 것만 같은 영혼은 수명의 손이 닿지 않은 허공에 둥둥 떠 있는 것만 같았다.

말없이 돈암동까지 가서 택시에서 내렸을 때,

"뒷산에 좀 올라갑시다."

영재가 말했다. 수명은 잠자코 따랐다. 산으로 올라간 수명은 마르기 시작한 풀밭에 앉았다.

"왜 싸우셨어요?"

"죽이고 싶어서……."

"……?"

"수명이는 나에게서 무슨 말, 듣고 싶지 않아?"

"고통이 되면 말씀하시지 마세요."

"고통…… 태산만큼 이미 고통은 받았어."

"제가 그 고통, 조금이라도 덜어드릴 순 없어요?"

"덜어준다는 것은 수명이 아무것도 모르고 있는 일이오."

"무섭군요."

무섭다는 말에 영재는 얼굴을 들고 수명을 빤히 쳐다보았다. 까만 눈이 영재를 응시한다.

"가끔 저는 그이처럼 떠나고 싶어요."

그이라는 것은 강일혜를 두고 하는 말이다.

"그이도 불행했지만 저도 행복할 수 없다는 것을 생각해 봤어요. 미래를 가정할 수도 없는 불안만이 앞서고……."

"미래라는 말, 내 앞에서 하지 말아요. 순간이 지배하는 미래를 나는 저주할 뿐이오. 옛날에는 그러지 않았다. 마치 칼끝에 선 곡예사처럼 나는 수명을 사랑하고 있는가 봐. 미래의 얘기는 하지 말아. 내일이라는 말도 하지 말아."

영재는 수명의 손을 잡고 흔들었다.

"나는 아까도 장담을 했어. 내가 수명에게 말한다고. 차라리 살인범이었더라도 나는 수명에게 그것을 숨기지는 않았을 거요. 모든 것, 생각지 말아야지. 이 어둠 속에서……."

영재는 무릎 위에 얼굴을 묻었다.

수명은 영재 목덜미 위에 손을 얹었다. 영재는 얼굴을 들고 수명을 포옹했다. 그들은 포옹한 채 언제까지나 움직이지 않았다. 멀리서 가로를 흔들고 지나가는 차량의 둔중한 소리가 울려온다.

바바리코트의 깃을 바싹 세워도 차가운 바람이 으스스 스며드는 초겨울이 다가왔다. 동섭은 학교에서 나오는 길로, 책가방을 든 채 필동으로 향하였다. 필동으로 주실이 옮아간 뒤 동섭은 신혜의 양해를 얻어가지고 매일 저녁때 한 시간 정도 주실에게 공부를 지도해왔다. 한 달 남짓한 동안 그는 하루도 빠지지 않고 그 일을 계속해왔던 것이다.

동섭이 필동으로 갔을 때 그는 습관적으로 주실이 묵고 있는 이 층 방의 창문을 올려다보았다. 창가에 서서 내려다보고 있던 주실이 쫓아 내려와서 문을 열어준다. 대개 일정한 시간에 동섭이 찾아가기 때문에 이와 같이 맞이하는 일이 줄곧 되풀이되어왔던 것이다. 붉은 스웨터에 긴 머리를 역시 붉은 리본으로 동여맨 주실이 문밖으로 얼굴을 내밀며 빙긋 웃는다. 동섭도 빙그레 웃으며 들어섰다.

이 층으로 올라간 동섭은 책상 앞에 앉아 곧장 책을 폈다. 책이라야 교과서가 아닌 소설책이다.

처음 동섭은 주실을 가르치리라 마음먹었을 때 교재 선택에 몹시 곤란을 느꼈다. 학교의 과정을 밟는 것은 처음부터 주실에게는 무리한 일이었다. 일면 그것에 충당할 만한 시간적 여유도 동섭에게는 없었다. 생각한 끝에 택한 방법이 독서의 기초를 마련해 주자는 것이었다. 한글은 아쉬운 대로 겨우 읽는 정도였으니까 소월의 시나 내용이 어렵지 않은 소설 따위를 가려서 읽기와 어려운 낱말을 해석해 주는 식으로 나갔다. 교재를 그런 것으로 택한 데는 다른 이유가 또 있었다. 벽창호같이 막혀 있는 주실의 인생에 대한 눈을 좀 뜨게 하고 공부에 싫증을 느끼지 않게 하기 위해서였다.

이 같은 동섭의 열성에,

"아무래도 수상해. 공부보다 주실이 얼굴이 보고 싶어서 꼬박꼬박 오는 것이 아니에요? 하긴 동섭 씨는 품행이 단정한 학생이니까 안심이지만."

놀려주며 신혜가 웃은 일도 더러 있었다. 동섭은 얼굴을 붉히고 아무 대꾸도 하지 못했다.

그러나 한 달 남짓한 동안 주실에게 나타난 변화는 컸다. 여름에 서울로 올라와가지고 다방이라는 시끄러운 직장에서 받은 영향도 적지 않았으나 동섭의 지성껏 하는 지도로 주실은 눈에 띄게 그 야생의 허울을 벗어가는 것이었다. 주실은 차츰 생각하는 버릇이 생기게 되었다. 여러 가지 문제에 대하여 서툴렀지만 주실이 나름의 의견을 말하는 일이 있었고 모르는 일에 대하여 질문하는 일도 있었다.

그러나 이런 변화는 주실에게 꿈을 갖게 하는 동시에 자신의 과거에 대한 고민도 하게 하였다.

얼마 전에는 이광수의 원효대사를 읽어내려 가다가 요석공주로 하여 파계한 원효대사가 법의를 벗고 방랑하게 된 일을 좀 더 자세히 설명해달라고 동섭을 졸라 진땀을 빼게 한 일이 있었다. 분명히 그것은 성性에 대한 것, 연애감정이라는 것, 그리고 인간에게 마련된 복잡한 계율에 대한 주실의 의문이요, 관심의 표시였던 것이다.

"오늘은 이만하죠."

동섭은 책을 덮고 주실을 쳐다보았다. 주실은 다음 과정을 기다리는 듯 얌전하게 앉아 있었다. 동섭은 가방 속에서 어제 석간신문을 꺼내었다. 신문을 펼쳐 들었다. 주실에게 읽어주기 위해서다. 미리 언더라인을 쳐놓은 부분을 읽기 시작한다. 주실은 경청하는 자세다.

동섭은 얼마 전부터 신문도 교재의 하나로 삼고 있었다. 시사 문제 상식 문제를 골라서 읽어주고 알아들을 수 있게 설명을 해왔다. 그러나 주실은 신문에 대하여 별반 흥미를 갖지 못하는 눈치였다. 동섭은 신문을 읽어주면서 문득 십칠 세기 초의 검객이며 시인인 시라노를 생각했다. 토요일마다 수도원에 있는 아름다운 종매從妹를 찾아가서 사모하는 그 여인을 위하여 일주일 동안 바깥 세상에서 일어난 일을 마치 신문을 읽어주듯 구술□述하는 장면이 연상되었다.

'시라노의 종매, 영재의 종매……'

동섭은 아무 뜻도 없이 그렇게 마음속으로 중얼거려봤다. 동섭은 한때 로스탕이 쓴 희곡 「시라노 드 베르주라크」을 애독한 일이 있었다. 천하무비의 검객이요, 재기에 넘치는 시인이요, 아름다운 영혼의 소유자요, 멋과 해학, 그리고 의협의 사나이이며 또한 거대한 코를 가진 추남 시라노를 동섭은 무척 좋아했었다. 주실이 하품을 깨문다.

"어려워요?"

동섭은 신문을 읽다 말고 물었다. 주실은 그저 웃는다. 주실에게는 어디서 싸움이 벌어지고 누가 무슨 말을 했고, 민주당이 어떻고 하는 따위의 문제에는 아무 관심도 없는 모양이다. 동섭은 신문을 접었다. 주실은 마음이 놓이는 듯 숨을 훅 하고 내쉬었다.

"그럼 슬슬 가볼까?"

동섭이 일어서려니까 주실이 먼저 일어서며,

"차 가지고 오겠어요."

"예?"

동섭은 어리둥절한다.

"아주머니한테 야단맞았어요. 계집애가 미련해서 못쓰겠다구, 손님 대접할 줄도 모른다구 하시면서……."

"아, 그럼 한잔 얻어먹고 갈까요?"

동섭은 도로 주저앉았다. 모범생처럼 착하기만 한 그는 언제나 공부가 끝나기만 하면 곧장 돌아갔던 것이다.

주실은 계단을 탕탕 밟으며 내려갔다.

"귀여운 아기다, 아직은……."

혼자 뇌며 웃었다.

'강 여사도 보조를 맞추어 가정교육을 단단히 시키는 모양이군.'

동섭은 신혜가 주실에 대한 자기 감정을 알아차리고 은근히 떠밀어준다는 것을 눈치챘다. 민망하면서도 신혜의 마음씀이 고맙지 않을 수 없었다. 동섭은 어떤 충족감에서 기지개를 가볍게 켜며 창가로 갔다. 별로 넓지 않은 뜰에는 낙엽의 시기를 지낸 수목이 앙상한 가지를 뻗고 있었다. 향나무만이 서리빛 나는 푸름을 간직하고 있었다.

'주실이는 아무래도 야성이다. 강 여사가 아무리 가르쳐도, 또 내가 이렇게 열심히 지식을 밀어넣어도 그의 영혼은 자연 속으로만 향하고 있다.'

탈피를 꾀하고 있기는 하나 주실은 자연 그대로이며 결코 인공일 수 없다는 것을 동섭은 깊이 생각했다.

'그래서 나는 이렇게 끌려가는 것일까?'

계단을 밟는 발소리가 들려온다. 동섭은 가만히 귀를 기울였다. 주실이 차를 받쳐 들고 들어왔다.

가정에서 보는 모습과 다방에서 차를 나르던 주실과는 사뭇 딴판이다. 뚜렷한 선의 옆얼굴을 수그리며 테이블 위에 찻잔을 놓는 모습은 여성답고 우아하기조차 하다.

"벌써…… 빨리했군요."

"할머니가 끓여놓은 것 가지고 왔어요."

동섭은 자리로 돌아와서 찻잔을 들었다.

"따끈해서 좋습니다."

훈훈하게 전신이 더워지는 것을 느꼈다. 차도 뜨겁거니와 주실의 존재가 그의 마음을 덥게 하였다. 바람이 유리창을 흔든다. 창밖에는 어둠이 묻혀오고 있었다.

"곧 눈이 오겠죠?"

동섭은 무심히 뇌었다.

"눈이요?"

주실은 왠지 놀라는 표정으로 동섭을 바라보았다. 동섭은 눈을 껌벅거리며 그 시선을 받는다. 하얀 주실의 얼굴이 둥실 떠 있는 것처럼 느껴진다. 환각과도 같이 여자의 얼굴은 아름답고 슬퍼 보였다.

"눈이 펄펄 내리면……."

주실은 말을 하다 말고 물끄러미 창밖을 바라본다.

"시골 생각이 나세요?"

주실은 동섭에게 얼굴을 돌렸다. 영악스러운 표정이 번진다.

'아차!'

동섭은 이어 후회하였다.

"시골…… 가고 싶어요."

표정이 누그러지면서 주실의 눈에 절실한 빛이 돌았다.

"언제면 갈 수 있을는지……."

흐느끼듯 말했다.

"서울이 싫으세요?"

주실은 고개를 끄덕였다. 동섭은 배반당한 듯 마음이 언짢았다.

"그럼 서울에 사는 사람도 싫겠군요. 가령 나 같은 사람……."

"이 선생님 같은 분, 시골에서 같이 살았으면 얼마나 좋을까요."

뜻하지 않은 대답이었다. 동섭은 얼굴을 붉히며,

"정말로 그렇게 생각하세요?"

"정말로."

주실의 확언은 도리어 동섭에게 실망을 주었다. 너무나 수월하게 하는 말이었기 때문에 친밀감 이외 별것이 아니라고 헤아려졌던 것이다.

"눈이 펄펄 내리면…… 할아버지는 사냥 가셨어요. 개를 데리고…… 그 할아버진 지금 안 계셔요."

주실의 눈에서 눈물이 흘렀다. 송 노인의 자살이 주실에 대한 성삼의 학대 때문이라는 것을 동섭도 알고 있었다. 주실의 눈물은 동섭의 마음을 어둡게 하였다.

"이혼만 하면 시골에 가서 살 수 있을 겁니다."

"이혼요?"

말을 하다 보니 생소하고 삭막하기 짝이 없는 말이었다. 이혼…… 동섭의 눈에는 언제나 소녀만 같이 생각되던 주실이었으니까.

"얼마나 무서운 사람이라고요."

절망적이다.

"성삼이 말입니까?"

"이 세상에 그렇게 무서운 사람이 또 있을까요?"

"아직 세상을 모르니까 그렇게 무서워하죠. 성삼이도 사람인데 설마…… 차차 어떻게 되겠죠."

동섭은 시계를 보며 일어섰다.

12. 노을 진 들녘

성삼은 광교 근방에 있는 다방에 앉아 있었다. 벌써 담배를 세 개나 태웠다. 그는 막연히 이 층 창가에서 거리를 내려다보고 있었다. 거리 옆의 이 층 다방을 찾아 들고 창가에 자리 잡는 것은 주실을 잃은 후 얻은 성삼의 습성이었다.

성삼이 엽차를 마시려고 했을 때 다방 문을 밀고 젊은 여성이 들어섰다. 성삼의 시선은 얼른 그곳으로 갔다. 주실이 또래의 여자만 보면 그는 주실이 아닌가 하고 착각을 일으킨다. 물론 지금 들어온 여자도 주실은 아니었다. 주실을 찾지 못하여 애를 태우면서 성삼은 한겨울 동안을 서울에서 시골로 내왕하며 보냈다. 시골로 내려가면 혹 영천댁과 박 서방은 주실의 거처를 알고 있을지도 모른다는 생각에서 그들의 뒤를 살피기도 하고 따지기도 했으나 그들은 완강한 침묵으로 성삼에게 대항할 뿐이었다.

언젠가 한번 닭장 옆에서 엿듣고 있노라니,

"아무 소식도 없고 이러고만 있으면 어쩐단 말이오. 어디 간 곳이나 알고 있어야지."

영천댁의 눈물을 찔끔거리며 하는 소리였다.

"아아, 서울 갔겠지, 어디 갔겠소?"

박 서방의 퉁명스러운 목소리였다.

"누가 알아요. 서울로 갔는지, 어디 가서 죽었는지……."

"걱정 말아요. 오빠한테 가 있겠지요."

"그럼 왜 편지 한 장도 못할까?"

"성삼이 알까 봐 그러는 거겠죠."

"원 사람도 왜 그렇게 물러빠졌는지, 늑대 같은 녀석을 내쫓지 못하고 꿀 먹은 벙어리처럼, 기도 못 펴니 알다가도 모를 일이지."

영재를 두고 하는 말이었다.

주실의 거처를 모르고 있는 것만은 분명했다. 성삼은 그들이 모르고 있다는 것에 화가 치밀었다. 늑대라는 말을 꼬투리 삼아 그날 한바탕 싸우고 말았다.

돈을 마련하여 서울로 되돌아온 그는 수시로 전화질을 해서 기름을 짜듯 영재를 괴롭히는 일을 계속하였다.

'영재가 알건 모르건 주실이 서울에 있는 것만은 확실한 일이 아니냐.'

그러나 끈덕진 성삼이도 이제는 지치고 말았다.

"제 년이 두더지라 땅속에서 살겠나, 새라서 숲속에서 살겠나. 설마 어느 날이고 내 앞에 나타나겠지, 나타나기만 하는 날엔 마지막이다. 다리몽댕이를 자각 분질러서 앉은뱅이로 만들어 놓을 테다. 내가 미친개처럼 이렇게 쏘다닌 몇 갑절의 보복을 하고야 말 테다!"

성삼은 이를 와드득 갈았으나 눈앞에 주실이 앉아 있는 것도 아니니 혼자 아무리 벼른다 해도 별수 없는 일이었다.

'영재가 모르고 있다니, 그럴 리가 없지.'

성삼은 갈피를 잡을 수 없어서 답답하기만 했다. 그의 성화를 더욱 지르는 일은 요즘 영재의 태도다.

'그놈이 이제 배짱이야? 흐응…… 주실이만 잡고 보자. 네놈을 구렁창에 떠밀어 버리고 말 테니. 아암, 그러고말고. 으흐흐.'

혼잣말을 중얼거리고 있다가 그는 낮게 소리 내어 웃었다. 맞은편에 앉은 사람이 흘끗 쳐다본다. 미친 사람으로 안 모양이다. 이때였다. 다방 문을 밀고 들어오던 사람이 급히 돌아서 나갔다. 성삼은 거의 본능적으로 일어서서 다방 문을 밀어젖히고 밖으로 쫓아 나갔다. 계단을 탕탕 밟고 뛰어내려 가는데 뒤에서 레지가 찻값 내고 가라고 소리를 질렀다. 성삼이 아래층으로 내려갔을 때 방금 나간 그 사람이 우뚝 서 있었다. 물론 주실은 아니었다. 영재도 아니었다. 아무 면식도 없는 젊은 청년이었다. 성삼은 바보처럼 그 청년을 물끄러미 쳐다본다. 청년은 왜 그러느냐고 묻는 듯한 눈빛으로 성삼을 바라보다가 밖으로 휙 나가 버린다.

"찻값 안 내고 가면 어떻게 해요?"

뒤쫓아온 레지는 눈을 흘기며 올곧잖게 쏘아붙인다.

"누가 찻값 떼어먹고 도망가나? 급히 만날 사람이 있어 그러는 거지. 재수 없게 왜 딱딱거려."

성삼은 투덜거리고 호주머니 속에서 돈을 꺼내어 준다.

그는 그길로 거리에 나왔다.

'쳇! 미친놈의 수작이지.'

성삼은 자신을 비웃었다. 생각하면 어처구니없는 짓이었다. 누군지 확인하지도 않고 다만 들어오다가 급히 나가는 기척만으로 눈을 까뒤집고 쫓아 나왔다는 일이.

젊은 여자면 모두가 다 주실이로 착각되었고 조금이라도 주위가 어수선하거나 급히 누가 달려가기만 해도 성삼은 주실을 은닉한 자가 자기를 피해가는 것이 아닌가 하는 의심을 하였다. 날이 갈수록 그의 신경과민은 심하여졌고 어처구니없는 환상에 사로잡히는 도수가 잦아졌다.

'그때 미도파 앞에서 본 것은 주실이 아니었을지도 몰라?'

성삼은 교통신호에 발을 멈추었다.

'그렇다면, 만일 그렇다면? 주실은 어떻게 된 것일까? 아니야.'

불안하였다. 불안한 속에서도 그는 허기를 느꼈다. 시계를 보

니 한 시 반, 점심때가 늦어 있었다. 그는 길을 횡단하고 H그릴
로 향하였다. 점심을 먹기 위해서다. 시골에서 돈을 긁어가지고
서울로 올라오면 성삼의 생활은 호화판이다. 의복도 외제가 아
니면 몸에 걸치지 않았고 먹성이 좋은 그는 고급 식당만 찾아
다니며 식사를 했다. 지난날의 옹색한 생활과 빈털터리로서 남
에게 얻어먹기만 했던 처지에 대한 일종의 반발이었는지도 모
른다.

그러나 자기 자신을 위한 낭비를 즐기는 대신 남을 위하여,
심지어 시나리오를 써보겠다고 찾아다닌 어느 조감독을 만나는
일이 있을 때도 차 한잔을 사지 않는 노랭이짓을 하는 성삼이었
다. 성삼은 H그릴의 널찍한 계단을 천천히 밟고 올라간다. 계
단의 막다른 벽에는 벽을 가득 채울 만큼 큰 거울이 걸려 있었
다. 이때 H그릴의 이 층에는 신혜와 주실이, 그리고 동섭이 앉
아 있었다. 주문한 음식을 기다리며 그들은 이야기를 나누고 있
었다. 겨울 내내 집 속에서 갇혀 산 주실이 가엾다 하며 신혜가
우겨서 그들을 데리고 나온 것이다. 신혜가 놀려주는 바람에 얼
굴을 붉히며 동섭이 고개를 돌렸다. 그는 무심코 손님들이 드나
드는 계단 쪽의 거울을 보았다.

"앗!"

계단을 밟고 천천히 올라오는 성삼의 모습을 거울 속에서 본
것이다. 동섭은 무의식적으로 주실의 팔을 덥석 잡았다.

"성삼이오! 빨리 화장실로 가세요!"

동섭의 다급한 소리에 주실은 얼굴이 파랗게 질린다.

"빨리!"

동섭은 거듭 말했다.

동섭의 시선을 따라 천천히 계단을 밟고 올라오는 거울 속의 인물을 보고 있던 신혜가 일어섰다.

"나하고 가자."

어쩔 줄 모르는 주실의 팔을 끌고 신혜는 급히 화장실 있는 곳으로 돌아갔다. 마침 성삼이 들어섰다. 그러나 고개를 푹 수그리고 있는 동섭을 보지 못하고 창가의 좌석으로 뚜벅뚜벅 걸어갔다. 그는 자리에 앉자 턱을 괴고 멍하니 창밖을 내다본다. 신혜는 주실을 화장실로 밀어넣고 나왔다. 나오면서 창가에 앉은 성삼을 흘끔 쳐다본다.

"이거 야단났다. 원수는 외나무다리에서 만난다더니……."

신혜는 자리에 앉으며 혀를 찼다. 동섭은 얼굴을 일그러뜨리고 테이블을 지켜보고 있었다.

"혹시 우리들 뒤를 따라온 것이나 아닐까?"

"그렇지는 않을 겁니다. 여기 있는 것도 모르고 지나쳐버렸으니까."

동섭은 말하면서 화장실에 갇힌 주실을 생각했다.

'참혹한 일이다. 어째서 사람이 사람의 대접을 받지 못한단 말이냐.'

주실이 성삼에게 매 맞은 이야기를 하던 것을 생각했다. 절로 주먹이 쥐어졌다. 그는 증오에 찬 눈으로 창밖을 멍하니 바라보고 있는 성삼을 쏘아본다.

"그러나저러나 저 작자가 식사를 하고 나갈 때까지 주실이 화장실에 갇혀 있어야 할 판이니 이거 정말 야단났군. 무슨 좋은 수가 없을까?"

신혜 말에 동섭은 눈길을 돌리며,

"강 여사께서는 저자를 모르시죠?"

"난생처음 보는 사람이에요. 못난 얼굴은 아니지만 음흉스럽게 생겼군. 저런 상판은 처치 곤란이야."

"저 사람하고 일혜 씨는 잘 아는 사입니다."

"일혜하고?"

"네. 일혜 씨가 영재를 알게 된 것도 저 사람 때문입니다."

"그래요?"

신혜는 좀 놀란다.

"뭐 하는 사람인데 일혜하고 알게 됐을까?"

"대학에 적을 두고 있는 모양이지만 그것은 뒷전이고 시나리오를 쓰느니 어쩌느니 하고 음악살롱에 드나들었죠. 그때 아마도 일혜 씨를 알게 됐나 봐요."

웨이터가 주문한 음식을 삼 인분 날라 왔다. 그러나 음식에 손이 가지 않았다. 화장실에서 전전긍긍하고 있을 주실을 생각하니 기가 딱 막혔다.

"한 마리의 늑대와 어린 양, 가엾어요."

동섭은 그 말을 뇌는데 눈언저리가 벌게졌다. 노한 표정이었다.

"내가 공연히 끌고 나왔나 봐."

"하기는 언제까지나 집 속에서만 살겠어요? 도대체 영재가 바보 같은 자식입니다. 왜 겁을 내며 쉬쉬하는지 모르겠어요."

"가만히 계세요. 저 작자가 영재 씨의 매부고 또 일혜를 안다니까…… 좋은 수가 있어요."

신혜는 무슨 생각을 했는지 얼른 포크를 들고 고기를 자르기 시작했다. 동섭은 의아하게 바라본다.

신혜는 음식을 후딱후딱 먹더니,

"자, 동섭 씨, 저 작자가 식사를 주문하기 전에 가보세요."

"네?"

"이리로 불러오세요. 그리고 일혜의 언니라고 소개만 하면 되니까. 뒷감당은 내가 할 테니 동섭 씨는 구경만 하면 돼요."

동섭은 심히 난처한 얼굴이다. 어떻게 하자는 것인지 알 수도 없거니와 성삼과 대면하기 싫었던 것이다.

"아무튼 저 작자를 빨리 내쫓아야 할 게 아니오? 그래야 주실이를 꺼내오지. 자, 어서 가서 이리로 유인해 와요."

신혜는 계책이 있는지 명령조로 말했다. 동섭은 일어섰다. 그가 성삼의 옆으로 바싹 다가섰을 때,

"아, 형님이 웬일이십니까?"

성삼은 뜻밖인 듯 동섭을 쳐다보았다.

"아는 사람을 모르는 체하긴가?"

동섭은 애써 자연스럽게 웃으려고 했으나 웃음이 되지 않았다.

"모르는 체하다뇨? 설마 그럴 리가 있겠습니까? 요즘 제 신상이 하두 복잡해서 형님이 눈에 잘 띄지 않았던 모양이죠? 하기는 모범생인 형님이 이런 곳에 출입하실 줄은 미처 몰랐거든요."

성삼은 모멸적인 미소를 띠었다. 모범생이라는 말에는 가난뱅이 학생인 네가 이런 고급 식당에 출입하니 제법이구나 하는 투가 포함되어 있었다.

'개자식이!'

그러나 동섭은 꾹 참는다.

"우리 자리에 안 가겠나? 일행이 없으면 우리하고 합석하지."

"대체 누구하고 함께 오셨습니까? 영재는 안 왔겠죠?"

성삼은 커다란 눈을 굴리며 건방지게 사방을 둘러본다.

"저기 저 부인하고 같이 왔는데 알 만한 사람이니까 함께 식사라도 하지 않겠나?"

동섭은 신혜 있는 쪽을 가리켰다.

"굉장한 미인하고 같이 오셨군요. 형님을 모범생으로만 알고 있었는데 실상은 그렇지도 않는 모양이죠? 저분은 누굽니까?"

마치 동섭이 신혜의 젊은 연인이나 된 것처럼 말하며 또 웃었다.

'개자식이!'

먹은 것이 울컥 넘어올 것만 같은 아니꼬움을 느꼈다.

"실없는 농담은 그만두고…… 누군지 가서 소개하겠다."

"형님 그러지 마세요. 나 이래 봬도 미련한 놈은 아닙니다. 모처럼의 일요일을 즐기시는 판인데 방해를 해서야 쓰겠습니까?"

"술도 취하지 않았는데 웬 주정이냐? 오해는 말게. 저분은 미스 강의 언니 되시는 분이야."

"네? 그러세요? 어쩐지 어디서 한번 본 일이 있는 얼굴이라 생각했습니다만…… 그럼 어디 동석의 영광을 가져볼까요?"

일혜의 언니라는 말에 성삼은 거드름을 피우며 일어섰다. 동섭은 그의 뒤통수를 한 대 까주고 싶은 충동을 느꼈다. 그러나 화장실에 갇혀 있는 주실을 생각하여 주먹을 풀었다. 동섭이 성삼을 신혜에게 소개하자, 신혜는 냅킨으로 입을 닦고 나서 화려하게 웃었다.

"오오, 그러세요? 일혜의 친구 되시는군요. 앉으세요. 반갑습니다."

신혜의 연극은 능숙하였다. 성삼은 뜻하지 않은 환영에 우쭐하며 자리에 앉았다. 신혜는,

"뭐 시키셨어요?"

"지금 주문할 참입니다."

성삼은 신혜가 일혜보다 더 아름답다고 생각하며 대답했다. 동섭은 석상처럼 굳은 자세로 앉아 있었다.

"그럼 점심은 제가 사겠어요. 가엾은 우리 일혜 친구를 위해서, 괜찮겠죠?"

"이거 황송합니다."

아주 정이 똑똑 떨어지는 말에 성삼은 고개를 숙이며 사양하지 않았다. 그러나 신혜는 웨이터를 부르지 않았다. 웨이터가 옆으로 지나가도 모르는 척하고 있었다.

"일혜는 파리에 가 있어요. 아세요?"

"네, 소문은 들었습니다."

"그 애가 왜 갑자기 그렇게 떠났는지 모르겠어요. 내가 모르는 어떤 충격을 받은 모양인데…… 혹시 김 선생께서는 윤영재라는 사람을 아시는지."

성삼은 씩 웃는다.

"그 사람 바로 제 처남입니다."

"어머나! 그러세요?"

신혜는 호들갑을 떨며 동섭을 보았다. 동섭은 괴로운 듯 슬며시 외면을 했다.

"이거 그렇다면 김 선생하고 조용히 얘기 좀 해야겠는데……."

신혜는 일부러 동섭의 존재를 꺼려하는 시늉을 한다. 그리고 시계를 들여다보며,

"야단났군. 삼십분 후에 기차를 타야 하는데 어떡하나? 이번에 내려가면 당분간 올라올 수 없는데."

"무슨 말씀인데요?"

"물론 일혜에 관한 얘기예요. 김 선생은 윤영재라는 사람의 매부라니까……."

"그럼 어떻게 할까요?"

성삼은 또 한 번 우쭐한다. 그리고 곁눈으로 동섭을 흘겨본다.

"참 염치없는 말이지만 잠깐 같이 나가주시겠어요? 아래에 있는 다방에서 말씀드리고 싶어요."

"네, 좋습니다."

성삼은 순순히 일어섰다. 그러나 그는 테이블 위에 놓인 요리에 눈을 준다.

'삼 인분인데 사람은 두 사람이구?'

얼른 눈치를 챈 신혜는,

"동섭 씨, 죄송해요. 숙이가 오거든 식사 끝내고 그 애를 서울역으로 보내주세요. 시간이 그렇게 됐어요. 요다음에 또 만납시다."

신혜는 어물어물 말을 꾸며대며 성삼의 옷소매를 잡아 끌다시피 하고 나가다가,

"잠깐만…… 계산하고 내려갈 테니 김 선생 먼저 다방에 내려가셔서 기다려주세요. 곧 가겠어요."

성삼이 내려가자,

"후……."

신혜는 크게 한숨을 내쉬었다.

"주실이 데리고 올 테니까 좀 있다가 나가세요. 나 저 작자 붙잡아놓을 테니."

신혜는 급히 화장실로 달려가서 주실을 데리고 나왔다. 주실은 오들오들 떨고 있었다. 얼굴은 멍든 것처럼 푸릇푸릇했다. 동섭은 연민과 오뇌에 가득 찬 눈으로 주실을 바라본다.

"곧장 집으로 가요."

신혜는 주실의 등을 두들겨주고 종종걸음으로 나간다. 신혜가 나간 후 얼마 되지 않아 동섭은 주실을 데리고 H그릴에서 빠져나왔다. 그들이 집으로 돌아왔을 때 문 앞에 지프차 한 대가 멈추어 있었다. 방금 성삼의 눈을 피하여 H그릴에서 빠져나왔으므로 집 앞에 대기하고 있는 지프차는 그들과 아무 관계도 없는 것이다. 그러나 동섭은 왜 그런지 마음이 꺼림칙했다.

"잠깐만."

그는 주실의 손을 잡고 멈추게 했다. 그리고 그들은 서로 마주 쳐다보았다. 주실의 얼굴은 불안에 싸여 있었다.

이때 집 안에서 풍채가 당당하고 차림새가 말쑥한 신사 한 사람이 나왔다. 그는 별로 주변에 신경을 쓰지 않고 지프차에 훌쩍 오른다. 차는 이어 움직였다. 손님을 전송하러 나온 할멈이 우두커니 서 있는 두 사람을 보자,

"아씨는?"

급히 물었다.

"곧 돌아오십니다."

동섭은 대답을 하고 나서 길모퉁이를 막 돌아가는 지프차에 눈을 주며,

"무슨 일이 있었어요?"

"아니, 일본에 갔다 온 손님이 찾아왔었어요. 다방에 갔다가 아씨가 안 계시니까 집으로 오신 거요."

무슨 내력이 있어 보이는 일이었지만 입이 무거운 할멈은 아무렇지 않게 말했다.

"왜 이렇게들 일찍 왔수? 영화 구경도 허구, 저녁에 들어오시겠다 해놓구서……."

"좀 볼일이 생겨서요……."

동섭은 말꼬리를 흐려버렸다.

이 층으로 올라갔다. 방으로 들어가자 주실은 멈추어 서며 동섭을 돌아다보았다.

동섭은 주실의 어깨 위에 손을 얹었다.

"붙잡히면 나는 어떻게 되는 거예요?"

주실은 동섭의 가슴에 머리를 묻고 흐느껴 운다.

"괜찮아, 괜찮아, 영재도 있고 강 여사도 계시고, 그리고 내가 있지 않아?"

주실은 동섭의 위로의 말에도 불구하고 울기만 한다. 슬프기보다 무서운 생각이 앞서는 모양이다. 동섭은 우는 주실을 겨우 달래서 소파에 앉혔다. 그도 옆에 앉았다.

"영재 아버지, 그러니까 주실의 고모부지, 그분이 변호사니까

차차 법적으로 해결을 해야지. 이러고만 있을 순 없지. 시골에 있을 때하곤 달라서 성삼이도 마음대로 할 수 없는 일이야. 그러니까 걱정 말고 좀 참아봐요. 영재하고 의논해서 주실이 마음 놓고 다니도록 할 테니까."

이제는 그들 사이에 오가는 말씨도 오누이처럼 자연스러웠다. 그러나 주실은 동섭의 말에는 아무런 희망도 걸지 않았다. 멍하니 허공만 바라보고 있을 뿐이었다.

방 안에는 오후의 햇빛이 스며들고 있었다. 벌써 이른 봄이다. 보송보송한 주실의 목덜미에도 뿌연 빛이 서려 있었다. 연한 피부에는 핏기가 없었다. 바깥 출입을 하지 못한 그늘진 생활의 탓도 있었지만 방금 그릴에서 받은 충격이 컸던 것이다.

"아직도 무서워?"

동섭의 말에,

"여기 쫓아오지나 않을까요?"

주실은 그 생각만 하고 있었던 것 같다.

"여기가 어디라구 와? 절대로 안 오니까 걱정 말구 강 여사가 오실 때까지 같이 있어줄 테니 마음 놓아."

저녁에 하숙으로 돌아왔을 때 아침에 같이 하숙에서 나간 영재는 아직 와 있지 않았다. 나가면서 하는 말이 효자동의 집에 좀 들르겠다 했으나 지금까지 거기 머물고 있을 리도 없었다. 동섭은 수명을 만나고 있는 모양이라 생각했다.

'이제 한 달이면 졸업이구나.'

동섭은 책상 위에 쌓인 책을 바라보며 중얼거렸다.

'그러고 나면 군대 밥을 먹어야지.'

동섭은 쫓기는 기분이 든다. 이대로 군대에 가버리고 나면 주실과의 인연이 끊어지고 말 것만 같았다. 아직도 주실은 자신의 의사로 움직이지 못하는 정신연령 속에 있는 것이다. 누구든지 강력하게 이끄는 힘에 의하여 눈먼 양처럼 따라가게 마련이다. 가는 곳이 지옥이든 천국이든, 혹은 이끄는 자가 사나운 짐승이든 양순한 목자이든 간에.

'가엾은 주실이, 왜 우리는 진작 만나지 못했어? 나는 진실로 너에게 있어 우직한 목자가 될 수 있었을 텐데, 아니다! 설령 우리가 이렇게 늦게 만났다 하더라도 만난 이상 헤어질 순 없지. 너를 지옥으로 보낼 수도 없거니와 그 늑대 같은 성삼에게 돌려보낼 수는 없다, 결코! 너에게는 넓고 푸른 초원이 있어야 하고 나와 같은 우직한 목자가 있어야 한다. 그리고 평화가 있어야 한다. 너는 창세기의 티 없이 맑은 여자이기 때문에.'

동섭은 흐느껴지도록 주실을 생각하였다. 그러나 자신이 유치하고 어리석은 감상에 빠져 있음을 깨닫는다. 현실은 냉혹하고, 그런 자기의 심성으로 해결하기에는 너무나 많은 장해가 가로놓여 있었던 것이다.

'영재가 오면 따지자! 왜 어물쩍거리고 있느냐 말이다!'

쏟을 곳 없는 울화에 벌떡 일어섰다. 어디로 간다는 목표도 없이 그는 밤거리에 나왔다. 담배가게로 들어가서 공중전화 앞에 섰다. 다이얼을 돌리니 신혜의 목소리가 이내 울려 나왔다.

"접니다. 동섭입니다."

"걱정이 돼서 전화 거셨어요?"

하고 신혜는 깔깔 웃었다.

"아무 일 없었습니까?"

"동섭 씨도 신경과민이군요. 무슨 일이 있겠어요?"

"그래도 그 녀석이 미심쩍어하더라면요? 아주 집요한 성질이니까……."

"걱정 마세요. 설마 야밤중에 담 넘어 들어오겠어요? 집도 모르겠지만. 그보다 주실이 목소리가 듣고 싶어 그러시죠? 바꾸어드릴게요. 그리고 주실은 나하고 같이 자기로 했으니까 마음 놓으세요."

신혜는 수화기를 놓고 주실을 부른다.

"여보세요?"

주실의 목소리가 울려왔다.

"별일은 없어. 나온 김에 전화 걸어본 거요."

"오빠한테 말씀하셨어요?"

주실의 목소리는 찌푸린 그의 얼굴을 연상케 했다.

"아직 돌아오지 않았더군. 그럼 걱정 말고 잘 자요."

더 이상 할 말이 없어 동섭은 전화를 끊고 돌아섰다.

하릴없이 명동에서 이 다방 저 다방으로 돌아다니던 성삼은 해거름이 되자 거리로 나섰다. 저녁때라 명동 거리는 몹시 붐비었다.

'일찌감치 하숙에 가서 잠이나 자자, 빌어먹을!'

성삼은 까닭 없는 욕지거리를 하며 미도파 쪽으로 나왔다. 길을 횡단하려고 하는데 마침 보행정지의 신호가 걸렸다. 그는 멈추었다. 미도파 쪽을 건너다보았다. 부인네들이 물건 꾸러미를 들고 꾸역꾸역 밀려 나온다.

'아앗!'

성삼의 머릿속에 순간 번갯불처럼 스쳐가는 일이 있었다.

'맞았어! 그때 주실하고 같이 가던 여자다!'

성삼의 얼굴이 검붉어졌다.

얼마 전에 H그릴에서 만난 신혜를 생각했던 것이다. 그때 성삼은 어디서 만난 일이 있는 여자 같다고 생각했다. 나중에 동섭으로부터 일혜의 언니라는 말을 듣고 그래서 그런가 보다 했던 것이다. 그러나 미도파를 건너다보는 순간 그의 머릿속에 지난 초가을의 일이 되살아났다. 화려한 한복 차림의 여자하고 깜찍스럽게 양장한 주실이 백화점에서 나오던 기억이다.

'으응, 그랬었구나! 그래서 그날……?'

H그릴에서 삼 인분의 식사를 유심히 내려다본 일, 별로 긴요한 일도 아닌데 신혜가 다방으로 끌고 내려가서 시간을 질질 끌던 일, 그리고 이글이글 타는 눈으로 자기를 바라보던 동섭이, 그런 일들이 서로 연결되어 성삼의 마음을 꽉 잡았다.

'그날 식당에서 주실이가 숨었구나!'

그 확신은 어김없는 것이라 생각했다.

'그 연놈들이 감쪽같이 짰구나!'

성삼은 원통하여 주먹을 불끈 쥐었다.

'가만있자. 그럼 주실이는 분명히 서울에 있겠다? 그 강 여산가 하는 그년 집에.'

성삼은 검붉어진 얼굴 위에 웃음을 흘렸다. 전신이 오싹오싹해지도록 뜻하지 않게 잡은 단서에 그는 흥분하는 것이었다. 보행정지의 신호가 풀렸다. 성삼은 건너지 않고 돌아섰다. 호주머니 속에서 수첩을 꺼내었다. 있었다. 일혜 집의 전화번호가 기재되어 있었다.

'흐흐흐, 이제 됐어, 돼!'

그는 오던 길을 급히 되돌아갔다.

주실의 거처를 알았다는 기쁨은 그러나 삽시간의 일이었다.

'영재 그 죽일 놈이 주실이를 동섭이 그놈한테 물려주었구나!'

야비한 지레짐작이다.

'때려잡아 죽일 연놈들!'

영재가 주실의 행방을 정말 모르고 있을지도 모른다는 생각을 했던 만큼, 또 신혜가 각별히 친절한 데 대하여 우쭐했던 만큼 성삼은 분하고 괘씸한 생각이 치밀었다.

'오냐, 어떻게 되는지 두고 봐. 이제는 고양이 앞의 쥐다!'

보복심에 불타며 그는 공중전화가 있는 서점으로 들어갔다.

"전화번호 책 좀 빌려주슈."

서점 점원이 번호 책을 찾아주었다. 그는 성급하게 책장을 넘기며 강이란 머리글자를 훑어가며 전화번호에 대조하여 찾아내려 갔다. 주소를 알자는 것이다. 그러나 마음이 급한 탓인지 용이하게 눈에 띄지 않는다.

"에잇!"

성삼은 번호 책을 팽개치고 전화의 다이얼을 돌렸다. 급히 다이얼을 돌리는 성삼의 가슴도 좀 떨렸다. 과연 누가 전화를 받을까 하는 생각에서다.

신호는 갔다. 그러나 받는 사람이 없었다.

'아무도 없나?'

신호는 자꾸만 되풀이되건만 여전히 받아주지 않았다.

'고장인가? 제기랄!'

다이얼을 다시 돌리려고 하는데 마침 신호는 멎고,

"여보세요?"

앳된 여자의 목소리다. 이쪽에서 대답이 없다.

"여보세요?"

다시 묻는다.

'주실이다!'

성삼의 얼굴은 검붉어졌다. 그는 밭은기침을 한 번 하고 나서,

"김 선생 댁에 계신가요?"

엉뚱한 말을 물었다.

"네?"

"김 선생에게 전화 바꿔주세요."

"아니, 누굴 찾으시는데요?"

"영화감독 김 선생 말입니다."

"그런 분 여기 안 계십니다. 잘못 거셨어요."

하며 전화를 끊으려고 하자,

"아, 잠깐만, 그럴 리가 없는데? 거긴 어디죠?"

"삼천삼백이십오 번이에요."

"틀림이 없는데? 웬일일까? 거기 어느 동입니까? 실례지만."

"여기 필동이에요."

'필동이라?'

성삼은 얼굴 위에 험상궂은 웃음을 흘렸다.

"아, 그러세요? 실례했습니다."

성삼은 수화기를 놓았다.

그는 다시 번호 책을 넘겼다. 전화를 걸어서 무슨 동인지 묻지 않아도 차분히 찾아보면 신혜 집의 전화번호는 기재되어 있기 마련이다. 그러나 성삼은 주실이 과연 그곳에 있는지를 확인하고 싶었던 것이다.

'여기 있군.'

성삼은 수첩을 꺼내어 번호 책에 기재된 주소를 적었다. 그리고 서점에서 급히 밖으로 나왔다.

'으응, 죽일 연놈들! 성삼이를 그렇게 어수룩하게 봤나? 이년을 잡기만 잡으면 다리를 쟁강 분질러 앉은뱅이로 만들어놓을 테다!'

욕설을 퍼붓는 성삼의 마음은 그러나 지극히 유쾌했다.

필동 입구에 들어서면서부터 성삼은 구멍가게, 약방 할 것 없이 착착 물어서 신혜의 집을 찾아 올라갔다. 신혜의 집 앞에 이르자 그는 두루 살피며 이 층을 올려다본다. 불이 환하게 켜져 있었다. 집 안은 조용했다.

'좀 동정을 보자.'

그는 담배를 붙여 물었다.

'지금 이 집 안에는 몇 사람이나 살고 있을까?'

작전상 생각해 볼 만한 일이었다.

'어떻게 고 계집애를 끌어낸담? 역시 시끄러운 것은 피해야지. 모든 일은 주실이가 내 손에 떨어진 후에 해야 하니까.'

주실의 거처를 알기 전에는 다만 주실만을 원한 성삼이었다. 그러나 막상 주실을 찾게 되는 순간에 앞서 그의 머릿속에 오가는 일은 재산 이양 문제, 영재와 그 밖의 사람들에 대한 보복이었다. 욕심과 복수심이 부글부글 끓어올랐다. 이때 집 안에서는 현관문이 열리고 이야기 소리와 말소리가 들려왔다.

대문 가까이 오는 발소리를 듣자 성삼은 얼른 전주 뒤로 몸을 숨겼다. 그리고 눈을 희번덕거리며 문 있는 쪽을 노려본다. 문이 열렸다. 성큼 나선 사람은 남자였다. 전주에 붙은 가등이 문 앞을 환하게 비춰주는데 문밖에 나온 사나이의 얼굴을 보았을 때 성삼은,

'동섭이다!'

그는 전주 뒤에 박쥐처럼 몸을 착 붙이고 동섭에게 강렬한 눈길을 쏟았다. 동섭에 뒤이어 주실이 나왔다. 그리고 두 사람은 잠시 마주 보았다.

"들어가 봐."

동섭이 웃었다. 주실이도 웃었다.

'음……'

성삼은 이를 악물었다.

"그럼 안녕히 가세요."

주실은 약간 허리를 구부렸다. 그러나 여전히 미소 지은 얼굴은 동섭에게 향하고 있었다. 황홀할 지경으로 주실은 아름다웠다.

"들어가라니까."

동섭은 손에 든 가방을 추스르며 다정스럽게 빈손으로 주실의 등을 밀었다. 그러나 주실은 들어가지 않고,

"어서 가세요."

하고 서 있었다.

동섭은 몇 번이나 돌아보며, 돌아보며 내려간다.

이들 사이에 감도는 분위기는 누가 보아도 훈훈한 애정을 느

낄 수 있는 것이었다. 미리부터 지레짐작을 했던 만큼, 또 남보다 의심 많은 성삼이었던 만큼, 눈앞의 광경은 그에게 실제 이상으로 강하게 왔다. 질투에 전신이 불붙는 듯했으나 당장에 뛰쳐나가기에는 성삼의 두뇌가 좀 치밀한 편이었고, 앞뒤를 따지는 교활한 계산이 그의 충동을 막았던 것이다.

동섭의 모습이 사라졌다. 주실은 그냥 서 있었다. 깊은 생각에 잠겨 있다기보다 그는 외부의 공기가 몹시 그리워 그렇게 서 있는 듯 보였다. 동섭의 모습이 사라지자, 성삼은 주위를 재빨리 살폈다. 조용한 주택이 들어선 길가에는 때마침 지나가는 사람도 없고 가등 빛만 희미하였다. 성삼은 재빨리 몸을 날렸다. 주실의 뒤로 바싹 다가선 그는 한 팔을 들어 주실의 입을 틀어막고 한 팔은 허리를 감으며 앞으로 떠밀었다.

"가자!"

눈 깜짝할 사이의 행동이다. 주실은 몸을 좌우로 흔들었으나 고함을 칠 수는 없었다.

"으으우……."

하면서 그는 떠밀려갔다.

집 앞에서 얼마만큼 밀려나오자 성삼은 비로소 주실의 입을 막은 손을 풀고 대신 손목을 꼭 잡았다.

"소리 지르기만 하면 비틀어 죽인다! 가자!"

주실의 팔을 비틀듯 하며 잡아끌고 앞으로 내닫는다. 주실의 얼굴은 거의 흙빛으로 변해 있었다.

집 모퉁이를 완전히 돌아왔을 때,

"으흐흐…… 으하하핫."

성삼은 하늘을 올려다보며 통쾌하게 웃어젖혔다. 그러나 그의 눈은 무섭게 빛나고 있었다.

"어때? 기분이. 으하핫핫……."

주실의 몸은 돌덩이처럼 굳어 있었다. 성삼을 대하면 언제나 그랬었지만 마치 벙어리가 된 것처럼 한마디의 말도 하지 못했다.

한길가에 나온 성삼은 택시를 잡았다.

방금 출근한 영재가 막연한 표정으로 담배 연기를 내뿜고 있는데 전화벨이 울렸다. 무심코 수화기를 들었다.

"삼협토건이죠?"

다급한 여자의 목소리였다. 영재는 입에 문 담배를 뽑아 재떨이에 담뱃재를 떨어뜨리며,

"네, 그렇습니다."

하고 대답했다.

"윤영재 씨 나오셨어요?"

영재는 자기 이름을 대는 상대방 여자 목소리에는 기억이 없었다.

"제가 바로 윤영재올시다. 댁은 누구시죠?"

"아, 영재 씨! 나 신혜예요."

영재의 안색이 변한다. 아침 일찍 걸려온 전화는 결코 좋은 징조가 아니라고 생각한 때문이다. 며칠 전에 동섭으로부터 H그릴에서 일어난 비극적인 사건을 들었던 만큼 그의 마음은 심히 불안했다.

"아침부터 이렇게 전화주시니 웬일입니까?"

"큰일 났어요."

"큰일이라뇨?"

"주실이가 없어졌어요."

영재는 미간을 모은 채 말을 못한다.

"할멈의 말이 어젯밤 공부를 끝내고 동섭 씨가 떠날 때 바래다준다고 문밖까지 같이 나갔다는데 그 길로 집에 돌아오지 않았대요. 나도 볼일이 좀 있어서 아침에 집에 돌아오니 할멈이 그러지 않겠어요?"

영재는 책상 바닥만 내려다본다.

"혹시 동섭 씨하고 동행하지나 않았을까? 동섭 씨는 왔었어요?"

"왔었습니다. 하숙에 돌아갔을 때 먼저 와 있더군요."

"아닌 게 아니라 나도 처음엔 동섭 씨가 주실이를 좋아하기 때문에 혹시 했지만 동섭 씨는 그럴 사람이 아니거든요. 동섭 씨하고 같이 가지 않았다면 이거 사고 아니에요?"

"사고겠죠."

영재는 내던지듯 말했다.

"남의 일같이 말하시네? 하여간 동섭 씨한테 연락해 보세요."

"연락해 보겠습니다."

전화를 끊었다.

'언제고 한번 이런 날이 오고야 만다.'

영재는 의자에 푹 가라앉는다.

동섭이 주실을 밖으로 끌어낼 위인도 아니거니와 어젯밤의 그의 태도는 평상시와 조금도 다름 없이 단정하였다고 영재는 생각한다. 혹시 동섭의 탈선이 아닌가 하고 희망을 품어보기에는 너무나 사태가 명백하였다. 주실은 성삼에게 납치되어 간 것에 틀림없다고 영재는 단정 짓는다. 체념과도 같고 탈각과도 같은 기분이 든다.

그는 천천히 일어섰다. 코트를 걸쳤다. 막 문을 나서려고 했을 때,

"윤 선생님! 윤 선생님!"

아득한 곳에서 부르는 듯한 소리가 들려왔다.

사동이 수화기를 들고,

"전화예요."

"아아."

영재는 되돌아가서 수화기를 들었다.

"여보세요."

"으흐흐, 으하하핫!"

웃음소리부터 터져 나왔다.

"벌써 연락은 받았겠지? 기분이 어떠냐 말이다. 이 개새 끼야!"

커다란 웃음소리와 증오에 찬 욕설이 마구 터져 나왔다. 영재 는 수화기를 움켜쥐고 서 있었지만 자세는 곧았고 표정에는 아 무런 변화도 없었다.

"이 새끼야! 난 그래도 말야, 이렇게 예의를 깍듯이 차려주는 거야. 지금 주실이를 데리고 시골로 내려가는 것을 사전에 알려 주니 말이다. 더러운 너희 놈들처럼 쩨쩨하게 굴지는 않아. 그 것은 그렇고 다음 일이 어떻게 돌아갈지 아나? 설마 윤영재 같 은 녀석이 그걸 모를 리가 없지."

전화통에서는 연신 웃음소리가 터져 나온다.

"지금 주실이는 내 옆에 서서 벌벌 떨고 있다. 발차 시간을 기 다리면서 말야. 그년은 진짜로 이제부터 지옥문으로 들어가는 거지. 이 새끼! 그래 네가 범한 계집을 둘도 없는 친구에게 물려 준 그 기분이 어때? 하여간 위대한 우정이다. 하하하……."

증오에 찬 목소리가 귓전을 내리쳤지만 영재는 시종일관 무 표정이다.

"어쨌든 좋아. 그보다 너 생각이 있으면 시골로 내려오라. 칼 없는 기사하고 한번 겨루어보자꾸나. 그야 백기를 들고 순순히 항복하러 온다면야 원래가 김성삼의 입은 무거우니까 앞으로도 꾹 다물고 있어주지. 왜 말이 없어! 꿀 먹은 벙어린가?"

성삼은 영재의 말을 기대하는 듯 잠시 말을 멈추었다. 그러나

여전히 영재 입에서 말이 없자,

"너의 운명은 너 생각할 탓이다. 그리고 또 윤영재의 운명은 내 손아귀 안에 있다는 것을 잊지 말아. 그 아름다운 여의사 님을 생각해서라도 말야. 그리고 네 누이동생의 피멍 진 살덩어리를 생각해서라도 말야."

마지막의 위협을 내던지고 성삼은 전화를 끊었다. 영재는 똑바로 사무실에서 걸어 나갔다. 그의 얼굴빛은 창백했으나 눈은 착 가라앉아 있었다.

하숙으로 돌아온 그는 담배만 태우면서 빈방에 한나절을 우두커니 앉아 있었다. 네 시가 지났을 때,

　　　나 지금 송화리로 떠난다.

간단한 쪽지 한 장을 책상 위에 놓아두고 영재는 바바리코트를 너풀거리며 거리로 나왔다. 밖으로 나온 영재는 공중전화로 병원에 있는 수명을 불러냈다.

"나 영재요."

"웬일이세요?"

수명의 맑은 목소리는 영재의 심장을 찔렀다.

"지금부터 나 어디 좀 다녀오려고 하는데……."

목이 쉰 듯 말소리가 제대로 나오지 않았고 감정마저 목구멍에서 그냥 멎어버리는 듯했다.

"어디로 가세요?"

수명의 목소리는 불안하게 들려왔다.

"시골에."

"오래 계시게 되나요?"

"글쎄……."

"잠깐 시간 내서 만나뵐까요?"

"……."

"시간이 없으세요?"

"우리에겐 시간이 없어."

"이상한 말씀을 하시는군요."

"시간이 없다니까."

그 순간 영재의 창백한 얼굴에 피가 모여들었다.

"곧 돌아오시겠죠?"

"아마도."

"무슨 일로 가세요?"

수명은 조심스럽게 물었다.

"집안일로."

"그럼……."

생각에 잠긴 듯 전화를 끊지도 못하고 수명은 그대로 우두커
니 서 있는 모양이다. 영재도 그쪽에서 먼저 끊어주기를 기다리
는 듯 수화기를 잡은 채 멍하니 서 있었다.

"그럼 안녕히 다녀오세요."

겨우 목소리가 전해졌다.

"수명이도 잘 있어요."

"아, 저…… 다녀오시면 곧 전화해 주세요."

영재는 대답 없이 수화기를 놓았다.

그는 곧장 서울역으로 나왔다. 역전까지 왔을 때 발차 시간까지 엄청나게 많은 시간이 남아 있는 것을 영재는 깨달았다. 그는 이등대합실로 들어갔다. 그곳에서 시간이 되기까지 기다릴 작정인 것이다. 바바리코트 호주머니 속에 양손을 찌르고 어깨를 움츠리며 벽에 나붙어 있는 광고를 바라본다. 붉고 푸른 색채가 있을 뿐 그의 눈에는 아무런 형체도 보이지 않았다. 막막한 모래밭 같은 공간이 머릿속을 채우는 듯하였고 비웃는 듯하였다. 얼마 동안의 시간이 흘러갔는지 그는 심한 갈증을 느꼈다.

'이 층에 식당이 있었지?'

영재는 이 층에 있는 구내식당으로 올라갔다. 넓은 홀 안은 파리를 날리듯 손님 한 사람 없었다. 눈부시게 흰 식탁보만이 그의 시야에 강렬하게 비쳤다. 그는 입원실의 침대를 연상했다. 의사들이 긴 복도를 지나가는 모습을 연상했다. 걸을 때마다 너풀거리던 하얀 가운, 그러한 연상을 넘어서 수명의 창백하고 넓은 이마가 눈앞에 딱 멎는다. 영재는 자리에 앉았다. 웨이터가 급히 달려왔다. 웨이터는 기민하게 물수건을 영재 앞에 내놓고 약간 허리를 꾸부리며 쳐다본다. 물수건에서는 뿌연 김이 서린다.

"맥주."

말이 떨어지기가 무섭게 웨이터는 맥주 한 병과 콩 한 접시를 받쳐 들고 왔다. 맥주 한 병을 다 들이켠 영재의 얼굴에는 붉은 기가 되살아나기 시작했다. 가벼운 흥분이 일었다. 백사장같이 느낌을 잃었던 머릿속에 괴로운 상념이 고개를 치켜든다.

영재는 웨이터를 불러 다시 맥주 한 병을 청했다.

'내 애인과 내 작품, 내 애정과 내 일거리!'

영재는 맥주잔을 움켜쥔 채 중얼거렸다. 그는 맥주를 또 청했다. 웨이터가 맥주를 컵에 부으려고 했을 때 영재는 손짓으로 그것을 거절하고 자신이 맥주를 따라 쭉 들이켠다.

'나는 지금 주실이를 데리러 간다. 아암, 데리고 올라와야지. 가엾은 기지배, 천치 바보 같은 기지배!'

그의 눈에서는 놀랍게도 눈물이 울컥 쏟아진다. 어릴 적에 뽕나무에 기어올라 오디를 따 먹고 시꺼매진 입술을 벌리며 웃던 주실의 얼굴을 그는 생각했던 것이다. 빈 맥주병 네 개를 남겨 놓고 영재는 일어섰다. 코트 깃을 세우며 그는 대합실로 되돌아왔다. 시간은 알맞게 남아 있었다. 매표구에서 기차표를 사가지고 그는 돌아섰다.

"아, 영재 씨!"

영재는 머리를 쳐들었다.

수명이 어두운 표정으로 서 있었다. 그 옆에는 긴장에 싸인 동섭의 얼굴도 있었다.

"어떻게 이리?"

영재는 두 사람의 얼굴을 번갈아 보며 물었다.

"제가 동섭 씰 찾아갔었어요."

수명은 시선을 떨어뜨렸다.

영재로부터 전화를 받은 수명은 그의 이상한 말투를 아무래도 풀이할 수 없었다. 생각 끝에 그는 H의대의 동섭을 찾아갔던 것이다. 동섭은 이번 여행의 이유를, 또 영재 신변을 둘러싼 이상한 일들을 알고 있을지도 모른다는 생각에서다. 동섭은 수명으로부터 그 이야기를 들었을 때 얼굴빛이 변했다. 그는 서두르며 필동에 전화를 걸었다. 결국 주실이 납치되어 간 사실, 아침에 영재한테 연락한 일을 동섭은 알게 되었다.

"아직 시간은 있어요. 가봅시다, 역으로."

동섭은 부랴부랴 수명을 데리고 역으로 쫓아 나온 것이다.

"방에다 쪽지를 써놓고 왔는데……."

영재는 동섭으로부터 시선을 수명에게 옮기며,

"내가 뭐 죽으러 가는 줄 아시오? 웬 걱정은……."

하며 피식 웃었다.

"아까 하도 이상하게 말씀하시기에 걱정이 됐어요."

수명 자신도 좀 호들갑스러웠다는 생각을 했다.

"이상한 말을 제가 하던가요?"

영재 말에 수명은 잠자코 만다. 뭐라고 꼬집어 말할 수 없는 이상함이었기 때문이다.

"자네도 너무 서두르지 말고 기다리고 있어. 이번에는 끝장을 내고 말겠다."

동섭의 어깨를 가볍게 쳤으나 영재는 동섭으로부터 외면하였다.

"나도 같이 갈 수 없을까?"

"미친 소리 하지도 말어. 자네가 어디라고 거길 가, 철이 없어도 유분수지."

개찰이 시작되었다.

"그럼 잠시 다녀오겠어. 강 여사에게 자네가 연락해 주고 그간 신세 많이 졌다는 말도 아울러 전해주게."

동섭에게 손을 내밀었다.

"빨리, 그리고 순조롭게 해결되기를 고대하고 있겠다."

무한한 의미를 품고 동섭은 영재의 손을 으스러지게 잡았다. 동섭의 손을 푼 영재는 수명을 바라보다가 그의 손을 잠시 쥐었다가 놓았다. 돌아섰다. 호주머니 속에 찌른 손이 타는 듯 느껴진다. 어둠과 소음이 짓이겨진 밤하늘, 홈 안으로 밀려들어 간 영재는 한 번도 뒤돌아보지 않고 사라졌다.

레일을 굴리는 바퀴 소리와 일정한 흔들림 속에서 영재는 잠을 이루지 못했다. 판매원으로부터 소주 한 병을 사서 마시고 잠을 청했으나 잠은 오지 않고 창자가 타는 듯했으나 취하지도 않았다. 기찻간에서 하룻밤을 지새우고 정거장에 내렸을 때, 새벽녘 하늘에는 별이 총총히 빛나고 있었다. 걸음을 옮길 때마다 두개골과 뇌가 제각기 따로 놀아나서 자갈길을 달리는 마차와 같은 머릿속의 음향이 그를 괴롭혔다. 그러나 그는 터벅터벅 걷고 있었다. 산마루를 하나 돌고 나면 송화리 과수원이 보일 것이다.

"다 왔군."

뿌연 아침이 나무 사이에서 퍼져 나갔다.

눈앞에 굽어져 흐르는 강이 나타났다. 얼마간의 거리를 둔 강물은 칙칙하고 검푸른 빛이었다. 마치 흐르지 않고 정지 상태에 놓여 있는 것만 같았다.

언덕 위에 빨간 벽돌집이 보이기 시작한다. 황량한 수목들이, 집들이, 그리고 산들이 휘몰아치는 삭풍에 정신을 못 차리고 있는 듯한 환각이 영재 눈앞을 잠시 스쳤다. 동쪽 산기슭에는 잿빛 구름 사이로 붉은 태양이 터져 나왔다. 영재는 발부리를 내려다보며 구릉진 길을 천천히 올라간다.

"어머! 서울 도련님이!"

젊은 여자처럼 몸을 한들한들 흔들고 내려오던 김 서방댁이 반가운 척하며 소리를 질렀다. 그러나 어딘지 질리는 곳이 있는 모양으로 집 있는 쪽을 흘끔 돌아본다. 영재는 걸음을 멈추고 김 서방댁을 물끄러미 바라본다. 정처없이 떠돌아 온 나그네처럼.

"성삼이가 어젯밤에 주실이를 데리고 오더니만 도련님도 오시누만요."

깊은 곡절을 모르는 김 서방댁은 영재의 출현에 적잖은 두려움을 느끼는 것 같다. 주실의 얼굴에 난 상처 때문이다.

'도리어 젊어졌구나.'

영재는 그런 생각을 하며 말없이 앞서 걷는다. 이런 마당에서 그런 생각을 하는 자신이 우습기도 했지만. 밤새 잠을 이루지 못하고 수라장을 겪고 난 박 서방과 영천댁은 벌겋게 충혈된 눈으로 마당에서 서성거리고 있다가 다가오는 영재를 발견했다.

"아이구!"

영천댁은 영재의 손을 잡자 먼저 울음부터 터뜨렸다.

"어이구! 잘 오셨습니다."

입이 뜨고 감정표시가 무딘 박 서방의 눈에도 눈물이 괴었다. 그들은 다 같이 구세주가 나타난 듯 반가움과 슬픔에 복받쳐 어쩔 줄을 모른다. 주실은 영천댁 방문 앞의 기둥을 잡고 빛나는 눈으로 영재를 바라보고 있었다. 눈등에 피멍이 들고 머리는 수세미가 되어 있었다.

"드디어 나타났군!"

그 소리에 박 서방과 영천댁은 증오에 타는 눈길을 돌렸다. 목을 괴어 받치듯 깃이 높은 푸른빛 스웨터를 입고 성삼은 흡사 흑색黑色과 같은 웃음을 띠며 서 있었다.

"인피를 뒤집어쓴 놈 같으니!"

간밤에 주실을 뜯어내기 위하여 육박전을 벌인 박 서방은 충혈된 눈을 뒤집고 이빨을 드러내며 으르렁거렸다.

"처남! 이거 보시오. 하인 놈이 주인을 이렇게 대접하는 법이 있습니까?"

성삼은 영재에게 턱을 쳐들어 보였다.

"이놈아! 네가 주인이라구? 주제넘고 뻔뻔스런 수작을!"

박 서방은 백만 원병이 도래한 듯 팔을 쳐들었다.

"허, 이거 천방지축을 모르고 깨춤을 춘다더니……. 처남, 어떻게 해야 한다는 것 알아보셨죠? 성삼이가 이렇게 대접을 받아서야 쓰겠소? 여기까지 내려올 때는 그만한 계획이 있을 테니 과히 걱정은 안 합니다만."

성삼은 양 허리에 손을 짚고 두 다리를 쩍 벌린 채 안하무인이다.

"이 개상놈이!"

영재의 대꾸를 박 서방이 대신했다. 영재는 잔잔한 표정으로 성삼을 바라보고 있을 따름이다. 그러나 그는 무겁게 고개를 돌리며 박 서방에게 시선을 보낸다.

"박 서방, 나 잠 좀 자야겠어. 사랑방 치워주시오."

"예."

박 서방은 성삼을 사납게 노려보다가 일단 시비는 그만두고 부랴부랴 쫓아간다.

"헷!"

성삼은 콧방귀를 뀌고 나서,

"어리숙한 족속들, 모르거든 가만하나 있을 일이지."

완전히 묵살하고 마는 영재의 태도에 성삼의 부아통은 터졌으나 영재의 심중을 짚어볼 수도 없는 일이어서 그런 뒷말을 남겨놓고 안으로 들어간다.

영재는 나둥그러진 토막나무 위에 걸터앉으며 담배를 끄집어냈다.

"참 시원하군. 역시 공기가 맑아."

영재는 불도 붙이지 않은 담배를 든 채 코를 벌름거렸다. 영천댁은 마음속으로 한가한 말만 하고 있다고 심히 불만이었으나 혈관이 비칠 정도로 창백한 영재의 얼굴을 보자 마음이 언짢았다.

"양유라도 좀 가져올까요? 마시겠어요?"

영천댁은 행주치마를 끌어당겨 찡찡한 코를 닦으며 권해본다.

영재는 고개를 저었다.

"양도 벌써 몇 마리 팔아먹고 소도 다 팔아먹고 이러다간 남아나는 게 없을 거예요. 불쌍한 아가씨…… 금지옥엽 같은 아가씨가 남 못지않게 호강도 할 만한 처지건만……."

영천댁은 또 훌락거리며 푸념한다.

"좋게 될 거요. 걱정 말아요."

영재는 푸듯이 뇌었다.

"그래도 서울에 가서 오라버니 곁에 편히 있겠거니 생각했었는데 어젯밤에 별안간 들이닥치더니 미친개처럼 눈에다 불을 켜고 아가씨를…… 그래서 박 서방하고 쌈했죠, 치고받고. 만일 도련님이 오시지 않았다면 어떻게 됐을지 몰라요. 그놈의 말이 읍에서 부랑자들을 데리고 와서 박 서방을 죽여놓는다 하잖겠 어요? 세상에 그런 심보가 어디 있겠어요? 그놈이 그러다가 옳 은 죽음 하겠어요?"

"죄를 지었으면 벌을 받게 마련이오."

영재의 눈에는 순간 아픔이 지나갔다.

"그럼요. 그놈. 뒤끝이 안 좋을 거예요."

무한히 계속되는 영천댁의 푸념은 그날 밤, 폭풍이 휘몰아치 던 날 밤의 바람 소리처럼 영재의 귓전을 쳤다. 불을 지펴놓고 방 안을 치운 뒤 박 서방은 쫓아왔다.

"가셔서 주무시죠. 다 치워놨습니다."

영재는 일어섰다.

사랑으로 들어섰을 때 먼저 눈에 띈 것은 목련나무였다. 지금 은 고목처럼 연회색 가지를 뻗고 있었으나 생전에 송 노인이 무 척 아끼던 나무였다.

'할아버지가…….'

영재의 눈에서는 뜨거운 것이 쏟아졌다. 방으로 들어간 영재 는 코트만 벗어던지고 자리 위에 그냥 쓰러져 버렸다. 꿈도 없 는 죽음과도 같은 잠을 얼마 동안이나 잤는지 모른다.

눈을 뜬 영재는,

'새벽인가? 아니면 저녁인가?'

마음속으로 중얼거렸다. 저녁인지 새벽인지 분간할 수 없는 어둠이 방 안에 가득 차 있었다.

'새벽이면 어떻고 저녁이면 어떠냐? 이 어둠이 영원히 계속되었으면 좋겠다.'

장지문에 사람의 그림자가 어른거렸다.

영재는 본능적으로 벌떡 일어나 앉았다.

"주무세요?"

박 서방이었다.

"아니."

박 서방은 방문을 열지 않고 바깥에 선 채 걱정스러운 음성으로,

"온종일 굶으시고 주무시기만 하니, 저녁을 드셔야죠."

"아아, 지금이 저녁이오?"

"예. 하도 곤하게 주무시기에 깨워드리지 못했습니다. 진짓상 들여올갑쇼?"

"저녁은 그만두시오."

"안 드시면 어떡합니까? 한술이라도 드셔야죠."

"목이 마르니 양유나 한 잔 갖다주시오."

"방 안이 어두운데 불을 켜야겠습니다."

박 서방은 비로소 방문을 열고 들어왔다.

"오래 묵은 방이 돼서……."

박 서방은 방바닥을 짚어보며 온기가 있는 것에 안심하고 등잔에다 불을 켰다. 불그스름한 색채가 흔들렸다. 벽에 비친 박 서방의 그림자도 흔들렸다.

사방에는 오직 고요가 있을 뿐이다.

얼마 후 박 서방은 따뜻한 양유를 대접 그득 담아왔다. 영재는 노리끼한 양유 냄새를 맡으며 그것을 다 마셨다. 박 서방은 두 손을 깍지 끼고 무슨 말을 할 듯 머뭇머뭇하다가 방바닥에 떨어진 영재 시선이 끝내 자기에게 향하지 않는 것을 보자 할 말을 못 하고 나가버린다. 영재는 담배를 붙여 물었다. 서너 모금 빨아당겼을 때 격심한 현기증을 느꼈다. 이불 위에 쓰러지면서 그는 가까스로 재떨이를 더듬어 담배를 버렸다.

'도대체 나는 어쩌자는 것일까? 한 번도, 나는 한 번도 그 일을 생각해본 일이 없었다.'

아련한 의식 속에서 그는 중얼거렸다.

'막연히 왔구나. 이곳까지 무턱대놓고 찾아왔어. 뉘를 위하여? 나를 위하여 왔겠지.'

두서없는 말을 중얼거리며 그는 몸을 뒤집어 바로 누웠다. 천장을 물끄러미 바라본다. 등잔불의 불꽃을 따라 천장은 쉴 새 없이 움직이고 있었다.

'이렇게 고독할 수가 있을까? 그 찬란한 꿈은 다 어디 갔단 말이냐. 수명이는 진실로 나를 좋아했을까? 이렇게 먼 거리에서…….'

영재는 사랑하다가, 사랑하다가 죽었노라 하는 따위의 대사를 지극히 경멸하였다. 그러나 지금 그는 별수 없이 그 말을 실감하는 것이다.

'금년 가을에는 근사한 놈을 하나 국전에 출품하려고 했었지. 그리고 가능하다면 수명을 데리고 외국으로 도망치려고 했었지. 하지만…… 그래서 어쨌단 말이냐?'

실성한 사람처럼 혼자서 웃는다.

다음 날도 영재는 사랑에서 고스란히 해를 보냈다. 해가 떨어지고 사방이 어스름할 무렵 영재는 흡사 유령과 같은 모습으로 사랑에서 나왔다. 영재의 침묵에 맥이 풀려 있던 영천댁과 박서방은 나타난 영재를 보자 긴장한다.

"성삼이는 어디 갔어요?"

"방에 처자빠져 자나 봐요."

박 서방이 대꾸했다.

"좀 깨워주시오. 내가 할 얘기가 있다고……."

영천댁이 급히 안으로 들어갔다.

얼마 후 성삼은 개기름이 번지르르 흐르는 얼굴을 쳐들고 나왔다.

"할 말씀이 있으시다구요."

영재를 옹호하듯 옆에 서 있는 박 서방에게 곁눈질을 하며 성삼은 물었다.

"조용한 곳으로 가자."

영재는 성삼의 얼굴을 똑바로 쳐다본다.

"그럽시다."

성삼은 두 어깨를 들었다 놓으며 회심의 미소를 띠었다. 그는 영재가 반드시 타협안을 내놓을 것이라 믿어 마지않았다. 하룻밤과 이틀 낮을 사랑에서 꿈쩍하지 않는 영재에 대하여 불안한 마음도 없지 않았으나 재산 이양문제에 있어서 고집이 센 영천댁과 박 서방을 어떻게 설득하느냐, 그 일에 대하여 고민했을 거라고 성삼은 자기 좋은 대로 해석하고 있었다.

영재는 앞서 걸어갔다. 조금도 흐트러지지 않는 뒷모습이 과수밭을 지나 뒷산으로 향하였다. 성삼도 영재의 입에서 무슨 말이 떨어지기까지는 그의 비위를 거슬려서는 안 된다는 심보인지 묵묵히 영재 뒤를 따랐다. 송화리의 구석구석까지 자기 집 뜰 안처럼 잘 알고 있는 영재는 미리부터 작정해 놓은 듯 산꼭대기까지 올라가자 걸음을 멈추었다.

산정의 바람은 차가웠다. 저녁때라 더욱 그러했다.

두 사람은 서로 마주 보았다. 왼편에는 검게 물들기 시작한 과수원과 초원, 그리고 마을에서 불빛이 하나둘 보이기 시작했다. 오른편에는 경사가 급한 벼랑 아래 강물이 칙칙하게 잠겨 있었다. 성삼은 왠지 모르게 자기 신변에 위기를 느꼈다.

'아무것도 가진 게 없다. 그리고 내 완력으로 저런 약질쯤 둘이라도 상관없다!'

성삼은 애써 불안을 떨어버린다. 영재는 털썩 주저앉았다. 그

리고 마을의 불빛을 한동안 바라보다가,

"자네는 어릴 적부터 날 못살게 굴었었지."

풀쑥 한 말이었으나 영재의 말투는 단조로웠다. 어둠 속에 성
삼의 흰 이빨이 살짝 내비쳤다. 비웃은 것이다.

"그 대신 윤영재는 나를 경멸했었지. 피장파장이다."

성삼은 말을 내뱉고 유유히 담배 연기를 뿜는다. 그리고 덧붙
이기를,

"못살게 구는 것보다 경멸당하는 것이 더 큰 상처를 남긴다
는 것쯤, 윤영재도 알고는 있을 텐데? 새삼스럽게 얘기는 왜 하
는 거야?"

"그래서 이런 식으로 보복한단 말이냐?"

영재의 목소리는 역시 단조로웠다.

"그 점도 있지. 하지만 그것은 응당한 내 소유권의 주장이야.
주실이나 이곳 재산은 물론 내 것이 아니냐 말이다."

"비밀을 쥔 대가로 송두리째 먹겠단 말이지?"

"흥! 비밀의 대가? 주실이는 내가 먼저 가진 여자다! 그것을
영재가 침범하지 않았느냐 말이다. 피해자는 나야."

"사냥꾼 같은 소리를 하는군. 주실이는 토끼 새끼도 아니고
범 새끼도 아냐. 성삼이 것도 영재 것도 아니다, 어때? 재산만
갖고 주실을 놓아줄 생각은 없나?"

조용한 영재 목소리에는 감정이 없었다. 조금도 기대하고 있
지 않는 투다.

"뭐라구?"

성삼은 펄쩍 뛰었다. 영재는 벼랑 아래를 내려다보면서,

"안 되겠다 그 말이지?"

"물론이다!"

"그렇게 나올 줄 알았다."

조용한 목소리였다.

"알면서 새삼스럽게 물어보는 것은 무슨 심리야?"

"미련해서지."

영재는 쓰디쓰게 웃고 성삼은 코웃음쳤다.

"너의 욕심과 너의 집념은 그러나 마음대로 되지 않을 게다."

"……."

"굴복하지 않는다는 것보다 주실이를 구해야겠다. 내가 그 애를 망쳐놨으니 이제 살려주어야겠다. 너로부터 탈환해야겠단 말이다."

"제법 사람다운 소리를 하는군. 그 배짱 좋기는 하다만 아마도 방법은 없을걸?"

성삼은 담배를 버리고 침을 칵 뱉는다.

"방법은 있지."

영재는 슬그머니 일어섰다.

"어떤 방법인지 좀 알려다오, 참고 삼아……."

"너를 죽이는 일이다!"

영재는 그 말과 동시에 두 팔을 번쩍 들었다. 성삼에게로 돌

진한 그는 성삼의 허리를 두 팔로 감았다.

"놧!"

성삼은 소리치며 몸을 흔들었으나 영재의 팔과 손은 허리를 졸라매고 깊이 몰려들어 갈 뿐이다.

"응, 이 새끼!"

성삼의 발작에 그들은 한 덩어리가 된 채 쓰러졌다. 그리고 굴렀다.

"으음!"

성삼은 영재를 밀어내려던 손을 풀고 바위 모서리를 잡으며 끌려 내려가지 않으려고 발버둥쳤다.

"으으으악!"

성삼의 외마디 소리가 어둠을 찢는다. 한 덩어리가 된 두 몸뚱이는 절벽 아래로 사라지고 말았다.

이제는 강물도 보이지 않는 어둠과 정적만이 아무 일도 없었던 양 흐르고 있었다.

일면 집에서는 조바심하며 기다리고 있던 박 서방이,

"거 아무래도 심상치 않은 일이다."

그 말을 뇌곤 했다.

"한번 찾아가 봐요."

영천댁도 기다리다 못해 말했다.

박 서방은 그들이 올라간 산으로 가봤다. 그러나 소나무를 스치는 엷은 바람 소리뿐 사람의 그림자는 보이지 않았다.

"어딜 갔을까? 설마 읍내에 나가지는 않았겠지."

별일이야 있겠느냐고 마음속으로 달래며 박 서방은 집으로 돌아오고 말았다.

날이 밝아왔다. 그러나 그들이 돌아올 리 없었다. 박 서방은 마을에서 온 일꾼들을 몇 명 데리고 다시 영재를 찾아 나섰다. 온 산을 뒤졌으나 그들의 흔적조차 찾아볼 수 없었다. 박 서방은 일꾼들을 데리고 산에서 내려왔다. 강변으로 돌아 나갔다. 박 서방의 얼굴은 창백했다.

모퉁이를 돌았다. 따라 나온 개들이 쏜살같이 달려간다. 사람들은 긴장하며 개를 뒤쫓았다. 개들이 미친 듯 짖는다.

"으악!"

앞서 간 일꾼 하나가 소리쳤다.

"주, 죽었다!"

박 서방은 미친 듯 뛰어간다.

영재는 바위 틈에 엎드려 있었다.

"어이구!"

박 서방은 영재를 번쩍 쳐들었다. 그러나 이미 숨이 끊어진 지 오래였다.

"영재 도련님!"

흔들었으나 무슨 소용이 있으랴.

영재의 죽음의 얼굴은 맑았다. 별로 외상外傷은 없는 듯했다. 저만큼 떨어진 곳에는 피투성이가 된 성삼이 쓰러져 있었다. 아직 따스한 체온이 남아 있는 것으로 보아 숨이 끊어진 지 얼마 되지 않는 모양이었다. 밤새껏 이리저리 뒹굴고 다녔는지 군데 군데 핏방울이 떨어져 있었다. 얼마나 고통을 받았는지 눈을 부릅뜬 채 죽은 그의 처참한 모습에 사람들이 외면을 하였다.

한 줄기의 희망마저 가져볼 수 없음을 깨달은 박 서방은 눈을 굳게 감고 있는 영재 얼굴 위에 눈물을 뚝뚝 떨어뜨리고 있었다.

"저기서 떨어졌구먼."

누군가가 험한 절벽 위를 올려다보며 말했다.

"거기는 뭣 하러 갔었던고?"

마을 사람들은 그들의 죽음의 원인을 알 턱이 없다. 미심쩍기는 했지만 사고사라 생각할 수밖에 없었다.

"아무래도 집터가 나쁜가 보오."

일꾼 한 사람이 옆에 서 있는 사람에게 귓속말을 했다.

"그러기 말이야. 이십 년 전인가? 딸하고 며느리가 한꺼번에 기차에서 죽었지. 작년에는 또 송 노인이 목을 매고 죽었지 않았어? 외동아들은 전쟁에 가서 없어지고. 그런 데다가 이번에는 외손주마저 망하는 집안이야."

"아무래도 산신이 노하셨나 봐."

"그러기 사람이 인력으로 못 산다니."

그들은 시체를 어떻게 해야 한다는 생각도 못하고 수군수군 할 뿐이었다.

얼마 후 일꾼들은 시체를 떠메고 집으로 돌아갔다. 맨발로 뛰어나오던 김 서방댁은 아들 옆에서 까무러치고 말았다. 주실은 밖에 나오지도 못하고 방 안에서 자기 머리를 잡아 뜯으며 울고 있었다. 영천댁과 박 서방은 넋이 나간 사람처럼 멀뚱멀뚱 쳐다보고 있을 따름이었다.

이튿날 저녁때 윤현국 씨와 정 여사가 서울서 달려왔다. 청천의 벽력 같은 이 흉사에 윤현국 씨는 말문이 막힌 듯 종잇장처럼 핏기 잃은 입술을 씰룩거리고 있었다. 정 여사는 손수건에 얼굴을 파묻고 흐느껴 울고 있었다. 생전에 사이가 나빴던 만큼 정 여사의 마음은 더욱 아팠던 것이다.

"서울로 데려가면 뭣 하겠소. 여기서 그냥 묻죠."

윤현국 씨 주장에 의하여 송 노인의 묘소가 있는 뒷산에 매장되었다.

장례식은 끝이 났다.

서울서 온 사람들은 돌아갔다. 밤이 되면 자지러지도록 서럽게 우는 김 서방댁의 슬픈 가락이 바람을 타고 번져갈 뿐, 송화리 과수원은 밤이고 낮이고 무거운 침묵에 싸여 있었다.

서울로 돌아간 사람이나 송화리에 남은 사람이나 다 같이 영재의 장례식에는 어느 누구보다도 먼저 참석해야 할 귀중한 사람이 따로 있는 것을 알지 못했다. 고독한 영재의 영혼 앞에 뜨거운 눈물을 지을 홍수명이라는 여성이 있다는 것을 알지 못했다.

이 사실은 장례식이 끝난 나흘 후 궁금하여 서울에서 내려 보낸 동섭의 편지에 대한 주실의 서투른 답장으로써 알려졌다.

환자가 뜸한 오후였다.

"누가 찾아오셨어요."

간호원이 수명에게 말했다.

"누구?"

얼굴을 들며 수명은 되물었다. 창백한 얼굴에 눈만 커다랗다. 영재가 죽은 지 반년. 철은 바뀌어 무더운 여름도 이제 그 종언終焉을 고하고 있었다.

"군인이에요. 아마 군의인가 봐요."

'동섭 씨가 오셨구나.'

수명은 의자를 밀어내며 조용히 일어섰다. 복도에 나갔을 때 얼굴이 검붉게 탄 동섭이 우두커니 서 있었다.

"오셨어요?"

억양이 없는 목소리다. 그러나 수명의 표정에는 너무나 많은 비애가 깃들여 있었다.

"그간 안녕하셨어요?"

동섭은 모자를 벗어 들며 마룻바닥으로 시선을 떨어뜨렸다.

"다방으로 가실까요?"

말하고서 수명은 앞서 걸어간다. 워낙 키가 후리후리한 때문인지 수명은 똑바로 걸어가는데도 몹시 흔들리고 있는 듯 동섭에게는 느껴졌다.

다방에 가서 마주 앉았으나 그들은 서로 말문을 열지 못했다. 한참 만에,

"휴가를 이용해서 잠시 송화리에 다녀올까 싶습니다."

하며 동섭이 먼저 말을 꺼내었다. 수명은 파란 정맥이 내비치는 손을 말없이 내려다보고 앉아 있었다.

"기차 시간까지 좀 틈이 있어요."

동섭은 덧붙인다. 그래서 수명을 찾아왔다는 얘기다.

"표는 벌써 끊으셨어요?"

수명이 얼굴을 들었다.

"아직……."

"그럼 저하고 같이 내일 아침 차로 가시지 않겠어요?"

"수명 씨도 가시겠습니까?"

"네, 떠나기 전에 한번 다녀오려고 했었어요."

"어디로 떠나십니까?"

동섭은 좀 놀라며 급히 묻는다.

"미국으로 가게 됐어요. 수일 내로."

"네? 그러세요. 가시면 얼마 동안이나 계실……."

하다 만다. 일혜가 떠날 때도 그런 말을 물었던 일을 동섭은 생각했던 것이다.

"되도록이면 오래 있고 싶어요."

수명의 얼굴에는 처음으로 쓸쓸한 미소가 돌았다.

두 사람 사이에는 다시 말이 끊겼다. 지나간 일들, 너무나 벅차고 슬픈 일들 때문에 그들은 말을 잃어버리고 말았다.

"그럼, 내일 아침, 같이 떠나기로 합시다."

동섭은 수명이 근무 중이라는 것을 생각하기도 했지만 괴로운 마음이 앞서 자리에서 먼저 일어섰다.

다음 날 아침 동섭은 수명과 함께 서울을 떠났다.

기차 속에서 흔들리며 그들은 마치 우연히 자리를 같이한 사람처럼 말 한마디 없었다. 동섭은 지난봄 일을 생각하고 있었다. 영재가 죽었다는 흉보를 받고 같이 송화리로 내려갈 때의 일이다. 그때도 수명은 지금처럼 말 한마디 없었다. 대리석으로 깎아놓은 듯한 옆얼굴, 눈을 감고 손가락 하나 까딱하지 않던 그 모습.

'지금도 그때 그 모습이구나. 아마 세월이 가도 잊어버릴 수 없겠다.'

그들이 송화리에 당도했을 때 해는 서산에 걸려 있었다. 주실이 먼저 쫓아 나왔다. 그러나 동섭의 옆에 수명이 서 있는 것을 보자 그는 멈칫하고 서버렸다. 그리고 미묘한 울상이 되었다. 수명은 손을 내밀어 주실의 손목을 잡으며,

"그간 안녕하셨어요?"

주실은 고개를 끄덕이다가 애처롭게 동섭의 눈을 찾는다. 자기 때문에 영재가 죽었다는 죄악감에서였다.

동섭은 그러한 주실을 감싸주듯 오랫동안 쳐다보고 있었다.

한창 일에 바빴던 박 서방과 영천댁이 서울서 손님이 왔다는 말에 급히 달려왔다.

"어이구, 잘 오셨습니다!"

박 서방이 손을 맞잡고 허리를 굽실거렸다. 순조로웠으면 송 노인의 외손자 며느리가 됐을 수명과 손녀사위가 됐을 동섭이니 그들의 마음은 반가운 한편 목이 메지 않을 수 없었다.

"자, 어서, 어서 올라오세요."

영천댁이 권한다. 수명은 보일 듯 말 듯 한 미소를 지으며,

"이 선생님, 올라가세요. 저는 먼저, 먼저 가보겠어요."

수명은 둘러싼 사람들로부터 하늘로 시선을 돌렸다.

"그럼 먼저 가보세요."

동섭은 수명이 혼자 영재의 묘에 가고 싶어 하는 심중을 헤아리며 무겁게 말했다.

"그럼 제가 모셔다 드리죠."

박 서방이 나선다.

"아, 아니에요. 알아요. 저 혼자 가겠어요."

수명은 완강히 거부하며 돌아섰다. 그들은 돌아서서 걸어가는 수명의 뒷모습을 묵묵히 지켜본다. 수명의 모습이 사라지자 동섭은 주실과 같이 뜰에 놓인 낡은 의자에 앉았다. 영천댁은 부엌으로 쫓아가고 박 서방은 닭을 잡기 위하여 닭장으로 간다.

"그간 별일 없었어?"

동섭은 검게 탄 주실을 바라보며 묻는다.

"아무 일 없었어요."

"편지 쓰는 게 많이 늘었더군."

주실은 처음으로 웃었다.

"군대에 오래 계신다면요?"

주실은 동섭을 말끄러미 올려다보며 물었다.

"음."

"거기서 나오시면 병원 차리세요?"

"어떡할까? 여기 와서 소나 양들의 의사가 될까?"

동섭이 웃는다. 주실은 얼굴을 붉혔다.

"서울의 신혜 아주머니는 안녕하세요?"

"음, 주실이 편지 냈다고 무척 좋아하시더군."

"흉보겠죠, 뭐."

어느새 송화리 넓은 들녘에 저녁놀이 지기 시작한다.

"참 고운 놀이다."

동섭은 일어섰다.

"자, 그럼 우리도 가보자, 수명 씨한테."

그들은 붉게 물든 초원을 지나갔다. 아이들이 양을 몰고 있었다. 멀리 영재의 묘 앞에 쓰러진 듯 앉아 있는 수명의 뒷모습이 보인다. 동섭은 주실의 양어깨에 손을 얹으며,

"잠깐."

하고 주실을 멎게 했다. 수명의 슬픔에 침범해서는 안 된다는 생각에서다. 동섭은 다시 초원을 바라본다.

"참 고운 놀이다. 양 떼가 가는군."

혼자 중얼거리며 돌아선 주실의 어깨에 얹은 손을 떼지 않았다.

- 도오랑[독. 도란, dohran]: 주로 배우들이 무대화장용으로 쓰는 기름기 있는 분의 하나.

- 빠리쟝[프. 파리지앵, parisien]: 파리(사람)의, 파리풍의.

- 뽀쁘링[영. poplin]: 평직 조직으로 직조하여 가로 방향으로 이랑이 진 직물.

- 톱파[영. topper]: 가볍고 조금 헐렁한 여자용 춘추 반코트.

작품 해설

운명적 불행의
통속성을 넘어

박상민(강남대 참인재대학 부교수)

『노을 진 들녘』은 1961년 10월 23일부터 이듬해 7월 1일까지 총 250회에 걸쳐 《경향신문》에 연재된 박경리 장편소설이다. 1963년 신태양사에서 단행본으로 출간되었고, 1979년 지식산업사에서 『박경리 전집 2권』으로 다시 출간되었으며, 이후 2013년에 마로니에북스에서 재간행되었다. 『노을 진 들녘』을 연재하던 시기에 박경리는 장편 『푸른 운하』(1961년)와 중편 「암흑의 사자」(1961년)를 다른 곳에 연재하였고, 장편 『김약국의 딸들』(1962년)을 연재 없이 전작으로 출판하는 등 실로 왕성한 작품 활동을 하였다. 이 중에서도 『노을 진 들녘』은 『김약국의 딸들』과 함께 이 시기 박경리의 문학적 경향을 알 수 있는 대표작이며, 동시에 박경리 문학 세계 전체를 관통하는 작가의식이 무엇인지를 규명할 수 있는 중요한 작품이다.

『노을 진 들녘』은 세상과 단절된 공간인 송화리에 살고 있는 주실과 서울에서 생활하고 있는 사촌 오빠 영재 간의 뒤틀린 애정이 서사의 뼈대를 이룬다. 영재에 대한 주실의 애정은 하나뿐인 사촌 오빠에게 느끼는 혈육의 감정이며, 서울에서 명문 대학을 졸업한 유능한 사회인에 대한 선망의 감정이었다. 하지만 갑갑한 도시를 떠나 찾은 시골의 대자연 속에서 영재는 넘쳐오르는 자연적 욕정을 억누르지 못한다.

주실의 할아버지 송 노인(송정주)은 서울에서 내려온 농학자로, 송화리 전체를 지배한다고 할 수 있는 큰 과수원의 주인이다. 하지만 송 노인은 하나뿐인 손녀 주실이를 학교에 보내지 않고 송화리 산 속에서 '원숭이처럼' 자라게 한다. 어린아이 같은 천진난만함과 야생의 자유분방함을 지닌 주실은 현대 문명을 거부하는 송 노인의 이상을 상징적으로 보여준다. 송 노인이 현대문명을 거부하는 것은 그의 가족사 때문이다. 하나뿐인 아들과 딸이 모두 젊어서 그의 품을 떠났다. 큰아들은 일제시대에 학병으로 나갔다가 행방불명이 되었고, 딸과 며느리마저 열차 사고로 목숨을 잃었던 것이다. 그래서 송 노인에게 주실은 하나뿐인 손녀이며, 영재 역시 하나뿐인 외손주이다.

그러던 주실이 영재와 성삼에게 겁탈당하는 사건이 발생한다. 얼핏 비슷해 보이는 두 사건에 대해 작가(서술자)의 태도는 사뭇 다르다. 작품에 나타난 서술자의 시선을 추론해 보면, 영재의 경우는 주실의 순수한 아름다움에 반한 젊은이의 순간적 욕정 때문에 발생한 실수이다. 하지만 성삼의 경우는 송 노인의 재산을 노린 치밀하고 비열한 계략으로 서술된다. 서술자는 작품 전체에서 시종일관하게 영재에게는 온정적인 태도를, 성삼에게는 경멸적인 태도를 보인다.

사실 주실의 비극은 겁탈이 아니라 근친상간에서 비롯되었다고 해야 할 것이다. 형제로서 좋아하고 따랐던 영재에게 겁탈당한 이후 주실은 누구에게도 밝혀져서는 안 되는 비밀의 주인공이 되고, 이를 눈치챈 성삼의 협박에 못 이겨 성삼과 결혼한다. 그 후 주실은 성삼에게 끔찍한 정신적·육체적 학대를 당하고, 자신의 어리석은 외고집 때문에 손녀가 고통받는다는 자의식으로 괴로워하던 송 노인마저 결국 자살한다. 영재의 안타까운 후회와 성삼의 끝 모르는 욕망은 작품을 지탱하는 중요한 두 축으로, 마지막까지 팽팽한 긴장을 유지하게 한다. 양립할 수 없는, 그리고 양보할 수도 없는 영재와 성삼의 대립구도는 두 사람이 함께 죽음으로써 비로소 해소된다.

『노을 진 들녘』은 불륜, 절손, 억지 결혼 등 박경리 소설의 반복적 모티프들이 중첩적으로 드러난 작품이다. 작중인물들은 모두 강한 개성을 바탕으로 작품의 주제를 형상화하는 데에 효과적으로 기능한다. 특히 현대문명을 거부하려는 송 노인의 외고집은 명백하게 시대착오적이며 주실과 성삼, 영재의 비밀을 알고 난 이후의 행동들 역시 합리적으로 보이지 않는다. 그럼

에도 불구하고 송 노인의 올곧은 태도와 갈등을 해결해 나가는 그만의 고통스러운 방식들은 한편으로 몹시 매력적이다. 송 노인의 불합리한 처사에도 불구하고 우직하게 그를 따르는 영천댁과 박 서방 역시 마찬가지이다. 변화한 시대를 따르지 않는 이들의 고집 속에서 독자는 현대문명에 대한 작가의 비판 의식과 교감하며, 어쩔 수 없는 그들의 몰락을 함께 안타까워하게 된다.

송 노인으로 대표되는 반현대적 인물들의 대척점에는 허영심 많은 미술가이면서 영재의 애인인 일혜가 있다. 짙은 화장과 화려한 의상, 영재에 대한 적극적 감정 표현 등은 1950년부터 여러 매체에서 심심찮게 거론된 소위 '아프레걸'의 전형이라 할 수 있다. 다만 당대 매체에서 아프레걸의 요부적 이미지만을 주로 강조하던 것과 달리, 작품 속에서 일혜는 전통적인 젠더 이미지를 벗어나는 새로운 개인 주체의 모습을 함께 보여준다는 점에서 매력적이다. 작품의 전반부에서 그녀는 겉멋에 빠져 성삼이와 친하게 지내는 속물 여대생이자, 영재를 유혹하려는 요부의 이미지를 보인다. 하지만 작품이 전개되면서 차츰 영재에 대한 그녀의 사랑은 진솔하고 매력적인 모습으로 바뀐다. 영재가 자신을 사랑하지 않는다는 것을 알면서도 그와의 육체관계를 거부하지 않고, 그 이후에도 영재의 이별 요구에 담담하게 응하는 일혜는 가장 솔직하고 정열적으로 영재를 사랑했다. 그래서 영재와의 이별 후 선택한 프랑스 유학 역시 치기 어린 도피가 아니라 슬픔을 견디며 자기 극복의 계기로 승화시키려는 젊은이의 실험이 된다. 영재와의 아픈 연애를 경험하면서 그녀는 기교만 앞서고 사상이 부족했던 자신의 미술 세계를 반성하면서 새로운 도약을 시도한 것이다. 이러한 일혜의 시도는 자신의 감정을 속이고 끝까지 위악(僞惡)적 태도로 일관하던 영재가 결국 자살이라는 돌이킬 수 없는 선택을 한 것과 비교된다.

요정을 운영하면서도 자유분방한 삶을 사는 신혜, 어려운 가정환경 속에서도 우아한 기상과 자존심을 잃지 않는 수명, 영재의 방황을 묵묵히 지켜보며 끝까지 우정을 지켜나가는 동섭과 상호 등 대부분의 작중인물들은 자신에게 닥친 아픔에 절망하지 않고 각자의 개성적 방식으로 어려움을 극복해 나간다. 1960년 4월 19일, 부정선거에 항거하는 시민운동의 행렬에 있다가 죽음을 맞게 된 상호가 남긴 '쑥스럽다'는 마지막 말은 묘한 여운과 함께 인물에 대한 진한 애정을 불러일으킨다. 나아가 그들의 고통과 방황이 단순한 연애의 차원을 넘어 시대의 아픔과 혼돈을 상징하고 있음을 역설적으로 보여준다.

사실 이 작품에서 가장 문제적인 부분은 통속성이다. 『토지』를 먼저 읽고 『노을 진 들녘』을 읽은 독자라면 실망을 느낄 만할 정도이다. 남녀의 애정 관계가 작위적이며, 사건 전개에도 우연적 요소가 많기 때문이다. 작품에는 몇 명의 주요인물들만이 반복해서 등장하고, 그들끼리 폐쇄적인 애정 관계를 이룬다. 영재가 버스에서 우연히 마주친 여인이 함께 하숙하는 동섭의 동료이고 이후 동섭과 미묘한 삼각관계를 이루게 되는 설정이라든가, 일혜와의 데이트 중에 동료 상호와 민 여사의 불륜 관계를 우연히 목격하고, 이후에 민 여사가 일혜의 언니인 신혜가 운영하는 다방에서 일을 하게 되는 내용 등은 몇몇 인물들만을 중심으로 이루어진 작품의 폐쇄적 구성을 잘 보여준다. 이 밖에도 영재와 상호가 술을 마시는 카페에서 하필 아버지를 만나고, 다시 영재가 애인 일혜의 집에서 나오다가 일혜의 언니 신혜와 함께 있는 아버지를 만난다는 식의 구성 역시 지나치게 작위적이다.

이처럼 박경리 초기 소설에서 나타나는 통속적 주제와 작위적 구성이 갖는 의미에 대해서는 좀 더 면밀한 검토와 연구가 필요할 것이다. 그러나 당시에 실린 작가와의 인터뷰 기사를 통해 이에 대한 일정한 해답을 추측해 볼 수는 있다. 연재를 사흘 앞둔 1961년 10월 20일 경향일보 기사에는 『노을 진 들녘』에 대한 소개와 함께 작가와의 인터뷰 기록이 실려 있다. 「23일부터 연재하는 『노을 진 들녘』 작가 박경리 씨 삽화 박고석 씨를 찾아서」라는 다소 긴 제목의 기사에는 '5년째 다듬어온 소재, 쉬운 말로 흥미 있게 쓰겠다고'라는 부제가 달려 있다. 인터뷰에서 작가는 "인간이라면 인간의 가슴 속에서 느끼는 일은 식모나 대학교수나 다를 바 없을 거예요. 즉 일맥상통하는 인간의 순수한 가슴과 가슴에 호소해 보겠어요"라는 소박한 포부와 함께 "쉽게 쓰겠어요. 어렵지 않은 말로 알기 쉽게 쓰면서 예술화한다는 게 앞으로 문학이 가야 할 방향이 아닌가 생각해요"라고 말했다.

연재를 앞둔 신문사의 의례적인 인터뷰에서 전후 문맥을 제거한 채 작가의 말 한마디만 떼어낸 것으로 그 의미를 명확히 알기란 쉽지 않다. 하지만 이 시기에 작가는 사회적·경제적 지위 차이나 지식의 많고 적음에 상관없이 모두가 공감할 수 있는 작품을 쓰려고 했던 것 같다. 독자의 폭을 넓히겠다는 작가의 기획은 『노을 진 들녘』에만 제한된 것이 아닌 듯하다. 1960년대 박경리 장편소설들은 대부분 통속적인 주제와 단조로운 플롯으로 이루어져 있다. 이러한 특징에 대해서는 더 정교한 논의가 필요하겠지만, 기본적으로 누구나 읽을 수 있는 작품을 쓰겠다는 작가의식의 발로였다고 여겨진다. 다만 이 주제의식이 작중 인물들에게는 적용되지 않는다. 작가의 다른 대부분 작품과 마찬가지로, 이 작품 역시 사회적 지위 고하 및 지식인과 일반인 사이에는 선명한 실체적 괴리가 존재한다. 근본이 천한 성삼이의 욕망은 자신의 분수를 모르는 천박한 질투심이고, 순간적 정욕 때문에 잘못을 범한 영재의 방황과 자기 학대는 양심적이고 지적인 청년의 안타까운 고뇌로 포장된 것이 단적인 예이다.

『노을 진 들녘』은 작가가 연재 5년 전부터 구상해 왔으며 아껴온 소재였다고 한다. 당시의 신문 기사를 보면 연재를 시작하기 전에 이미 24회까지 집필을 끝냈다는 기록이 있다. 1961

년을 전후하면서 작가가 믿을 수 없을 만큼 다작(多作)할 수 있었던 이유도 추측할 수 있다. 이전부터 작가는 여러 작품들을 구상해 왔으며, 틈틈이 일부 내용을 집필해 놓았던 것이다. 『노을 진 들녘』의 연재에 앞서 『애가』 『내 마음은 호수』 『은하』 『푸른 은하』 등의 장편 연재소설이 있었지만 『노을 진 들녘』이야말로 가장 오래전부터 구상과 집필을 진행해 온 작품이었다고 한다. 이를 통해 우리는 이 작품에 대한 작가의 애정을 알 수 있으며, 동시에 작가의 전체 작품에서 갖는 의미를 추측할 수 있게 된다.

　『노을 진 들녘』은 여러 면에서 『토지』와 유사하다. 우선 들 수 있는 것이 부유한 집안의 절손 모티프이다. 주지하듯이 『토지』는 평사리의 대지주인 최 참판가에 대를 이을 아들이 없는 상황에서 발생한 유산상속 음모와 이에 대한 저항이 작품의 주요 모티프를 이룬다. 『노을 진 들녘』 역시 유사한 상황을 보여준다. 아들과 딸이 모두 죽고 외손주만 남은 송화리의 지주 송 노인은 최 참판가의 윤씨 부인이나 최치수를 떠올리게 한다. 대를 이을 사람이 외동손녀밖에 없다는 점에서는 윤씨 부인을 닮았고, 시대착오적이며 고집스럽다는 점에서는 최치수를 닮았다. 윤씨 부인이 호열자(콜레라)로 죽고 최치수가 살해당하는 것과 달리 송 노인은 자살을 하지만, 갑작스러운 죽음으로 인한 절손 및 유산상속 분쟁이 발생한다는 모티프 역시 동일하다.

　불륜에 대한 낭만적 미화가 보인다는 점도 유사하다. 불륜은 대부분의 작품에서 흔히 볼 수 있는 모티프이기 때문에 박경리 소설의 특징으로 보기 어려울 수도 있다. 하지만 박경리 소설에 나오는 불륜 모티프는 명백하게 부도덕함에도 불구하고 이를 낭만적으로 미화시키려는 경향이 있다는 점에서 일정한 특징을 갖고 있다. 『토지』에서 윤씨 부인에 대한 김개주의 겁간 사건이 그 좋은 예이다. 사별한 남편의 명복을 빌기 위해 절에 와서 백일기도를 드리던 윤씨 부인을 연모한 김개주가 윤씨 부인을 겁간했고, 이 때문에 사생아 김환이 태어난다. 성장한 김환은 신분을 속이고 최 참판가의 하인으로 숨어들었다가 이부형(異父兄) 최치수에게 냉대받으며 사랑 없는 결혼생활을 하던 별당아씨를 사모하게 되고, 둘의 야반도주를 윤씨 부인이 도와줌으로써 최 참판가는 걷잡을 수 없는 불행에 빠지게 된다. 절에서 망부(亡夫)의 명복을 비는 의식 중에 일어난 이 사건은 가해자인 김개주가 사찰 주지의 친동생이었고, 전국의 동학 조직 중에서 가장 큰 세력을 이끌고 있던 종교 지도자였다는 점에서 특히 더 문제적이다. 명백하게 부도덕한 사건이었지만, 『토지』에서 이 사건은 여러 차례 회상되면서 낭만적으로 미화된다.

조금 다른 각도에서 보자면 김개주의 적극적인 행동이 없었다면 『토지』라는 길고 긴 이야기는 성립할 수 없게 된다. 따라서 작품을 끝까지 읽고 곰곰이 생각해 보면 누구에게도 용서받기 어려운 애초의 그 사건은 마치 선악과를 따먹은 아담과 이브의 원죄처럼 어쩔 수 없는 인간의 운명이 되어버린다. 이처럼 불륜과 이에 대한 미화는 『토지』 전체의 서사적 긴장감을 유지하는 뿌리가 되는데, 『노을 진 들녘』 역시 비슷한 구성을 취하고 있다. 순수하고 아름다운 시골 처녀 주실은 한 명뿐인 사촌오빠를 좋아하고 의지했지만, 순간적인 욕정을 참지 못한 그에게 폭행을 당하고 상심한다. 그러한 상황에서도 주실은 영재를 보호하기 위해 비밀을 지키고, 이를 눈치챈 성삼에게 재차 폭행당하고, 강제로 결혼까지 하게 된다. 이처럼 주실에 대한 영재의 겁간은 윤씨 부인에 대한 김개주의 겁간 이상으로 부도덕하다. 하지만 작가는 "자연은 무한히 아름답고 평화스럽고 신비하며 지혜롭지만, 반면 인간을 원시적이랄까 원죄의 구렁텅이로 끌어들이는 마력을 지닌 것도 자연이 아닐까"라며 영재의 순간적 충동을 변론하고 있다.

물론 차이점도 분명하다. 가장 의미 있는 차이는, 『토지』의 최서희나 길상과 같이 운명을 거부하고 개척해 나가는 강인한 인물들이 없다는 것이다. 『토지』의 최서희가 영리하고 강한 의지를 지녔으며 길상이라는 충직한 하인을 만나 가문을 재건하는 데에 비해, 『노을 진 들녘』의 송주실은 어리숙하고 의지가 약하며 영재나 송 노인 역시 모두 자살로 생을 마감해 독자의 페이소스를 자극할 뿐이다. 이처럼 시대의 한계를 넘어서고 운명을 극복할 만한 의지적 인물이 없기 때문에 『노을 진 들녘』은 인간의 운명적 불행을 파노라마처럼 보여주기만 할 뿐 좀 더 치열한 주제 의식과 긴장감을 불러일으키지는 못했다.

『토지』가 동학농민운동이나 일본의 식민지 통치 등 한국 근대사의 굵직굵직한 역사적 사건들을 작품의 중요한 배경으로 삼은 것과 달리,『노을 진 들녘』이 1960년 4월이라는 역사적 시공간을 배경으로 하면서도 이를 작품의 서사와 긴밀하게 연결시키지 못한 것 역시 이 작품의 아쉬운 부분이다. 작품에서 영재, 상호, 동섭은 모두 각자 다른 방식으로 시민시위대의 행렬에 동참한다. 이 과정에서 상호가 죽고 영재 역시 유탄에 맞아 중상을 입는다. 작가는 서술자의 입을 빌려 "이와 같은 장관이 일찍이 어느 역사 속에 있었던가. 아! 장하고 슬기로운 젊음의 힘, 민중의 힘, 정의를 위하여 자유를 위하여 해일처럼 독재의 아성을 덮으려는 순간, 장엄한 순간, 순간이다."라고 격정을 쏟아낸다. 4·19 직후 '어린 비둘기들을 더 이상 죽이지 마라'며 강한 어조로 신문에 기고를 했던 작가임을 생각해 보면 4·19에 대한 작가의 특별한 관심은 충분히 이해할 만하다. 하지만 "경무대로 밀고 가던 그때의 심정은 결코 애국애족에서 우러나온 의분은 아니었다"고 되뇌이는 영재의 독백에서 알 수 있듯이, 4·19는 작품의 필연적인 플롯에 들어오지 못하고 독자의 페이소스를 상승시키는 우연한 에피소드에 그치고 만다.

1961년에 발표된『노을 진 들녘』은 이처럼 다소 아쉬운 인물 설정과 구성에도 불구하고 박경리의 작품 세계 전체를 관통하는 주제의식과 핵심 모티프들을 고스란히 보여준다. 이 작품은 연재 후 곧장 단행본으로 출간되었고, 이후에는 영화로도 제작될 만큼 대중적 인기를 얻었다. 이는 대학생들의 낭만과 연애, 뒤틀린 성애 의식, 유산 상속을 둘러싼 음모 등을 흥미롭게 그려내었기 때문으로 보인다. 당시로서는 드물게 몇 안 되는 여성 작가였다는 사실도 대중의 주목을 받을 만했으며, 대담하고 속도감 있는 이야기 전개와 결코 만만치 않은 주제 의식 등은 문단과 언론 모두로부터 주목을 받기에 충분했을 것이다.

노을 진 들녘

초판 1쇄 인쇄 2023년 12월 11일
초판 1쇄 발행 2023년 12월 21일

지은이 박경리
펴낸이 김선식

부사장 김은영
콘텐츠사업2본부장 박현미
책임편집 임고운 **디자인** 정명희 **책임마케터** 최혜령
콘텐츠사업6팀장 임경섭 **콘텐츠사업6팀** 한나래, 임고운, 정명희
편집관리팀 조세현, 백설희 **저작권팀** 한승빈, 이슬, 윤제희
마케팅본부장 권장규 **마케팅1팀** 최혜령, 오서영, 문서희 **채널1팀** 박태준
미디어홍보본부장 정명찬
브랜드관리팀 오수미, 김은지, 이소영
뉴미디어팀 김민정, 이지은, 홍수경, 서가을, 문윤정, 이예주
크리에이티브팀 임유나, 박지수, 변승주, 김화정, 장세진, 박장미
지식교양팀 이수인, 염아라, 석찬미, 김혜원, 백지은
브랜드제휴팀 안지혜
재무관리팀 하미선, 윤이경, 김재경, 이보람, 임혜정
인사총무팀 강미숙, 지석배, 김혜진, 황종원
제작관리팀 이소현, 김소영, 김진경, 최완규, 이지우, 박예찬
물류관리팀 김형기, 김선민, 주정훈, 김선진, 한유현, 전태연, 양문현, 이민운
외부스태프 교정교열 원보름 본문 조판 스튜디오 수박

펴낸곳 다산북스 **출판등록** 2005년 12월 23일 제313-2005-00277호
주소 경기도 파주시 회동길 490
전화 02-704-1724 **팩스** 02-703-2219
이메일 dasanbooks@dasanbooks.com
홈페이지 www.dasan.group **블로그** blog.naver.com/dasan_books
용지 아이피피 **인쇄** 상지사피앤비 **코팅 및 후가공** 제이오엘엔피 **제본** 상지사피앤비

ISBN 979-11-306-4947-4 03810